LES PALOMBES NE PASSERONT PLUS

CLAUDE MICHELET

Les gens de Saint-Libéral

** **

LES PALOMBES NE PASSERONT PLUS

roman

FRANCE LOISIRS
123, boulevard de Grenelle, Paris

Éditions du Club France Loisirs, Paris,
avec l'autorisation des Éditions Robert Laffont

© Éditions Robert Laffont, S.A., Paris, 1980.
ISBN 2-7242-0966-4

A MES ENFANTS

La plénitude des arbres séculaires émanait de leur masse, mais l'effort par quoi sortaient de leurs énormes troncs les branches tordues, l'épanouissement en feuilles sombres de ce bois, si vieux et si lourd qu'il semblait s'enfoncer dans la terre et non s'en arracher, imposaient à la fois l'idée d'une volonté et d'une métamorphose sans fin.

André MALRAUX
Les Noyers de l'Altenburg.

PREMIÈRE PARTIE

SAINT-LIBÉRAL-SUR-DIAMOND

On trouvera pages 471 et 473, les arbres généalogiques des familles Vialhe et Dupeuch.

1

Ils couraient, vifs et silencieux comme ces rapiettes dont le preste trottinement zèbre d'un éclair gris les vieux murs ensoleillés. L'herbe sifflait contre leurs jambes nues, et dans leurs cheveux fous, s'accrochaient parfois quelques pétales de fleurs de pruniers et de cerisiers qui enneigaient toute la campagne.

Le printemps pépiait dans le moindre buisson où s'égaillaient les traquets, les pouillots, les fauvettes, il chantait sur les puys, les coteaux et les bois qui entouraient le village de Saint-Libéral. Et à l'appel incessant des coucous répliquait la lancinante mélopée des huppes. Partout, à perte de vue, palpitaient les auréoles blanches des arbres fruitiers en pleine noce. L'air sentait le pollen, le miel, la verdure et la terre fraîche.

Les deux enfants sautèrent prestement le Diamond. Le ruisseau, lui aussi, avait sa figure de printemps et dans son lit de galets blancs — lavés et relavés par les grosses crues d'hiver — cascadait une eau si pure, si limpide qu'elle semblait impalpable.

Ils coupèrent à travers un pacage humide qui, déjà, se teintait sous les soleils des renoncules, les larmes violettes des orchis et la résille blanche des œnanthes.

Après s'être coulés à travers une haie de buissons noirs, d'où un merle, furieux, fusa comme un bolide,

13

Les palombes ne passeront plus

ils se tapirent à la lisière d'une prairie. A plat ventre dans le sainfoin, cœur battant, ils se haussèrent lentement sur leurs coudes et regardèrent.

Les hommes étaient au travail, à trois cents mètres; une grosse équipe qui s'affairait autour d'une haute chèvre métallique.

— Tu vas voir, ils vont le lever, souffla l'aîné.

— Je sais, coupa son frère.

Et en effet, là-bas, suspendu au filin que halaient les ouvriers, se dressa un long poteau de béton blanc; droit et fuselé comme un peuplier d'Italie, magnifique. Il s'ajoutait à ceux qui, déjà figés dans le ciment noyant leur pied, s'élevaient dans un impeccable alignement qui fuyait à perte de vue, escaladait les pentes, plongeait dans les ravins. Sentinelles d'avant-garde de cette ligne électrique qui, bientôt, jetterait sa lumière dans les foyers de Saint-Libéral.

Ouvert en octobre 1929, le chantier avait dû être délaissé pendant tout l'hiver. D'abord parce que les fondations destinées à recevoir les poteaux se remplissaient d'eau aussi vite qu'elles étaient creusées, ensuite parce qu'une période de gel intense s'était opposée à tous travaux de maçonnerie; or, chaque pylône devait être solidement scellé, inébranlable.

— T'as vu, ils ont installé les tasses..., remarqua le plus jeune des garçons.

Les deux gosses surveillaient impatiemment l'avance des travaux. Ils s'arrangeaient pour venir là deux fois par semaine. Le dimanche après-midi et le jeudi, ce qui était le cas en ce 24 avril 1930.

— Elles sont belles, acquiesça l'aîné en contemplant les quatre isolateurs de verre qui ornaient le sommet d'un proche poteau. Il avait été dressé depuis huit jours, là, au milieu de la prairie, à quinze pas d'eux.

— Chiche que je les dégomme, souffla le plus petit.

Jacques Vialhe se retourna vivement et envoya une bourrade à son frère.

— T'es pas fou, non!

— Dis chiche!

— Non, viens! D'ailleurs il faut partir surveiller les bêtes.

Ils les avaient laissées là-haut, aux Combes-Nègres, à

14

Saint-Libéral-sur-Diamond

quatre cents mètres de là. Elles ne devaient théoriquement pas sortir du pacage, trop heureuses de se régaler d'herbe tendre, mais sait-on jamais avec des vaches! Il suffirait, par exemple, que la vieille Pig parte à l'aventure et tout le troupeau la suivrait. Jacques se sentit inquiet, il imagina les limousines s'égaillant dans les champs, vignes et vergers qui bordaient les Combes-Nègres et l'inévitable punition qui sanctionnerait ce manque de surveillance. Il avait dix ans et était responsable. Mais, dans l'immédiat, la bonne tenue des vaches lui donnait moins de soucis que celle de son frère.

Paul avait deux ans de moins que lui, mais il était presque aussi grand et solide. Il était surtout animé par une audace et un culot qui frisaient l'inconscience. Pour lui, l'existence ne prenait son vrai sens, sa bonne dimension, que dans la mesure où il pouvait l'embellir grâce à tous ces actes que les grandes personnes s'ingéniaient à interdire. Comme, entre autres, d'aller subrepticement, à la nuit, plonger dans le lavoir municipal pour retirer la bonde et jouir, au matin, des lamentations des ménagères surchargées de linge sale, devant l'immense bac vide. Ou encore — et cette impiété datait de quinze jours — de profiter de sa charge d'enfant de chœur pour grimper au clocher après l'office du jeudi saint, d'entourer de chiffons et de vieux sacs le battant de la grosse cloche et de vivre quelques minutes d'intense satisfaction devant la mine effarée des fidèles lorsque, au matin de Pâques, pendant le Gloria, au lieu du chant allègre du bourdon revenant de Rome, retentit le grondement étouffé du bronze muselé.

Naturellement, toutes ces farces oiseuses attiraient les représailles paternelles, c'était justice. Ce qui l'était moins, c'est que le déferlement des baffes chutait indistinctement, et si Paul conservait et cultivait le monopole des idées et des réalisations pendables, Jacques partageait toujours les raclées qui s'ensuivaient.

D'ailleurs, pour être tout à fait franc, il reconnaissait volontiers que si Paul était l'instigateur et l'inventeur des bêtises, il en était lui-même un des artisans; sans la ficelle qu'il lui avait donnée, jamais les chiffons et le sac n'auraient tenu autour du battant de la grosse cloche...

15

Les palombes ne passeront plus

Complice donc, mais à l'inverse de son frère, toujours conscient de l'énormité des actes perpétrés et surtout de leurs inévitables conséquences. Aussi fit-il tout pour dissuader Paul. Peine perdue! Son frère, accroupi dans le sainfoin, tendait déjà son lance-pierres en direction des quatre isolateurs qui les narguaient.

— Fais pas l'andouille! supplia Jacques sans pour autant, et comme il l'eût dû, s'accrocher à son bras.

Le caillou partit en vrombissant, manqua de peu le godet, ricocha sur le béton et miaula en fuyant dans le ciel.

— T'es une vraie gaye, ponctua Jacques.

C'était faux car Paul n'avait pas de leçon à recevoir en matière de lance-pierres.

— Gaye toi-même! Mon caillou ne valait rien, expliqua le tireur.

Il chercha dans ses poches et sourit en sentant sous ses doigts un beau galet rond, gros comme un œuf de tourterelle.

— Moi, je la fous en l'air du premier coup! dit Jacques en tripotant le manche de son arme suspendue autour de son cou.

Une fois de plus, Paul envia son magnifique lance-pierres. Un engin superbe, avec une fourche de buis d'un galbe parfait. Pas une fourche banale en forme de V mais deux fines branches bien modelées en un demi-ovale idéal sur lesquelles venaient se fixer les gommes d'un caoutchouc presque blanc, doux à la traction, mais d'une puissance et d'une force incomparables. C'était l'oncle Léon, le parrain de Jacques, qui lui avait donné cette petite merveille, avec recommandation expresse de ne pas en faire un mauvais usage...

Jacques fouilla à son tour dans ses poches et soudain, dans sa paume, brilla une bille d'acier.

— Hé bé, souffla Paul, d'où elle sort?

— C'est parrain, il m'en a donné une douzaine, elles viennent d'un roulement à billes.

— Passe-m'en une, rien qu'une!

— Tss, tss, dit Jacques en glissant le projectile dans la languette de cuir de son lance-pierres.

Il s'accroupit, banda lentement son arme, ferma l'œil gauche. Le claquement sec des élastiques se confondit

16

Saint-Libéral-sur-Diamond

presque avec le bruit cristallin de l'isolateur qui explosa sous l'impact; des morceaux de verre jaillirent à plusieurs mètres. Pour un beau coup, c'était un beau coup!

— T'as vu? dit Jacques en ébauchant un sourire. Mais il était déjà rongé par la panique. « Quelle connerie! » pensa-t-il. Allez, faut partir, dit-il fermement.

— Laisse-moi tirer! protesta Paul, tiens, je vise le troisième. Et l'isolateur désigné se volatilisa à son tour. Et j'ai pas de billes, moi! N'empêche, ça pète bien ces trucs...

— Allez, viens! insista Jacques, tu vas voir que les vaches vont avoir filé!

Paul regarda avec envie les isolateurs indemnes, ils étaient si alléchants!

— Bon, soupira-t-il, mais on reviendra, hein?

— T'es pas fou! Déjà que si les parents l'apprennent...

— Et comment ils le sauraient, y a pas que nous qui avons des flingues!

Jacques haussa les épaules, c'était bien un argument de son frère! Bien sûr que les autres gamins du village avaient des lance-pierres et qu'ils s'en servaient de la même façon — et, si l'occasion s'en présentait, sur les même cibles — mais ces heureux veinards avaient la chance d'avoir des parents aveugles, faciles à berner, prompts à croire le plus éhonté des mensonges. Ce n'était pas du tout leur cas à eux, fils de Pierre-Edouard et Mathilde Vialhe. Leurs parents comprenaient tout, et tout de suite. Ils n'étaient dupes d'aucun faux-fuyant, d'aucun mensonge. Oui, vraiment, ils étaient forts.

Assis au soleil devant la maison, Jean-Edouard Vialhe sourit en regardant la petite fille qui tendait vers lui ses menottes potelées. Folle d'impatience, elle tournait autour de lui, s'accrochait à son pantalon, grimpait sur ses sabots et tentait, en vain, de saisir l'objet qu'il était en train de façonner pour elle; ses grands yeux brillaient de convoitise et d'émerveillement.

— Donne, pépé! Donne! insista la petite.

Elle était haute comme une botte, pleine de fossettes charmantes et dotée pour son âge d'un étonnant bagou.

17

Les palombes ne passeront plus

Mauricette avait cinq ans et s'y entendait à merveille pour régenter toute la maison. Têtue et coléreuse comme une digne Vialhe qu'elle était, mais, comme sa mère, enjôleuse et calme, elle obtenait ce qu'elle voulait de ses deux frères aînés, Jacques et Paul, qui, pour elle, filaient doux et lui passaient tous ses caprices.

« Dieu sait pourtant si ces lascars ont le diable dans la peau, pensa Jean-Edouard, surtout le second! Incroyable ce qu'ils peuvent inventer, ces gosses! Et ce n'est pas faute d'être tenus pourtant! »

Il sourit en songeant que cela n'empêchait pas les deux garnements de multiplier les farces et les bêtises; actes répréhensibles bien sûr, mais qui avaient pourtant le don de le faire rire aux larmes.

Il avait décidé, une fois pour toutes, de ne plus jamais intervenir dans la conduite de la famille ni dans celle de la ferme. Il n'avait pas pris cette décision de gaieté de cœur, mais elle était irrévocable et jamais, depuis huit ans, il ne l'avait transgressée. Il ne le regrettait pas, tout était beaucoup mieux ainsi, plus logique, plus paisible. Il était l'aïeul que l'on respecte et, sur ce point, jamais depuis huit ans il n'avait eu à déplorer le moindre manquement à la déférence qui lui était due. Mais quant au reste, l'autorité, la gestion de la ferme et de la famille, c'est volontairement et définitivement qu'il avait tout abandonné au profit de son fils car il avait compris que c'était l'unique solution pour vivre en bonne intelligence avec lui.

Mais cette abdication lui avait coûté et pendant les années qui avaient suivi la mort de sa femme, il avait lutté pour la retarder. Deux ans pendant lesquels, seul sur sa ferme, il avait tenté de reprendre pied, de s'habituer à sa sinistre solitude, à sa détresse, à sa faiblesse même. Car il le voyait bien, tout pâtissait. Les bêtes d'abord, mais surtout les terres qu'il était de plus en plus incapable de soigner seul. Et lorsque les voisins, comme Jeantout et Gaston, étaient gentiment venus à son aide, il en avait été à chaque fois mortifié, car personne n'ignorait que son fils, Pierre-Edouard, là-haut, à Coste-Roche, sur sa misérable fermette, n'attendait qu'un mot de lui pour revenir tenir son rôle, celui de chef de famille.

Saint-Libéral-sur-Diamond

Oui, Pierre-Edouard n'attendait qu'un mot : « Viens. » Mais encore fallait-il le formuler et, pour cela, grimper jusqu'à la chaumière et dire : « Je te laisse ma place. Désormais, c'est toi le patron. »

Vu avec huit ans de recul, et maintenant que tout était rentré dans l'ordre, comme cela paraissait simple! Mais à l'époque, c'était reconnaître qu'il s'effaçait devant son fils, qu'il approuvait presque toutes ses attitudes passées, qu'il oubliait toutes leurs années de brouille, ses réflexions désobligeantes, son parti pris pour ses sœurs et enfin son mariage. Union qu'il avait impitoyablement condamnée lorsque, fin 18, au retour de cette terrible guerre, Pierre-Edouard l'avait mis devant le fait accompli en lui présentant Mathilde.

Il ne lui avait pas été facile d'oublier tout cela, pas facile non plus de s'avouer que tous les torts n'étaient pas à l'actif de Pierre-Edouard et que lui-même et son intransigeance n'étaient pas pour rien dans cette lamentable situation qui le contraignait, lui, un des plus compétents agriculteurs du bourg, à laisser ses terres à l'abandon et toute sa ferme à vau-l'eau, uniquement parce qu'il s'était brouillé avec son fils aîné. Tout comme il s'était querellé avec ses deux filles! Elles, contrairement à Pierre-Edouard, avaient fui la Corrèze et n'y étaient point revenues.

C'est tout cela qui, pendant deux ans, l'avait retenu d'aller chercher son fils. Il avait d'abord espéré que Pierre-Edouard reviendrait de lui-même et que, petit à petit, au fil des ans et chichement, il lui laisserait prendre les rênes. Mais c'était compter sans le caractère Vialhe. Pierre-Edouard était trop fier, et trop prudent, pour demander à son père quoi que ce soit. Aussi, après deux ans de solitude, d'attente et de réflexion, celui-ci avait dû faire les premiers pas.

L'annonce de la proche naissance de Paul l'avait décidé, stimulé même. Il avait attelé la carriole et l'avait guidée jusqu'à Coste-Roche, là-haut, sur les flancs du plateau, à la limite de la commune. Ensuite, une fois cette première démarche faite, tout avait paru évident et simple. Et c'est sans gêne ni contrainte qu'il avait parlé.

— Je sais que vous attendez un autre petit, c'est bien,

Les palombes ne passeront plus

c'est très bien, mais celui-là, il faut qu'il naisse sous son toit, chez lui, enfin chez toi, si tu préfères...

Jacques, l'aîné de ses petits-fils Vialhe, avait vu le jour ici, dans cette chaumière minable où le jeune ménage s'était installé.

— Vous voulez qu'il naisse chez nous, dites-vous? avait alors insisté Pierre-Edouard.

— Oui, revenez. Tu vois bien quoi, moi, depuis que ta pauvre mère est partie, je peux tout juste bricoler. Tu as bien vu les terres...

— C'est vrai, elles sont vilaines, elles manquent de sueur...

Quelques années plus tôt, une telle réflexion l'aurait fait bondir, mais ce jour-là, il avait haussé les épaules.

— Non, elles ne manquent pas de sueur, mais la mienne a soixante-deux ans et autant que j'en mette elle ne vaudra jamais le quart de la tienne. Tu es jeune toi, ta femme aussi, c'est de vous qu'elles se languissent. Moi, je ne peux plus les contenter. Alors voilà, revenez, installez-vous. Et puis ne t'inquiète pas, je te connais bien, je ne te donnerai pas l'occasion de marronner contre moi. Dès que vous serez installés, tu feras ce que tu voudras des terres et des bêtes, comme ça te plaira et quand ça te plaira. Moi, ce n'est plus mon affaire...

Il avait tenu parole. Ça n'avait pas été facile et il avait eu bien souvent envie de s'insurger contre les méthodes de travail et les idées de son fils. Mais il avait toujours réussi à se taire, à garder pour lui les réflexions ironiques ou acerbes qui lui brûlaient les lèvres. C'était beaucoup mieux comme ça. D'ailleurs, force lui était de reconnaître que Pierre-Edouard était un excellent agriculteur et un bon fils, Mathilde, la meilleure des brus, et les trois petits enfants qu'elle lui avait donnés, d'adorables garnements.

Pourtant, même avec eux, il avait dû se plier à de nouvelles formes de rapports. De son temps, jamais les enfants n'auraient osé tutoyer leurs parents et à plus forte raison leurs grands-parents. Mais aujourd'hui, les petits ne disaient plus : père, mais papa, le mot grand-père n'avait plus de sens pour eux, remplacé par de sonores pépé! Quant au voussoiement, ils le réservaient aux étrangers à la famille.

20

Saint-Libéral-sur-Diamond

— Alors, pépé, tu le donnes, oui! insista la petite fille en lui secouant la veste.

— Je donne contre un poutou, dit-il en tendant sa joue.

Elle posa un baiser lourd de salive sur sa joue râpeuse, fronça les narines.

— Tu piques, faut raser couenne, dit-elle en passant son minuscule index sur son petit menton rose où souriait une fossette, allez, donne, t'as promis!

Il tendit le panier d'osier qu'il venait de lui fabriquer et s'attendrit de la voir si heureuse d'un aussi modeste cadeau. Elle glissa crânement son bras dans l'anse de châtaignier et trottina gaiement jusqu'à la maison.

Pierre-Edouard jeta un coup d'œil en direction de Paul qui mangeait sa soupe de bon appétit. Puis il regarda Mathilde, assise en face de lui, et lui sourit discrètement; complice, elle lui répondit d'un battement de cils.

— Pourquoi avez-vous tripoté la faucheuse? demanda-t-il à ses fils.

Ils baissèrent le nez dans leur assiette, s'absorbèrent dans la contemplation des yeux du bouillon gras. Ils étaient stupéfaits que leur père ait découvert si rapidement leur tentative. Une fois de plus c'était Paul qui avait eu cette idée saugrenue de vérifier si la faucheuse ne recelait pas quelques roulements à billes susceptibles, une fois brisés, de fournir quelques bons projectiles pour leurs lance-pierres. Ils en avaient été pour leurs frais, les roulements étaient absolument imprenables. Mais qui diable avait pu les voir quand, au retour de leur expédition sur le chantier et après avoir rentré les vaches, ils s'étaient tous les deux glissés dans le hangar. Leurs parents? Sûrement pas; à l'heure où Paul s'acharnait à coups de marteau sur un engrenage inviolable, ils plantaient les pommes de terre dans la terre de la Rencontre, là-haut sur le plateau, à plus d'un kilomètre de là! Qui alors? Le pépé? Non, lui il s'occupait des bêtes et n'avait sûrement rien entendu, avec l'âge il devenait un peu sourd. Mauricette? Elle n'avait pas quitté le grand-père, trop ravie de l'aider à faire la litière en

21

Les palombes ne passeront plus

portant fièrement une poignée de paille dans son panier tout neuf.

— Alors? redemanda Pierre-Edouard en fronçant les sourcils, qu'est-ce que vous lui voulez à la faucheuse, hein?

— Ben... rien! assura Jacques.

— Non, rien! renchérit son frère.

— Alors pourquoi vous l'avez bricolée, pour le plaisir? Vous ne savez pas que c'est dangereux? Si la barre vous tombe sur la tête, elle vous écrase! Je vous l'ai déjà dit d'ailleurs.

— Et comment tu le sais qu'on l'a touchée? osa demander Paul que le don d'ubiquité de son père remplissait d'admiration.

— Je le sais, ça suffit, et maman aussi le sait.

— Vous nous avez vus? questionna Jacques à son tour.

— Comme si nous y étions! assura sa mère en lui passant la main dans les cheveux. Allez, va, coupa-t-elle devant son air effaré, c'est pas bien compliqué, regardez vos ongles, bande de cochons, ils sont pleins de cambouis!

« Merde! » grogna Paul en regrettant d'avoir mis autant d'énergie à se laver les mains. Vrai, pour un tel résultat c'était à vous dégoûter à vie de l'eau et du savon! Il observa ses doigts : naturellement, si en plus il fallait se curer les ongles! Vexé, il se promit néanmoins de faire attention à ce genre de détail la prochaine fois qu'il partirait en quête de roulements.

— Dites, prévint Jacques, parrain est passsé tout à l'heure, il a dit qu'il voulait vous voir, tous les deux, chez lui, ce soir.

— Veine! lança Paul, on va aller chez tonton Léon.

— Sûrement pas, trancha leur mère, vous irez au lit. D'ailleurs, il a dit qu'il voulait nous voir tous les deux, c'est tous les deux, papa et moi.

— Et pourquoi il ne vient jamais à la maison, tonton Léon? insista Paul.

— T'occupe pas de ça, mange, éluda Pierre-Edouard.

Le cas de Léon était le seul pour lequel Jean-Edouard avait toujours refusé la moindre concession. La vie avait accumulé trop de rancœur, de haine même, entre lui et le frère de sa bru. Il y avait des années que les deux

Saint-Libéral-sur-Diamond

hommes ne s'adressaient pas la parole et s'évitaient. Et lorsque, exceptionnellement, Léon passait en coup de vent à la maison, Jean-Edouard quittait ostensiblement la pièce et partait s'enfermer dans sa chambre. Cette attitude, gênante pour tout le monde, avait vite fait comprendre à Léon que sa présence était indésirable et que jamais le vieil homme ne lui pardonnerait ses attitudes et ses actions passées.

De même, ne lui pardonnait-il pas de lui avoir succédé à la tête de la mairie lors des élections de mai 1925. Pourtant, à l'époque, Jean-Edouard avait fait savoir à tous qu'il se retirait de la compétition et qu'il rejetterait même la plus modeste place de conseiller. Mais nul doute qu'il eût adopté une autre politique s'il avait pu se douter que Léon Dupeuch lui succéderait. Et avec brio, puisque, sitôt élu, il avait fait des pieds et des mains pour obtenir cette adduction d'eau que tous les électeurs réclamaient. Mais, aveuglé par le ressentiment qu'il nourrissait à son égard, il s'était refusé à admettre que son ennemi était le mieux placé pour devenir maire de Saint-Libéral. S'entêtant dans ses préventions, il avait fini par se persuader que les électeurs repousseraient la candidature de Léon, ce voyou, ce malhonnête, ce marchand de bestiaux sans foi ni loi qui, au fil des ans, accumulait une véritable fortune en écumant les champs de foire. De plus, au sujet de ces élections, il avait espéré que son fils se lancerait dans la mêlée. Hélas, Pierre-Edouard ne se sentait pas attiré par l'écharpe; cette promotion ne l'intéressait pas et c'est tout juste s'il avait accepté la place d'adjoint que lui avait offerte le nouveau maire.

A toutes ces raisons, très suffisantes pour justifier une animosité définitive, s'ajoutait la colère qui l'animait lorsqu'il mesurait à quel point était solide l'amitié qui unissait son fils à cette crapule de Léon. Une vieille amitié qui s'était forgée pendant leur jeunesse, et qu'étaient venu renforcer les liens de parenté qui les unissaient depuis le mariage de Pierre-Edouard et de Mathilde. Une amitié indestructible, qui était pour lui une écharde permanente.

Léon n'ignorait rien de tout cela; aussi, pour éviter d'envenimer un abcès qui n'en avait nul besoin, s'abste-

23

Les palombes ne passeront plus

nait-il, dans la mesure du possible, de venir chez les Vialhe. Mais cela ne l'empêchait pas d'entretenir les meilleures relations avec sa sœur, son beau-frère, ses neveux et sa nièce; sa maison leur était toujours ouverte.

2

Léon versa le café dans les grands bols de faïence et reposa la cafetière sur la cuisinière à bois. Depuis que sa mère était morte, quinze mois plus tôt — Mathilde en portait encore le deuil — il n'occupait qu'une seule pièce de la vaste maison qu'il avait fait bâtir à la veille de la guerre. Célibataire, et très absorbé par son métier, il vivait plus souvent hors de chez lui que sous son propre toit. Il prenait même tous ses repas à l'auberge, couchait souvent à Brive ou à Tulle, voire à Limoges ou Paris, et ne s'occupait pour ainsi dire pas de son ménage. Aussi, la seule pièce qu'il fréquentait était un véritable gourbi; mais un gourbi sans poussière car nettoyé tous les huit jours par Mathilde à qui il déplaisait de le voir évoluer dans une bauge.

La pièce était donc propre, mais encombrée, envahie, submergée même, par un amoncellement d'objets hétéroclites, de linge, de paperasses, de vaisselle. Même la grande cheminée, qu'il n'allumait plus, était remplie de cordes à veaux, de harnais et de jougs.

— Alors, quoi de neuf? demanda Pierre-Edouard en farfouillant sur le buffet pour tenter de découvrir la boîte à sucre. Il la trouva enfin, l'ouvrit, elle était pleine de clous : C'est ça, ton sucre? plaisanta-t-il.

— Demande à ta femme! C'est elle qui l'a rangé, il paraît que le sucre doit être dans un sucrier! Tiens, il est là-bas, sur la chaise, dans le pot qui est marqué « Miel de bruyère ».

— Tu voulais nous voir? insista Pierre-Edouard en revenant avec le récipient.

— Oui, assieds-toi. Tiens, dit Léon en poussant vers

Saint-Libéral-sur-Diamond

lui une bouteille de vieille prune, sers-toi, vas-y d'une bonne goutte, tu vas en avoir besoin... Il s'assit à son tour, les regarda tous les deux, sourit à sa sœur : Y a pas à dire, tu ne vieillis pas, toi ! C'est vrai que tu es jeune, trente ans ! Ah ! si j'avais encore trente ans !

Il délaça prestement la prothèse qui terminait son bras gauche — souvenir des combats sur la Piave — posa la pince métallique sur la table et massa le moignon violacé et boursouflé qui lui tenait lieu de poignet.

— Miladiou, ça me démange le soir ! grogna-t-il en se grattant.

— Dis, tu te fous de nous, demanda Pierre-Edouard, c'est pas pour nous parler de tes puces que tu nous as dit de venir !

Il connaissait bien son beau-frère et le devinait gêné, embarrassé.

— Tu as fait une bêtise ? s'inquiéta Mathilde.

C'était sa hantise, sa crainte, de voir son frère, que les scrupules n'étouffaient pas, se lancer dans quelques sales histoires de commerce de bestiaux. Il remuait énormément de bêtes, brassait beaucoup d'argent et arrondissait d'année en année un magot sûrement considérable. Certes, il était malin comme un singe, mais sait-on jamais, à force d'évoluer au milieu des requins on en trouve toujours un de plus vicieux que vous !

— Dis, tu me prends pour un gosse ? Des bêtises ? Quelles bêtises ? Non, c'est pas mon genre. Tiens, à propos, dit-il en se tournant vers son beau-frère, j'ai loué six hectares de plus dans la plaine de Varetz, pas loin de Castel Novel ; bons pacages, il faudra que tu viennes voir ça.

— D'accord, acquiesça Pierre-Edouard en remuant son café.

Maintenant il en était sûr, l'affaire devait être sérieuse, importante, et Léon tentait d'en retarder l'aveu en noyant le poisson.

— Bon, répéta-t-il, tu ne vas pas nous faire passer la nuit ; qu'est-ce qui t'arrive ?

Léon haussa les épaules, se versa une généreuse rasade de gnôle.

— Je vais me marier, dit-il en souriant.

— Ah ça, alors..., souffla Pierre-Edouard.

25

Les palombes ne passeront plus

Il était aussi estomaqué que vingt ans plus tôt, lorsque sa sœur Louise, alors jeune veuve, lui avait tout aussi abruptement annoncé son remariage.

— Mais, balbutia-t-il, tu te fous de nous?

— Dis, Léon, c'est une farce? insista Mathilde tout aussi décontenancée que son époux.

— Bon Dieu! On dirait que ça vous dérange! Merde quoi, je ne suis pas si vieux!

— Ça ne nous dérange pas du tout! protesta Pierre-Edouard, au contraire même! Mais tu nous as toujours dit que tu ne voulais pas de femme.

— Hé oui, je sais, je préférais celle des autres... Mais tout le monde peut changer d'avis, non? J'en ai marre de courir les gueuses! Oh, petite sœur, ne me regarde pas comme ça! C'est pas parce que ton mari te contente tout ton saoul qu'il faut croire que c'est pareil pour toutes les épouses! Dans le fond, je leur rendais service à ces pauvres garces; grâce à moi, elles auront au moins connu la tendresse...

— C'est ça, ponctua-t-elle, tu te dévouais, par charité! C'est très bien, tu devrais aller expliquer ça à M. le curé, il en serait tout content...

Mathilde était bonne chrétienne. Elle ne manquait jamais sa messe du dimanche et veillait à ce que ses garçons suivent assidûment les cours de catéchisme. Et si elle regrettait un peu que Pierre-Edouard ne l'accompagnât pas plus souvent aux offices, du moins savait-elle, qu'à sa façon, il était lui aussi très respectueux envers la religion. Il faisait ses Pâques et s'entendait au mieux avec l'abbé Verlhac qui, trois ou quatre fois l'an, leur faisait d'ailleurs l'honneur de venir partager leur repas familial.

Mais en ce qui concernait la pratique religieuse de son frère, elle avait de bonnes raisons de se faire des soucis. Non qu'il fût violemment anticlérical — il était même au mieux avec le curé — mais ce n'était pas une preuve de foi car tous les anciens combattants de la commune s'entendaient bien avec le prêtre, lui aussi ancien combattant. Ces bonnes relations mises à part, Léon restait indifférent aux choses de l'Eglise; il ne les brocardait et ne les combattait pas « mais, avouait-il, tout ça je m'en fous! »

26

Saint-Libéral-sur-Diamond

— Allez, sans rigoler, c'est une blague, ton histoire? insista Pierre-Edouard.

— Pas du tout! Mais bon sang, qu'est-ce que ça a d'aussi extraordinaire? Miladiou, je ne suis pas si vieux! Tu te sens vieux, toi? demanda-t-il à son beau-frère. Non? Ben alors! D'accord, j'ai deux ans de plus que toi, mais c'est pas une affaire d'avoir quarante-trois ans! Tiens, pense à cet abruti de Léonard Bouyssoux de la Brande, lui aussi avait plus de quarante ans quand il s'est marié! Et le deuxième gendre de Gaston, quel âge il avait, hein? Et le docteur Delpy, plus de cinquante ans, lui! Alors?

— C'est pas le problème, coupa sa sœur, simplement, on ne te voyait pas avec une femme, c'est tout. Et d'ailleurs, qui c'est? Elle est de la région?

— Non, enfin si..., expliqua-t-il en tripotant les pinces de sa prothèse. Merde, dit-il soudain, ça n'a pas l'air de vous plaire! Non mais c'est vrai, vous me faites la gueule!

— Pas du tout! assura sérieusement Pierre-Edouard, on est surpris, c'est tout. Mets-toi à notre place, on ne s'attendait pas à avoir une belle-sœur.

— Qui est-ce? insista Mathilde.

— Tu ne la connais pas, elle est de Brive, c'est la fille Chantalat...

— Chantalat! le plus gros expéditeur de viande de la Corrèze! Ben mon salaud, souffla Pierre-Edouard, tu ne te refuses rien!

— Qu'est-ce que tu crois! C'est pas pour ça que...

— J'espère! coupa Mathilde, mais quel âge a-t-elle?

— Ben..., murmura-t-il, soudain gêné. Bon, elle a vingt-trois ans, voilà. Oh, je sais ce que vous allez dire! Elle est trop jeune! Elle doit aimer courir les bals! Il doit lui falloir de belles toilettes, et puis j'ai l'âge d'être son père, et tout et tout! Bon, peut-être, et alors? Mais je m'en fous? Vous pouvez dire ce que vous voulez, je la marierai quand même!

— Ne te fâche pas, dit Pierre-Edouard en lui posant la main sur le bras, on ne dira rien du tout.

— Vous, peut-être, mais dans la commune ça va jaser!

— Ça se tassera, assura Pierre-Edouard pour le récon-

27

Les palombes ne passeront plus

forter. Et puis, comme tu l'as dit, tu n'es pas le premier de cet âge qui épouse une jeunesse!

— Oui, dit sombrement Léon, je sais. Et je sais mieux que toi ce qu'elles réclament, les jeunesses... Mais tant pis! Moi, tout ce que je lui demande, c'est de me faire un petit, un petit comme les vôtres. Ben oui, miladiou, lâcha-t-il, gêné de se montrer sous un aspect inconnu, j'ai envie d'avoir un fils. Oui, un fils! Et je lui paierai toutes les études qu'il voudra. Et s'il veut être médecin, ou même ministre, il le sera! J'en ai marre d'être seul avec mes sous! Mes sous, je ne sais plus où les foutre! Plus je m'en sers, plus ils me rapportent et plus ils me servent à rien! Regarde, ici, j'ai loué toutes les terres et les prairies du château et toutes celles du notaire, ça fait soixante-deux hectares, plus quatorze dans la plaine de La Rivière, et encore vingt-deux à Larche, plus huit à Daudevie et encore six à Varetz! J'emploie dix commis et je les paie bien! Par an, je remue des centaines de veaux, de vaches, de bœufs et de chevaux! Et tout ça pour quoi? Pour vivre dans ce bordel! dit-il en désignant la pièce, pour me retrouver seul comme un vieux verrat malade! Non, ça ne peut plus durer. Alors voilà, je vais me marier, on aura un petit, et là, oui, ça vaudra la peine de gagner des sous.

— Tu as raison, dit Mathilde, et comment s'appelle-t-elle?

— Yvette. Oh, elle n'est pas très belle, non. Si c'est que ça, elle t'arrive pas à la cheville. Non, elle n'est pas trop belle, mais elle est gentille et douce, elle a de beaux yeux. Et puis, elle ne m'épouse pas pour mes sous, elle en a plus que moi! Tu penses, la fille unique de Chantalat! Voilà, c'est tout, on se mariera à Brive, le 12 juillet, c'est un samedi. Vous viendrez, hein? Et vos petits aussi?

— Naturellement, dit Mathilde.

— Ah bon, alors Pierre-Edouard sera mon témoin. Vrai, j'avais peur que vous m'engueuliez, surtout toi, dit-il en regardant sa sœur, tu m'as toujours surveillé comme une chatte ses petits! Oui, j'avais peur que tu n'en veuilles pas de cette belle-sœur. Alors, si tu m'approuves, tu m'aideras?

— A quoi?

28

Saint-Libéral-sur-Diamond

— Ben à mettre un peu d'ordre ici, à préparer la maison, tout quoi. Moi, tu sais, les femmes j'y connais rien. Enfin, je veux dire, ce que j'en connais c'est pas suffisant pour...

— Je comprends, coupa Mathilde, ne t'inquiète pas, on va lui préparer une belle maison. Et puis tu verras, toute la commune sera contente de savoir que son maire devient enfin sérieux.

Jacques se retourna une nouvelle fois dans le lit et envia son frère qui, blotti à ses côtés en chien de fusil, dormait comme un bienheureux. Il le repoussa sans douceur et entendit le bruit caractéristique et agaçant d'une gloutonne succion. Car non content de s'endormir dès qu'il était au lit, Paul, malgré ses huit ans, suçait encore son pouce !

Jacques décelait dans cette habitude de bébé, et aussi dans sa possibilité de sombrer en quelques instants dans les rêves, la preuve que son jeune frère était dénué de cette conscience dont l'abbé Verlhac assurait pourtant qu'elle torturait les coupables, et les laissait parfois éveillés une partie de la nuit. Eh bien non ! Monsieur le curé se trompait et ce salaud de Paul en apportait la preuve ! Ce n'était pas lui qui se laissait envahir par les remords, ni par la sournoise inquiétude qu'ils engendrent ; son sommeil était aussi paisible et innocent que celui d'un nouveau-né !

Pourtant, les motifs ne manquaient pas de se faire des soucis et d'attendre avec angoisse les jours à venir. Car Jacques n'en doutait pas, leurs déprédations seraient découvertes dès le lendemain, et peut-être même l'étaient-elles déjà. Les ouvriers qui posaient la ligne ne pouvaient manquer de s'apercevoir de quelle façon les deux isolateurs avaient été brisés. Devant un tel forfait, il allait de soi qu'ils rendraient compte au maire qui, pour la circonstance, ne serait plus parrain, ni tonton Léon, mais un monsieur sévère qui chargerait aussitôt Alfred, le garde champêtre, de mener une prompte enquête.

« Alfred n'a pas inventé l'eau chaude, pensa Jacques en reprenant une réflexion de son père, c'est vrai qu'il est couillon et qu'il ne peut pas courir à cause de ce pied

Les palombes ne passeront plus

qu'il a perdu à la guerre, mais quand même, il sait que nous gardons les bêtes aux Combes-Nègres et que ce n'est pas loin du chantier... Non, mais quelle idée j'ai eu de prendre mon flingue! » se reprocha-t-il une fois de plus.

Puis il songea que, de toute façon, Paul aurait quand même massacré les isolateurs et qu'on l'aurait accusé, lui, de ne pas l'avoir dissuadé. Alors, avoinée pour avoinée, autant qu'elle soit méritée...

Il entendit, de l'autre côté de la cloison, son grand-père qui se couchait. Le sommier grinça un peu, puis le silence revint dans la chambre, seulement troublé par la lente respiration de la petite Mauricette qui reposait là, à côté du lit de ses parents, et par les gros soupirs de ce veinard de Paul.

Jacques se demanda à quelle heure rentreraient ses parents. Ils allaient souvent voir Léon après dîner mais, d'habitude, il ne s'apercevait jamais de leur retour car le bruit qu'ils faisaient en se couchant et même la lueur de leur lampe à pétrole ne l'éveillait pas. Mais en serait-il de même, bientôt, lorsqu'ils allumeraient l'électricité?

Tout était prêt pour elle, et déjà, au plafond de la chambre pendait un abat-jour en porcelaine auquel, le moment venu, son père adjoindrait une de ces ampoules qui, pour le moment, attendait dans le haut de l'armoire. Il y en avait six qui, d'après leur père, éclaireraient chacune autant que vingt-cinq bougies! C'était merveilleux de savoir qu'une aussi petite boule de verre était capable d'émettre une telle lueur! Six ampoules, une pour chacune des deux chambres de la maison, une autre pour la grande salle, une pour éclairer la cour en hiver et les deux dernières pour l'étable et la porcherie.

Au sujet de celles-là, beaucoup de gens du village estimaient que c'était du gaspillage et qu'il fallait avoir bien des sous à perdre pour faire ainsi mettre l'électricité pour les bestiaux! Mais Pierre-Edouard avait répondu que, tant qu'à faire d'avoir les électriciens chez soi, mieux valait en profiter.

Il est vrai que l'installation avait dû coûter cher. Jacques en ignorait le montant exact, mais les quelques conversations qu'il avait pu surprendre lui permettaient de supposer que son père avait dû débourser au moins

30

Saint-Libéral-sur-Diamond

1 500 francs. Ce n'était pas rien, le prix d'une belle génisse. Jacques était très fier de cette largesse et ce n'était pas sans une certaine condescendance qu'il regardait ses malheureux camarades d'école dont les parents, par économie, s'étaient contentés du strict minimum et qui continueraient, comme dans le passé, à traire à la lueur du pétrole, quand ce n'était pas à celle d'une bougie! Il en connaissait même certains, des vrais sauvages ceux-là, qui avaient refusé que l'électricité entre chez eux et qui assuraient, à qui voulait l'entendre, qu'elle drainerait la foudre chez ceux qui avaient commis l'erreur de la réclamer!

C'était stupide, et le maître d'école le leur avait dit, et il leur avait même expliqué comment fonctionnait l'électricité! Bien entendu, il ne fallait pas toucher les fils, ni mettre les doigts ou des clous dans les prises, c'était évident, tout le monde pouvait le comprendre! Naturellement, et cette pensée l'assombrit soudain, il ne fallait pas non plus casser les isolateurs à coups de lance-pierres...

Il entendit la porte d'entrée qui grinçait et le pas de ses parents. Alors il se tourna vers le mur, plongea le nez dans les draps et feignit de dormir.

Comme l'avait prévu Jacques, le chef d'équipe de la Société « Fusion des Gaz » chargée de l'installation de la ligne se précipita à la mairie dès le lendemain matin, dénonça le sabotage et réclama des sanctions immédiates.

— Vous comprenez, expliqua-t-il à Léon, si on ne dit rien, il ne restera plus un seul isolateur lorsqu'on voudra poser les fils! Ce sont sûrement des gamins d'ici qui ont fait le coup!

— De la commune? C'est pas prouvé, rétorqua Léon qui se sentait solidaire de ses administrés et de leur progéniture. De toute façon, soyez sans crainte, je vais m'en occuper.

Mais il était surchargé de travail et oublia l'incident. Il ne lui revint en mémoire qu'en fin de matinée, lorsqu'il aperçut les enfants qui sortaient de l'école. Il sourit en voyant Jacques, son filleul, suivi par son frère qui pro-

Les palombes ne passeront plus

pulsait devant lui, à grands coups de sabot, une vieille boîte de conserve. Alors, il se souvint des plaintes du chef d'équipe et appela ses neveux.

Rien ne le poussait à les soupçonner plus spécialement que la quarantaine de gosses qui s'égaillaient sur la grand-place; rien sauf la réputation de Paul. Il comprit, en voyant leurs mines, qu'il était sur la bonne piste. Il s'efforça de prendre un air redoutable car, dans le fond, il n'avait nulle envie de sévir. Il adorait les deux gamins, savait que leurs parents les tenaient d'une poigne ferme et ne voulait porter la responsabilité de la correction qui les guettait, si toutefois ils étaient coupables. De plus, il avait de la mémoire. Que n'avait-il fait, lui, au même âge! Et Pierre-Edouard aussi d'ailleurs qui, à l'époque, toujours suivi par sa sœur Louise, n'était pas le dernier à partager ses tours pendables...

— Alors, jeunes voyous, leur lança-t-il, ça marche l'école? Oui, je sais que ça va, vous travaillez bien tous les deux... Et mon lance-pierres, il marche lui aussi?

Ce fut Paul qui sauva la situation. Jacques lui avait pourtant fait jurer qu'il ne soufflerait mot à personne de la conversation entendue la veille au soir, à une heure où il était censé dormir; il s'en voulut de l'avoir mis dans la confidence et rougit de son culot.

— Dis, tonton, c'est vrai que tu vas te marier? demanda Paul d'un ton innocent.

— Qui t'a dit ça? sursauta Léon qui avait recommandé la discrétion à sa sœur et à son beau-frère; il tenait à annoncer lui-même la nouvelle au cours de la prochaine séance du conseil municipal : Hein, qui t'a dit ça?

— C'est Jacques, lâcha le gosse en se curant le nez d'un index expert. Il contempla son doigt, le nettoya d'un coup de langue. C'est chouette que tu te maries, on ira à la noce!

— Bon sang, d'où tu sors ça, toi? demanda Léon en regardant son filleul.

— C'est hier soir, je ne dormais pas quand les parents sont revenus de chez toi, avoua Jacques en baissant la tête, mais on n'a rien dit à personne, assura-t-il.

— Parole, ajouta Paul, on n'a encore rien dit...

— Ouais, vous êtes deux sacrés galapiats qui seraient bien capables, par exemple, d'aller casser les isolateurs

32

Saint-Libéral-sur-Diamond

de la ligne, hein? Vous n'avez pas entendu parler de ça, par hasard?

— Ben..., éluda Paul. Dis, c'est vrai que tu vas aussi t'acheter une auto?

— Miladiou! s'exclama Léon dans un fou rire, toi tu feras ton chemin, non mais quel bagou! Bon, dit-il soudain sérieux, je ne veux pas savoir qui sont les petits salauds qui ont été casser les isolateurs, ça ne peut pas être vous, hein? Les neveux du maire ne peuvent pas faire ça? De quoi j'aurais l'air, moi! Et vos parents! Sûr que vos fesses seraient vite rouges s'ils l'apprenaient... Allez, filez de là, et attention qu'on ne vous voie pas traîner du côté des poteaux électriques, on pourrait croire des choses... C'est compris?

— Oui, oui! dirent-ils en chœur.

— Mais tu ne diras rien à papa, hein? supplia Jacques.

— Mais non, le rassura son parrain, d'ailleurs, pour cette fois, mais juste pour cette fois, je crois que ce sont des voyous de Perpezac ou d'Yssandon qui sont venus faire ce coup, alors ça n'intéresse pas ton père...

Pierre-Edouard haussa les épaules, referma vivement le journal et se leva.

— Il faut que je parte, dit-il après avoir jeté un coup d'œil à la grande pendule.

Il devait se rendre à la réunion du conseil municipal et regrettait un peu d'abandonner la quiétude de cette soirée d'avril. Les enfants étaient couchés depuis une demi-heure et déjà silencieux. Son père avait lui aussi rejoint sa chambre et seul le ronronnement du feu et le cliquetis des aiguilles à tricoter de Mathilde meublaient le calme et le silence de la pièce.

— Je t'attendrai, lui assura sa femme, assise dans le cantou.

— Tu es gentille. Tu veux le journal?

— Oh non, il me suffit de voir ta tête quand tu le lis! plaisanta-t-elle.

— Tu as bien raison! Je me demande vraiment comment tout ça va finir!

Il enfila sa veste, se pencha vers Mathilde, l'embrassa et sortit.

33

Les palombes ne passeront plus

Il faisait frais, presque froid, et dans le ciel, entièrement découvert, pointait la corne rougeâtre du premier quartier de lune.

« Si les nuages ne viennent pas, cette garce de lune rousse va nous faire des dégâts », pensa-t-il en s'engageant dans la grand-rue.

Nul, pourtant, n'avait besoin que la nature s'en mêlât pour rendre la situation générale difficile. Le pays sentait la crise et si Pierre-Edouard avait haussé les épaules en lisant le journal, c'était parce qu'il n'y avait pas autre chose à faire. Parce que tous ces abrutis de politiciens qui se disputaient le gâteau ne méritaient pas autre chose. Parce que tous les gens de bon sens étaient las de ces ministères à éclipses à la tête desquels, depuis le départ du regretté Poincaré, se succédaient les mêmes marionnettes, les Briand, les Tardieu, les Chautemps. Tout ce qu'ils avaient gagné, ces parasites, c'était de faire chuter le cours du blé qui, six mois plus tôt, était tombé de 161, 50 francs le quintal à 139,50 francs ! Il y avait vraiment de quoi être fier ! Fier aussi de la stagnation du prix de la viande et des difficultés sans cesse croissantes auxquelles se heurtaient tous les agriculteurs.

Malgré cela, et bien qu'il ne soit jamais le dernier à donner son avis, Pierre-Edouard refusait de se laisser entraîner dans la politique militante. Il avait trop de mépris pour ceux qui en vivaient — et en vivaient bien — pour vouloir les imiter et soutenir tel ou tel parti.

Il se réservait aussi le droit, et ne s'en privait pas, d'approuver ou de critiquer qui bon lui semblait, quel qu'il soit, et quelle que soit sa couleur. Jusqu'à ce jour, cette attitude lui avait permis de conserver tous ses amis, qu'ils se disent apolitique et libéral, comme le docteur Delpy, de droite, comme Maurice, son proche voisin, Edouard Lapeyre ou encore Pierre Delpeyroux, modéré, comme son beau-frère Léon. Ou franchement à gauche, comme Martin Tavet, Jean Bernical ou Louis Brousse. Tous ces hommes qui étaient membres du conseil municipal et faisaient leur maximum pour gérer au mieux la commune de Saint-Libéral-sur-Diamond.

Saint-Libéral-sur-Diamond

Des rires et des exclamations fusaient de la mairie et résonnaient dans la grand-rue. Pierre-Edouard comprit que son beau-frère venait d'annoncer son prochain mariage et pressa le pas. Il avait maintenant hâte de voir la tête du futur jeune marié de quarante-trois ans, hâte aussi de participer aux plaisanteries qui allaient sans doute meubler une grande partie de la réunion. Il poussa la porte de la mairie et fut lui aussi acclamé.

— Tu le savais, toi, hein? lança Maurice.

— Depuis avant-hier soir, pas plus, assura-t-il.

— On est tous là? brailla Léon, parce qu'il faudrait peut-être un peu travailler!

— Le docteur ne peut pas venir, prévint Pierre Delpeyroux, il est parti chez les Mazière, paraît que le père ne passera pas la nuit...

L'animation tomba aussitôt et les hommes hochèrent la tête. Agé de quatre-vingt-sept ans, le vieux Firmin Mazière était l'ancêtre de la commune et tout le monde l'aimait bien. Il n'avait jamais fait de mal à personne, c'était un bon voisin et un brave homme. Un des derniers qui pouvaient encore évoquer la vie de jadis, et qui faisaient rêver en parlant de l'époque où la commune de Saint-Libéral comptait presque 1 300 habitants, où chaque lopin de terre était amoureusement cultivé, où le bourg était capable de nourrir tous ceux qui voulaient se donner la peine de travailler et où les jeunes n'avaient pas besoin de s'expatrier en ville.

Temps hélas révolu! A ce jour, Saint-Libéral ne comptait plus que 594 citoyens, la surface de ses terres en friche augmentait chaque année, comme augmentait l'exode des jeunes. Fuite que rien ne pouvait freiner, car rien ne pouvait combattre la misère qui les poussait loin de chez eux.

— On dira ce qu'on voudra, le père Mazière, c'était un brave homme, résuma Léon.

Et tous acquiescèrent.

C'est à l'auberge où ils se réunirent après la réunion, car Léon se devait d'arroser dignement ses fiançailles, qu'ils apprirent le décès du père Mazière. Il s'était éteint

35

Les palombes ne passeront plus

une heure plus tôt. La patronne de l'auberge tenait la nouvelle du docteur qu'elle avait vu revenir de la maison du défunt.

— Il est mort juste pendant qu'on parlait de lui, ponctua Martin Tavet.

— Bah, trancha la patronne, il avait l'âge, hein! Qu'est-ce que je vous sers?

Nul ne pipa mot et ils passèrent commande sans que personne ne relève tout ce qu'avait d'irrespectueux, et de léger, la réflexion de Suzanne, mais tous songèrent que, naguère, à l'époque où les Chanlat géraient l'établissement, jamais de tels propos n'auraient eu cours. Les Chanlat, eux, étaient du pays, ils connaissaient tout le monde et respectaient les morts. Mais Suzanne, il fallait bien lui pardonner...

D'abord, c'était une étrangère, elle était native de Tulle; ensuite, et de l'avis unanime, elle était un peu braque. Il fallait l'être pour avoir acheté, trois ans plus tôt, cette auberge qui périclitait et dont les chambres restaient désespérément vides. Mais elle n'avait pas rechigné sur la somme et payé, rubis sur l'ongle, le prix demandé. Depuis, les affaires ne marchaient ni mieux ni plus mal, mais Suzanne ne se plaignait pas. Il est vrai qu'elle avait une bonne pension de veuve de guerre.

Son premier mari — dont le portrait jauni meublait le côté gauche du grand miroir qui surplombait le zinc — s'était fait tuer sur la Marne, en septembre 1914, alors qu'elle avait dix-huit ans. Mais, de l'avis unanime, ce n'était pas ce malheureux deuxième classe qui avait fait sa fortune. En revanche, elle pouvait être reconnaissante à son second époux, un adjudant-chef, qui avait juste trouvé le temps de lui faire une fille avant de sauter bêtement sur une mine, en août 1918.

Depuis, grâce à ce brave homme — dont la photo et les décorations ornaient le côté droit du miroir — elle encaissait régulièrement de quoi vivre et élever sa fille; les modestes bénéfices de l'auberge étaient presque du superflu.

Mais les deuils qui l'avaient frappée, alors qu'elle n'avait pas encore vingt-trois ans, avaient laissé d'autres traces que sa pension. Elle avait ainsi de grands moments de cafard qui la faisaient fondre en larmes et donnaient

36

Saint-Libéral-sur-Diamond

immanquablement envie de la consoler à tous les célibataires de la région. A ces crises de désespoir, succédait invariablement une période euphorique au cours de laquelle elle chantait comme une grive, offrait volontiers à boire et faisait même crédit à tous ceux qui voulaient bien partager sa joie.

En fait, et c'était un secret de polichinelle, elle changeait de galant tous les quatre ou cinq mois, noyait pendant huit jours son chagrin dans le curaçao et reprenait vie dès qu'elle pouvait enfin mettre la main sur un homme compatissant et de robuste santé. Oui, elle était un peu follasse et ses propos manquaient souvent de retenue, mais tous ses clients l'aimaient bien. Quant aux femmes du bourg, elles la tenaient pour une dangereuse et perverse femelle.

— Allez, remettez-nous ça, demanda Léon en levant son verre vide.

— Alors c'est ma tournée, en l'honneur de votre mariage, annonça Suzanne avec un brin d'amertume dans la voix.

Elle nourrissait à l'égard de Léon des sentiments sans équivoque mais non réciproques; il avait toujours refusé ses avances. Redoutable trousseur de jupons, mais très circonspect, il usait, en matière de conquêtes, d'une prudence de renard; comme eux, il évitait de chasser aux alentours immédiats de sa résidence.

— Dites, je parie que vous ne connaissez pas la nouvelle? lança Suzanne.

Elle se tut pour ménager son effet, nota avec satisfaction qu'elle monopolisait l'attention et bomba le torse qui, aux dires de tous, forçait l'admiration.

— Oui, insista-t-elle, je la tiens de Mᵉ Chardoux lui-même, il est passé ce soir en revenant du château...

— Et alors? demanda Léon.

Tous savaient que Mᵉ Chardoux gérait les biens de la châtelaine. Depuis son veuvage, qui datait de la guerre, la vieille dame n'était pas revenue au bourg. Elle vivait à Paris, avec sa deuxième fille, et laissait au notaire le soin de s'occuper de la location de ses terres et de la surveillance du château inhabité depuis presque quinze ans. La venue du notaire à Saint-Libéral n'avait donc rien d'extraordinaire.

Les palombes ne passeront plus

— Et alors? minauda Suzanne, eh bien la châtelaine va bientôt revenir habiter ici, et sa fille aussi...

— Pas possible! s'exclamèrent les hommes.

Ils étaient heureux de cette décision, car tous déploraient de voir la grande bâtisse, jadis si vivante, se délabrer d'année en année. Rien n'était plus triste que les volets clos sur lesquels grimpaient le lierre et la vigne vierge, que le perron envahi par les ronces et les orties, les jardins en terrasse où croissait une envahissante broussaille, et les arbres du vieux verger étouffés par la viorne et le chèvrefeuille.

Si la châtelaine revenait, tout cela allait revivre, renaître et le village en serait embelli. De plus, cette résurrection donnerait du travail aux artisans, au couvreur, au menuisier, aux maçons; il y avait tant à faire pour réparer toutes ces années d'abandon! Enfin, la châtelaine aurait sûrement besoin d'une femme de ménage, d'un jardinier et peut-être même, comme jadis, d'un homme de confiance. Vraiment, son retour était une bonne nouvelle.

3

En règle générale, et sauf si le temps menaçait les récoltes, Pierre-Edouard ne travaillait pas le dimanche. Mais il profitait de cette journée pour arpenter calmement ses terres, surveiller la bonne croissance des cultures, la vigueur des arbres et de la vigne. Il aimait ces promenades et en jouissait pleinement.

Parfois, Mathilde et les enfants l'accompagnaient. Alors, pendant que les gosses galopaient devant eux, ils se remémoraient le chemin parcouru et les années écoulées depuis cette matinée de septembre 1917 où ils s'étaient rencontrés, là-haut, dans les genêts et les genévriers du puy Blanc. Jamais, depuis ce jour, Pierre-Edouard n'avait regretté la soudaine pulsion qui les avaient jetés l'un vers l'autre et qui les unissait tou-

Saint-Libéral-sur-Diamond

jours, dans une flamme sans cesse régénérée. Un amour de plus en plus solide et fort, réactivé sans cesse par le travail quotidien sur cette terre qu'ils aimaient, vivifié par la naissance des enfants, la gaieté et la fraîcheur qu'ils dispensaient.

Pourtant, les difficultés n'avaient pas manqué, et les soucis étaient toujours présents. Mais loin d'assombrir, voire de fissurer leur entente, ils la consolidaient en les obligeant à faire front, comme des complices qui se soutiennent, s'encouragent, se complètent.

Pierre-Edouard s'engagea dans la terre dite « de la Rencontre ». Il était seul pour sa promenade car, en cette matinée du premier dimanche de juin, Mathilde avait préféré rester à la maison pour garder Mauricette qu'un méchant rhume rendait bougonne. Quant à Jacques et Paul, dès la grand-messe finie, ils avaient rejoint leurs copains du catéchisme pour disputer avec eux, sous l'arbitrage de l'abbé Verlhac, une partie de rugby dont ils reviendraient couverts de gnons, mais ravis.

Il s'arrêta devant le champ de pommes de terre, sortit sa pipe et la bourra tout en contemplant l'immense étendue du plateau et la mosaïque des champs. Ici au moins, les terres étaient bien entretenues, propres. Ce n'était pas comme celles qui s'étendaient dans les pentes et dont le profil, trop accentué, exigeait un labour et des soins exclusivement manuels.

Délaissées pendant la guerre, faute de main-d'œuvre, la plupart se couvraient aujourd'hui de taillis, de broussailles. C'était pitié de savoir que, sous les baliveaux, se perdait une si bonne et riche terre, propice aux primeurs et aux fruitiers; mais que faire? Plus personne n'avait le temps ni la possibilité de travailler comme jadis. Seuls quelques lopins, parmi les plus accessibles, offraient, au milieu des ronces et des ajoncs, leurs rangées de légumes divers : petits pois, oignons, salades. Mais leur surface s'amenuisait d'année en année; il suffisait qu'un grand-père ou une grand-mère décède pour que la petite enclave qu'ils entretenaient avec tant de soins meure avec eux.

Heureusement, sur le plateau, c'était tout différent. Les champs étaient plats, aptes aux labours, et la terre, pour peu qu'on la soignât, rendait bien. Beaucoup d'agri-

Les palombes ne passeront plus

culteurs de Saint-Libéral possédaient ici quelques parcelles. Mais les plus belles surfaces, les plus importantes, appartenaient sans conteste à la famille Vialhe.

Là-bas, la Grande Terre, couverte de froment; puis celle des Malides, où croissait l'escourgeon; plus loin celle du Perrier, où s'alignaient de jeunes mais vigoureux pruniers; et puis, à droite, la Pièce Longue et ses vingt-huit noyers, des arbres qui allaient sur leur trente ans et devenaient magnifiques. Plus près de lui s'étendait la terre dite « des Lettres » de Léon, puis celle de Mathilde et enfin, devant lui, celle de la Rencontre.

Lorsqu'il s'était installé, huit ans plus tôt, Pierre-Edouard avait dû tout reprendre en main, tout ressusciter car les terres de son père, négligées pendant des années, s'épuisaient sous des assolements mal conduits. Rude labeur que Mathilde et lui avaient effectué sans plaindre leur temps ni leur peine; travail qui, maintenant, portait ses fruits.

De son séjour dans une ferme de la région parisienne, Pierre-Edouard avait ramené des idées et des techniques modernes. Certaines avaient fait sourire les voisins, mais tous avaient bien dû admettre, pour finir, qu'il s'y entendait comme un champion. Ils avaient bien dû reconnaître que les semences et les engrais qu'il employait donnaient d'excellents résultats, et que ses méthodes de travail étaient supérieures aux leurs.

Plus personne ne lui disputait l'honneur d'être, comme son père l'avait été jadis, le meilleur agriculteur de la commune. Il obtenait, bon an mal an, dix-sept quintaux de blé à l'hectare, soit presque huit de plus que la moyenne du secteur. Quant à ses vaches limousines, elles n'avaient rien à envier aux bêtes de concours que Léon exposait dans les comices de la région. Il élevait aussi des porcs, une dizaine de truies et un verrat qui, faisaient l'admiration de tous. Il avait fait venir ses reproducteurs de cette ferme où il avait passé presque quatre ans lorsque, avant guerre, il s'était brouillé avec son père. Les cochons, de race Yorkshire, étaient beaucoup plus précoces, plus gras, plus longs que les Limousins noir et blanc en vogue dans le pays.

Tout cela justifiait la décision prise par la majorité des agriculteurs de lui confier la place de président du

40

Saint-Libéral-sur-Diamond

syndicat d'achat. Il avait donc remplacé son père à la tête de cet organisme et tout le monde bénéficiait ainsi de ses compétences professionnelles et de ses judicieux conseils.

Mais il y avait pourtant une ombre au tableau, une menace pour l'avenir. Bien qu'il le lui ait instamment demandé, jamais son père n'avait voulu faire l'arrangement de famille. La majorité des terres — dix-sept hectares — la ferme et ses dépendances étaient toujours au nom de Jean-Edouard et, lui présent, elles le resteraient. Certes, Pierre-Edouard était le maître, c'était lui et lui seul qui gérait la ferme et la conduisait à sa guise; exactement comme il gérait les cinq hectares qui leur appartenaient en propre, à Mathilde et à lui.

Il n'empêchait qu'un jour viendrait où ses deux sœurs réclameraient leur part d'héritage. Il aurait préféré que cela se fît du vivant de son père, ne serait-ce que pour savoir à quoi s'en tenir et pour résoudre définitivement une situation bancale.

Mais Jean-Edouard ne céderait jamais. Sans doute avait-il pardonné à ses filles leur attitude passée; pardonné, oui, mais pas au point de leur permettre de bénéficier de ses biens tant qu'il serait là!

Aussi, Pierre-Edouard économisait déjà en prévision du jour où, son père décédé, ses sœurs feraient valoir leurs droits. Ce n'était pas le principe de cette légitime compensation qui le gênait, mais la crainte que Louise ou Berthe refusent l'argent, choisissent des terres et le contraignent à morceler cette propriété des Vialhe qui, depuis presque deux siècles, n'avait cessé de croître, de s'embellir et faisait sa fierté. Cette propriété qu'un jour il transmettrait à l'un de ses fils, à celui qu'il jugerait le plus capable de lui succéder. Mais pour l'instant, la ferme n'était même pas à son nom!

Il se rassurait en se disant que ses sœurs ne voudraient pas de terrain; d'ailleurs, que pourraient-elles en faire? Surtout Berthe! Celle-là, on pouvait dire qu'elle avait réussi, mais quelle vie elle menait! Il suffisait, pour s'en faire une idée, de regarder les quelques cartes postales qu'elle expédiait plusieurs fois par an : Londres, New York, Rio, Berlin, Rome. Elle avait élargi son champ d'action et sans abandonner ce qui avait fait son premier

41

Les palombes ne passeront plus

succès — son remarquable talent de modiste — elle l'avait étendu à la haute couture et courait le monde entier pour présenter ses modèles ou créer de nouvelles maisons.

A son sujet, Pierre-Edouard était à la fois plein d'admiration et de réserve. D'admiration car il savait tout ce qu'elle avait enduré à la ferme jusqu'à ce jour d'août 1914 où, enfin majeure, elle avait pris la route. Quelle évolution depuis! Et aussi quelle audace et quel sens des affaires pour avoir su monter une telle entreprise! Mais il éprouvait aussi une certaine réserve, une gêne, devant le mode de vie qu'elle avait choisi. Une existence de luxe, de femme affranchie aussi, qui préférait le célibat et les aventures à la vie calme et rangée qui aurait dû être celle d'une digne fille Vialhe. En fait, Berthe le déconcertait.

Il n'en allait pas de même avec Louise. Il est vrai qu'entre elle et lui, malgré la distance qui les séparait et le fait qu'ils ne s'étaient pas revus depuis dix ans, subsistait la vieille complicité qui les avait liés pendant toute leur jeunesse.

Elle aussi écrivait régulièrement, et son fils Félix également, le filleul de Pierre-Edouard. Louise était toujours gouvernante dans son château de la Brenne, elle s'occupait des trois enfants de ses patrons et ne se plaignait jamais. Quant à Félix, il effectuait son service militaire, il était au Maroc et s'y plaisait. Dès sa libération il serait garde forestier, comme l'avait été ce père adoptif qu'il avait si peu connu mais sans doute beaucoup admiré, au point de partager ce même amour des arbres et de la forêt.

Louise, Berthe, lui-même, quel chemin parcouru depuis vingt ans!

Pierre-Edouard alluma sa pipe, pressa le tabac avec son pouce et s'avança dans le champ de pommes de terre. Elles étaient belles et vigoureuses et le buttage qu'il avait effectué dans la semaine leur donnait bonne allure.

Il se baissa, caressa quelques feuilles; il était content de son choix de semences; pour la première fois il avait choisi de la « Ronde hâtive », une variété proche de la

Saint-Libéral-sur-Diamond

« Jaune d'Orléans » qui, paraît-il, réussissait bien dans la région et produisait ses quinze à vingt tonnes à l'hectare. Il redressa une tige un peu flétrie, fixa le plan et jura sourdement.

— Miladiou! cette fois ils sont arrivés...

Il fit quelques pas et soudain il les vit, des dizaines de coléoptères au corps jaune roux, strié de dix raies noires longitudinales. Il ne pouvait pas se tromper, l'immonde parasite, dont toute une colonie dévorait présentement ses pommes de terre, était le doryphore!

Ce n'était même pas une surprise, il y avait des années que tous les agriculteurs du canton attendaient cette offensive, des années que l'on parlait de l'inexorable progression de ces insectes ravageurs. Ils avaient fait leur apparition en 1920, dans la région de Bordeaux, et causé de tels dégâts que toute la France paysanne s'était émue. Mais cela n'avait pas empêché les bestioles de proliférer d'année en année, de gagner les Charentes, la Dordogne, la Vienne, la Haute-Vienne et enfin, deux ans plus tôt, une partie de la Corrèze. Mais, jusque-là, personne dans la commune n'avait eu à subir ce fléau, cette catastrophe. Désormais, c'était fait, les doryphores étaient là.

Pierre-Edouard se pencha de nouveau, retourna quelques feuilles et grimaça en voyant des dizaines de minuscules œufs jaunes, collés au revers du feuillage; déjà, sur quelques pieds, grouillaient des larves, grasses et obèses, d'un rouge orange taché de noir.

— Cette fois on est beau!

Les bruits les plus extravagants couraient au sujet des doryphores. Ainsi assurait-on qu'ils venaient des Amériques, expédiés secrètement par les gouvernements de là-bas, pour ruiner les paysans français et exporter ainsi leurs excédents de pommes de terre. D'autres ragots garantissaient que le coup venait des Allemands, trop contents de se venger ainsi de leur défaite. Enfin, parmi les derniers bobards à la mode, circulait celui affirmant que c'était les marchands d'insecticide, eux-mêmes, qui nuitamment et à l'aide d'avions, venaient épandre des pleins sacs d'insectes au-dessus des régions encore indemnes.

Ces sornettes ne méritaient qu'un haussement d'épaules, Pierre-Edouard savait, pour l'avoir lu dans une revue

Les palombes ne passeront plus

sérieuse, que tout était beaucoup plus simple. Certes, il était exact que l'attaque datait de 1920 et qu'elle avait eu lieu en Gironde, exact aussi qu'elle venait d'Amérique, non pas volontairement mais accidentellement et par le biais de quelques parasites transportés avec une cargaison de pommes de terre. Quant au reste, c'était de la blague et si l'on accusait les Allemands, c'était par ignorance ; parce qu'on ne savait pas que le doryphore — découvert en 1824 dans le Colorado — avait fait sa première apparition en Allemagne en 1876 ! En revanche, ce qui était vrai, c'est qu'on était très mal armé pour lutter contre cet envahisseur.

Pierre-Edouard arpenta tout son champ à grands pas. Cela fait, il coupa à travers le plateau et se hâta vers le village.

Comme il l'avait prévu et espéré, beaucoup d'hommes buvaient l'apéritif chez Suzanne. Il entra, se pencha vers Maurice.

— Va dire à ceux qui sont chez Lamothe de venir ici. Si, si, c'est important, il faut qu'ils viennent !

La fille Lamothe tenait le deuxième bistrot du village. Elle avait succédé à sa mère, dit « la mère Eugène », dont la réputation, dans les années 1910, était plus que douteuse. Il fallait bien croire que le vice était héréditaire car Noémie Lamothe était, aux dire des anciens, encore plus salope que sa mère, ce qui n'était pas rien... Trente-cinq ans, l'œil effronté, pas laide mais franchement négligée, elle vivait grâce à une modeste mais persévérante clientèle de vieux célibataires qui n'avaient pas peur des on-dit et allaient chez elle plutôt qu'au bordel. C'était plus près de chez eux, plus intime et moins cher ; un seul inconvénient, il ne fallait pas être pressé, la gueuse était furieusement chaude et elle aimait prendre son temps. Comparée à cette roulure, la belle Suzanne passait presque pour une sainte. Deux ou trois aventures annuelles la hissaient quasiment au rang des honnêtes femmes.

Pierre-Edouard se fraya un passage jusqu'au zinc, commanda une anisette. Il finissait son verre lorsque les

44

Saint-Libéral-sur-Diamond

cinq ou six clients de Noémie, racolés par Maurice, entrèrent dans l'auberge. — Bon Dieu! Qu'est-ce qui te prend? grogna Mathieu Fayette. Il était furieux car Maurice l'avait récupéré dans l'escalier qui grimpait à la chambre de Noémie. Alors, qu'est-ce que tu veux? insista-t-il, j'ai pas que ça à foutre, moi, que de venir à tes conférences!

Sa réflexion déclencha des rires gras et forces allusions malséantes, mais Pierre-Edouard n'avait pas envie de rire.

— Je veux pas faire une conférence! Je reviens juste du plateau, hé ben, les gars, là-haut, c'est tout plein de doryphores...

— Nom de Dieu! ponctuèrent les hommes.

— Je te l'avais dit! hurla soudain un buveur, c'est toi qui les as amenés avec tes putains de semences sélectionnées! C'est pas sur nos plants à nous qu'elles viennent ces bestioles!

— Dis pas de conneries, coupa Pierre-Edouard, en revenant j'ai traversé tes patates, elles sont encore plus envahies que les miennes! Et en plus elles sont pleines de mildiou! Je t'avais pourtant dit d'y mettre de la bouillie cuprique, mais comme toujours tu n'as rien écouté!

— Les doryphores sont chez moi? murmura l'interpellé.

— Chez toi, oui! Mais aussi chez Maurice, chez Bernical, chez mon beau-frère, chez toi aussi, Edmond; il n'y a que chez toi, Pierre, que je n'ai rien vu.

Ils restèrent tous assommés par la révélation.

— Mais il faut faire quelque chose! dit enfin Louis Brousse.

— Eh oui, murmura Pierre-Edouard, mais quoi? Je sais qu'il faut de l'arséniate de plomb, mais je n'en ai pas au dépôt, celui que le gars de la défense sanitaire m'a donné, je l'ai confié à Léon.

— Et pourquoi tu l'as pas gardé! C'est ton travail d'en avoir au syndicat! lança un des assistants.

— Va te faire foutre! lui jeta Pierre-Edouard, si tu veux ma place, je te la donne. T'as pas cru que j'allais stocker ce poison? C'est plein d'arsenic, ce truc!

— Alors il faut prévenir Léon, suggéra Maurice.

Les palombes ne passeront plus

— On est dimanche, va savoir où il est !

— Parti voir les feuilles à l'envers avec sa coquine, lança un farceur.

Mais sa réflexion souleva peu de rires, car tous songeaient aux doryphores qui dévoraient leurs récoltes.

L'abbé Verlhac fut le premier à se lancer à l'attaque des parasites. Dès qu'il fut au courant de la nouvelle, c'est-à-dire juste après le déjeuner, il alla chez Pierre-Edouard et lui exposa son plan. Il n'en était pas l'inventeur d'ailleurs, et il avoua qu'il le tenait de la lecture d'un article du *Pèlerin.* Dans les régions très atteintes, on avait pu freiner l'avance des insectes en les faisant ramasser, ainsi que les feuilles porteuses d'œufs, par les enfants des écoles.

— Mais ils vont tout piétiner ! s'exclama Jean-Edouard, votre remède sera pire que le mal !

Depuis que son fils lui avait rendu compte de sa découverte, il réfléchissait lui aussi au meilleur moyen de stopper l'invasion. Il n'avait jamais été de ceux qui se laissent abattre et entendait bien participer au combat. Il en avait tellement mené dans son existence de ces luttes entre les hommes et la nature ! Les doryphores étaient un nouveau fléau, il importait de s'en préserver et, si possible, de le vaincre.

— Oui, redit-il, vos gamins vont tout écraser !

— Pas sûr, dit Pierre-Edouard, si on leur explique bien, ça devrait marcher. On en met un ou deux par rangée, avec une boîte pour y jeter ces saloperies, c'est quand même pas compliqué !

— Non, dit Paul, mais s'ils nous piquent les doigts ?

— Crétin ! ça ne pique pas ! le rabroua son frère. Hein, papa, que c'est pas méchant ?

— Mais non, sauf pour les pommes de terre.

— Alors, qu'est-ce qu'on décide ? demanda l'abbé Verlhac.

— On fait ce que vous dites, mais il faut prévenir l'instituteur pour qu'il rassemble d'abord tous les gosses, histoire de bien leur expliquer le système.

— D'accord, je vais aller le voir.

Les rapports entre le prêtre et Charles Deplat, l'insti-

46

Saint-Libéral-sur-Diamond

tuteur, étaient des plus curieux. Les deux hommes, presque du même âge — ils allaient vers la cinquantaine — avaient débarqué au bourg dans les années précédant la guerre. Il s'était ensuivi une longue période de prudente observation, d'extrême réserve même; chacun s'efforçant surtout de ne pas fournir à l'autre des verges pour se faire battre.

Les quatre ans de conflit avaient tout changé et ils s'étaient retrouvés, non plus comme des adversaires, mais comme des frères d'armes. Des frères qui, d'ailleurs, avaient parfois des petites brouilles de famille, des querelles idéologiques, des broutilles qui se réglaient alors en joutes oratoires. L'un brandissant le dernier article de Herriot ou de Briand, l'autre défendant sa position pied à pied en récitant de longues tirades de la dernière Encyclique « Divini illius Magistri » — sur l'éducation chrétienne — ou encore, si l'affaire était vraiment grave, les fulminations de Léon Daudet!

Lorsque, à bout d'arguments, ils en arrivaient à se traiter de bolchevik ou de kalmouk, de fasciste ou de camelot, la réconciliation n'était pas loin. Elle se concrétisait généralement devant un verre d'apéritif que chaque protagoniste dégustait à la santé de son camp.

— Aux socialistes du monde entier, et vive la lutte des classes! annonçait gravement l'instituteur.

— Aux chrétiens martyrisés par vos rouges, et vive Dieu! rétorquait l'abbé.

Toute la commune était au courant de cette gentille guérilla et s'en amusait, sauf, et c'était cocasse, les purs et durs militants, qu'ils se recommandent de Marx ou du Christ! Les premiers accusaient le maître d'école de complaisance envers l'ennemi, les seconds — quelques rares hommes et un troupeau de bigotes — reprochaient à leur pasteur non seulement de se compromettre honteusement avec un sujet du diable, mais encore d'encourager le vice et la débauche en acceptant de prendre l'apéritif chez Suzanne, cette femme perdue. Ils avaient même écrit à l'évêque pour déplorer le laxisme de leur curé.

L'abbé Verlhac connaissait leurs sentiments à son égard, mais ne s'en souciait pas plus que de sa première soutane. Tout ce qu'il constatait, lui, c'est que par le

Les palombes ne passeront plus

biais de l'équipe de rugby qu'il animait, avec l'aide de l'instituteur, les gosses continuaient à venir le voir, même après avoir fait leur communion.

C'était un beau résultat, et ce n'était qu'un début! Il riait encore du coup bas qu'il venait de porter à la laïque en achetant, en grand secret, et en se saignant aux quatre veines, un magnifique Pathé-Baby. Grâce à cet appareil et à quelques bons films, il se faisait fort, dès que l'électricité arriverait au bourg, d'accroître encore le nombre de jeunes dont il se sentait responsable. Son acquisition avait rendu furieux l'instituteur, vexé à vie de ne pas avoir eu le premier cette idée de génie. Les deux hommes s'étaient réciproquement traités de coquin, puis avaient bu en chœur le verre qui scellait la trêve.

L'abbé trouva l'instituteur dans son jardin. Il était en train de désherber une grande plate-bande de carottes avec l'aide de sa femme. Le prêtre résista, *in extremis,* à la tentation de condamner vertement le travail du dimanche. Il avala sa réflexion en se souvenant que cette visite avait justement pour but de mettre les enfants au travail et que cette idée, digne d'un fieffé païen, était de lui.

Une heure plus tard, tous les enfants étaient sur le plateau. Mais aussi beaucoup de femmes et d'hommes curieux de voir à quoi ressemblaient les doryphores et quels dégâts ils occasionnaient. Quand tous se furent suffisamment lamentés, ils s'incorporèrent aux équipes réparties dans les différents lopins et se lancèrent à la chasse.

Ils travaillèrent jusqu'au soir, remplissant leur seau ou leur bidon et allant les vider dans une bassine à demi-pleine de pétrole. La nuit venue, alors qu'ils allaient redescendre au bourg, Pierre-Edouard dut s'opposer à ce que certaines femmes conservent leur récolte pour, expliquèrent-elles, en nourrir les volailles.

— Non, non! D'abord je ne sais pas si les poules aiment ces bestioles, ensuite ça vole, alors si vous en ramenez au bourg il s'en échappera toujours quelques-unes qui iront porter leur peste un peu plus loin, c'est ce que vous voulez?

48

Saint-Libéral-sur-Diamond

— Pierre-Edouard a raison, approuva l'instituteur en essuyant dans l'herbe ses doigts jaunes et gluants d'avoir trop écrasé d'insectes, il ne faut pas éparpiller ces vilaines créatures du bon Dieu! jeta-t-il en direction de l'abbé.

— Du diable, mon ami, du diable, assura le prêtre, vous êtes bien placé pour savoir que Satan est le Prince de ce monde...

— Oui, oui, trancha Pierre-Edouard, peu disposé à arbitrer l'assaut qu'il sentait venir.

Il était fatigué, mais surtout inquiet, car quelques pas dans les rangs de pommes de terre lui avaient permis de constater que beaucoup de parasites avaient échappé au ramassage.

— Oui, reprit-il, qu'ils viennent de Dieu ou du diable, on s'en fout! Tout ce que je sais, moi, dit-il en sortant son briquet, c'est que je vais mettre le feu à cette saloperie. Ecartez-vous! lança-t-il en allumant une poignée d'herbe sèche.

La bassine s'embrasa d'un coup, en une belle et haute flamme toute grésillante d'élytres et d'abdomens carbonisés.

— Voilà une bonne chose de faite, ponctua-t-il, mais dès demain on va pouvoir se mettre à sulfater. Bon Dieu, on n'avait pas besoin de ça! Allez, il faut que je rentre.

Ils lui emboîtèrent le pas et plongèrent vers le village qui, déjà, baignait dans la nuit.

Une séance du conseil municipal eut lieu dès le lendemain matin à la première heure pour mettre sur pied un solide plan de lutte.

— Tu sais où te procurer du produit? demanda Léon en s'adressant à son beau-frère, parce que le stock que tu m'as confié est insuffisant.

— A Objat.

— Et tu sais ce qu'il faut?

— Oui, de l'arséniate de plomb et de la chaux.

— Eh bien, va en chercher tout de suite. Puisqu'on est décidé à traiter, on ne va pas attendre qu'ils nous le livrent par la micheline de ce soir. Prends ta carriole et vas-y. Bon Dieu, depuis le temps que je dis qu'il faut

49

Les palombes ne passeront plus

que je m'achète une auto! Quand je pense que j'ai raté celle de M⁰ Lardy!

L'ancien notaire, à la retraite depuis dix ans, avait vendu sa Renault six mois plus tôt, mais Léon, par négligence, avait laissé passer l'occasion. Désormais, seul le docteur possédait un véhicule à moteur, mais il n'avait sûrement pas le temps, un lundi matin, d'aller courir à Objat!

— Je vais plutôt prendre ton tilbury, prévint Pierre-Edouard, ma jument est en bout de fers, elle ne fera pas l'aller-retour sans en perdre un ou deux. Mais dis, j'y pense, n'oublie pas aussi de faire recenser les Vermorel, on va en avoir besoin.

Tous les agriculteurs ne possédaient pas un pulvérisateur. Seuls ceux dont les vignes étaient importantes avaient acheté un de ces engins pour épandre la bouillie bordelaise, mais encore fallait-il qu'ils soient en état de marche.

— Oui, je vais dire à Alfred de s'en occuper, dès ce matin. Allez, va, tu devrais déjà être parti! Eh, n'oublie pas, lança-t-il, j'ai acheté mon cheval à l'armée, il y est devenu aussi feignant qu'un juteux-chef!

Tous rirent car nul n'ignorait que Pierre-Edouard avait fini la guerre avec ce grade.

Pierre-Edouard fut de retour dans le courant de l'après-midi; ce n'était pas avec lui, qui en avait dressé bien d'autres, qu'un cheval pouvait s'endormir en route. Dès qu'il déboucha sur la grand-place, il aperçut, rangés devant la fontaine, une bonne vingtaine de pulvérisateurs et aussi, bien arrimés sur les charrettes, les tonneaux pleins d'eau et les baquets où se feraient les préparations. Les hommes l'attendaient, assis au pied des tilleuls ou à la terrasse de chez Suzanne.

— T'as pas traîné, apprécia Léon en tapotant les flancs, blancs de sueur, de son cheval.

— C'est une bonne bête, mais je parie que tu ne sais pas lui parler, dit Pierre-Edouard en sautant à terre.

— Un feignant, je te dis, s'entêta Léon en commençant à décharger les boîtes, mais si tu veux, je te le vends au prix coûtant!

Saint-Libéral-sur-Diamond

— Cause toujours, lança Pierre-Edouard en s'éloignant, moi je vais casser la croûte, j'ai pas encore eu le temps. Je vous rejoindrai là-haut. Ah, si ça peut te consoler, on n'est pas les seuls, paraît qu'il y a des doryphores dans toute la plaine, ils se sont développés avec cette chaleur humide, c'est pour ça qu'il y en a tant, et d'un seul coup.

Ils travaillèrent jusqu'à la nuit, se relayant pour endosser les lourds engins métalliques qui coupaient les reins, sciaient les épaules et engourdissaient le bras droit, celui qui, inlassablement, devait pomper.

Vers 20 heures, alors qu'il faisait encore grand jour, les femmes leur montèrent le casse-croûte. Ils mangèrent de bon appétit, mais en fronçant les narines car leurs mains et leurs vêtements empestaient le produit et qu'un mauvais parfum chimique flottait sur le plateau. Puis ils reprirent leur va-et-vient obstiné; ils allaient d'un pas lent de fantassins recrus de fatigue. Lorsqu'ils s'arrêtèrent enfin, toutes les pommes de terre du plateau avaient reçu leur dose de poison. Ils rejoignirent le village en pensant qu'ils avaient gagné.

Mais, huit jours plus tard, les doryphores apparurent dans les champs qui bordaient le village. Au bout de quinze jours, ils étaient de nouveau dans les terres du plateau. Les hommes reprirent les traitements. Désormais, ils le savaient, il leur faudrait compter avec ce parasite. Il semblait invulnérable, comme les mouches, les puces ou les moustiques. Alors autant s'y habituer, ça ne faisait jamais qu'un ennemi de plus.

4

Depuis le changement de lune de la mi-juin, le temps était superbe, chaud, propice à la fenaison. Pour tenter de rattraper les jours perdus par un début de mois trop

51

Les palombes ne passeront plus

orageux, tout le village s'affairait, se hâtait. Il s'éveillait dès l'aube au chant des faux battues et au sifflement des lames de faucheuses mordues par le grès des meules et s'endormait, tard dans la nuit, au dernier grincement des chaînes rongeant les margelles et au ruissellement des grands seaux d'eau dont s'inondaient les travailleurs. L'air embaumait, et à l'odeur un peu acide et crue des derniers andains coupés, se mêlait la lourde et parfumée senteur du foin sec qui, dès la fraîcheur venue, transpirait dans les granges.

Campé devant le puits, Pierre-Edouard, torse nu et pantalon relevé jusqu'aux genoux, s'aspergea une dernière fois le visage, s'essuya sommairement avec sa chemise déjà humide de sueur et sourit en regardant ses fils. Pour une fois, ils ne lésinaient pas avec l'eau et eux, qui fuyaient d'habitude celle du robinet de l'évier, semblaient prendre plaisir à se laver. Il est vrai qu'ils avaient transpiré tout leur content pour l'aider à charger la dernière charrette de foin.

— Allez, leur lança-t-il, vous vous êtes assez arrosés, maman et pépé vont avoir fini de soigner les bêtes, il faut vous habiller, c'est l'heure de la soupe. Il entra dans la grande salle et ses pieds nus claquèrent sur le dallage. Bon sang, il fait nuit comme dans un four ici! dit-il en tâtonnant sur le bandeau de la cheminée à la recherche des allumettes.

Il descendit la lampe à pétrole suspendue au-dessus de la table, l'alluma et constata avec plaisir que tout était prêt pour le repas; le couvert mis, la salade préparée, la boisson tirée. Quant à la soupe, elle mijotait doucement sur les dernières braises du feu. Il se versa un demi-verre de vin, le coupa d'eau, l'avala d'un trait, puis chaussa ses sabots et ressortit pour rejoindre Mathilde à l'étable. A côté du puits, les deux enfants pataugeaient toujours en riant comme des fous.

— Tu as tout mis à l'abri? demanda Jean-Edouard en versant une rasade de vin dans le fond de son assiette à soupe.

— Oui, et j'avais de l'aide! dit Pierre-Edouard en désignant Jacques et Paul d'un coup de menton.

Saint-Libéral-sur-Diamond

— Tu feras ce que tu voudras, poursuivit son père, mais si j'étais toi, je ne faucherais pas demain, le soleil s'est couché dans l'eau...

— J'ai vu. Mais portez pas peine, j'ai pas besoin de lui pour savoir que l'orage se prépare...

— Ta jambe? demanda Mathilde.

Elle était assise dans le cantou et caressait doucement la tête de Mauricette endormie sur ses genoux.

— Oui, dit-il, depuis midi.

Gravement blessé dans les derniers mois de la guerre, il portait à la cuisse gauche une longue et profonde cicatrice qui réagissait et le tiraillait au moindre changement de temps. Ce n'était pas très douloureux, à peine gênant, mais suffisant pour l'avertir.

— Enfin, on verra bien demain; de toute façon, on a fait le plus gros, dit-il en faisant glisser une part d'omelette dans son assiette. Il servit ses fils, puis tendit soudain sa fourchette vers la lampe à pétrole. A propos de demain, vous vous souvenez?

Les enfants acquiescèrent. Bien sûr qu'ils se souvenaient! L'électricité serait branchée le lendemain, depuis le temps qu'ils attendaient ce jour!

— C'est une date importante, insista Pierre-Edouard; regardez bien cette lampe à pétrole, demain on n'en aura plus besoin.

— Alors on pourra la casser! jubila Paul déjà tout excité à la pensée d'une aussi belle cible.

— Et puis quoi encore! gronda son père, ma parole, tu ne penses qu'à tout massacrer toi! Non, on ne la cassera pas, manquerait plus que ça!

— Ben, puisqu'elle ne servira plus..., essaya encore Paul.

— Tais-toi! Et puis dépêche-toi de manger, et va au lit, il y a classe demain!

— Oui, et on ne pourra pas voir arriver l'électricité, se plaignit Jacques.

— Mais si, le rassura Mathilde, je suis sûre que le maître fera un essai dans l'école. A quelle heure branchent-ils? demanda-t-elle à son époux.

— Onze heures. Et après on a un vin d'honneur à la mairie et tout le monde est invité, surtout les anciens conseillers municipaux, dit-il négligemment.

53

Les palombes ne passeront plus

Il savait bien que son père ne daignerait pas se déplacer, surtout pour applaudir Léon! Mais au moins ne pourrait-il pas dire qu'on ne l'avait même pas prévenu!

— Bon, je vais me coucher, coupa sèchement Jean-Edouard.

Il se pencha vers ses petits-fils, leur tendit sa joue grise de barbe et entra dans sa chambre. La porte claqua sur son dos.

Mathilde regarda Pierre-Edouard et haussa discrètement les épaules; la brouille entre son frère et son beau-père était vraiment définitive et même l'inauguration de la ligne électrique n'y changerait rien.

Tous les gens du bourg étaient heureux d'avoir enfin l'électricité, aussi vinrent-ils nombreux pour célébrer son arrivée. Et même si quelques pessimistes pronostiquaient gravement que ce progrès coûterait les yeux de la tête, l'ensemble des habitants était fier de poteaux tout neufs qui bordaient la grand-rue et du transformateur installé à l'entrée du village, peu après la gare.

Mais le ciel s'en mêla. Déjà bas et couvert au lever du soleil, il mit d'humeur chagrine tous ceux qui avaient du foin par terre et les obligea à courir vers les prés pour tenter d'assembler en grosses meules le fourrage presque sec. Peine perdue, une première ondée dégringola vers 9 heures. Elle fut brève mais violente et détrempa toutes les récoltes. Elle doucha aussi les travailleurs qui s'en revinrent, furieux, en maudissant les nuages. Vers 10 heures, le tonnerre roula vers Terrasson.

— Bah, l'orage du matin n'arrête pas le pèlerin, lança Léon aux hommes déjà arrivés à la mairie.

— Non, dit sombrement Louis Brousse, mais il fait pourrir le foin...

Il se reprochait amèrement d'avoir coupé un grand morceau de pré la veille au soir et en venait presque à regretter les 1 850 francs que lui avait coûté sa faucheuse. Car lui aussi, comme bien d'autres, avait fini par céder à la tentation de la mécanisation. Mais comment faire autrement? La main-d'œuvre saisonnière se faisait de plus en plus rare et les quelques jeunes qui se proposaient encore savaient à peine se servir d'une faux

54

Saint-Libéral-sur-Diamond

et encore moins la battre sans la détremper! Une vraie misère! On était loin des troupes de faucheurs qui, vingt ans plus tôt, coupaient à eux seuls la majorité des prairies de la commune. Aujourd'hui, seuls les prés trop pentus entendaient encore le chant des faux; quant aux autres, ils avaient droit à la mécanique.

Il n'y avait rien à dire sur son travail, il était parfait, trop parfait même, presque trop reposant puisqu'il incitait au labeur, et que chaque andain couché appelait son frère! C'est surtout cela que Louis Brousse se reprochait : n'avoir pas su s'arrêter à temps. Maintenant, par la faute de cette garce de machine qui fauchait si bien, la moitié de son pré était en train de prendre l'eau! Un tel dégât n'aurait jamais eu lieu s'il en était resté à sa bonne vieille faux. Avec elle, et la fatigue qu'elle distillait, un homme ne se hasardait pas à couper plus qu'il ne pouvait rentrer. Il couchait sa portion, la fanait, la rassemblait et la mettait à l'abri. Cela fait, il reprenait sa lame et allait tranquillement raser une nouvelle ration d'herbe. Grâce à cette prudence, et même si l'orage venait, le volume de foin mouillé n'empêchait personne de dormir. Alors que maintenant, c'était plus d'un demi-hectare qui recevait l'averse...

— T'as du foin par terre? lui demanda Léon.

— Tu parles! Tout le haut de ma bouyge!

— On en a tous par terre, dit Bernical, et comme avec les faucheuses on n'y va pas de main morte!

— C'est juste ce que je me disais, maugréa Louis Brousse, on est bien couillon aussi de se laisser commander par la mécanique!

Il haussa les épaules, s'approcha de la fenêtre et regarda pensivement tomber la pluie.

L'orage éclata à 11 heures moins 10. Ce ne fut même pas un de ces gros et terrifiants bombardements qui vous laisse haletant et angoissé dans l'attente de la prochaine salve. Il fut discret, n'effraya personne et s'éloigna après cinq ou six coups de semonce.

Malheureusement, l'un d'eux avait fait disjoncter le transformateur, ce qui ridiculisa Léon lorsque, à 11 heures sonnantes, et après avoir prononcé quelques

Les palombes ne passeront plus

mots sur les bienfaits de la civilisation, il voulut allumer la salle de la mairie. Il abaissa l'interrupteur et toute l'assistance leva la tête en direction de l'abat-jour de porcelaine.

— Ben merde, quoi! ça marche pas! murmura Léon en actionnant en vain le petit levier de cuivre. Et alors, lança-t-il à l'adresse de l'ingénieur en chef, c'est ça votre fée électrique? C'est pas miraculeux!

— C'est le transfo qui a dû sauter pendant l'orage, expliqua l'interpellé, ça sera vite réparé.

Et il expédia aussitôt un de ses hommes jusqu'au transformateur. Le spécialiste revint peu après, confirma le diagnostic.

— Alors, cette fois, ça va marcher? demanda Léon. Oui?, bon, allons-y.

Il manipula le bouton et jura en constatant que rien ne se passait; un murmure de mécontentement roula dans la salle.

— Miladiou! Vous vous foutez de moi, ou quoi? grogna Léon.

— Cette fois c'est sûrement votre compteur, déclara l'ingénieur vexé, vous êtes sûr qu'il est ouvert?

— Cette blague! Je ne suis pas idiot!

— Vérifions quand même..., suggéra l'ingénieur en allant vers le petit placard qui abritait la boîte noire.

Mais il dut se rendre à l'évidence, le compteur était bien en état de marche.

— Très bien, très bien, dit-il en s'efforçant de sourire. Il se passa la main dans les cheveux, se gratta le crâne : C'est tout le secteur qui est en panne, assura-t-il, c'est à cause de l'orage, ça arrive parfois...

— Ben ça promet, lança un des hommes, si la lumière est coupée chaque fois qu'un nuage fait un pet de travers, c'était pas la peine de nous faire faire tous ces frais!

— Oui, renchérit son voisin, on dira ce qu'on voudra, ça n'arrive jamais avec une bougie!

— Au contraire même, plaisanta Maurice, chez moi, dès le premier coup de tonnerre on a la lumière, ma femme allume tout de suite le cierge de la Chandeleur!

— Alors qu'est-ce qu'on fait? demanda Léon, ça va être long?

56

Saint-Libéral-sur-Diamond

— Non, non! assura l'ingénieur, mes collègues doivent déjà être en train de réparer, vous pensez bien!

— Mmouais... grogna Léon, sceptique. Bon, on va quand même arroser ça, décida-t-il en se dirigeant vers la table couverte de verres et de bouteilles. Allez, servez-vous tous, invita-t-il.

Mais ils eurent beau trinquer en essayant de plaisanter, le cœur n'y était pas. Ils étaient frustrés et s'esquivèrent rapidement.

— Ah, c'est réussi! constata Léon lorsqu'ils furent tous partis.

— Simple incident, assura l'ingénieur.

— Mais oui, renchérit Pierre-Edouard, et puis elle sera bien revenue pour ce soir cette électricité, alors tu verras, ce sera magnifique.

Attendu pour 11 heures le courant n'arriva que vers midi et demi et personne ne s'en aperçut, car l'orage qui rôdait alentour avait incité tout le monde à couper prudemment les compteurs. Ce ne fut donc qu'à la nuit que chacun put enfin apprécier les avantages de l'éclairage électrique. Hélas, l'obscurité revint moins d'une demi-heure plus tard, saluée par des protestations qui fusèrent de chaque foyer.

On apprit, dans les jours suivants, que l'orage, si modeste à Saint-Libéral, s'était déchaîné ailleurs et que les branches d'arbre qui avaient chu sur les fils étaient responsables de ces courts-circuits. Très dépités, les habitants du bourg partirent se coucher en maugréant.

Mais ils étaient si peu habitués au maniement des interrupteurs qu'ils en laissèrent beaucoup en position de marche. Quand le courant fut définitivement rétabli, vers minuit, une grande partie du village s'illumina donc soudain. Réveillés en plein sommeil, c'est en maudissant le progrès que les usagers durent se lever pour éteindre toutes ces salopes d'ampoules, qui ne fonctionnaient pas lorsqu'on avait besoin d'elles et s'allumaient bêtement quand on ne leur demandait rien! Cela non plus n'arrivait jamais avec une lampe à pétrole.

Le retour de la châtelaine ne passa pas inaperçu. On attendait une vieille dame riche, personnifiant le luxe

Les palombes ne passeront plus

et le confort et ce fut une femme âgée, à la mise très modeste, qui débarqua à Saint-Libéral par l'autorail du soir, en ce mercredi 25 juin.

Aidée par sa fille, elle descendit prudemment du wagon et attendit sans s'impatienter que l'employé décharge ses bagages et les empile sur le quai poussiéreux.

Mises à part leurs malles et leurs valises — dont le beau cuir bien ciré et quelques très anciennes étiquettes de grands hôtels rappelaient de lointaines splendeurs — rien ne laissait supposer que les deux passagères avaient connu un jour l'existence dorée et oisive de ceux qui pouvaient vivre de leurs rentes. Et même le chef de gare, qui se souvenait pourtant très bien de la châtelaine d'avant-guerre, hésita avant de s'avancer vers cette vieille femme en qui il avait du mal à reconnaître l'épouse du regretté Jean Duroux. Et il fut tout aussi stupéfait de la voir grimper un peu plus tard dans le char à bancs de Julien, s'installer au milieu des bagages et subir, sans sourciller, les cahotements et les grincements de la mauvaise carriole dont l'utilisation habituelle était le transport des veaux et des porcs.

A peine l'attelage avait-il pris le chemin du château, que le chef de gare, encore tout choqué, courut jusque chez Suzanne où, il n'en doutait pas, les buveurs d'apéritif seraient passionnés par l'incroyable nouvelle : la châtelaine était de retour, mais au lieu d'arriver, comme tous s'y attendaient, dans une belle automobile, elle venait de descendre de la micheline comme une simple paysanne revenant de la foire à Objat !

— Ça, c'est pas croyable, murmura un des consommateurs, et tu dis qu'elles sont montées dans la charrette de Julien ?

— Parole !

— Eh bien, souffla l'homme, faut vraiment croire qu'elle a plus de sous ! Mais dites, vous le saviez, vous ? demanda-t-il en se tournant vers le fond de la salle où, solitaire, l'ancien notaire jouait au billard.

Mᵉ Lardy haussa les épaules, marqua un dernier point, puis replaça la queue et s'approcha du zinc.

— Oui, je le savais, reconnut-il. Oh ! je peux vous le dire, je ne suis plus lié par le secret professionnel, d'ail-

58

leurs ce n'est pas un secret. Vous venez de le comprendre, la châtelaine ne possède plus grand-chose...

— Mais comment diable? demandèrent les hommes.

Ils n'arrivaient pas à concevoir que la solide fortune des Duroux ait pu fondre aussi irrémédiablement.

— Ah, mes pauvres, soupira le notaire, ce qui est difficile depuis dix ans, ce n'est pas de gagner des sous, c'est de savoir les conserver!

— Mais miladiou! s'entêta son proche voisin, le châtelain, dans le temps, il avait des immeubles et aussi des..., comment vous appelez ça, des papiers, des...?

— Des actions et des titres, ricana le vieux notaire. Eh oui! Et sa veuve est bien la preuve que personne n'est à l'abri des mauvais placements... Ses immeubles? Vendus depuis la fin de la guerre! Quant à ses actions, elles ont perdu les quatre cinquièmes de leur valeur depuis dix ans! Et encore, je ne parle pas des emprunts russes... Non, croyez-moi, c'est bien fini la belle époque du château, oui, c'est bien fini. Tout ce qui reste à madame Duroux ce sont les fermages que lui paye Léon et aussi, je crois, le loyer d'un petit appartement à Paris. Oh, elle peut encore vivre avec ça, mais en faisant attention...

— Bon Dieu! Vous pouviez pas le dire plus tôt! Elle me doit des sous! lança Edouard Feix.

Couvreur, il venait de passer une quinzaine de jours à resuivre la toiture du château et craignait maintenant de ne pouvoir se faire payer.

— Plaignez-vous à mon confrère de Terrasson, c'est lui qui gère les derniers biens de madame Duroux, lui rappela Mᵉ Lardy.

— Je sais, bougonna l'autre qui se reprochait maintenant d'avoir effectué pour plus de 500 francs de réparations. Dites, vous pensez qu'elle pourra quand même me payer?

— Mais oui. N'exagérons rien, elle n'est pas encore dans la misère!

— Pas dans la misère, peut-être, assura un des clients, n'empêche, si on m'avait dit un jour qu'elle grimperait au château dans la carriole de Julien, ça alors!

Les palombes ne passeront plus

Le retour de la châtelaine et de sa fille anima les conversations du village pendant plusieurs jours. S'appuyant sur les témoignages du chef de gare et de Julien, quelques méchantes langues en profitèrent aussitôt pour assurer que non seulement la vieille dame était complètement ruinée mais encore couverte de dettes et que les commerçants allaient devoir se méfier des demandes de crédit qui n'allaient pas tarder.

Mais ce ragot fit long feu lorsqu'on apprit qu'Edouard Feix n'avait eu aucun mal à se faire régler sa facture de 518 francs. Du coup, Roger Traversat, le menuisier, qui avait dû refaire plusieurs contrevents et quelques mètres carrés de parquet gondolé par l'humidité, grimpa lui aussi au château, présenta poliment sa note et empocha les 1 027 francs qui lui étaient dus. Tout le monde voulut bien alors admettre que, sans toutefois posséder sa fortune d'antan — et à condition de se cantonner dans une modeste existence — la châtelaine avait quand même de quoi vivre.

On s'habitua donc à la voir venir au bourg pour effectuer ses indispensables achats alimentaires. Toujours accompagnée par sa fille, elle ne manquait jamais de saluer aimablement tous les gens d'un certain âge qu'elle avait jadis connus. Souvent même, elle faisait un brin de causette, quémandait des nouvelles de tel ou telle, s'enquérait de la santé de tous ceux dont elle avait conservé le souvenir. Mais beaucoup manquaient, emportés par la guerre, la vieillesse ou la maladie. Alors elle hochait la tête, marmonnait : « Comme le temps passe... » et reprenait sa promenade.

Fervente chrétienne, elle assistait à la messe tous les matins et reprit naturellement sa place dans la vieille stalle réservée aux châtelains toujours installée entre le quatrième et le cinquième rang de chaises, à la gauche de l'autel. Cette stalle que personne n'avait jamais osé occuper depuis le départ de la famille Duroux, quinze ans plus tôt.

— Tu es prête? demanda Pierre-Edouard en poussant la porte de la chambre. Il entra, sourit, puis marcha

Saint-Libéral-sur-Diamond

vers Mathilde, l'enleva dans ses bras et tournoya sur place.

— Tu es fou! Ce n'est pas nous qui nous marions! protesta-t-elle en riant, et puis tu vas froisser mes affaires!

Il lui posa un baiser dans le cou, s'extasia. Elle était ravissante dans sa légère robe bleue, bien coupée et seyante.

Elle avait habilement bâti cette toilette en suivant un modèle proposé par le *Petit Echo de la mode* et, non contente de la réussir point par point, l'avait même embellie par quelques coupons de tulle finement disposés aux manches, à l'encolure et au corsage. Pour la première fois depuis le décès de sa mère, et en l'honneur de son frère, elle quittait le deuil et se sentait toute rajeunie.

— Tu vas être bien plus belle que la mariée, lui assura-t-il en la faisant pivoter à bout de bras. Bon, c'est pas le moment de se mettre en retard, les enfants sont prêts?

— Bien sûr, mais ils traînent dehors et... Pourvu qu'ils n'aillent pas se salir!

— Oui, il est temps de partir, allez, en voiture, dit-il en lui tendant la main.

La carriole les attendait devant la porte et Mathilde nota que Pierre-Edouard avait astiqué les harnais; le collier luisait comme un soleil, les rivets de cuivre jetaient tous leurs feux et même le mors, frotté au sable fin, scintillait à la bouche du cheval.

— Attendez-nous! Attendez-nous! hurlèrent les enfants en sortant du hangar.

— Qu'est-ce que vous fichiez là-bas? demanda Pierre-Edouard en fronçant les sourcils, mais il sourit devant leurs mines penaudes, enleva d'un seul bras la petite Mauricette — toute rose dans sa robe rose — et la posa sur le banc de la carriole.

— Installez-vous, je reviens, dit-il en s'éloignant vers l'étable. On s'en va, lança-t-il à son père.

Jean-Edouard chargea une fourchée de fumier sur la brouette, hocha la tête.

— D'accord.

— On rentrera sûrement très tard.

61

Les palombes ne passeront plus

— Oui, sûrement. Allez, t'inquiète pas, la maison ne sera pas vide et les bêtes seront soignées, je suis là...

— Bon. Alors on s'en va, redit Pierre-Edouard en sortant.

Une fois de plus il était un peu gêné de ne pouvoir faire partager cette joie dont Léon était responsable. Il eût tant aimé que son père oublie ses vieilles rancunes et cesse surtout de lui jeter ces regards glacés chaque fois qu'il était question de Léon. C'était fatigant à la fin, et même vexant pour Mathilde qui ne pouvait jamais recevoir son frère. Quant aux enfants, ils n'étaient pas sots et demandaient de plus en plus souvent pourquoi leur oncle ne venait jamais veiller à la maison.

« Il faudra bien qu'on trouve un système, pensa-t-il, surtout maintenant qu'il va avoir une femme ! Bon sang, ce sera notre belle-sœur ! »

Mais le problème n'était pas facile à résoudre car nul ne pouvait contraindre son père à ouvrir sa porte à quiconque lui déplaisait. La maison lui appartenait; comme lui appartenait le droit de faire comprendre à Léon que sa présence était indésirable.

La grosse Mathis glissa le long du trottoir et s'arrêta devant l'entrée de la mairie. Derrière elle, vinrent stationner une étincelante Amilcar huit cylindres, puis une Morris-Léon-Bollée et enfin deux Renault Vivasix.

Les badauds, agglutinés sur les trottoirs et les chalands, qui flânaient devant les étalages des marchands forains dressés sur la place Saint-Martin, hochèrent la tête en connaisseurs.

A Brive, les mariages étaient fréquents, surtout le samedi matin, mais plus rares les noces qui déplaçaient tant d'invités et de véhicules aussi somptueux. Grâce à la complicité bon enfant qui liait tous les curieux et poussait chacun à papoter spontanément avec ses proches voisins, tout le monde fut vite informé de l'identité des futurs époux. Les commentaires allèrent bon train quant à l'âge de la mariée, au prix de sa robe, au montant de la dot et à la fortune de son père. Et si quelques naïfs s'étonnèrent de la grande différence d'âge entre les époux, si des cyniques glosèrent lorsque Léon passa

Saint-Libéral-sur-Diamond

son bras sous celui de sa jeune fiancée et entra dans la mairie, la majorité des observateurs fut unanime pour décréter que les bons et solides mariages se bâtissent d'abord sur les affinités de situation, les alliances de fortune et ensuite, éventuellement, sur l'estime réciproque. Parce que l'amour et l'eau fraîche, c'est bon pour les midinettes ou les inconscients, mais pas pour les gens sérieux qui connaissent la dureté de la vie, le prix des choses et les dangers qui menacent les unions guidées par la seule passion aveugle.

— Et pourtant, lança un farceur, faut croire que le marié est aveugle! Ou alors, ce soir, il va lui coller un sac sur la tête. Punaise, c'est pas une Mistinguett qu'il épouse! Dis donc, quel brancard!

La réflexion était méchante et injuste. Certes, Yvette Chantalat n'était pas une Vénus, mais elle n'était pas vraiment laide, comme venait de l'assurer l'amateur de belles filles. Pas laide, mais terne, effacée, trop maigre et chétive; et malgré sa magnifique robe, taillée pour l'avantager, tout le monde devinait ses fesses plates et son corsage privé d'appas.

Malgré tout, il émanait d'elle une sorte de bonté et de gentillesse qui séduisait. Cela provenait de son regard, très doux, très paisible, et aussi de son sourire, émouvant lui aussi, fin, parfois ombré d'une légère tristesse et qui semblait toujours vouloir s'excuser. Un peu comme si la jeune fille savait mieux que quiconque qu'elle n'était pas belle, mais qu'elle n'y pouvait rien et qu'il fallait la prendre comme elle était.

Et c'est bien parce que Léon avait eu l'honnêteté de lui déclarer sans ambages qu'il ne cherchait ni une beauté ni une femme à dot, mais simplement une bonne et honnête épouse, qu'elle n'avait pas hésité à accepter sa demande en mariage. Elle lui était reconnaissante de sa franchise et elle l'avait choisi parce que, entre tous les prétendants qui tournaient autour d'elle, il avait été le seul qui n'avait pas menti. Qui n'avait pas poussé l'hypocrisie jusqu'à lui déclarer qu'il était fou d'elle, de son charme et de son élégance; voire même, comme certains avaient osé l'avouer, de sa beauté!

Comment tous ces imbéciles avaient-ils pu la croire dupe de leurs singeries? Amoureux d'elle tous ces cou-

63

Les palombes ne passeront plus

reurs de dot? Allons donc! Intéressés ou franchement vicieux, oui! Le moins vieux avait deux ans de plus que Léon et elle avait su par son père qu'il était joueur et flambeur au point d'avoir dilapidé, en quelques années, une belle fortune héritée de ses parents! Quant aux autres qui avaient tenté leur chance depuis qu'elle avait dix-huit ans, ils ne valaient pas mieux!

Tandis que Léon, c'était différent. Son père et lui se connaissaient depuis des années, travaillaient souvent ensemble et s'estimaient beaucoup. Enfin, Léon s'était montré délicat, presque prude, c'est à peine s'il se permettait parfois de l'embrasser; mais il était plein de prévenances pour elle et lui avait promis de tout faire pour la rendre heureuse. Que pouvait-elle espérer de mieux, elle que pas un seul garçon de son âge n'avait regardée sans ricaner?

5

Pierre-Edouard observa Mathilde, croisa son regard et lui sourit. Mais il souffrait un peu pour elle, car il devinait qu'elle était mal à l'aise. Le banquet battait son plein et, vu le menu, ce ne serait pas avant trois ou quatre heures qu'il serait possible de quitter la table.

Après la grand-messe à Saint-Martin et la séance de photos sur le parvis, toute la noce s'était transportée à l'hôtel de la Truffe Noire où le père Chantalat, avant de passer dans la salle à manger, avait offert l'apéritif à ses relations et connaissances, et elles étaient nombreuses.

Pierre-Edouard et Mathilde avaient tout de suite décelé qu'ils n'appartenaient pas à la même caste que les autres invités, qu'ils n'étaient que des petits paysans, perdus dans un monde qui les méprisait un peu. Ce monde du commerce de la viande, de l'argent, des grosses affaires. Beaucoup de bouchers en gros, d'expéditeurs et de marchands de bestiaux étaient là et, pour Pierre-

Saint-Libéral-sur-Diamond

Edouard, c'étaient des ennemis qui tous, ou presque, devaient leur bedaine rebondie, leur teint florissant, leur costume voyant et leur épouse clinquante et peinte, à toutes les petites canailleries qu'ils avaient commises à son détriment, comme à celui de tous les agriculteurs. De plus, pour eux, il n'était pas riche, ce qui était une tare.

Même la sœur de Léon et de Mathilde le jugeait d'un œil critique. Elle avait épousé, onze ans plus tôt, un employé de la préfecture. Un homme poli et sans doute bon père et bon époux, mais hautain et puant, fier d'être fonctionnaire et ne se privant jamais de rappeler qu'il ne devait qu'à son seul travail et à ses compétences les diverses promotions qui jalonnaient sa vie profession-nelle.

Pierre-Edouard n'aimait pas ce rond-de-cuir qu'il tenait pour un feignant payé à rien foutre. Il détestait son pédantisme et cette façon qu'il avait de froncer les narines et de feindre l'écœurement lorsque, par extra-ordinaire, il condescendait à venir jusqu'à Saint-Libéral pour affronter les ruelles bourbeuses, les bouses et les tas de fumier; il n'avait d'ailleurs pas mis les pieds au village depuis le décès de sa belle-mère, deux ans plus tôt.

A cause de lui, la coupure était complète entre Mathilde et sa sœur. Et si cette dernière se rapprochait de Léon depuis l'annonce de son mariage, c'est parce qu'elle estimait que son frère faisait une bonne opéra-tion, une alliance qui le hissait au rang des gens conve-nables qu'une épouse de fonctionnaire peut, éventuelle-ment, côtoyer sans déchoir.

Même leur fils unique, un gamin de l'âge de Jacques, avait pris le pli et se comportait comme le digne rejeton de son crâneur de père. Pierre-Edouard regarda le gosse et s'inquiéta soudain pour lui.

Il était tout au bout de la table, encadré par Jacques et Paul qui avaient décrété, d'emblée, que leur cousin était un trou-du-cul, mais qu'ils n'allaient pas pour autant lui laisser le loisir de les empoisonner. De là à jalonner la journée par quelques perfides vacheries, il n'y avait pas loin... Pierre-Edouard connaissait bien ses fils et redoutait leurs représailles.

Les palombes ne passeront plus

Puis il observa à nouveau Mathilde et la plaignit de devoir subir les insanités qu'un gros homme cramoisi, et déjà bien parti, lui susurrait dans le cou. La noce était à table depuis deux heures et déjà les hommes tombaient la veste et desserraient leur cravate.

Jacques et Paul s'empiffraient allégrement, buvaient sec et avaient déjà chaud aux oreilles. Installés au bout de la table, ils jouissaient pleinement de la liberté qui leur était laissée, mangeaient ce qui leur plaisait, quand ils le désiraient et autant qu'ils le voulaient. Ils se versaient souvent des demi-verres de Sauternes que, par une sorte de prudence instinctive, ils coupaient d'eau fraîche.

Le foie gras truffé avait été servi avec un Château-Yquem sucré comme un sirop, et presque aussi épais, qui avait tellement plu aux enfants que Paul avait habilement subtilisé trois demi-bouteilles au moment du changement de service.

Mais s'ils ne perdaient pas un coup de fourchette, Jacques et Paul étaient franchement excédés par la présence et les réflexions de leur cousin. Pour tout dire, ce Tulliste leur coupait, sinon l'appétit du moins la digestion, et ses propos les aiguillonnaient comme des taons au mois d'août. D'abord, qu'est-ce qu'ils en avaient à foutre que ce fils à papa possède un vélo, une montre-bracelet et un porte-plume à réservoir? Et qu'est-ce que c'était que cette classe de sixième et ce lycée dans lequel il entrerait en octobre? On était au début des vacances et cet idiot parlait de la rentrée! Un vrai fou, oui!

— Je vais pisser, dit Paul en se levant.

Il cligna de l'œil à son frère qui annonça aussitôt qu'une envie le démangeait lui aussi.

— Il est couillon, ce type! décréta Paul après avoir admiré le luxe et la propreté des toilettes, et puis il ne sait même pas tirer au lance-pierres! ajouta-t-il en s'extasiant devant les bulles qu'il créait au fond de la cuvette.

— Et moi j'ai une bicyclette rouge avec un phare, et aussi une montre-bracelet! imita Jacques d'une voix gei-

Saint-Libéral-sur-Diamond

gnarde. Tiens, je te parie qu'il ne sait même pas reconnaître une tia-tia d'une grolle!

— Faut qu'on le saoule, décida Paul.

— Fais pas l'andouille, hein! menaça son frère, après on se fera tanner!

— Mais non, assura Paul sûr de lui, on va faire un concours à celui qui boit le plus.

— T'es fou, non? Nous aussi on sera cramé!

— Eh non! Ecoute, pendant que tu lui parles, je remplis mon verre aux trois quarts d'eau et je teinte au vin, ensuite je remplis son verre. Pendant qu'on boit tous les deux, toi tu fais pareil, beaucoup d'eau et à peine de vin, et on recommence. Sûr qu'il fera pas longtemps le fier...

— Mais dis, si les grandes personnes nous voient?

— Penses-tu, ils ne pensent qu'à boire eux aussi! Allez, viens, on va rater les pintades. Alors on fait comme on a dit, hein?

— On va encore se faire tanner, pronostiqua Jacques avec fatalisme.

L'orgueil de leur cousin les aida beaucoup, car le gosse, qui s'aperçut très vite de la supercherie mais se croyait très fort, décida de faire voir à ces culs-terreux comment on savait boire à la ville.

— Eh bé dis donc! t'avale ça comme du lait! ponctua hypocritement Paul lorsqu'il eut vidé cul sec son deuxième verre.

— Faut t'arrêter maintenant, tu vas sûrement être malade, renchérit doucereusement Jacques en attaquant une aile de pintade.

— Malade, moi? Dites, mon père me donne du vin tous les dimanches au dessert, et du plus corsé que ça! assura leur cousin en emplissant son verre.

Il but, mais sa pâleur soudaine alerta les deux frères qui décidèrent aussitôt de se forger un solide alibi, se levèrent et sortirent négligemment dans la cour.

Quelques cris étouffés, puis des rires, les avertirent que le drame était consommé. Quand ils revinrent, la mine innocente et l'esprit éclairci par le grand air, ce fut pour constater la disparition du gamin; on avait même enlevé

67

Les palombes ne passeront plus

son couvert et un garçon passait la serpillière sous la table.

— Vous allez pas faire pareil au moins? leur lança une grosse dame.

— Qu'est-ce qu'il a eu? demanda Jacques.

— Ce qui arrive aux enfants qui aiment trop le vin!

— Ah ben, ça m'étonne pas! s'exclama Paul, il a fait rien que de boire depuis qu'on est à table. On lui a pourtant dit qu'il serait malade, hein Jacques, qu'on lui a dit?

Son frère acquiesça vivement. Mais un regard à son père lui fit comprendre que leur manège ne lui avait pas échappé; il fut cependant stupéfait lorsque Pierre-Edouard lui cligna de l'œil en ébauchant un sourire complice.

La nuit était superbe, chaude, toute grésillante du chant des grillons. Et, dans le ciel tout palpitant d'étoiles, luisait la mèche blonde d'un quartier de lune.

Serrée contre Pierre-Edouard et doucement ballottée par le balancement de la carriole, Mathilde sommeillait un peu. Derrière elle, allongés sous une couverture, les trois enfants dormaient profondément. Terrassés par la fatigue, et aussi par une laborieuse digestion, ils s'étaient assoupis avant même que l'attelage ait quitté les faubourgs de Brive.

Maintenant, le cheval trottinait dans la plaine de Larche; il connaissait le chemin et allait bon train, sans efforts excessifs, sans à-coups. Bercé par la régularité du rythme et le tempo des sabots frappant le sol, Pierre-Edouard se sentait les paupières lourdes et eût volontiers imité les enfants dont il entendait les gros soupirs. Mais il calcula qu'il avait encore plus d'une heure de route avant d'atteindre Saint-Libéral, alors il bourra sa pipe et l'alluma. La haute flamme de son gros briquet de cuivre sortit Mathilde de sa somnolence, elle se redressa, scruta les ténèbres.

— Où sommes-nous? demanda-t-elle en écarquillant les yeux.

— On arrive à Daudevie, tu dormais?

68

Saint-Libéral-sur-Diamond

— Un peu, quelle journée!

Ils n'avaient pas pu se parler tranquillement depuis le matin et avaient maintenant beaucoup à se dire.

— C'était quand même un bien beau mariage, constata-t-elle dans un bâillement.

— Oui, et quel repas!

— Ah ça... Le père Chantalat n'a pas lésiné!

— Mais ça a dû lui coûter chaud... Au fait, tu ne t'es pas ennuyée entre les deux gros marchands de cochons?

— Non, et toi?

— Moi non plus, il faut tout voir dans la vie, dit-il en haussant les épaules.

— On était quand même un peu perdus, hein? Je ne t'ai pas fait honte au moins?

— Tu es folle! C'était toi la plus belle, et de loin!

— Pourtant, je suis certaine que j'étais la seule à avoir fabriqué ma robe, ça ne se voyait pas trop?

— Que tu es bête, dit-il en la serrant contre lui, on dirait que tu n'as pas vu la chèvre et la saucisse qui m'encadraient à table! Malgré leur belle toilette et tous leurs bijoux, je te jure qu'elles étaient jalouses de toi!

— Penses-tu! Enfin, voilà Léon marié... Dis, tu crois qu'il va devenir comme eux?

— Comment ça?

— Je veux dire comme tous ces gens qui... Enfin, on voit bien qu'ils ne vivent pas comme nous, alors je me demande si Léon...

— Mais non, la rassura-t-il, d'ailleurs il ne quitte pas Saint-Libéral.

— C'est vrai. Et qu'est-ce que tu penses d'Yvette?

— Je crois qu'elle est très gentille, dit-il sincèrement.

Mais il garda pour lui la suite de ses réflexions. Il avait du mal à se faire à l'idée que son beau-frère, ce grand culbuteur de belles femmes, pouvait trouver son content avec cette maigre et peu attirante épouse. Et pourtant il semblait, sinon amoureux fou, du moins très tendre avec elle, très attentif aussi. N'avait-il pas eu l'idée de lui faire installer, dans sa maison de Saint-Libéral, un vrai cabinet de toilette, comme il en existe en ville, et même des cabinets intérieurs! Excepté le docteur, il était le seul de toute la commune à jouir d'un

69

Les palombes ne passeront plus

tel luxe. Car malgré l'adduction d'eau, les autres maisons ne possédaient qu'un petit robinet sur l'évier.

Autre détail, qui prouvait à quel point il était prêt à tout pour satisfaire sa femme, ce voyage de noces qu'il lui offrait, et à Paris pour faire bonne mesure! Là encore il faisait figure d'excentrique. Seuls les très riches donc les oisifs — catégorie totalement absente de Saint-Libéral — pouvaient se payer cette coûteuse fantaisie. Aussi Léon s'était-il justifié en expliquant à Pierre-Edouard — qui ne lui demandait d'ailleurs rien — qu'il profiterait de son séjour dans la capitale pour prendre contact avec quelques gros chevillards de la Villette.

Ou alors, et c'était très plausible car tout à fait dans son caractère, toutes ces largesses n'étaient qu'une sorte de surenchère, une démonstration dont le but était de prouver à tous qu'il n'avait pas besoin de la dot de sa femme et qu'il ne devait son argent qu'à son seul travail et à ses compétences. Oui, peut-être n'était-ce de sa part qu'un réflexe de fierté qui le poussait à mettre sa fortune en compétition.

Mais si tel était le cas, il avait fort à faire, car cette petite Chantalat était vraiment riche! Tout le démontrait, à commencer par cette automobile que son père lui avait offerte pour ses vingt et un ans et qu'elle manœuvrait avec une aisance stupéfiante. Pierre-Edouard ne connaissait que deux femmes pilotes, sa nouvelle belle-sœur et aussi la deuxième fille du docteur Vialle, de Brive, l'homme qui lui avait sauvé la jambe en 1918 et à qui, chaque Noël, il ne manquait jamais d'apporter quatre paires de poulets, ou un lièvre, ou six bécasses. Et c'est au cours d'une de ses visites qu'il avait vu sa fille conduire une automobile. Mais de là à imaginer que sa belle-sœur se livrait aux mêmes prouesses! Et cela aussi avait aiguillonné Léon. Comment expliquer autrement sa soudaine hâte à passer son permis de conduire! Car s'il parlait depuis longtemps de s'acheter une voiture, jamais, jusqu'à ces derniers mois, il n'avait franchement abordé le problème du permis. Mais il lui avait suffi de voir sa fiancée au volant pour qu'il décide aussitôt de se présenter à l'examen de conduite.

Là encore, sans doute voulait-il marquer le coup à sa façon. Et tel que le connaissait Pierre-Edouard, cette

70

Saint-Libéral-sur-Diamond

démonstration ne serait pas la dernière. Les Dupeuch avaient une haute idée de l'honneur. Une idée si farouche que le père de Léon et de Mathilde en était mort, trente ans plus tôt...

Ils venaient de traverser Brignac, lorsque deux phares illuminèrent soudain l'arrière de la carriole. Pierre-Edouard se retourna, cligna des yeux en direction de la voiture qui venait dans leur dos et guida son cheval sur le bas-côté. La B2 les doubla et fila en direction de Perpezac-le-Blanc.

— On dirait la voiture du docteur, remarqua Mathilde.

— Oui, c'est la sienne, confirma Pierre-Edouard qui avait reconnu le numéro.

— Je ne savais pas qu'il avait des clients si éloignés de chez nous.

— Il vient peut-être de passer la soirée chez des amis, à Brive ou à Larche, éluda Pierre-Edouard.

Il ne voulait pas que Mathilde, qui avait une grande confiance dans le docteur, apprenne ce que Léon lui avait confié, six mois plus tôt, avec promesse de n'en rien dire à personne. C'était une triste histoire qui risquait, si elle était découverte, d'entacher la réputation du médecin, sans doute même de le ridiculiser et peut-être de le contraindre à déménager. On ne peut soigner des gens qui rient de vous dans votre dos et même qui vous méprisent.

Pierre-Edouard aimait bien le docteur Delpy. Certes, il n'avait pas le style ni la renommée de son prédécesseur, le docteur Fraysse, décédé huit ans plus tôt et que toute la commune regrettait encore; néanmoins, personne ne contestait ses compétences, son dévouement, son honnêteté. Il était une des personnalités du bourg, donnait de très bons conseils pour la gestion municipale et même pour les affaires de famille. Il importait donc de ne rien dire qui risquât de le déconsidérer aux yeux de l'opinion. Faute de quoi, la méchanceté des gens prenant le dessus, sa vie deviendrait infernale.

Il avait épousé, deux ans plus tôt, une belle et distinguée jeune femme, récente veuve d'un de ses collègues de la région de Saint-Yrieix. Malheureusement, il avait

71

Les palombes ne passeront plus

dix-sept ans de plus qu'elle. En outre, et bien qu'elle ait tout fait pour l'y contraindre, il n'avait pas voulu abandonner sa clientèle de Saint-Libéral et ouvrir, comme elle l'en suppliait, un cabinet à Tulle ; il était médecin de campagne et entendait le demeurer. « D'ailleurs, comme il le lui avait dit, ce n'est pas à mon âge qu'on change de vie ! »

Sage principe qu'il eût gagné à ne pas renier en quittant, à cinquante-deux ans, son confortable célibat ! Mais sa fidélité envers les gens de Saint-Libéral méritait bien que l'on fît tout pour que ne s'ébruite pas son infortune. Et si Léon avait parlé de sa découverte à son beau-frère, c'était uniquement pour qu'il l'aide, chaque fois que nécessaire, à démentir les mauvaises rumeurs qui, depuis un an, couraient la campagne.

Déjà, quelques sournoises commères — de cette puante espèce qui érige la frigidité en vertu et la voudrait universelle et obligatoire — ces teigneuses assuraient que ce n'était peut-être pas pour soigner sa mère malade que la femme du docteur s'absentait quinze jours par mois... D'autres, tout aussi pernicieuses mais non moins bréhaignes, susurraient que la jeune femme était au mieux avec un jeune avocat de Tulle, soi-disant son cousin... Le triste de l'histoire était que ces fieffées garces n'étaient pas loin de voir juste.

C'était Léon qui avait tout découvert, et tout compris, un jour où sa profession l'avait conduit jusqu'à Limoges. Car ce n'était pas à Tulle mais à Limoges que cette chaude et potelée blonde allait vivre au moins deux semaines par mois. Léon l'avait vue, rue du Clocher, contemplant la vitrine de Demerliac le bijoutier ; un très bel homme la tenait par la taille. Léon ignorait s'il était avocat, du moins était-il certain qu'il n'était pas son cousin. Jamais les liens de parenté, aussi proches soient-ils, ne donnent à un couple cet air de parfaite complicité, pas plus qu'ils ne le poussent à s'enlacer aussi étroitement, à se couler des regards brûlants de reconnaissance, de promesses, et encore moins à se parler bouche à bouche.

D'ailleurs, il fallait vraiment que la jeune femme soit occupée et toute à son galant pour ne pas voir Léon qui, rougissant à deux mètres d'elle, cherchait déjà une

72

Saint-Libéral-sur-Diamond

excuse, comme si c'était lui le coupable! Il avait détalé et, dès son retour, prévenu Pierre-Edouard que l'affaire était grave. Ils avaient aussitôt décidé de tout faire pour qu'elle demeure secrète et coupaient court chaque fois que, au hasard d'une conversation, quelques malins à l'œil égrillard parlaient des trop fréquents voyages de la femme du docteur.

Depuis, aussi, et toujours sans l'avoir cherché, Léon avait appris — par un de ses confrères — que le pauvre docteur allait se consoler à Brive dans les bras d'une compatissante maîtresse qu'il avait longtemps fréquentée avant son mariage et qui ne lui tenait pas rigueur de son éphémère défection. Ce n'était donc pas un malade que venait de voir le docteur, mais sans doute sa bonne amie.

— Dis, demanda soudain Mathilde, tu y crois toi, qu'il..., enfin qu'il va à Brive pour voir des femmes?

Pierre-Edouard n'avait jamais menti à son épouse et souhaitait ne pas avoir à le faire. Aussi, avant de lui répondre, chercha-t-il à découvrir ce qui lui permettait de poser une telle question.

— Qui t'a raconté cette saloperie?

— Oh! c'est au lavoir, tu sais bien, quoi, on parle... Mais c'est surtout Germaine qui dit ça. Et elle assure aussi que sa femme le trompe. C'est pas vrai, hein?

Mathilde avait une très haute idée de la fidélité conjugale; Pierre-Edouard partageait cette idée tout en sachant que certains de ses amis n'y attachaient, eux, qu'une importance relative; il n'avait pas à s'en mêler, c'était leur problème et non le sien. Mais il savait surtout que sa femme était trop franche et trop droite, trop pure peut-être, pour pouvoir dissimuler ses sentiments s'il lui dévoilait toute l'histoire. Sans doute, et contrairement à beaucoup, elle ne jugerait pas. Malgré sa déception, elle ne dirait rien, mais il savait qu'elle serait incapable de parler au docteur, et à plus forte raison à sa femme, comme si rien n'était, avec naturel et sans contrainte. Et parce que l'opinion qu'elle avait d'eux serait perturbée et qu'elle serait malheureuse, son attitude à leur égard se modifierait.

— Et tu l'as crue, cette garce de Germaine? demanda-t-il en bourrant sa pipe.

— Non.

Les palombes ne passeront plus

— Alors continue. Tu sais, les ragots, c'est comme les mouches vertes, ça vient des charognes et ça aime tout salir. C'est juste fait pour ça d'ailleurs.

Depuis que Pierre-Edouard, douze ans plus tôt, lui avait confié le soin de gérer leur budget, Mathilde mettait son point d'honneur à s'acquitter au mieux de son rôle d'intendante. Elle tenait une comptabilité scrupuleuse et connaissait, à vingt sous près, le montant exact de leurs disponibilités financières. Econome, mais sans être pingre ni avide, elle veillait aussi, dans la mesure du possible, à accroître le volume de l'épargne que Pierre-Edouard constituait en vue du jour où il devrait dédommager ses sœurs.

Mais elle avait trop mesuré, au cours des dernières années, la faiblesse de la monnaie pour avoir confiance dans les billets de banque. Aussi, dès qu'elle le pouvait, confiait-elle ses modestes économies à Léon pour qu'il les lui transforme, par quelques tractations discrètes, en bonnes et franches pièces d'or. Pierre-Edouard se moquait gentiment de cette prudence de fourmi, mais il était dans le fond très heureux d'avoir une épouse aussi prévoyante et très soulagé aussi d'être débarrassé, grâce à elle, de la corvée des comptes.

En ce matin de fin octobre, jour de la foire mensuelle de Saint-Libéral, Mathilde puisa quelques billets dans la boîte qu'elle gardait au fond de son armoire, prit son cabas, appela Mauricette qui jouait dans la cour et partit vers la grand-place.

Elle fut contente de voir qu'il y avait un bon apport de bétail, de nombreux vendeurs et acheteurs et une grosse affluence générale. De quoi réjouir tous les gens de la commune qui, depuis des années, s'inquiétaient du déclin des foires. Certaines mêmes avaient rassemblé si peu de participants que le conseil municipal avait envisagé de supprimer ces manifestations. Or, les foires étaient un bon soutien pour le budget communal. Elles étaient pratiques aussi, non seulement pour les agriculteurs à qui elles évitaient la corvée d'amener leurs productions à Objat, Brive, Tulle ou Terrasson, mais également pour toutes les ménagères qui y trouvaient,

Saint-Libéral-sur-Diamond

grâce aux marchands forains, de quoi satisfaire leurs indispensables achats.

Mathilde se fraya un passage jusqu'au groupe de maquignons en blouse noire qui discutaient devant l'auberge, s'approcha de son frère, le tira par la manche.

— Ah, c'est toi, dit-il en se retournant. Il l'embrassa, ainsi que Mauricette, puis l'entraîna vers un coin plus tranquille. Dis, tu sais, jeta-t-il d'un trait, ce n'est pas son rhume qui fatigue Yvette!

Elle sourit et s'étonna une fois de plus qu'un homme de cet âge pût être naïf au point de confondre une petite grippe avec les symptômes évidents d'une récente grossesse. Elle avait vu sa belle-sœur la veille au soir et acquis la certitude que la jeune femme était enceinte; il est des signes qui ne trompent pas une mère de famille. Mais elle ne voulut pas dire à son frère qu'elle avait deviné et lui laissa le plaisir d'annoncer la grande nouvelle.

— Cette fois c'est sûr, dit-il triomphalement, Yvette attend un petit! Tu te rends compte, il naîtra pour mai!

Il était émouvant de fierté et rayonnait.

— Tu es sûr? le taquina-t-elle, moi je n'ai rien remarqué, et pourtant je vois Yvette tous les jours!

— Mais oui! Le docteur l'a dit, insista-t-il. Puis il vit qu'elle plaisantait et se mit à rire : Ah! vous allez vous foutre de moi, hein? N'empêche, je suis rudement content!

— Nous aussi, va!

— Dis, tu t'occuperas d'elle? Tu feras attention à ce qu'elle ne fasse pas d'imprudences, hein? Et puis, pour la naissance, tu viendras l'aider?

— Mais oui. Et ne t'inquiète pas, ce n'est pas une maladie!

— Ah! je suis rudement content, répéta-t-il, tu te rends compte je vais avoir un petit!

— Yvette aussi doit être contente?

— Oh elle, tu penses! Vrai, j'aurais jamais espéré... Tu sais, avoua-t-il, c'est vraiment une bonne épouse. Si, si. J'avais un peu peur au début, tu as bien vu, elle n'est pas d'ici, et sa famille, enfin... Alors je m'étais dit, elle aura du mal à s'habituer, et tout quoi. Eh bien, c'est pas

75

Les palombes ne passeront plus

ça du tout. Elle, elle, comment dire, je crois qu'elle se plaît ici.

— Et moi j'en suis sûre, elle me l'a dit.

— Vrai?

— Vrai, assura-t-elle.

— Ah, je vous le dois alors, vous l'avez reçue comme une sœur et vos petits, ils sont toujours fourrés chez nous! A croire qu'il leur manquait une tante!

— Tu penses, Yvette les gave de bonbons et de gâteaux!

— C'est parce qu'elle les aime bien. Allez, faut quand même que je retourne au travail. Pierre-Edouard n'est pas là?

— Si, il doit être au syndicat.

— Dis, vous viendrez ce soir à la maison, qu'on arrose ça?

— Bien sûr. Tu sais, j'aimerais bien pouvoir vous recevoir à la maison moi aussi, mais...

— Ne t'inquiète pas pour ça, il ne faut pas te brouiller avec ton beau-père pour si peu, ça n'a aucune importance.

— Ce n'est pas l'avis de Pierre-Edouard, ni le mien, avoua-t-elle un peu tristement.

Puis elle haussa les épaules et s'éloigna.

— Combien, ça? demanda Mathilde en brandissant une paire de bas de laine.

— 9 francs 50, annonça le commerçant.

— Eh bien, il fait bon tricoter, je gagne ma vie, remarqua-t-elle en reposant les bas. Et les chemises pour hommes?

— Vous avez l'américaine en laine à 18 francs 50, en mixte à 13 francs, ou alors l'écrue à 12 francs 50.

— Mais, dit-elle, les dernières que je vous ai prises valaient toutes 2 à 3 francs de moins! Et ça ne fait que deux ans!

— Vous me parlez du déluge, ma petite! Et vos poulets, ils n'ont pas augmenté depuis deux ans? Le dernier que j'ai acheté m'a coûté 6 francs la livre!

— Pas tant! protesta-t-elle. Mais si vous voulez parler poulets, moi je parlerai de notre blé; lui, en deux ans, il a perdu plus de 20 francs par quintal, alors! Et ça,

76

Saint-Libéral-sur-Diamond

combien? demanda-t-elle en désignant une culotte Petit
Bateau taille enfant.

— 8 francs 50.

— Et vous croyez que ça vaut un kilo de poulet! On
voit bien que c'est pas vous qui les élevez, lança-t-elle en
continuant à farfouiller dans l'étalage.

Elle choisit méticuleusement ce dont elle avait besoin,
poussa ses emplettes vers le commerçant mais l'avertit
tout en lui dédiant un de ses sourires dont elle avait le
secret.

— Je suis bonne cliente, il faut me faire un prix,
regardez tout ce que je vous prends.

L'homme hocha la tête, commença à décompter à mi-
voix :

— Deux chemises à 12,50, trois Petit Bateau à 8,50,
deux blouses garçonnet à 11...

— Quoi! 11 francs ces blouses? s'insurgea-t-elle, mais
elles ne valent rien, les enfants me les mettent en pièces
en deux mois!

L'homme haussa les épaules, poursuivit ses comptes.

— 130 francs 25, annonça-t-il; allez, disons 130, parce
que vous êtes mignonne.

— Ah mais non! dit-elle en feignant de s'en aller, ou
alors vous me rajoutez ça, décida-t-elle en saisissant une
fermeture Eclair de vingt centimètres.

Elle était en train de confectionner un tricot pour
Pierre-Edouard et venait de songer que la fermeture
l'arrangerait très bien.

— Vous plaisantez? Elle me coûte presque 7 francs!
C'est la plus solide!

— Eh bien, ça fait le compte! dit-elle avec une mauvaise foi que n'aurait pas renié son marchand de bestiaux de frère.

— Non, non! Tenez, cette fermeture, je vous la laisse
à 5 francs, mais j'y perds. Allez, le tout pour 135 francs.
Et voyez, je rajoute ces bonbons pour votre petite, et
pour vous, cette belle paire de jarretelles. Elles sont
jolies, hein? Et elles me coûtent plus de 1 franc, mais
ça fera plaisir à votre mari! Ah le veinard, quel bonheur
de vous enlever ça...

— J'ai pas besoin de ça pour lui plaire! Allez d'accord,

Les palombes ne passeront plus

130 francs et on est quittes, dit-elle en saisissant prestement les jarretelles roses qui allèrent rejoindre la fermeture Eclair au fond du cabas.

— Mais dites! Vous me prenez tout mon bénéfice! protesta le vendeur.

— J'en suis loin, sourit Mathilde en lui tendant l'argent. Alors, c'est dit? Parce qui si vous voulez, je peux acheter à votre collègue d'à côté...

— Bon, céda le marchand en prenant son dû, mais si toutes les clientes étaient comme vous...

— Eh bien la vie serait moins chère, assura-t-elle en s'éloignant, et tout le monde s'en porterait mieux.

DEUXIÈME PARTIE

LA TERRE INGRATE

6

Les moissons battaient leur plein lorsque Mathilde comprit que sa quatrième grossesse venait de débuter. Elle s'en doutait depuis huit jours et le coup de faiblesse qui la saisit, alors qu'elle était en train de lier les gerbes dans la pièce du Peuch, la confirma dans sa certitude.

Elle dut s'appuyer contre un prunier et attendre que se dissipe la myriade d'étoiles papillonnantes qui fusaient dans son crâne. Son vertige se dissipa assez vite, mais fit place à un malaise qui lui donna le sentiment d'avoir l'estomac entre les dents, tandis qu'une onde glacée déferlait dans son dos.

Elle respira lentement, posément, s'obligea à faire quelques pas et se sentit mieux. Alors, pour que nul ne s'aperçoive de son état, elle reprit la gerbe qu'elle avait abandonnée et la lia en un tournemain. Elle nota aussi que, par chance, personne n'avait pu remarquer sa défaillance.

Devant elle, à vingt pas, travaillaient son beau-père et Paul, la petite Mauricette pépiant sans cesse à leurs côtés, enfin, tout au bout du champ, Pierre-Edouard et Jacques conduisaient la faucheuse. Quant au commis de Léon, que Pierre-Edouard louait pour les gros travaux, il était encore plus loin, occupé à ouvrir à la faux un passage pour la machine.

81

Les palombes ne passeront plus

La récolte de blé n'était pas vilaine, et tout autre que Pierre-Edouard s'en serait largement contenté, mais pas lui. Il la trouvait trop faible. « Vu ce que j'ai mis au pied, c'est à peine rentable! Non, ce qu'il faudrait, c'est labourer plus profond, comme ils font là-haut dans le Nord, mais c'est impossible avec nos vaches. Qu'on le veuille ou non, il faudra que j'achète une paire de bœufs; avec eux et mon nouveau brabant je pourrai faire enfin un beau labour! »

Cette opinion avait presque déclenché une passe d'armes entre son père et lui. Le vieux Jean-Edouard, fort de ses soixante et onze ans d'expérience, avait mis en doute l'utilité d'un labour plus profond : « Dix, douze centimètres, c'est bien suffisant, après tu sortiras de la terre froide qui n'a jamais vu le soleil et qui ne vaudra rien! Crois-moi, je la connais cette terre. Et puis, des bœufs, ça bouffe comme quatre vaches et ça ne donne ni lait ni veaux. Vrai, on croirait que t'as des sous à perdre! »

« De toute façon, ce sont les miens de sous, avait grogné Pierre-Edouard, et puis quant à connaître la terre... »

La discussion avait tourné court car Mathilde, d'un sourire, avait calmé son époux. Cela étant, elle savait que son projet était d'acheter des bœufs et le connaissait assez pour savoir qu'il irait au bout de son idée. D'ailleurs, il avait sûrement raison. Elle ramassa une nouvelle gerbe puis pensa soudain que la venue du bébé allait perturber leur existence pour l'année à venir.

D'abord, avant trois mois, et malgré son courage et sa résistance, sa capacité de travail diminuerait considérablement; or, Pierre-Edouard avait besoin de son aide pour venir à bout de toutes ses tâches. Ensuite, et c'était le plus inquiétant, viendraient pour eux tous les problèmes du logement. Ils couchaient déjà à cinq dans la même pièce et il semblait difficile d'y héberger un enfant de plus, surtout un nourrisson dont les cris nocturnes ne manqueraient pas d'éveiller ses frères et sœur.

Elle se remémora les petits piaillements d'un nouveau-né, se sentit tout attendrie et sourit.

« On mettra les garçons dans la grande salle, calcula-t-elle, d'ailleurs, c'est là que Pierre dormait au même

La terre ingrate

âge. Et puis, s'il y a un bébé de plus, c'est sa faute, et s'il a oublié quand il l'a fait, je le lui rappellerai! Mais il n'a sûrement pas oublié! » décida-t-elle en riant silencieusement.

Il était impossible qu'il ait oublié. Il est des instants, dans la vie d'un couple, qui se gravent à jamais dans la mémoire. Ils forment ces souvenirs qui, beaucoup plus tard, donnent tant de tendresse pétillante et complice dans les regards qu'échangent les très vieux époux, ceux du moins que l'amour unit toujours.

Le jour de la naissance de Louis, le fils de Léon — né juste huit jours après l'élection du nouveau président de la République, Paul Doumer — était un de ces événements qui font date, tant il émane d'eux de gaieté et de joie. Car le bonheur de Léon et d'Yvette penchés sur le berceau était tel, que Pierre-Edouard et elle l'avaient partagé, adopté, vécu. Alors, le soir venu, la joie avait subsisté. Il faisait si beau en cette nuit de mai, et si bon marcher sous les étoiles, en s'enlaçant et en chuchotant comme deux amoureux qui, au hasard d'un sentier, trouvent un nid de mousse, s'y blottissent et y vivent une heure de parfait amour.

Pierre-Edouard ne pouvait avoir oublié ce soir-là, c'était impossible. Pas plus qu'il ne pouvait oublier tous les soirs où, là-haut, à Coste-Roche, dans leur petite chaumière, ils pouvaient vivre et s'aimer sans se soucier des enfants qui dorment, ou ne dorment pas, et qui sont là, à deux mètres, dans la même chambre; sans redouter ce rayon de lune qui, par le cœur du volet, jette sur vous un phare lumineux et indiscret que les petits, s'ils se réveillent, observeront d'un œil étonné et curieux; sans s'occuper enfin du sommier qui grince et dont les couinements font peut-être sourire, ou éveillent, le beau-père qui, au matin, aura un regard qu'on jugera lourd.

Mais cette nuit-là! Ah! cette nuit-là, même la lune était la bienvenue elle qui, plus tard, avait éclairé d'une touche pâle le visage rajeuni et paisible de Pierre-Edouard assoupi sous la voie lactée.

— Tu en es certaine? demanda Pierre-Edouard en l'observant.

83

Les palombes ne passeront plus

Mathilde avait attendu que la nuit tombe, que le grand-père, les enfants et le commis disparaissent dans le chemin qui descendait vers le village. Alors, en deux mots, elle lui avait tout dit. Elle le regarda, crut déceler une ombre de colère dans son regard, mais ce n'était qu'un reflet de la fatigue de tout un jour de moisson.

— Tu ne m'en veux pas au moins? questionna-t-elle quand même.

— Oh non, dit-il en souriant, on se serrera un peu plus, c'est tout. Il la détailla de nouveau, l'attira. Et je parie que tu vas me dire que c'est la faute de ce soir de mai, quand la lune était si belle? murmura-t-il.

— Eh oui, j'étais certaine que tu t'en souviendrais.

— Tu regrettes?

— Pas du tout, au contraire, et toi?

— Moi non plus. D'ailleurs, on n'est pas si vieux, on a encore l'âge de fabriquer les petits de demain. Tu te rends compte qu'il n'aura que soixante-huit ans en l'an 2000; c'est magnifique quand on y pense!

— Alors c'est vrai, insista-t-elle, tu ne m'en veux pas?

Il secoua la tête, puis lui caressa la joue avec le dos de la main.

— Non, et même je suis très content. Tu vois, ce petit va nous obliger à batailler. On s'est rajeuni quand on l'a fabriqué. Pour moi, le bon Dieu a dû nous voir. Remarque, avec cette lune, il aurait fallu qu'il soit aveugle! Oui, il a dû nous voir, tout rajeunis, tout amoureux, alors il nous envoie ce petit pour qu'on reste jeunes et amoureux. Et puis je suis content aussi parce que ça fera bisquer ton frère, plaisanta-t-il; depuis qu'il a un fils, il s'imagine qu'il est le seul à savoir les faire!

Parce qu'ils savaient l'un et l'autre que les affaires ne doivent pas être mélangées avec l'amitié, sous peine de la briser, ce ne fut pas vers son beau-frère que Pierre-Edouard se tourna lorsqu'il décida d'acheter une paire de bœufs. Léon en possédait pourtant quelques couples dans ses pacages, de belles bêtes, sans doute de bons travailleurs.

— Mais, comme il le dit à Pierre-Edouard, tu as raison, je préfère les vendre à d'autres qu'à toi. On ne

La terre ingrate

sait jamais hein, suppose qu'ils soient tarés, ça fera des histoires entre nous et je n'en veux pas.

— Moi non plus, mais ce que tu vas faire, c'est m'emmener à la foire de Turenne et m'aider à choisir. A deux, on voit toujours mieux.

Au jour dit, par un clair matin de septembre, les deux hommes s'installèrent donc dans la Renault de Léon. Une belle mécanique qu'il pilotait avec aisance et sûreté, malgré sa prothèse. C'était une occasion en excellent état qui lui avait coûté près de 4 000 francs, mais il ne les regrettait pas. Grâce à cette voiture, confortable et rapide, il n'avait plus à prendre le train à des heures invraisemblables pour ne pas manquer l'ouverture des foires. Finies les nuits blanches aux buffets des gares, dans l'attente des correspondances pour Treignac, Meymac, Bugeat ou Saint-Privat! Désormais, il s'installait au volant et filait sans peine à l'autre bout du département. Il lui arrivait même, de plus en plus souvent, d'aller prospecter les foires du Lot, de la Creuse ou de la Haute-Vienne.

Ils atteignirent Turenne trois quarts d'heure avant l'ouverture de la foire, ce qui leur permit, après s'être offert un café, de flâner sur le foirail et d'observer les animaux.

— C'est une petite foire, constata Léon; si tu avais vu la dernière aux bœufs gras, celle du jeudi après la Passion, tu avais là peut-être plus de mille bestiaux, et des fameux!

— Oui, mais moi je ne cherche pas des bœufs gras. Tiens, regarde : ces deux-là sont pas vilains.

— Marche, ordonna Léon en l'entraînant, je connais le vendeur, c'est un confrère, un vrai voyou, et je sais de quoi je parle! Jette plutôt un coup d'œil sur ceux-là, sont rudes, hein?

Ils tournèrent autour des bêtes, deux superbes limousins, à la tête courte, au front large garni de grosses et blondes cornes, à l'encolure épaisse, aux fortes épaules, aux membres solides et bien musclés, avec des jarrets larges et des canons courts.

— Un peu lourds quand même, critiqua Pierre-Edouard, et plus tout jeunes, sept, huit ans, hein?

— Faudrait voir les dents, mais tu dois tomber juste.

Les palombes ne passeront plus

On reviendra quand même les voir. Si ça se trouve, je les prendrai, moi.

Ils musardèrent encore dix minutes, regardant d'autres attelages parmi lesquels Pierre-Edouard repéra une paire de jeunes bœufs qui lui parurent excellents. Aussi, dès que le tambour annonça le début du marché, Léon et lui vinrent négligemment flâner autour des animaux. Circonspect, le vendeur les laissa faire. C'était un petit vieux, à l'œil malin et à la bouche mince. Il connaissait la valeur de ses bêtes, mais n'avait pas, pour l'instant, à en vanter les mérites.

— Ouais, dit Pierre-Edouard après plusieurs minutes d'observation, ils sont un peu frêles, hein? Surtout celui-là, dit-il en palpant la croupe de l'animal.

Léon entra dans le jeu.

— Celui-là! Oh la la, il a souffert! L'a pas toujours eu son content, il ne fera jamais ses huit quintaux. Et même, tu vois, ça risque de faire un attelage bancal, parce que son frère poussera mieux...

— Et si ça se trouve, il a pourtant dix-huit mois de plus!

— C'est bien possible... Quel âge? demanda Léon au vendeur.

— T'as qu'à regarder, mon gars! dit le petit vieux en roulant calmement une cigarette.

Léon empoigna le museau de la bête, écarta les lèvres, hocha la tête. Puis il étudia la dentition du deuxième animal.

— Celui-là attrape ses cinq ans, dit-il en désignant le premier bœuf, et lui il va juste sur ses trois ans et demi...

— C'est pas vrai! lança le propriétaire qu'une affirmation aussi fallacieuse contraignait à sortir de sa réserve.

— Comment, c'est pas vrai? renchérit Pierre-Edouard, celui-là a les coins qui se développent, et lui il prend juste ses secondes mitoyennes! Alors?

— C'est pas vrai! redit le vieil homme en ouvrant à son tour la bouche de l'animal. Il poussa son index jauni par la nicotine vers la rangée de dents. Où c'est que tu vois des coins, toi? C'est des coins, ça? Non! C'est juste les deuxièmes mitoyennes qui percent! Mes bœufs ont quarante mois, tous les deux!

86

La terre ingrate

— Pas sûr, pas sûr, s'entêta Léon qui savait pourtant très bien que le bonhomme disait vrai, à deux ou trois mois près.

— N'empêche, glissa Pierre-Edouard, ils ne sont pas lourds pour leur âge.

— Pas lourds? Faut voir! protesta le vendeur, tels qu'ils sont là, ils font treize quintaux!

— Oh! Oh! l'ami! lança Léon en riant, là tu nous amuses! Il se recula, les jaugea, plissa les yeux. Tiens, on parie, on les mène à la bascule, ils ne font pas onze quintaux. Mais je les mets dans les... mille soixante-cinq, pas mieux!

— Et puis quoi encore? ironisa le vieux en haussant les épaules.

Mais il était furieux; il avait pesé ses bêtes une heure plus tôt et savait que Léon avait l'œil, et même un œil redoutable. Il était tombé juste, à deux kilos près!

— Ils sont bien dondes au moins, demanda Pierre-Edouard.

— Pardi, ça ne se voit pas qu'ils sont dressés?

— Faites-les marcher un peu.

L'homme obéit, appela ses bêtes qui le suivirent docilement.

— Qu'est-ce que tu en penses? chuchota alors Pierre-Edouard à l'oreille de Léon.

— Ils sont bien, très bien. Regarde, ils avancent en accord, et droit, et crois-moi, à dix ans, bien soignés, ils friseront les dix-huit quintaux.

— C'est ce que je pense. Alors, qu'est-ce que vous en voulez? demanda-t-il dès que le propriétaire eut ramené son attelage.

Le vieil homme feignit de réfléchir, rejeta son béret sur la nuque, se gratta le crâne, cracha, puis soupira.

— 5 250 francs, avec le joug bien sûr...

— Ah! s'esclaffa Léon en partant d'un grand rire. Tiens, on les prend sans le joug! Un bon joug de frêne, garni et tout, ça vaut 80 francs, et toi tu nous le fais à 1 000! Parce que tu ne nous diras pas que ces petits bœufs valent ce que tu en demandes!

— Si, ils le valent, parfaitement! 5 250 francs, rien de moins!

Les palombes ne passeront plus

— Eh bien on ne fera pas affaire, prévint Pierre-Edouard.

— Et alors, t'es pas seul sur la foire, non? jeta le vendeur.

— C'est vrai, avoua doucement Léon, mais tu veux que je te dise? Tes veaux, là, avec leurs mille soixante kilos, qu'est-ce qu'ils rendent en viande nette? Ils sont maigres, tu sais, font pas leur cinquante-cinq pour cent, disons à peine cinquante-trois, ça nous fait... mettons cinq cents kilos. Et tu sais ce qu'elle vaut, la viande, à la Villette? 8 francs 50... Alors tu vois où ça les monte? 4 250 francs, pas un sou de plus, et ils seront bien payés! Crois-moi, ça m'étonnerait que tu trouves mieux, mais tu peux toujours essayer. Allez, bonne foire!

— Je vais le mettre berger, cette andouille! reprit-il lorsqu'ils furent à trente pas de l'homme.

Mettre un vendeur « berger » était une de ses spécialités. Il lui suffisait pour cela de lancer deux de ses confrères dans le coup et de leur demander, à charge de revanche, d'aller discuter avec la victime choisie et de s'entendre avec elle, enfin, presque. Dans le cas présent et puisque le vieux réclamait 5 250 francs, c'est qu'il était prêt à céder à 4 900. Il fallait donc que quelqu'un l'appâte à 4 800 puis disparaisse à jamais. Viendrait alors le deuxième complice qui offrirait 4 100 francs. Le vendeur lui rirait au nez, certain de pouvoir faire beaucoup mieux, mais quand même un peu inquiet de ne pas voir revenir l'affable et honnête client qu'il regrettait maintenant d'avoir laissé partir. Car, déjà, dans son esprit, 4 800 francs c'était un très bon prix, qu'il fallait garder, comme un berger ses brebis...

Puis viendraient pour lui deux heures de supplice au cours desquelles, périodiquement, agaçant comme une mouche plate, le harcellerait le margoulin qui, bien entendu, proposerait toujours la même somme dérisoire et lui saperait le moral.

Vers midi, lorsque l'animation de la foire baisserait d'un coup et que le vendeur se retrouverait seul, se maudissant d'avoir laissé passer la bonne affaire, il serait facile alors d'emporter le marché. Se souvenant un peu tard qu'il ne faut jamais lâcher la proie pour l'ombre, l'homme sauterait sur les clients dont l'offre se rappro-

La terre ingrate

cherait le plus, non du prix initial, oublié depuis long-temps, mais de celui proposé par le premier personnage.

— Oui, répéta Léon; j'ai aperçu Chassaing et Del-mond, je vais les prévenir, on va le coller berger, cet âne! Combien veux-tu lâcher, toi?

— 4 300, dit Pierre-Edouard, mais je n'aime pas beau-coup ton système. Tu ne crois pas qu'en discutant sim-plement?

— Non, tu n'y connais rien! Ces vieux, il faut les tordre! Tu dis 4 300? Ils les valent, tu peux même aller jusqu'à 4 400, mais après ils seraient trop chers. Bon, attends-moi là, je préviens mes collègues et je reviens.

Pierre-Edouard le regarda s'éloigner, puis hocha la tête et bourra sa pipe. Léon, c'était quand même un sacré marchand de bestiaux!

Le piège une fois mis en place, Pierre-Edouard et Léon parcoururent la foire en feignant de se désintéresser des jeunes bœufs convoités.

Pour s'occuper, et aussi pour le plaisir, Léon mar-chanda la première paire de bêtes qu'ils avaient vue avant l'ouverture, mais le vendeur était gourmand. De plus, Léon décela sur une des bêtes une faiblesse dans un des sabots arrière. Le talon était fendu, et si la plaie était à peine visible et en bonne voie de guérison, rien ne prouvait qu'elle ne s'ouvrirait pas sur le premier caillou venu.

— Garde tes bœufs, dit Léon en partant, ils ont les pieds trop fragiles pour moi.

L'intensité des transactions diminua plus tôt que prévu. Aussi est-ce vers 11 heures et demie que Pierre-Edouard et Léon revinrent tourner autour de leur objec-tif. Le vieil homme, maintenant persuadé d'avoir été manœuvré, leur jeta un coup d'œil vengeur. Il redoutait le pire.

— Alors, toujours là? plaisanta Léon.

— Sans blague, vous voulez vendre, ou vous êtes juste venu faire prendre l'air à vos bêtes? demanda Pierre-Edouard en proposant son paquet de tabac et son papier.

89

Les palombes ne passeront plus

Le vieux se roula une cigarette, l'alluma et haussa les épaules.

— Si je vends pas aujourd'hui, ce sera pour la prochaine foire.

— On dit ça, mais c'est bien rare qu'on gagne, insinua Léon, alors, combien?

— 4 800, c'est mon dernier prix!

— Non non, dit Pierre-Edouard, il faut parler sérieusement, la foire s'achève et il faut que je rentre à la maison. Allez, on tope à 4 250 et je paie la soupe.

— T'es pas fou, non? Des bêtes pareilles!

— Miladiou, on ne va pas discutailler, faut bien croire qu'elles sont trop chères puisqu'elles sont toujours là! Bon, je rajoute cinq pistoles et c'est dit! proposa Pierre-Edouard en tendant sa paume.

— Le diable m'étouffe si je te les laisse à ce prix! protesta le vendeur en se détournant.

— Allez, faut vous arranger, dit Léon; voyons, on coupe en deux? Bon, c'est dit, il rajoute huit pistoles. Allez, touchez-vous la main.

— Non! douze! s'entêta l'homme, pas une de moins!

— Va pour douze, céda Pierre-Edouard, ça nous les monte à 4 370, c'est cher payé pour ces petits bœufs!

Mais il était ravi de son acquisition.

Si la majorité des habitants de Saint-Libéral partagea l'inquiétude qui souleva le pays au cours de l'automne, exceptionnels furent ceux qui mesurèrent vraiment l'importance de la crise. Seuls sans doute, le vieux notaire et le docteur comprirent toute l'importance que revêtait, par exemple, la totale panique financière allemande, le krach de la banque viennoise Kreditanstalt et la dévaluation de 40 p. 100 de la livre anglaise, consécutive à l'abandon par la Grande-Bretagne de l'étalon-or.

Car si, à Saint-Libéral, on connaissait vaguement l'existence de la Bourse, le fait d'apprendre que les cours s'effondraient n'apparut pas comme une catastrophe. Du moins aux yeux de ceux qui ne parvenaient pas à établir un rapport entre des actions au nom bizarre et le prix du quintal de blé.

Malgré cela et parce que tout le monde pressentait

La terre ingrate

un danger, sans toutefois en déceler la forme, l'ambiance du village devint pessimiste. Aussi, et parce qu'il avait un flair peu commun, peut-être aussi parce qu'il se souvenait de Wall Street — sans trop savoir au demeurant ce qui s'était passé, sauf ces vagues de suicides et de faillites qui, elles, étaient éloquentes — Léon courut tous les champs de foire de la province et emplit ses parcs et ses étables de génisses, bouvillons et autres bêtes d'embouche. Ces animaux, il l'espérait, ne dévalueraient pas, eux. Puis il invita Pierre-Edouard à faire la même chose. Mais son beau-frère ne craignait pas pour ses capitaux, ils étaient maigres, donc peu vulnérables.

Néanmoins, parce qu'il subodorait lui aussi l'arrivée d'une crise, Pierre-Edouard fit un solide investissement en semences et engrais divers, décida d'emblaver le maximum de terres et se lança dans les labours. Cette saison-là, comme il se le promettait depuis longtemps, il put enfin labourer à une profondeur convenable.

Ses bœufs, le Rouge et le Fauve, quoique encore jeunes, étaient parfaitement dressés et déjà d'une puissance très prometteuse. Ce fut sans peine apparente qu'ils tirèrent le brabant et si Pierre-Edouard ne l'ancra pas aussi profond qu'il l'eût souhaité — il ne voulut pas éreinter son attelage — du moins gagna-t-il quatre bons centimètres par rapport aux labours précédents. De plus, malgré une démarche qui semblait lente, il lui arriva, en une seule journée et grâce à ses bœufs, de retourner trente-trois ares de terre, soit presque une cartonnée de plus qu'avec ses vaches.

Même Jean-Edouard dut reconnaître que la terre vierge avait une bonne consistance, une texture honnête et franche, une couleur de bon aloi. Et c'est avec plaisir qu'il aida son fils à emblaver, puis à herser tous les champs du plateau qui, en fonction de leur assolement et de leur valeur, accueillirent la semence de blé, d'orge d'hiver et, pour les moins généreux, de seigle.

Lorsque tout fut semé, Pierre-Edouard, selon une très vieille habitude, ficha au milieu de chaque champ un modeste paillon sommairement tressé en forme de croix. Mathilde tenait beaucoup à cette pratique. Elle y voyait d'abord une sorte d'offrande de la terre et du travail, mais aussi comme un discret appel au ciel, un petit clin

91

Les palombes ne passeront plus

d'œil au Seigneur, un peu comme pour lui dire : « Voilà, nous avons fait tout ce que nous avions à faire, et du mieux que nous pouvions, c'est maintenant à Vous de faire le reste. »

Guy Vialhe, un solide bébé de sept livres deux cents, vit le jour le mercredi 24 février 1932. De même qu'il n'avait pas tracassé sa mère depuis neuf mois, il naquit sans problème. Il s'annonça discrètement vers 8 heures du matin alors que ses frères aînés déjeunaient avant de partir à l'école et les accueillit par ses piaillements lorsqu'ils revinrent à midi.

Sans leur expérience de gamins habitués à voir s'accoupler les animaux et les longs moments passés à regarder naître les veaux ou les agneaux, sans doute, vu la rapidité de l'accouchement, auraient-ils cru au miracle. On part le matin en laissant sa mère au coin du feu et on la retrouve au lit avec, à ses côtés, un bébé tout rouge qui gueule pire qu'un gagniou et vers lequel se penche un père tout attendri.

— Eh ben, t'as fait vite! murmura Jacques.

— Ah oui alors! renchérit Paul d'un ton qui se voulait naturel.

Il était très intimidé et ne savait trop s'il était décent de voir sa mère couchée. D'autant que Mauricette, jalouse comme une poule couveuse, se cramponnait à la chemise de sa mère et l'entrebâillait sur deux seins lourds de lait.

— Faites-moi quand même la bise, leur dit Mathilde.

Elle les enlaça, leur ébouriffa les cheveux.

— Il est mignon votre petit frère, n'est-ce pas? demanda Pierre-Edouard.

— Oui oui! mentirent-ils en chœur, car vraiment ils ne pouvaient pas dire ce qu'ils pensaient, à savoir que leur frère était aussi laid qu'un lièvre frais écorché!

Et pourtant, même leur grand-père, qui discutait au fond de la chambre avec le docteur, semblait le trouver superbe. Quant à leur tante Yvette, tout occupée à langer la merveille, c'est bien simple, elle déparlait complètement avec des gouzi-gouzi et des arheux ridicules. Son attitude était tellement invraisemblable que les deux

La terre ingrate

gosses ne réalisèrent même pas que c'était la première fois que la jeune femme entrait chez eux.

La poussée des socialistes non communistes, flagrante dès le premier tour des législatives du 1er mai 1932, fut bien accueillie par l'ensemble des électeurs de Saint-Libéral. Beaucoup avaient apprécié les déclarations apaisantes de Léon Blum. Lui au moins ne louchait pas sur la propriété privée puisqu'il avait garanti à tous les agriculteurs que son parti se ferait un devoir de les maintenir en possession de leurs terres.

C'était quand même plus rassurant que la révolution prolétarienne proposée par certains. Et même si les rouges de Saint-Libéral proclamaient qu'ils respecteraient, eux aussi, la propriété des petits paysans, beaucoup se défiaient de leur profession de foi. Saint-Libéral avait beau être loin du monde, on n'en lisait pas moins les journaux et ce que l'on savait de l'expérience soviétique avait de quoi laisser songeur.

C'est vers 17 heures, à l'avant-veille d'un deuxième tour sans surprise, que déferla l'incroyable nouvelle. Yvette Dupeuch en fut la première avertie. Depuis six mois, Léon lui avait offert un gros poste de T.S.F. grâce auquel elle captait les programmes de Radio-Limoges, mais également ceux de Paris. Son récepteur, unique au village — le docteur en possédait un, mais à galène, donc de qualité très inférieure — faisait l'envie de tous et le bonheur des proches voisins qui, lorsque Yvette ouvrait sa fenêtre, bénéficiaient gratuitement des mélodies, concerts et chansonnettes que diffusait le bel engin.

Léon était aux étables lorsque sa femme vint l'avertir du drame. Il posa son étrille et sa brosse, s'appuya sur la bête qu'il était en train de panser.

— Miladiou, ça me rappelle ce pauvre Jaurès...

Puis il sortit et alla prévenir son beau-frère. Mais en entrant dans la cour il se heurta à Jean-Edouard qui lui jeta un regard furieux et se détourna.

— Pierre est là? demanda Léon.

— Ça peut te foutre! grogna Jean-Edouard en s'éloignant.

— Il est couillon, ce vieux! maugréa Léon. Il hésita,

Les palombes ne passeront plus

faillit repartir, puis lança soudain : C'est bien le moment de faire la gueule! On vient d'assassiner le président de la République!

— Qu'est-ce que tu dis? murmura Jean-Edouard en se retournant.

— Un Russe lui a tiré dessus, y'a pas deux heures, à Paris. Il n'est pas mort, mais c'est tout comme...

— Ah ben ça..., comme Sadi Carnot, alors... Tu dis un Russe? Ça ne m'étonne pas de ces cochons de bolcheviks! s'emporta le vieil homme pour qui, depuis 17, tout ce qui était russe se traduisait rouge.

Ses sentiments envers ceux qu'il accusait d'avoir pactisé en pleine guerre avec les Allemands étaient tels que personne, par la suite, ne put jamais lui faire admettre que Gorguloff, pour russe qu'il fût, était blanc, anarchiste et, par surcroît, mentalement dérangé.

— C'est bien ce que je dis! s'entêta-t-il, un vrai bolchevik! Et fous-moi la paix avec tes journaux! dit-il en repoussant ceux que son fils lui mit sous le nez dès le lendemain.

Et ce soir-là, c'est en invectivant tous les marxistes de la création qu'il tourna les talons, entra chez lui et claqua la porte.

— Il s'arrange pas, l'ancêtre! grommela Léon planté au milieu de la cour.

Ce ne fut qu'à la nuit, alors qu'il redescendait du plateau où il venait de semer son maïs, que Pierre-Edouard apprit la nouvelle. Elle l'attrista. Il respectait le président de la République car, ainsi qu'il l'expliqua à ses garçons pendant le dîner :

— Un homme qui a perdu quatre fils sur cinq à la guerre ne peut être un mauvais homme. C'est même un honnête homme, parce que ses fils, il aurait pu les faire embusquer s'il avait voulu. Oui, quatre fils sur cinq. Et voilà que maintenant, c'est sur lui qu'on tire... Enfin, peut-être qu'il s'en sortira...

Le village apprit au petit matin que Paul Doumer avait rendu l'âme peu avant le lever du soleil, à 4 h 37 exactement.

La terre ingrate

La crise monétaire, que beaucoup redoutaient depuis plusieurs mois, n'épargna personne à Saint-Libéral, pas même Léon. Pendant l'été 1932, le blé, dont le prix se tenait depuis deux ans aux alentours de 140 francs le quintal, chuta brutalement à 117 francs, et bienheureux furent ceux qui purent l'écouler à ce tarif car, dans les mois qui suivirent, il descendit encore. Quant à la viande, les cours s'effondrèrent de 20 p. 100.

Pour de nombreux petits agriculteurs, qui avaient déjà bien du mal à vivre et ne disposaient d'aucunes économies, ce fut atroce. Ils sombrèrent dans une affreuse misère et n'eurent même pas le recours d'aller gagner leur vie en ville où, déjà, régnait le chômage.

Toute la vie économique du bourg fut touchée et Saint-Libéral tomba en léthargie lorsque l'argent manqua bientôt dans les foyers. Par une réaction bien logique, la seule qui pouvait peut-être les sauver, les fermes tentèrent de se renfermer sur elles, de vivre en autarcie, de ne rien entreprendre ni faire qui occasionnât la plus petite sortie de capitaux. Car les moindres sous qui entraient étaient nécessaires pour régler les dépenses obligatoires, les impôts communaux, les assurances incendie, les notes d'électricité et les frais médicaux dans toutes les familles qui hébergeaient un malade. Enfin, chez quelques agriculteurs, venaient aussi les annuités d'emprunt.

Tous les commerçants et artisans du village pâtirent de cette raréfaction de l'argent et si certains purent, vaille que vaille, sauver leur boutique — il s'en trouva même de charitables qui firent crédit — d'autres ne purent surnager longtemps et disparurent.

Ainsi s'en allèrent Jean Breuil, l'un des deux charpentiers, et Edouard Feix aussi, le dernier couvreur. Et puis, un soir, après avoir soigneusement balayé les copeaux blonds qui ondulaient sur le sol de son échoppe, après avoir rangé tous ses outils et déposé sur l'étagère sa dernière paire de sabots, le vieux sabotier grimpa péniblement dans son grenier, là où séchaient les billots de noyer. Il en roula un au milieu de la pièce, s'assit dessus, puis posa son menton sur la bouche de son vieux Flobert — un douze à broche et à poudre noire — et se fit exploser le crâne.

Les palombes ne passeront plus

Sa mort consterna toute la commune, car le vieillard, qui allait sur les quatre-vingts ans, faisait partie de la vie du village. Comme il était veuf depuis dix ans et sans enfants, la municipalité s'occupa de son enterrement civil et la foule vint, nombreuse et recueillie. Et tout le monde approuva la présence de l'abbé Verlhac qui, passant outre aux préceptes, vint prier devant la tombe ouverte puis, se tournant vers les fidèles, leur expliqua que le vieil homme, malgré son suicide, avait quand même droit aux prières, car son geste était celui d'un homme que le désespoir, la solitude et la misère avaient poussé à un geste déraisonnable qu'il fallait excuser.

Nul ne sut jamais que sa charitable initiative, dénoncée à l'évêché par quelques dévotes, lui valut dans la semaine suivante les remontrances d'un père de l'Eglise qui ne transigeait pas avec le règlement.

A ces morts et ces faillites, succéda le départ à la retraite de l'instituteur et de sa femme. En poste à Saint-Libéral depuis 1906, ils étaient intégrés à la commune et si d'aucuns les trouvaient politiquement trop engagés à gauche, tout le monde était unanime pour leur reconnaître une conscience professionnelle qui n'appelait que des éloges. Grâce à eux et aux vingt-six années qu'ils avaient consacrées au service de l'enseignement, nombre d'habitants de la commune possédaient le certificat d'études. A cela s'ajoutaient les multiples services, conseils et même coups de main qu'ils n'avaient jamais hésité à donner.

Tout le monde regretta de les voir partir. Aussi, rares furent les hommes qui boudèrent la cérémonie d'adieux qu'organisa la municipalité et tous furent très touchés d'entendre avec quelle émouvante chaleur l'instituteur les remercia :

— Quant à vous, monsieur le curé, acheva-t-il, vous le savez, nous n'œuvrons pas dans le même sens, ni avec les mêmes armes, ni pour les mêmes buts. Je dois cependant dire que j'ai toujours trouvé en vous un concurrent honnête, franc et, je peux bien l'avouer puisque tout le monde le sait, d'adversaire que vous fûtes lorsque nous nous connûmes jadis, vous êtes devenu, comme tous ici, mon ami. J'espère, pour conclure, que mon

La terre ingrate

jeune remplaçant, qui a fait ses premières armes d'enseignant à Objat, trouvera ici autant de bonheur que j'en ai trouvé et que tout le monde l'accueillera comme il le mérite.

Les nouveaux instituteurs, Jacques et Germaine Sourzac, arrivèrent début septembre. On sut très vite que le maître, lui aussi radical-socialiste, était politiquement plus engagé que son prédécesseur, plus virulent aussi. Mais la situation générale était tellement mauvaise, l'humeur de tous tellement aigre, que ses acerbes propos et ses jugements passèrent inaperçus. Personne ne l'avait attendu pour savoir que tout allait mal !

Au cours de sa vie, Pierre-Edouard avait souvent dû lutter contre le découragement, la fatigue, le pessimisme, mais jamais, jusqu'à ces années de mévente, il n'avait douté de son métier. Et lorsque, à la suite d'une mauvaise récolte, d'un orage ou d'un coup de gel, il avait ressenti la pesante lassitude qui jalonne la vie de tous ceux qui se battent avec la nature, il avait pu réagir en se disant que l'année à venir serait peut-être meilleure.

Et même au début de leur mariage, quand Mathilde et lui avaient dû s'agripper pour survivre sur leur petite propriété, du moins avaient-ils pu mener leur combat en se répétant que l'avenir leur sourirait. Que la pauvreté qu'ils subissaient était le salaire normal de ceux qui, faute de surface, ne pouvaient cultiver davantage, mais qu'elle s'estomperait dès l'instant où il leur serait possible d'accroître l'ensemble de leurs productions.

Mais ces temps, où il importait seulement de s'échiner pour développer et grossir le total des récoltes, ces temps étaient périmés. Depuis l'effondrement des cours, il ne servait à rien de se tuer au travail pour récolter, encore fallait-il vendre et s'estimer heureux lorsque les prix permettaient de couvrir les dépenses investies dans la production.

Cette situation, dont l'illogisme mettait en question l'essence même du métier, inquiéta Pierre-Edouard qui, pour la première fois, en vint à soupçonner la valeur et l'utilité de sa profession.

Les palombes ne passeront plus

Pendant quelques mois, il flotta dans le découragement, le scepticisme et l'amertume. Et s'il réagit, en fin de compte, avec toute la vigueur et la hargne dont un Vialhe était capable, jamais il n'oublia la leçon donnée par ces incohérentes années au cours desquelles, malgré ses greniers pleins et ses récoltes abondantes, il avait subi l'offensive de la misère.

Si la menace qu'il sentait planer sur l'ensemble de la profession l'obligea à faire front, elle lui ouvrit aussi les yeux sur l'avenir de ses propres enfants. Jusqu'à ces jours — et fidèle en cela à une longue tradition familiale — il avait cultivé l'idée que le plus compétent de ses fils lui succéderait. La crise remit tout en question en lui démontrant que sa succession n'était peut-être pas aussi assurée qu'il l'avait cru, et que loin d'avantager celui qui hériterait de la ferme, elle risquait, bien au contraire d'être un piètre cadeau.

Cette découverte l'ébranla. Pourtant, et parce qu'il n'avait jamais baissé les bras, il refusa de désespérer et n'abandonna pas l'idée de remettre un jour entre les mains de Jacques, Paul ou Guy, cette terre qui, depuis bientôt deux siècles, avait nourri les Vialhe.

Mais il était prudent. Aussi, et parce qu'il devinait que la possession de la terre n'était plus un atout suffisant, décida-t-il, en complet accord avec Mathilde, de tout faire pour armer ses fils en vue d'un combat dont la crise présente n'était peut-être que le début.

Tous ces soucis, tous ces doutes, forcèrent Pierre-Edouard et Mathilde à se jeter dans la lutte. Et si, pendant quelque temps, assommés par le désespoir, ils flottèrent à la limite de la passivité, leur réveil fut brutal, violent.

Animés par cette fougue qui leur avait permis, quatorze ans plus tôt, de surmonter leurs premières épreuves communes, ils firent face, groupèrent leurs forces et foncèrent dans la mêlée.

Ce fut Mathilde qui réagit la première. La triste année 1932 touchait à sa fin lorsque, un soir, alors que les enfants dormaient, que le grand-père tapi dans le cantou lisait *La Montagne* — il s'y était abonné depuis deux

98

La terre ingrate

ans — et que Pierre-Edouard parcourait distraitement un vieux numéro du *Chasseur français,* Mathilde poussa vers lui un cahier d'écolier couvert de chiffres.

— Tu veux absolument m'écœurer? lui reprocha-t-il en jetant un coup d'œil sur les comptes.

— Mais non, regarde, là...

Il lui obéit tout en se remémorant avec tendresse cette soirée vieille de plus de douze ans, au cours de laquelle, comme maintenant, elle lui avait tendu le résultat de ses calculs et suggéré ce qu'il devait faire pour sortir de l'impasse.

— Bon, dit-il après avoir parcouru les comptes, et alors?

— Alors? Tiens, regarde ici, tu ne vois rien? fit-elle en pointant son index sur une colonne. Tu ne vois pas que le tabac est la seule production dont le prix est solide?

— Je le sais depuis longtemps, pas besoin de me le dire!

— Oui, tu le sais, mais tu n'en tires pas les bonnes conclusions!

Dans le cantou, Jean-Edouard tourna nerveusement les pages de son journal. Il appréciait beaucoup sa bru, la respectait, mais il n'arrivait pas à admettre qu'elle se mêlât ainsi d'un sujet qui, à son avis, ne la regardait pas. C'était Pierre-Edouard le patron de la ferme, et sa femme, pour charmante qu'elle soit, n'avait pas à y mettre son nez. Mais comme il s'était juré de ne jamais intervenir dans ce genre d'histoires, il reprit sa lecture; il sursauta cependant en entendant la réponse de son fils.

— D'accord petite, plaisanta Pierre-Edouard, depuis le temps, tu devrais savoir que tu as épousé un crétin! Alors, donne-les tes conclusions, elles sont sûrement meilleures que les miennes!

— Il faut cultiver trois ou quatre fois plus de tabac!

— Ah, rien que ça? On en a fait 10 000 pieds cette année et tu voudrais en faire 40 000? Un hectare, quoi? Tu ne doutes de rien, toi!

— Il n'y a que ça qui rapporte, insista-t-elle, il faut d'abord que tu aies l'autorisation d'augmenter ta culture, mais ce n'est pas un problème, Léon te l'obtiendra, il

99

Les palombes ne passeront plus

a fait la guerre avec le nouveau directeur du service des tabacs. Ensuite, il faut s'y mettre, et dès cette année!

— Mais miladiou! maugréa-t-il, on dirait que tu ne sais pas le travail que ça demande! C'est ça qui me retient! Parce que s'il n'en tenait qu'à moi, il y a au moins deux ans qu'on en ferait 25 000 pieds de plus! Mais bon sang, nous ne sommes que trois ici! Et encore parce que père veut bien nous aider! Dis, tu ne trouves pas que nos journées sont assez longues comme ça?

— Il faut se débrouiller! s'entêta-t-elle, on ne peut plus rester comme ça. Tu n'auras qu'à prendre des journaliers, Léon ne demandera pas mieux que de te louer deux ou trois de ses commis.

— C'est ça! A 10 ou 12 francs par jour, plus la nourriture! Et où je vais trouver tous ces sous? En vendant notre blé peut-être? Personne n'en veut!

— Il faut faire davantage de tabac, redit-elle, c'est notre seule solution, penses-y.

Il y pensa. Mais ce ne fut qu'un mois plus tard qu'il franchit le pas; il y fut presque poussé par les événements.

D'abord, courant janvier, ce fut l'annonce par Léon, au cours d'une sombre séance du conseil municipal, de la définitive suppression de la micheline qui, depuis 1924, remplaçait le train. Cette décision, soi-disant prise à la suite d'un très grave accident — il est vrai qu'il y avait eu des morts — était en fait motivée par des raisons économiques.

La ligne, cette ligne qui au début du siècle avait ouvert Saint-Libéral sur le monde, qui avait permis les foires, les marchés et aussi le commerce avec l'extérieur, était déficitaire. Privé d'elle, Saint-Libéral allait retomber dans sa solitude, son isolement. Car ce n'était pas le car promis pour remplacer l'autorail qui permettrait de transporter jusqu'à Brive ou Objat les tonnes de prunes, de cerises, de petits pois ou de haricots verts que produisait la commune. Il allait falloir, comme jadis, recharger les carrioles et prendre la route, au milieu de la nuit, pour ne pas manquer l'ouverture des marchés de

100

La terre ingrate

gros. Ou alors s'offrir une camionnette, mais personne n'en avait les moyens.

Tous les habitants ressentirent cette fermeture de la voie comme une brimade. Ils y virent aussi la preuve que là-haut, à Limoges ou à Paris, ceux qui avaient pris cette décision se moquaient éperdument des répercussions qu'elle entraînerait, qu'ils se désintéressaient complètement de l'avenir du village et que celui-ci pouvait bien mourir sans que nul s'en inquiétât.

Que représentait Saint-Libéral pour ces beaux messieurs à cravate? Rien. Ce n'était qu'une petite commune perdue dans un coin de Corrèze. Qu'elle vive ou meure ne les concernait pas; d'ailleurs, savaient-ils seulement qu'elle existait?

Le deuxième événement qui fustigea Pierre-Edouard fut la dégradation de la situation politique et la certitude qu'elle était responsable de l'angoissante impasse dans laquelle, comme des millions de confrères, il se débattait sans trouver d'issue.

Après Herriot, renversé le 14 décembre 1932, Paul-Boncour chuta à son tour, six semaines plus tard. Ce fut Léon, rencontré à la chasse en ce dimanche 29 janvier, qui lui annonça la nouvelle. Mais elle était banale, ce n'était que le cinquième gouvernement qui sombrait en dix-huit mois.

— Mais miladiou! sacra Pierre-Edouard, ils ne vont pas un peu s'arrêter de faire les guignols! C'est pas possible, on ne s'en sortira jamais!

Léon haussa les épaules et observa son chien qui frétillait, le nez vers un bosquet de chênes.

— Fais gaffe, prévint-il, il pourrait bien nous sortir une bécasse.

Mais ce n'était qu'un merle qui fusa entre leurs jambes en piaillant comme un perdu.

— Oui, reconnut enfin Léon, ils déconnent complètement là-haut, ça finira mal...

— Mais qu'est-ce qu'on va devenir? Bon sang, il faut vivre! J'ai quatre gosses, moi!

— T'as qu'à faire davantage de tabac! plaisanta Léon.

— Ah, je vois que Mathilde t'a parlé de son projet! Je te jure, ta sœur...

101

Les palombes ne passeront plus

— Oui, quand elle veut quelque chose, c'est pas rien...
Mais son idée tient debout.

— Peut-être... Peut-être, et puis, avec le tabac, c'est
le seul moyen de faire payer l'Etat !

Lorsqu'il revint à midi, sa décision était prise.

— Bon, dit-il, ça ne peut plus durer. Cette année, si
on nous y autorise, on fera 40 000 pieds de tabac.

— Je savais bien que tu y viendrais, dit Mathilde en
posant la soupière sur la table, tu verras, on s'en sortira,
va.

Et son sourire lui réchauffa le cœur.

Le lendemain soir, Saint-Libéral apprit que l'Allemagne s'était donné un nouveau chancelier en la personne d'Adolph Hitler. Mais la nouvelle n'intéressa personne.

— D'ailleurs, comme le dit un client chez Suzanne,
qu'est-ce qu'on en a à foutre de ce cochon d'Autrichien,
c'est pas lui qui nous rendra notre autorail et qui aug-
mentera le prix du blé !

Dès le printemps, toute la commune comprit que
Pierre-Edouard avait décidé de faire front, et qu'au lieu
de subir avec fatalisme les conséquences d'une crise dont
rien ne laissait entrevoir l'issue, il se préparait à forcer
le destin.

Les vieux du village sourirent et rappelèrent aux plus
jeunes que Pierre-Edouard avait de qui tenir; son père,
dans les premières années du siècle, avait lui aussi
étonné tout le monde par son audace, son travail, sa
pugnacité. Il avait deviné un jour tout le parti qu'il
pouvait tirer de l'installation de la ligne de chemin de
fer et tout mis en œuvre pour en bénéficier. Et les
anciens, qui se souvenaient et admiraient encore l'opération qui l'avait tant enrichi, ne doutèrent pas que son
fils savait ce qu'il faisait, que son plan était réfléchi,
mûri, pesé dans tous ses détails.

Malgré cela, ils furent stupéfiés. Pourtant, connaissant les Vialhe, ils s'attendaient à tout. Il est vrai que
même Jean-Edouard n'en crut pas ses oreilles lorsque
son fils lui annonça qu'il ne cultiverait pas un seul grain
de blé tant que les prix seraient aussi bas.

La terre ingrate

— Plus de blé? Mais tu n'y penses pas! Le blé, c'est...,
c'est la fierté d'une ferme!

— Cette fierté, je m'en fous, elle me coûte trop cher,
votre fierté!

— Miladiou! Pense aux voisins! Qu'est-ce qu'ils vont
dire?

— Les voisins, je m'en fous aussi.

— Et ton pain? Hein? Ton pain, tu y penses?

— Quoi, mon pain? Je l'achèterai, voilà tout!

— Mais bon Dieu! ça ne sera pas le tien!

— Ah, parce que vous croyez que le boulanger fait
la différence de farine, lui? Ah ben! Il y foutrait plutôt
du plâtre oui!

Jusqu'à ce jour, les Vialhe et tous les agriculteurs du
bourg obtenaient leur pain en le troquant contre leur
farine. Pour cela, et depuis que le moulin de Saint-Libéral ne chantait plus, rendu muet par la mort du meu-
nier, ils descendaient leur grain à la minoterie de Brignac, récupéraient leur farine et leur son et rentraient
contents, sûrs de ne pas manquer de pain pour l'année
à venir. En décidant de ne plus cultiver de blé, Pierre-
Edouard bafouait une antique tradition; pour son père,
c'était pire qu'une insulte : un crime.

— *Per moun arme!* jura Jean-Edouard, moi vivant,
ma parole, la ferme portera son lot de blé! J'ai soixante-
treize ans, mais, nom de Dieu, je suis encore capable
d'empoigner la charrue et de semer mon froment!

C'était la première fois qu'il s'insurgeait depuis qu'il
avait laissé la ferme à son fils. Il avait fermé les yeux
sur bien des choses, mais là, c'était impossible. Ce fut
Mathilde qui sauva la situation.

— Allons, père, ne vous inquiétez pas. D'abord, pour
cette année, le blé est semé, vous avez bien vu, le
« Dattel » est très beau et le « bon Fermier » aussi,
et il y en a quand même presque quatre hectares! Ce que
veut dire Pierre, c'est qu'il n'emblavera pas à l'automne
si les cours ne montent pas. S'ils regrimpent, il sèmera,
c'est promis, juste pour nous, mais il sèmera. S'ils restent
bas, il gardera le double de grain pour notre farine, c'est
tout. Et l'année d'après, peut-être que tout ira mieux.

— Mais pourquoi tu veux plus semer de blé? grogna

103

Les palombes ne passeront plus

Jean-Edouard peu convaincu mais quand même un peu rassuré.

— Parce que j'y perds de l'argent!

— Et qu'est-ce que tu feras à la place?

— N'importe quoi, du maïs, des patates, du tabac, de l'orge, c'est encore lui qui se vend le moins mal.

— N'empêche, s'entêta son père, plus de blé dans une ferme, c'est plus une ferme!

— On en reparlera au moment des semailles, dit Pierre-Edouard en haussant les épaules, mais je vous jure que si le blé ne regrimpe pas, je n'en sèmerai pas une poignée!

— Mais oui, père, on en reparlera, coupa Mathilde en posant la main sur le bras de son époux. Pour l'instant, Pierre veut planter nos terres en pommes de terre, en maïs et en tabac, sans oublier les légumes, ça va nous faire un rude travail.

Lorsque Mathilde disait nos terres, c'était quand elle voulait parler des champs qui leur appartenaient en propre, à Pierre-Edouard et à elle, ceux de la Rencontre, des Lettres de Léon, de chez Mathilde, des Puys; quant aux terres des Vialhe, elle ne les désignait qu'en disant : les terres, et tout le monde comprenait.

— Alors en plus de 40 000 pieds de tabac, tu veux faire un hectare de pommes de terre et autant de maïs, et des légumes aussi! T'es pas fou, non? Jamais tu n'y arriveras! pronostiqua Jean-Edouard qui mesurait très bien la somme de travail que nécessitaient de telles surfaces.

— Si, on y arrivera, assura Pierre-Edouard, on y arrivera parce qu'on ne peut pas faire autrement.

Au village, nombreux furent ceux qui partagèrent le scepticisme de Jean-Edouard. Pour beaucoup, Pierre-Edouard voyait trop grand, visait trop haut, jamais il ne parviendrait à sarcler de telles surfaces avec seulement l'aide de sa femme et de son père. Car le vieillard avait beau être solide, il portait quand même son âge. Quant à Mathilde, pour courageuse qu'elle soit, elle ne manquait pas d'occupations, son petit qui avait maintenant treize mois réclamait des soins, les autres gamins aussi,

104

La terre ingrate

sans oublier les vaches, les brebis, les porcs et la basse-cour.

— Et alors, coupa Maurice un soir où, chez Suzanne, la conversation roulait sur ce sujet, Pierre-Edouard prendra les commis de Léon, voilà tout! Je m'inquiète pas pour lui!

— Peut-être, mais la main-d'œuvre, c'est juste bon pour bouffer les bénéfices, assura Bernical; non, il va se casser la gueule, c'est sûr!

— Et ça te plairait bien, hein? ricana Louis Brousse.

Tous savaient que Bernical, pas méchant homme au demeurant, était d'un caractère jaloux, envieux, et qu'il prenait pour une attaque personnelle la réussite de tous ses voisins; alors, avec les Vialhe, il avait de quoi épancher sa bile!

— Moi? dit l'interpellé, je m'en fous! Il peut bien faire ce qu'il veut, il est chez lui!

— N'empêche, reprit Maurice, moi je le connais bien, je suis sûr qu'il s'en sortira. Et son idée de ne plus vouloir faire de blé, elle n'est pas si bête que ça. Croyez-moi, là encore, c'est lui qui a raison.

— Alors pourquoi tu fais pas la même chose? lui demanda son voisin.

Ils connaissaient tous la réponse. Bien qu'il aille sur ses quarante-deux ans et qu'il s'entende au mieux avec son père, Maurice n'était pas le patron. A la ferme, c'était son père, le vieux Jeantout et ses soixante-douze ans, qui décidait de tout, et il en serait ainsi jusqu'à sa mort. Maurice n'était pas près d'imiter Pierre-Edouard et même si le cours du blé chutait encore, il ne serait pas dit que les terres de Jeantout étaient vides de blé. Pour lui aussi c'est au tas de froment qu'on jugeait une ferme.

Nicolas arriva à Saint-Libéral un soir de mai 1933. Il allait à grandes enjambées, avec cette allure souple et bien cadencée des habitués des grands chemins; il marchait comme un homme que n'effraie pas une étape de cinquante kilomètres ni un périple de cinq cents lieues. Et, dans son dos, suspendu à un gros gourdin de micocoulier qu'il portait à l'épaule, se balançait le ballu-

105

Les palombes ne passeront plus

chon propre à ceux qui peuvent serrer toute leur fortune et tous leurs biens dans un simple torchon de lin.

Il s'arrêta au milieu de la place et observa lentement autour de lui. Les quelques vieilles femmes qui papotaient sous les tilleuls notèrent qu'il ressemblait à un faucon; à un de ces rapaces fougueux dont le regard fascine.

De haute stature, bien bâti, il avait un air altier, rendu sévère par une opulente crinière de cheveux blancs, un visage anguleux et buriné, dans lequel scintillaient des yeux bleu pâle, presque gris. Vêtu de velours noir, usé mais très propre, et d'une chemise bleue ouverte sur un torse puissant et bronzé, il était impressionnant par sa prestance, sa taille, et cette façon hautaine de regarder autour de lui en plissant légèrement les paupières tout en redressant sa tête blanche. Après avoir détaillé chaque maison et jeté un coup d'œil glacé en direction des commères, il pivota sur place et marcha vers la mairie.

Alfred, le garde champêtre, qui sirotait une absinthe chez Suzanne, avait remarqué l'arrivée de l'étranger et ne savait trop dans quelle catégorie le classer. Le balluchon dénonçait le chemineau, mais le personnage appelait le respect. Ces deux faits, totalement contradictoires, provoquèrent une grosse poussée de sueur sur son front dégarni. Il repoussa son képi sur sa nuque, s'épongea les tempes puis, pour se donner de l'assurance, tripota la reluisante plaque de cuivre fièrement épinglée sur son cœur, sortit sur la place et interpella le nouveau venu.

L'homme se retourna et, du perron de la mairie, toisa le représentant de l'ordre qui claudiquait vers lui.

Alfred, que les hasards des affectations avaient expédié à Saint-Nazaire en 1917, avait perdu un pied en aidant au déchargement d'un cargo américain. Mais il était très fier de son pilon, l'exhibait avec complaisance et s'employait à convaincre la jeune génération qu'il avait reçu sa blessure au cours des terribles combats de Mort-Homme. Les anciens ricanaient de cet impudent mensonge et insistaient lourdement en assurant qu'Alfred était celui qui, pendant toute la guerre, avait reçu le plus de sardines, ces fameuses brisques qui faisaient l'orgueil des combattants. Ils savaient, ces affreux, que

106

La terre ingrate

cet imbécile d'Alfred avait reçu sur le pied une caisse accidentellement décrochée d'une grue; une caisse d'une tonne de sardines à l'huile.

— Y a personne à la mairie à cette heure! prévint-il en grimpant péniblement les quatre marches.

Il retripota sa plaque, puis dévisagea l'inconnu pour tenter de déceler à qui il avait affaire. Pour lui, le genre humain se scindait en deux groupes, les bons et les mauvais. Les premiers étaient propres, travailleurs, honnêtes et ils avaient droit au voussoiement; ils ne traînaient ni sur les chemins, ni dans les mauvais lieux et pouvaient à chaque instant présenter des papiers en règle. Les seconds, c'était tout le contraire.

L'examen du grand gaillard qu'il avait devant lui le plongea dans une angoissante perplexité. L'individu était sûrement un chemineau puisqu'il portait un balluchon de miséreux et était arrivé à pied, mais son allure de colonel de cavalerie et son regard qui vous fouillait le cervelet démentaient absolument la première classification; jamais un vagabond ne déclenche le réflexe de rectifier la position. Ravagé par l'incertitude, Alfred opta pour la prudence.

— Vous cherchez quelqu'un peut-être?

— Maire! dit l'autre après un instant d'hésitation.

— Le maire? Il n'est pas encore là.

— Où je trouve maire? insista l'homme avec un accent prononcé qui sonna agréablement aux oreilles d'Alfred.

« C'est un métèque! » pensa-t-il et cette découverte le remplit d'aise. Tout rentrait dans l'ordre, le suspect, malgré ses airs de grand seigneur, était bel et bien un traîne-misère qu'il allait se faire un plaisir de raccompagner à la limite de la commune, et à grands coups de pied au cul, si besoin était! Il se redressa, fronça les sourcils, ce qui accentua encore la lourde atonie de son regard bovin.

— Qu'est-ce que tu lui veux, au maire, hein?

— Où ça, maire? insista l'autre.

— Il comprend rien, ce jobard! triompha Alfred, allez, fais voir un peu tes papiers, ordonna-t-il soudain. Et pour intimider sa proie il avança d'un pas tout en souhaitant que l'autre ébauche un geste. Bouge seulement une oreille et je te fais coller au bloc pour voies de

107

Les palombes ne passeront plus

fait sur un agent de la force publique. Articles 228 et 230 du code pénal! récita-t-il d'un ton gourmand. Alors, ces papiers, ça vient nom de Dieu!

— Ah, papiers! dit l'homme en fouillant dans sa veste.

Il sortit un portefeuille usé mais dont le beau cuir et les initiales d'or firent briller les yeux du garde.

« Sûr qu'il l'a volé », se réjouit-il, et il se vit arrêtant le bonhomme.

— Donne ça, ordonna-t-il en saisissant avidement les cartes que lui tendait l'étranger.

Il parcourut le texte, plissa le front, puis épela laborieusement à mi-voix : « Nicolas Kra-jha-lo-vic, né le 30 juin 1893 à... à Kra-gu-je-vac, Serbie. Merde, un Russe! Mais qu'est-ce qu'il fout ici, ce cosaque! Hein? Qu'est-ce que tu viens traîner chez nous? Ça alors! » dit-il en se grattant le crâne. Et il se retourna vers la place pour prendre à témoin les quelques femmes qui s'étaient approchées.

Le ciel voulut que l'abbé Verlhac sorte à ce moment du presbytère pour aller réciter l'Angélus. Il vit l'attroupement, s'approcha.

— Qu'est-ce qui se passe? demanda-t-il au garde.

— Y a ce Russe qu'a pas l'air très catholique, il veut voir Léon.

— Un Russe?

— Ben oui, tenez, dit Alfred en lui tendant les cartes.

L'abbé en prit connaissance, sourit.

— Il n'est pas plus russe que vous! Il est serbe, ou plus exactement yougoslave, depuis deux ans.

— Eh ben, c'est tout comme, non? protesta Alfred très vexé.

L'abbé haussa les épaules et s'adressa à l'homme.

— Vous parlez français? Et devant l'air évasif de l'étranger il insista : allemand? italien?

Alors, soudain, l'individu se lança dans un long discours, un mélange d'italien, d'allemand, de français. L'abbé écouta, posa quelques questions et se tourna vers Alfred.

— Il veut voir Léon parce qu'il cherche du travail. Il vient de Marseille, à pied. Avant il a passé deux ans en Italie, il a quitté son pays en 1930, ses papiers et son permis de séjour sont en règle.

La terre ingrate

— Ah bon, dit Alfred tout dépité, eh bien il a plus qu'à attendre le maire, moi, c'est plus mon affaire.

Et il s'éloigna en bougonnant.

Léon arriva une demi-heure plus tard. Averti par l'abbé Verlhac qu'il venait de croiser, il se remémora les quelques bribes d'italien apprises pendant la guerre et chercha à savoir ce que voulait ce curieux personnage. Mais celui-ci, avant même de lui répondre, pointa un doigt vers sa prothèse.

— Guerre?

— Oui, dit Léon, pourquoi?

— Moi aussi, guerre, dit l'homme en ouvrant sa chemise.

— Ben miladiou! ils t'ont pas loupé! souffla Léon en contemplant le trou, bien cicatrisé, mais gros comme le poing, qui creusait l'estomac de l'homme.

— Demis-Kapou, expliqua l'étranger en reboutonnant sa chemise. Puis il épela, tout en claquant les talons : Vive Franchet d'Esperey!

— Ah tu es quelqu'un, toi! murmura Léon complètement médusé, alors tu cherches du travail? N'importe quel travail? Oui? Mais mon vieux, je ne peux rien te donner, je suis complet! Mais viens, je sais qui va peut-être te trouver du travail.

7

Pierre-Edouard détacha le jeune veau qui bondit aussitôt en direction de sa mère dont il bourra le ventre de coups de tête rageurs et maladroits. Pierre-Edouard le guida vers le pis gonflé de lait, lui poussa le museau vers un trayon qu'il happa goulûment et suça en de longs traits gourmands; sa queue frétillante d'allégresse battit presque aussitôt à la cadence de la déglutition, tandis qu'une bave épaisse bouillonnait à la commissure de ses lèvres.

— Tu en as de bonnes, toi, répéta Pierre-Edouard en

109

Les palombes ne passeront plus

s'appuyant contre la vache, c'est vrai que j'ai besoin d'un journalier, mais pas de n'importe qui! Je ne le connais pas ce type! Si ça se trouve, il n'a jamais touché un outil de sa vie!

— Rigole pas, dit Léon, t'as vu ses mains? Tu crois pas qu'il les a usées comme ça en restant le cul sur une chaise comme un fonctionnaire?

— Ouais, concéda Pierre-Edouard, peut-être qu'il sait tenir un manche.

Il suçota sa pipe éteinte et soupira. Il était vanné et peu disposé à prendre une décision. Avec Mathilde, son père et deux des commis de Léon, il avait passé sa journée au sarclage et ressentait maintenant dans ses reins et son dos le tiraillement de la fatigue.

— Qu'est-ce que tu en penses? demanda-t-il à Mathilde.

La jeune femme haussa évasivement les épaules et poursuivit son travail. Elle trayait vite et bien et dans le seau, qu'elle serrait entre ses genoux, chantaient les puissants jets de lait.

— Il paraît franc, et un homme de plus ne serait pas de trop, dit-elle enfin.

— Ben oui, tu peux toujours l'essayer, insista Léon, tu verras vite s'il est vaillant!

Pierre-Edouard jaugea l'homme et estima que sa taille, sa carrure et surtout son air sérieux prêchaient en sa faveur, et sa discrétion aussi. Depuis qu'il était entré dans l'étable, l'étranger n'avait pas dit un mot. Il les avait simplement salués en inclinant sa tête blanche dans leur direction puis adopté une position rigide, presque hautaine, comme si ce que disait Léon pour expliquer sa présence ne le concernait pas. Mais l'acuité de son regard bleu contrebalançait tout ce que son attitude pouvait avoir de lointaine; il était évident qu'au-delà de son apparente impassibilité il cherchait à comprendre le sens de la conversation.

— Tu es sûr qu'il n'a que quarante ans? demanda Pierre-Edouard.

— Oui, d'après ses papiers. Evidemment, avec ses cheveux tout blancs... Pour moi, il a dû en voir de sévères...

— Oui, mais il ne parle pas français, ça va être pra-

110

La terre ingrate

tique! Et puis tu sais bien, j'ai même pas de quoi le loger!

— Bah, tu as un grenier, de la paille et du foin, non? Hein que ça te suffit? demanda Léon en se tournant vers l'homme : Pour dormir! insista-t-il, et il montra le grenier d'un geste de la main.

— Vous voulez vraiment travailler? questionna Pierre-Edouard qui, à l'inverse de son beau-frère, n'avait pas le tutoiement facile. Bon, 12 francs par jour, plus la nourriture, bien sûr, ça va?

— Non, dit l'homme en sortant enfin de son silence.

— Eh! Oh! lança Léon, tu vas pas faire la fine gueule en plus! 12 francs, c'est joliment payé!

— Non, pas 12 francs, répéta l'étranger, 8 francs et quatre de ça, expliqua-t-il en désignant le seau de lait.

Et comme ni Pierre-Edouard ni Léon ne comprenaient, il se dirigea vers un coin de l'étable et leur fit signe de venir. Intrigués, ils le rejoignirent. L'homme s'assura que Mathilde ne pouvait pas le voir et déboutonna alors sa chemise.

— Pour ça, quatre! dit-il en montrant l'affreuse cicatrice qui s'ouvrait dans son estomac. Il sourit, porta à sa bouche le goulot d'une bouteille imaginaire. Boire juste du lait, quatre! reprit-il en boutonnant sa chemise.

— Et en plus il est estropié, dit Pierre-Edouard, ça va faire un rude travailleur! Mais il était très impressionné par la pudeur de l'étranger; l'homme n'avait pas voulu s'exhiber devant une femme, c'était tout à son honneur. Vous voulez quatre litres de lait et 8 francs par jour? demanda-t-il enfin.

— Oui, oui! Quatre et 8 francs!

— Ben, t'y perds pas, glissa Léon à son beau-frère, à 60 centimes le litre!

— Alors entendu, confirma Pierre-Edouard, et vous coucherez dans le grenier, mais il ne faut pas y fumer! Compris? Pas fumer, interdit!

L'homme sourit, secoua la tête.

— Jamais fumer, assura-t-il en fouillant dans sa poche. Il en sortit une petite corne noire, bouchée à son extrémité par un fermoir d'argent et la secoua.

— Il prise, expliqua Léon, c'est pas lui qui te foutra le feu. Bon, je te laisse. Tu vois, j'aurais eu du travail

111

Les palombes ne passeront plus

pour lui, ce gars-là, je l'aurais gardé. Je suis sûr que tu en seras content.

— Peut-être, concéda Pierre-Edouard, faut voir à l'usage. Au fait, comment il s'appelle?

— Moi, Nicolas, dit l'homme. Vous, patron, elle, madame patronne, dit-il en désignant Mathilde. Puis il regarda Léon et ajouta : Et lui, maire.

— Va pour Nicolas, dit Pierre-Edouard et il lui tendit la main pour sceller leur accord.

Dès qu'il apprit par Jacques, qui avait entendu la conversation, que son fils venait d'embaucher un bonhomme aux cheveux blancs, étranger par surcroît, Jean-Edouard ne fit rien pour dissimuler sa réprobation. Passe encore d'asseoir à sa table des journaliers de Léon, il fallait bien les nourrir, mais de là à partager le pain avec un individu qui ne parlait même pas le français, dont on ne savait rigoureusement rien et qui était peut-être un voyou! Aussi accueillit-il très fraîchement Pierre-Edouard quand il entra et feignit de ne point voir Nicolas lorsqu'il pénétra à son tour dans la pièce.

— Je t'avais bien dit que tu voyais trop grand! reprocha-t-il aussitôt, et maintenant, pour venir à bout de tes sarclages, te voilà obligé d'embaucher des étrangers!

— Et alors, quelle importance s'il travaille! D'ailleurs, c'est moi qui le paie, non? rétorqua Pierre-Edouard que la fatigue ne prédisposait pas à la diplomatie.

— Fais à ta guise! Mais ne viens pas te plaindre après! Ces gens-là, c'est tout voleur, ivrogne et feignant! C'est bien pour ça qu'ils courent les routes, d'ailleurs!

— Et après? Moi aussi j'ai dû courir les routes! jeta sèchement Pierre-Edouard.

Son père accusa le coup. Il détestait qu'on lui remette en mémoire certains événements qu'il préférait oublier.

— Bon, si tu le prends comme ça! dit-il en se levant.

Et pour bien marquer sa colère, il quitta ostensiblement la pièce et s'enferma dans sa chambre.

— Vieux monsieur pas content..., commenta Nicolas d'un ton navré.

— Ça lui passera! grommela Pierre-Edouard, sauf si

112

La terre ingrate

tu lui donnes des motifs pour marronner! ajouta-t-il pour lui seul.

Nicolas fit la conquête de la famille Vialhe en moins de huit jours et même Jean-Edouard fut séduit. Il ne l'avoua pas tout de suite car il détestait reconnaître ses erreurs, mais tous surent qu'il acceptait, et même appréciait, la présence du nouveau venu lorsque, un soir après souper, il sortit de sa poche un paquet de tabac à priser et le poussa vers Nicolas.

— Il ne fume pas..., expliqua-t-il.

Pierre-Edouard acquiesça, il comprenait. Faute de pouvoir partager, en gage d'estime et d'amitié, son gris et son Job, son père avait trouvé ce biais. Pour modeste qu'il fût, son don était lourd de sens. Il annonçait clairement qu'il reconnaissait dans l'étranger aux cheveux blancs un vrai terrien, solide, consciencieux et que son endurance forçait l'admiration.

C'était d'ailleurs l'opinion de tous ceux qui l'avaient vu au travail. On aurait même pu croire, à le voir manier le hoyau, qu'il n'avait fait que cela de toute sa vie. Pourtant, certains détails, ses façons distinguées de se tenir à table par exemple, ou celles, encore plus raffinées, dont il usait envers Mathilde, prouvaient qu'ils n'avait pas toujours gagné sa vie aux sarclages.

Mais ce ne fut qu'au fil des mois, petit à petit, et en fonction des efforts qu'il faisait pour apprendre le français, que Nicolas dévoila une infime partie de son passé; quelques faits, quelques repères sur une existence dont les mystères et les secrets demeurèrent toujours plus importants que les brèves révélations qu'il daigna faire.

Ainsi avoua-t-il un jour à Pierre-Edouard que là-bas, dans son pays, il avait été pendant plus de dix ans l'intendant d'un domaine si beau et si vaste, qu'il fallait deux pleines journées de cheval pour en faire le tour!

— Alors pourquoi en es-tu parti? demanda Pierre-Edouard qui, par commodité, avait fini par adopter le tutoiement.

— Politique mauvaise chose, très mauvaise chose..., expliqua Nicolas avant de s'enfermer dans un mutisme inébranlable.

113

Les palombes ne passeront plus

Plusieurs semaines passèrent avant qu'il ne dévoile à nouveau quelques bribes d'éclaircissement. Oui, il avait été intendant, c'était une bonne et agréable fonction qu'il avait héritée de son père. Et nul n'avait jamais contesté ses compétences car les terres qu'il gérait donnaient leur maximum et tous les paysans sous ses ordres l'aimaient et le respectaient. Il était heureux et sa jeune femme, de quinze ans sa cadette, pouvait vivre comme une princesse.

La politique avait tout pourri, tout détruit. Nicolas n'avait jamais admis celle qu'imposait Alexandre Ier. Tout de suite opposé au gouvernement Pasic, il avait été jusqu'à rejoindre la résistance des nationalistes croates — pourtant ennemis jurés des Serbes — comploté avec eux, tout fait pour jeter bas un régime qu'il haïssait.

La suite était tristement banale; sa maison cernée au milieu de la nuit, les coups de feu qui éclatent soudain, sa jeune femme touchée en pleine nuque pendant leur fuite et lui, désormais irrémédiablement brisé, qui pousse sa monture et s'éloigne plein sud en laissant toute sa vie, tous ses biens derrière lui. L'exil, en Albanie d'abord. Puis l'Italie et, là encore, la fuite prudente devant un Etat trop policier pour être aimable avec les étrangers sans fortune. La France enfin, et maintenant Saint-Libéral, mais pour combien de temps?

— Autant que tu voudras! le rassura Pierre-Edouard.

Il était très impressionné par la narration qu'il venait d'entendre. Et d'autant plus que Nicolas, au fil de ses confidences, ne s'était jamais départi de son sourire un peu lointain, presque ironique, comme si les quelques souvenirs qu'il relatait sobrement n'étaient pas les siens, mais ceux d'un homme dont la pitoyable évolution était à ce point dramatique qu'il importait de s'en moquer un peu, ou alors d'en pleurer. Mais il n'était pas de ceux qui sanglotent sur leur passé. D'ailleurs, le brillant intendant, l'impitoyable comploteur et même le fugitif étaient morts en lui depuis des années.

Il n'était plus qu'un émigré, un homme définitivement coupé de ses racines, un modeste ouvrier agricole dont seuls un regard d'épervier, une étonnante chevelure blanche et un portefeuille aux chiffres d'or témoignaient d'une lointaine et tout autre existence.

114

La terre ingrate

Adopté par les Vialhe, il le fut aussi par les gens de Saint-Libéral. On sut très vite qu'il était sobre, calme, aimable et qu'il ne courait pas les femmes. Mais son intégration ne devint totale que le jour où, de l'aveu même du vieux Jean-Edouard, on apprit que, sans lui, jamais Pierre-Edouard et Mathilde n'auraient pu mener à bien leurs cultures de plantes sarclées.

Désormais, Nicolas devint celui qui avait permis aux Vialhe de cultiver, entre autres, un hectare de tabac dont la vente les aida à faire face à la crise et aussi à réaliser le projet qu'ils méditaient depuis plusieurs mois. Depuis que Pierre-Edouard avait compris que la terre n'était plus pour ses fils un inébranlable asile.

Si Jacques accueillit sans mot dire la décision de ses parents, Paul, à son habitude, protesta pour deux et batailla comme dix. Prévenus depuis le début de l'année que, sauf catastrophe, la prochaine rentrée scolaire les verrait pensionnaires à Brive, les deux gamins avaient eu le temps de s'habituer à cette idée. Ce qui ne les avait pas empêchés de faire des prières pour que le gel, la grêle ou les orages anéantissent les 40 000 pieds de tabac dont dépendait leur sort.

Par malchance pour eux, le ciel fut exceptionnellement clément et propice aux cultures. Les pruniers croulèrent sous les fruits et même les vingt-huit noyers de la pièce Longue se mirent de la partie pour aider Pierre-Edouard et Mathilde à payer la pension de leurs fils !

C'était à désespérer du Seigneur. Paul, d'ailleurs, était en froid avec lui depuis qu'il avait surpris une conversation entre son père et l'abbé Verlhac. Car c'était lui qui avait encouragé ses parents, lui encore qui leur avait indiqué cet établissement tout neuf dont l'ouverture était prévue pour octobre. Depuis qu'il avait mesuré l'ampleur de ce qu'il considérait comme une trahison, Paul n'avait plus aucun remords lorsque, après la messe, il vidait cul-sec la burette de vin blanc et croquait les hosties non consacrées; ces représailles n'étaient que broutilles comparées à la félonie de l'abbé.

De plus, il était furieux contre lui-même. Il s'en vou-

115

Les palombes ne passeront plus

lait de n'avoir pas compris plus tôt que son application et son travail à l'école confortaient ses parents dans leur idée de le voir poursuivre ses études. Il en venait à regretter toutes les bonnes notes qu'il avait décrochées et dont le seul résultat — belle récompense en vérité! — allait lui permettre d'entrer en sixième à l'école Bossuet de Brive. Jacques, quant à lui, venait d'obtenir brillamment son certificat d'études et serait élève en quatrième dans le même établissement.

Jacques était tout aussi effondré que son frère à l'idée de devoir quitter ses parents, la ferme, le village, tout ce qui formait son univers. Mais, à l'inverse de son cadet, il en admettait le principe, le prenait comme une fatalité, une catastrophe contre laquelle il ne servait à rien de s'insurger. Parfois même, son frère l'agaçait, l'inquiétait par sa quête obsessionnelle de l'idée qui leur permettrait d'échapper à cette prison qu'allait être pour eux la pension.

— Et si on était malades? lui suggéra Paul au cours d'un de ces après-midi de septembre où l'azur est si pur, l'air si doux, qu'il semble que rien n'est meilleur au monde que d'être là, le dos contre la mousse tiède, les yeux noyés dans le ciel, pendant que les vaches, que l'on garde, paissent alentour.

— Ça ne changerait rien, assura Jacques en haussant les épaules; d'ailleurs, ils verraient bien que c'est pas vrai!

— Alors, il faut partir d'ici avant la rentrée!

— T'es pas fou? Et pour aller où?

— Papa est bien parti dans le temps!

— Oui, mais il était vieux, il avait au moins vingt et un ans!

— C'est bien dommage que ce ne soit pas pépé qui commande, avec lui on était sûrs de rester là!

L'annonce que ses petits-fils allaient entrer en pension avait rendu Jean-Edouard furieux, l'avait contraint à réagir et, comme jadis, à frapper sur la table. Peine perdue, Pierre-Edouard n'avait pas faibli.

— S'ils font des études, ils seront foutus pour la terre! avait jeté le vieillard. Dans le temps aussi le curé et l'instituteur voulaient que tu fasses des études, eh bien, on a refusé! Et si ton grand-père et moi les

116

La terre ingrate

avions écoutés, ces beaux parleurs, tu ne serais pas là aujourd'hui !

— Mais si, j'y serais, et je m'en porterais aussi bien, mieux sans doute. Il y a beaucoup de choses qui m'échappent, que je comprendrais peut-être si j'avais fait un peu plus d'études !

— Pour le travail de la terre, c'est du temps perdu ! Et puis la ville leur mettra des idées dans la tête. Tu verras, plus jamais ils ne voudront revenir à la ferme !

— Ils y reviendront s'ils le veulent. Moi je dis qu'il faut leur donner autre chose que la terre. Vous ne voyez pas qu'elle nous trahit ! Qu'elle ne veut plus nourrir son homme ! Ça crève les yeux pourtant ! Vous avez vu les cours du blé ? Alors ? C'est ce que vous voulez pour eux, la misère ?

— *Lo diable m'estel* ! Il vaut mieux vivre pauvre chez soi que riche chez les autres ! Mais qu'est-ce qu'ils t'ont fait ces petits pour que tu veuilles t'en séparer ! Et vous, avait-il lancé à Mathilde, ça ne vous fait rien de jeter ces enfants à la ville ?

— Si, bien sûr. Mais ils ne seront pas malheureux. Comprenez, père, il faut qu'ils étudient. Un jour vous serez fier d'avoir un petit-fils ingénieur en agriculture, ou peut-être même professeur !

— Ah ça, je m'en fous bien ! Ils seront devenus tellement fiers qu'ils ne me connaîtront plus ! Et vous non plus d'ailleurs. Voilà ce qui vous attend, je vous le prédis : des enfants qui vous mépriseront et des terres en friche !

— Nous n'en sommes pas encore là, avait tranché Pierre-Edouard. D'ailleurs, si Jacques ou Paul ne veulent pas de la ferme, Guy la prendra.

— Ah, bon sang ! Il n'a pas deux ans ton héritier ! D'ici à ce qu'il sache labourer, il peut s'en passer des choses ! Tu es jeune encore, mais ça ne te met pas à l'abri de tomber malade ! Alors, qui travaillera, hein ? Jacques, lui, au moins, il pourrait déjà te venir en aide, il est solide, il a du goût, et puis c'est l'aîné... C'est à lui de prendre ta suite. Moi, à son âge, je travaillais presque comme un homme, et toi aussi, et c'était pas pour apprendre des balivernes dans les écoles de la ville !

117

Les palombes ne passeront plus

— Les temps ont changé, nos petits sont capables de faire des études, ils les feront, un point c'est tout!

— Ça te portera pas chance d'obliger tes fils à oublier d'où ils viennent. Tu verras, ça te portera pas chance, je te dis, c'est ton malheur que tu prépares!

— Bon sang! Qu'est-ce qu'il faut entendre! Mais dites, vous savez en quelle année on est? En 1933! Il serait temps de vous en apercevoir! Ma parole, pourquoi croyez-vous qu'on a maintenant l'électricité, des autos, des avions, la T.S.F., tout quoi! Vous pensez que ça s'est fait tout seul? Ce sont ceux qui ont étudié qui ont découvert tout ça!

— Eh bien, pour ce que ça nous rapporte!

— Vous n'avez pas toujours dit ça! Dans le temps, vous avez eu la plus belle ferme de la commune, la plus moderne, et c'est toujours le cas, parce que j'ai continué, comme j'ai pu. Et celui qui viendra après moi fera pareil, et la ferme sera encore plus belle et moderne, à condition qu'il soit capable de bien la travailler.

— Pas besoin d'aller à l'école pour ça!

— Si, justement. Oh, et puis je ne vois pas pourquoi je discute. De toute façon, dites ce que vous voulez, ça ne changera rien!

La discussion avait ainsi pris fin, mais Paul, qui de sa chambre n'avait rien perdu du dialogue, s'était senti débordant de tendresse pour son grand-père. Lui au moins raisonnait juste! Par malchance, ce n'était pas lui qui prenait les décisions!

8

Mathilde dut faire appel à toute sa force de caractère pour ne pas faiblir ni étaler son chagrin, lorsqu'elle accompagna ses fils au pensionnat. Mais le trajet de Saint-Libéral à Brive fut morose, car il était évident que Pierre-Edouard lui-même en avait gros sur le cœur. Il se voulait enjoué et disert, cherchait à plaisanter avec Jacques et Paul, feignait même d'envier leur superbe

La terre ingrate

uniforme, mais personne n'était dupe, la tristesse était du voyage. Même le petit trot de la jument chantait lugubrement car chaque claquement de sabots, chaque tintement des grelots accrochés au collier, chaque grincement des moyeux de la carriole marquait la fuite du temps, l'avance vers la ville, son école et la séparation qui, dans moins de deux heures, allait, pour la première fois, disloquer une cellule familiale que rien jusqu'à ce jour n'avait encore fissurée.

Pierre-Edouard et Mathilde le sentaient, une page était en train de tourner. Désormais la vie de la maison ne serait plus tout à fait la même, deux voix allaient manquer et, ce soir, à l'heure du souper, l'absence de deux couverts creuserait dans la tablée un vide dont tous souffriraient. Sans oublier les pépiements de Mauricette réclamant déjà ses frères et le silence réprobateur du grand-père.

Malgré cela, ni Pierre-Edouard ni Mathilde ne regrettaient leur décision et les sacrifices de tous ordres qu'elle leur imposait. Si tout allait bien, un temps viendrait où les enfants les remercieraient. Pour l'heure, ils maîtrisaient courageusement leurs larmes et ne comprenaient sans doute pas pourquoi ils devaient aller s'exiler en ville. Mais un jour, ils découvriraient tous les atouts acquis au cours de leurs années d'études. Ensuite, forts d'une bonne formation, ils seraient libres de choisir la situation qui leur plairait, la terre peut-être...

La nuit descendait lorsque la carriole quitta la rue de Bossuet et s'engagea sur la route d'Estavel. Mathilde se retourna, tendit l'oreille, perçut le tohu-bohu des élèves qui, là-bas, dans la grande cour, devaient se mettre en rangs. Une cloche sonna et au bourdonnement des voix d'enfants succéda le silence.

— Et voilà..., soupira la jeune femme.

Pierre-Edouard la regarda et malgré la pénombre vit ses lèvres qui tremblaient et les larmes qui perlaient entre les cils. Alors il l'attira, l'étreignit.

— Allons, allons, ils seront bien ici, ce n'est quand même pas la caserne! Et puis, insista-t-il, on viendra les voir très souvent. Léon et Yvette viendront aussi.

119

Les palombes ne passeront plus

— Ils vont me manquer, déjà ils me manquent...

— A moi aussi, mais on ne fait pas ce qu'on veut.

— Je sais, dit-elle en essuyant énergiquement ses joues d'un revers de la main. Dis, reprit-elle, j'ai peur que ton père ne s'en remette pas...

— Allons donc !

— Si, si, je le connais bien. Pour lui, cette séparation est terrible, il les aime tellement, nos petits !

— Il fera comme nous, il s'habituera.

— Non, parce que lui il est sûr que ça ne sert à rien de les mettre dans cette école. Il est sûr aussi que ni l'un ni l'autre ne voudront un jour reprendre la ferme. Alors tu sais ce qu'il faut qu'on fasse pour le consoler un peu ? Il faut qu'on sème un carreau de blé, juste pour lui faire plaisir.

— Bon sang ! Tu as vu les cours ? 117 francs l'an dernier, 85 francs cette année ! Sûr que j'en sèmerai pas une poignée !

— Si, tu emblaveras, pour me faire plaisir.

— Mais tu étais d'accord ! C'est toi qui tiens les comptes, tu le sais bien que c'est perdre notre temps et notre argent !

— Ça ne fait rien, il faut semer un peu, juste pour consoler ton père. Parce que si en plus de le priver de nos petits, tu le prives de son carreau de blé, sûr que ça va le tuer. Tu sais bien, pour lui, il n'y a que le blé qui compte. Promets-moi que tu sèmeras la pièce aux Lettres de Léon. Après tout, elle est à moi cette terre, dit-elle en souriant, j'ai bien le droit d'y faire ce que je veux !

— Toute la pièce ? s'insurgea-t-il.

— Non, la moitié, juste les cinq cartonnées où on a fait les pommes de terre. On avait apporté une grosse fumure, il ne faudra pas forcer beaucoup pour avoir de beaux rendements.

— Encore une fois tu as tout calculé. Ah, toi, je te jure !

— Alors c'est promis ? Comme ça on pourra l'annoncer tout à l'heure à ton père, ça le consolera.

— Bon, dit-il en riant, de toute façon, je suis habitué, c'est toujours toi qui gagnes ! J'enverrai Nicolas labourer, dès demain.

120

La terre ingrate

Elle lui posa un baiser sur la joue, se serra un peu contre lui.

— Dis, à propos de Nicolas, tu comptes le garder longtemps?

— Ah, n'essaie pas de me dire qu'il coûte trop cher, lui! Nicolas, je le garde, et ça je n'en démordrai pas!

— Tu es bête, tu sais, plaisanta-t-elle, je ne te dis pas de t'en séparer! Je sais bien qu'on ne trouvera pas mieux. Tout le monde nous l'envie, même Léon regrette de l'avoir laissé filer!

— Alors pourquoi tu me parles de lui?

— L'hiver arrive...

— Oui, et après?

— Eh bien, tu ne vas quand même pas continuer à le laisser dormir dans le foin! Il s'y gèlerait le pauvre. Et moi, ça me ferait honte qu'on dise que nous ne savons pas soigner ceux qui travaillent pour nous. Alors, tu vas fabriquer une chambre dans l'étable, à côté des loges à veaux. Il ne faudra pas beaucoup de planches pour qu'il y soit chez lui, et au chaud. On descendra le vieux lit qui est au grenier et comme ça notre Nicolas sera tranquille.

Il hocha la tête, sourit.

— Tu es vraiment quelqu'un, toi, tu penses à tout. Moi, tu vois, je n'avais même pas vu que ce brave Nicolas allait se geler, et pas vu non plus qu'il fallait consoler mon père et lui semer son carreau de froment. Toi, tu as tout de suite compris ce qu'il fallait faire, et c'est toi qui as raison. Moi, je crois bien que je ne suis qu'un vieil âne.

Si Jacques, pour échapper au terrible cafard qui le minait, se lança à fond dans les études, Paul réagit d'une façon toute différente. Du jour au lendemain et alors qu'à l'école de Saint-Libéral il avait toujours brillé par sa vivacité d'esprit, il s'enferma dans un mutisme épais dont personne ne pouvait l'extraire. Buté, bougon, il sabota systématiquement toutes ses chances de passer pour un brillant sujet.

Malin et prudent, il se garda bien toutefois de donner prise aux maîtres en sombrant dans la fainéantise; ses

121

Les palombes ne passeront plus

notes ne furent jamais mauvaises, pas même médiocres, mais strictement moyennes.

Comme il s'ennuyait à périr et qu'il travaillait très en dessous de ses capacités, il épancha son trop-plein de vitalité dans le sport, le chahut et les bagarres. Il cognait sec et dur et n'hésitait pas à se ruer sur des grands qui le dépassaient d'une tête; il y récolta force gnons, mais se tailla une solide réputation de batailleur.

Négligeant les adjurations dispensées par son frère, il devint aussi l'instigateur et l'acteur de tous les tours pendables qui peuvent naître dans la tête d'un gamin qui refuse son déracinement, d'un gosse beaucoup trop fier pour pleurer en public mais qui, chaque soir, tête dans l'oreiller, verse tout son saoul de larmes, en serrant les poings et les dents, pour que les voisins ne devinent rien.

Ce fut lui qui, un soir, vers les minuit, se coula jusqu'au réfectoire, ramassa silencieusement tous les bols disposés pour le petit déjeuner et alla en remplir les cuvettes des W.C. Lui encore huit nuits plus tard, qui lacéra les pneus de bicyclette des professeurs. Lui aussi qui, une autre nuit et en souvenir de ses farces de Saint-Libéral, parvint à grimper jusqu'à la cloche, à en détacher la chaîne qu'il tendit ensuite, à hauteur de pieds, dans l'escalier qui desservait les chambres des maîtres.

Les enquêtes, pourtant rondement menées par le préfet de discipline, n'aboutirent à rien. Personne ne le soupçonna, sauf Jacques qui décela tout de suite dans les yeux de son frère cette petite flamme vengeresse qu'il connaissait si bien. Paul ne nia pas.

— Mais t'es fou! protesta Jacques, si tu te fais prendre, ils te renverront, et alors tu vas voir papa...

— Ça m'est égal, je serai chez nous au moins! Et puis ils ne me prendront pas, sont bien trop gaye, tous!

Et puis, un soir, à moins d'une semaine de Noël, il n'y tint plus. Aussi, dès qu'il fut certain que le surveillant dormait, il se leva, s'habilla et sortit du dortoir. Chaussures à la main, il galopa dans les couloirs, dévala les escaliers et sauta dans la cour par une des fenêtres de la salle d'études.

Une fois dehors, il se chaussa, courut sans bruit jus-

122

La terre ingrate

qu'au mur d'enceinte qu'il escalada lestement. La terre du jardin potager qui s'étendait derrière l'école amortit sa chute. Il était libre.

Libre, mais terrorisé, mort d'inquiétude et de froid. Il gelait à pierre fendre et sous ses pas les labours craquaient comme du verre. Çà et là s'élevaient des fermes endormies, les rauques jappements des chiens saluant son passage. Il courait depuis plus d'un quart d'heure et distinguait déjà devant lui la masse sombre du remblai de la ligne de chemin de fer. Il se dirigea vers le pont d'Estavel, atteignit enfin la route.

L'obscurité l'affolait, et la distance à parcourir pour atteindre Saint-Libéral, plus de trente kilomètres. Mais il ravala ses larmes, s'obligea à ne point penser qu'il lui faudrait courir toute la nuit pour revoir enfin sa maison et s'élança sur le macadam.

Dans l'heure qui suivit, il dut par trois fois interrompre sa course pour se tapir dans le fossé au passage des autos. Il était dans la descente de Saint-Pantaléon et allait s'engager sous le pont qui enjambe le tournant de la route, lorsqu'une nouvelle voiture surgit dans son dos. Il tenta de se dissimuler dans le bas-côté, mais le pinceau des phares l'enveloppa soudain, l'aveugla.

Pétrifié, recroquevillé contre un buisson de ronces, il rentra la tête dans les épaules et tenta, dans un ultime réflexe, de cacher son visage derrière ses mains. Les phares le dépassèrent, balayèrent l'arche du pont où ils s'immobilisèrent en une grosse tache jaune où bouillonnaient quelques volutes de brouillard. Une portière claqua et le faisceau d'une lampe de poche fouilla le coin où le gamin, paralysé de frayeur, sanglotait convulsivement.

— Ça, par exemple! Qu'est-ce que tu fiches là? Ah ça, si on m'avait dit!

Paul sentit la main qui se posait sur son épaule, papillota des yeux en direction de la lumière qui l'éblouissait.

— Mais, bon sang, tu es gelé mon petit! Allons viens! Tu me reconnais au moins?

Paul fit oui de la tête, bondit vers son sauveur et se jeta contre sa poitrine.

123

Les palombes ne passeront plus

— Allons, allons, le calma le docteur Delpy en lui caressant doucement la tête, allons, viens te réchauffer dans la voiture. Je vais te donner du sucre avec quelques gouttes d'alcool de menthe, ça te requinquera. Et puis après, si tu veux, tu me raconteras ce que tu fais sur cette route à 1 heure du matin. D'accord?

— Oh oui! dit Paul.

Il était prêt à tout avouer, à tout expliquer pourvu que le docteur ne le laisse pas là, seul sur cette route qui n'en finissait pas d'arriver à Saint-Libéral.

— Je comprends, assura le docteur lorsque Paul eut achevé sa narration.

Il tapota amicalement le genou du gosse blotti à ses côtés et hocha la tête. On pouvait dire ce qu'on voulait, ce gamin avait du cran.

La voiture ronronnait doucement et une bonne chaleur nimbait les jambes de Paul tout emmitouflé dans une couverture. L'auto attaqua la côte qui grimpait vers Perpezac-le-Blanc.

— Et que va dire ton père? demanda enfin le docteur.

— Ah ça, sûr qu'il va me tanner, pronostiqua Paul.

Mais le ton de sa voix indiquait clairement que cet épilogue, très logique, n'était rien comparé aux trois mois mortels qu'il venait de vivre, ni aux deux heures dramatiques de sa fugue.

— Oui, sûr qu'il va te tanner, comme tu dis, d'ailleurs tu ne l'as pas volé, hein? Non, ce qui m'inquiète, c'est d'aller réveiller tes parents à cette heure, à cause de ton grand-père, tu comprends? A son âge, c'est pas bon ce genre d'émotions, et comme il vient de me faire une mauvaise bronchite...

— J'ai qu'à aller chez tonton Léon, suggéra le jeune garçon.

— Si tu crois qu'il sera content qu'on le sorte du lit au milieu de la nuit!

— Alors je vais aller à l'étable, je dormirai avec Nicolas, maman m'a dit qu'il s'était fait une chambre à côté des loges à veaux.

— C'est pas bête, c'est ce qu'on va faire. Tu vois, je te prendrais bien chez moi, mais tu connais ma vieille

124

La terre ingrate

Marthe, elle ne se contente pas de faire mon ménage! Elle raconte aussi tout ce qu'elle voit, alors si elle te trouve chez moi demain, toute la commune apprendra ton histoire. Tu ne veux pas que ça se sache, hein? Pense comme tes parents en auraient honte!

— C'est vrai, les gens seraient bien trop contents... Il vaut mieux que j'aille dormir avec Nicolas.

Malgré l'imminence du châtiment qui pesait sur sa tête, c'est le cœur plein de joie que Paul trottinait dans la grand-rue de Saint-Libéral. Les chiens gueulaient à son passage, mais il les connaissait tous et les calmait d'un mot. La masse trapue de sa maison se dessina au bout de la rue, il sourit, accéléra sa course.

Il venait de pousser sans bruit la porte de l'étable, lorsqu'un jet de lumière le pétrifia, tandis qu'une poigne le happait. Il gémit de frayeur.

— Mais! fit Nicolas en riant et en reposant le solide gourdin qu'il brandissait, c'est toi, petit homme! Et que tu fais là? Moi croyais prendre un voleur!

— Je vais t'expliquer, chuchota Paul en pénétrant dans la grange. Il fit quelques pas, ne résista pas au plaisir de caresser la vieille Moutonne. La vache, couchée dans la litière de feuilles de châtaignier, tendit son mufle humide vers la main qui la flattait.

— Elle a eu son veau? demanda Paul.

— Là, indiqua Nicolas.

— Ah, il est rude! apprécia l'enfant en enlaçant la petite tête frisée de l'animal.

— Que tu fais là? questionna à nouveau Nicolas. Toi parti de la ville, hein? Pas bon ça! Patron va prendre sa ceinture!

— Ben oui, mais il faut que je t'explique. Dis, elle est un peu bien ta chambre! commenta Paul en pénétrant dans l'appentis. Il éprouva la souplesse du sommier, s'assit sur le lit encore tiède. T'es rudement bien installé!... Il découvrit soudain une photo épinglée sur les planches de la cloison, hocha la tête : Dis donc, elle est belle cette dame, et bien habillée...

— Oui, murmura Nicolas.

125

Les palombes ne passeront plus

— C'est une belle maison aussi qui est derrière elle, c'est là qu'elle habite?

Nicolas opina, mais son regard se durcit.

— Raconte pourquoi parti! ordonna-t-il.

— Ben voilà... commença Paul.

Il en était au moment où le docteur lui avait fait prendre un sucre à l'alcool de menthe lorsqu'il sombra d'un coup dans le sommeil. Alors le grand gaillard aux cheveux blancs se pencha vers lui, le glissa sous les draps, rabattit les couvertures et le gros édredon puis, furtivement, du revers de la main, caressa la joue satinée du gosse endormi. Il s'installa ensuite sur un tabouret, sortit sa corne à priser et commença à veiller.

— Mais, miladiou, je comprends rien à ce que tu racontes! grogna Léon en passant la main dans l'entrebâillement de sa chemise.

Il se gratta énergiquement, bâilla, s'étira. Il venait de se lever lorsque Nicolas avait fait irruption dans la cuisine.

— Moi savoir vous toujours premier debout du village, s'était excusé Nicolas.

Puis il s'était lancé dans un invraisemblable discours auquel Léon, encore un peu endormi, n'avait strictement rien compris. Léon s'approcha de la cuisinière, la tisonna, glissa trois rondins dans le foyer puis posa une casserole de café sur la plaque.

— Allez, raconte pendant que le café chauffe, insista-t-il en sortant deux bols.

— Le petit homme est là, parti de la ville, patron pas content, sûr!

— Bon sang, si tu ne buvais pas que du lait, je me demanderais si... Quel petit homme?

— Paul!

— Nom de Dieu! sursauta Léon, tu veux dire que mon neveu a foutu le camp de son école?

— C'est juste!

— Eh ben, dis donc! Et où est-il cet ostrogoth?

— Avec moi.

— Bon sang, ça va faire vilain! murmura Léon en massant nerveusement son moignon. Il s'empara de sa

126

La terre ingrate

prothèse, la laça prestement, nouant les courroies et les serrant avec ses dents et sa main valide. Oh là là, reprit-il, qu'est-ce qu'on peut faire? S'il n'y avait que ma sœur, ça irait, mais Pierre-Edouard! Il va lui éplucher les fesses à coups de ceinture! Bon, décida-t-il soudain, il n'est pas encore 5 heures, j'ai tout le temps pour le ramener à Brive. Là-bas, je m'arrange avec les curés et au retour j'explique l'histoire au beau-frère, ni vu ni connu, je t'embrouille, et le gosse sera loin! Allez, va le chercher ce fieffé Vialhe, dépêche-toi, il faut qu'il soit là avant que son père sorte du lit.

— C'est juste! dit Nicolas en sortant.

Il revint peu après en portant dans ses bras le gamin toujours endormi.

— Quel sacré gosse, quand même! chuchota Léon. Tant que tu le tiens, suis-moi, on va l'installer dans la voiture.

Ils le déposèrent sur la banquette arrière, le recouvrirent d'une couverture. L'enfant se pelotonna, téta comme un bébé qui cherche son pouce et poursuivit son sommeil.

Il s'éveilla lorsque la voiture entrait dans les faubourgs de Brive, se dressa d'un coup.

— Salut, fiston! lança Léon.

— Ah, c'est toi, tonton, murmura Paul sans rien comprendre à la situation. Puis il se souvint soudain, se remémora toutes les péripéties de la nuit. Où on va? dit-il enfin.

— Pardi, là d'où tu n'aurais jamais dû partir!

— Et papa?

— Il dort encore, sans doute.

— Et il n'a rien dit?

— Qu'est-ce que tu voulais qu'il dise, il ne t'a pas vu. Allez, ne t'inquiète pas, je lui expliquerai tout ça au calme.

— Tu me ramènes à l'école..., constata Paul.

Il avait toujours su que ça finirait comme ça, que son père ne céderait pas au chantage. Là au moins, grâce à son oncle — dont il ne comprenait toujours pas par quel miracle il était intervenu — il évitait provisoirement la plus mémorable raclée de sa vie.

— A quelle heure vous vous levez dans ton école?

127

Les palombes ne passeront plus

— A 7 heures.

— Alors, on a le temps..., murmura Léon, il est juste 6 heures.

Maintenant qu'il était presque arrivé, il ne savait plus comment se sortir d'une aussi grotesque situation. Dans le fond, le directeur de l'école risquait de prendre très mal le rôle dans lequel il s'était fourvoyé. Paul n'était que son neveu, pas son fils, ce n'était pas à lui à le ramener, à expliquer, à plaider.

Enfin, il ne le connaissait même pas, ce curé! D'ailleurs, l'abbé Verlhac mis à part, les curés, il ne les aimait guère, c'étaient pas des gens bien nets, ni francs de collier, tout en discours, sermons et entourloupes! Alors, qu'allait-il leur dire?

— Tu t'ennuies tant que ça dans cette école? demanda-t-il en ralentissant.

— Oh oui! soupira Paul, si tu savais, tonton!

— Allez, ne pleure pas. Tiens, si tu me promets de ne plus jamais repartir, j'essaierai de faire comprendre à ton père que tu t'ennuies vraiment trop, peut-être que ça le fera réfléchir. Tu promets, plus jamais de fuite, hein?

— Promis, balbutia Paul en avalant ses larmes, et toi tu donnes ta parole que tu expliques à papa. Ah, si tu savais, c'est terrible ces murs, je... des fois je voudrais être mort.

— Dis pas de conneries, coupa sèchement Léon. Allez, on tope là, dit-il en tendant la main, parole de Dupeuch, si tu es sage, moi je te défends, ça va?

— On tope, parole de Vialhe, dit l'enfant en touchant de sa petite main la large paume de son oncle. Et son geste était un vrai serment.

— A propos, par où es-tu sorti? demanda négligemment Léon.

— Par le mur de derrière, c'est facile.

— Si j'étais sûr... Tu dis qu'on vous réveille à 7 heures?

— Oui.

— On a encore trois quarts d'heure... Dans le fond, si tu arrivais à rentrer sans te faire voir, personne n'en saurait rien, hein? Tu passes par où tu es sorti et tout s'arrange sans ennui...

La terre ingrate

— Ben oui, mais... mais dans ce sens je peux pas escalader le mur, il est trop haut...

— Bah, si c'est que ça! Et par où on passe pour arriver derrière cette foutue école?

— Faut tourner là-bas, dans le chemin, et après il faut finir à pied et traverser les jardins.

— Ça peut se jouer... Allez, c'est décidé, on y va. Et tâche de pas te faire prendre, j'aurais l'air de quoi, moi?

Paul se glissa dans son lit à 7 heures moins 20, son retour n'avait pas posé plus de problèmes que son départ. Il n'en revenait pas de sa chance et se sentait débordant de reconnaissance envers le docteur, Nicolas, et surtout son oncle qui, pour le sauver, l'avait aidé à repasser le mur en lui faisant la courte échelle.

Pierre-Edouard fut très ébranlé par les révélations que lui fit Léon dès son retour. Il ne se mit même pas en colère, à quoi bon d'ailleurs! Mais son dépit était tel, son chagrin même, que Léon en fut désarçonné, désarmé. Il s'était préparé à contrer virilement la froide colère que, selon lui, son beau-frère allait enfourcher dès qu'il saurait toute l'histoire. Au lieu de cela, il n'avait devant lui qu'un homme soucieux, presque abattu.

— Mais qu'est-ce qu'on va faire de ce gosse? murmura Pierre-Edouard en bourrant nerveusement sa pipe. Quand je pense qu'on se saigne pour lui payer des études et qu'il nous remercie en faisant le mur! Mais pourquoi il a fait ça?

— Il s'ennuie beaucoup.

— Et je le sais! Et sa mère, tu crois qu'elle ne s'ennuie pas, elle aussi! Mais c'est pour lui qu'on fait ça!

— Ben oui... Mais, faut croire qu'il n'est pas fait pour les études.

— Ça te va bien de dire ça! Toi qui veux que ton fils devienne un jour un monsieur! Il faudra bien qu'il aille à l'école, ton gamin! Alors, qu'est-ce que tu feras si tu le vois débarquer en pleine nuit?

— Je ne sais pas trop, reconnut Léon.

— De toute façon, il ne faut pas que sa mère apprenne ça, tu entends, pas un mot! Elle ne vivrait plus et elle m'obligerait à le retirer de là.

129

Les palombes ne passeront plus

— Parce que tu vas l'y laisser quand même?

— Au moins pour l'année oui, après, je verrai. Mais pour le moment, il faut qu'il s'y fasse, à cette pension; ça lui apprendra qu'un Vialhe ne baisse pas les bras.

— Et s'il refout le camp? Tu n'auras pas toujours le docteur pour le récupérer, Nicolas pour me prévenir et moi pour le ramener! Tu y penses à ça?

— Il ne repartira pas, il t'a donné sa parole, il la tiendra; ou alors ce n'est pas un Vialhe.

— Oui, mais c'est moi qui ne tiens pas la mienne, je lui ai promis que je le défendrais.

— Je lui parlerai, j'ai toutes les vacances de Noël pour le faire, il comprendra.

— Tâche de comprendre, toi aussi. Tu sais, je crois qu'il est très malheureux, ce n'est pas un caprice.

— C'est bien pour ça qu'il faut au moins qu'il aille au bout de son année. Si on lui cède, il est foutu, il croira toute sa vie que la fuite est un bon système.

— Tu dois avoir raison, mais ça me fait chagrin pour lui.

— Moi aussi... Enfin, merci d'avoir fait ce que tu as fait cette nuit, c'était le mieux.

— J'ai pensé que tu ne ferais rien de bon sur un coup de colère.

— Un coup de colère? Oui, sûrement, mais tu te trompes quand même, parce que tu vois, après la colère, je ne sais pas si j'aurais eu le courage, moi, de le ramener à Brive.

9

Confrontés à une crise économique et politique qui allait sans cesse en se dégradant, c'est dans un désappointement proche du fatalisme que les habitants de Saint-Libéral commencèrent l'année 1934.

Désormais, rares étaient ceux qui cherchaient encore à comprendre quoi que ce soit à la façon dont là-haut,

La terre ingrate

à Paris, les gens du gouvernement géraient les affaires de l'Etat. Seul, l'instituteur, encouragé par quelques partisans, essayait de secouer l'apathie et le découragement général. Mais les diatribes qu'il lançait presque chaque soir dans la grande salle de l'auberge tombaient à plat; les buveurs haussaient les épaules et préféraient faire un brin de cour à la toujours belle et gentille Suzanne.

Ils étaient las de toutes ces histoires politiques, qu'elles viennent de la droite ou de la gauche, las de ces mouvements hétéroclites, de ces ligues qui, paraît-il, s'affrontaient dans les villes. Tout cela n'augurait rien de bon, sentait la pourriture, les scandales; et les cours du blé chutaient toujours.

Même l'abbé Verlhac ne se donnait plus la peine de contrer les propos vengeurs du jeune instituteur et il se contentait de hausser les épaules lorsque lui revenaient aux oreilles quelques échos des joutes oratoires de son nouvel adversaire. Ecœuré par les outrances qui, de quelque côté qu'on se tournât, étaient de mise chez tous ceux qui se targuaient d'être les seuls sauveurs du pays, excédé aussi par les compromissions des uns et le fanatisme des autres, le prêtre se voulait désormais au-dessus de la mêlée. Et puisque les adultes semblaient définitivement irrécupérables, c'était vers les jeunes qu'il portait tous ses efforts : eux au moins, n'étaient pas encore pervertis par la politique.

Grâce à son Pathé-Baby, il était en contact avec la majorité des enfants de la commune. Déjà, il était en train de constituer un petit groupe d'adolescents enthousiasmés par la J.A.C., son esprit, son idéal. Ces résultats étaient concrets, solides, réconfortants. Aussi l'instituteur pouvait haranguer les habitués de l'auberge et même tenter de déprécier l'Eglise en lui accolant pêle-mêle des tendances aussi opposées que les Camelots du Roi, les Croix de Feu, et le tout récent Francisme de Marcel Bucard, l'abbé s'en moquait.

Tout au plus, début janvier, un soir où le docteur Delpy l'avait convié à prendre l'apéritif chez Suzanne, se contenta-t-il de moucher publiquement son rival de la laïque en lui rappelant que Stavisky était plus proche des ministres, hauts fonctionnaires et autres politiciens

Les palombes ne passeront plus

radicaux de gauche que des pauvres curés de campagne.

— D'ailleurs, nous, ajouta-t-il perfidement, on ne suicide pas nos amis...

Le docteur Delpy désamorça heureusement la bataille que tous sentaient imminente. Il empoigna les deux hommes, les poussa jusqu'au billard, leur mit une queue dans une main, un verre dans l'autre et lança les boules au milieu de la table.

— Allez, réglez donc gentiment votre histoire sur le tapis vert. La politique ne vaut pas que l'on se batte pour elle, est-ce que je m'en mêle, moi? Non! Alors?

Son bonheur faisait plaisir à voir. Sa femme, absente de Saint-Libéral depuis le mois d'août, était revenue au village à la veille de Noël. Elle était en deuil de sa mère, décédée le 20 décembre. Elle n'avait plus bougé depuis son retour et se réintégrait discrètement à la vie du bourg. Elle aidait son mari, visitait quelques vieux malades ou récentes accouchées. Par Marthe, la bonne du docteur, tout le monde savait que les retrouvailles entre elle et son mari n'avaient pas été factices. Et comme nul, sauf Léon et Pierre-Edouard, ne connaissait vraiment les mobiles de leur longue séparation, on finit par admettre que, tout compte fait, c'était peut-être bien auprès de sa mère qu'elle se rendait depuis des années. Les ragots, on-dit et autres susurrements de commères n'en cessèrent point pour autant. Du moins devinrent-ils plus rares, plus discrets; ils s'attiédirent faute de combustible pour les attiser.

Seul Léon connaissait le fin mot de l'histoire. Il savait, par un chevillard de Limoges — qui le tenait lui-même d'un charcutier, voisin du galant — que le bon ami de la femme du docteur l'avait tout simplement abandonnée pour une maîtresse beaucoup plus jeune.

— Encore une chance que la mère soit morte au bon moment, ça arrange vraiment tout le monde! avait dit Léon à l'oreille de son beau-frère.

— Oui, mais le docteur ne peut pas être dupe, lui!

— Sûrement, il n'est pas fou! N'empêche, il ne va plus à Brive; ça aussi, je le sais...

— Pardi! avait ironisé Pierre-Edouard, toi et ta sœur vous vous y entendez pour faire parler les gens!

— Mathilde était au courant pour le docteur?

132

La terre ingrate

— Non, je ne crois pas, ce n'est pas à ça que je pense...

— A quoi alors?

— A la fugue de Paul, elle l'a apprise presque en même temps que moi.

— Et comment diable?

— Il a perdu son mouchoir dans l'étable. Tu sais, leur linge est marqué, alors quand elle a trouvé ce mouchoir en allant traire, elle s'est posé des questions, elle en a surtout posé à Nicolas... Il a fini par cracher le morceau. Je crois d'ailleurs qu'il ne demandait pas mieux.

— Sacré Nicolas, tu l'aurais vu, il était aussi malheureux que ton gosse! Et qu'est-ce que vous faites pour Paul?

— Ce que je t'ai dit. Il a compris qu'il devait finir cette année et passer son certificat d'études. Après, on verra.

La nuit était encore totale quand Pierre-Edouard s'engouffra dans l'étable et referma soigneusement la porte derrière lui. Il frissonna, ce matin de février était froid et coupant comme une lame. Un méchant vent d'est, qui fleurait la neige, miaulait sur le bourg; il secouait les volets, agaçait les ardoises et mordait la figure de tous ceux qui venaient de quitter la tiédeur des lits pour aller soigner les bêtes.

— Salut, Nicolas! lança Pierre-Edouard.

— Salut, patron! dit Nicolas en sortant de son alcôve.

Il tenait une écuelle de lait qu'il porta à hauteur du visage, comme pour trinquer.

— A la tienne! ponctua Pierre-Edouard en bourrant sa première pipe.

Pour eux, cette façon de commencer la journée était devenue un rite. Nicolas se levait plus d'une heure avant son patron. Il enlevait le fumier, puis refaisait la litière. Il trayait ensuite un litre de lait pour son petit déjeuner qu'il dégustait tout en faisant sa toilette. Pierre-Edouard arrivait alors, faisait téter les veaux, puis affourageait les vaches que Mathilde trairait un peu plus tard.

— Fait rudement froid ce matin, commenta Pierre-Edouard en allumant sa pipe.

— Oui, dehors tas de fumier tout solide.

133

Les palombes ne passeront plus

— On va encore s'amuser à casser la glace de la mare pour que les bêtes puissent boire. T'as vu cette épaisseur, hier? Sûr qu'aujourd'hui ce sera pire!

— Hiver..., ponctua Nicolas.

— C'est vrai, t'en as vu d'autres, toi! Moi aussi, d'ailleurs. Tiens, passe-moi les licols à veaux.

La porte claqua soudain dans son dos, il se retourna surpris. D'habitude, Mathilde était plus discrète que ça.

— Ah, c'est toi! dit-il en voyant son beau-frère. Qu'est-ce qui t'amène?

— Bon Dieu! Tu sais ce que je viens d'entendre à la T.S.F.? lança Léon. Ils se battent comme des fous, là-haut, à Paris!

— Qu'est-ce que tu racontes?

— Parole! Paraît qu'il y a vingt tués et plus de six cents blessés! Et tu ne sais pas? Ces salauds de gendarmes ont tiré sur les anciens combattants! Tu te rends compte, ils ont osé nous faire ça! Quand je pense que j'ai envoyé Auguste à la Villette pas plus tard qu'hier! Couillon comme je le connais, il est bien capable d'avoir été traîner là-bas!

— Explique-toi, je ne comprends rien!

Et Léon parla, relata ce qu'il avait entendu aux informations. Les manifestations de la veille à Paris, les groupes qui menaçaient la Chambre des Députés, réclamaient la démission de tous ceux qu'ils accusaient d'avoir trempé dans l'affaire Stavisky et autres scandales.

— Ils ont eu la trouille et ils ont tiré dans le tas. Ah, les voyous! conclut-il avec colère.

— Crédiou, faudra finir par les pendre, gronda Pierre-Edouard, depuis le temps que je le dis! Vrai, c'était pas la peine d'avoir fait quatre ans de guerre pour en arriver là! Mais qu'est-ce qu'Auguste vient faire dans cette histoire?

Auguste était un des commis de Léon, le plus sérieux, le plus capable.

— J'avais douze bœufs à livrer, mais j'ai pas voulu partir à cause de la varicelle du petit; d'accord, ça va mieux, mais on ne sait jamais. Alors j'ai expédié Auguste pour accompagner les bêtes. D'ici à ce qu'il ait été mettre son nez là-bas, histoire de rigoler un peu...

134

La terre ingrate

— Dis, tu connais Paris : la Villette, c'est pas la Concorde !

— Ouais, mais je connais aussi mon Auguste, l'est plus curieux qu'une pie !

— C'est pas son genre de se mettre en première ligne, le rassura Pierre-Edouard. Il empoigna une fourche, soupira : Et tu dis qu'il y a vingt morts ?

— Oui, et six cents blessés.

— Ça finira très mal tout ça, c'est pas possible autrement, il faudra que ça casse d'une façon ou d'une autre. Ce jour-là, ça fera encore plus vilain.

Auguste revint le soir même. Il débarqua dans un bourg encore sous le choc et dont les hommes, surtout les anciens combattants, grondaient sourdement. On le pressa de questions et un cercle d'auditeurs se groupa autour de lui lorsqu'il s'installa au zinc de l'auberge.

Mais il n'avait rigoureusement rien vu, rien entendu, rien soupçonné car, à l'heure où l'on se battait, il sirotait joyeusement une fine dans un claque de la rue Blondel. Il accepta en souriant les insultes qui fusèrent à cet aveu.

— Vieux saligaud ! lança Léon, c'est pas pour que tu ailles au bordel que je t'envoie à Paris, t'es pas près d'y revenir !

Auguste laissa dire, puis leva la main. Certes, il n'avait rien vu des manifestations : « Mais j'avais mieux à faire ! » assura-t-il en se rengorgeant. En revanche, il avait fait tout le voyage du retour avec un des manifestants, un gars de Toulouse.

— Et voilà comment ça c'est vraiment passé, commença-t-il.

Par lui, les hommes de Saint-Libéral apprirent tout. Palpitèrent avec cette foule qui, dès 18 heures, s'était massée à la Concorde, gémirent de colère sous les charges des chevaux de la Garde mobile, serrèrent les poings lorsque les premiers coups de feu claquèrent, mais ricanèrent lorsqu'ils apprirent qu'Edouard Herriot avait failli passer à la Seine !

Ils pâlirent lorsque Auguste évoqua la digne colonne des vétérans de l'Union Nationale des Combattants qui,

135

Les palombes ne passeront plus

la poitrine lourde de décorations, *la Marseillaise* aux lèvres, descendant pacifiquement les Champs-Elysées, s'était heurtée aux forces de l'ordre.

— Ensuite, expliqua Auguste, ça a été la grosse bataille, c'est surtout là que ça a saigné. Et il paraît que c'est qu'un début.

Les hommes hochèrent la tête, vidèrent leurs verres et sortirent de l'auberge; ils étaient furieux et inquiets.

Le décès du vieux notaire, Mᵉ Lardy, ne surprit personne. On le savait malade depuis longtemps, brisé aussi depuis la mort de sa femme, survenue cinq ans plus tôt. Enfin, il était miné par le spectacle permanent que lui donnaient ses deux filles. Elles avaient l'une comme l'autre perdu leur fiancé pendant la guerre, ne s'étaient jamais remises de cette épreuve et, depuis, vieillissaient tristement. Elles étaient tellement nimbées de chagrin, tellement racornies sur leur douleur que l'existence avec elles était une perpétuelle épreuve, un calvaire.

Mᵉ Lardy décéda le 30 avril au matin. Pierre-Edouard et Mathilde furent les premiers à se rendre à son chevet. C'était pour eux plus qu'un devoir : une marque de reconnaissance et de respectueuse affection. Et tous ceux qui les virent passer et pousser le portillon du jardin de l'ancienne étude approuvèrent leur démarche.

Au bourg, personne n'avait oublié que la femme du notaire avait été la marraine de Mathilde et que Mᵉ Lardy était celui qui, seize ans plus tôt, avait loué à Pierre-Edouard, pour une bouchée de pain, la chaumière de Coste-Roche.

Ce fut deux jours après l'enterrement, où se pressa une foule considérable, que Mᵉ Chardoux, le notaire de Terrasson, convoqua Pierre-Edouard et Mathilde. Exécuteur testamentaire de son défunt confrère, il leur apprit que ce dernier léguait à la filleule de sa femme la minuscule métairie de Coste-Roche, sa maisonnette et les deux hectares de friche qui l'entouraient.

— Mais vous n'êtes pas obligés d'accepter! ajouta-t-il d'une voix mielleuse.

Pierre-Edouard fronça les sourcils, il n'aimait pas ce notaire, son onctuosité cauteleuse, son regard fuyant.

136

La terre ingrate

— Et pourquoi on n'accepterait pas? demanda-t-il sèchement.

— Oh, d'après ce que je sais, la maison et le terrain sont dans un tel état qu'ils ne valent même pas les frais que vous coûtera cette succession! Si toutefois vous l'acceptez!

— Bien sûr qu'on l'accepte! trancha Pierre-Edouard, et vous voudrez bien vous mettre en rapport avec mon notaire, Mᵉ Lachaume d'Ayen, pour régler cela au mieux, et au plus vite.

— Je vous rappelle que c'est Madame qui est concernée, c'est son accord qu'il me faut, insista Mᵉ Chardoux en faisant craquer une à une les articulations de ses doigts.

— Pierre et moi, c'est pareil, lança Mathilde, alors faites ce qu'il vous a dit!

— Très bien, je ferai le nécessaire, dit le notaire en se levant, je considère que vous acceptez cet... héritage et les frais qu'il vous occasionnera! J'avoue que votre position me semble étrange, mais enfin, c'est votre problème, n'est-ce pas?

— Exactement, dit Pierre-Edouard avant de sortir, mais ce n'est pas du tout un problème, c'est un cadeau, un très beau cadeau.

— Le notaire ne pouvait pas comprendre, n'est-ce pas? dit Mathilde en souriant.

Pierre-Edouard et elle venaient de parcourir les trois kilomètres qui séparaient Coste-Roche de Saint-Libéral. Maintenant, ils étaient là, côte à côte, devant cette maison, leur maison. Presque une ruine, cernée par les ronces, les orties, la broussaille; même le petit champ, jadis remis en état par Pierre-Edouard, faisait pitié. Il était en train de devenir un mauvais taillis, un enchevêtrement anarchique de jeunes frênes, de sureau, de charmes et d'ajoncs; déjà la viorne et la clématite étaient dans la place et lançaient de toutes parts leurs tentacules envahissants.

— Eh bien, commenta Pierre-Edouard, c'est dans un fichu état, mais je suis quand même bien content d'être là!

137

Les palombes ne passeront plus

— Moi aussi, murmura Mathilde en lui serrant la main.

Cette maison, dont le toit de chaume s'effilochait de partout, c'était la leur, celle qui les avait accueillis au soir de leurs noces, en cette nuit neigeuse de décembre 1918; celle aussi qui avait vu la naissance de Jacques et qui les avait abrités, heureux, amoureux fous, pendant quatre ans. Quatre ans souvent difficiles car proches de la misère, durs, fatigants, éprouvants, mais qui maintenant, avec le recul, apparaissaient comme les plus riches, les plus beaux, les plus heureux.

Pierre-Edouard s'ouvrit à coups de bâton un chemin dans les orties et les panais brûlants qui défendaient l'entrée. Il poussa la porte. La pièce sentait le moisi, l'humidité, la poussière. Mathilde trottina dans la salle, ouvrit la fenêtre et les volets.

— Regarde, dit Pierre-Edouard, en désignant la cheminée, notre crémaillère est toujours là, on a bien fait de la laisser, elle nous attendait.

` — Tu sais bien qu'il ne faut jamais dépendre une crémaillère, ça porte malheur, dit la jeune femme en poussant la porte de la chambre.

— Notre chambre..., murmura-t-elle, tu te souviens?

— Bien sûr.

— Dommage qu'on ne puisse pas habiter là, ici au moins, on est chez nous, tandis qu'au bourg...

— Je sais, je sais, dit-il en lui enlaçant les épaules, mais quoi, on ne va pas déménager sous prétexte que mon père ne veut pas faire l'arrangement de famille!

— Bien sûr que non. Mais promets-moi quand même qu'on va la remettre en état cette maison. Comme ça, un jour, si un des petits veut, lui au moins aura ses murs bien à lui.

— Entendu, on fera ça. Mais tu vois, c'est le notaire de Terrasson qui aura raison, avec les frais d'héritage, la toiture à refaire et tout le reste, il va nous coûter cher, ce cadeau!

— Ça ne fait rien, dit-elle, c'est notre maison, on va l'arranger. Comme ça, en été, quand on travaillera sur le plateau, on pourra venir y déjeuner, y faire la sieste même, ça sera moins loin que de redescendre au village.

— D'accord pour la sieste, plaisanta-t-il en lui posant

138

La terre ingrate

un baiser dans le cou, toutes les siestes que tu voudras, pourvu qu'on les fasse ensemble, comme dans le temps, quoi!

En voulant remplacer une solive dans le grenier de la petite étable, Nicolas fit une découverte qui l'enchanta. Depuis deux mois, Pierre-Edouard et lui avaient pris l'habitude de monter tous les dimanches à Coste-Roche pour y effectuer les restaurations qu'ils se sentaient capables de mener à bien.

Les prix réclamés par le couvreur pour remplacer le toit de chaume par une solide couverture d'ardoise avait fait reculer Pierre-Edouard. Le couvreur d'Ayen demandait 3 840 francs, soit le prix d'une belle paire de vaches. C'était beaucoup plus que Pierre-Edouard ne pouvait donner. Aussi avait-il différé ces travaux et se contentait, en attendant de pouvoir les financer, de réparer lui-même ce qui pouvait l'être.

Aidé par Nicolas, qui s'était révélé un excellent artisan, il avait tout d'abord rafistolé le chaume en bouchant les trous par des plaques de tôle ondulée. Ce n'était pas beau, mais efficace, il ne pleuvait plus dans la maison.

Maintenant, ils en étaient au toit de la grange. Pierre-Edouard, installé dans la cour, taillait un chevron à la hache, lorsqu'il entendit le rire de Nicolas, aussitôt suivi par un monologue en serbe.

« Allons bon, pensa-t-il, voilà qu'il parle tout seul maintenant. »

C'est alors qu'il aperçut son compagnon qui, par un des trous du toit, lui faisait signe de le rejoindre.

— Qu'est-ce que tu veux?

— Venir! venir! Bonne affaire! lança Nicolas hilare.

Pierre-Edouard planta sa hache dans le billot, alla jusqu'à la grange, se hissa dans le grenier et plongea presque la tête dans un énorme essaim d'abeilles qui, entre midi et deux heures, avait élu domicile dans la vieille grange.

— Miladiou, jeta-t-il en redescendant précipitamment. T'es pas fou, non? lança-t-il après avoir reculé de dix mètres. Et ça te fait rigoler! Attends que j'aille

139

Les palombes ne passeront plus

chercher les mèches de soufre, tu vas voir si je vais les soigner ces saloperies, moi!

— Pas saloperies! s'insurgea Nicolas, gentilles bêtes!

— Descends! lui ordonna Pierre-Edouard, si elles se foutent après toi, t'auras même pas le temps de courir chez le docteur!

— Pas méchantes! Moi connaître!

— Connaître ou pas, je te dis de descendre! insistat-il, on ne reprendra pas le travail tant qu'elles seront là!

Il avait peur des abeilles, les tenait pour aussi dangereuses et mauvaises que les guêpes ou les frelons. Cet essaim, il allait le soufrer comme une barrique, le détruire et veiller à ce qu'aucune de ces sales bestioles n'échappe aux représailles; elles lui avaient fait une telle peur.

— Alors, tu viens, oui? lança-t-il de nouveau.

— Oui, concéda Nicolas dont la tête blanche disparut entre la paille pourrie du toit.

Pierre-Edouard l'entendit qui chantonnait d'une voix douce; décidément ce type était fou!

— Bonne affaire, dit Nicolas en apparaissant peu après, moi les mettre en... Il chercha le mot : en caisse, expliqua-t-il en souriant, et après on aura bon miel, fameux!

— Tu veux les mettre en ruche?

— C'est juste, en caisse.

— Et tu t'y connais? demanda Pierre-Edouard très sceptique.

— Sûr! Moi, là-bas, expliqua Nicolas avec un coup de pouce en direction de l'est, beaucoup, beaucoup d'abeilles sur le domaine, tout plein de petites caisses. Alors prendre celles-là et faire pareil, facile!

— Eh bien, tu le feras sans moi, mon pote! Moi, je ne fous pas les pieds dans la grange tant qu'elles seront là! Mais comment vas-tu-faire?

— Facile! Personne s'occupe abeilles au village?

— Ah, non! Dans le temps, oui, notre vieil instituteur avait une douzaine de ruches, mais depuis qu'il est parti... Nous, tu sais, on se méfie de ces saletés, c'est pas franc.

— Alors personne? Pas chiant, moi démerdé tout seul!

140

La terre ingrate

assura Nicolas dont les progrès en français étaient élo-
quents. Madame patronne prêtera voile peut-être, comme
femmes aux enterrements? Et aussi bufadour? questionna le grand gaillard dont le vocabulaire s'enrichissait
aussi de patois.

— Tu veux dire un voile de deuil et le soufflet? Oui,
on te trouvera ça, et ça suffira?

Nicolas acquiesça, consulta la grosse montre qui gonflait son gousset.

— Trop tard ce soir, moi venir demain, ça va?

— Ben, oui. De toute façon, on aurait quand même
perdu la matinée pour les détruire, ces garces! Mais
tu te débrouilleras tout seul, et tant pis pour toi si elles
te piquent, car il ne faut pas compter sur moi pour
t'aider.

Malgré sa promesse, Pierre-Edouard accompagna Nicolas jusqu'à Coste-Roche. Il était à la fois curieux de
voir comment il allait s'y prendre, mais aussi désireux
de ne pas passer pour un couard aux yeux de cet homme
dont l'assurance le déroutait.

C'est d'un œil amusé, la veille au soir, qu'il l'avait
regardé préparer son outillage et sa ruche. Maintenant,
ils grimpaient vers Coste-Roche. Sur son épaule, Nicolas
portait un gros tronc creux de châtaignier. Il en avait
fermé les deux extrémités par une planchette ne laissant,
dans ce qui serait le bas de la ruche, qu'une étroite
ouverture pour le passage des insectes. A l'intérieur du
tronc, il avait disposé et fixé de menues baguettes de
noisetier sur lesquelles, assurait-il, les abeilles construi-
raient leurs rayons.

. Pierre-Edouard portait le soufflet au bout duquel, grâce
à une vieille boîte de conserve, Nicolas avait bricolé un
sommaire enfumoir. Ils entrèrent dans la petite courette
de Coste-Roche.

— Chut, fit Nicolas après avoir déposé le tronc. Il
écouta, sourit, puis tendit le doigt vers un des trous
du toit. Toujours là, dit-il, déjà au travail!

En effet, d'où ils étaient s'entendait le ronflement des
milliers d'insectes qui s'activaient là-haut. Ils s'appro-
chèrent.

— Bon sang! murmura Pierre-Edouard en regardant

141

Les palombes ne passeront plus

les abeilles qui fusaient par l'orifice, on va se faire dévorer, oui!

— Non, le rassura Nicolas en prenant le soufflet.

Il remplit le fourneau d'un mélange de coquilles de noix, de pelures de châtaignes et de quelques vieux morceaux de toile de jute, battit le briquet, enflamma les brindilles. Lorsque le feu crépita, il l'étouffa d'un couvercle et manœuvra le soufflet. Une épaisse et blanche fumée jaillit par le trou qu'il avait percé dans la boîte.

— Bonne fumée, dit-il en s'en expédiant un jet sur la main, pas chaude, juste bonne comme il faut.

— Oui, dit Pierre-Edouard inquiet.

— Mettre voile, dit Nicolas. Il prit la mousseline de deuil donnée par Mathilde, en recouvrit son chapeau et l'attacha autour de son cou.

— Ah, t'as l'air fin avec ça! se moqua Pierre-Edouard.

— Vous aussi mettre voile, patron.

— Tu rigoles, non? Moi, je reste là, et même je vais m'éloigner!

— Moi besoin de vous, insista Nicolas, pour tenir caisse....

— Non, non, démerde-toi tout seul! protesta Pierre-Edouard, mais le regard de Nicolas, malgré le voile noir, lui sembla tellement goguenard qu'il sortit rageusement le deuxième voile qu'il serrait dans sa poche et s'en couvrit la tête.

— Toi, mon salaud, si j'ai une seule piqûre, tu m'entendras! maugréa-t-il en se harnachant. Il rabattit les manches de sa chemise, les boutonna. Bon Dieu, si j'avais su, j'aurais au moins pris ma veste! Et tu y vas bras nus, toi?

— C'est juste, sourit Nicolas, et si abeilles venir se poser là, dit-il en montrant ses poignets, pas avoir peur, pas toucher, pas serrer, rien faire, elles repartir. On travaille maintenant? dit-il en empoignant la ruche.

— Oui, mais passe devant... Parole, t'es pas près de m'y reprendre! D'ailleurs, si ça va mal, moi je fous le camp!

Nicolas grimpa à la vieille échelle, se hissa dans le grenier et se mit à rire.

142

La terre ingrate

— Et ça te fait rigoler! grogna Pierre-Edouard en passant prudemment la tête par la trappe.

Un bourdonnement l'accueillit; il observa craintivement l'essaim suspendu après une solive.

— Eh ben, dis donc! C'est ça que tu veux mettre en caisse? Je t'en souhaite!

— Venir là, dit Nicolas sans prêter attention aux centaines d'insectes qui voltigeaient déjà autour de lui.

« Bon Dieu, pensa Pierre-Edouard, il ne sera pas dit que ce salaud m'aura vu avoir la trouille! » Et il se hissa dans le grenier.

Nicolas ouvrit le couvercle qui fermait le tronc, tendit la ruche ouverte.

— Tenir juste en dessous, expliqua-t-il, moi les décrocher.

Pierre-Edouard s'exécuta, s'efforça au calme, s'obligea à ne pas trop regarder les myriades d'abeilles qui les entouraient, les cernaient en une danse affolante. Nicolas enfuma l'essaim, le bourdonnement changea de ton, devint un bruissement énorme, impressionnant, tandis que les milliers d'insectes agglutinés autour de leur reine s'activèrent soudain. Alors, délicatement, il fit glisser une latte large comme la main le long de la solive, la poussa au sommet de l'essaim qu'il détacha d'un coup sec. La boule brune et les ébauches de rayons fabriqués depuis la veille chutèrent dans le tronc. « Au moins quatre kilos », pensa Pierre-Edouard.

— Miladiou! hurla-t-il soudain, j'en ai plein les mains!

Et il se contracta dans l'attente des piqûres.

— Pas bouger, dit Nicolas en dirigeant vers lui un épais nuage de fumée, elles s'en aller, la reine appelle, expliqua-t-il en souriant.

— Tu m'y reprendras pas, jeta Pierre-Edouard en regardant avec inquiétude les abeilles qui couraient sur ses doigts.

Elles partirent une à une, filèrent vers la petite fente de la ruche où, en un flot ininterrompu, s'engouffraient les insectes qui s'étaient échappés lors du décrochage.

— Voilà, dit Nicolas, attendre un peu qu'elles viennent toutes et puis nous en aller.

— C'est fini? demanda Pierre-Edouard en reculant vers la trappe.

143

Les palombes ne passeront plus

— Oui, fini. Facile, hein? lança Nicolas en riant.

— Tu parles d'un attrape-cons, oui! grommela Pierre-Edouard en redescendant prestement.

Il souffla d'aise en arrivant dans la cour, enleva son voile. C'est alors qu'une abeille prise dans le tissu le piqua à l'oreille. Il gueula comme un charretier, tourna sur lui-même, sauta sur place, invectiva Nicolas qui, là-haut, sa tête blanche passée par le trou du toit, riait comme un fou.

— Plus jamais, t'entends! Abruti, va! Toi et tes saloperies, t'es pas près de m'y reprendre!

Mais, trois jours plus tard, en redescendant des puys, c'est lui qui découvrit un nouvel essaim pendu à une branche d'acacia en fleur.

— Eh, lança-t-il à Nicolas dès qu'il arriva à la ferme, j'ai trouvé un essaim sur la route des puys, on y va? Ça serait dommage de le laisser repartir, non? Allez, dépêchons-nous, tu m'as dit qu'il foutait le camp lorsque le soleil tournait.

— Bonne affaire! jubila Nicolas, patron aimer lui aussi les abeilles!

— Les aimer? Là, tu vas un peu vite! Mais elles commencent quand même à m'intéresser, tes bestioles.

Cette saison-là, Nicolas et lui récupérèrent neuf autres essaims et c'est désormais avec fierté que Pierre-Edouard parla de ses ruches.

TROISIÈME PARTIE

LE VENT D'AUTAN

10

Paul grogna, se retourna sous ses couvertures, cherchа à échapper à la poigne vigoureuse qui le secouait.

— Allez, debout! Il est 4 heures! chuchota Jean-Edouard.

Paul ouvrit un œil et envia son grand-père. Il n'avait aucun mérite à se lever à de pareilles heures, lui! N'assurait-il pas à toute la famille que, dès 4 heures, il s'ennuyait au lit! Comment pouvait-il s'ennuyer dans un bon lit chaud au milieu de la nuit!

— Allez! insista Jean-Edouard, faut te lever, ou alors l'autre sera obligé de venir te chercher ici et j'aime pas ça!

Le jeune garçon soupira, s'assit et se frotta les yeux. Il était de fort mauvaise humeur et comme chaque fois qu'il devait s'arracher à ses rêves à de pareilles heures — c'est-à-dire trois ou quatre fois par semaine — il en venait presque à regretter d'avoir réussi à convaincre ses parents qu'il n'était pas fait pour les études. Son entêtement avait déplu à son père. Pourtant, il avait cédé. Il est vrai que les professeurs de Bossuet lui avaient confirmé que son fils, lion en cage au début de l'année, était devenu au fil des mois aussi pitoyable et malheureux qu'un jeune blaireau à la chaîne.

— D'accord, avait tranché son père, tu as ton certificat

147

Les palombes ne passeront plus

d'études, je n'en ai pas plus, je ne t'oblige donc pas à aller plus loin. D'ailleurs, personne ne peut forcer à boire un âne qui n'a pas soif! Mais crois-moi, du point de vue boulot, tu ne vas pas gagner au change! Je vais t'en faire roter, moi! Tu vas voir ce que c'est, le travail de la terre!

— C'est pas ça que je veux faire...

— Quoi? Il me semble que tu n'as pas le choix! C'est la ferme ou l'école, décide-toi.

— Je veux faire comme tonton Léon...

— Ah, miladiou! Il ne manquait plus que ça! Tu trouves que ça ne suffit pas un marchand de bestiaux par famille? Dis, tu ne sais pas que ces gens-là vivent en mangeant sur notre dos?

— Pas tonton Léon!

— Lui comme les autres!

— Pourtant, c'est ton ami!

— Ouais, mais il l'était avant de devenir mercanti.

— Tu l'aimes toujours bien quand même, je veux faire comme lui.

— Eh ben, il ne nous manquait plus que ça, avait soupiré son père, et ça te fait rire, toi, naturellement! avait-il ajouté en regardant Mathilde.

— Pourquoi pas? Pour une fois que le sang des Dupeuch triomphe sur celui des Vialhe...

— Ah, c'est drôle ce que tu dis! Alors tu te moques que ton fils devienne un de ces voyous qui gagnent leur croûte sur notre dos!

— N'exagère pas; de toute façon il en faut bien, des marchands de bestiaux.

— Oui, malheureusement! Bon, d'accord, je vais parler à Léon et s'il veut t'accepter comme commis tu ne trouveras pas meilleur maître que lui. Mais crois-moi, avec lui tu ne rigoleras pas tous les jours!

En six mois, Paul avait eu tout le temps de mesurer à quel point son père avait raison. Avec son oncle, il n'était pas question de fainéanter sur un champ de foire ni de rechigner pour nettoyer les étables ou panser les bêtes. A cela s'ajoutaient les trois ou quatre foires par semaine qui le contraignaient à sortir du lit à des heures impossibles.

Ces matins-là, il en venait à envier son frère Jacques.

148

Le vent d'autan

Lui, au moins, pouvait dormir tout son content et, quoi qu'il dise, ses études étaient moins fatigantes que l'apprentissage avec tonton Léon.

— Tiens, dit son grand-père en posant un bol de lait sur la table, déjeune vite, la journée sera longue. Où est-ce qu'il va aujourd'hui?

Jean-Edouard mettait son point d'honneur à ne jamais dire « Léon » ou même « ton oncle ». Pour lui, il restait soit « Dupeuch », soit « l'autre ».

— On va au Dorat.

— Foutre! Vous n'êtes pas rendus! De mon temps, on serait parti la veille. C'est vrai que l'autre, avec sa voiture! Et qu'est-ce qu'il va trafiquer si loin?

— Acheter des chevaux.

Jean-Edouard haussa les épaules. Il avait toujours eu un certain mépris pour ce genre d'animaux qu'il jugeait trop fragiles, trop raffinés et qui, selon lui et quoi qu'en disent certains, ne valaient pas une bonne paire de bœufs, voire un couple de vaches de travail.

— Des chevaux, maugréa-t-il, quelle idée! Alors fais bien attention, petit. Rappelle-toi, ces bestiaux sont sournois, va pas prendre un coup de pied! Allez, déjeune vite et va-t'en, l'autre va s'impatienter à t'attendre.

L'abbé Verlhac connaissait la nouvelle depuis un mois, mais il attendit le dimanche 10 janvier 1935 avant d'en faire part à ses paroissiens.

Ce qu'il leur annonça les consterna. Ce fut au cours de la messe, à la fin de son homélie, qu'il dévoila ce qu'il ne pouvait plus cacher. Il termina son sermon, se signa, mais au lieu de descendre de la chaire, il en empoigna la caisse et se pencha vers ses fidèles.

— Mes frères, ce que j'ai à vous dire ressemble pour moi à ces giboulées de mars que nous aurons bientôt. Elles attristent, car elles sentent encore l'hiver, le gel et le froid; elles réjouissent, car avec elles naît le printemps. Aujourd'hui, mon cœur est triste, mais mon âme est dans la joie. Elle est dans la joie, car le Seigneur m'a jugé digne de le mieux servir. Mais mon cœur est triste, car le choix du Seigneur me contraint à vous quitter...

149

Les palombes ne passeront plus

« Ne murmurez pas, on ne ronchonne pas dans la maison de Dieu! Oui, mes frères, je vais devoir vous quitter après vingt-cinq ans de vie commune. J'avais trente et un ans lorsque, un soir d'avril, j'ai découvert ma nouvelle paroisse et cette église dédiée à saint Eutrope. Aujourd'hui, à cinquante-six ans, je dois recommencer une nouvelle vie, m'attaquer à une autre mission. Monseigneur l'évêque m'a confié la lourde tâche d'être, à ses côtés, l'aumônier diocésain de l'Action catholique. C'est une difficile, mais exaltante responsabilité.

« Pourtant, je vous l'ai dit, si mon âme est dans la joie, mon cœur est triste. En vingt-cinq ans, vous êtes tous devenus mes amis. Grâce à vous, je faisais partie de cette grande famille que forme notre paroisse et je m'y sentais bien. Vous m'avez tous reçu chez vous. J'ai baptisé vos enfants, béni vos troupeaux et vos champs, vécu vos joies et vos peines. Vous m'avez beaucoup donné.

« Maintenant je dois partir, mais je n'ai pas voulu m'éloigner avant d'avoir obtenu l'assurance que ma place ne resterait pas vide. Dès dimanche prochain, vous ferez connaissance avec votre nouveau curé, l'abbé Delclos, je sais que vous le recevrez bien, il le mérite. Quant à moi, je dois rejoindre ma nouvelle fonction le 1ᵉʳ février. Vous voyez, il me reste encore presque un mois pour vous faire mes adieux. Et maintenant, célébrons ensemble ce Saint Sacrifice. Je vais prier pour vous, priez pour moi, j'en ai besoin. »

La nouvelle fusa dès la fin de la messe. Elle courut la commune, toucha la plus éloignée des fermes et bouleversa tout le monde, même les plus anticléricaux, même les rouges comme Bernical, Tavet ou Brousse.

Avertis par les femmes, dont certaines avaient les yeux rouges de larmes, les hommes, qui prenaient l'apéritif chez Suzanne ou chez Noémie Lamothe, restèrent d'abord muets, stupéfaits. Puis vint la colère. Ce curé, c'était le leur, et même s'il avait une tête de cochon, la dent dure et la réplique acerbe, même s'il faisait des simagrées, des *dominus vobiscum* et des *pater noster* auxquels certains ne croyaient pas, c'était quand même un bon curé, un homme franc et honnête. On n'avait pas le droit de le leur enlever.

150

Le vent d'autan

— Ah, miladiou! lança un buveur, après avoir supprimé le train et l'autorail, ils nous prennent notre curé! Merde alors, qu'est-ce qui va nous rester!

— Faut prévenir Léon, et au trot! Faut pas se laisser faire! beugla un autre consommateur.

— D'accord, on y va tous!

Ils y allèrent et trouvèrent Léon aussi affligé et désarmé qu'eux. Sa femme, qui était dévote, l'avait prévenu dès la fin de la messe.

Pierre-Edouard, mis au courant par Mathilde, accusa lui aussi le coup. La fréquentation assidue de l'église n'était pas dans ses habitudes, mais il y allait néanmoins quatre ou cinq fois l'an. De plus, et c'est cela qui l'attristait, l'abbé Verlhac était un ami, un confident parfois, un soutien. C'est lui qui les avait mariés, qui avait baptisé tous leurs enfants et qui, plusieurs fois par an, acceptait, en toute simplicité, de s'asseoir à leur table.

— Allons, dit-il à Mathilde en l'attirant contre lui pour la consoler, c'est la vie qui passe. Tu vois, je crois qu'il était trop bien pour nous, c'est pour ça qu'on nous le prend. S'il avait été comme certains que je ne nommerai pas, on nous l'aurait bien laissé, va! Allez, ne fais pas cette tête, pense aux enfants, à tous les enfants de la commune, eux ils vont perdre gros. Nous aussi, bien sûr, mais nous, on en a vu d'autres. Mais, bon sang, ils auraient quand même pu nous le laisser, un curé comme ça, tiens, c'est pas demain qu'on nous donnera le même, ça, y a pas de risques! Et tu dis que son remplaçant est déjà nommé?

— Oui, il sera là dimanche prochain.

— Eh bien, il va avoir intérêt à marcher sur des œufs; la succession n'est pas facile et avec les municipales qui ont lieu dans quatre mois...

Tous les enfants et adolescents de la commune furent déchirés par l'annonce du proche départ de l'abbé Verlhac. Aussi, en cet après-midi de dimanche, c'est tristement, timidement presque, que tous ceux qui le purent

Les palombes ne passeront plus

— c'est-à-dire ceux qui n'étaient pas au travail avec leurs parents — rejoignirent le presbytère et son foyer rural.

Déjà, ils ne se sentaient plus chez eux et l'abbé eut beau s'efforcer de plaisanter, leur promettre de ne pas les oublier et même de revenir parfois, rien n'y fit. Ils restèrent renfermés, touchèrent à peine au ballon et rirent du bout des lèvres, presque pas politesse, quand le prêtre leur passa quelques bobines sur son Pathé-Baby. Ni *Félix le chat*, ni *l'Ogre et le haricot*, ni même un documentaire sur l'aviation ne les déridèrent vraiment; ils se sentaient trahis.

Même Paul était tout désemparé. Et lui qui affichait pourtant depuis quelques mois une attitude assez réservée vis-à-vis de l'abbé et prenait ostensiblement ses distances envers la religion, avait presque du remords d'avoir boudé le presbytère et son foyer. De n'avoir pas su, lorsqu'il en était temps, partager la chaleureuse amitié que lui offrait celui qui allait partir. Aussi, et pour masquer sa peine, tenta-t-il de crâner.

— Eh bien, dit-il négligemment, maintenant que vous ne serez plus là, on pourra tranquillement aller au bal!

— Je ne t'ai jamais empêché d'y aller, lui rappela l'abbé en souriant, et si mes renseignements sont bons, c'est ton père qui te l'interdit! Je ne crois pas que mon départ le fasse changer d'avis, au contraire, même! Allez, mon Paul, à ton âge tu es encore un peu jeune pour courir les bals, et même pour jouer les hommes! En revanche, ce que tu devrais faire, c'est prendre en charge ce foyer rural, je suis sûr que toi et tes camarades pourriez l'animer. Tu veux que j'en parle à mon successeur?

— Sûrement pas! Moi, vous savez, toutes ces gamineries...

— Alors pourquoi es-tu venu aujourd'hui?

— Ben..., fit Paul gêné, pour être avec les copains, pour voir, quoi! Oui, reprit-il avec une fausse assurance, pour voir une dernière fois. Parce que vous avez beau dire, l'autre curé, jamais il ne pourra nous rassembler tous!

— Et pourquoi non?

— Il n'est pas d'ici! C'est un étranger à la commune, on ne le connaît pas! Et moi, moi, dit-il en maîtrisant

152

Le vent d'autan

le chevrotement de sa voix, moi j'ai pas du tout envie de le connaître! Alors vous voyez bien que ça ne sera plus jamais pareil!

L'abbé sourit, mais se tut. Paul, avec son chagrin qu'il prenait tant de soin à masquer, Paul avait raison. Une page était en train de tourner. Elle tournait pour lui, simple curé de campagne qui, d'un coup, allait devoir affronter un autre monde; elle tournait pour tous les paroissiens, pour la commune entière. Paul voyait juste, plus jamais ce ne serait pareil, pour personne.

L'arrivée de l'abbé Delclos stupéfia tout le monde. Le samedi 16 janvier, vers midi, il débarqua à Saint-Libéral au volant d'une B 2 qui, pour vétuste et poussive qu'elle fût, impressionna quand même tous les spectateurs. Au bourg, personne n'était habitué à voir un curé possesseur d'une automobile, car cette vieille Citroën, malgré son usure évidente, n'en représentait pas moins un signe qui ne trompait pas : celui de la richesse.

A Saint-Libéral, personne ne connaissait de prêtre de campagne suffisamment aisé pour s'offrir une automobile.

L'abbé sauta lourdement à terre — il était trapu, presque petit et de forte corpulence — ouvrit la portière arrière et aida une vieille dame à descendre.

— Merde! Un curé marié! souffla un farceur qui buvait sa gentiane à l'auberge. Si, si, les gars, venez voir! dit-il. Té, regardez, regardez! insista-t-il en écartant un peu le rideau de vichy rouge et blanc qui voilait les vitres de la porte.

— Couillon! Si c'était sa femme, tant qu'à faire, il l'aurait prise plus jeune et gironde! plaisanta un de ses camarades, et puis, regarde comme il l'aide, c'est sa mère, pardi!

Sans lâcher le bras de la vieille dame, l'abbé escalada les quelques marches du presbytère; il allait pousser la porte, lorsque le lourd vantail s'ouvrit sur l'abbé Verlhac.

De l'auberge, les hommes ne perdaient pas une miette du spectacle. Ainsi apprit-on dans la commune que le nouveau curé venait de débarquer, avec sa voiture, sa

153

Les palombes ne passeront plus

mère et un important chargement de valises. On estima qu'il était décidément bien riche lorsque, au début de l'après-midi, un camion de déménagement s'arrêta devant le presbytère et déchargea force meubles, fauteuils, lits et même deux gros poêles à bois qui firent l'admiration de tous les témoins.

— C'est pas un curé, c'est un évêque! ironisa Martin Tavet qui, à l'autre bout de la place, aidait le maréchal à ferrer sa paire de vaches.

— C'est toujours des grolles, commenta l'artisan en posant un fer sur l'enclume. Il le modela, reposa son marteau, cracha dans le foyer de sa forge. Miladiou, ça va nous changer de Verlhac; il n'était pas de notre bord, mais lui, au moins, il était pas fier! T'as vu, celui-là, quand il nous a regardés tout à l'heure? Bon Dieu! Un évêque tu dis? Il se prend pour le pape, oui!

L'abbé Verlhac passa à l'offensive deux jours avant son départ. La journée s'achevait lorsqu'il frappa à la porte des Vialhe et entra.

— Alors, c'est la dernière visite? lui demanda Pierre-Edouard, je vous offre un coup de vin paillé?

— Si tu veux.

— Vous voulez rester souper? proposa Mathilde. Voyez, on allait passer à table, alors si vous voulez...

— Ma foi, il faut bien que je dîne, et j'aurai plaisir à le faire avec vous, d'autant que la soirée risque d'être longue, ajouta l'abbé d'un ton énigmatique.

Pierre-Edouard fronça les sourcils, mais garda le silence et emplit les verres. Il pressentait que le prêtre avait quelque chose de sérieux à lui dire. D'ailleurs, s'il était venu avant le repas, c'était pour être certain de les trouver debout. En vieil habitué du bourg, il savait qu'on se couchait tôt en hiver chez les Vialhe, comme partout d'ailleurs, sauf quand on allait veiller chez les voisins pour les aider à confectionner les manoques de tabac ou pour taper une bonne belote.

— A votre santé à tous, dit l'abbé en levant son verre. Il faudra que je te parle après le repas, prévint-il en regardant Pierre-Edouard, ça pourra se faire?

— Bien sûr, tout de suite même si vous voulez.

154

Le vent d'autan

— Non, ce serait trop long.

Le dîner fut curieux, l'ambiance était trouble et les conversations tournèrent court. Ce ne fut qu'à la fin du repas que le vieux Jean-Edouard, négligeant toute diplomatie, passa à l'attaque.

— Dites, monsieur le curé, qu'est-ce que c'est que cet oiseau qui vous remplace, hein? D'où il sort, ce merle? Vous savez ce qu'il m'a dit l'autre jour sur la place? « A votre âge, monsieur Vialhe, on devrait être tous les jours à l'église, vous n'avez plus que ça à faire, pensez-y, il faut vous préparer, personne n'est éternel! » Et sa dinde de mère qui hochait la tête et l'approuvait! Ça se fait pas, ça, chez nous. Faudra qu'il change de ton! Miladiou, l'est pas près de m'y voir dans son église! J'irai faire mes Pâques à Perpezac ou à Yssandon, à Ayen même, s'il le faut, mais sûrement pas ici!

— Allons allons, père Vialhe, il disait cela pour plaisanter! Ce n'est pas un mauvais homme! Simplement, il n'est pas habitué aux gens de la campagne, vous savez, il a toujours été vicaire en ville, alors il faut le comprendre.

— Eh bien, moi, dit soudain Mathilde, j'irai aussi à Perpezac, et tous les dimanches encore!

— Allons bon! Vous aussi? soupira le prêtre; et qu'est-ce qu'il vous a fait à vous?

— Ça me regarde! dit-elle en ramassant les assiettes, mais croyez-moi, il n'est pas près de me revoir!

L'abbé regarda Pierre-Edouard, mais ce dernier fit une moue d'ignorance et haussa les épaules. Mathilde lui avait déclaré, huit jours plus tôt, que l'abbé Delclos était un vieux trognon, mais elle n'en avait pas dit plus.

Elle n'avait parlé à personne et n'était pas à la veille de le faire tant elle avait eu honte des propos du curé. N'avait-il pas eu l'audace de lui dire qu'il espérait bien qu'une bonne chrétienne comme elle, jeune encore, ne se contenterait pas de ne mettre que quatre enfants au monde. D'autant que son petit dernier, si ses renseignements étaient bons, avait déjà trois ans!

— Trois ans, ma fille! Il est tiré de là, maintenant! Alors j'espère que vous accueillerez bientôt un autre petit ange, parce que je ne doute pas que vous aimez votre époux et qu'il vous aime!

155

Les palombes ne passeront plus

Mathilde en avait eu le souffle coupé, avait tourné le dos au curé en se jurant bien de l'éviter désormais comme la peste.

— Et à toi, Nicolas, plaisanta l'abbé Verlhac, il ne t'a rien dit?

— Non, non, sourit Nicolas en se levant, à moi on parle que si j'en ai envie et ce gros pope, j'ai pas envie qu'il me parle.

— Alors on devait bien s'entendre, dit l'abbé, parce qu'on s'est souvent parlé!

— Vous, c'est pas pareil, dit Nicolas en se dirigeant vers la porte.

Il salua l'assemblée d'un coup de tête et sortit.

— Bon, dit Jean-Edouard, je vais au lit, moi aussi. Il tendit la main à l'abbé : On va vous regretter, faudra revenir nous voir.

— Bien sûr, père Vialhe, et surtout, tenez-vous fier.

— Allez, les enfants, au lit! lança Pierre-Edouard. Toi, Paul, va coucher dans notre chambre avec les petits. Ben oui, expliqua-t-il au prêtre en désignant le lit au fond de la pièce, il dort là d'habitude, mais puisque vous voulez me parler et que ça a l'air sérieux...

— Je vous laisse, annonça Mathilde à son tour.

— Ah non, dit l'abbé, j'ai besoin de vous, et de votre frère aussi, il va venir à 9 heures, je l'ai prévenu.

— Il va venir ici? Si jamais mon beau-père l'entend!

— Et alors? Je suis là pour faire la paix, non?

Neuf heures sonnaient à la grande pendule quand Léon poussa la porte.

— Vous leur avez expliqué? demanda-t-il à l'abbé.

— Non, je t'attendais.

— Mais qu'est-ce que c'est que ces comploteurs! Vous me fatiguez à la fin! dit Pierre-Edouard en sortant la bouteille de vieille prune. Alors, on peut savoir ce qui vous tracasse?

— Oui, dit l'abbé, dans trois mois, vous votez pour la mairie. Martin Tavet va présenter une liste toute rouge et elle va passer!

— Bon sang! s'exclama Pierre-Edouard en riant, et c'est pour ça que vous faites toutes ces histoires? Vrai,

156

Le vent d'autan

ça n'en vaut pas la peine. D'ailleurs Tavet ne passera pas, il est trop bête.

— Il passera! L'instituteur est avec eux et, crois-moi, il travaille, lui! Il a déjà commencé la tournée des maisons...

— Ben, je croyais qu'il était radical! s'étonna Pierre-Edouard.

— Tu retardes, mon vieux, dit l'abbé, il a pris sa carte au Parti depuis les événements de l'an dernier.

— Bon, et alors?

— Alors, si on les laisse agir, Léon se fera battre, et toi aussi et tous ceux qui comme vous attendent sans rien faire!

— Faut pas exagérer, coupa Léon, notre municipalité travaille!

— Oui, mais ce que vous avez fait, avec Tavet au conseil d'ailleurs, c'est lui qui va en bénéficier. Il dit déjà partout qu'on lui doit l'eau et l'électricité et qu'à vous on doit la suppression de l'autorail!

— Les gens ne sont pas si bêtes! dit Pierre-Edouard.

Il n'était pas inquiet, mais quand même agacé. Si, comme l'assurait l'abbé, les rouges prenaient la mairie, la vie ne deviendrait pas drôle à Saint-Libéral; quant au syndicat, il n'aurait plus qu'à en remettre la présidence à un de ces quelconques admirateurs de Staline.

— Monsieur le curé a raison, dit Mathilde, il faut faire quelque chose et je suis sûre qu'il a une idée.

— Oui, dit l'abbé après s'être roulé une cigarette en puisant dans la blague de Pierre-Edouard, nos jeunes n'ont plus de foyer rural, ils ne savent plus où aller, mon confrère a installé sa mère dans la pièce que je leur avais donnée. Alors voilà, vous avez trois mois pour bâtir une salle des fêtes. Elle sera leur foyer rural, leur bibliothèque aussi, ils pourront s'y retrouver ensemble. Moi, je laisse mon cinéma, mes livres et tout ce que je pourrai. Voilà ce qu'il faut faire, et vite, en disant partout que c'est votre idée, à vous les modérés et à ceux qui voudront vous suivre pour faire une liste sérieuse.

— Trois mois, c'est court, dit Léon, et puis, il faut des sous, un terrain, un vote, tout, quoi!

— Pour le moment, vous êtes majoritaires au conseil, profitez-en. Quant aux sous et au terrain, débrouille-toi!

157

Les palombes ne passeront plus

— On va avoir intérêt à se débrouiller, oui, commenta Pierre-Edouard. Mais dites-moi, monsieur le curé, pourquoi vous occupez-vous de tout ça puisque vous serez parti après-demain?

— Ça me rajeunit. Tu vois, tu n'étais pas là quand je suis arrivé, tu n'as pas suivi les élections de 1911. Ces élections, je peux bien le dire, c'est un peu moi qui les ai faites, avec Léon et contre ton père. On a fait élire le châtelain et ce fut un très bon maire; ton père aussi, plus tard, fut un très bon maire. Maintenant que je pars, je veux tout laisser propre derrière moi, je veux que les gens de Saint-Libéral continuent à vivre à peu près en paix, je veux surtout que les jeunes ne soient pas trahis. Il faut que vous soyez élus, ce sera mon cadeau pour mon départ.

L'abbé Verlhac avait vu juste. Deux jours suffirent à Pierre-Edouard pour constater que les adversaires ne perdaient pas de temps. Presque chaque soir, Jacques Sourzac, l'instituteur, flanqué de Tavet, Brousse et compagnie, tenait tribune à l'auberge; et ses propos portaient, marquaient les esprits, semaient le doute. Il parlait d'exode rural, dû à la misère, et ses chiffres, irréfutables, impressionnaient tout le monde.

— N'oubliez pas, mes amis, et méditez cela. Il y a moins d'un siècle, notre population rurale, richesse de la patrie, représentait 75 p. cent de la population totale de la France! En 1926, elle n'était plus que de 50 p. cent; cette année, elle n'atteint pas 48 p. cent! Plus de 35 000 travailleurs de la terre quittent leurs champs chaque année depuis 1931! Et, tenez, dans un département voisin du nôtre, la Creuse, ce sont 11 266 malheureux qui ont dû fuir entre 1921 et 1931!

« Il est vital pour nous de réagir. Il est urgent de faire comprendre à un pouvoir corrompu par la juiverie que le peuple de France ne se reconnaît plus dans ces élus qui, dans nos mairies ou là-haut à Paris, se gobergent et s'engraissent avec la sueur des prolétaires. Dès cette année, nous devons réagir et occuper les places que des citoyens indignes — des marchands de bestiaux — occupent depuis trop longtemps! Grâce à quoi,

158

Le vent d'autan

l'an prochain, pour les législatives, nous triompherons !

Tous ces arguments et ces chiffres, lancés d'une voix claire et énergique, produisaient un gros effet sur une population prête à admirer et à suivre un homme qui parlait avec une telle précision.

Il importait donc de contre-attaquer au plus tôt, d'annihiler d'une façon ou d'une autre cette sorte d'engouement, presque de fascination que les électeurs ressentaient en écoutant les magistrales démonstrations de l'instituteur. Pour vaincre, il fallait subjuguer.

L'opération fut rondement menée. Ce n'était pas pour rien que Léon était marchand de bestiaux, Pierre-Edouard digne représentant des Vialhe et le docteur Delpy menteur, comme il se doit.

Le premier problème à résoudre était d'ordre administratif et municipal. Il fallait que le vote qui déciderait de la construction du foyer rural soit exclusivement emporté par les voix de ceux qui se représenteraient avec Léon. Mieux, il importait même que les adversaires se prononcent franchement contre le projet. Leur refus ne faisait aucun doute, sauf... sauf s'ils se sentaient minoritaires. Dans ce cas, ils prendraient le train en marche et, plus tard, tireraient la couverture à eux.

La mise en place de la machination consistait à leur faire croire qu'une majorité de non sanctionnerait le projet, ensuite on passerait au vote. Dès le conseil suivant, Pierre-Edouard porta sa botte.

— Dites, j'ai pensé... Nos jeunes n'ont plus de salle pour leur foyer rural. Ici, à la mairie, c'est beaucoup trop petit, il faudrait leur construire un abri...

— T'es pas fou, non ? dit Léon en haussant les épaules.

— Ben quoi ! insista Pierre-Edouard, c'est pas une affaire, quatre murs, un toit et ils seront contents !

— Ils n'ont pas besoin de ça pour s'amuser, la place ne manque pas dans la campagne !

— D'autant, glissa le docteur, que ces séances de cinéma que leur organisait le curé n'étaient pas très saines, j'entends pour la vue, naturellement. La faculté est unanime pour dire que la lueur des projecteurs de

159

Les palombes ne passeront plus

cinéma fatigue la rétine, excite le cristallin et contracte la pupille. De plus...

— Oui, coupa Léon qui craignait que le docteur n'en fasse trop, de toute façon, s'ils veulent s'occuper, ils n'ont qu'à travailler! Pas vrai! dit-il en s'adressant à Tavet.

— Cette histoire de foyer rural laïc pour les gamins, c'est pas bête, mais faudra voir ça plus tard, proposa Tavet bien décidé à reprendre l'idée à son compte dès qu'il serait élu.

— C'est ça, on verra plus tard, trancha Léon.

— Et puis on n'a pas d'argent, rappela le docteur.

D'un coup d'œil, Pierre-Edouard s'assura que ses amis, Maurice, Edouard, Jacques et Pierre Delpeyroux, jouaient bien leur rôle et fut rassuré : ils semblaient aussi indécis qu'une vache qui a trouvé un peigne dans une touffe de sainfoin.

— On a qu'à voter pour ou contre le projet, laissa-t-il tomber. C'est le mieux. Moi, je veux connaître ceux qui sont de mon avis...

— T'as vraiment du temps à perdre! protesta Léon.

— D'autant qu'il se fait tard, ponctua le docteur en consultant son oignon.

— Non mais, sans blague! J'ai bien le droit de réclamer un vote! s'insurgea Pierre-Edouard.

— Mais oui, le calma Léon d'un ton badin. Allez, on vote puisque ça te fait plaisir; après on va au lit.

Même l'instituteur, présent à la séance, tomba dans le panneau. Persuadé que ni Léon, ni le docteur, ni même Maurice et Edouard ne se prononceraient en faveur du projet, il acquiesça lorsque Tavet lui fit discrètement non avec l'index.

— Résultats, dit Léon peu après : pour la construction immédiate d'un foyer rural, huit voix.

— Salaud! hurla Tavet en se dressant comme un diable, fumier! Tu étais contre, et vous aussi docteur!

— Contre le projet, annonça Léon imperturbable, cinq voix. Projet adopté.

— Trafiquage! brailla l'instituteur.

— Jeune homme, dit le docteur en le toisant, pour ce qui concerne le trafiquage en matière d'élections, allez

160

Le vent d'autan

demander à votre camarade Staline comment il s'y prend et vous serez édifié!

— Vous étiez contre, grommela Bernical, c'est pas honnête!

— Moi? J'ai dit que j'étais contre? Vous m'avez entendu dire ça? J'ai dit que l'abus du cinéma était mauvais pour la vue!

— Oui, et c'était tout comme! lui jeta Brousse, et Léon a fait pareil!

— Je n'ai jamais dit que je voterais contre! protesta Léon avec le ton offusqué d'un homme dont on met injustement la parole en doute.

— Ça va, grogna Tavet, vous nous avez couillonnés, faites votre machin, ça ne vous empêchera pas de prendre la veste aux prochaines municipales!

— On en reparlera, mon petit père, dit Pierre-Edouard en lui posant la main sur l'épaule, on en reparlera...

Léon et ses amis ne perdirent pas de temps. Le terrain fut trouvé dès le lendemain, il était communal et abritait un vieux four à pain, en ruine depuis plus de trente ans. Situé à la lisière du bourg, il était idéal pour recevoir un foyer rural.

Les fouilles commencèrent trois jours plus tard et tout alla très vite ensuite, car Léon fit savoir qu'il faisait don à la commune d'une grange qui menaçait ruine, mais dont les brasiers, et aussi un bon nombre d'ardoises, étaient récupérables. Les gens de Saint-Libéral se passionnèrent soudain pour cette construction qui allait enorgueillir tout le bourg car, outre le foyer rural, elle servirait aussi de salle des fêtes et on pourrait aller y danser les soirs de noces.

De nombreux électeurs, alléchés par les belles paroles de l'instituteur, changèrent soudain d'opinion à son égard. D'accord, il parlait bien, était savant, avait réponse à tout; mais justement, il parlait et les paroles, c'est du vent.

Léon et ses amis travaillaient, eux, sur du solide, du concret. Une bâtisse, ça se construit, ça se peaufine, ça ne se dit pas en belles phrases, ni en chiffres, ça se voit! Et pour ce qui était de voir, ils ne furent pas déçus!

161

Les palombes ne passeront plus

Ils virent Léon, Pierre-Edouard et Nicolas, Maurice et les autres, et aussi beaucoup de jeunes, mettre la main à la pâte, gâcher le ciment, tailler les moellons, poser la volige, clouer les ardoises. Ça c'était du boulot, c'était plus sain et franc que les beaux discours, la politique et toute la pourriture qui l'entoure! Ça, c'était vraiment la preuve que Léon était un bon maire et que lui et ses amis étaient dignes de recevoir les suffrages de la majorité des électeurs de la commune.

Le foyer rural fut solennellement inauguré deux jours avant le premier tour et, pour l'occasion, l'abbé Verlhac fit une brève apparition au village. Il en profita pour faire la tournée de quelques familles et accepta même — parce qu'on l'y poussait et que son confrère faisait la sieste — de bénir la coquette petite maison au fronton de laquelle se lisait, inscrit en lettres d'or : *Foyer Rural de Saint-Libéral-sur-Diamond, 1935.*

Deux jours plus tard, Léon et sept de ses partisans furent réélus haut la main. Au deuxième tour, et parce que pour beaucoup cette histoire d'élection n'avait plus aucun intérêt, Martin Tavet et ses camarades reprirent eux aussi leurs fonctions.

— Mais, comme le commenta Léon en offrant à tous la tournée chez Suzanne, à cinq contre huit, mon vieux Martin, vous ne faites pas le poids. Allez, à la tienne quand même, et sans rancune.

11

— C'est pas croyable ce qu'il passe comme palombes! s'extasia Pierre-Edouard en suivant du regard un immense vol de ramiers qui rasait le puy Blanc.

— Je t'avais bien dit de prendre ton fusil! dit Mathilde.

— Oui, mais tu sais ce que c'est, si je l'avais apporté, j'aurais pas pu me sortir de là-haut, dit-il en désignant le puy qui se dressait à deux cents mètres de cette pièce

162

Le vent d'autan

du Peuch où, avec l'aide de Nicolas, Mathilde et lui arrachaient les betteraves.

Elles étaient somptueuses et Pierre-Edouard en était légitimement fier. Cette année, il avait abandonné la culture des « Eckendorf » fourragères, ces grosses racines obèses et mafflues mais plus lourdes d'eau que de matières nourrissantes, pour repiquer uniquement des demi-sucrières « blanches à collet rose » beaucoup plus riches et bénéfiques pour les bêtes.

Une fois encore, Jean-Edouard avait froncé les sourcils devant cette innovation; mais Pierre-Edouard n'avait même pas cherché à expliquer son nouveau choix, à quoi bon! Le vieillard n'aurait pas été convaincu. Pierre-Edouard s'étonnait toujours des réactions de son père. Le vieil homme, pourtant d'avant-garde trente ans plus tôt, était devenu, en prenant de l'âge, aussi conservateur et borné que son ami Jeantout, ce qui n'était pas peu dire!

Pierre-Edouard ne comprenait pas cette attitude rétrograde; ou alors, et c'était grave, son père croyait de bonne foi détenir les secrets de l'agriculture moderne et s'y tenait! Mais son agriculture, elle aussi, avait vieilli. Pierre-Edouard s'en rendait constamment compte, il lui suffisait de lire les journaux professionnels qu'il recevait au syndicat d'achat : tout changeait et vite même. D'année en année, apparaissaient de nouveaux fertilisants et produits antiparasitaires, des semences sélectionnées, des outils, des modes de culture aussi, et il avait la certitude que c'était bien dans cette direction novatrice qu'il fallait marcher. Mais comme il était lucide, il se demandait parfois si lui-même, un jour, quand un de ses fils prendrait sa place, serait capable de s'adapter aux techniques qu'appliquerait son successeur; il espérait que oui.

— Oh, là là! lança-t-il de nouveau, regarde le vol qui arrive! Un plein wagon, et à bonne portée!

Mathilde releva la tête et admira le gros nuage bleu et ondoyant qui ramait contre le vent du sud-est. L'autan s'était levé au matin de la Saint-Luc et soufflait depuis quatre jours. Tout le monde savait que, dès son dernier soupir, s'installerait la pluie d'automne. Cette eau d'abord tiède, presque estivale, qui fait reverdir les prés et, si la lune est bonne, sortir les cèpes; cette eau,

163

Les palombes ne passeront plus

d'abord appréciée deviendrait vite froide, glaciale même. Puis, une nuit, après un grand coup de vent du nord, tomberaient les premières gelées, viendraient les brouillards. Il importait donc de rentrer les récoltes tant que le ciel ne pleurait pas.

Mathilde regarda son époux et haussa les épaules en souriant. Il plaignait sa place, s'en voulait de ne pas être là-haut, au puy Blanc, tapi derrière un buisson de genévriers, guettant, le cœur battant, l'approche des vols et les fusillant allègrement dès qu'ils passaient à bonne portée.

Les palombes descendaient depuis le début du mois. Ça n'avait d'abord été que quelques vols isolés, peu denses et qui, parce qu'il faisait très beau, naviguaient à des altitudes les mettant à l'abri des plombs. Mais depuis quatre jours, c'était un véritable déferlement. Les vols se suivaient avec la régularité d'un balancier de pendule et, torture pour un chasseur sans fusil, ils volaient bas, à cause du vent qui les plaquait au sol.

— Miladiou! demain matin, betteraves ou pas, je monte aux palombes! prévint Pierre-Edouard en expédiant deux racines dans le tombereau.

— Vous voulez que j'aille chercher le fusil? proposa Nicolas en essuyant ses mains, rouges de terre, contre son pantalon.

— Oh, non, c'est pas la peine, dit Pierre-Edouard en sortant sa pipe et son tabac.

Nicolas, quant à lui, prit sa corne à priser, se versa une dose dans le creux qu'il ouvrait au-dessus de sa main — en dressant l'index et en tendant le pouce — et se bourra les narines.

— Non, mais regarde! Regarde ça! répéta Pierre-Edouard tout excité, et elles passent là tous les ans, au même endroit, malgré les coups de fusil, recta! Et ça fait peut-être des milliers d'années qu'elles survolent ce puy! Va savoir pourquoi! C'est sans doute un repaire qui leur indique le sud... Et chez toi, il en passe aussi des ramiers?

Nicolas agita sa tête blanche, éternua.

— Oui, beaucoup. Et puis des oies, des canards et des...

Il écarta ses bras pour indiquer l'envergure, prolongea d'un geste son nez et couina comiquement, car s'il avait

164

Le vent d'autan

fait d'énormes progrès en français, certains mots lui faisaient défaut.

— Ah, je vois, dit Pierre-Edouard, des grues! Tu entends? dit-il en se tournant vers Mathilde, chez eux aussi ils ont des chasses volantes!

— Idiot! dit-elle en riant.

Il lui avait raconté depuis longtemps l'anecdote qui l'avait tant impressionné lorsque, tout gamin, il avait entendu sa grand-mère et sa mère assurer que le malheur était sur Mathilde, alors bébé, car elle avait été conçue une nuit au cours de laquelle passait une chasse volante, un vol de grues, en l'occurrence! Mais à l'époque, ni sa mère, ni sa grand-mère n'avaient voulu admettre cette explication. C'étaient les damnés qui criaient, non les oiseaux! Elles y croyaient, et ferme! Quoi d'étonnant d'ailleurs, on avait beau être en 1936, Pierre-Edouard connaissait encore un certain nombre de vieux — et même de jeunes — qui se signaient toujours lorsque passait une chasse volante.

— Moi, poursuivit Pierre-Edouard d'un ton sérieux destiné à tromper Nicolas, j'aime bien les chasses volantes, elles laissent de belles traces...

— T'as fini, dis? lança Mathilde en rougissant, mais ses yeux pétillaient d'amusement et de complicité.

Cette histoire de marque, soi-disant due à la chasse volante, donc signe de malheur, était un sujet de plaisanterie chaque fois que Pierre-Edouard retrouvait sa jeunesse dans les bras de sa femme; elle portait au sein gauche une petite tache en croissant de lune qui faisait son régal. « Moi, assurait-il en l'embrassant, je me ferais vite une raison si le malheur ne laissait que ce genre de souvenir! »

— Allez, encouragea Mathilde en empoignant le collet d'une énorme betterave, si tu veux venir aux palombes demain, il faut finir d'arracher tout ça aujourd'hui!

— Oui, approuva-t-il en se remettant au travail. N'empêche, ce sacré Nicolas m'a donné tout plein d'idées...

— Quelles idées? demanda Mathilde, trompée par son ton grave et mesuré.

— Ben, dit-il avec une mauvaise foi phénoménale, c'est bien lui qui a parlé de chasse volante, non?

165

Les palombes ne passeront plus

Ils travaillèrent toute la matinée et tout l'après-midi. Au soir, alors que la brume gagnait déjà les vallons et que le champ de betteraves n'était plus qu'une terre nue, Mathilde aperçut soudain, à l'extrémité du plateau, la petite Mauricette qui courait vers eux en appelant.

— Qu'est-ce qui se passe? interrogea-t-elle déjà inquiète.

Elle releva ses jupes et courut vers sa fille.

— Qu'est-ce qu'il y a? murmura Pierre-Edouard en fronçant les sourcils.

Mauricette n'avait rien à faire sur le plateau à cette heure-là! Il fallait vraiment que quelque chose d'extra-ordinaire se soit passé pour que son grand-père l'expédie ainsi, alors que la nuit pointait. Anxieux, il regarda sa fille qui venait de rejoindre Mathilde, essaya d'entendre ce qu'elles se disaient et fut soudain rassuré en les voyant revenir sans hâte. Il alla à leur rencontre.

— Alors, qu'est-ce que c'est? lança-t-il.

— Raconte, dit Mathilde en caressant la joue de sa fille.

— C'est pépé qui m'a dit de venir, expliqua Mauricette. Il y a un grand monsieur et une belle dame qui sont arrivés avec le car du soir. Ils sont chez nous, ils attendent dans la cour, pépé veut pas les laisser entrer tant que tu es pas là.

— Qu'est-ce que c'est que cette histoire? Et tu ne le connais pas ce monsieur?

— Non.

— Et pépé non plus?

— Je sais pas.

— Et c'est moi qu'il veut voir?

— Oui, il a dit : « Je voudrais voir monsieur Pierre-Edouard Vialhe. » Il a un de ces accents! Si tu savais, j'ai rien compris, presque.

— Bon, alors il faut y aller. Eh, Nicolas, on passe devant! Tu finis de ramasser ce qui traîne et tu descends avec la charrette.

— Compris patron. C'est pas grave quand même?

— Non, sûrement pas. Allez, dit Pierre-Edouard en donnant la main à sa fille, viens me faire voir ce monsieur.

166

Le vent d'autan

C'était hallucinant et Pierre-Edouard comprit aussitôt pourquoi son père l'avait appelé à la rescousse et pourquoi surtout il n'avait pas voulu ouvrir sa porte au visiteur. Mises à part la carrure et la taille, l'homme qui le regardait en souriant était le portrait d'Octave. Octave à qui le vieux Jean-Edouard n'avait jamais pardonné d'avoir épousé sa fille Louise en passant outre à sa formelle opposition. Octave, mort deux ans après son mariage, laissant un fils, Félix, dont Pierre-Edouard était le parrain.

— Bon Dieu, c'est bien toi, Félix? murmura Pierre-Edouard en ouvrant les bras.

— C'est bien moi, dit l'homme en l'étreignant.

— Ah, dis donc! Il y a... attends, c'était en 1914, ça fait vingt-deux ans! Oui, vingt-deux ans que je ne t'avais pas vu, mais je t'aurais reconnu entre cent mille! C'est pas possible une pareille ressemblance! C'est des coups à prendre un arrêt du cœur!

Ils rirent, puis présentèrent leurs épouses.

— Mathilde, ta mère t'en a sûrement parlé!

— Thérèse, nous nous sommes mariés il y a quatre jours.

— Tu aurais pu prévenir, mon cochon, et ta mère aussi!

— On voulait te faire la surprise...

— Si c'est que ça, c'est réussi! Allez, finissez d'entrer.

— Ben..., dit Félix, je ne sais pas si... grand-père est tellement d'accord, je crois que lui aussi m'a reconnu et...

— Tu parles s'il t'a reconnu! Tous ceux qui ont connu ton père et qui t'ont vu passer ont dû croire qu'ils voyaient un revenant! Allez, ne t'inquiète pas pour ton grand-père, il a l'air comme ça, mais ce n'est rien.

Ils grimpaient les marches du perron lorsque la porte s'ouvrit soudain sur Jean-Edouard qui se planta sur le seuil. Muet, mains dans le gilet, jambes bien campées au sol, il les regarda, s'attardant surtout sur Félix. Puis il hocha la tête.

— Bon, dit-il enfin, je vois que je n'ai pas rêvé, tu es bien le fils de Louise? C'est toi Félix? J'ai pas voulu te laisser entrer tout à l'heure parce que je croyais que c'était ma tête qui me jouait un tour. Tu comprends,

Les palombes ne passeront plus

j'ai quand même soixante-seize ans, alors... Maintenant que je suis sûr de ne pas rêver, tu peux entrer. Sa voix se cassa un peu, frémit. Il se racla la gorge, s'écarta pour les laisser passer. Entre, répéta-t-il, après tout, ici, tu as ta place. Et pourtant, chuchota-t-il en se détournant, j'avais bien juré que tu n'entrerais jamais ici, mais on n'est pas des bêtes! Et puis, c'est si vieux tout ça, si loin... Il réfléchit un bref instant. Vingt-sept ans! Ce serait pas humain de tenir rancune aussi longtemps, surtout pour des gamineries...

— Moi, assura Pierre-Edouard, j'y ai cru aussi à ce Front populaire, comme presque tout le monde ici d'ailleurs. Il n'y avait que Léon pour nous prédire des catastrophes, il n'avait pas entièrement tort, parce que depuis...

Assis devant la cheminée où ils s'étaient regroupés dès la fin du repas — Paul et Mauricette, rompus de fatigue, avaient très tôt imité leur petit frère qui dormait depuis longtemps — Pierre-Edouard, Mathilde, Félix et sa femme devisaient comme de vieux amis.

Ils avaient d'abord parlé de Louise, toujours gouvernante dans ce château de l'Indre dont Félix était maintenant garde-forestier. Ensuite, Pierre-Edouard avait évoqué Berthe, sortant même sa dernière carte postale, de Londres cette fois, et ce malgré la présence de son père qui jugeait toujours sévèrement la vie qu'elle avait choisie.

Mais le vieillard avait très peu parlé. Il s'était contenté d'observer ce petit-fils qu'il avait jadis renié, cet homme, en qui il était ravi de retrouver la carrure des Vialhe, le caractère aussi, l'énergie. Et Pierre-Edouard, en le regardant à la dérobée, avait constaté à quel point son père était ému, attendri par ces retrouvailles inespérées.

Le vieil homme n'avait pourtant rien dit depuis ses paroles d'accueil, mais pour qui le connaissait, elles étaient étonnantes, bouleversantes même. Car au-delà de leur simplicité, voire de leur rudesse, elles avaient marqué la fin d'une longue période, de brouille d'abord, puis de demi-pardon. Désormais, après vingt-sept ans, venait la réconciliation. Puis Jean-Edouard s'était levé :

Le vent d'autan

— Faut que j'aille au lit. Dites, vous restez quelques jours? avait-il demandé à Félix et à sa femme.

— Oui, jusqu'à dimanche, si on ne vous gêne pas, avait expliqué Félix en se levant à son tour.

— Reste assis. Au fait, faut que tu saches, mes autres petits-fils, qui sont pourtant que des gamins à côté de toi, eh bien ils me tutoient, alors faudra faire pareil, et toi aussi, petite, avait-il ajouté en regardant Thérèse. Allez, à demain. Il avait rejoint sa chambre, mais en était ressorti peu après en portant une bouteille qu'il avait posée au milieu de la table. C'est une eau-de-vie de prune de 1910, l'année de ta naissance, elle doit être bonne...

— Y a pas à dire, avait commenté Pierre-Edouard peu après, le père a fait comme cette prune, il a gagné à vieillir...

— Oui, quand je lui dirai ça, maman ne voudra pas me croire, après tout ce qu'elle m'a raconté, avait murmuré Félix en humant son verre.

— Faut la comprendre, pour elle, ça n'a pas toujours été drôle tu sais!

— Oui...

Puis la discussion avait évolué et maintenant elle roulait sur la politique, la guerre d'Ethiopie, et celle plus inquiétante qui, depuis deux mois, secouait l'Espagne, les élections de mai, le succès du Front populaire.

— Pour nous, il y a au moins une bonne chose, c'est l'Office du blé, dit Pierre-Edouard en bourrant sa pipe. Avec ça, on est à l'abri de ces voyous de marchands de grain. Ces salauds ont bien failli nous ruiner, il était temps que ça cesse! Mais à part ça, je crois que Léon a raison, je ne pense pas que ce Front populaire fasse de miracles.

— La situation n'était pas simple, essaya Félix, Blum fait ce qu'il peut.

— Je sais, mais ce n'était pas une raison pour dévaluer notre monnaie! Qu'est-ce qui nous reste maintenant? Et puis toutes ces grèves, tous ces chômeurs! Qu'est-ce qu'ils veulent ces types? Quarante heures de travail par semaine, des congés! Bon Dieu, qu'ils viennent faire un tour ici, ils verront bien si on ne travaille que quarante heures! Moi, leurs quarante heures, je les

169

Les palombes ne passeront plus

fais en trois jours, et ta tante aussi ! C'est pas pour ça qu'on réclame des congés, ensuite ! Oh, va pas croire que je le leur plaigne leurs congés ! C'est pas ça, mais moi, ce que je ne comprends pas, c'est qu'ils soient tous à demander davantage de sous et moins de travail. Moi, pour gagner plus, c'est toujours le contraire qu'il a fallu que je fasse, et c'est pas près de changer !

— C'est pas si simple, répéta Félix. Tu vois, Thérèse t'en parlerait mieux que moi, dit-il en se tournant vers sa jeune femme.

Elle rougit et acquiesça. Tout l'impressionnait dans cette maison, sauf Mathilde qui semblait si douce. Mais les hommes ! Elle n'aurait su dire lequel des deux était le plus intimidant !

— Jusqu'à ce qu'on se marie, Thérèse travaillait dans une chemiserie à Châteauroux ; c'était pas drôle, tu sais, expliqua Félix en posant sa main sur celle de sa femme.

— Je m'en doute, dit Pierre-Edouard, ce n'est jamais drôle de travailler pour des patrons et, là-dessus, j'en connais un rayon ! J'en ai fait mon aise, moi aussi, dans le temps. Et avec les copains, on avait même fait une espèce de grève, parfaitement ! Mais quand on a obtenu ce qu'on voulait, on n'a pas continué à réclamer la lune ! Alors que maintenant, plus on donne, plus certains veulent davantage ! Pas étonnant si les prix font ensuite des sauts. A la fin, tout finira par péter, ça fait plus de cinq ans que je le dis !

— Ce n'est pas parce qu'on paiera mieux les ouvriers que ça pétera ! s'entêta Félix.

— Sans doute, d'ailleurs ça ne me gêne pas qu'on les paye davantage, tant mieux pour eux. Oh, remarque, on discute, mais tout ça, c'est manœuvre politique et compagnie ! Nous, dans l'histoire, paysans ou ouvriers, on n'est jamais que des couillons, comme toujours d'ailleurs ! Tiens, reprends un coup de prune et explique-moi un peu ce que tu fais là-haut, dans ta forêt, ça vaudra mieux que de parler de toutes ces bêtises !

Félix et sa femme restèrent deux jours à Saint-Libéral. Ils couchèrent à l'auberge et, le premier soir, c'est avec émotion que Pierre-Edouard les accompagna.

170

Le vent d'autan

— Tu sais au moins que ton père logeait là? demanda-t-il en pénétrant dans la grande salle de l'auberge.

— Oui, il paraît que c'est ici que ma mère et lui se sont rencontrés.

— Là et ailleurs, oui... Bonsoir, Suzanne, je parie que vous attendiez ces jeunes? Les voilà, vous allez pouvoir fermer la boutique.

— Je vous offre quelque chose? C'est ma tournée, proposa-t-elle en coulant vers Félix un regard caressant.

Pierre-Edouard sourit : décidément, cette brave Suzanne ne désarmait pas : malgré ses quarante et un ans, elle était toujours aussi gourmande d'hommes!

— Non, pas pour moi. Ce soir, on a assez vu le fond des verres, remercia Pierre-Edouard. Alors, quelle chambre leur donnez-vous?

— Toutes celles qu'ils voudront, si ça les amuse! Il ne vient plus personne, vous savez bien. Je me demande souvent pourquoi je reste, je ferais mieux de fermer!

— Allons, allons, ne vous plaignez pas, je vous amène des clients, soignez-les bien. Bon, dit-il en se tournant vers Félix, tu as toutes les chambres que tu veux, mais si j'étais toi, je prendrais la sept.

— Et pourquoi la sept? questionna Félix qui se doutait pourtant de la réponse.

— C'était celle de ton père. Allez, je vous accompagne, je ne suis pas monté là-haut depuis presque trente ans!

Lorsqu'il redescendit, quelques instants plus tard, il trouva Suzanne qui sirotait tristement un grand verre de curaçao.

— C'est beau, la jeunesse, commenta-t-elle avec un coup de tête en direction de l'escalier, ils sont beaux tous les deux, lui surtout, et si jeunes...

— Bon, coupa Pierre-Edouard, je vous les confie, ils sont là jusqu'à dimanche. Quand ils partiront, ne leur donnez pas la note, hein! Même s'ils insistent, je passerai vous régler dès lundi, d'accord?

— Entendu, mais... qui c'est au juste?

— Ah, c'est vrai, vous n'étiez pas là, à l'époque! Lui, c'est mon neveu et dès demain, portez pas peine, vous entendrez parler de son père et aussi de ma sœur! Je serais bien étonné que les plus de quarante ans les aient oubliés!

171

Les palombes ne passeront plus

Pendant deux jours Pierre-Edouard et Félix arpentèrent les terres des Vialhe. Félix voulait tout voir.

— Et le puy Caput, c'est lequel? Et la tranchée des mines, par où on y va? Et la source du Diamond, où est-elle? Ah, je veux aussi aller aux Combes-Nègres. Tu comprends, ma mère m'en a tellement parlé de tous ces coins, et si souvent, que je les connais par cœur. C'est pour ça que je veux tous les voir. Quand j'étais gosse, j'ai longtemps espéré qu'on reviendrait vivre ici un jour! Alors maintenant, je me rattrape.

— Ta mère est pourtant revenue une fois, il y a eu seize ans au début de ce mois.

— Oui, pour l'enterrement de grand-mère, mais elle n'a pas voulu que je l'accompagne.

— Et pourquoi n'est-elle pas revenue depuis? Personne ne l'en empêchait!

— Je crois qu'elle avait peur, des gens, des voisins, de grand-père aussi, naturellement. Et puis elle n'avait pas de travail ici, parce que tu sais, sa retraite de veuve de guerre...

— N'empêche, elle pouvait venir passer quelques jours!

— Oui, mais de ça aussi elle avait peur. Peur de ne plus avoir le courage de repartir. Si tu savais comme elle aime ce pays! Je crois bien qu'elle m'en a parlé tous les jours. Alors, moi aussi, j'ai appris à l'aimer presque autant qu'elle. Et en venant, j'avais un peu peur d'être déçu. Tu sais bien, quoi, c'est rare que la réalité soit aussi belle que l'imagination. Maintenant, je vais pouvoir lui dire que son pays est encore plus beau qu'elle me l'a dit. Christi! Ici, en haut de ce puy, on est en plein ciel. On n'a pas besoin de lever les yeux pour regarder les nuages, ils ne vous écrasent pas comme chez nous. Ici, on les domine. On domine tout d'ailleurs! C'est ça qui vous a rendus si forts. Vous, les Vialhe, de naissance vous êtes habitués à tout voir de haut, même le ciel.

— Tu es un drôle de pistolet, murmura Pierre-Edouard. Maintenant, en t'écoutant, je sais pourquoi ma sœur est tombée folle de ton père, il a dû lui parler comme tu viens de le faire, elle n'a pas pu résister. Allez, il faut descendre, Léon nous attend pour déjeuner; tu

172

Le vent d'autan

vas voir, lui aussi c'est quelqu'un! Ta mère a dû te le dire, d'ailleurs!

Quand vint l'heure du départ de Félix et de sa femme, Jean-Edouard, comme au soir de leur arrivée, se campa sur le seuil de sa porte et regarda son petit-fils.

— Faudra revenir, lui dit-il. Maintenant, tu connais le chemin. Il faut que je te dise, aussi... Depuis que tu es né, je n'ai pas voulu te reconnaître comme un petit-fils Vialhe; maintenant que je t'ai vu, que je t'ai entendu, je sais que je me suis trompé. Tu as bien le sang des Vialhe. Voilà, c'est tout. Ah, si, quand tu verras ta mère... Demain, dis-tu? Bon, eh bien demain, tu lui diras simplement ça : « Ton père te rappelle qu'il a déjà soixante-seize ans », elle comprendra... Et puis tu lui diras aussi : « Les galets du Diamond sont toujours les mêmes que de ton temps, mais l'eau et le sable les ont un peu usés, ils sont moins coupants qu'avant, alors puisque le temps a réussi à polir des galets... » Allez, partez maintenant tous les deux, et quand vous aurez un fils, amenez-le vite ici. Mais souvenez-vous, j'ai soixante-seize ans...

12

C'était devenu une habitude. Depuis quatre ans qu'ils travaillaient avec Jacques Vialhe, ses camarades d'études avaient pris leur parti de le voir rafler la quasi totalité des premières places. Aussi, en cette fin d'année 1936, à la veille des vacances de Noël, quand le directeur entra dans la classe pour annoncer les résultats des compositions trimestrielles, tous les regards filèrent en direction de Jacques. Certains étaient admiratifs, d'autres écœurés, quelques-uns jaloux.

Il y avait en effet, parmi les plus sérieux rivaux, le fils d'un chirurgien briviste et celui d'un avocat et les deux adolescents enrageaient littéralement de devoir céder la première place à ce foutu fils de bouseux, ce

Les palombes ne passeront plus

grand gaillard qui, non content de les devancer en physique, chimie, français et mathématiques, les écrasait aussi par sa carrure, sa force, son assurance. Il y avait là quelque chose d'anormal, de contre nature presque, à ce que ce soit justement ce péquenot, et non eux, qui se taille la part du lion.

Eux, ils étaient de vieilles familles, de bonne éducation, de race. Déjà, ils avaient leur place dans la petite chapelle de la bourgeoisie briviste. Lui n'était qu'un culterreux, un glaiseux qui, en bonne logique, n'aurait jamais dû quitter sa charrue ni le cul de ses vaches! Au lieu de cela, il les coiffait toujours au poteau et, parti comme il l'était, s'octroierait sûrement une mention très bien lorsque, dans six mois, il se présenterait au bac.

Le directeur se racla la gorge et commença la lecture du palmarès. Et les notes s'égrenèrent : Français : 16/20, premier Jacques Vialhe. Anglais : 17/20, premier Jacques Vialhe...

Debout, Jacques écouta les résultats et son regard brilla de joie, de fierté aussi. Une fois encore ses parents seraient heureux, très heureux. Et même son grand-père triompherait! Le vieillard avait fini par prendre son parti de le voir choisir les études et non la ferme. D'ailleurs, le chemin suivi par Paul le rassurait pleinement, lui au moins restait proche de la terre. Grâce à lui, il n'y aurait pas de rupture; un jour ou l'autre, quand il serait las de fréquenter les champs de foire, il reviendrait prendre la place qui était la sienne. Tranquillisé sur l'avenir de la ferme, Jean-Edouard n'avait plus aucune raison de critiquer le chemin emprunté par son petit-fils Jacques. Au contraire même, puisque, dans une voie et un milieu tout différents, c'était encore un Vialhe qui se hissait à la première place!

— Moyenne générale : 16/20, premier Jacques Vialhe, annonça enfin le directeur. A vous, au moins, on peut souhaiter de bonnes vacances, vous ne les avez pas volées, ce n'est pas le cas pour tout le monde dans cette classe...

Jacques se rassit et sa pensée vola vers Saint-Libéral qu'il allait rejoindre le soir même. Ses vacances, il savait déjà comment il les emploierait. D'abord, il travaillerait avec son père et Nicolas et cela ne le rebutait

174

Le vent d'autan

pas, bien au contraire. Il se dépenserait à fond en faisant le bois; c'était une saine occupation qui ouvrait l'appétit, formait les muscles, permettait de jeter toute sa force, de la tester lorsque, masse en mains, il fallait fendre les grosses billes de chêne ou les troncs noueux des châtaigniers.

Puis il irait aussi à la chasse, histoire de prouver à son parrain que le fusil qu'il lui avait offert pour ses seize ans — un Darne, calibre douze — était en de bonnes mains. Enfin, le soir, dans la salle du Foyer rural, il rejoindrait son petit groupe d'amis.

Là, tous ensemble, heureux de se revoir, ils discuteraient, referaient le monde, bâtiraient un avenir que tous voulaient plus juste, plus beau, plus honnête. Ils commenteraient les articles de *La Jeunesse Agricole*. Là surtout, Jacques retrouverait Marie-Louise, la fille de Pierre Labrousse. Comme lui, elle allait avoir dix-sept ans et était pensionnaire à Brive, dans l'école Notre-Dame. Comme lui aussi, elle se présenterait au bac à la fin de l'année. De plus, elle était fille de paysans et n'en avait pas honte; tout les rapprochait.

Ils avaient fréquenté ensemble l'école de Saint-Libéral, passé et obtenu le certificat d'études le même jour. Puis ils s'étaient perdus de vue car, alors que Jacques stagnait dans l'enfance, restait de taille médiocre et, par bien des côtés, faisait encore gamin, Marie-Louise trouvait en quelques mois une allure, une grâce et même un caractère de jeune fille. Jacques en avait été un peu vexé. Il avait conscience que la différence de taille qui les séparait le rendait un peu ridicule; il n'avait pas envie de passer pour le petit frère de Marie-Louise! Aussi, pendant deux ans, s'était-il abstenu de la rencontrer.

Tout avait changé depuis l'an passé. A son tour, et en son temps, Jacques avait grandi, forci, s'était fait, sinon homme, du moins bel adolescent. Désormais, il avait une tête de plus que la jeune fille, la trouvait charmante de fragilité et se sentait prêt à la protéger.

Ils avaient plaisir à se retrouver, à échanger leurs opinions sur Shakespeare, Barrès, Victor Hugo. Complices, ils s'amusaient à faire assaut d'érudition pour jouir de l'air admiratif de leurs camarades de Saint-Libéral, simples lauréats du certificat d'études.

175

Les palombes ne passeront plus

Pour l'instant, ni Jacques ni elle n'avaient encore avoué les projets d'avenir commun qu'ils caressaient. Mais tous les deux pressentaient que le temps n'était pas loin où leurs sentiments réciproques les pousseraient à échanger gravement les promesses qui nouent les premiers liens amoureux.

Tout en se sentant grand, fort et sûr de lui, Jacques avait conscience que son âge, pour respectable qù'il le jugeât, était encore un handicap. D'ailleurs, à Saint-Libéral, et même dans sa famille, s'il était normal qu'un homme de vingt-cinq ans fréquente, en vue du mariage, une jeune fille de dix-sept ans, personne ne prenait au sérieux les gentilles amourettes des garçons de cet âge. Or, il était sérieux, en tout. Aussi, pour éviter que son attirance pour Marie-Louise ne devienne un sujet de plaisanterie, préférait-il se taire et attendre. Cela ne l'empêchait pas de rêver chaque jour à la jeune fille et de contempler avec émotion la petite photo d'identité qu'elle lui avait donnée six mois plus tôt.

— Et celui-là, qu'est-ce que tu en penses? demanda Léon à son neveu, et d'abord, quel âge il a?

Paul tourna autour du cheval, l'observa, lui ouvrit la bouche.

— Il n'a pas l'air mal, dit-il enfin, et il va sur ses huit ans, à peu près...

— Tu n'y connais rien, soupira Léon, c'est une rosse, l'a tous les vices, et tes huit ans en font bien douze! T'as pas vu, non, qu'il a toutes les dents nivelées! Bon Dieu! Quand je pense que ton père m'en apprendrait sur les chevaux! Parce qu'il s'y connaît ton père, en chevaux! Mais toi, sorti des vaches, c'est le brouillard!

Paul accepta muettement la remontrance, mais haussa les épaules. Il n'avait aucune attirance pour les chevaux, il les trouvait hypocrites, prompts à vous expédier une ruade, voire un coup de dents. Et par-dessus le marché, à en croire son oncle, ils étaient bien souvent pourris de tares cachées dont il fallait se défier comme de la peste!

— Allons le voir à la piste, invita Léon.

Paul fourra les mains dans ses poches et le suivit. Il faisait un froid de loup en ce mardi 5 janvier 1937 et

176

Le vent d'autan

sur le champ de foire du Dorat, un vent glacial, qui venait droit d'Auvergne, coupait le souffle et brûlait les oreilles.

Une fois encore, Paul aurait bien volontiers évité cette corvée qui consistait à venir acheter ici des chevaux que son oncle revendrait deux jours plus tard à Brive, à la foire des Rois. Avec toutes ces foires qui l'expédiaient aux quatre coins de la province, Paul n'avait pu profiter, comme il l'eût voulu, du séjour de son frère à la maison. Ce veinard de Jacques était en vacances, lui, et, à cette heure, sans doute devait-il traquer les bécasses dans le taillis d'acacias du château.

Depuis quinze jours, les bois de Saint-Libéral regorgeaient de bécasses. Paul, qui n'avait pas encore l'âge de prendre son permis, n'en suivait pas moins son père ou son frère lorsqu'ils allaient courir les bois. Par malchance, il ne pouvait s'offrir le plaisir de jouer les rabatteurs que lorsque Léon lui donnait quartier libre, c'est-à-dire pas souvent. Il n'en voulait d'ailleurs pas du tout à son oncle de cette rigueur dans le travail; simplement, et surtout pendant les vacances de Noël, il aurait aimé rester avec son frère.

Les deux garçons s'entendaient toujours au mieux; pourtant, leurs relations avaient changé. Désormais, Jacques agissait en aîné, c'était lui qui décidait de leur emploi du temps. Plus question de l'entraîner dans quelques bêtises ou chahut à l'auberge. Il disait non, et c'était non. Et Paul lui obéissait car, il n'avait pas honte de se l'avouer, son frère l'impressionnait, l'intimidait presque. Il allait avoir son bac, connaissait l'anglais, les mathématiques, parlait de tout avec aisance et sûreté, avait son opinion sur la politique, la guerre d'Espagne, le fascisme italien, le phénoménal redressement de l'Allemagne. Et le comble, c'est qu'il pouvait discuter de tout cela avec son père, gravement, journal en main, pour mieux analyser telle ou telle situation.

Paul aussi avait ses opinions, mais elles étaient encore vagues, floues, difficiles à formuler. Enfin, et cette confidence n'était pas pour rien dans l'admiration qu'il nourrissait à son égard, Jacques lui avait dit vouloir poursuivre ses études, devenir vétérinaire pour installer plus tard un cabinet à Saint-Libéral. Vétérinaire, c'était

177

Les palombes ne passeront plus

vraiment le fin du fin, et Paul n'envisageait pas un instant que son frère pût échouer. Il réussirait, comme il avait réussi à surmonter son cafard jadis à Bossuet, comme il réussissait toujours à être en tête de sa classe !

Alors, naturellement, en face de lui, Paul se sentait un peu écrasé, un peu minable. Pourtant, Jacques ne faisait rien pour se donner de l'importance, il ne crânait pas. Simplement, et dans l'immédiat, il se préparait à obtenir brillamment son baccalauréat.

Pendant ce temps, lui, Paul, n'était qu'apprenti marchand de bestiaux. Et même s'il gagnait bien sa vie — car Léon était généreux — il sentait bien les différences qui se creusaient entre Jacques et lui. Pourtant, il le savait maintenant mais le tenait secret, il ne serait pas toute sa vie marchand de bestiaux. Un jour, il faudrait qu'il s'évade, qu'il trouve un métier exaltant, riche en émotions. Et ce ne serait pas celui de la terre, comme le croyait son grand-père, ni celui d'oncle Léon. L'un comme l'autre manquaient de fantaisie, d'attrait. Un jour, quand il se sentirait plus fort, plus solide, il se lancerait dans le monde. Pour le moment, il attendait, se taisait, et mis à part ses rapports avec les chevaux, donnait toute satisfaction à son oncle et à ses parents.

— Alors, tu viens ! lui lança Léon déjà installé au bord de la piste où les vendeurs, à la demande des éventuels acheteurs, faisaient trotter leurs chevaux. Tiens, lui expliqua son oncle, j'ai demandé au type qui tient ce bai de me faire voir ce qu'il a dans les pattes, on va pouvoir juger.

Le maquignon confia sa bête à un valet qui, partant du bout de la piste, remonta vers eux ; il tenait la bête au licol et trottinait à ses côtés.

— Arrête ! lui lança Léon lorsqu'il eut parcouru quinze mètres, j'en veux pas de ta bique ! Elle boite de l'antérieur gauche ! T'as vu sa technique ? demanda-t-il à son neveu. Non ?... Oh, lança-t-il au valet, continue, je me suis peut-être trompé. Tiens, regarde ce salaud, souffla-t-il à Paul, mais regarde, miladiou ! Tu ne vois pas que le valet boite lui aussi, et au même rythme ! Comme ça on a l'impression que c'est l'allure normale de l'homme et de la bête ! On appelle ça trotter au cheval boiteux. Ah, le con, me faire ça à moi ! Bon Dieu, l'est pas né celui qui

178

Le vent d'autan

m'apprendra à maquiller une rosse, je connais tous leurs trucs! Ça va, dit-il au valet qui venait de s'arrêter devant lui, tu peux continuer à faire ton cirque, mais faudra trouver un autre pigeon! Allez, viens, dit-il à Paul, on va aller voir ce lot d'Ardennais; de loin, ils ont bonne allure, mais faut vérifier de près. Rappelle-toi, on ne vérifie jamais assez. Allez, dis-moi ce que tu penses de celui-ci, par exemple. Si tu me réponds bien, je te laisse mener le marché et t'auras la pièce. Allez, petit, parle comme un homme.

Sans la prise de position de l'abbé Delclos, les habitants de Saint-Libéral n'auraient sans doute pas réagi, lorsque chuta le gouvernement Blum.

Au bourg, en ce 22 juin 1937, tout le monde avait mieux à faire que de s'occuper de politique, et si beaucoup d'hommes furent très déçus de voir finir aussi lamentablement les beaux rêves nés du Front populaire, les travaux saisonniers ne leur laissèrent pas le temps d'épiloguer sur un événement somme toute banal. Ils étaient d'ailleurs habitués depuis longtemps à voir se succéder les gouvernements. Blum ne méritait pas que l'on perde de précieux instants à discuter sur son sujet, alors que les foins réclamaient quinze heures de travail par jour. Le temps était beau, chaud, propice à la fenaison, il fallait en profiter. La semaine s'écoula dans le labeur.

La bombe éclata le dimanche 27. Depuis la veille, le ciel s'était dangereusement brouillé à l'approche du dernier quartier de lune. Le vent avait tourné et les hirondelles remontaient inlassablement la grand-rue en rasant le sol de leur gorge rousse. Devant de tels signes, il n'eût pas été prudent de faucher; aussi de nombreux hommes profitaient de ce répit pour prendre un peu de repos en sirotant paisiblement leur apéritif chez Suzanne.

Même Pierre-Edouard et Léon étaient assis à la terrasse de l'auberge, dans l'ombre fraîche et parfumée des vieux tilleuls. Ce fut d'ailleurs Pierre-Edouard qui comprit le premier que quelque chose d'anormal se passait à l'église.

La grand-messe avait commencé depuis presque une demi-heure, lorsque résonna à travers toute la place, le

179

Les palombes ne passeront plus

lourd claquement que fit la porte de l'église en se refermant sur le dos du docteur et de sa femme.

Depuis qu'elle était rentrée au bercail, l'épouse du docteur suivait assidûment les offices, et cette attitude était pour beaucoup dans sa réhabilitation aux yeux des femmes de la commune. Il arrivait même parfois que son mari l'accompagnât, indiscutable signe d'une parfaite entente conjugale.

Le couple n'avait pas encore descendu toutes les marches du perron, quand la porte claqua de nouveau et que Pierre-Edouard, stupéfait, vit Mathilde qui venait elle aussi de sortir. En effet, malgré ce qu'elle pensait du curé, elle continuait à fréquenter l'église de Saint-Libéral; c'était quand même beaucoup plus pratique que d'aller chaque dimanche à Perpezac-le-Blanc. Elle n'allait là-bas que pour se confesser, démarche extrêmement vexante pour l'abbé Delclos, mais qu'elle n'était pas près d'abandonner pour autant.

— Et alors? dit Pierre-Edouard en posant son verre et en se levant, qu'est-ce qui se passe là-bas? Eh! Mathilde, je suis là! La messe est déjà finie?

Le docteur invita sa femme et Mathilde à rentrer chez elles et marcha vers l'auberge. Il était rouge de colère, mais souriait quand même.

— Qu'est-ce qui se passe? redemanda Pierre-Edouard.

— Ah, mon pauvre vieux, je n'ai jamais entendu pareilles sottises, c'était plus que je ne pouvais en supporter! Et ta femme aussi. Vrai, je crois que ce pauvre curé est devenu fou, ou alors il est idiot de naissance, les deux, peut-être! Suzanne, un guignolet!

— Il voulait que vous serviez la messe, peut-être? ironisa Léon.

— Si ce n'était que ça! Penses-tu! Tu ignores sûrement, comme je l'ignorais voici encore vingt minutes, que nous célébrons le sixième dimanche après la Pentecôte. Moi, je n'ai rien contre l'Evangile du jour, il me plaît même assez. C'est vrai que toi et les Evangiles... Mais Pierre-Edouard s'en souvient sûrement, c'est celui de la multiplication des pains. Tu vois ce que je veux dire? Cinq mille affamés, cinq pains et deux poissons pour tout le monde, malgré cela toute la foule mange à sa faim et il y a même du rab! Bon, on peut en discuter,

Le vent d'autan

faire la part des choses, mais là n'est pas le problème. Figurez-vous que ce malheureux curé a cru bon d'établir un parallèle entre ce texte et la chute de Blum, je vous demande un peu! Si, si! En gros, il nous a expliqué que Dieu n'avait nul besoin de réformes sociales, de semaine de quarante heures et de congés payés pour nourrir son peuple! Que le défunt gouvernement et son matérialisme étaient une insulte à la foi; bref, qu'il fallait remercier le Seigneur de nous en avoir débarrassés et prier pour que s'installe un régime d'ordre et de moralité! C'était risible, triste mais risible!

— C'est pour ça que vous êtes partis et Mathilde aussi? interrogea Pierre-Edouard.

— Oh, non, ça, c'était simplement stupide. C'est ensuite qu'il a dépassé les bornes en déclarant tout net que ceux qui avaient voté l'an passé pour le Front populaire étaient quasiment des pécheurs publics! Alors là, c'était trop, j'ai foutu le camp et il n'est pas près de me revoir!

— Alors c'est comme ça! gronda soudain Louis Brousse qui, avec les autres consommateurs, s'était approché pendant l'explication du docteur. Ah, il est content ce bougre! Il s'en fout bien, lui, gros comme il est, que le peuple crève de faim!

Et soudain, les cris fusèrent. D'un seul coup, tous ces hommes qui, déjà, avaient pris leur parti de la faillite d'un système en qui ils avaient cru, ressentirent l'humiliation de leur défaite; car si le curé s'en réjouissait, c'était la preuve que la réaction était en train de gagner.

En un rien de temps, le rassemblement se trouva grossi de nouveaux arrivants et les cris redoublèrent. Déjà, au sein de cette masse, s'affrontaient les tendances, les partis, et les reproches fusaient.

— Faites pas les andouilles! lança soudain Léon, vous n'allez pas vous battre pour de pareilles couillonnades!

— Si t'es du côté du curé, faut le dire tout de suite! lui jeta Martin Tavet, bleu de rage. Ça m'étonnerait pas d'ailleurs, t'as toujours été du côté du manche, là où on trouve des sous! Tu ferais pas partie des deux cents familles, des fois?

— Continue comme ça et tu prends ma pince dans la gueule! menaça Léon en brandissant sa prothèse.

181

Les palombes ne passeront plus

— Arrête, dit le docteur, laisse-les gueuler, ça leur passera, et puis, ils n'ont pas entièrement tort! Tiens, voilà notre instituteur, il ne manquait plus que lui.

Rapidement mis au courant, Jacques Sourzac se contenta d'abord de ricaner. Puis il profita de l'occasion pour river leur clou aux radicaux et autres socialistes — sans parler des réactionnaires — tous responsables du fiasco du Front populaire, trop tièdes et mous pour triompher des crises.

— Mais l'Histoire jugera leurs erreurs et leur faiblesse! Aujourd'hui, ce qui importe c'est de répondre aux attaques du clergé bourgeois. Défendons-nous! C'est la messe, paraît-il, eh bien, chantons-là, nous prolétaires! lança-t-il en grimpant sur le parvis de l'église. Et il entonna *L'Internationale*.

— Y a pas que le curé qui est fou! dit Pierre-Edouard en haussant les épaules, vrai, le temps est à l'orage, ça fatigue la cervelle! Laisse-les, Léon, laisse-les braire tous, ils se calmeront vite! Moi je vais voir ma petite Mathilde, il faut que je la félicite, elle sait comment j'ai voté, c'est pour ça qu'elle est sortie.

Comme l'avait prédit Pierre-Edouard, la manifestation tourna court. D'abord parce que bien rares étaient les hommes qui connaissaient les paroles de *L'Internationale*, ensuite parce que beaucoup ne voulurent pas se mêler à la bande des excités patronnés par l'instituteur. Cela n'empêcha pas le curé de se faire huer lorsqu'il crut bon de venir jeter l'anathème sur les sacrilèges qui troublaient le Saint Sacrifice. Puis tout retomba dans la torpeur et dans l'attente de cette chaude averse que tout laissait prévoir.

Fait curieux, l'abbé Delclos sortit grandi de cet incident, du moins aux yeux de ceux et celles qui partageaient ses idées au sujet de l'ordre moral, et ils étaient plus nombreux que ne l'assuraient les laïcs. Conforté dans ses positions, sûr de ses partisans, l'abbé en profita pour affirmer son autorité et conduire son troupeau dans la voie du salut.

Comme jadis l'avait fait un de ses prédécesseurs, l'abbé Feix — un saint homme assuraient ceux qui l'avaient connu, car, lui au moins, vivait pauvrement — il stigmatisa et condamna tout ce qui pouvait attenter à la morale chrétienne : la danse, bien sûr, mais aussi le

182

Le vent d'autan

cinéma, la T.S.F. et la lecture des romans qui, disait-il, exacerbait l'imagination des jeunes et risquait de les conduire à des actes pervers. Intransigeant quant au respect qui lui était dû, il ne pardonna jamais au docteur ni à sa femme, et encore moins à Mathilde, l'offense qu'ils lui avaient fait subir. Aussi ne leur adressa-t-il plus la parole.

En juillet, Jacques obtint son baccalauréat avec mention très bien. Toute la famille Vialhe tira une légitime fierté de ce succès et même le vieux Jean-Edouard — sans toutefois se réjouir de l'échec de l'autre candidat de la commune — ne se priva pas de faire remarquer que seul son petit-fils avait su triompher des épreuves. Personne n'osa lui rappeler qu'il s'était naguère farouchement opposé à voir Jacques poursuivre ses études. Lui-même semblait d'ailleurs avoir complètement oublié cette prise de position.

Ce qui fut remarquable, ce fut la démarche qu'il fit le lendemain des résultats après avoir relu pour la vingtième fois le nom de Jacques Vialhe inscrit parmi les premiers dans la liste que fournissait le journal. Seul, malgré ses soixante-dix-sept ans, il prit le car qui, chaque jour, sauf le dimanche, s'arrêtait sur la grand-place de Saint-Libéral et partit jusqu'à Brive.

Là, canne en main, feutre noir vissé sur le crâne, il musarda longuement dans les rues Puy-Blanc, Toulzac, Carnot et de l'Hôtel-de-Ville. Indécis, il revint sur ses pas, flâna place Saint-Martin et s'arrêta une nouvelle fois devant la devanture d'un commerçant.

Pour mieux réfléchir à son problème, il alla jusque « chez Pierre », se fit servir une douzaine d'escargots et une fillette de vin blanc. Quand il eut bien essuyé son assiette, vidé son verre et roulé une cigarette, il se décida enfin et poussa peu après la porte de la bijouterie Maigne.

S'il avait tant tergiversé, ce n'était point sur le cadeau qu'il désirait faire, mais sur sa forme. Il préférait les grosses montres rondes, solides, invulnérables; ces oignons rebondis que l'on glisse à vingt ans dans son gousset et dont vos petits-enfants sont heureux d'hériter soixante ans plus tard. Mais Jacques était jeune,

Les palombes ne passeront plus

moderne, il avait son baccalauréat, c'était donc une montre-bracelet qu'il lui fallait.

L'affaire fut vite conclue, car Jean-Edouard ne lésina pas sur le prix. Il écarta négligemment les petites choses en acier d'abord proposées par le bijoutier, refusa même d'un haussement d'épaules une montre plaquée argent.

— C'est celle-là que je veux! dit-il en tendant son index calleux vers une Zénith. Il l'observa, la tourna entre ses doigts, la porta même à son oreille. Elle ne marche pas! protesta-t-il.

— Naturellement, il faut la remonter.

— Ouais... Bon, je veux un beau paquet. C'est pour mon petit-fils, il vient d'avoir son baccalauréat, avec mention très bien. Et c'est même écrit dans le journal! expliqua-t-il en sortant son portefeuille et en comptant les 1 750 francs que valait la Zénith. Une magnifique mécanique, à boîtier or, de forme rectangulaire; une montre qui pouvait même se lire la nuit, possédait aussi une toute petite aiguille pour compter les secondes et dont le bracelet en crocodile avait vraiment fière allure.

— Voilà, dit-il le soir même en tendant le paquet à Jacques, c'est pour toi. Maintenant que tu es savant et que tu as même ton nom dans le journal, ça te rappellera ton grand-père. Allez, fais-moi la bise, et même fais-en deux. Tu sais, petit, des jours comme aujourd'hui, je voudrais bien que ta pauvre grand-mère soit encore là, elle serait si heureuse. Enfin, je le suis pour deux...

— Bon sang! s'exclama Pierre-Edouard quand il vit l'objet, ton grand-père ne s'est pas fichu de toi! Ça vaut des cents et des mille, des bijoux pareils!

— C'est vrai, père, dit Mathilde, il ne fallait pas, c'est trop beau, ça nous gêne.

— Foutez-moi la paix, tous les deux, c'est pas vos sous qui sont partis, c'est les miens! Allez, petit, mets-la vite, je veux la voir à ton poignet. Oui, opina-t-il quand Jacques lui eut obéi, y a pas à dire, ça fait moderne, c'est bien. Mais tu vois, moi, un machin comme ça autour du bras ça me gênerait pour travailler.

Léon apprit le succès de son filleul à son retour de Lyon, où il était allé négocier un important lot de bêtes

Le vent d'autan

de réforme. Il fut aussi fier du triomphe de Jacques que s'il avait été son fils. Aussi, dès qu'il fut mis au courant du royal cadeau offert par Jean-Edouard, décida-t-il de faire mieux : histoire de marquer le coup et de faire un peu enrager cet ancêtre qui s'entêtait à ne pas lui adresser la parole et à lui tenir sa porte close.

Il se procura d'abord un beau portefeuille de plein cuir aux initiales de son filleul. Cela fait, et après l'avoir garni de la coquette somme de 1 000 francs, il y glissa un mot qu'il fit rédiger par sa femme, car il avait conscience que sa propre écriture était trop primaire et brouillonne pour satisfaire un bachelier.

Dès le soir, quand il fut certain que toute la famille Vialhe était de retour à la ferme — les moissons d'escourgeon battaient leur plein et mobilisaient tous les bras — il alla jusque chez les Vialhe et trouva toute la famille en train de décharger une charrette de gerbes. Même le vieux Jean-Edouard était là, assis devant la maison et contemplant avec une évidente satisfaction les gerbes lourdes de grains. Il jeta un sale coup d'œil à Léon, mais se tut, la cour ce n'était pas la maison, c'était presque une zone neutre.

— Eh! lança Léon à son filleul, pose ta fourche et viens un peu là! Tiens, dit-il lorsque Jacques l'eut embrassé, c'est pour toi. Va, ouvre-le vite, invita-t-il en baissant le ton et en souriant, un portefeuille, c'est comme une femme, faut pas se fier aux habits! Moi, dans le temps, je vérifiais toujours en passant la main...

— Qu'est-ce que tu racontes? demanda Mathilde en s'approchant. Elle connaissait bien son frère et pressentait que son chuchotement devait masquer quelques gauloiseries. Oh dis! T'es pas fou de faire des cadeaux pareils! dit-elle lorsqu'elle vit la liasse de billets. Qu'est-ce qu'il va croire maintenant, que ça se gagne tout seul une telle somme!

— Ben quoi, dit Léon, il l'a gagnée par son travail! D'ailleurs, c'est pas beaucoup. La preuve, même si je mettais mille fois plus, c'est pas pour ça qu'on me le donnerait à moi, le baccalauréat, alors!

— Et ça, qu'est-ce que c'est? demanda Jacques en sortant le papier.

— Lis, lis tout haut, et bien fort pour que tout le

185

Les palombes ne passeront plus

monde entende! invita Léon en lançant un coup d'œil amusé en direction de Jean-Edouard.

— Bon pour un voyage à Paris, énonça Jacques qui, dès le billet lu, sauta au cou de son parrain. Oh, dis, c'est vrai? A Paris? Et je pourrai voir l'Exposition universelle? Et tout?

— Pardi! Pourquoi tu crois que je t'envoie là-haut? Pour courir les filles? Pour le coup, ta mère ferait beau!

— C'est trop, dit Pierre-Edouard en s'appuyant sur le manche de sa fourche. Toi et le père, ma parole, vous n'avez plus la notion des choses. C'est vrai ça, vous le soignez comme un prince!

— De quoi on a l'air, nous, avec notre cadeau! dit Mathilde en enserrant les épaules de son fils.

Mais elle souriait et tous savaient que la phrase n'était qu'une boutade et qu'elle était heureuse et fière de le voir aussi bien récompensé.

— Vous, dit Léon, vous lui avez payé ses études, ça vaut tous les cadeaux! Parce que, non contents de ça, ils t'en font un autre? lança-t-il à Jacques.

— Oui, une bicyclette, une Saint-Etienne, avec des pneus demi-ballon, un phare et trois vitesses!

— Je le savais, dit Léon en lui expédiant une amicale bourrade.

— Mais on n'a même pas eu le temps d'aller la chercher, prévint Pierre-Edouard, avec les foins et les moissons, et tout, quoi! Enfin, dès qu'on pourra, on ira l'acheter cette bicyclette! Alors comme ça, tu vas aller à Paris! dit-il à son fils, tu verras, c'est beau. Un jour, il faudra que j'y amène ta mère. Mais, avant de partir, tu attendras bien qu'on ait fini les moissons, quand même?

— Bien sûr, promit Jacques, mais... Dis, reprit-il en se tournant vers son oncle et en agitant la liasse de billets, avec ça, si tu le libères quelques jours, je peux payer le voyage de Paul. J'aimerais bien qu'il me suive, parce que moi tout seul, ça sera quand même moins bien que s'il m'accompagne. Tu lui laisseras quelques jours, dis?

— Naturellement, dit Léon ému, vrai, t'es un brave gars, et ton frère aussi. Et lui aussi mérite ce voyage, parce que tu sais, il travaille, et dur! Ah, c'est pas pareil

186

Le vent d'autan

que toi, mais crois-moi, c'est quand même du travail et c'est pas drôle tous les jours.

Pendant tout le mois de juillet, Jacques ne quitta pas son poste de moissonneur. Il était maintenant fort, résistant et compétent et son aide fut précieuse pour venir à bout des moissons.

Elles étaient belles, opulentes même et, pour la première fois depuis des années et grâce à l'entrée en vigueur de l'Office du blé, Pierre-Edouard ne se tortura pas pour savoir à quel prix il écoulerait son froment.

Prudent pourtant, il n'avait semé qu'un hectare de « Dattel », préférant emblaver ses autres terres en orge, avoine, seigle et maïs, car ce genre de céréales, si elles se vendaient moins bien que le blé, pouvaient toujours servir à nourrir les bestiaux. Mais si le blé tenait un bon cours — comme l'assurait le nouveau gouvernement Chautemps — il s'était promis d'en semer au moins trois hectares dès l'automne suivant. Cette nouvelle avait réjoui le vieux Jean-Edouard, l'avait ragaillardi; trois hectares de blé, c'était signe que la ferme était toujours bonne et solide.

Jacques fit donc toutes les moissons, et avec joie. Il était heureux d'avoir son bac, heureux de ses cadeaux. Il grimpait maintenant sur le plateau avec sa bicyclette et était fou de bonheur à l'idée de découvrir Paris avec Paul.

Une seule ombre l'attristait un peu, lui donnait presque mauvaise conscience de se sentir si allègre, Marie-Louise Labrousse avait été recalée. Il en était tout chagrin pour elle. Mais comme elle avait le droit de se représenter en septembre, il ne perdait pas une occasion d'aller jusque chez elle pour l'aider à réviser ses cours.

Les deux jeunes gens travaillaient sérieusement sous l'œil d'une vieille grand-mère, qui ne savait ni lire ni écrire et s'extasiait de leur science, poussant même des petits cris de joie lorsqu'ils jonglaient avec les logarithmes. Déjà, au bourg, on chuchotait que le fils Vialhe et la petite Labrousse étaient vraiment faits pour s'entendre.

187

Les palombes ne passeront plus

13

Jacques et Paul, conduits à la gare de Brive par leur oncle, que Pierre-Edouard et Mathilde avaient accompagné, grimpèrent, lourds de recommandations, de provisions et de bagages, dans ce wagon de troisième classe qui allait les transporter jusqu'à la capitale, en moins de huit heures.

— Vous n'avez rien oublié au moins? redemanda Mathilde inquiète de les voir ainsi jetés à l'aventure. Et si votre tante n'est pas à la gare, faites-vous bien indiquer le chemin pour aller chez elle!

— Mais oui, la rassura Jacques, elle habite faubourg Saint-Honoré, c'est pas compliqué!

— Et dites-lui que les œufs sont frais, elle peut les faire à la coque! insista Mathilde qui, outre deux poulets prêts à rôtir, quatre boîtes de confit de canard, trois boîtes de foie d'oie, deux kilos de miel, avait adjoint, au dernier moment, trois douzaines d'œufs. L'ensemble étant à ses yeux le minimum qu'elle pouvait faire pour remercier sa belle-sœur Berthe qui, consultée par lettre, s'était dit enchantée d'accueillir ses neveux inconnus.

— Et dites à votre tante qu'on aimerait la voir, recommanda Pierre-Edouard. C'est vrai, dit-il en se tournant vers Léon, elle a toujours un pied en l'air pour aller aux Amériques et ça fera bientôt vingt ans qu'elle n'est pas revenue chez nous!

— Et surtout, dit Léon en clignant de l'œil à ses neveux, ne courez pas après les petites Parisiennes, elles sont terribles et votre mère me le reprocherait ensuite!

— Ferait beau voir qu'ils regardent les filles! protesta Mathilde. Surtout Paul, à son âge!

— Ben, moi, à son âge, justement...

— On sait, coupa Pierre-Edouard en riant. Allez les enfants, on vous laisse, le train va partir.

— Pour le casse-croûte de midi, je vous ai mis des

188

Le vent d'autan

serviettes, prévint Mathilde en les embrassant, mettez-les sur vos genoux pour ne pas vous salir. Et dans la bouteille, c'est du mélange, le vin est déjà coupé, n'y rajoutez pas n'importe quelle eau! Et puis surtout, ne perdez pas l'adresse de votre tante et soyez bien polis avec elle, redit-elle avant de sauter sur le quai.

— Dis, lui glissa Pierre-Edouard en l'enlaçant, Jacques va sur ses dix-huit ans et Paul sur ses seize, tu ne crois pas qu'ils sont assez grands pour se débrouiller?

— Si, sûrement, mais... enfin, pourvu que tout se passe bien. C'est si loin, Paris!

Dans l'idée de Jacques et de Paul, leur tante Berthe, qu'ils savaient âgée de quarante-trois ans, était déjà presque une vieille dame. Aussi, dès qu'ils arrivèrent en gare d'Austerlitz, scrutèrent-ils la foule pour tenter d'y reconnaître une femme d'un certain âge ressemblant un peu à leur père. Dans sa lettre, Berthe avait écrit : « Je les attendrai à la sortie et je les reconnaîtrai. » Les deux garçons avaient beau se remémorer cette phrase, cela ne les empêchait pas de ressentir une légère angoisse. Il y avait tellement de femmes aux cheveux grisonnants!

— De toute façon, si on ne la trouve pas, on ira chez elle, décida Jacques en empoignant sa valise et en marchant vers le contrôleur.

Ils donnèrent leurs tickets et fendirent la foule qui se pressait à la sortie.

— Ouais, dit Paul, tata a beau dire, elle ne nous a pas reconnus, ou alors, elle n'est pas venue! Qu'est-ce qu'on fait?

— On peut toujours regarder le plan de Paris, il y en a un là-bas, c'est bien le diable si on ne trouve pas notre chemin! dit Jacques en se dirigeant vers le panneau.

Ils s'absorbaient consciencieusement dans l'étude de la carte, lorsqu'une voix, un peu narquoise mais fraîche, les fit sursauter.

— *Disia mé, dronles, ont'vol anar? Chas mé béleu? Ané, vene mé far lou poutou!*

Ils se retournèrent vivement, cherchèrent à découvrir

189

Les palombes ne passeront plus

celle qui venait de les interpeller en ce pur patois de Saint-Libéral. A deux mètres d'eux, une élégante leur souriait; blonde, fine, si raffinée et bien habillée que Paul eut peine à croire qu'une telle apparition pût parler patois. Aussi, instinctivement, demanda-t-il à son tour, mais sans oser regarder la souriante dame.

— *Que setz-vos? Tanta Berthe?*

— Eh, bien sûr! s'exclama-t-elle en leur tendant les bras, qui veux-tu qui parle corrézien ici! Toi tu es Jacques, le plus grand, dit-elle en l'embrassant, et toi c'est Paul. Eh bien, dites, vous ressemblez joliment à Pierre-Edouard!

Elle sentait délicieusement bon et ses joues étaient douces comme une pêche de vigne.

— C'est pour ça que tu étais sûre de nous reconnaître? demanda timidement Jacques.

— Oui, dit-elle en riant, mais aussi pour ça, ajouta-t-elle en secouant la veste de son neveu. Oh, ne te vexe pas, vous êtes très très bien habillés tous les deux et je suis sûre que vous êtes les plus élégants de Saint-Libéral, mais pour ici... Allez, venez, on remédiera à tout ça. Vous allez voir, mes petits, je vais vous faire découvrir Paris et bientôt vous ne voudrez plus repartir.

Jacques et Paul vécurent huit jours de perpétuel émerveillement. D'abord très intimidés, tant par Berthe que par le luxe de son appartement du faubourg Saint-Honoré — il était situé au-dessus de sa maison de couture — ils se mirent très vite au diapason de leur tante et adoptèrent cette vie, un peu folle à leurs yeux, qu'elle menait avec une aisance communicative.

Pour elle, tout semblait simple, facile, naturel; aussi les garçons, ravis, se laissèrent-ils porter par les événements qu'elle semblait prendre un immense plaisir à créer. Elle avait été extrêmement émue par les victuailles que Jacques lui avait offertes de la part de sa mère.

— C'est vraiment gentil, avait-elle murmuré en caressant doucement les œufs et les poulets. Ils sont beaux, ils sentent la ferme... Oh! du confit de canard! Du vrai, de chez nous! Vous direz à votre mère qu'elle est très, très gentille. Si, si, vous ne pouvez pas comprendre...

190

Le vent d'autan

Alors, dites-moi un peu maintenant, racontez-moi tout, qu'est-ce qui se passe à Saint-Libéral?

Ils en avaient parlé jusqu'à minuit, car elle voulait tout savoir, tout apprendre comme si, au-delà de son exubérante gaieté, elle cachait, tout au fond d'elle, une petite larme de nostalgie.

La farandole commença dès le lendemain. Berthe conduisit d'abord ses neveux boulevard des Capucines et les poussa dans le magasin sis au n° 12 à l'enseigne « Old England ». Là, malgré leurs protestations confuses, elles les habilla de pied en cape et s'extasia lorsque les deux frères, rouges de timidité, ressortirent des cabines d'essayage vêtus de confortables costumes de golf.

— Voilà exactement ce qu'il vous fallait! Tout à l'heure, vous aviez l'air de petits garçons habillés comme des grands-pères, maintenant, vous êtes de vrais jeunes hommes. Vous êtes superbes! s'exclama-t-elle en tournant autour d'eux. Ah, une retouche ici! dit-elle en pinçant la veste de Paul. Tout de suite, naturellement. Tenez, passez-moi les épingles.

— Mais bien sûr, madame Diamond, s'empressa le vendeur.

Il attendit qu'elle ait marqué le point, aida Paul à enlever sa veste et partit vers l'atelier.

— Comment il t'a appelée? chuchota Paul. Le Diamond, c'est notre ruisseau, chez nous!

— Eh oui, lui expliqua-t-elle en lui essayant une cravate, tu ne savais pas que c'était le nom de ma maison de couture?

— Ah, non, on ne savait pas, dirent les garçons en chœur.

A dire vrai, ils ne savaient presque rien d'elle. Ils se doutaient bien qu'elle suivait un chemin que leurs parents estimaient peu exemplaire, car les quelques allusions que leur père glissait parfois à propos de sa vie excentrique étaient sans équivoque. Mais personne dans la famille n'avait jamais dit que son existence de célibataire n'était pas pour autant vide de fréquentations masculines. Chez les Vialhe, il était des sujets que l'on n'abordait pas, surtout devant les enfants. Néanmoins, Jacques et Paul, pour jeunes qu'ils fussent, étaient assez avertis pour comprendre, par exemple, que l'élégant

191

Les palombes ne passeront plus

monsieur qui, la veille au soir, les avait conduits de la gare jusqu'au faubourg Saint-Honoré dans sa 11 CV Citroën était plus qu'un ami pour leur tante.

— Ou alors, avait murmuré Paul à l'oreille de son frère, juste avant de s'endormir, si c'est son ami, c'est son bon ami...

— Oui, sans doute. D'ailleurs, il a sa photo partout ici, mais, après tout, on s'en fout, hein? Remarque, je crois qu'il ne faudra pas le dire aux parents.

— Sûrement pas! Ils ne pourraient pas comprendre!

Cette découverte mise à part, la vie de leur tante restait pour eux une énigme.

— Voilà, je crois que ce sera bien, dit le vendeur en revenant avec la veste de Paul, si monsieur veut bien l'essayer.

— Parfait, dit Berthe en sortant son chéquier. Bon, je prends en plus ces quatre chemises et ces cravates, sans oublier les casquettes! Vos bérets ne vont pas du tout avec ce costume, expliqua-t-elle en leur souriant.

Elle libella un chèque dont le montant sembla si exorbitant à Jacques, lorsque par hasard il en aperçut le chiffre, qu'il protesta.

— Ecoute, tante, essaya-t-il, sincèrement gêné, c'est... c'est beaucoup trop, il ne faut pas! Maman ne sera pas contente du tout, tu sais, et papa encore moins!

— Tais-toi donc, dit-elle en lui prenant le bras, j'ai bien le droit de me faire plaisir, non? D'ailleurs, ce n'est pas si cher que tu crois! Et maintenant, allons conquérir Paris!

En huit jours de vie parisienne, Berthe les entraîna dans un tel rythme qu'ils en perdirent la notion du temps. Ils virent tout ou presque, et leur enthousiasme était tel que ce fut une joie pour Berthe de leur faire découvrir de nouvelles merveilles.

Les trois premiers jours, ils naviguèrent au cœur de l'Exposition universelle. Tout les enchantait, ils voulaient tout voir, visiter tous les pavillons qui se dressaient en bord de Seine, depuis les Invalides jusqu'au-delà de l'île des Cygnes.

192

Le vent d'autan

Pavillons étrangers, groupés autour du palais de Chaillot et au pied de la tour Eiffel, qui, chaque soir, jetait vers le ciel la flèche scintillante de son embrasement. Comme tout le monde, ils furent très impressionnés par l'imposante bâtisse couronnée de l'aigle germanique du pavillon de l'Allemagne. Mais, au grand étonnement des jeunes gens, ce fut le seul endroit où leur tante accéléra la visite.

— Ne restons pas là, dit-elle, ça ne sent pas bon. Croyez-moi, mes petits, je connais bien ce pays. J'y allais souvent dans le temps et j'y faisais même de très bonnes affaires. Mais c'est fini. Allez, venez, on va aller sur l'île pour voir le centre des Colonies, c'est plus gai !

— T'aime pas les Allemands, toi ! T'es comme papa, alors ? plaisanta Paul.

Elle sourit, hocha la tête.

— Les Allemands ? Si, mais pas tous, fit-elle en lui passant la main dans les cheveux. Venez maintenant, et, si vous voulez, avant d'aller aux Colonies, nous passerons par la Grande-Bretagne, c'est là-bas, de l'autre côté du pont.

Trois jours à l'Exposition donc, au cours desquels, outre les réalisations étrangères et françaises — avec toutes les provinces — ils visitèrent aussi le palais de la Découverte, le planétarium et les étages de la tour Eiffel. Pour faire plaisir à Jacques, ils arpentèrent, quai de New York, le musée d'Art moderne. Enfin, pour se délasser, ils flânèrent longuement dans le parc des attractions installé sur l'esplanade des Invalides. Et chaque soir, malgré leur fatigue, leur tante les entraîna au cinéma. Ainsi virent-ils la trilogie de Pagnol, mais aussi *les Horizons perdus* et *le Roman d'un tricheur*.

Enfin repus d'Exposition, Berthe les entraîna ensuite dans Paris. Ils virent tout, du moins le crurent-ils : le Louvre, la Sainte-Chapelle, Notre-Dame et l'Arc de triomphe. Mais aussi le Jardin des Plantes et les Halles qui les impressionnèrent beaucoup.

Le dimanche matin, parce qu'elle avait à cœur de ne pas les choquer en oubliant d'aller à l'office, Berthe les emmena à la messe de 11 heures à la Madeleine où, même là, ils furent stupéfiés par la pompe et le décorum de la grand-messe.

193

Les palombes ne passeront plus

Puis arriva la veille du départ. Jacques et son frère s'étaient pris d'une telle affection pour leur tante que pour essayer de lui témoigner concrètement leur reconnaissance, ils se cotisèrent pour lui offrir un cadeau. Mais que choisir? Son appartement était déjà plein de bibelots, de vases, de tableaux.

— Faudrait quelque chose qui reste, dit Paul.

— Oui, mais quoi?

— Tonton Léon m'a dit que toutes les femmes adoraient les bijoux.

— Eh! Tu te vois allant acheter un truc pareil, toi? Tout seul? T'auras l'air fin!

Pour les autres cadeaux destinés à leur famille, leur tante les avait accompagnés et aidés à choisir, elle était si sûre d'elle. Ils avaient ainsi acquis pour leur grand-père une blague à tabac sur laquelle étaient peintes quelques vues de Paris. Un flacon à liqueur en forme d'Arc de triomphe pour leurs parents, avec, en plus, une belle écharpe pour leur mère. Un porte-plume à images pour Mauricette, un grand plumier avec la tour Eiffel pour Guy, un Sacré-Cœur sous globe pour leur oncle Léon et sa femme. Et même, pour Nicolas, un cadre dans lequel il pourrait glisser la photo qui jaunissait sur le mur de sa chambre. Mais là, pour que le don fût réussi, ils devaient se débrouiller sans leur tante. Où seraient la surprise et le charme si elle les aidait dans leur choix et si elle connaissait le prix!

— Tu te vois entrant dans une bijouterie? répéta Jacques.

— Bah, ceux qui sont là-dedans peuvent pas être pires que les chevillards que je vois avec tonton! De toute façon, il ne faut pas aller dans ce quartier, tu as entendu ce qu'a dit tante Berthe : c'est ici que c'est le plus cher. Mais tu m'accompagnes, hein?

Pour finir, ils se rendirent ensemble, et à pied, chez un bijoutier de la rue du faubourg Saint-Martin et achetèrent une petite broche en émail de Limoges. Elle était modeste, mais ils comprirent que l'émotion de leur tante n'était pas feinte lorsqu'ils la lui offrirent.

— Mais pourquoi? Pourquoi? Il ne fallait pas! dit-elle en épinglant la broche à son corsage. Ah, vous me rappelez votre père, il a toujours eu l'instinct des gestes qui

194

Le vent d'autan

touchent. Vous me faites grand plaisir. Mais vous allez me promettre, vous reviendrez, n'est-ce pas?

— Ben, nous on voudrait bien, dit Paul, mais toi, pourquoi tu ne viens jamais nous voir?

— Oh, fit-elle, ce n'est pas si simple, mais ça s'arrangera bien un jour, c'est promis. Je... Ecoutez, vous direz à votre père que je vais peut-être me marier bientôt... Avec un confrère. Et puis non, ne lui dites rien, je lui écrirai.

— C'est peut-être le monsieur qui nous a conduits dans sa traction? demanda Jacques.

— C'est ça.

— Il a l'air gentil, je suis sûr qu'il plairait à papa.

— Moi, ça m'étonnerait! Mais là n'est pas le problème, ajouta-t-elle doucement.

Jusqu'à la rentrée scolaire — qui allait voir le départ de Mauricette, à son tour mise en pension à Brive — Jacques et Paul ne tarirent pas d'éloges sur Berthe et sur les merveilleux jours de vacances qu'ils avaient passés chez elle. Et ils parlaient d'elle en des termes tellement chaleureux que même leur grand-père, qui la jugeait pourtant sévèrement, finit par hausser simplement les épaules lorsque la conversation revenait sur sa fille. Il se contentait de maugréer toujours la même ritournelle :

— Vrai! J'ai jamais entendu dire que la piquette fasse du bon vin en vieillissant, ou alors, faut que ce soit une fameuse piquette dans un tonneau extra!

Mais tous savaient que ses propos désobligeants masquaient la fierté qu'il ressentait à l'idée de savoir que sa fille, une Vialhe tout compte fait, avait si magistralement réussi. Qu'elle était maintenant une vraie Parisienne, riche et connue; la preuve, même les commerçants l'appelaient par son nom! Aussi, Pierre-Edouard et Mathilde se contentaient de sourire lorsque, sans avoir l'air d'y toucher, c'était le vieillard lui-même qui remettait la conversation sur sa fille!

— Et tu dis qu'elle se fait appeler Diamond? Quelle idée! Pourquoi pas Vialhe!

Pierre-Edouard devait alors se mordre les lèvres pour

195

Les palombes ne passeront plus

ne pas lui rappeler que, vingt-trois ans plus tôt, s'il en avait eu le pouvoir, il eût effacé sans sourciller le nom de sa fille sur les registres d'état civil !

Personne dans la famille Vialhe n'oublia jamais ce lundi 25 octobre 1937 et, bien des années plus tard, chaque fois que Pierre-Edouard arpenta le champ de Coste-Roche qu'il ensemençait ce jour-là, lui revinrent en mémoire tous les détails de l'événement.

Aidé par Nicolas, il avait réussi à redéfricher les lopins qui entouraient la masure de Coste-Roche; ces terres que Mathilde et lui avaient cultivées seize ans plus tôt et que quinze ans d'oubli avaient rendues aux taillis. Il avait énergiquement remédié à cet envahissement et il emblavait en avoine le terrain récupéré, lorsque l'appel de Mathilde le bloqua. Au lieu de s'envoler en une fine averse, la poignée de grains qu'il tenait retomba sur le labour en un tas disgracieux.

— Qu'est-ce qui se passe? dit-il en déposant le sac ventral où il puisait sa semence. Puis il aperçut Mathilde qui courait, malgré la pente et les cailloux du mauvais chemin qui grimpait à Coste-Roche. Bon sang! dit-il en se précipitant vers elle, sûr qu'il y a quelque catastrophe! Qu'est-ce que c'est? lança-t-il d'aussi loin qu'il le put, le père? Les petits? Léon? Quoi?

— Non, dit Mathilde en s'arrêtant et en essuyant avec son tablier son front emperlé de sueur.

— Alors quoi? demanda-t-il en la rejoignant.

— Louise a téléphoné...

— Oui?

— Oh, c'est pas juste! C'est pas juste! dit-elle soudain en se précipitant contre lui et en se mettant à pleurer. C'est pas juste, répéta-t-elle.

— Parle! ordonna-t-il en la secouant.

— Thérèse, la petite Thérèse de Félix, elle a eu son bébé cette nuit...

— Ah, murmura-t-il, et il n'a pas vécu?

— C'est pas ça, c'est elle qui est morte, c'est elle, tu comprends...

— Oh, bordel de Dieu! Mais qu'est-ce qu'ils ont fait au ciel! C'est toujours eux qui prennent! Toujours! Mais

196

Le vent d'autan

pourquoi? cria-t-il soudain. D'abord Octave! Puis Jean!
Et maintenant cette petite! Merde, quoi!

— Calme-toi, dit-elle en essuyant ses larmes, ça ne
sert à rien de crier contre le ciel.

— Chez qui elle a appelé pour prévenir?

— A la poste.

— Et qu'est-ce qu'elle a dit de plus?

— Tu trouves que ça ne suffit pas? Elle a dit, la petite
est morte d'hémorragie, le bébé est beau, mais Félix est
comme fou. Voilà, c'est tout ce qu'elle a dit.

— Bon, décida-t-il soudain, j'y vais, c'est ma place là-
bas, Félix a besoin de moi et Louise aussi, sûrement.
J'y pars, tout de suite.

— Mais... comment?

— Ton frère est là aujourd'hui?

— Oui, je l'ai aperçu il y a une heure.

— Alors il va m'emmener. Je le connais, il ne refusera
pas. Pour le retour, je me débrouillerai et pour ici Nicolas fera l'affaire. Allez, ne perdons pas de temps!

Léon n'hésita pas une seconde.

— Bien sûr que je t'y conduis, dit-il dès qu'il fut au
courant. Faut pas laisser Félix tout seul, ni ta sœur,
parce que là-bas, si ça se trouve, ils n'ont pas d'amis.
Prépare ta valise, je te prends dans dix minutes.

— Tu as prévenu mon père? demanda Pierre-Edouard
à Mathilde avant d'entrer dans la maison.

— Non, j'ai pas eu le temps.

— Et tu crois que...

— Comment faire autrement?

— Tu as raison, dit-il en poussant la porte.

Son père, assis dans le cantou, était en train de
confectionner un panier en osier; il regarda son fils.

— Qu'est-ce que tu fais ici à cette heure? T'as déjà
fini de semer là-haut?

— Non. Ecoutez, père, on vient d'apprendre une, une...

— Qui est mort? demanda énergiquement Jean-
Edouard. Allez va, dis-le, mais dis-le tout de suite!

— La femme de Félix. Elle a eu son bébé et elle est
morte. Alors j'y pars tout de suite.

— Pauvre gamine, murmura le vieillard en tortil-

197

Les palombes ne passeront plus

lant, sans y prendre garde, un brin d'osier, et moi qui leur avais dit d'amener le petit dès qu'ils l'auraient... Tu as raison d'y aller. Va t'occuper d'eux, va! Ta femme et moi on veillera sur la ferme, et Nicolas aussi.

Un quart d'heure plus tard, Pierre-Edouard et Léon filaient sur la route de Limoges. Ils roulèrent d'abord sans rien dire, puis, peu à peu et parce qu'ils ne pouvaient passer tout le voyage à ruminer leur chagrin, le dialogue s'instaura.

— On devrait y être en trois heures et demie, mais on arrivera quand même à la nuit, dit Léon en jetant un coup d'œil sur la pendule du tableau de bord.

— Oui, j'espère que je me souviendrai du chemin! Enfin, on demandera. Elle roule bien, ta voiture.

— Elle peut! Et pourtant, elle est encore en rodage.

— C'est quoi, comme marque? demanda Pierre-Edouard qui était ignare en matière de voitures.

— Je te l'ai dit quand je l'ai achetée, lui reprocha amicalement Léon, ça ne fait pas un mois que je l'ai et tu as déjà oublié. C'est une Renault, six cylindres, six places, 135 kilomètres à l'heure! D'accord, elle me coûte 46 000 francs et me bouffe quinze litres au cent, mais, au moins, on y est à l'aise!

— Pour ça... N'empêche, 46 000 francs! J'aimerais mieux les mettre ailleurs!

— Bah! l'argent c'est fait pour servir! C'est pas quand on est mort. Oh, excuse-moi...

— Mais non, tu as raison, dit Pierre-Edouard en allumant sa pipe. N'empêche, je ne sais pas ce que je vais dire à ce pauvre Félix, ni à Louise d'ailleurs...

— Rien. Il faut que tu sois avec eux, c'est tout. Les paroles, ça n'a jamais consolé personne, mais la présence, oui.

Pierre-Edouard avait quitté le château de la Cannepetière le 2 août 1914, jour de la mobilisation générale; il n'y était pas revenu depuis. En plein jour, il eût retrouvé son chemin, mais la nuit tomba avant même leur arrivée à Châteauroux. Ils durent donc s'arrêter plusieurs fois pour se faire indiquer la bonne direction.

Le vent d'autan

Il était 9 heures lorsqu'ils atteignirent enfin le château. Là, un gardien leur expliqua que Félix n'habitait pas ici, mais dans sa maison de garde-forestier, à plus de six kilomètres.

— Ah oui, c'est vrai, se souvint Pierre-Edouard, Louise et Jean s'y étaient installés quand ils se sont mariés. Il faut prendre le chemin qui est après les communs et tourner à gauche dans l'allée forestière, c'est ça?

— Ben oui, quasiment, dit l'homme étonné par ces précisions.

— Allons-y, dit Pierre-Edouard, et ne t'inquiète pas pour ta voiture, s'il n'a pas trop plu, ça ira.

Il leur fallut près de vingt minutes pour atteindre la maison du garde, car le chemin, défoncé par de profondes ornières, obligea Léon à avancer au pas.

— Comme tu dis, encore heureux qu'il n'ait pas plu, sans ça, on était bon! maugréa-t-il. Miladiou, quelle idée d'aller gîter aussi loin!

Ils aperçurent enfin une faible lueur qui papillotait au creux de la futaie.

— C'est là-bas, dit Pierre-Edouard.

Plus il approchait et plus il se sentait oppressé à l'idée de revoir sa sœur en de pareilles circonstances. Déjà, une fois dans leur vie, leurs retrouvailles s'étaient faites au chevet d'un mort, dans une minable chambrette, à Orléans. Et à l'époque aussi, un bébé dormait dans la chambre d'à côté et c'était Félix le bébé. Comme l'avait dit Mathilde, ce n'était pas juste.

Léon s'arrêta devant la maison, coupa le moteur; un chien jappa doucement.

— Bon, faut que j'y aille..., murmura Pierre-Edouard.

— Je t'accompagne, sauf si tu préfères être seul.

— Non, viens.

Il frappa à la porte et comme nul ne répondait il la poussa et entra.

Ce qui le choqua d'abord, ce fut de voir, assise, tassée au coin de la cuisinière, une vieille femme qui dormait. Une vieille femme aux cheveux blancs, dont les paupières baissées, aux franges rougies par les larmes, dévoilaient la résille bleue des veinules, et dont les mains, instinctivement serrées sur le ventre, agrippaient un inutile chapelet. C'est en s'approchant d'elle qu'il la reconnut.

199

Les palombes ne passeront plus

— C'est quand même pas Louise? souffla Léon dans son dos.

— Hé si!...

Puis ils découvrirent le berceau, dans un coin de la pièce à peine éclairé par une petite lampe à pétrole, et se penchèrent vers le bébé, tout rose, mais encore ridé, qui dormait, bouche entrouverte.

— Et Félix? Il devrait être là! s'étonna Pierre-Edouard.

— Avec... enfin avec sa... femme, à côté peut-être? suggéra Léon.

Pierre-Edouard s'empara d'une bougie, l'alluma, poussa la porte. Thérèse était là, seule. Sur la table de chevet, à côté d'un brin de buis trempant dans une soucoupe d'eau bénite, brûlait un petit lumignon, une infime flamme qui suffisait pourtant à éclairer les traits charmants et si enfantins de la jeune femme, dont seule l'atroce pâleur du visage trahissait l'état.

— Il n'est pas là, dit Pierre-Edouard en revenant vers Louise.

Il lui posa doucement la main sur l'épaule, sentit sous ses doigts la sécheresse des os. Elle releva la tête.

— Ah, c'est toi..., dit-elle. J'étais certaine que tu viendrais. Puis elle aperçut Léon. Tu es venu toi aussi, merci.

— Où est Félix? demanda Pierre-Edouard.

— Félix? Oh, le pauvre, il est parti tout à l'heure en forêt.

— Mais miladiou! c'est pas l'heure d'aller en forêt! protesta Pierre-Edouard, surtout avec... Enfin quoi!

— Tu ne peux pas comprendre, dit-elle. La petite, on l'a veillée deux pleines nuits, mais elle était vivante alors. Deux nuits d'accouchement, c'est long, trop long, surtout quand on est tout seuls. Alors elle a fini par s'endormir, voilà. Elle n'en pouvait plus, tu comprends? Et nous non plus. C'est pour ça que tu m'as trouvée assoupie et que Félix est parti en forêt, pour se réveiller un peu, et aussi parce que, être là, avec elle qui paraît juste dormir, c'est... c'est à devenir fou.

— Vers où est-il parti?

Elle haussa les épaules.

— En forêt, et elle est grande... Ou alors, peut-être qu'il est à l'étang.

200

Le vent d'autan

— Mais, bon Dieu! Il ne faut pas le laisser seul! Il peut... enfin! Mais nom de nom, Louise, remue-toi! Et d'abord, où est-il cet étang?

— Là, à cinq cents mètres, au bout du sentier qui part à droite après le jardin.

— Reste ici, dit Pierre-Edouard à Léon, moi je vais aller voir si je le trouve.

Par malchance, la lune était à son dernier quartier et ne dispensait qu'une chiche lumière. Peu à peu pourtant, Pierre-Edouard s'habitua à l'obscurité. Il sut, avant même de l'atteindre, qu'il était proche de l'étang; une odeur de vase le prévint et aussi le bruissement des typhas et des phragmites agités par la brise.

Il s'approcha, grimpa sur la digue et sursauta lorsqu'un couple de sarcelles s'envola dans un grand clapotement de plumes et d'eau battue. Il lui fallut encore cinq minutes de recherche avant de découvrir Félix. Il était là, dos collé contre le montant d'une vieille hutte de chasse; il tourna à peine la tête lorsque son oncle s'approcha.

Immobile, Pierre-Edouard attendit. Il ne savait que dire ni que faire, certain de proférer une bêtise s'il parlait ou d'avoir un geste maladroit s'il bougeait. Alors il patienta. Mais parce que la fatigue de la journée lui pesait dans les reins, il s'assit à côté de son neveu, bourra sa pipe et l'alluma.

C'est à la fugitive lueur de la flamme qu'il s'aperçut que Félix pleurait. Comme un homme, sans bruit, sans hoquet; simple trop-plein de larmes trop longemps retenues et qui débordent, roulent et vont se perdre dans la broussaille d'une barbe négligée depuis deux jours.

Dix minutes s'écoulèrent et, déjà, sur l'étang réapparaissaient les foulques et les grèbes que le bruit des pas avait poussés, inquiets, à l'abri des roseaux et des rubaniers.

— Tu as du tabac? demanda enfin Félix.

Pierre-Edouard tendit sa blague et son papier et alluma son briquet, lorsque son neveu ficha la cigarette entre ses lèvres.

— Pourquoi? demanda Félix après les premières bouf-

Les palombes ne passeront plus

fées. Pourquoi elle? On s'aimait tellement! Tu sais, elle était... Ah, comment dire?... Elle était moi. Tu ne peux pas t'imaginer, tu ne peux pas savoir. Nous deux c'était, c'était l'arbre et l'écorce! Tu le sais bien que l'arbre ne vit pas sans l'écorce! Et que le chêne crève si la foudre brûle seulement sa peau! Tu le sais! Alors! Et moi, maintenant, j'ai plus qu'à crever! Réponds-moi, quoi!

— Moi, dit enfin Pierre-Edouard, j'ai vu un jeune noyer dont les chèvres avaient bouffé l'écorce, il aurait dû crever. Et pourtant, il est toujours debout. Oh, il a souffert, si c'est que ça, il a souffert oui, mais il est reparti quand même. Remarque, je l'ai aidé, comme j'ai pu. J'ai fait un emplâtre de terre glaise et de bouse et j'ai bien serré tout ça avec un vieux sac. Ça n'a pas empêché l'arbre de pleurer, mais au moins ça a évité que le soleil le brûle trop et le tue. Ce noyer, il a toujours ses cicatrices. En mai, quand monte la sève, il repleure un peu, mais il ne veut pas crever et tous les ans il me donne son lot de noix.

— Moi, je ne pourrai pas. Sans elle, ça ne va pas être possible. Tu comprends, rentrer là-bas dans la maison et ne plus la voir, ne plus l'entendre, rien, le vide, c'est pas possible!

— Tu sais, dit Pierre-Edouard après un très long silence, j'ai aussi connu une jeune femme, une gamine encore, et un jour, pour elle aussi la maison s'est trouvée vide. Elle a voulu lui rendre une présence et une autre fois, un autre jour, sa maison s'est retrouvée vide...

— Oui, murmura Félix, oui, mais c'est pas pareil!

— C'est toujours pareil. Si on s'aime vraiment, c'est toujours pareil, pour tout le monde, dans tous les cas! Mais on croit que c'est unique, parce que c'est si grand, si fort, qu'on ne peut pas imaginer qu'il puisse exister un autre cas semblable au sien. Tu vois, une nuit, moi aussi, j'ai eu l'angoisse de perdre Mathilde. J'étais avec un vieux docteur qui m'a dit, en parlant de nous, et crois-moi je m'en souviens bien : « Vous deux, c'est comme les yeux d'un visage, l'un ne peut pas tourner sans l'autre. » Il avait raison. Mais depuis, j'ai aussi appris qu'un visage peut être vivant même s'il lui manque un œil. Et crois-moi, un enfant se fout pas mal que son père ou sa mère soit borgne, surtout s'il l'a toujours

202

Le vent d'autan

connu comme ça. Ça ne veut pas dire qu'il ne lui manque rien à ce gosse, mais simplement que pour lui le plus beau visage qui soit, c'est celui qui se penche vers lui, même s'il n'a qu'un œil. Tu le sais mieux que moi, toi qui n'as pas connu ton père...

Félix resta silencieux puis se roula une nouvelle cigarette.

— Tu l'as vu, le petit ? demanda-t-il enfin.

— Oui, c'est un garçon ?

— Bien sûr, elle m'a toujours dit que ce serait un gars.

— Et comment tu vas l'appeler ?

— Pierre.

— C'est bien, dit Pierre-Edouard en se levant. Maintenant, j'ai envie de rentrer parce que j'ai froid. Tu restes là, toi ?

Félix tira sur sa cigarette, se leva à son tour.

— Peut-être que je serais resté si tu n'étais pas venu, mais maintenant...

— Alors viens, tu verras Léon, il est là lui aussi.

— Je n'avais pas pensé que tu viendrais si vite, avoua Félix en contemplant l'étang ; si j'avais su, je t'aurais attendu à la maison. Non, je n'aurais jamais pensé...

— Alors, c'est que tu me connais mal. Ta mère était certaine que je viendrais.

— Pourquoi ?

— Parce qu'elle a appris avant nous tous qu'un fardeau se porte mieux à plusieurs. Et parce qu'elle sait aussi que chez nous, chez les Vialhe, les vivants se regroupent toujours autour des morts. Pour faire bloc, tu comprends. A plusieurs, on se serre les coudes, et même si ça n'enlève pas le chagrin, ça donne au moins l'illusion de faire quelque chose.

Cette nuit-là, Pierre-Edouard et Léon assurèrent la veillée mortuaire ; cela permit à Louise et à Félix de dormir enfin quelques heures. Au petit matin, Léon dut repartir pour Saint-Libéral ; Pierre-Edouard l'accompagna jusqu'à la voiture.

— Je reviendrai après-demain, promit Léon, et si

203

Les palombes ne passeront plus

Mathilde veut, je l'amènerai pour l'enterrement et je pense qu'Yvette aussi viendra. Comme ça, ils seront un peu moins seuls, dit-il avec un coup de tête en direction de la maison.

— Bonne route, et merci, dit Pierre-Edouard en étouffant un bâillement. Ah, j'y pense : dis à Nicolas de commencer à labourer la pièce des Malides, comme ça on pourra semer dès mon retour. Et dis aussi à Mathilde que le bébé est un gros garçon et qu'il s'appelle Pierre. Allez, salut!

Louise était levée et préparait le café lorsqu'il revint à la maison. Il lui sembla que sa sœur, une fois reposée, paraissait moins vieille et usée. Malgré cela, avec ses cheveux blancs et son visage ridé, elle accusait presque soixante ans. « Et pourtant, elle n'a que quarante-sept ans, calcula-t-il, ce n'est pas terrible quand même! »

— Léon est reparti? demanda-t-elle.

— Oui, il a du travail, mais il reviendra après-demain.

— J'étais certaine que tu viendrais, dit-elle en versant lentement l'eau bouillante dans le filtre de terre cuite. Comment trouves-tu Félix? demanda-t-elle en baissant la voix.

Il fit un geste évasif.

— Je peux pas trop dire. Cette nuit, il était trop fatigué pour que je puisse juger, faudra voir tout à l'heure, au réveil. Et toi, comment ça va? Je ne parle pas de l'immédiat, mais de l'ensemble.

— Oh, moi... fit-elle avec un mouvement négligent des épaules.

Il vit qu'elle pleurait, sans bruit, sans même que son visage ne bouge; seul un léger frémissement des lèvres et le papillotement des cils sur les larmes trahissaient son immense chagrin.

Il s'approcha d'elle, l'attira, la blottit contre son épaule.

— Va, dit-il en lui caressant lentement les cheveux, pleure tant que tu voudras, y a pas de honte à ça. Pleure tant que tu pourras, mais après, après tu iras te faire belle, te peigner bien comme il faut, t'habiller de dimanche. C'est ce qu'il faut faire, pour Félix, et aussi pour le petit, et même pour toi.

204

Le vent d'autan

— Faut d'abord que j'aille traire la chèvre pour le lait du petit; heureusement qu'elle est là, celle-là!

— Je m'en occuperai de ta bique; toi, tu vas boire ton café et après tu iras te faire belle. Tu le peux très bien, j'en suis sûr, il suffit de vouloir.

Pendant les deux jours qui suivirent, Pierre-Edouard veilla sur sa sœur et sur Félix. Celui-ci, à la vue de sa mère, rajeunie par sa toilette et son léger maquillage, prit conscience du misérable aspect qu'il offrait avec ses joues bleues de barbe, ses vêtements fripés, son allure de clochard à la dérive. Il s'obligea lui aussi à réagir.

Une fois propre et changé, ce fut vers la forêt qu'il dirigea ses pas; et son oncle était à ses côtés, Pierre-Edouard qui, pendant des heures, écouta sans presque rien dire, toutes les confidences qu'il égrenait à haute voix. Des confidences; des secrets même, dont la jeune défunte était le centre. Ainsi, peu à peu, Félix déversa-t-il son chagrin. Au lieu de le couver en lui comme un inextricable mal, il le gratta jusqu'au sang, l'extirpa bribe par bribe. Et si sa détresse n'en diminua pas pour autant, du moins le découragement et l'accablement cédèrent la place à la résignation, d'abord, puis, enfin, au stoïcisme.

Deux jours plus tard, c'est entouré des familles Vialhe et Dupeuch que Félix et sa mère accompagnèrent le cercueil jusqu'au petit cimetière de Mézières-en-Brenne. Même Jacques et Paul étaient là, aux côtés de Mathilde. Seule manquait Berthe — absente de France et que Pierre-Edouard n'avait donc pas pu avertir — et aussi le vieux Jean-Edouard, trop âgé pour prendre la route. Lui, au moins, était représenté par l'énorme couronne qui brinquebalait aux flancs du corbillard et sur laquelle on lisait :

« A ma petite-fille que j'ai trop peu connue. »

Si tous apprécièrent cette délicatesse, seule Louise en mesura l'exceptionnelle valeur. Cette couronne, c'était, après vingt-huit ans, le discret remerciement de son père pour ce geste qu'elle avait eu, un jour de janvier 1909, alors que toute jeune mariée, et bannie de la famille, elle n'avait pu se rendre aux obsèques de son

205

Les palombes ne passeront plus

grand-père; c'est par de modestes fleurs qu'elle avait alors exprimé son sentiment. Aujourd'hui, Jean-Edouard se souvenait.

14

Pierre-Edouard profita d'une grosse récolte de noix, qu'il monnaya très correctement, pour mettre à exécution un projet qu'il caressait depuis des années. Aussi, dès que l'hiver arriva, entreprit-il, avec l'aide de Nicolas, de moderniser tous les bâtiments de ferme; ils en avaient grand besoin.

Il s'attaqua d'abord à l'étable. Elle était vieille, sombre, peu pratique avec ses cornadis en bois et ses dalles disjointes qui rendaient difficile le nettoyage. Il la voulut aérée, fonctionnelle, moderne.

Il agrandit les ouvertures, supprima les crèches de bois qu'il remplaça par des mangeoires basses, en ciment. Il bétonna le sol et crépit aussi les murs. Il installa même un robinet et regretta que ses moyens ne lui permettent pas d'acquérir ces abreuvoirs automatiques dont il avait reçu la publicité au syndicat.

En dépit de cette absence, et malgré les critiques de son père qui jugeait le nouveau bâtiment trop clair, le ciment trop froid et les bêtes trop serrées — il pouvait maintenant en aligner huit sur le même rang — son étable devint la plus belle et la plus moderne du bourg. Pendant des années, nombre d'agriculteurs, tentés eux aussi par la restauration, vinrent chez lui pour prendre modèle.

Après l'étable, il passa à la bergerie qu'il refit également de fond en comble. Puis vint la porcherie. Cette porcherie que son père avait bâtie lorsqu'il avait misé sur la production des porcs, lors du passage de la ligne. Là encore, il démolit tous les anciens boxes dont le bois, rongé par les truies et pourri par le fumier, ne tenait qu'à grand et fréquent renfort de madriers de châtaignier.

Le vent d'autan

Il éleva des loges en béton, fabriqua des auges faciles à remplir et donna de l'air en remplaçant les minuscules lucarnes par des grands châssis vitrés.

— Eh bien, constata Mathilde quand tout fut fini, les bestiaux et Nicolas sont mieux logés que nous... La chambre de Nicolas a beau être toujours dans l'étable, elle est presque mieux que la nôtre !

Pierre-Edouard nota son ton un peu désabusé et soupira.

— Je sais, même les cochons sont plus à l'aise que nous, mais comment veux-tu que j'entreprenne des travaux dans une maison qui ne m'appartient pas ? Ce serait idiot. D'ailleurs, tel que je le connais, mon père ne voudra jamais qu'on touche à ses murs.

— Tu as raison, dit-elle, mais tu vois, il y a des jours où j'ai presque envie qu'on monte s'installer à Coste-Roche, chez nous quoi, dans notre maison. Mais je sais que c'est impossible. N'empêche, quand tu auras quelques sous, promets-moi de faire arranger le toit. Il faut penser qu'un jour nos petits se marieront, on ne doit pas leur imposer de vivre avec nous, ce n'est bon pour personne.

— Tu as eu des mots avec le père ?

— Oh, non, pas du tout. Mais tu sais comment il est, il a ses manies, ses habitudes, ses horaires, ses idées aussi et il ne veut toujours pas que Léon vienne à notre table, ça fait dépit pour finir.

Pierre-Edouard vit l'Anschluss d'un très mauvais œil. Il se tenait suffisamment au courant de l'actualité pour deviner qu'au-delà des lamentables errements des politiciens français, se profilait une menace de crise. Déjà le franc ne valait plus rien et les prix ne cessaient de grimper ; mais c'était tellement banal depuis quelques années !

Ce qui l'inquiétait, et Léon aussi, c'était l'importance et la puissance que prenait une nation combattue et vaincue vingt ans plus tôt. Pierre-Edouard n'aimait pas les coups de force de l'Allemagne, ni le triomphalisme des Italiens et pas plus le fascisme de ce Franco qui, cela ne faisait plus aucun doute maintenant, allait gagner

207

Les palombes ne passeront plus

la guerre. Point n'était besoin d'être fin politique pour le prédire. Léon employait déjà deux Espagnols républicains qui avaient fui les représailles et qui avaient récemment débarqué à Saint-Libéral. A les entendre, il se passait chez eux des choses atroces, des massacres terribles et cela grâce à l'aide de ces Allemands hautains comme des jars et de ces Italiens arrogants comme des paons.

— Note bien, lui dit Léon un soir d'avril où ils prenaient l'apéritif chez Suzanne, pour l'instant ils nous foutent la paix : après tout, l'Ethiopie, l'Espagne, l'Autriche et la Tchécoslovaquie, c'est pas nos oignons. D'accord, tout ça ne sent pas bon, mais c'est loin!

— Tu parles si c'est loin! dit Delpeyroux en se mêlant à la conversation. Moi, leur Tché...losco...vaquie, je sais même pas où c'est! C'est pas demain que j'irai me battre pour des gens que je sais même pas où ils habitent!

— Oui, dit Pierre-Edouard, c'est loin, mais Hitler et Mussolini sont nos voisins, eux. Moi, j'ai pas confiance dans les voisins qui déplacent les bornes pour gagner quelques sillons.

— Moi non plus, dit Léon, mais tant que ce n'est pas chez nous.

— Bien sûr, ça ne rapporte jamais rien de bon de s'occuper des affaires des autres, n'empêche, ces voisins-là, je m'en méfie.

— Si c'est que ça, moi aussi, assura Léon. Tu veux que je te dise? Eh bien, en 18, avec les Fritz, on s'est arrêtés trop tôt; fallait leur foutre la vraie pile! C'est vrai que, moi, je ne pouvais pas aller plus loin, et toi non plus..., acheva-t-il en claquant sa prothèse contre le zinc du comptoir.

Pensant qu'il réclamait une autre tournée, Suzanne remplit leurs verres, puis sourit à Léon.

— Vous êtes encore dans votre politique, hein? On dirait qu'il n'y a plus que ça qui vous intéresse; c'est pas drôle pour nous, les femmes!

— Eh oui, dit Pierre-Edouard sans tenir compte de l'interruption, on n'était pas bien frais en 18, mais je ne suis pas bien sûr qu'on le soit plus aujourd'hui!

— Là, tu exagères, protesta Delpeyroux, on a la ligne Maginot et c'est du sérieux! De l'inviolable, comme me

Le vent d'autan

l'a dit un petit cousin de ma femme qui y a fait quatre mois de son temps, de l'inviolable! Et puis on a aussi des avions!

— Oui, renchérit Léon, c'est vrai ce qu'il dit, on est paré.

— Ecoutez tous les deux, dit gravement Pierre-Edouard : en 14, je me suis retrouvé sur le front sans rien comprendre; la guerre, je n'y croyais toujours pas au soir du 31 juillet! Alors, croyez-moi, je me suis senti plutôt couillon au 1er août! Mais, cette fois, si ça doit fumer, je veux le voir venir. Ça n'empêchera rien, mais au moins, j'aurai l'air moins bête.

Cette année-là, les Saints de glace renforcèrent leur réputation de mauvais bougres. Le 11 mai, saint Mamert y alla de sa gelée blanche; le 12, saint Pancrace l'imita, et le 13 — un vendredi, il est vrai — saint Servais acheva de détruire les quelques fleurs qui avaient échappé à ses confrères.

A Saint-Libéral, le coup fut rude pour tous ceux qui tiraient profits de prunes, cerises et primeurs. Une année sans fruits, c'était de l'argent en moins et rien ne pouvait contrebalancer cette perte.

Pour les Vialhe, ce fut dur. Pierre-Edouard avait lourdement puisé dans sa cagnotte pour moderniser les étables et il avait espéré que cinq ou six tonnes de prunes renfloueraient ses finances. Mais que faire contre le ciel? Il haussa donc les épaules devant les pétales noircis et les pistils racornis et consola même Nicolas qui se désolait pour les abeilles que ce froid gênait beaucoup.

— Ben oui, mon vieux, c'est comme ça. Tu devrais le savoir depuis le temps que tu es ici. Une année ça va, l'autre pas. Quand les noix donnent, les prunes gèlent et si le tabac est beau, c'est le blé qui est maigre! Allez, viens, faut pas que ça nous empêche d'aller sulfater les pommes de terre; elles sortent à peine et déjà les doryphores les bouffent. C'est pas ces saletés que le gel tuera, ça serait trop beau!

Comme s'il avait été détraqué par ces coups de gel tardifs, le temps resta infect jusqu'à la mi-juin. A des pluies diluviennes qui ravinaient tout et noyaient les

209

Les palombes ne passeront plus

cultures, succédait une fraîche température qui, elle, freinait la pousse de l'herbe, retardait celle des céréales et des légumes.

Timidement, vers le 15 juin, un temps plus chaud s'installa et Pierre-Edouard, misant sur le fait qu'il disposait de presque deux semaines avant le changement de lune, commença ses foins. Bien lui en prit, car ceux qui tardèrent à se mettre à l'ouvrage, durent ensuite attendre la fin juillet pour pouvoir rentrer du foin sec.

Au milieu de tous ces soucis, seul le succès de Jacques à son deuxième bac apporta un rayon de joie dans la famille Vialhe, de fierté aussi, car, dès qu'il eut les résultats, Jacques annonça à ses parents que, si toutefois ils pouvaient lui payer ses études, il se proposait de se présenter au concours d'entrée d'une école vétérinaire, soit celle de Maisons-Alfort, soit celle de Toulouse.

— Bigre, murmura Pierre-Edouard très heureux de son choix mais inquiet quant au coût de telles études, tu vises haut. Enfin, j'espère qu'on pourra payer.

— On pourra! décida Mathilde.

— On pourra! On pourra! Faut voir! C'est toujours pas avec ce qu'on a fait comme prunes cette année!

— Oh, je sais, dit-elle, mais je sais aussi ce que, moi, j'ai pu mettre de côté depuis des années. Qu'est-ce que tu crois? lança-t-elle en souriant à son époux, moi, on ne n'a jamais habituée à jeter les grives aux loups!

— Ça va, coupa-t-il, tu ne vas pas encore ressortir ce bobard de ton frère, non?

C'était pourtant ce qu'elle faisait chaque fois qu'elle voulait le taquiner et l'un comme l'autre adoraient d'ailleurs cette boutade qui les rajeunissait.

— Sans plaisanter, dit-elle, il faut que tu te renseignes, mon petit, sur tout ce que ça nous coûtera. On fera tout ce qu'on pourra, mais il ne faut pas que ce soit au détriment de tes autres frères et sœur, tu comprends?

— Bien entendu.

— Et tu en as pour combien d'années? demanda Pierre-Edouard.

— Quatre.

— Eh bien! Ta mère a intérêt à les avoir économisées ses... ses grives! Parce que quatre ans d'études, ça va

Le vent d'autan

coûter chaud! Et si toutes les années sont aussi pourries
que celle-ci!

— On se débrouillera! trancha Mathilde.

— Bon, bon, on se débrouillera... En attendant, tu
comprends que cette année, pour ton bac, on ne puisse
pas te faire un gros cadeau comme l'an dernier. Pourtant, s'il n'avait pas gelé, j'avais pensé t'acheter un poste
de T.S.F. Oh! pas un gros, mais un poste quoi, et puis
toute la famille en aurait profité. Enfin, on verra plus
tard.

— T'inquiète surtout pas pour ça! Parrain veut m'en
offrir un la prochaine fois qu'il ira à Brive...

— Et voilà! triompha Pierre-Edouard en riant, et
après, ta mère dira que c'est moi qui jette l'argent par
les fenêtres! Enfin, j'ai vu que tu t'étais mis à fumer la
pipe; alors, tiens, dit-il en sortant un étui de sa poche,
je t'ai acheté celle-là, c'est une costaud, une vraie
bruyère. Au fait, la petite de chez Labrousse, elle l'a eu
son bac, elle aussi?

— Oui, avec mention même.

— Tant mieux. Eh bien, il faudra que tu lui dises de
venir un jour à la maison. Moi je la trouve très mignonne
cette petite; pas toi?

Depuis qu'il avait seize ans, Paul se sentait enfin
devenu un homme. Il avait forci et grandi en quelques
mois, était solide et bien proportionné, devait se raser
au moins deux fois par semaine et en était très fier. Très
fier aussi des coups d'œil langoureux que lui lançaient
les filles du bourg.

Il affichait pourtant envers elles une assurance qu'il
était loin de posséder et s'il jouait volontiers les blasés,
voire les cyniques, c'était pour mieux dissimuler cette
espèce de réserve instinctive qui le retenait encore et
l'empêchait de sauter le pas. En lui s'affrontaient le
sérieux, la rigueur, l'honnêteté des Vialhe et la fantaisie, un brin libertine, paillarde et sans excès de scrupules dont son oncle Léon — pourtant très assagi depuis
son mariage — vantait parfois tous les charmes.

Et si, certains soirs, il brûlait d'envie de répondre
sans plus attendre aux avances que lui prodiguait, entre

211

Les palombes ne passeront plus

autres, la toujours aguichante Suzanne, il chassait cette pernicieuse idée en se répétant que la patronne de l'auberge avait l'âge d'être sa mère. De plus, et parce qu'il rêvait secrètement au grand amour, il ne voulait rien faire qui risquât de déprécier l'idée qu'il s'en faisait. Tiraillé par ces sentiments contradictoires, il mettait cependant son point d'honneur à ne jamais laisser paraître ses états d'âme.

Seul, Jacques devinait l'étendue de ses combats intérieurs, mais il savait que la pudeur et la fierté de son frère lui interdisaient toute confidence. Le seul secret dont Paul lui parlait volontiers était ce projet qu'il nourrissait depuis leur merveilleux séjour à Paris.

— Tu comprends, lui avait-il avoué six mois plus tôt, je ne veux pas rester marchand de bestiaux toute ma vie.

— C'est bien là-dessus que compte papa, il espère que tu reviendras à la ferme; c'est le mieux d'ailleurs.

— Eh bien, il se trompe, je n'en veux pas de la ferme!

— Mais pourquoi? avait protesté Jacques, il faudra bien que quelqu'un la reprenne!

— T'avais qu'à le faire! Au lieu de ça, tu veux être vétérinaire!

— Oui, mais moi, j'ai pu choisir!

— Ça va, on le sait que tu es savant! Mais si tu crois que mon absence d'études m'obligera à rester là, tu te trompes!

— Tu n'as pourtant pas le choix!

— On verra, mais dis-toi bien que dès que je pourrai, je monterai à Paris. C'est là-haut qu'il faut vivre! Regarde tante Berthe, tu crois qu'elle avait fait des études, elle?

— Ouais, avait grommelé Jacques, eh bien, un conseil, évite de raconter ces sornettes à papa, ou alors il t'en fera vite passer l'envie!

— Je sais, mais ça n'empêchera rien. J'attendrai et, un jour, je réussirai, tu verras. On en reparlera...

Et en effet, il en parlait, bâtissait des châteaux en Espagne, caressait son projet, l'étayait. Jacques l'écoutait patiemment, mais il se sentait désormais tellement plus mûr que son frère qu'il devait se retenir pour ne pas lui démontrer que son idée n'était qu'une gaminerie, un rêve. Pour lui, brillant bachelier, l'existence ne repo-

212

Le vent d'autan

sait pas sur des chimères, elle se construisait et se vivait concrètement. Déjà, avec méthode, obstination et travail, il organisait son existence, et s'il aimait bien la fougue et la fantaisie de Paul, du moins n'en faisait-il pas une ligne de conduite.

Pour les anciens combattants et pour tous ceux qui se souvenaient de 1914, le rappel des permissionnaires et réservistes de la ligne Maginot réveilla de vieux souvenirs. La nouvelle tomba le dimanche 4 septembre et fit beaucoup parler. Mais comme elle était somme toute rassurante — on était loin de la mobilisation générale — et que nul dans la commune n'était directement concerné, les conversations roulèrent davantage sur la façon de sauver la paix plutôt que de faire la guerre.

Personne d'ailleurs ne se sentait très belliqueux et surtout pas ceux qui, vingt-cinq ans plus tôt, étaient partis comme des fous en proclamant bien fort qu'ils ne s'arrêteraient qu'à Berlin. Ceux-là savaient ce qu'est vraiment la guerre et, s'ils profitèrent de l'occasion pour reparler, une fois de plus, de leurs quatre ans de tranchées, ce qu'ils en dirent ne donna à personne l'envie de plonger dans un tel enfer.

Tout le monde essaya donc de se rassurer et si beaucoup d'hommes préparèrent leur fusil, ce fut en vue de l'ouverture de la chasse. Malgré cela, et parce que les informations devenaient alarmantes, l'inquiétude s'insinua, se glissa chez tous ceux qui étaient en âge de prendre les armes.

Le vendredi 23 vint l'annonce de la mobilisation partielle; elle touchait environ un million d'hommes et, cette fois, plusieurs réservistes du bourg durent partir; tous ceux dont le livret militaire portait les chiffres 2 ou 3 rejoignirent donc leur caserne.

Néanmoins, et comme s'il suffisait de nier une évidence pour la rendre caduque, beaucoup à Saint-Libéral continuèrent à penser que la guerre était impossible. D'ailleurs, les anciens de 1914 le confirmaient, ce n'était pas ainsi que débutait un vrai conflit. Cette mobilisation, c'était plutôt une grande manœuvre, un simple avertissement, un déploiement de forces qui avait pour but

213

Les palombes ne passeront plus

d'impressionner l'éventuel adversaire, de lui prouver qu'on était prêt à se défendre, mais également à discuter et à tout faire pour éviter un combat dont personne ne voulait.

Pourtant, malgré cet optimisme quelque peu forcé, et sans doute pour mettre tous les atouts du bon côté, il y eut foule ce soir-là à l'église pour répondre aux exhortations de l'abbé Delclos qui, dans le courant de l'après-midi, appela tous ses paroissiens à venir prier pour la paix.

Cette paix, tout le monde la crut sauvée lorsqu'on apprit, huit jours plus tard, que Chamberlain, Daladier et Hitler, réunis à Munich, étaient parvenus à un accord solide et honnête.

Quoique rassurés sur l'avenir, ce ne fut pas sans tristesse que Pierre-Edouard et Mathilde virent partir Jacques pour l'école vétérinaire de Maisons-Alfort. Avec son départ, qui succédait à celui de Mauricette — elle avait déjà rejoint sa pension à Brive — la maison parut encore plus vide et la table plus grande, car Paul lui aussi était souvent absent. Les premiers jours surtout furent pénibles et Guy, perdu entre ses parents, son grand-père et Nicolas, ne cessa de réclamer le retour de son frère et aussi de sa sœur qu'il adorait.

— Ils reviendront aux vacances, lui assura Mathilde pendant le souper.

— C'est loin les vacances...

— Ne te plains pas! Tu n'es pas malheureux à l'école, et puis toi, tu as juste la grand-rue à suivre pour y aller!

— Ben oui, mais j'aimais bien quand Mauricette était là pour m'accompagner. Dis, quand je serai grand, il faudra aussi que je parte?

— Tu as huit ans, tu as encore le temps d'y penser, non? Finis de dîner et va vite au lit.

— Mais tu laisseras la porte ouverte pour que je puisse entendre la T.S.F.?

— D'accord.

C'était devenu une habitude chez les Vialhe. Depuis que Léon avait offert un poste à Jacques, chaque soir

214

Le vent d'autan

voyait toute la famille se regrouper autour du récepteur. Et le plus captivé était le vieux Jean-Edouard. Pour lui, cette boîte à musique était presque un miracle permanent et le fait que son vieil ennemi Léon soit l'artisan indirect de cette merveille n'enlevait rien à son admiration. Aussi lui qui, naguère, se couchait dès sa soupe avalée, s'encagnardait maintenant dans le cantou, posait son paquet de gris et son Job dans la coupelle du landier et dégustait béatement les programmes de Radio-Paris ou du Poste-Parisien. Souvent même, Pierre-Edouard et Mathilde, fatigués par leurs travaux du jour, partaient se coucher avant lui.

— Mais n'oubliez pas d'éteindre, hein? recommandait chaque fois Pierre-Edouard.

Rappel superflu, le vieillard n'omettait jamais de retirer la prise de courant avant de rejoindre son lit; il estimait que c'était beaucoup moins compliqué que de tourner les boutons.

— Heureusement que Jacques n'a pas emporté sa T.S.F.; avec elle au moins, on ne s'ennuie pas, décréta Guy en se levant.

Il embrassa ses parents, son grand-père et Nicolas et rejoignit son lit.

— Tu vois, chuchota plus tard Pierre-Edouard à l'oreille de Mathilde, c'est à ça qu'on s'aperçoit qu'on devient vieux, quand les enfants s'en vont et que le dernier s'ennuie avec vous! Heureusement qu'on a la T.S.F., qu'il a dit!

Ils venaient de se coucher à leur tour et se pelotonnaient l'un contre l'autre dans l'attente du sommeil.

— Tu te sens vieux, toi? plaisanta Mathilde en lui caressant la poitrine.

— Ça dépend des soirs... N'empêche, les gosses me manquent. J'espère au moins que c'est une bonne chose que Jacques soit rentré dans cette école et j'espère surtout qu'on pourra lui payer ses quatre ans d'études.

— Mais oui, on pourra. Oh, je sais que ça te tracasse, moi aussi d'ailleurs, mais tu verras, on y arrivera. Ce n'est pas ça qui m'inquiète le plus.

— Qu'est-ce qui ne va pas?

— Paul.

— Ben quoi, Paul?

215

Les palombes ne passeront plus

— Léon m'a dit qu'il n'était plus comme avant, moins gai. Il travaille bien, mais d'après Léon il ne s'intéresse pas beaucoup à ce qu'il fait.

— Manquait plus que ça! grogna Pierre-Edouard. Bon sang, c'est bien lui qui l'a choisi, ce métier!

— Peut-être qu'il a compris qu'il s'était trompé, plaida-t-elle.

— C'est bien le moment! Enfin, s'il veut revenir à la ferme, il ne sera pas de trop. Dans le fond, j'ai toujours su que ça finirait comme ça.

— Il faudra quand même que tu lui parles, insista-t-elle. J'ai bien vu moi aussi que depuis quelque temps il n'était plus comme avant.

— C'est l'âge, ça lui passera. Ou alors il a quelque amourette en cours...

— Ne dis pas ça, il est trop jeune encore! D'ailleurs, il est sérieux, je le sais!

— Tu penses comme il viendrait te le dire! plaisanta-t-il en l'enlaçant.

— Tu lui parleras, promis?

— D'accord, et s'il veut travailler avec moi, il n'y a pas de déshonneur, au contraire, même. Allez, cette fois, il faut dormir.

Il l'embrassa et se détourna.

— Dans le fond, c'est vrai ce que tu disais tout à l'heure, souffla-t-elle après un instant de silence.

— Qu'est-ce que je disais?

— Que tu devenais vieux! Enfin, comme dit le petit, heureusement qu'on a la T.S.F., dit-elle dans un fou rire.

— Ça, fit-il en l'étreignant, c'est une phrase de trop et je vais te prouver que c'est avec les vieux frênes qu'on obtient les meilleurs timons!

De loin, Pierre-Edouard invita Paul à avancer encore de quelques pas, puis d'un geste du bras il lui indiqua la direction que, selon lui, l'oiseau allait prendre. Il attendit que son fils ait pris place à l'endroit désigné et s'avança alors dans les énormes buissons de buis et de genévriers qui mangeaient les pentes du puy Caput.

En ce frais dimanche matin de novembre, Paul et lui traquaient cette bécasse depuis presque deux heures.

Le vent d'autan

Ils l'avaient d'abord levée à l'autre extrémité du plateau, dans le bois d'acacias du château. Saluée par deux coups de fusil inutiles, elle avait zigzagué entre les troncs, puis filé ensuite vers le bois de châtaigniers pour se poser, d'un coup, et juste avant d'atteindre la châtaigneraie, au creux d'un gros buisson de prunelliers.

A nouveau débusquée, elle avait surpris les chasseurs en virevoltant comme un papillon — mais sans jamais quitter l'abri des broussailles — jusqu'au taillis de châtaigniers des Vialhe. Là, nouvel envol, en chandelle cette fois, et fuite rapide vers le puy Caput où, d'après Pierre-Edouard, elle s'était remisée au plus profond des genévriers.

Méthodiquement, prêt à épauler, Pierre-Edouard commença à battre les buissons. Il était contraint de chasser sans chien car celui qu'il possédait — un brave corniaud vaguement croisé de griffon vendéen — s'il était excellent sur le poil, devenait catastrophique sur la plume. Il traquait perdreaux, cailles, râles et bécasses comme lièvres et lapins, au lancer et aux cris; allant même, ce sympathique imbécile, jusqu'à courir au cul des oiseaux aussi longtemps qu'il les apercevait! Avec un tel gueulard, il était inutile d'espérer tirer une bécasse, il les levait toutes hors de portée du fusil.

Pierre-Edouard se faufilait derrière une souchounade de genévrier lorsqu'un discret froufroutement d'ailes l'avertit que la bécasse était en train de filer, invisible derrière le rideau d'arbustes, mais droit vers Paul. Il n'eut même pas à prévenir son fils car, déjà, le seize claquait sèchement.

— Tu l'as eue?

— Oui! triompha Paul, raide! Elle est tombée comme un torchon. Ah, dis donc! elle a failli m'avoir, heureusement que je l'ai entendue se lever!

— Bravo, dit Pierre-Edouard en le rejoignant. Ah, elle est belle! apprécia-t-il en regardant l'oiseau mordoré que Paul brandissait à bout de bras.

Il prit la bécasse, la soupesa, lissa les plumes tièdes. Une goutte de sang, rouge comme une cerise, perla au bout du long bec et s'écrasa en étoile sur les cailloux blancs qui jonchaient le sol.

— Pauvre bête, murmura-t-il. Tu vois, maintenant

217

Les palombes ne passeront plus

qu'on a bien chassé et que tu l'as eue, il faudrait pouvoir la ressusciter, tu ne crois pas?

— Ben... oui, hésita Paul, mais c'est quand même fameux à manger. Alors...

— C'est vrai, reconnut Pierre-Edouard, c'est très bon et ta mère les cuisine à merveille; n'empêche, c'est ce qui lui a coûté la vie, rien n'est parfait. Allez, on rentre, c'est l'heure. A propos, dit-il peu après et alors qu'ils redescendaient vers le bourg, il paraît que ton travail chez Léon ne te plaît plus, c'est vrai?

— C'est Jacques qui t'a dit ça? demanda Paul en se renfrognant.

— Jacques? Ah non, c'est ta mère.

— Alors c'est tonton Léon qui s'est plaint?

— Même pas, il est très content de toi, au contraire, mais il trouve que tu as l'air de t'ennuyer, c'est vrai?

Paul haussa les épaules, mais garda le silence.

— Bon, poursuivit Pierre-Edouard, on va faire comme si tu m'avais dit oui. Alors, écoute ce que je te propose, comme ça au moins tu pourras choisir. Voilà : si tu veux, tu reviens à la ferme, on travaille ensemble et on ne parle plus de courir les champs de foire, ça te va?

Paul s'arrêta, fixa le sol, expédia un coup de pied dans une pierre.

— C'est pas ça, dit-il d'un ton grave. Les foires, c'est vrai, j'en ai marre, mais... Oh, bon sang, c'est pas facile à dire!... La ferme non plus j'en veux pas, faut comprendre, quoi.

Pierre-Edouard le regarda, hocha la tête. Il était affreusement déçu. Il avait cru que Paul accepterait son offre avec plaisir et, déjà, il se faisait une joie de l'initier au métier, de lui apprendre tous ses secrets et de partager avec lui le bonheur qu'il donnait.

— Miladiou, murmura-t-il enfin, je ne m'attendais pas à celle-là, et la mère non plus. Il sortit sa blague à tabac, bourra nerveusement sa pipe. Mais bon Dieu, dit-il soudain, qu'est-ce que tu veux faire alors? Hein? C'est pas avec tes diplômes! Ben, réponds, quoi, tu as bien une idée.

— Pas encore, avoua Paul.

Et ce n'était même pas un mensonge, car s'il savait très bien qu'il voulait aller à Paris, il ignorait toujours

218

Le vent d'autan

ce qu'il y ferait. Il était vexé que son père, en le prenant de court, l'ait contraint à dévoiler une partie de ses plans, car ils étaient incomplets, confus. Il le sentait, il n'était plus assez jeune et naïf pour croire que tout s'arrangerait facilement et pas encore assez âgé pour oser se lancer à l'aventure.

— Alors, si je te comprends bien, dit Pierre-Edouard avec amertume, tu sais ce que tu ne veux pas, mais tu ignores ce que tu veux?

Paul haussa une nouvelle fois les épaules et baissa le nez. Malgré sa déception, qui se muait peu à peu en colère, Pierre-Edouard se maîtrisa, se revit au même âge, ou presque, se souvint avec quelle brutalité son père, jadis, s'employait à remettre l'ordre dans la famille. Il se souvint surtout des résultats obtenus et se radoucit.

— Bon, dit-il en soupirant, on ne va pas se battre pour ça. Je ne te cache pas que j'avais compté sur toi pour m'aider à la ferme et la conduire plus tard, ta mère aussi l'espérait, et ton grand-père également. Tu me dis que tu n'en veux pas, je ne peux pas te forcer. D'ailleurs, ça ne servirait à rien; pour travailler la terre, il faut l'aimer, parce que si on l'aime, on lui pardonne toutes ses vacheries. Alors, si elle ne t'attire pas, laisse-la. Pourtant, tu es jeune encore, tu peux changer d'avis; alors, avant de te lancer dans je ne sais trop quoi, réfléchis bien, patiente. Et surtout, ne te presse pas de tout casser, tu verras, on casse toujours trop vite et après c'est pas facile de réparer. Ça, crois-moi, je le sais.

— Je veux aller travailler à Paris, dit soudain Paul.

— A Paris? Et qu'est-ce que tu y ferais? Tu crois qu'ils manquent de chômeurs là-haut? Et puis, pourquoi Paris! C'est ton séjour chez Berthe qui t'a tourné la tête!

— Ce n'est pas la ville qui m'attire, protesta Paul, mais Paris. Tu comprends, c'est grand, ça bouge, ça remue. On peut tout inventer, tout faire, quoi!

— Ouais, surtout le pire! jeta rageusement Pierre-Edouard décontenancé par le raisonnement. De toute façon, lança-t-il, tu n'avais quand même pas cru que ta mère et moi te laisserions partir?

— Ben, non, avoua Paul. Il continua à gratter le sol du bout de sa chaussure, puis releva la tête et hasarda : Et quand j'aurai dix-huit ans, je pourrai partir?

219

Les palombes ne passeront plus

La question cingla Pierre-Edouard.

— Partir! Partir! Tu es mal, ici? La famille te déplaît? Tu t'ennuies? Va, dis-le, au point où on en est!

— C'est pas ça, dit Paul qui sentait faiblir son courage, c'est pas ça du tout! reprit-il rageusement. Mais ici! Ici, c'est toujours pareil, toujours le même travail, les saisons et les jours qui passent et rien qui bouge! Ici, ça manque de... de vie! Voilà! Moi, je veux vivre là où ça bouge!

— Ben, soupira Pierre-Edouard, après tout, chacun ses goûts. Tu m'as demandé si tu pourrais partir à dix-huit ans, je te dis oui. Mais j'y mets une condition : que tu saches au moins ce que tu iras faire dans ton foutu Paris!

— Je trouverai, je me débrouillerai! assura Paul soudain ragaillardi.

— Tu parles! grommela son père. Mais en attendant, pendant les deux ans qui viennent, tu restes avec Léon ou tu viens chez nous?

— Je crois que je vais rester avec tonton Léon. Tu comprends, avec lui, je peux économiser un peu d'argent, ça me servira dans deux ans...

— Vu comme ça, sûrement, ce n'est pas moi qui pourrais te donner ce qu'il te donne, avec ce que nous coûtent ton frère et ta sœur...

— Si vous voulez, je vous aiderai.

— Mais non, on n'en est pas là, dit Pierre-Edouard en lui posant la main sur l'épaule. Il le regarda longuement. Vrai, tu es un drôle de phénomène. Tu vois, je croyais te connaître, mais je me suis trompé. Quand on connaît, on comprend, et moi je ne te comprends pas. Mais ça ne fait rien, ça n'a pas d'importance. Alors, on fait comme on a dit, d'accord?

— D'accord.

— Mais ne parle pas de tout ça à ton grand-père. Moi, ça va encore, je peux encaisser, mais lui ça pourrait le tuer. Il comptait sur toi pour les terres... Et ne dis rien non plus à ta mère; moi, je la préviendrai. Et maintenant, rentrons, elle doit déjà commencer à s'inquiéter.

QUATRIÈME PARTIE

L'HEURE DU CHOIX

15

Précédé par quelques sérieux coups de gel qui, début décembre, firent chuter le thermomètre à moins dix, l'hiver s'installa avec la neige. Par malchance, elle ne tint pas longtemps, aussi, dès janvier 1939, lorsqu'arriva une terrible vague de froid, rien ne préserva les céréales déjà affaiblies par les gels précoces.

Sur le plateau qui surplombait Saint-Libéral, le blé gela par immenses plaques et seul put survivre celui que protégeaient les rideaux d'arbres ou les haies.

Chez les Vialhe, outre le blé et l'orge qui périrent à 70 p. cent, quatre noyers de la Pièce longue éclatèrent par une nuit terrible, fendus à cœur par la morsure du froid. Quatre arbres superbes, plantureux, qui resplendissaient de santé et de force; jeunes encore — ils n'avaient que trente-huit ans — ils auraient pu atteindre les deux siècles. Une seule nuit suffit pour les assassiner.

— Foutus, murmura Pierre-Edouard un mois plus tard. Pauvre vieux, dit-il en caressant l'écorce rugueuse de l'un d'eux; alors, toi aussi, tu as fait comme le blé! Eh bien, on est gâté!

Il venait de recenser l'étendue des dégâts dans ses pièces de céréales et savait déjà que, dès mars venu, il devrait réensemencer en orge et blé de printemps. C'est

223

Les palombes ne passeront plus

par acquit de conscience qu'il était venu vérifier ses noyers, triste surprise.

— Alors? lui demanda Mathilde lorsqu'il regagna la maison.

Il s'approcha du feu, tendit ses mains vers les flammes.

— On resèmera voilà tout, en orge, en blé, en maïs, en n'importe quoi, mais on resèmera! C'est pas ça le plus grave.

— Ah? souffla-t-elle.

— Quatre noyers, ceux du fond de la pièce, fendus comme des vieilles raves.

— Comme en 17. Le gel en a déjà tué trois, au même endroit...

— Je sais, dit-il, ce semblant de cuvette est froid comme la mort. Enfin voilà, ça fait quatre noyers de moins; on en avait planté trente et un, il en reste vingt-quatre. A ce rythme, nos petits-enfants n'auront pas besoin de se battre pour les partager : il n'y en aura plus... Mais miladiou, je vais en replanter, et autant qu'il faudra!

Il était las et découragé, fatigué. Il avait eu beau crâner en assurant qu'il resèmerait, il se souvenait de tout le travail et de tous les efforts fournis à l'automne précédent, et en pure perte.

— Enfin, on n'y peut rien, c'est comme ça, dit-il en se glissant dans le cantou. Il regarda Nicolas qui lui faisait face. Et les abeilles? Je parie qu'elles ont toutes crevé aussi?

— Non, non, dit Nicolas en souriant, elles bourdonnent, toutes!

— Tu es sûr?

— Sûr! J'ai mis l'oreille contre les ruches et j'ai frappé du doigt, elles ronronnent! assura Nicolas très fier.

Et il pouvait l'être car c'était lui qui, avant même les premiers grands froids, avait recouvert les vingt-cinq ruches de gros chapeaux de paille; grâce à cette précaution les essaims avaient triomphé du gel.

— Alors tant mieux, parce que partis comme on était, je les croyais toutes crevées. Où est le père? demanda-t-il à Mathilde.

— Il se repose.

224

L'heure du choix

— Ah, encore...

Depuis plusieurs mois le vieux Jean-Edouard avait pris l'habitude de partir s'allonger vers les 10 heures du matin et cette pratique inquiétait Pierre-Edouard et le docteur Delpy aussi. L'un comme l'autre misaient sur la venue du printemps pour aider le vieillard à abandonner cette dangereuse pratique. Comme l'avait dit le docteur : « A cet âge, quand on se couche, on est foutu, jeune qui veille et vieux qui dort ont déjà un pied dans la mort... »

Jean-Edouard n'était pourtant pas malade, mais, de mois en mois, il se tassait, se voûtait, s'affaiblissait aussi et, fait beaucoup plus alarmant, déparlait un peu, radotait, ne savait pas toujours si on était en 1939 ou en 1919 et réclamait sa femme. Heureusement, ses crises ne duraient pas, mais elles étaient pénibles pour tous.

— Pas la peine de le prévenir pour le blé et les noyers, dit Pierre-Edouard, de toute façon il ne montera pas vérifier sur le plateau.

— Pour le blé, il le sait déjà, annonça Mathilde, Pierre Delpeyroux est passé tout à l'heure pour nous emprunter les coins à bois, il ne sait plus où il a laissé les siens. Ton père était là et Pierre lui a expliqué que tout le plateau avait gelé.

— Et qu'est-ce qu'il a dit, le père?

— La même chose que toi, on resèmera.

Pendant le mois de février, le glas ne cessa pour ainsi dire pas de sonner à Saint-Libéral. Il tinta d'abord pour annoncer à tous l'entrée en éternité de Pie XI. L'abbé Delclos organisa un service auquel assistèrent les paroissiennes habituelles et quelques gosses du catéchisme. Personne ne s'aperçut qu'il faisait peu prier pour le défunt mais beaucoup pour son successeur que le Conclave allait élire sous peu. Il implora le Saint-Esprit pour que le prochain héritier de Saint-Pierre ne soit pas de ceux qui se trompent d'adversaire et qu'il sache surtout reconnaître les vrais dangers qui menaçaient l'Eglise.

Nul ne savait, à Saint-Libéral, que l'abbé Delclos, sympathisant actif de *l'Action française*, avait été déchiré par sa condamnation et qu'il espérait que ce changement

Les palombes ne passeront plus

de pape rendrait aux disciples de Maurras — qu'il considérait comme les vrais défenseurs de la foi et de la France — la place qui leur était due.

Après Pie XI, et en moins de dix jours, quatre vieillards, qui avaient pourtant réussi à surmonter les rigueurs de l'hiver, ne résistèrent pas au froid humide et pénétrant qui s'insinuait partout. Ainsi s'éteignirent la vieille Germaine Meyjonade, du hameau des Fonts perdus, puis Célestin Pouch du lieu-dit Ligneyroux, puis encore Jeantout et son départ peina toute la famille Vialhe car c'était un ami de toujours et le plus proche voisin.

Enfin, le samedi, mourut la châtelaine. Son décès attrista toute la commune car, avec elle et les multiples souvenirs qu'elle incarnait, c'était toute une époque qui disparaissait. La belle et grande époque du château, la richesse, l'opulence, mais aussi la fierté qu'il représentait pour tous. Car le château était le fleuron du village, et même si ceux qui l'habitaient n'étaient pas du même monde que les habitants de Saint-Libéral, leur fréquentation était un honneur pour tous ceux qui en bénéficiaient.

On se pressa donc à l'enterrement de madame Duroux. Par politesse d'abord, par amitié ensuite, par reconnaissance enfin. Pourtant, et ce n'était un secret pour personne, elle et sa fille vivaient depuis quelques années dans une indigence proche de la misère. Mais leur pauvreté, qu'elles ne cachaient même pas, n'était pour personne un signe de déchéance; même ruinée, la châtelaine avait inspiré le respect jusqu'à ses derniers jours.

— Et que va faire sa fille? demanda Mathilde au retour de l'enterrement.

— Qu'est-ce que tu veux qu'elle fasse, dit Pierre-Edouard, elle va rester là sans doute.

— L'Américaine aurait quand même pu les aider! dit Mathilde en faisant allusion à la deuxième fille de la châtelaine, émigrée aux Etats-Unis depuis 1918.

— C'est loin l'Amérique, expliqua-t-il en poussant la porte. Tiens, le facteur est passé, constata-t-il en apercevant la lettre glissée sous le vantail.

— C'est Jacques?

— Non, dit-il après avoir retourné l'enveloppe, c'est

226

L'heure du choix

Berthe, et pas une carte postale, une lettre! Ma parole, il va lui tomber un œil!

— Elle est folle, je te dis! gronda Pierre-Edouard en secouant le papier bleu qu'il venait de lire, folle à lier! Non, mais je te demande un peu, à son âge, ça ferait presque honte!

— Faudrait savoir, dit Mathilde en s'asseyant à son tour dans le cantou, depuis vingt ans je t'entends dire que c'est une coureuse et qu'il lui manquait un bon tabastel; aujourd'hui elle t'annonce qu'elle va se marier et tu protestes?

— Mais bon sang! On ne se marie pas à quarante-cinq ans! Et surtout pas avec un Allemand!

C'était surtout cela qui le rendait furieux. Passe encore d'avoir une sœur dont il ne se sentait pas toujours très fier, mais un beau-frère allemand! Ça c'était le comble, la fin du monde.

— De toute façon, moi je ne veux pas les voir, ni lui ni elle! Ça fait vingt ans qu'elle n'est pas venue, elle n'a qu'à continuer comme ça, décida-t-il. Il relut la lettre, haussa les épaules. Et elle voudrait que Jacques et Paul soient à son mariage! Non, je te jure, elle est falourde. Pourquoi tu ris?

— Tu ne veux pas que je pleure, non? dit-elle en poussant quelques brindilles dans le feu, mais tu ressembles tellement à ton père quand tu parles comme ça, que je me demande si je ne ferais pas mieux de pleurer!

— N'exagère pas, maugréa-t-il, ce que j'en dis moi... De toute façon, elle n'a pas besoin de ma permission, hein?

— Encore une chance! Tu la lui refuserais!

Il se bourra une pipe, se ressaisit, relut encore une fois la lettre.

— Avoue quand même qu'elle est un peu malade! reprit-il d'une voix plus calme, et puis, tant qu'à faire de se marier, pourquoi elle ne le fait pas tout de suite? Tu me diras, vu son âge, ça ne risque pas de presser, mais pourquoi attendre octobre, à quoi ça ressemble ça?

— Elle te l'explique, elle a des collections d'hiver à

Les palombes ne passeront plus

présenter en Amérique, et puis tu vois bien, d'après ce qu'elle dit, lui aussi a des affaires à régler avant.

— Alors pourquoi elle nous prévient si tôt. Juste pour nous faire bisquer?

— Ecoute, dit-elle en lui souriant, ne te fais pas plus bête que tu n'es et surtout, laisse ta mauvaise foi de côté, tu sais très bien pourquoi elle a écrit.

— Bon, tu as raison. D'accord, elle a envie de venir nous faire voir son Jules, mais va savoir pourquoi? Vingt ans sans mettre le nez ici et puis, d'un coup, me voilà, et avec un Boche par-dessus le marché. Si tu comprends, toi!

— Oui, elle est heureuse et elle veut que tout le monde en profite.

— Ah?

— C'est sûrement ça.

— Mais qu'est-ce qu'on va dire au père? demanda-t-il avec un coup de tête en direction de la chambre.

— La vérité, c'est tout.

— Et aux enfants?

— La même chose; après tout, c'est pas honteux de se marier.

— Ça dépend à quel âge et avec qui... murmura-t-il encore.

— Allez, dit-elle en se levant et en lui passant la main dans les cheveux, ne joue pas au pépé Vialhe, un je le supporte, mais deux ça ferait vraiment trop. Tu vas lui répondre à ta sœur et tu lui diras qu'on est tous très contents de cette bonne nouvelle.

— Contents! Contents! Faut voir, hein!

— Mais si. Et puis, s'ils viennent, tu seras très gentil avec eux, surtout avec lui.

— Tu parles, dit-il en souriant, si ça se trouve, c'en est un que j'ai loupé en 14! Remarque, lui aussi m'a peut-être loupé, dans le fond, on est quittes!

— Exactement, approuva-t-elle. Tiens, voilà le papier, allez, écris-lui à ta sœur, dans le fond tu en meurs d'envie.

Dès qu'il fut possible de rentrer dans les terres, c'est-à-dire lorsque le vent et le soleil de mars eurent un peu ressuyé le sol, Pierre-Edouard ancra son cultivateur

L'heure du choix

canadien, encouragea ses bœufs et entreprit d'effacer le carnage laissé par l'hiver.

Il avait acheté son cultivateur trois ans plus tôt et ne regrettait pas les 435 francs qu'il lui avait coûtés. Grâce à lui et aux neuf dents à pattes d'oie qui coiffaient ses griffes, il lui était aujourd'hui possible de réensemencer sans avoir à effectuer un nouveau labour. Néanmoins, ce labour supplémentaire auquel vinrent s'ajouter les semailles, le hersage et, naturellement, tous les autres travaux saisonniers, occupèrent tellement ses journées et celles de tous ses voisins agriculteurs que ni lui ni eux ne prêtèrent grande attention à l'élection du nouveau pape. C'était Pie XII, va pour Pie XII ! Quant à la réélection du président Lebrun, c'est à peine si l'on en parla à Saint-Libéral.

De mars à juillet, Pierre-Edouard travailla sans relâche pour tenter de regagner tout ce que le gel lui avait fait perdre. Comme il ne pouvait plus compter sur son père, ni même, par économie, engager des saisonniers, c'est avec la seule aide de Nicolas qu'il se jeta dans la bataille. Aussi, chaque fois qu'elle le put, Mathilde lui apporta son secours. Elle fut là pour planter les pommes de terre et les betteraves, repiquer le tabac, semer le maïs, sarcler. Mais son propre emploi du temps était si surchargé qu'elle ne put seconder Pierre-Edouard aussi souvent qu'elle l'eût souhaité.

Elle avait été très déçue d'apprendre que Paul ne reviendrait pas travailler sur la ferme, mais comme Pierre-Edouard, elle pensait qu'il était inutile de le contraindre. Il faisait d'ailleurs tout pour se faire pardonner son refus de la terre. Bon fils, il donnait de sérieux coups de main à son père chaque fois qu'il avait le temps. Il était gentil, respectueux et travailleur, mais il n'avait pas beaucoup de goût pour servir la terre.

Aussi, Pierre-Edouard et Mathilde ne se faisaient plus d'illusions. Un jour viendrait, et il était proche, où Paul, gentiment, comme en s'excusant et peut-être même en se forçant un peu, en s'obligeant à dénouer tous les liens qui le retenaient malgré lui, leur demanderait : « Et maintenant, est-ce que je peux partir ? » Et comme ils n'avaient rien pour le convaincre de rester, ils le regarderaient prendre la route en lui souhaitant bonne chance.

229

Les palombes ne passeront plus

— Mais tu verras, avait dit Pierre-Edouard pour consoler Mathilde, je ne sais pas ce qu'il fera, mais il réussira. Et puis, pour la ferme, ce sera Guy qui la prendra, voilà tout, on patientera bien jusque-là, non?

— Et s'il ne la veut pas, lui non plus?

— Eh bien, s'il ne veut pas ce sera la fin des Vialhe, avait-il murmuré pris de court, oui, la fin des Vialhe.

Deux fois déjà depuis qu'elle leur avait fait part de ses fiançailles, Berthe avait fixé la date de sa visite à Saint-Libéral, et deux fois elle s'était décommandée à la veille de son arrivée. Elle arguait d'un surcroît de travail, d'affaires délicates à résoudre et des problèmes que Helmut, son fiancé, avait le plus grand mal à régler. Aussi, Pierre-Edouard haussa-t-il les épaules lorsque, fin août, une carte postée de New York lui annonça que sa sœur passerait à Saint-Libéral dans la première semaine d'octobre. Juste avant son mariage fixé pour le 10.

— Tu verras qu'elle aura encore un empêchement, prédit-il en tendant la carte à Mathilde.

— Jacques sera reparti, dit-elle, il va le regretter, lui qui se faisait une telle joie de la revoir.

Pierre-Edouard et elle avaient été stupéfaits de constater à quel point Jacques et Paul s'étaient réjouis à l'annonce des fiançailles de leur tante.

— Et puis vous verrez, avait lancé Paul, son fiancé est rudement bien! Oh, on peut vous le dire maintenant, elle nous avait prévenus il y a deux ans!

— De mieux en mieux! avait bougonné Pierre-Edouard, alors vous le saviez et moi, son frère, j'avais pas droit aux confidences!

— Ben... Elle nous avait dit que tu ne serais peut-être pas d'accord.

— Et elle n'avait pas tort! Enfin, n'en parlons plus. Mais si elle vient et lui aussi, ça ne m'empêchera pas de lui demander, à cet Allemand, ce qu'il pense du pacte germano-soviétique. C'est pas une Corrézienne qu'il devrait épouser ce type, c'est une Cosaque!

— Allons, allons, avait tempéré Mathilde en riant, il n'y est pour rien, lui!

230

L'heure du choix

— Bien sûr! Personne n'y est pour rien dans cette trahison! C'est un peu ce qu'ils m'ont dit, les Tavet et sa clique, l'autre soir chez Suzanne! N'empêche, le petit instituteur a bonne mine maintenant; je t'assure que ton frère ne l'a pas loupé, ils ont même failli se cogner!

— Je sais, mais si tu crois que ça sert à grand-chose de vous disputer pour cette histoire!

— Un peu que ça sert! Ils nous ont assez fait suer avec le péril nazi, et maintenant ils font ami-ami avec Hitler! Alors tu comprends, moi en ce moment, les Russes, les Allemands et compagnie, j'en ai jusque-là! Et c'est pas parce que ma sœur est allée en chercher un que je changerai d'avis, au contraire même! Parce que toutes ces histoires, tu vas voir, ça n'amènera rien de bon pour personne, et je ne me priverai pas de le dire au Boche de ma sœur!

Recrus de fatigue, saouls de bruit, les habitants de Saint-Libéral s'endormirent un soir dans la poussière que soulevait la batteuse travaillant depuis quinze jours dans les fermes du bourg et se réveillèrent en pleine guerre.

Au matin du 1er septembre, ils furent cueillis au saut du lit par l'annonce de l'entrée des troupes allemandes en Pologne. Puis, à 10 h 30, et alors que nombreux étaient ceux qui tentaient déjà de se rassurer — voire de minimiser l'affaire — les toucha la deuxième nouvelle. Elle arriva de plein fouet et choqua tout le monde : mobilisation générale.

— Cette fois, dit Pierre-Edouard, cette fois, oui, je savais que ça allait venir, ça ne pouvait pas finir autrement, mais quel gâchis! Allons, il va falloir remettre ça, quoi!

— Mais cette mobilisation ne te concerne pas? Tu ne vas quand même pas partir? questionna Mathilde soudain inquiète.

— Moi? non, j'ai plus l'âge, d'ailleurs avec quatre gamins et ma blessure...

— Et Jacques? Il n'a pas encore vingt ans!

— Ah lui... dit Pierre-Edouard en se tournant vers son fils.

231

Les palombes ne passeront plus

Ils se regardèrent puis, complices, se sourirent.

— Moi, dit Jacques, je vais aller m'engager, il n'y a rien d'autre à faire.

— C'est bien mon avis, dit Pierre-Edouard.

— Mais... Et tes études? essaya faiblement Mathilde.

Mais elle savait déjà que sa décision n'était pas un coup de tête, ni une impulsion irraisonnée due aux récents événements; elle était pesée, inébranlable.

— Elles attendront, mes études; d'ailleurs, les sursis vont sûrement être supprimés, alors, un peu plus tôt un peu plus tard...

— Bien sûr, dit-elle en se détournant.

Deux jours plus tard, alors que le bourg s'était vidé de ses hommes et que la batteuse, abandonnée dans la cour des Delpeyroux, restait muette faute de bras pour la servir, tomba la sinistre information de la déclaration de guerre.

Hébétés, accablés, pris de court, les gens de la commune flottèrent pendant quelques jours dans un marasme silencieux. Il manquait désormais tellement d'hommes, qu'il semblait impossible d'entreprendre quoi que ce soit sans eux, leur aide, leur force, leur compétence. Mais les travaux étaient là, qui exigeaient une décision.

Elle vint de Léon, il était le maire et devait réagir. Et lui qui avait vécu la mobilisation de 1914 et admiré — sans toutefois l'avouer — le rôle alors joué par Jean-Edouard Vialhe fut, avec Pierre-Edouard et aussi quelques veuves de la Grande Guerre, parmi les premiers à se secouer, à chasser cette torpeur malsaine qui paralysait le village et le conduisait peu à peu à l'asphyxie. Aussi, sans se soucier de ce que pourrait dire éventuellement le vieux Jean-Edouard, c'est d'une poigne ferme qu'il poussa la porte des Vialhe au soir du 6 septembre, à l'heure de la soupe. Il trouva toute la famille à table, ne s'occupa même pas des marmonnements du vieillard et alla droit au but.

— On ne peut pas rester comme ça!

— Je t'espérais, dit Pierre-Edouard, tu as dîné?

— Non, pas eu le temps.

— Alors tiens, installe-toi, dit Pierre-Edouard en

232

L'heure du choix

poussant une assiette au bout de la table, je pensais bien que tu allais venir, répéta-t-il lorsque Léon se fut assis, alors, qu'est-ce qu'on fait?

— J'ai déjà recensé toutes les fermes vides d'hommes, ça en fait un sacré paquet!

— Je m'en doute.

— Voilà, tu n'étais pas là en août 1914, mais ton père te l'a peut-être dit, il avait organisé une espèce de travail d'entraide, et ça marchait bien; il faut refaire la même chose. Pense, on n'a même pas fini de battre et à la fin du mois il faudra commencer les labours, sans oublier les vendanges! A mon avis, il faut que les vieux comme nous se mettent en groupe et passent de ferme en ferme pour abattre le plus gros de la besogne, et c'est bien le diable si avec les femmes on ne parvient pas à déblayer un peu de terrain!

— Tu peux compter sur nous tous, dit Pierre-Edouard, même sur Jacques, il est encore là pour quelques jours. Eh oui, c'est une telle pagaille qu'à Brive ils lui ont dit d'attendre! Avec Nicolas et moi, ça fait quand même des bras, on va faire au plus pressé et d'abord finir les battages.

— Bien sûr, et je vais dire à Paul de faire équipe avec vous, parce que les foires, en ce moment... Alors chez vous, je compte quatre hommes.

— Pas quatre, cinq! lança le vieux Jean-Edouard, moi aussi je peux travailler!

— Ecoutez, père... tenta Pierre-Edouard.

— Tais-toi, j'ai dit que je pouvais travailler et je travaillerai. Qu'est-ce que tu crois, je ne suis pas infirme!

— D'accord, vous viendrez avec nous, mais j'avais pensé que vous pourriez être utile en restant pour aider Mathilde...

— Mauricette me remplacera, coupa le vieux, où est la batteuse en ce moment?

— Toujours chez Delpeyroux, dit Léon.

— Tu l'as prévenu qu'on allait battre chez lui? interrogea le vieillard.

— Non, pas encore, il fallait d'abord s'organiser, expliqua Léon.

— Alors, qu'est-ce que tu fous là à bouffer notre soupe au lieu d'être chez lui? Bon Dieu, moi, en 14,

233

Les palombes ne passeront plus

je suis souvent resté debout deux jours et c'est pour ça qu'on a réussi!

Vexé, Léon repoussa son assiette et se leva.

— Je sais, dit-il, vous, vous avez toujours fait mieux que tout le monde, mais moi, je fais ce que je peux! C'est vrai qu'en 14 vous avez donné votre temps. Moi, j'ai juste donné une main! jeta-t-il en choquant sa prothèse contre la table.

— Assieds-toi et mange, coupa Pierre-Edouard, nous ne sommes plus en 14. Aujourd'hui, c'est toi le maire et c'est à toi de décider comment il faut agir, et sans t'occuper de ce que pourraient dire certains. Et nous, les Vialhe, on va t'aider. D'ailleurs, tu vois bien, poursuivit-il d'un ton amusé, même mon père propose ses bras! Allez, finis de dîner et après on ira ensemble prévenir ceux qui restent qu'il faut serrer les coudes.

En ce frais matin de fin novembre, Mathilde était seule à la maison quand passa le facteur. Outre le journal, il laissa deux lettres. La première venait de Berthe, mais était adressée à Pierre-Edouard, aussi ne l'ouvrit-elle pas. Elle se réjouit à l'idée d'avoir sous peu une explication au silence de sa belle-sœur — elle n'avait plus donné signe de vie depuis août — déposa la missive sur le buffet et s'empressa de décacheter la deuxième enveloppe qui, elle, émanait de Jacques.

Toute heureuse d'avoir des nouvelles de son fils, aux armées depuis plus d'un mois, elle s'assit dans le cantou et commença à lire en souriant. Et son bonheur s'accrut au fil des mots. Jacques allait bien, se portait bien, ne mangeait pas trop mal et avait de bons camarades. Rassurée, elle déposa la lettre à côté de celle de Berthe et poursuivit son travail en chantonnant; la guerre était loin et semblait s'endormir. Elle lui sauta pourtant au visage lorsqu'à midi, Pierre-Edouard, pâle, lui tendit le message de Berthe.

— Lis, dit-il.

— Non, explique, souffla-t-elle, déjà bouleversée par sa pâleur.

— Son fiancé, son Allemand, ils l'ont arrêté.

— Quoi? Mais qui?

234

L'heure du choix

— Eux, les Allemands, ces foutus nazis!

— Mais je croyais qu'il était allemand lui aussi!

— Oui, mais faut croire qu'il n'aimait pas le régime. D'après Berthe, il ne vivait plus en Allemagne depuis quatre ans, il y est revenu au mois d'août pour régler une affaire et ils l'ont arrêté.

— Et Berthe?

— Elle est en Suisse, elle essaie de savoir où il est.

— Alors ils n'ont pas pu se marier, murmura-t-elle, pauvre Berthe. Qu'est-ce qu'on peut faire?

— Rien, rien, dit-il rageusement, on a trop cru que ce n'était pas une vraie guerre et maintenant on s'aperçoit qu'on est en plein dedans!

Jusque-là, malgré le départ de Jacques, la réquisition des chevaux et aussi quelques difficultés d'approvisionnement, Pierre-Edouard et Mathilde s'étaient sentis peu concernés par le conflit. D'ailleurs, il se déroulait bizarrement, s'installait dans le pourrissement. Pierre-Edouard avouait même ne rien comprendre à cette situation qui n'avait rien de commun avec celle qu'il avait connue en 1914. Ne disait-on pas déjà que la guerre s'éteindrait faute de combats?

De plus, et c'est peut-être ce qui avait le plus étonné les anciens combattants, quelques permissionnaires étaient déjà revenus au village. En coup de vent, certes, et peut-être en permission illégale, mais ils avaient eu le temps de donner leur point de vue, d'expliquer surtout qu'ils ne se battaient pas, n'avaient jamais vu l'ennemi et s'ennuyaient.

Enfin, et cela aussi tendait à prouver que ce conflit n'était pas sérieux, on disait partout que de nombreux mobilisés rejoignaient leurs foyers et reprenaient leur profession avec le titre d'affecté spécial; la manufacture d'armes de Tulle en accueillait, paraît-il, chaque jour. Vraiment, l'état d'esprit général ne sentait pas la guerre.

Pierre-Edouard replia la lettre de sa sœur et contempla le feu.

— Elle dit aussi pour finir que puisque tu crois en Dieu, tu peux faire ta prière, qu'elle connaît les Allemands et que cette guerre va être atroce, dit-il en poussant vers les flammes un moignon de bûche. Atroce, répéta-t-il avec violence, alors miladiou, j'aimerais qu'on

235

Les palombes ne passeront plus

m'explique pourquoi depuis trois mois qu'elle est commencée cette maudite guerre, on est toujours là à ne rien foutre !

16

Paul s'était tellement représenté ce qu'il ferait le jour de ses dix-huit ans, qu'il fut décontenancé lorsque, avec avril, arriva la date de son anniversaire. Par la faute de la guerre, tous ses projets, ses plans, son enthousiasme étaient réduits à néant. Il s'était vu prenant le train pour Paris et se lançant dans l'aventure ; c'était désormais impossible, Paris en guerre n'avait rien d'attrayant.

Aussi, faute de pouvoir réaliser son rêve, s'obligea-t-il à patienter encore. Il fut étonné de constater que cette décision ne lui pesait pas ; elle le soulageait presque. Un an plus tôt, il aurait pu partir sans grands remords, mais aujourd'hui la situation était changée ; les hommes manquaient au bourg et même si certains avaient pu brièvement revenir en permission agricole, Paul savait bien qu'il était devenu un compagnon efficace pour son père et un réconfort pour sa mère.

Jacques absent, c'est tout naturellement qu'il avait pris la place d'aîné et personne ne la lui contestait, surtout pas son frère qui, par lettre, l'avait encouragé à ne pas quitter la ferme et surtout, en réponse à sa question, à ne pas devancer l'appel.

« Moi, avait-il écrit, j'ai cru que ça servirait à quelque chose. J'ai voulu me battre et les seuls combats que je mène sont des tournois de belote ! Ne fais pas comme moi, un imbécile suffit par famille. »

La déception et l'amertume de Jacques l'avaient beaucoup impressionné, aussi avait-il abandonné l'idée d'aller s'engager le jour même de ses dix-huit ans. D'ailleurs, même sans les propos désabusés de son frère, les conversations avec quelques permissionnaires lui avaient fait comprendre que cette guerre endormie ne méritait aucun

236

L'heure du choix

appui, fût-il aussi modeste que l'engagement volontaire d'un deuxième classe.

Tout le monde semblait d'ailleurs blasé, écœuré, même son père, même Léon. Et eux, pourtant si énergiques, penchaient lentement vers le découragement, chaque jour qui passait les voyait plus taciturnes, plus amers aussi. Déjà, pour ne pas s'écœurer davantage à l'annonce des communiqués et aux lamentables bafouillements des politiciens, Pierre-Edouard n'écoutait même plus la T.S.F. Aussi, à la veillée, seul le vieux Jean-Edouard — toujours émerveillé — s'obstinait à capter les ondes. Et Paul, du coin de la pièce où se tenait son lit, s'endormait ainsi tous les soirs au son de la musique.

Confinés dans une apathie désabusée, ce fut sans aucun goût que les gens de Saint-Libéral effectuèrent les travaux de printemps; le cœur n'y était pas, ni la force, trop d'hommes étaient absents. Aussi de nombreux lopins, des champs même, ne reçurent aucun des soins qui font d'une triste jachère un labour plein de promesses. Les rumex, panicauds, vergerettes et autres plantes folles proliférèrent à foison dans les terres délaissées et préparèrent la place aux fougères et genêts, toujours prêts à jaillir dans les sols vacants. Et toutes ces terres, oubliées des hommes, retournèrent peu à peu à la lande, aux taillis, et accrurent les surfaces qui depuis l'autre guerre — la grande — enserraient inexorablement Saint-Libéral dans un carcan de broussailles.

Seule la propriété des Vialhe ne souffrit pas car Pierre-Edouard, malgré son désenchantement, veilla à ne rien négliger de ce qui faisait la beauté et la richesse de sa ferme. Avec l'aide de Nicolas et de Paul, il s'enferma, s'engourdit dans le travail; il en fit son seul but. Grâce à cela, recru de fatigue, il s'endormait le soir, d'un bloc, comme assommé et sans avoir à lutter pour chasser les noires pensées qu'il sentait à deux doigts d'éclore et qui l'auraient tenu éveillé une partie de la nuit.

Mais son entêtement à ne plus réfléchir aux événements qui ébranlaient le pays ne résista pas à l'évolution de la guerre. En l'espace de quinze jours, et bien qu'il ait déjà cru atteindre le fond de l'écœurement, les nou-

Les palombes ne passeront plus

velles en provenance du front lui rongèrent le moral, l'accablèrent.

Ce fut d'abord l'envahissement de la Belgique, de la Hollande, du Luxembourg et les pitoyables soubresauts de ces malheureux pays déjà frappés à mort. Puis, dès le 18 mai, l'annonce par Léon, à son retour de Brive, que la ville avait subi deux alertes aériennes et qu'elle croulait déjà sous un flot sans cesse croissant de réfugiés de l'est et du nord; des gosses, des femmes, des vieillards que l'on ne savait trop où loger et qui s'entassaient dans les cinémas, le théâtre même, la gare.

Et, au fil des jours, la certitude que tout croulait, se lézardait, s'effritait sous la formidable poussée d'un ennemi qui semblait invincible, et si rapide! L'inquiétude aussi car, depuis le début du mois, aucune lettre de Jacques n'était venue rassurer la famille Vialhe. La rage enfin devant la stérilité des gouvernements et l'incohérence de l'état-major. Un seul espoir au milieu de cette détresse, l'annonce que le maréchal Pétain acceptait la vice-présidence du Conseil.

— Enfin! soupira Pierre-Edouard lorsqu'il apprit la nouvelle, avec lui ça va sûrement changer, il peut encore retourner la situation, comme en 17, mais pourquoi avoir attendu si longtemps pour l'appeler!

— Tu sais, il n'est plus tout jeune, hasarda Léon, peut-être qu'il aurait préféré rester bien tranquille!

— Sans doute. N'empêche, il est là et c'est une bonne nouvelle. C'est un soldat lui, pas un politicien!

— Si c'est que ça, pour sûr qu'il va les faire valser tous ces parasites, mais pourvu qu'il se dépêche! Ah, je crois qu'on a trop perdu de temps, trop bricolé.

— On peut encore les bloquer, il suffit de le vouloir. On l'a déjà fait, non? Alors qui nous empêchera de recommencer?

Depuis sept mois, Jacques se laissait passivement porter par les événements. Huit jours d'armée lui avait suffi pour découvrir qu'il était vain de vouloir comprendre quoi que ce soit aux ordres, contrordres et aberrantes décisions qui régissaient son existence de soldat.

L'heure du choix

Il avait d'abord été stupéfait par son affectation qui ne répondait en rien à sa demande. Bachelier, il avait opté pour une école d'officiers de réserve et s'était retrouvé 2ᵉ classe au 15ᵉ régiment de tirailleurs algériens de Périgueux. Là, devant son étonnement et ses discrètes protestations, il s'était entendu répondre par un vieux capitaine, complètement desséché par le soleil de l'Atlas mais aussi, et surtout, par l'anisette :

— Les diplômes, on s'en torche, ça n'a jamais fait de bons soldats ! Et les petits-bourgeois qui les possèdent, ici, on les dresse !

Décontenancé par une telle accumulation de bêtise, et toutes illusions détruites, il était resté coi. Mais parce qu'il voulait se battre — et peu lui importait sous quel grade — il avait effectué ses classes et ses pelotons de caporal et de sergent sans rien dire. Il avait rongé son frein et s'était ennuyé pendant tout l'hiver en déplorant que Périgueux soit si loin du front qui, pour somnolent qu'il soit, n'en représentait pas moins à ses yeux le seul endroit digne d'intérêt.

Ce fut donc avec satisfaction qu'il apprit, début avril, son affectation au 22ᵉ régiment de marche des volontaires étrangers stationné à Dannemarie. Il arriva en Alsace le 11 avril et constata amèrement que là, comme à Périgueux, le seul ennemi à tuer était le temps. Un mois plus tard, l'engourdissement céda la place à la fébrilité lorsque la percée allemande, arrachant Jacques et ses camarades à leurs tournois de belote et à leurs siestes, les précipita vers la bataille.

Rapatrié en toute hâte, le 22ᵉ R.M.V.E. débarqua en pleine nuit à L'Isle-Adam puis s'entassa dans les autobus parisiens qui, malgré l'incroyable encombrement des routes envahies par les réfugiés, tentèrent de s'ouvrir un chemin en direction de la Somme et de la ligne Weygand. Mais, bloqué par la cohue et l'amoncellement de véhicules hétéroclites qui bouchaient le moindre chemin, le convoi dut stopper peu après Pont-Sainte-Maxence.

Ce fut donc à pied et en progressant dans les fossés — la chaussée était trop encombrée par la foule en fuite — que Jacques et ses camarades effectuèrent les soixante-dix kilomètres qui les séparaient du front.

239

Les palombes ne passeront plus

Deux jours plus tard, alors qu'il était en position dans les bois proches de Fonches, Jacques découvrit la guerre. Brutalement. Et elle n'avait rien de commun avec celle qu'il croyait connaître à travers les récits de son père. Dieu sait pourtant s'il en avait entendu parler de ces effroyables pluies d'obus et de la terreur qu'elles inspiraient! Mais Jacques, alors gamin, n'avait jamais imaginé que la peur pouvait atteindre cette intensité, qu'elle était à ce point paralysante, démoniaque, odieuse. Et, sous les obus, comme jadis son père, il souhaita s'intégrer au sol, l'ouvrir, s'y abriter; mais, comme son père aussi, il sut bondir lorsque fusèrent les ordres qui, poussant les hommes en avant, les jetèrent, au fil des jours, des attaques, replis, contre-attaques et progressions vers les villages de Marchélepot, Saint-Christ et son pont sur la Somme, Villers-Carbonne, Briost.

Et, déjà, en face de leurs simples fusils, de leurs vieilles Hotchkiss et de leurs trop rares canons de 25 — dont il importait d'économiser les projectiles — se profilaient les massifs et grondants blindés de la 4ᵉ Panzer-Division de Von Kleist, les K.W.3 de quinze tonnes, avec leur canon de 37 et leurs M.G.34 de 7,92 mm. Et les voltigeurs qui les suivaient — comme les chacals suivent les lions — étaient souples, eux, vifs, redoutables car nul sac à dos, musette et autre barda ne les encombraient; parce qu'ils ne se prenaient pas les pieds dans les bandes molletières dénouées ou les pans de la capote, parce qu'au robuste mais lent M.A.S. 36 ils opposaient le terrible et si rapide feu de leurs Maschinen-Pistol 40...

Retranché dans le village et le château de Misery depuis le 1ᵉʳ juin, cerné de toutes parts, coupé de tout, à bout de souffle, d'hommes et de munitions, le 22ᵉ R.M.V.E. se rendit à l'ennemi le 6 juin au soir, après avoir détruit ses armes, comme le préconisait le règlement.

Paul n'oublia jamais la détresse, puis la colère qu'il ressentit lorsqu'il vit à quel point l'humiliation et le chagrin minaient son père. Pour lui, Pierre-Edouard avait toujours représenté la force, la solidité, l'honneur.

L'heure du choix

Il était un exemple d'énergie, de droiture, d'invulnérabilité. Aussi, Paul fut blessé au cœur lorsqu'il s'aperçut que son père, naguère si admiré pour la puissance rassurante qui l'auréolait, chutait de jour en jour dans une lymphatique et poignante tristesse.

Chaque communiqué, chaque information le mortifiait davantage et le laissait pâle, dents et poings serrés, dans un accablement que rien ne semblait pouvoir atténuer. Il ne parlait même plus, s'enfermait dans un silence distant, seulement ponctué, à l'heure des informations, par des : « Ah les salauds! Les salauds, ils sont en train de nous vendre! » Et il ne souriait même plus lorsque Mathilde, pour l'apaiser, lui posait la main sur le bras en ce geste familier qui signifiait qu'elle comprenait et compatissait.

Au milieu de cette lugubre ambiance, le vieux Jean-Edouard paraissait presque serein, comme sans soucis pour l'avenir; allant même jusqu'à dire parfois que tout cela n'était pas une mauvaise leçon pour un peuple qui, selon lui, et depuis un quart de siècle, n'avait cessé de s'avilir et de bafouer la morale et les traditions. Mais les regards que lui jetait Pierre-Edouard le contraignaient rapidement au silence. Des regards si durs, si violents que Paul, lorsqu'il les surprenait, se sentait ragaillardi, réconforté; en ces fugitifs instants, il reconnaissait son père tel qu'il l'aimait.

Mais le reste du temps, il haïssait le monde entier dont la veulerie réussissait à transformer Pierre-Edouard en vieil homme honteux et accablé. Longtemps le brûla le souvenir de son père humilié, dont les yeux, vides d'espoir, reflétaient une si poignante misère morale.

Il était 2 heures du matin, en cette nuit du 15 juin, lorsqu'un bruit de moteur, suivi de l'aboiement des chiens, tira Pierre-Edouard de son sommeil. La veille au soir, il s'était couché encore bouleversé et abattu par l'annonce de l'entrée des Allemands dans Paris. Cette fois, il n'y avait plus rien à faire, plus rien à espérer.

— Il y a quelqu'un, allume, souffla Mathilde éveillée à son tour.

241

Les palombes ne passeront plus

— Non, il faut d'abord voir, dit-il en se levant.

Il enfila son pantalon et sa chemise, se glissa jusqu'à la fenêtre et regarda par une des fentes du volet. La lune était presque pleine et illuminait la cour.

— Qu'est-ce que c'est que ce truc? murmura-t-il en apercevant, stationnée devant le portail, une masse sombre et toute bossuée autour de laquelle s'agglutinaient plusieurs personnes.

— Qui est-ce? interrogea Mathilde.

— Je n'en sais rien, des réfugiés sans doute, leur voiture est chargée comme un tombereau.

— Il faut y aller.

— Bien sûr, dit-il sans pourtant quitter son poste d'observation. Il fronça les sourcils en apercevant une femme qui entrait dans la cour. Miladiou! jeta-t-il, c'est Louise, allume!

Il poussa les volets et appela sa sœur. Ce n'est qu'après lui avoir ouvert la porte qu'il vit qu'elle tenait le petit Pierre endormi dans ses bras.

— Alors, raconte! demanda-t-il peu après.

— Qu'est-ce que tu veux que je raconte! dit-elle d'une voix épuisée. On est partis hier matin avec eux, expliqua-t-elle en désignant quatre adultes et les trois enfants que Mathilde s'empressait de restaurer. Tout le monde s'en va, tu comprends, tout le monde! Ah si tu voyais les routes! C'est fou, fou! redit-elle en soupirant. C'est affreux aussi, on a mis toute la journée pour atteindre Limoges! Après, heureusement, j'ai fait prendre les petites routes. Mais si tu voyais les nationales! Et tous ces gosses qui pleurent...

— Je sais, Léon était à Brive hier, il paraît que ça dépasse tout ce qu'on peut imaginer. Pense, il y a presque soixante-dix mille réfugiés en ville! Et même ici, l'auberge est pleine! Mais eux, interrogea-t-il en baissant la voix, qui c'est?

— Le régisseur du château, avec sa femme et ses enfants et aussi la cuisinière et son mari. Le régisseur a bien voulu nous prendre, il veut aller en Espagne, et la cuisinière à Toulouse. Alors comme Saint-Libéral était sur leur chemin...

— Oui. Alors tout le monde fout le camp, si je comprends bien? Les autres peuvent s'installer, c'est pas la

242

L'heure du choix

place qui va leur manquer! dit-il amèrement. Tu n'as pas faim au moins? demanda-t-il après un instant de silence.

— Si, mais il faut d'abord que je couche le petit, dit-elle en désignant le bambin qu'elle avait posé sur le lit de Paul.

— Mets-le dedans, Paul finira la nuit dans le foin. Au fait, as-tu des nouvelles de Félix?

— Non. Et toi, tu en as de Jacques?

— Pas plus...

— Et de Berthe?

— Aucune. Tu as su pour son... son fiancé?

— Oui, c'est affreux.

— Tu vas t'installer ici? demanda le vieux Jean-Edouard en s'approchant.

— Naturellement, coupa Pierre-Edouard, où voulez-vous qu'elle aille?

— Oh, dit le vieillard, c'était juste pour savoir, parce que le petit, là, dit-il en désignant Pierre, vous pouvez le mettre dans ma chambre, il y a de la place et pas de bruit...

— On s'arrangera demain, décida Pierre-Edouard, pour cette nuit il va rester dans le lit de Paul, Louise couchera dans notre chambre et ses amis dans la grange. Je vais dire à Nicolas de préparer de la paille.

— C'est fait, dit le vieillard, je l'ai envoyé s'en occuper dès qu'ils ont tous débarqué, on n'allait quand même pas les laisser dehors!

Malgré la faim et la soif qui le torturaient, et l'immense fatigue qui l'incitait à rester coucher dans cette prairie où on les avait parqués comme des bestiaux, Jacques se leva une nouvelle fois et observa le petit bois qui se dressait à deux cents pas de là, juste après le champ de blé que piétinaient les sentinelles.

Depuis deux jours qu'il marchait — misérable silhouette noyée dans une foule de gueux — Jacques cherchait l'occasion de s'échapper, de fuir cet apathique troupeau de vaincus qu'une poignée de gardiens poussait vers le nord-est.

Une fois déjà, la veille, peu après Péronne, alors que

243

Les palombes ne passeront plus

la colonne traversait le village de Nurlu, il avait bondi
dans une maison éventrée. Aussitôt vu, repris et battu,
il avait réintégré les rangs sans pour autant abandonner
son projet d'évasion. Il fit quelques pas, se pencha vers
un caporal étendu dans le trèfle.

— T'as encore du tabac? lui demanda-t-il en sortant
sa pipe.

— Non, plus rien, dit l'autre en mâchouillant un brin
d'herbe.

Le jeune caporal l'observa, ébaucha un sourire fatigué.

— Toi, dit-il, tel que je te vois, tu veux encore te tirer
de là!

— Tout juste.

— C'est con, ils te reprendront! D'ailleurs, moi je
parie qu'ils ne vont pas nous garder, on est trop nombreux!

— Peut-être, mais je vais filer quand même. Regarde,
rien ne nous retient, c'est pas ces quelques sentinelles...
On part ensemble?

— Des clous! Je tiens à mes os, moi!

Jacques haussa les épaules et repartit s'allonger en
attendant la nuit.

Il patienta jusqu'à 11 heures du soir puis, à plat
ventre, se coula dans le champ de blé. Un quart d'heure
plus tard il était dans le bois. Il s'orienta aux étoiles et
marcha plein sud.

C'est en voulant contourner le petit bourg d'Avesnes-
le-Sec qu'il se jeta dans un bivouac allemand. Une longue
rafale le stoppa dans sa course et elle résonnait encore
dans ses oreilles lorsqu'un coup de crosse l'assomma.

Solidement encadré, il rejoignit ses camarades au petit
matin et subit un nouveau passage à tabac avant que le
convoi s'ébranle en direction de Valenciennes.

Surmontant son découragement, il griffonna un bref
mot à l'adresse de ses parents et profita de la traversée
de Douchy-les-Mines pour le lancer en direction d'une
vieille femme prostrée devant sa maison détruite.

Les amis de Louise bivouaquèrent chez les Vialhe
pendant deux jours, car le conducteur gardait un tel
souvenir de son premier voyage qu'il appréhendait l'ins-

244

L'heure du choix

tant où il devrait se glisser de nouveau dans le flot des véhicules qui fuyaient vers le Sud.

Même la route qui traversait Saint-Libéral dégorgeait maintenant de gros paquets de fuyards; ils venaient de Limoges, de Châteauroux, de partout. Ils avaient tous des yeux hagards de bêtes traquées et se précipitaient sur la fontaine du lavoir dès qu'ils l'apercevaient. Beaucoup se pressaient aussi à la mairie pour quémander l'abri d'un toit, ne serait-ce que pour une nuit. Submergé de travail, Léon appela à la rescousse tous les membres du conseil municipal.

A Pierre-Edouard et à Maurice revint la charge de nourrir ceux qui avaient faim, et ils avaient tous faim. Pierre-Edouard se trouva alors dans l'obligation de réagir contre son abattement pour mener à bien la tâche qui lui était confiée. Cela le sauva. Il reprit pied, retrouva son énergie, et si les informations — de plus en plus catastrophiques — continuèrent à le torturer, du moins les accueillit-il désormais non plus avec passivité et dans l'accablement, mais avec violence et dans la colère.

Il retomba pourtant dans le désespoir lorsque, le 17 juin, à 12 h 30, alors que toute la famille Vialhe était à table, résonna dans la T.S.F. la voix chevrotante du Maréchal. Attentif, Pierre-Edouard hocha vigoureusement la tête à la fin de la première phrase du message et murmura même : « Bravo, il est temps qu'il prenne les rênes! » Puis, peu à peu, sa physionomie changea et, soudain, ses traits se creusèrent.

Jusqu'à cet instant, il avait fait confiance, toute confiance au vieux soldat et si ce dernier lui avait demandé de prendre les armes, c'est sans hésitation qu'il aurait rejoint sa place à la tête d'une batterie de 75. Toutes les espérances et toute la foi qu'il portait dans un homme qu'il jugeait providentiel s'écroulèrent en quelques secondes.

Paul le vit pâlir, puis se crisper. Il nota aussi que sa respiration s'accélérait tandis que ses lèvres tremblaient et s'affola à l'idée de le voir pleurer. Enfin, il se maîtrisa et ses yeux restèrent secs, mais lorsqu'il reposa la cuillère qu'il serrait dans sa main, Paul remarqua qu'elle était tordue comme un simple fil de fer. Puis il se leva,

245

Les palombes ne passeront plus

tourna vivement le bouton du poste de radio et se rassit.

— Pourquoi tu l'éteins? demanda le vieux Jean-Edouard, on aurait eu d'autres informations!

— Aucun intérêt! coupa-t-il.

— Moi, poursuivit son père, je crois que le Maréchal ne pouvait pas faire autrement. Maintenant la guerre va s'arrêter et c'est tant mieux pour tout le monde.

— Ecoutez, dit sèchement Pierre-Edouard, vous êtes libre de penser et de dire ce que vous voudrez, mais ne le faites pas devant moi! hurla-t-il en abattant son poing sur la table.

— Non mais, qu'est-ce qui te prend? protesta le vieillard, je croyais que toi aussi tu réclamais le Maréchal!

— Mais pas pour se rendre, bordel de merde! cria-t-il de nouveau. Il vient de nous vendre, ce vieux salaud! Et il ose parler d'honneur? Miladiou! Si encore il s'était collé une balle dans la tête à la fin de son discours, même pas; ah le fumier!

— Calme-toi, implora Mathilde, comme a dit ton père, sans doute qu'il ne pouvait pas faire autrement. Moi, je crois qu'il faut lui faire confiance.

— C'est évident, intervint Louise, si tu avais vu l'exode comme je l'ai vu... Il fallait que ça cesse! D'ailleurs, on ne pouvait pas tenir!

— Toi, fous-moi la paix! lui jeta Pierre-Edouard en se levant, si tu avais vu la guerre comme je l'ai vue, tu ne parlerais pas comme une défaitiste! La guerre, c'est fait pour se battre, pas pour se déculotter! Et on vient de se déculotter! ricana-t-il en ouvrant la porte.

Il la claqua sèchement derrière lui et partit vers les puys.

Il marcha pendant deux heures, arpenta toutes ses terres, mais il ne les vit pas vraiment tant la colère lui brûlait le sang.

Puis il escalada le puy Blanc, s'assit au pied d'un genévrier, sortit sa pipe et l'alluma. Alors, peu à peu, il se calma, se raisonna même, s'efforça de retrouver quelque espoir, se remémora les paroles du Maréchal et tenta d'y déceler une phrase, un mot qui lui aurait permis de reprendre courage. En vain.

246

L'heure du choix

C'est le cœur lourd qu'il choqua plus tard sa pipe éteinte contre le talon de son sabot et qu'il redescendit vers le bourg. Là, il s'aperçut tout de suite que d'autres avaient eu la même réaction que lui et qu'ils étaient maintenant aussi désemparés, abattus, contrits; mis devant le fait accompli et contraints de le subir.

— Alors? demanda Léon dès qu'il le vit.

— Alors rien.

— Tu penses comme moi?

— Qu'est-ce que tu penses?

— Qu'on est trahis.

— Oui.

— Pourtant, murmura Léon, je ne sais pas si le vieux pouvait faire autrement. Bien sûr, ça fait mal au cœur, mais quoi, les Boches sont à Paris, alors...

— Il fallait se battre! Nous on s'est battus et tu en sais quelque chose!

— Oui, mais peut-être que ce n'est qu'une feinte, il est malin le vieux, peut-être qu'il a un plan...

— Peut-être, reconnut Pierre-Edouard, mais alors il le cache bien, parce que pour le moment, tout ce que je vois, c'est qu'il a dit de déposer les armes!

— Il faut attendre, dit Léon, attendre et voir.

— Moi je trouve qu'on a tellement attendu que c'est maintenant qu'on voit, et c'est pas beau.

— Tu devrais aller chez toi, Mathilde est passée tout à l'heure pour voir si tu étais ici, il paraît que t'as braillé comme un veau et que tu les as tous engueulés! Oh, c'est pas un reproche, moi j'avais personne après qui gueuler, alors j'ai cassé mon poste avec ça, dit-il en agitant sa prothèse. Ben oui, sur le coup, ça m'a tellement fait dépit d'entendre ça que j'ai voulu l'arrêter, j'ai tourné le bouton un peu fort... Et puis maintenant, après avoir réfléchi, je me dis qu'on n'a peut-être pas tout compris, et puis qu'on ne peut pas tout savoir, hein?

— C'est possible, admit Pierre-Edouard, peut-être qu'on n'a pas tout compris. C'est à cette idée qu'il faut s'accrocher, c'est la seule qui donne un peu d'espoir.

Au cours de l'épuisant périple qui le conduisit de Valenciennes jusqu'au sud de la Prusse-Orientale,

247

Les palombes ne passeront plus

Jacques ne retrouva pas une seule occasion pour fausser compagnie à ses gardiens.

Terriblement éprouvés par douze jours de voyage à travers toute l'Allemagne, ses compagnons et lui furent enfin débarqués en gare de la petite ville de Hohenstein, puis dirigés sous bonne escorte vers le Stalag 1 B où grouillaient déjà des milliers de prisonniers qui, chaque soir, devaient s'entasser à 500 dans des baraques prévues pour 200 hommes.

Huit jours durant, Jacques subit le régime du camp et, comme tout le monde — et sous peine de mourir de faim — il dut se lever chaque matin à 4 heures et faire la queue, parfois jusqu'à 14 heures, pour obtenir la vitale gamelle de soupe.

Affaibli, sous-alimenté, battu parfois, il perdit peu à peu tout espoir d'évasion. D'ailleurs, où aller? Et comment franchir les deux mille kilomètres qui le séparaient de Saint-Libéral?

Dans la nuit du 29 juin, Jacques et une centaine de ses camarades furent réveillés par les braillements et les bourrades des gardiens et conduits jusqu'à la gare.

— Peut-être qu'ils vont nous libérer? suggéra un optimiste lorsque le train s'ébranla.

— Compte là-dessus, on tourne le dos à la France, grogna Jacques après avoir jeté un coup d'œil par la minuscule ouverture de leur wagon à bestiaux.

— Et comment tu le sais?

— Toquard! Regarde le soleil, on va droit dessus, tu l'as souvent vu se lever à l'ouest?

Ils arrivèrent à Lützen dans la matinée et ce fut en camion qu'ils atteignirent enfin la bourgade de Reichensee où on les aligna sur la grand-place.

— Les ouvriers et paysans ici, les étudiants et bureaucrates là! beugla peu après un interprète qu'accompagnaient plusieurs officiers et sous-officiers.

Jacques n'hésita pas une seconde, prit le bras de son camarade André — perdu de vue lors des combats sur la Somme et retrouvé au cours de leur voyage — et marcha vers le groupe des manuels.

— T'es fou! protesta André, je suis expert-comptable moi!

— Ta gueule! souffla Jacques qui, d'instinct, mais

248

L'heure du choix

aussi en souvenir du capitaine de Périgueux et de son mépris pour les intellectuels, devinait que le camp des paysans était le moins mauvais.

Inspecté peu après, il sentit peser sur lui les regards soupçonneux des militaires et des civils qui étaient là pour choisir les meilleures recrues.

— Toi, pas terreux! pas terreux! brailla soudain l'interprète, mains trop blanches, pas terreux! Et lui, lui, et lui pas plus! Grosses crapules françaises!

— Cette blague, dit Jacques, ça fait dix mois qu'on ne fout rien!

— Pas terreux! s'entêta l'autre.

— Si! dit Jacques. Il avisa soudain un vieux paysan qui, faux à l'épaule, observait passivement la scène et marcha vers lui. Moi, agriculteur, répéta Jacques à l'adresse de l'interprète, tiens, regarde, cul d'ours, murmura-t-il en tendant la main vers la faux.

L'autre hésita, puis lui tendit son outil. Jacques passa l'index sur la lame, fit la moue, puisa la pierre dans le coffin suspendu à la ceinture du faucheur et affûta prestement la faux. Et sa technique dénotait une telle habitude qu'elle suffit à convaincre le vieux paysan.

— Schön, schön! dit ce dernier en regardant l'interprète.

— Non mais sans blague! triompha Jacques.

— Alors lui, pas terreux! décida l'Allemand en désignant André.

— Si! protesta Jacques. Tiens, il va aller vous faucher cette plate-bande, proposa-t-il en désignant un superbe massif de tulipes.

L'homme le regarda d'un air effaré, puis haussa les épaules, grommela un « Ya, vous deux terreux! » et se désintéressa de leur sort. Le soir même, Jacques et André découvrirent le village de Kleinkrösten, situé de l'autre côté du lac Jagodner, et entrèrent comme ouvriers agricoles dans la ferme du vieux Karl.

Malgré son découragement et le surcroît de travail créé par la présence des réfugiés qu'il fallait recevoir, loger et parfois surveiller — certains avaient une fâcheuse tendance à faire main basse sur les volailles,

249

Les palombes ne passeront plus

les fruits et les légumes — Pierre-Edouard décida de commencer à couper ses foins. Il avait déjà plus de quinze jours de retard et se reprochait maintenant l'accablement anxieux qui l'avait paralysé jusque-là et poussé à une lamentable inaction. Il s'en voulait de cette faiblesse et ne cherchait même pas à s'excuser en se disant que tous, à Saint-Libéral, avaient sombré dans la même dépression; il était possible de compter sur les doigts de la main ceux qui avaient eu le courage, ou l'inconscience, de se lancer dans la fenaison comme si de rien n'était.

Aussi, dès le matin du 20 juin, aidé par Paul, Nicolas, Mathilde et Louise — qui assura que ça la rajeunissait — commença-t-il à faucher. Il était temps, l'herbe mûre avait tendance à se coucher et, par endroit, le trèfle blanc moisissait déjà.

En quinze jours de labeur acharné, il rattrapa le temps perdu et, la fatigue aidant, oublia un peu son humiliation et sa colère du 17 juin. Personne d'ailleurs à la maison n'en avait reparlé, et les seules conversations engendrées par la situation touchaient exclusivement le sort des prisonniers et, surtout, la date de leur libération. Bien que tout le monde soit optimiste à ce sujet — il semblait invraisemblable que les Allemands veuillent s'embarrasser de deux millions de captifs — Mathilde et Louise étaient pitoyables d'inquiétude. Sans nouvelles, ni de Jacques ni de Félix, elles guettaient fébrilement le facteur puis, devant sa négation désolée, cherchaient à s'encourager mutuellement, chacune puisant dans les arguments de l'autre une raison d'espérer.

La fenaison achevée, Pierre-Edouard commença aussitôt les moissons. C'est alors qu'éclata l'annonce du bombardement de Mers el-Kébir par la flotte anglaise et le massacre, par ces prétendus alliés, de 1 300 marins français.

Déjà complètement désorienté par la politique en vigueur depuis la défaite, Pierre-Edouard perdit pied, ne sut ni vers qui, ni où se tourner et finit par penser que, tout bien pesé, le Maréchal Pétain était un moindre mal; mais il ne lui pardonna pas pour autant. Pour lui, il resta toujours l'artisan de la capitulation.

L'heure du choix

Le mot griffonné par Jacques mit plus d'un mois à parvenir à Saint-Libéral, mais pour périmé et laconique qu'il fût, il redonna un peu de joie dans la maison Vialhe.

Rassurée, mais consciente que son bonheur pouvait faire mal à sa belle-sœur, Mathilde s'empressa de démontrer à Louise que le message qu'elle attendait était sans doute déjà en route et qu'il fallait prendre patience. Et la lettre arriva, le 27 juillet, elle était postée de Marseille.

D'abord Louise n'y comprit rien et, persuadée que son fils était lui aussi prisonnier, elle se demanda aussitôt de quel droit les Anglais le retenaient. Car Félix écrivait de Londres. Ce n'est que peu à peu qu'elle comprit. Coincé à Dunkerque, il avait eu la chance de pouvoir s'embarquer pour l'Angleterre. « Et maintenant, expliquait-il, j'ai la joie de pouvoir continuer à me battre sous les ordres du général de Gaulle...

— Mais qu'est-ce que c'est que cette histoire? gémit Louise, et puis, qui c'est ce général? Et pourquoi le cachet de la poste est de Marseille?

C'est en lisant le post-scriptum qu'elle comprit. Félix avait confié son message à un ami qui retournait en France. Hésitante, ne sachant si elle devait rire ou pleurer, elle tendit la lettre à Pierre-Edouard.

— Tiens, si tu y comprends quelque chose!

Il lut à son tour, fronça d'abord les sourcils, puis sourit.

— Alors il existe vraiment ce Legaule! Non, de Gaulle, se reprit-il après avoir vérifié ce qu'avait écrit Félix. Sacré Léon, il est toujours aussi bien renseigné! Oui, expliqua-t-il, il m'en a vaguement parlé il y a huit jours, mais je n'y avais pas prêté beaucoup d'attention parce que ça me semblait impossible. Il paraît qu'il a dit à la radio anglaise qu'il voulait continuer à se battre.

— Mais la guerre est finie! protesta Louise.

— Faut croire que c'est pas son avis! Vrai, ajouta-t-il soudain tout heureux, je suis bien content qu'il y ait au moins un général qui leur fasse un bras d'honneur, aux Boches! Ça au moins, c'est une bonne nouvelle!

— Mais que va devenir Félix? insista Louise.

251

Les palombes ne passeront plus

— Est-ce que je sais, moi! De toute façon, il n'est pas prisonnier, lui, c'est déjà une bonne chose. Allez, ne t'inquiète plus, maintenant tu sais où il est, c'est le principal, non?

— Bien sûr, reconnut-elle, mais enfin, j'aurais quand même préféré qu'il revienne. On aurait pu rentrer chez nous, tandis que là je vous embarrasse jusque dans votre chambre!

— Mais tu es chez toi ici! protesta-t-il.

— Peut-être, mais je vous gêne.

— Pas du tout, intervint Mathilde, d'abord tu nous aides, et ensuite le petit Pierre est sage comme un Jésus! Et puis le père en est fou.

— Mais oui, renchérit Pierre-Edouard, ne t'inquiète pas, tu peux rester ici aussi longtemps qu'il faudra. Après tout, on peut se serrer un peu, c'est la guerre, non? Enfin, c'est ce qu'a l'air de penser Félix.

Si Pierre-Edouard, absorbé par son travail, s'était détourné d'une actualité qui l'écœurait, Paul, dès le 25 juin, avait entendu parler de l'appel de Londres. Un de ses camarades de Perpezac avait eu la chance de capter le message et lui avait expliqué ce qu'avait dit ce général inconnu.

Paul avait tout de suite été séduit par cette possibilité d'aventure qui s'offrait à lui. Partir, rejoindre Londres et là, se battre, se battre comme un chien pour effacer l'humiliation qui avait presque fait pleurer son père, et pour oublier la honte qu'il avait ressentie lorsqu'il avait réalisé qu'il était, lui aussi, un vaincu.

Pendant un mois, et parce qu'il doutait encore qu'il fût possible de poursuivre la lutte, il se renseigna, interrogea discrètement ceux qu'il supposait pouvoir être au courant de ce fantastique événement. Un soir même, profitant de l'absence de son grand-père qui, fatigué, avait rejoint sa chambre beaucoup plus tôt qu'à l'accoutumée, il parvint à écouter la B.B.C. Il en fut bouleversé. Ainsi c'était bien vrai! Il existait encore des Français pour dire que la guerre n'était pas finie, qu'elle venait à peine de commencer et qu'elle devait être soutenue par tous ceux qui refusaient la botte allemande.

L'heure du choix

Ce soir-là, il faillit courir prévenir son père, le sortir du lit et lui annoncer la bonne nouvelle. Mais il se ravisa. Son père était tellement amer, tellement triste que, sans le vouloir, il était capable de détruire un à un tous ses arguments, de briser tous ses espoirs, d'éteindre sa fougue. Alors, parce qu'il avait malgré tout besoin de s'épancher, de proclamer son enthousiasme, de s'entendre dire qu'il avait raison de vouloir partir, il alla voir Nicolas.

— Et pourquoi tu me racontes ça? lui demanda Nicolas peu après, moi je ne suis pas français, pas italien, pas allemand, mon pays n'est pas en guerre. Alors...

— Mais tu t'es battu pour lui, dans le temps, c'est papa qui me l'a dit. Et c'est bien pour ça que tu es ici, d'ailleurs!

— C'est vrai, avoua Nicolas, je me suis battu et j'ai perdu. Il sortit sa corne à tabac, se versa une prise et l'absorba en deux reniflements. J'ai perdu, redit-il, mais j'ai quand même eu raison de me battre. Il faut toujours se battre pour son pays.

— Ah, tu vois! triompha Paul, alors il faut que je parte, hein?

— Ça, c'est pas moi qui peux le dire.

— Et tu crois que papa comprendra si je m'en vais? Nicolas haussa les épaules.

— Il est malheureux, très malheureux, il n'est même pas venu visiter les ruches avec moi, alors...

— Tu crois qu'il faut que je le prévienne?

— Tu ne vas pas t'en aller comme un voleur, non? Et ta mère, qu'est-ce qu'elle penserait?

— C'est vrai, murmura Paul soudain conscient de la gravité de la décision qu'il allait prendre, bon, je les préviendrai.

La lettre de Félix arriva le lendemain et Paul y vit un signe du ciel. Le soir même, alors qu'avec son père il venait de finir de moissonner la pièce du Perrier et que, déjà, les trois belles de l'été, Véga, Altaïr et Deneb, s'allumaient en triangle, Paul déposa la treizième gerbe d'un dème, celle qui protège la meule, puis se tourna vers son père.

— Je vais partir, annonça-t-il.

— Ah bon, dit Pierre-Edouard qui comprit tout de

Les palombes ne passeront plus

suite. Il arracha une tige de blé à une gerbe, égrena
l'épi dans sa main et doucement, croqua les grains un
à un. C'est vrai, reprit-il, ça fait maintenant un bout
de temps que tu as dix-huit ans, mais j'avais cru qu'avec
tous ces événements... Et puis, qu'est-ce que tu veux aller
foutre à Paris maintenant? Si ça se trouve, les Boches
ne te laisseront même pas rentrer!

— Je ne veux pas aller à Paris, mais à Londres, avec
de Gaulle, comme Félix!

— Oh alors, c'est pas pareil, murmura Pierre-Edouard,
pas pareil du tout!

Et malgré l'obscurité, Paul vit qu'il souriait.

— Alors, je peux partir? insista-t-il.

— Je t'avais dit que je ne te retiendrais pas, lui
rappela son père. Mais comment vas-tu t'y prendre, c'est
loin l'Angleterre!

— Je ne sais pas, je me débrouillerai.

— C'est ça, il faut que tu te débrouilles, absolument!
Il faut que tu réussisses! Ecoute, je ne le dirai jamais
à ta mère, parce qu'elle, elle est presque contente que
ton frère soit prisonnier. Tu comprends, pour elle, maintenant il est sauvé, ça la rassure, c'est normal. Les
mères, elles aiment toutes que leur petit soit à l'abri.
Mais moi ça me fait dépit de le savoir aux mains des
autres, oui, ça me fait dépit! Un prisonnier, c'est fait
pour s'échapper, pour essayer au moins. J'ai peur que
ton frère ne sache pas s'en sortir. Alors, toi au moins,
il faut que tu réussisses, pour l'honneur des Vialhe!
Comme ça, personne ne pourra jamais dire que mes fils
se sont laissé faire comme des agneaux gras. Rappelle-
toi, nous, les Vialhe, depuis des siècles, on a toujours
été du côté des bergers et jamais du côté des bestiaux.
Avec cette guerre perdue, ton frère prisonnier, j'avais
peur de me retrouver chez les moutons, maintenant je
suis rassuré. Enfin, par certains côtés, parce que... Tu
comprends, ça me fait quand même peur de te voir
partir... Alors, si tu veux, plutôt que de te lancer à l'aveu-
glette, on va essayer de mettre quelques atouts de ton
côté. Il faut que tu gagnes, mon Paul, il le faut..

L'heure du choix

17

Pierre-Edouard tendit doucement la main, tâtonna un peu; ses doigts calleux se posèrent sur l'épaule de Mathilde qui reposait à côté de lui, remontèrent vers le visage et caressèrent la joue humide.

Il ne s'était pas trompé, elle pleurait, sans bruit, peut-être à cause de Louise qui s'agitait dans son lit à deux mètres d'eux, ou pour ne pas intriguer Mauricette et Guy, qui, eux non plus, ne dormaient sans doute pas. Il était rare que Mathilde cède ainsi au chagrin, mais lorsque cela lui arrivait, elle le faisait toujours avec une grande pudeur, une pathétique discrétion qui le démoralisait, le désarmait. Et cette nuit, elle pleurait et il ne pouvait rien faire, rien dire pour la consoler.

Il s'était douté que l'annonce du départ de Paul la bouleverserait, qu'elle protesterait et tenterait de s'y opposer; mais s'il avait bien misé quant à la première réaction, l'autre l'avait pris de court. Mathilde avait simplement dit : « C'est normal, c'est ce qu'il doit faire », mais il savait qu'elle avait tellement forcé sa volonté pour énoncer cette petite phrase, qu'elle avait tellement étouffé ses véritables sentiments, qu'il en souffrait pour elle. Elle qui, déjà, subissait en silence, et sans se plaindre, l'absence de Jacques et qui, désormais, serait doublement assaillie par l'incertitude, l'angoisse, le désespoir parfois.

Il se glissa vers elle, l'attira, la nicha contre son épaule et, de ses mains rugueuses, longtemps, longtemps, il essuya les larmes qui roulaient.

— Ton père a raison, dit Léon, si tu pars comme ça, mains dans les poches, tu n'iras pas loin!

Ils étaient tous les trois dans la cuisine des Dupeuch et Pierre-Edouard avait apprécié que sa belle-sœur s'éclipse lorsque Léon avait simplement dit :

255

Les palombes ne passeront plus

— C'est une affaire qui doit se régler dans la discrétion..

Maintenant, ils avaient bien étudié la carte et en revenaient au même point. Aller jusqu'à la frontière espagnole ne posait aucun problème, la franchir en fraude n'était pas une mince histoire et traverser toute l'Espagne jusqu'au Portugal sans se faire pincer relevait presque du miracle; surtout dans un pays qui sortait à peine de la guerre civile.

— Moi j'ai bien une idée, dit Léon, mais je ne peux pas te dire ce soir si ça marchera. Pour bien faire, il faudrait même que j'aille voir sur place, c'est plus sûr. En ce moment, j'ai pas confiance dans les lettres, et encore moins dans le téléphone!

— Qu'est-ce que c'est, ton idée? demanda Pierre-Edouard.

— Tout simple, dit Léon en remplissant les verres, j'ai un collègue qui fait toutes les foires du Sud-Ouest. Il monte vendre jusqu'à Toulouse des chevaux espagnols. C'est un malin, il a toute une équipe de copains de l'autre côté de la frontière et ces gars-là, ils font passer les chevaux en contrebande, par troupeaux entiers, au grand galop et dans les coins perdus; alors les douaniers, attrape-moi si tu peux! dit-il en riant. Et il récupère de bons chevaux, je le sais, je lui en ai achetés... Ça fait plus de dix ans qu'il a commencé, la guerre d'Espagne l'a gêné, mais maintenant, je sais qu'il a repris son petit commerce, c'est dire s'il connaît le secteur et les Espagnols!

— Eh bien, dit Pierre-Edouard en souriant, ça me console de savoir que tu n'es pas le seul à être un fieffé voyou! Et il habite où ton trafiquant?

— A côté de Saint-Girons, mais si je veux le voir, j'ai qu'à descendre à Auch, c'est par là qu'il travaille le plus et je suis sûr de l'y trouver un jour de foire.

— Et tu crois qu'il fera passer Paul?

— Lui, non, l'est pas fou, c'est pas son genre de traverser la frontière en douce, mais ses copains espagnols, sûrement. Dame, quand ils ont livré un troupeau, faut bien qu'ils reviennent chez eux... Alors si on leur donne une petite pièce, sûr qu'ils se chargeront de ce

256

L'heure du choix

jeune poulain. Qu'est-ce que tu en penses, toi? demanda-t-il à Paul.

— Oh, moi je veux bien, mais je ne voudrais pas attendre cinquante ans, parce qu'alors, je préfère partir tout de suite!

— Tu patienteras bien quinze jours, non? dit Léon en jouant avec son verre vide.

— Mais oui, dit Pierre-Edouard, mais pour atteindre le Portugal?

— Alors là, mon vieux, j'ai plus de tuyau, s'excusa Léon. Remarque, une fois de l'autre côté, s'il se met bien avec les gars qui l'auront fait passer, peut-être qu'ils l'aideront. Parce que les chevaux, ils vont les chercher loin en Espagne, alors s'il reste avec eux... Mais écoute, petit, si ça peut tourner comme ça, dis-leur surtout que tu es du métier, et prouve-le leur. Tu verras, ils t'aideront. On dit toujours du mal de nous, les mercantis, pourtant, quand ça ne nous fait pas de tort, je veux dire quand ça ne fait pas perdre d'argent, on sait se rendre service.

Paul arriva à Londres quatre mois plus tard, en plein Blitz, le 12 décembre 1940. Quand il avait quitté Saint-Libéral par un matin de septembre, il croyait naïvement que, même en comptant au plus large, son périple jusqu'en Angleterre s'effectuerait en un mois.

Il avait vite déchanté lorsque le collègue de Léon, un certain Antoine Puylebec, lui avait expliqué, en rigolant de le voir si déconfit, que ses amis espagnols n'organisaient jamais leurs expéditions en été, les nuits étaient trop courtes, trop lumineuses aussi.

— Mais ils ne passent pas non plus en hiver, il y a trop de neige. Alors, pour moi, tu les verras vers la mi-octobre ou un peu avant si le temps tourne au froid.

Aussi, prenant son mal en patience, Paul avait travaillé avec Puylebec, courant fermes et foirails comme naguère avec son oncle. Et c'est au hasard de ses tournées, qu'un soir, faisant étape dans une petite auberge de Payssous, il avait lu dans les yeux de la jeune femme à qui Puylebec venait d'acheter une trentaine d'agneaux,

257

Les palombes ne passeront plus

que, s'il le voulait, une couche l'attendait à deux kilomètres de là.

Première nuit d'homme dans les bras d'une femme dont il ne connaissait que le prénom : Marguerite. Découverte tant attendue, tant imaginée, joie. Et puis déception et remords même lorsque, au matin, elle lui avait dit en riant et en l'attirant encore vers elle, que c'était la première fois qu'elle trompait son mari, prisonnier depuis juin, et qu'elle n'en était pas déçue. Lui, si, il se faisait une autre idée de la fidélité.

Enfin, le 20 octobre, alors qu'il pleuvait depuis deux jours et qu'un ciel bas coiffait les Pyrénées, l'annonce par Puylebec qu'ils partiraient ensemble le soir même. Ils roulèrent une partie de la nuit et arrivèrent au petit jour au pied de la montagne, dans un cirque austère qui avait déjà son paysage d'hiver. Les chevaux étaient là et Paul en dénombra une quarantaine.

C'étaient des animaux de taille moyenne, mais de bonne conformation, au dos et reins bien soutenus, noués en contre-haut, au garrot saillant; leur robe gris sale se confondait à merveille avec les rochers.

— On dirait des barbes un peu croisés d'arabe, dit Paul.

— T'as l'œil, gars, c'est bien ça, acquiesça Puylebec.

Léon avait toujours enseigné à son neveu que moins on questionne sur la provenance d'une bête, mieux on se porte, pourtant il hasarda :

— Dites, je croyais que les gens crevaient de faim en Espagne, alors pourquoi ils ne gardent pas leurs chevaux?

— Ils n'ont plus de sous, ils ne peuvent pas les payer un bon prix, c'est pour ça que ces gars-là prennent le risque de passer la frontière. Ici, nous on paie bien, surtout depuis la guerre, expliqua cyniquement Puylebec en marchant à la rencontre du groupe d'hommes qui venait de sortir d'un abri de montagne.

— Voilà, dit-il à Paul peu après, c'est d'accord, tu passes ce soir avec eux. Ils ne veulent même pas d'argent, je leur ai dit que tu étais un confrère, tu les aideras juste à porter leurs marchandises.

— Ah bon? On en repasse?

— Tant qu'à faire...

258

L'heure du choix

— Mais pas des chevaux quand même?

— T'es fou? Des bas, des bas de soie et des culottes aussi, et tout un tas de fanfreluches pour femmes. Ça t'étonne? C'est vrai qu'ils crèvent de faim là-bas et qu'ils n'ont pas de sous, mais pas tous mon gars, pas tous! La misère de presque tous, ça fait toujours la richesse de quelques-uns... Alors, si les richards veulent que leurs cocottes se mettent les nichons dans la dentelle et pètent dans la soie, il faut leur fournir ce qu'ils veulent! L'ennui, c'est qu'avec la guerre on n'en trouve presque plus de ces fantaisies!

— Naturellement, dit Paul plutôt écœuré. Où sommes-nous ici?

— Sur mes terres, dans un coin de la Neste d'Aure. Allez, je repars, moi. Bonne chance, petit, je dirai à ton oncle que t'es un bon compère, que t'as l'œil et que tu sais acheter. Il t'a bien appris le métier, ça lui fera plaisir de le savoir.

— Sûrement, murmura Paul ému car, avec le départ de Puylebec, se coupait le dernier maillon qui le retenait à la France.

Ils franchirent la frontière la nuit suivante, non loin du pic de Lia, par un invraisemblable passage où seule une chèvre aurait pu les suivre. Au matin, après une harassante marche forcée, ils atteignirent enfin le Rio Cinca, le franchirent et s'enfoncèrent en forêt dans la direction de Parzân.

En un mois, grâce à l'aide de trois passeurs de chevaux qui devaient rejoindre la région de Salamanque, Paul franchit les quelque six cents kilomètres qui le séparaient du Portugal. Il comprit très vite que ses guides avaient, eux aussi, la hantise de tomber sur la garde civile. Aussi évitaient-ils les grandes villes et n'entraient jamais dans les villages qu'ils ne connaissaient pas.

Ils passèrent donc au large de Taffala, de Logroño et de Lerma. Evitèrent aussi Palencia et Zamora, indiquèrent à Paul la direction du Rio Douro, lui conseillèrent de le longer d'assez loin et en allant vers l'aval et filèrent vers le Sud.

Huit jours plus tard, Paul arriva à Mata de Lobos. De là il gagna Porto où il patienta plus d'un mois avant de pouvoir s'embarquer sur un cargo battant pavil-

259

Les palombes ne passeront plus

lon turc qui faisait route vers Newport. Il avait refusé, à quatre reprises, de prendre place sur des navires qui ralliaient l'Afrique du Nord. Ni Tanger, ni Oran, ni Alger ne l'attiraient. Pour lui, ces villes n'étaient que des points sur la carte et les Français qui, chaque soir, parlaient aux Français n'appelaient pas de là. Alors, pourquoi aller se perdre en Afrique du Nord puisque tout se passait en Angleterre.

Il apprit, en débarquant à Newport, de la bouche même d'un major, que son entêtement lui avait sans doute évité quelques mois dans une quelconque geôle de l'Administration coloniale française.

— Et maintenant, my boy, sourit l'Anglais en lui posant la main sur l'épaule, c'est moi qui vous arrête. Allez, little Franchie, suivez-moi, votre histoire est... very beautiful, but... qui me prouve qu'elle est vraie? Le royaume fourmille d'espions en ce moment!

Il ne fallut pas moins de huit jours à la police anglaise pour retrouver le certain Félix Flaviens — qui était paraît-il chez de Gaulle — dont Paul se recommandait à grands cris. Ce fut Félix lui-même qui vint le reconnaître et l'arracha enfin à sa cellule.

Depuis le 24 octobre 1940 et la rencontre de Montoire, la population de Saint-Libéral était scindée en plusieurs camps.

Il y avait d'abord les idolâtres du Maréchal. Pour eux, le vieillard rassurant incarnait le chef tant attendu, le sauveur, celui qui glorifiait le travail, honorait la famille et défendait la patrie. Et tous ses gestes — même sa poignée de main au chancelier nazi — toutes ses paroles, étaient accueillies avec une ferveur qui confinait au fanatisme. L'abbé Delclos avait tout de suite pris la tête de ces zélotes d'un nouveau genre et veillait à ce que leur adoration en Dieu passe par la foi au Maréchal. Son activisme béat, loin de le couper de ses fidèles, lui en avait même ramené; des femmes et des vieillards d'abord, mais aussi des anciens combattants, comme Delpeyroux ou Duverger.

En face d'eux, mais minoritaire, flottait la petite masse des indécis, des attentistes, des presque convaincus — car

L'heure du choix

le Maréchal avait quand même de bonnes idées — et des sceptiques aussi. Le docteur Delpy se rangeait parmi ces derniers et ricanait en haussant les épaules :

— Le curé veut nous faire croire que nous sommes guidés par un nouveau saint Philippe. Encore un peu et il nous dira qu'il est puceau ! Bon sang, pour autant que je sache, c'est pourtant un sacré sauteur, ce vieux !

Enfin, farouches opposants depuis qu'ils se savaient combattus par Vichy, venaient les communistes, comme Brousse, Bouyssoux, Tavet. Quant à Pierre-Edouard, Léon, Maurice et quelques autres, ils se taisaient. Pour eux, le Maréchal était une énigme. Plutôt bon lorsqu'il promettait d'activer la libération des prisonniers, qu'il chassait l'affreux Laval et proclamait les vertus du travail de la terre, franchement mauvais lorsqu'il avait signé l'armistice, serré la main de Hitler et recommandé la collaboration avec l'ennemi.

Toutes ces volte-face, ces contradictions, inclinaient Pierre-Edouard et Léon à penser qu'il pratiquait un savant double jeu, et cette idée n'était pas pour leur déplaire. Tout ce qu'ils savaient, eux, c'est que le seul et véritable ennemi, c'était l'Allemand.

C'est sans trop y croire que depuis le départ de Paul, et à sa demande, Pierre-Edouard captait tous les soirs la radio anglaise. Paul lui avait assuré que, sitôt en Angleterre, il lui ferait parvenir un message.

— Bon, avait dit Pierre-Edouard après un instant de réflexion, il ne faut quand même pas que tu dises notre nom, alors tu n'auras qu'à dire : « Je m'appelle Paul, de Corrèze en Limousin, je vais bien et je vous embrasse tous. » On comprendra.

Puis Paul était parti et les mois avaient coulé. Angoissée dès son départ, Malthilde n'avait cessé de se ronger les sangs au fil des jours ; mais, là encore, elle se dominait et réussissait à offrir au petit Guy et à Mauricette, lorsqu'elle revenait de pension, un visage toujours souriant. Quant à Pierre-Edouard, lui aussi était gagné par l'inquiétude et chaque semaine qui passait l'enfonçait dans la certitude que Paul avait échoué. Il avait appris par

261

Les palombes ne passeront plus

Léon l'attente qu'il avait dû subir avant de passer en Espagne, mais on arrivait à Noël et Paul n'avait donné nul signe de vie.

Tout allait mal d'ailleurs chez les Vialhe. D'abord le père qui, de plus en plus souvent et plus longtemps surtout, perdait la notion des choses et du temps. Il émergeait de ses crises tout hébété, comme gêné, puis reprenait, pour un période, une parfaite lucidité.

Pierre-Edouard n'avait jamais compris comment il avait su que son petit-fils était parti pour rejoindre Londres, mais il le savait et, tout en critiquant un acte qui n'était pas conforme à ce que disait le Maréchal, il en était quand même très fier.

Après le père et ses absences, c'était Berthe qui donnait des soucis aux Vialhe. Elle n'avait pas écrit depuis plus d'un an et Pierre-Edouard en venait à croire que, comme Paul, elle avait disparu. Enfin, ni Jacques ni Félix n'avaient redonné signe de vie.

En ce 24 décembre 1940 et comme presque chaque soir depuis quelques mois, Léon, Yvette et leur fils vinrent passer la veillée chez les Vialhe. Il y avait maintenant longtemps que le vieux Jean-Edouard ne marmonnait plus en apercevant Léon; il avait pris son parti de voir son vieil ennemi s'asseoir à sa table. D'ailleurs, du moment qu'il pouvait écouter la radio, il était prêt à tout subir!

— C'est l'heure, dit Léon en regardant la grosse pendule.

— T'inquiète pas, j'y pense, le rassura Pierre-Edouard en allumant le poste.

Ils se turent tous, religieusement, et se penchèrent vers le récepteur pour mieux capter les messages qui filtraient à travers l'affreux brouillage. Des messages qui n'étaient pas encore incompréhensibles, comme ils le deviendraient plus tard, et qui, pour le moment, parlaient simplement de Jean, André ou Edmond qui embrassaient Thérèse, Raymonde ou Charlotte.

— C'est marrant, chuchota Léon, on entend mieux d'ici, tu dois être mieux situé que nous, faudra que j'allonge mon antenne.

— Chut! fit le vieux Jean-Edouard en fronçant les sourcils.

L'heure du choix

« Ici Pierre, de Saint-Ouen, j'embrasse Jeanine et mes parents. Vive la France ! »

— Ils disent la même chose que le Maréchal, hein ? demanda Guy.

— Chut... recommanda son père.

— Je m'appelle Paul, de Corrèze en Limousin. Je vais bien et mon cousin Félix aussi, on vous embrasse... »

Ils restèrent pétrifiés, hésitant à croire ce qu'ils venaient d'entendre.

« Je répète, grinça la voix : Je m'appelle Paul, de Corrèze en Limousin. Je vais bien et mon cousin Félix aussi, on vous embrasse. »

— Ça y est ! hurla Pierre-Edouard en enlaçant Mathilde, ça y est, miladiou ! Il a réussi et il a même retrouvé Félix ! Ah le bougre !

Ils s'embrassèrent tous et les hommes se tapèrent sur l'épaule en riant aux éclats et les femmes en pleuraient de joie.

— Vous avez entendu, père ? lança Pierre-Edouard, Paul est à Londres avec Félix ! Ah, quand même, vous avez de sacrés petits-fils, c'est des fameux Vialhe ça !

Et le vieux fit oui de la tête et tous virent que, lui aussi, pleurait de bonheur.

— Bon sang, ça s'arrose ! décréta Léon, d'ailleurs ce soir c'est réveillon, moi je paie le champagne !

— Oui, dit Mathilde en élevant le ton pour se faire entendre, mais on arrosera tout à l'heure ; d'abord on va à la messe de minuit, ici, dans la paroisse.

— Ici ? demanda Pierre-Edouard incrédule, mais on avait décidé d'aller à Perpezac ! Tu sais bien qu'on est tous brouillés avec le curé !

— Ici, répéta-t-elle, même si le curé est un... Elle avala le mot à cause des enfants, se reprit : même si le curé n'est pas du même avis que nous, même s'il y a belle lurette qu'il ne nous a pas vus. Moi, c'est dans l'église où j'ai été baptisée, où j'ai fait ma première communion, où nous nous sommes mariés, c'est là, et pas ailleurs, que je veux remercier le bon Dieu, même si ça me coûte, surtout si ça me coûte, on lui doit bien ça.

— D'accord, tu as raison, dit Pierre-Edouard, on va tous te suivre, enfin, ceux qui voudront bien sûr...

— J'irai, dit Léon qui n'avait pas mis les pieds à

263

Les palombes ne passeront plus

l'église depuis son mariage, j'irai, pour que tout le monde au bourg sache que ce soir nous sommes heureux!

— J'irai aussi, dit Nicolas, si vous voulez bien.

— Il ne faut pas vous croire obligé! dit Mathilde, gênée.

Il hocha sa tête toute blanche, sourit.

— Ça me gêne pas, moi aussi j'ai été baptisé et... et tout quoi. Et, des fois, madame patronne, bafouilla-t-il en retrouvant son accent, oui, madame patronne a raison, des fois il faut penser à dire merci à lui! acheva-t-il en dressant l'index vers le ciel.

Peu avant minuit, c'est dans une église comble qu'ils se frayèrent un passage jusqu'aux chaises du premier rang de tout temps réservées à la famille Vialhe. Elles étaient libres, car la vieille chaisière veillait jalousement à ce que chaque paroissien retrouve sa place lorsqu'il venait aux offices; même s'il n'y venait qu'une fois par an. De plus, il ne lui déplaisait pas que les vrais fidèles pussent, d'un coup d'œil, recenser les absents, leurs chaises vides les trahissaient...

Lorsqu'il vit les Vialhe, l'abbé Delclos n'en crut pas ses yeux et sa joie fut grande à la pensée que cette famille était enfin sur le bon chemin. Il se jura, in petto, d'aller leur rendre visite aussitôt qu'il le pourrait et commit l'erreur de tenir son serment. Car, deux jours plus tard, après dix petites minutes de conversation politico-théologique avec le vieux Jean-Edouard et Mathilde, il fut fermement reconduit à la porte par sa paroissienne.

— Décidément, lui lança-t-elle, vous vous occuperez toujours de ce qui ne vous regarde pas! Mais tâchez de ne pas l'oublier, chez nous, pas plus qu'on ne lui demande de tenir la chandelle on ne confond pas le bon Dieu avec la politique!

Paul avala péniblement sa salive, contempla la petite cuvette de sable qui l'attendait trente mètres plus bas, au pied de la tour, et sauta. Le moniteur avait eu beau leur expliquer que le système FAM était parfaitement au point et que la grande hélice — d'où partait le câble

L'heure du choix

attaché à son harnais — freinerait leur descente, le sol était loin...

Il atterrit brutalement, effectua néanmoins un très beau roulé-boulé et se releva fier comme un coq.

— Good, ponctua le moniteur, mais serrez davantage les jambes! My God! Pensez à une pucelle et faites pareil!

Paul acquiesça, déboucla son harnachement et rejoignit ses camarades. Il était heureux, plein de fougue et d'enthousiasme car, malgré la rigueur de l'entraînement, chaque jour passé dans ce camp de Ringway lui apportait la preuve qu'il était fait pour ce métier.

Déjà, il était rompu au close-combat, aux armes, aux explosifs, savait se servir aussi bien du F.M. Bren de 303, que de la Thompson 45 ou de la mitrailleuse Lewis. Bientôt, il effectuerait ses premiers vrais sauts. Il se jetterait d'abord d'une saucisse, immobile dans le ciel. Et tous ceux qui avaient tenté l'expérience assuraient qu'elle était plus redoutable et vertigineuse que les sauts d'avions; d'abord à cause de la lente ascension du ballon, ensuite parce qu'il fallait se lancer dans un étroit goulot — ouvert au milieu de la nacelle — sur lequel, si l'on n'y prenait garde, on risquait de s'éplucher la moitié du visage.

Puis, un jour, sous peu, il grimperait enfin dans le vieux Wittley, accrocherait sa static-line à la barre d'attache puis verrait rapetisser les hangars, la piste. Alors, une fois en plein ciel, au Go! du dispatcher, il plongerait vers la terre. Après six sauts de jour et un de nuit, brevet en poche, ce serait avec fierté qu'il pourrait aller tester auprès des petites Anglaises de Manchester le prestige que lui conférerait son béret rouge.

Lorsqu'il eut fini de faire sa provision de bois pour l'hiver suivant et comme il lui restait deux bons mois avant les sarclages de printemps, Pierre-Edouard décida de faire plaisir à Mathilde. Elle en avait bien besoin, car après la joie du 24 décembre, était venue la tristesse des jours, puis des semaines et des mois sans lettre de Paul.

Seul, Jacques avait enfin pu donner de ses nouvelles, laconiques mais bonnes. Il travaillait dans une ferme,

265

Les palombes ne passeront plus

semblait s'y plaire et était bien nourri. Malgré cela, depuis qu'elle avait son adresse, sa mère lui confectionnait tous les mois un gros colis de victuailles et le lui expédiait. Pierre-Edouard était presque certain qu'aucun n'arrivait à destination mais laissait faire, ça faisait tellement plaisir à Mathilde qui, il le devinait, se rongeait pour ses fils.

Alors, parce qu'il le lui avait promis quelques années plus tôt, qu'il avait en réserve — au sec depuis cinq ans — une bonne volige de peuplier et de solides chevrons de châtaignier et qu'il put acheter des ardoises à un prix imbattable — il alla les chercher et les trier aux carrières d'Allassac — il entreprit de refaire toute la toiture de la maison de Coste-Roche.

Le plus gros problème qu'il dut résoudre fut pour se procurer les clous d'ardoise car, en cette période de pénurie, les clous de cuivre étaient presque introuvables. Ce fut Léon qui lui en dénicha quelques kilos chez un vieux quincaillier de Terrasson qui, outre un prix exorbitant, exigea par surcroît quatre poulets, six douzaines d'œufs et une bouteille de marc. Pierre-Edouard en passa par là et s'attaqua à la toiture pourrie.

Il dut tout mettre bas et refaire une charpente neuve. Mais grâce à Nicolas, qui savait vraiment tout faire et semblait connaître les ficelles de tous les métiers, ce fut presque un jeu d'enfant. Quand les fermes furent dressées, les entraits, moises, contre-fiches et faîtage bien assemblés, ils plaquèrent la volige et, rang par rang, impeccablement alignées, ils clouèrent les ardoises.

— Et voilà, dit-il lorsque, vers la mi-avril, tout fut fini et que Mathilde vint admirer son travail, ça valait bien le coup de patienter un peu?

— Elle est superbe! s'extasia Mathilde, ravie, quand je pense que tu voulais prendre un couvreur! Vous avez fait aussi bien et pour moins cher! Elle est belle notre maison!

— Très belle, et même si elle ne sert à personne, au moins il ne pleut plus dedans.

— Elle servira, assura-t-elle, elle servira un jour, pour... pour un des petits, ou peut-être pour nous, qui sait?

Une semaine plus tard, pendant le repas de midi,

L'heure du choix

une voiture s'arrêta devant chez les Vialhe. Peu après, avant même que Pierre-Edouard n'ait eu le temps de regarder par la fenêtre, quelqu'un poussa la porte et une femme entra. Elle donnait la main à un gosse d'une dizaine d'années qui sourit lorsque le chien vint lui renifler les jambes.

Pendant quelques secondes, Pierre-Edouard resta silencieux, scrutant la nouvelle venue, notant sa distinction, son maquillage, ses cheveux blond pâle, mais aussi, et surtout, cet air de famille qu'il reconnaissait, qu'il retrouvait après vingt ans.

— C'est toi, Berthe, dit-il enfin, et ce n'était pas une question.

Louise se leva à son tour, courut vers sa sœur et l'embrassa.

— Te voilà enfin! murmura alors le vieux Jean-Edouard après l'avoir brièvement dévisagée, mais il ne quitta pas sa chaise et attendit que sa fille approche. C'est ton fils? demanda-t-il en désignant le gamin.

— Non, je vous expliquerai, dit-elle en se penchant vers lui.

Il l'enlaça.

— Tu en as mis du temps, reprocha-t-il, oh, j'attendais toujours, mais je n'y comptais plus guère...

— J'aurais bien voulu, dit-elle, et Pierre-Edouard le sait, mais... Sa voix se brisa. Alors elle se redressa, se racla la gorge : mais je n'ai pas pu, voilà tout! dit-elle d'un ton énergique.

— Tu as peut-être faim? Et le petit aussi, demanda Mathilde. Comment tu t'appelles? questionna-t-elle en se penchant vers l'enfant.

— Il ne parle pas français, pas encore, dit Berthe en caressant la joue du gosse. Eh oui, expliqua-t-elle avec un sourire d'excuse, c'est un Allemand...

Mathilde eut un léger haut-le-corps, regarda Pierre-Edouard, sourit à son tour.

— Et alors, dit-elle, c'est d'abord un petit garçon et s'il a faim il faut qu'il mange.

Le soir même, alors que les enfants et Jean-Edouard étaient couchés, que Nicolas avait rejoint l'étable, Berthe

267

Les palombes ne passeront plus

parla, expliqua, raconta tout. Et souvent elle s'arrêta, comme pour reprendre courage, maîtriser sa peine et garder coûte que coûte un ton neutre, presque détaché, comme si tout ce qu'elle disait ne la concernait pas. Pourtant, c'était atroce.

Helmut d'abord, cet homme qu'elle devait épouser, cet Allemand qui, divorcé en 1933, avait fui un régime qu'il savait effroyable. Mais il n'avait pas assez fui, ni assez rompu avec son pays puisqu'il y avait conservé, en gérance il est vrai, deux maisons de couture.

— Et c'est comme ça qu'on s'est connu, expliqua Berthe, c'était en 34. Voilà. Et pendant l'été 39, quand tout a commencé à sentir encore plus mauvais, il a voulu revenir là-bas pour régler la vente de ses affaires. C'est alors qu'ils l'ont arrêté... Il voulait qu'après notre mariage on aille s'installer en Amérique. Oui, il savait que cette guerre allait être terrible...

Elle se tut, sortit son porte-cigarettes.

— Et maintenant? demanda Pierre-Edouard.

— Il est mort, je le sais depuis quinze jours... dit-elle en allumant une cigarette.

Et son frère eut pitié car il vit que ses mains tremblaient.

— Tu en es certaine? insista-t-il.

— Oui, je l'ai appris par sa sœur qui vit toujours là-bas. Je lui écrivais toutes les semaines. Ils l'ont mis dans un camp, je ne sais pas où, mais pas loin de Munich il paraît, et il est mort. Sa sœur a même reçu ses cendres dans une petite boîte en bois, une vieille boîte à cigares...

— Je vois... murmura Pierre-Edouard, mais pourquoi étais-tu en Suisse?

— A cause du petit, de Gérard, il était en pension à Zurich depuis le divorce de son père. C'est Helmut qui m'avait demandé de m'en occuper s'il lui arrivait malheur, il en avait la garde. Alors, maintenant que je sais qu'il n'y a plus rien à faire, plutôt que de laisser le gosse tout seul là-bas, j'ai pensé qu'il serait mieux ici, dans une famille.

— Tu as raison, dit-il, c'est ce qu'il fallait faire, on se débrouillera, mais... Il hésita.

— Oui? insista Berthe.

268

L'heure du choix

— Il ne faudra pas dire qu'il est allemand, les gens du bourg ne comprendraient pas, et on ne va quand même pas tout leur expliquer, hein? Ça ne les regarde pas. On dira que c'est un petit orphelin alsacien et que tu l'as recueilli pendant l'exode. Comme ça, personne ne nous ennuiera avec des questions idiotes. Et puis, surtout, il faudra qu'il apprenne le français, ça sera plus pratique pour tout le monde.

— Il y a autre chose, dit Berthe, dès qu'il sera un peu habitué, il faudra que je vous le laisse, parce que moi je ne peux quand même pas passer ma vie ici, j'ai à faire à Paris.

— Tu veux retourner là-haut? protesta Pierre-Edouard.

— Oui, même pendant la guerre les femmes s'habillent, enfin, certaines. Je le sais, mon assistante m'a écrit que les affaires tournaient toujours très bien, mais il faut quand même que j'y aille. Cependant, si le petit vous embarrasse, je l'emmènerai.

— Non, on s'en occupera, dit Mathilde.

— Si vous voulez, intervint Louise qui s'était tue jusque-là, c'est moi qui m'en chargerai. J'ai pensé que je pourrais m'installer à Coste-Roche avec le petit Pierre, on sera tranquille là-haut. Alors j'aimerais bien prendre Gérard, il me tiendra compagnie. Et puis surtout, ça vous débarrassera un peu.

— Je t'ai déjà dit que tu ne nous gênais pas! protesta son frère.

— Je sais, dit-elle, mais quand même. Ici, avec Berthe et le gosse, nous serons huit pour deux chambres, et neuf quand Mauricette viendra en vacances!

— Bon, reprit Pierre-Edouard après un instant de réflexion, je n'y avais pas pensé, mais c'est une bonne idée, on fera ça. Et puis on va tout de suite mettre le potager de Coste-Roche en état, comme ça, tu auras tes légumes sous la main. Mais il y a quand même un problème! il n'y a pas un seul meuble là-haut.

— Si ce n'est que ça, je m'en occuperai, dit Berthe, j'achèterai tout ce qu'il faut.

Huit jours plus tard, Louise, son petit-fils, Berthe et Gérard purent emménager à Coste-Roche où, désormais, il ne manquait plus rien, sauf l'électricité.

269

Les palombes ne passeront plus

Berthe s'accorda encore trois semaines de repos, puis rejoignit Paris, par le train. Elle savait que l'essence était presque introuvable en zone occupée et que, de toute façon, on réquisitionnerait vraisemblablement son véhicule si elle commettait l'erreur de s'afficher avec. Elle remisa donc sa petite Peugeot blanche au fond de la grange où Pierre-Edouard et Nicolas la mirent sur cales, la bâchèrent et la recouvrirent de paille.

— Je reviendrai dès que je pourrai, dit Berthe à son frère avant de grimper dans le car qui allait la conduire jusqu'à la gare de la Rivière de Mansac.

— Quand tu voudras, tu connais le chemin.

— Je te confie le petit.

— Ne t'inquiète pas pour lui, tu as bien vu, avec Guy ils font déjà une sacrée paire!

— Alors à bientôt. Elle l'embrassa, hésita un peu. A propos, dit-elle en baissant le ton, depuis un mois que je suis là, j'ai vu que tu ne savais pas trop où te situer. D'un côté tu écoutes la radio anglaise et tu as encouragé Paul à partir pour Londres, et de l'autre tu penses que le Maréchal finira par nous sortir de là, c'est ça?

— Et alors? jeta-t-il avec un peu d'agressivité car il estimait ne pas avoir de leçon à recevoir.

— Alors les deux ne vont pas ensemble, il faudra bien que tu choisisses ton camp un jour, je suis sûre que tu choisiras le bon!

— Ça ne sera peut-être pas celui que tu crois! dit-il sèchement, car il était agacé de l'entendre s'engager sur un sujet qui, pensait-il, ne regardait pas les femmes.

— Ne te fâche pas, dit-elle en souriant. Elle grimpa dans le car qui venait d'arriver puis se retourna : Oublie ce que je viens de dire, je sais maintenant que tu as déjà choisi!

CINQUIÈME PARTIE

LE SILENCE DES CRIS

18

Aussi brillante élève que l'avait été son frère aîné, Mauricette obtint aisément son baccalauréat en juin 1942. Son succès fut le seul événement qui apporta un peu de joie chez les Vialhe.

Depuis plus d'un an, chez eux comme partout, régnaient l'accablement et la tristesse. Pierre-Edouard et Mathilde avaient beau essayer de se rassurer mutuellement, l'absence de toutes nouvelles de Paul les angoissait, comme angoissait Louise le silence de Félix. Et les lettres que Jacques expédiait, si elles les rassuraient un peu, leur prouvaient aussi que leur fils n'était pas à la veille de revenir, et ce, malgré les promesses de Vichy.

A ces épreuves, s'ajoutait maintenant la certitude que la guerre serait longue, impitoyable. Elle était désormais mondiale et s'il était un peu réconfortant de savoir, par la radio anglaise, que les Allemands s'essoufflaient en Russie, il n'était pas encourageant d'apprendre, par Radio-Paris, que les Américains piétinaient lamentablement dans le Pacifique.

Mais toutes ces nouvelles, plus ou moins partisanes ou tendancieuses suivant les camps, touchaient moins Pierre-Edouard et Mathilde que celles fournies par Berthe à chacune de ses visites.

Elle venait environ chaque trimestre, passait huit à dix jours à Saint-Libéral, puis disparaissait pour trois

273

Les palombes ne passeront plus

mois. Et ce qu'elle racontait de la vie en zone occupée n'était pas pour redonner le moral. Elle parlait de la faim et de la misère qui sévissaient dans la capitale et des occupants qui, de jour en jour, devenaient plus pesants, plus exigeants.

— Ici, c'est le paradis! Vous mangez à votre faim, les restrictions ne vous touchent pas, mais à Paris...

C'était vrai, Pierre-Edouard le reconnaissait volontiers. Chez eux, on ne savait pas ce qu'était la faim. Ils avaient du pain, de la volaille, des œufs et lorsqu'il fallait — en attendant par exemple que les cochons soient assez gras — Pierre-Edouard sacrifiait un agneau ou deux. D'ailleurs, pour toute la viande, Léon avait une filière et en faisait largement profiter son beau-frère. En revanche, Pierre-Edouard le fournissait en un excellent miel — qui remplaçait avantageusement le sucre rationné — et en tabac, devenu rare, lui aussi.

Dès 1941, Pierre-Edouard s'était mis à cultiver du tabac pour son propre compte. Il était en infraction avec la loi, mais s'en moquait. D'ailleurs, qui pouvait savoir que le petit champ de maïs qui s'étalait derrière Coste-Roche recélait, en son centre, de plantureux pieds de tabac; ils n'étaient visibles qu'à condition de mettre le nez dessus et nul, sauf les Vialhe, ne montait jamais là-haut!

— Et en plus, vous gagnez de l'argent comme jamais! poursuivait Berthe.

C'était encore vrai et Pierre-Edouard n'en avait pas honte. Ce n'était pas sa faute si tout se vendait, et se vendait bien! Certains, au bourg, avaient même une fâcheuse tendance à abuser de la situation et à réclamer des prix scandaleux pour des denrées qui, avant guerre, auraient nourri les cochons. Pierre-Edouard n'était pas de ceux-là. Passe de cultiver du tabac en fraude, d'abattre clandestinement du bétail ou même, avec la complicité de Léon qui adorait ce genre d'expédition, de braconner sans vergogne sur les terres du plateau et sur les puys — depuis que la chasse était interdite le gibier foisonnait — mais de là à profiter de la faim des gens de la ville pour majorer les prix, il y avait un pas qu'il ne franchirait jamais; il avait toujours été honnête et entendait le rester.

Le silence des cris

Fait surprenant d'ailleurs, même Léon refusait avec dédain de pratiquer ce genre de commerce et Pierre-Edouard se promettait bien de lui demander un jour s'il agissait ainsi au nom de la morale ou, tout simplement, parce que voler ainsi était beaucoup trop simple. Trop vulgaire presque, et surtout pas assez excitant pour qu'un homme qui, en quarante ans de métier, s'était taillé la réputation du plus redoutable marchand de bestiaux qui soit, s'abaisse à cette vilenie que n'importe quel imbécile pouvait commettre en monnayant seulement une livre de carottes !

— Non, insistait Berthe, vous mangez bien, vous gagnez gros, vous n'avez pas le droit de vous plaindre !

— On ne se plaint pas de tout ça, mais des gosses qui sont partis et qu'on ne voit pas revenir ! rétorquait Pierre-Edouard, et puis, toi aussi tu as l'air de bien gagner ta soupe !

— C'est vrai. Que veux-tu, les Allemands aiment que leurs femmes portent de belles robes, alors...

— Et tu les vends à ces salauds !

— Tu ne leur vendrais pas tes veaux s'ils voulaient te les acheter ?

— Faudrait d'abord que j'en aie lorsqu'ils viendraient, et je crois bien que je n'en aurais pas souvent pour eux... Bon, parlons d'autre chose.

Toutes ces discussions finissaient par l'excéder. Il comprenait mal comment sa sœur parvenait à allier son sens du commerce et sa haine pour les ennemis. Car elle les haïssait, c'était visible. Pourtant, elle s'en servait puisque c'était par eux qu'elle obtenait si facilement ses laissez-passer pour venir en zone libre et qu'elle repartait, à chaque voyage, chargée comme une mule par toutes les provisions que lui donnait Mathilde.

— Dans le fond, elle les roule quand même, lui disait Mathilde pour tenter de l'apaiser car elle savait qu'il jugeait son attitude équivoque.

— Peut-être, mais je n'aimerais pas faire ça et je n'aime pas qu'elle le fasse !

— Elle ne peut sans doute pas faire autrement.

— J'espère ! Manquerait plus que ça qu'elle le fasse sans y être obligée ! Parce qu'alors, ça s'appellerait de la collaboration et c'est pas un mot qui a cours chez

275

Les palombes ne passeront plus

nous! Oui, tu as raison, tout compte fait, chaque fois qu'elle repart avec ses kilos de viande, de beurre, ses douzaines d'œufs et son miel et qu'elle le fait alors que c'est interdit, elle les couillonne!

La visite du chef de l'Etat en Corrèze plaça Léon devant un problème délicat. Les directives de la préfecture étaient formelles, les maires de toutes les communes avaient le devoir de recruter le plus grand nombre possible d'admirateurs et de les conduire jusqu'à Brive — grâce aux cars de ramassage prévus pour cette occasion — pour y acclamer l'auguste personnage.

Il était vivement recommandé aux anciens combattants d'arborer toutes leurs décorations et de sortir les drapeaux, aux femmes et aux enfants de se munir de fleurs et de corbeilles pleines de pétales de rose qui, le moment venu, seraient lancés sur le cortège officiel.

Tout le monde devait être en place dans l'après-midi du 8 juillet pour accueillir le Maréchal comme il le méritait. Venant de Tulle, il débarquerait en gare de Brive par le train de 18 h 07 et toute la population de la cité Gaillarde et des campagnes se devait de lui prouver que la ville méritait bien son nom de Riant Portail du Midi!

Quinze mois plus tôt, Léon se fût sans doute conformé aux directives préfectorales et, tout en jugeant plutôt puéril ce genre de manifestation, il se serait placé à la tête de ses administrés et les aurait conduits à Brive. Mais trop d'événements étaient intervenus depuis juin 1940.

Maintenant, Léon ne croyait plus que Pétain soit le sauveur car toutes les concessions qu'il faisait aux nazis prouvaient bien qu'il était incapable de leur résister. Son attitude ne cachait pas un subtil double jeu, mais la pitoyable et dérisoire inaction d'un vieillard dépassé par son destin et, surtout, très mal conseillé par son entourage.

Aussi, Léon ne se sentait aucun goût pour aller acclamer un homme en qui il ne croyait plus. Il le respectait pourtant toujours, à cause de Verdun, mais pas au point de courir l'applaudir. Car, ce qui l'agaçait, ce n'était pas tant le Maréchal que les courtisans qui se pressaient

276

Le silence des cris

autour de lui. C'étaient eux les vrais responsables de la situation et il était évident qu'ils avaient intérêt à ce que le chef de l'Etat soit glorifié comme le Messie; l'enthousiasme qu'il soulevait leur laissait les mains libres pour agir en son nom.

Parce qu'il savait que Pierre-Edouard partageait ses sentiments, c'est auprès de lui qu'il chercha conseil. Il était bien entendu impossible de cacher aux gens du bourg la proche venue du Maréchal. Tout le monde était prévenu, les journaux en parlaient assez. Déjà, l'abbé Delclos faisait répéter aux enfants du catéchisme un chant de sa composition, avec cinq couplets adaptés au : *Chez nous soyez Reine :*

« Le Maréchal sauve la France
Il fut vainqueur à Verdun
Il guérira nos souffrances
Nous sommes en de bonnes mains... »

— Et tu verras, pronostiqua Pierre-Edouard, il y aura du monde, même Mathilde veut y amener les petits. Remarque, c'est normal, c'est pas tous les jours qu'ils verront un Maréchal!

— Yvette veut y aller aussi avec le gamin, elle a raison. Mais moi, j'ai pas envie d'y mettre les pieds, parce que tout ça, c'est de la foutaise!

— Tu n'as qu'à être malade ce jour-là, suggéra Pierre-Edouard.

— Je n'ai jamais été malade de ma vie!

— Justement, c'est l'occasion!

— C'est ça, sourit Léon, et je me ferai remplacer par le premier adjoint, donc par toi...

— Ça, y a pas de risques, moi je ne peux pas quitter la maison, à cause de mon père. Depuis quinze jours, il déraille complètement.

C'était vrai, le cerveau du vieux Jean-Edouard battait la campagne, attrapant çà et là des bribes de souvenirs et les ressassant inlassablement.

— C'est vrai, reconnut Léon, c'est une bonne excuse. Bon, alors c'est Maurice qui me remplacera.

— N'y compte pas, il est de mariage ce jour-là, à la Bachellerie.

— Vous me laissez tous tomber, quoi!

— Mais non, Delpeyroux sera ravi de prendre ta

277

Les palombes ne passeront plus

place, il astique déjà ses décorations! Alors, si en plus tu le délègues, il va peut-être bien péter de fierté!

— C'est lui qu'il nous faut! jubila Léon. Je vais tout préparer et au dernier moment, je plaque tout!

C'est ce qu'il fit et personne, pas même le curé, ne le soupçonna un instant de faire de l'antipétainisme. Quand vint le 8 juillet, il attendit que le car de ramassage soit arrivé et appela Delpeyroux.

— Bon, c'est toi qui me remplaces.

— Tu ne viens pas?

— Eh non...

— Mais pourquoi?

— Je suis malade, dit Léon en glissant sa main droite dans son gousset, une espèce de truc, là, du côté du cœur.

— Ah bon, dit Delpeyroux, perplexe mais néanmoins ravi. Alors d'accord, je prends la tête.

— C'est ça, dit Léon en allumant une cigarette, prends la tête, avec toi, les gens d'ici seront très bien représentés!

Il regarda s'éloigner le car à gazogène, rentra chez lui, appela ses deux commis et partit moissonner.

Pierre-Edouard et lui apprirent par leurs épouses que le spectacle avait été grandiose et que Brive, tout enjolivée d'arcs de triomphe enrubannés, avait fait un magnifique accueil au Maréchal. Elles assurèrent même qu'une femme, une de celles qui avaient pu trouver une place à la gare, folle d'allégresse, s'était précipitée sur la voie du quai numéro 3 pour embrasser les rails sur lesquels venait de passer le train qui transportait le Maréchal.

La circulaire préfectorale, annonçant une enquête agricole par déclaration individuelle, arriva le 29 septembre 1942 à la mairie de Saint-Libéral et souleva un tollé général chez tous les agriculteurs; même les plus fervents partisans du Maréchal grognèrent. L'abbé Delclos eut beau tenter de leur prouver que le devoir civique exigeait de se plier aux ordres du Maréchal — qui d'ailleurs agissait toujours au nom du bien commun — rien n'y fit.

Le silence des cris

Cette enquête était un mauvais coup, une intolérable intrusion dans la vie privée des gens, une atteinte à la liberté et au droit de propriété. De plus, elle puait l'inquisition et n'annonçait rien de bon.

Nul n'était dupe. Si chaque agriculteur devait déclarer, au centiare près, la surface de sa ferme et l'usage qu'il faisait de ses terres, déclarer également le nombre exact de tous ses animaux, poules, canards et lapins compris, c'était, soit pour augmenter les impôts, soit pour préparer les réquisitions; la majoration des uns n'empêchant nullement l'application des autres!

— Moi, je ne déclarerai rien du tout! lança Martin Tavet le soir même au cours du conseil municipal.

— A ta guise, dit Léon en lui tendant la circulaire, mais c'est obligatoire, depuis la loi du 20 février 1942. Si tu refuses, ils te colleront une amende de 800 à 10 000 francs, c'est écrit là...

— Bon, alors la mienne sera fausse! prévint Tavet.

— Couillon, lui chuchota Pierre-Edouard de façon à ne pas être entendu par Delpeyroux, t'avais bien besoin de dire tout haut ce que tout le monde va faire tout bas!

— Ah bon, dit Tavet, alors comme ça, d'accord.

— Oui, prévint Léon après la séance et le départ de Delpeyroux, mais attention, faut jouer serré, les types de la préfecture risquent de venir vérifier, alors je veux des déclarations qui soient plus vraies que nature! Et conservez bien les chiffres que vous annoncerez, parce que l'année prochaine, ça recommencera sûrement. Pas de blague, hein? Si sur dix hectares vous m'annoncez deux hectares de friche ou de broussailles, vérifiez, avant, que vous avez au moins un hectare classé en 5 au cadastre! Parce que ces salauds de la préfecture ne sont quand même pas idiots, ils compareront, ils n'ont que ça à foutre! Et pareil pour les bestiaux, si vous avez quatre hectares de prairie, ne dites pas que vous n'avez qu'une vache et deux chèvres, on ne vous croira pas. Je vous dis, ils surveilleront!

A l'annonce du débarquement américain en Algérie, qui fit sourire certains et scandalisa les autres, succéda la brutale nouvelle de l'invasion de la zone Sud. Ce fut

Les palombes ne passeront plus

un coup très dur pour tous ceux qui, depuis juin 1940, s'étaient habitués à vivre dans le bon côté de la France coupée en deux, à ne connaître la guerre que par restrictions et prisonniers interposés. Maintenant, ils allaient être à la même enseigne que ceux qui subissaient l'occupant depuis l'armistice.

— Et ces fumiers ont fait ça aujourd'hui! dit amèrement Léon au soir du 11 novembre 42.

— Pardi, murmura Pierre-Edouard, c'est pour essayer d'effacer la pile qu'ils ont prise en 18!

— Alors moi, le maire, je vais être sous leurs ordres? Merde alors, je démissionne!

— Mais non, le calma Pierre-Edouard, on était déjà sous leurs ordres depuis deux ans, seulement, on faisait semblant de ne rien voir. Et puis, si tu démissionnes, ils feront ce qu'ils ont fait en 40 dans les communes de plus de 2 000 habitants, le préfet désignera un maire et sûr qu'il nous foutra cet âne de Delpeyroux! A propos, c'est vrai que cet imbécile s'est inscrit à la Légion des Combattants?

— Oui, depuis cette semaine, acquiesça Léon, et il paraît que c'est lui le responsable communal.

— Faudra faire encore plus attention à ce qu'on dit alors, parce qu'il va nous avoir à l'œil.

— C'est pas lui qui me dérange, dit Léon en haussant les épaules, lui, c'est pas un mauvais bougre, mais les Boches, c'est pas pareil! Tu crois qu'ils vont venir jusqu'ici?

— Pourquoi pas, ils sont chez eux partout, maintenant.

Vivement encouragé par son père, le fils Delpeyroux fut le premier à partir pour le S.T.O. Mais, de l'avis unanime, le père était beaucoup plus enthousiaste que le fils lorsqu'il l'accompagna jusqu'à Brive en décembre 1942.

Deux autres jeunes gens de la commune imitèrent le fils Delpeyroux, mais plus nombreux furent ceux qui, dès le printemps 1943, disparurent et se perdirent dans la nature. Le bruit courut à Saint-Libéral qu'ils étaient

280

Le silence des cris

partis se réfugier dans les bois, du côté de Cublac, ou même plus loin, à cinquante kilomètres de là, vers Noailhac, Meyssac ou Lagleygeole, en somme qu'ils avaient pris le maquis.

L'abbé Delclos n'hésita pas à les traiter de déserteurs et recommanda aux parents qui avaient des fils en âge d'aller travailler en Allemagne de tout faire pour que leurs rejetons restent sourds aux appels de la forêt. Peine perdue, au fil des mois, toute la commune se vida de ses jeunes et le village, déjà affaibli depuis que les hommes peuplaient les stalags, entra en léthargie.

Cette année, les taillis et broussailles fortifièrent encore leur encerclement, submergèrent tous les lopins isolés, d'accès ou d'entretien difficile, plaquèrent dans les pentes jadis si bien entretenues la tache verte de leur envahissante lèpre.

A ces attaques de la nature, auxquelles Pierre-Edouard et Nicolas tentaient de résister, étaient venus, dès le début de l'année, les ordres de réquisition contre lesquels il importait aussi de se défendre.

Pour 1943, Pierre-Edouard s'était vu imposer l'ordre d'avoir à fournir une vache, d'un poids minimum vif de 440 kilos, cinq veaux d'au moins 85 kilos, six agneaux de 18 kilos, 275 kilos de pommes de terre, 125 kilos de blé, 165 kilos de sarrasin, 120 kilos de seigle et 23 kilos de haricots secs, sans oublier 325 kilos de foin, 8 stères de bois de chauffage et 224 œufs.

Certes, il était prévu des indemnisations en échange de ces livraisons, mais elles étaient dérisoires et très inférieures aux cours discrètement pratiqués et admis par tous. Ainsi, par exemple en avril 1943, Mathilde vendait ses œufs, et sans voler personne, 33 francs la douzaine. Ils se négociaient à 70 francs, ou plus, au marché noir et Berthe, dans une de ses lettres, affirmait qu'ils valaient 110 francs à Paris! Mais le ravitaillement général les réglait à 21 francs 60, une misère. Et tous les tarifs officiels étaient à l'avenant car ils étaient établis sur les cours de 1939!

Aussi, Pierre-Edouard faisait tout pour réduire ces ruineuses livraisons obligatoires. Arguant ici d'un veau et de trois agneaux crevés, par suite de diarrhée; là, du gel ou de la sécheresse qui avait détruit les récoltes, ou

281

Les palombes ne passeront plus

encore de sa blessure de guerre qui l'empêchait d'abattre du bois de chauffage.

Malgré tout, il fallait bien qu'il cède quelques broutilles, ne serait-ce que pour éviter les amendes qui menaçaient les réfractaires et qui pouvaient atteindre vingt fois la valeur de la marchandise non livrée, soit le prix d'une très belle vache pour 224 œufs refusés! Mais c'est la rage au cœur qu'il s'exécutait. Heureusement, grâce à la complicité de Léon, il n'eut pas à puiser dans son cheptel bovin et ses limousines échappèrent au massacre.

— C'est facile, lui dit Léon dès qu'intervint la première réquisition, ils te réclament une vache? Bon, je t'en laisse une, au prix coûtant, tu la leur refiles et je parie que tu fais du bénéfice!

— Mais, s'inquiéta Pierre-Edouard, tu ne me feras pas croire que tu l'as payée au tarif officiel, cette bête! Alors tu vas y manger des sous! Ils me la régleront moins cher que tu l'as achetée!

— Dis pas des bêtises, le jour n'est pas venu où je perdrai sur une vache, assura Léon en souriant, tu ne comprends pas le système?

— Non.

— T'aurais pas fait fortune dans le métier! C'est pourtant simple. Les bêtes, je les paie au tarif officiel, si tu veux tout savoir, mais seulement aux crétins comme Delpeyroux ou Duverger, et j'en connais pas mal! Tu ne crois pas que je vais me gêner avec eux? D'ailleurs, si je les payais aux cours parallèles, ils seraient capables de me dénoncer pour sabotage économique! Alors crois-moi, eux je ne les loupe pas!

— Ah bon, dit Pierre-Edouard en riant.

— Mais c'est pas tout, reprit Léon. Tiens, regarde ces andouilles de la préfecture, dit-il en poussant l'avis officiel vers son beau-frère, ils n'y connaissent vraiment rien. Ils exigent des bêtes qui fassent au moins quarante-cinq pour cent de rendement, c'est rien du tout, ça, quarante-cinq pour cent! Mais, du coup, c'est sur ce barème que je les achète à tous les Delpeyroux du département! Ils sont bien tenus de me croire, ces ânes, puisque c'est écrit là! dit-il en ricanant. Depuis que je me promène avec ce papier en poche, aucune des vaches

282

Le silence des cris

que je leur ai achetée n'a dépassé quarante-sept pour cent, triompha-t-il. En fait, elles font toutes au moins cinquante-deux pour cent! Tu comprends, je gagne cinq pour cent à chaque coup, voilà pourquoi tu feras du bénéfice!

Effectivement, la vache procurée par Léon et qu'il avait réglée 6 230 francs à un collaborateur notoire, fut payée 6 541 francs 50 à Pierre-Edouard qui admira, une fois de plus, l'infaillible coup d'œil de son beau-frère; les 311 francs 50 de différence représentaient juste cinq pour cent.

Mais il ne voulut pas garder cette somme et s'empressa de la rapporter à Léon.

— J'en veux pas, dit ce dernier, c'est ton bénéfice. Tu n'en veux pas non plus? Bon, eh bien mets ça sur le livret de caisse d'Epargne de ce pauvre Jacques, c'est justice, non? Pour une fois qu'un collabo paie pour lui!

19

Au cours de la remise en état de son matériel de fenaison, dans le courant de mai 1943, Pierre-Edouard constata avec déplaisir que sa vieille faucheuse était définitivement inutilisable. Il savait, depuis des années, qu'elle ne serait pas éternelle et qu'un jour viendrait où il devrait la changer; elle travaillait depuis 1905, brinquebalait de toutes parts et grinçait atrocement. Mais, jusque-là, elle avait toujours convenablement rempli son office.

Pour mieux huiler les engrenages, resserrer le sabot de la barre de coupe et vérifier les doigts, il la sortit au milieu de la cour où elle s'affala, d'un coup, dans le couinement sinistre de la roue d'entraînement dont l'essieu cassa net; libérés, les pignons roulèrent au sol.

— Merde! grogna Pierre-Edouard en s'apercevant que les dégâts étaient irréparables.

Les palombes ne passeront plus

— Foutue, ponctua Nicolas en passant ses doigts sur l'acier brisé.

— Oui, et depuis longtemps, cette fêlure ne date pas d'aujourd'hui. Bon, eh bien, c'était pas prévu, mais on fera les foins avec une faucheuse neuve. Ça va me coûter les yeux de la tête, mais tant pis, on ne va quand même pas tout faire à la faux !

Deux jours plus tard, accompagné par Guy, ravi, Pierre-Edouard prit le train à la Rivière de Mansac et alla jusqu'à Brive. Il fit une grimace dès qu'ils sortirent dans la cour de la gare.

— Regarde-moi ces salauds ! grommela-t-il en jetant un coup d'œil vers les balcons de l'hôtel Terminus où des officiers allemands, torse nu sur des chaises longues, se prélassaient au soleil. Cette vision le mit de méchante humeur, et le prix réclamé un peu plus tard par le marchand de machines agricoles n'arrangea rien.

— Quoi ? protesta-t-il, 5 500 francs pour une faucheuse ? Vous êtes malade ou quoi ?

— Dites, se défendit le vendeur, vous me choisissez le meilleur modèle, le N° 15, faudrait savoir ! C'est pas rien une Dollé à carter et bain d'huile intégral ! Mais si vous voulez l'ancien modèle à engrenages extérieurs...

— Quand je pense que l'autre nous a coûté 365 francs, murmura Pierre-Edouard, et que c'était cher !

— Pardon ? dit l'homme, pensant avoir mal entendu.

— Oui, 365 francs !

Le marchand crut qu'il se moquait et plaisanta.

— Pour ce prix, je vous cède deux bonnes faux en acier suédois, des vraies, d'avant-guerre, plus deux manches et je rajoute deux râteaux, ça vous va ?

Pierre-Edouard haussa les épaules, tourna autour de la machine.

— J'espère qu'à ce tarif vous la livrez avec l'appareil à moissonner ?

— Oui.

— Elle est belle hein ? s'extasia Guy en s'installant sur le siège.

Pierre-Edouard le regarda, sourit et se sentit rajeuni de trente-huit ans. A l'époque, c'est lui qui avait accompagné son père pour acheter la faucheuse ; son père qui avait bataillé ferme pour obtenir quelques conces-

284

Le silence des cris

sions et qui avait fini par gagner. Il devait faire de
même. Il sortit sa pipe, la bourra lentement.

— Bon, décida-t-il en allumant son gros briquet de
cuivre, 5 500 c'est une somme, alors faut rabattre un
peu...

— Non non! assura le vendeur.

— Mais si! Vous n'allez pas me raconter d'histoires,
des clients comme moi vous n'en avez pas tous les
jours... Remarquez, je peux aussi aller chez vos collègues, vous dites une Dollé? C'est pas une grande marque, ça!

— Si, monsieur! protesta le représentant, Dollé de
Vesoul, tout le monde connaît ça!

— Pas moi, assura Pierre-Edouard, si encore c'était
une Mac-Cormick...

— Vous irez en trouver avec la guerre! ricana l'autre.

— Qu même une Puzenat, ou une Amouroux, poursuivit-il imperturbable, mais une Dollé...

— Elle possède des engrenages à dentures hélicoï-
dales, en acier taillé, cémentés en vase clos puis trempés,
essaya le vendeur.

— Et alors? Les autres aussi! dit Pierre-Edouard
qui, avant de venir, avait étudié les prospectus qu'il
recevait parfois au syndicat. Bon, vous me rabattez
350 francs et vous me la livrez, c'est dit?

— Sûrement pas!

— Alors tant pis, dit-il en se dirigeant vers la porte.
Remarquez, dit-il en se retournant, vous pourriez me
débarrasser de la vieille, disons pour 300 francs. Non?

— Ecoutez, le retint l'autre, je vous reprends la
vieille pour, allez... 250 francs, ça va?

— Ça fait pas cher le kilo de ferraille, pourtant, en
ce moment le métal est recherché... Pierre-Edouard
revint sur ses pas, prit une grosse boîte de graisse :
c'est d'accord, décida-t-il, et vous me rajoutez ça.

— Oh! Eh! cette boîte coûte 45 francs!

— Allons, insista Pierre-Edouard. Dites, c'est vous
qui la livrerez? Bon, poursuivit-il en baissant le ton,
alors je vous mets un poulet, quelques œufs et du
beurre de côté, ça va cette fois?

285

Les palombes ne passeront plus

Le 8 juillet 1943 au soir, peu avant 11 heures — mais à cause de l'heure allemande il faisait encore presque jour — toute la famille Vialhe était à table lorsque le chien aboya dans la cour. Pierre-Edouard éteignit aussitôt le poste et alla regarder à la porte ce qui motivait l'alerte donnée par l'animal.

— Ah, c'est vous, docteur, dit-il en reconnaissant le visiteur, qu'est-ce qui vous amène à cette heure?

— Ton père va bien en ce moment? s'enquit le docteur Delpy.

— Ça va, il est en pleine forme.

— Oui, murmura le docteur, il a une santé de fer, dommage que sa tête, de temps en temps, enfin... Dis, je peux te parler tranquillement?

— Bien sûr, mais vous ne voulez pas entrer? Nous sommes à table.

— J'aimerais mieux rester dehors, mais je voudrais bien que ta femme soit là aussi...

— Je vais l'appeler. Mais qu'est-ce qui se passe, c'est grave?

— Non, enfin pas encore, mais... Allons plutôt derrière la grange, proposa le docteur lorsque Mathilde, intriguée et inquiète, les eut rejoints. Voilà, expliqua-t-il, je ne sais pas comment dire... Bon, de toute façon, je sais que vous êtes plutôt de mon côté.

— Quel côté, demanda prudemment Pierre-Edouard.

— Toujours pas celui des Boches, je me trompe?

— Peut-être pas... Continuez.

— J'ai un problème, je vous le livre sans détour. J'ai des amis qui abritent deux gosses, il ne faut pas que les autres les trouvent, vous comprenez?

— Non, dit Pierre-Edouard.

— Mais si, quoi! Ces gosses sont juifs et tu sais bien que les Allemands les recherchent!

— Bien sûr, reconnut Pierre-Edouard, j'en ai entendu parler, comme tout le monde, quoi. Mais je ne savais pas qu'ils cherchaient aussi les gosses, qu'est-ce qu'ils veulent en faire?

— Mais nom de Dieu, Pierre-Edouard, on est en guerre! Ils les arrêtent tous! Bon sang, Berthe a bien dû t'en parler!

— Oui, mais elle ne m'a jamais dit qu'ils arrêtaient

286

Le silence des cris

les enfants. D'ailleurs, ma sœur, on ne l'a pas vue depuis que les Boches sont en zone Sud! Ça fait bientôt neuf mois, et ce ne sont pas les cartes qu'elle envoie!

— Et ces enfants, où sont-ils? demanda Mathilde.

— Dans une ferme, pas très loin de Varetz, mais ceux qui les abritent craignent qu'on ne les ait dénoncés, alors il faut que les petits disparaissent au plus vite!

— Alors ils arrêtent même les gosses, murmura Pierre-Edouard qui n'en revenait pas d'une telle ignominie.

Jusqu'à ce jour, il ne s'était jamais préoccupé du problème juif. D'abord il n'en connaissait pas, n'avait aucune raison de leur en vouloir, ne comprenait pas pourquoi certains leur vouaient une telle haine et pensait, en toute bonne foi, que la chasse aux juifs avait pour seul but de les expulser hors de France. Et il n'était pas le seul à penser ainsi à Saint-Libéral!

— Vous êtes résistant? demanda-t-il abruptement.

— Non, même pas. Enfin si, comme toi, comme beaucoup, expliqua le docteur. Il m'arrive de temps en temps d'aider ceux qui militent vraiment, mais pas plus, tu ferais la même chose.

— Oui, peut-être. Alors si je comprends bien, ces gamins, vous voulez qu'on les cache, c'est ça? Qu'est-ce que tu en penses? demanda-t-il en regardant Mathilde.

— Comme toi.

— Alors amenez-les, dit Pierre-Edouard, on les confiera à Louise. Là-haut, à Coste-Roche, ils seront tranquilles.

— C'est à cause de cette maison isolée que j'ai pensé à toi, et aussi parce que je savais que tu ne refuserais pas.

— Quand les amenez-vous? Il faut quand même qu'on le sache.

— Dès demain sans doute, et discrètement. A ce sujet, je ne saurais trop vous recommander la prudence. Abriter des juifs, ça va chercher très loin, alors silence complet, d'accord?

— Au fait, dit Pierre-Edouard en souriant, j'espère que ça ne les dérangera pas trop d'être avec un frisé?

— Quoi?

Les palombes ne passeront plus

— Eh oui, le gosse que nous a confié Berthe, le petit Gérard...

— Je croyais qu'il était alsacien! s'exclama sourdement le docteur.

— Alors continuez, mais maintenant vous savez que les Vialhe savent se taire.

Les deux enfants arrivèrent le lendemain. Deux frères, de huit et six ans. Ce fut le docteur qui alla les chercher avec la carriole et le cheval qu'il avait réadoptés depuis la pénurie d'essence. Pour éviter toute indiscrétion, il n'entra pas dans le bourg et bifurqua tout de suite dans un des chemins qui grimpait sur le plateau.

Pierre-Edouard, Mathilde et Nicolas l'attendaient en chargeant une charrette de blé. Quant à Mauricette et Guy, il étaient déjà à Coste-Roche avec leur tante Louise.

— Alors c'est ça qu'ils arrêtent! dit Pierre-Edouard en hochant la tête. Miladiou, ça appelle des coups de fusil de s'en prendre à des gosses!

— Venez, dit Mathilde en leur tendant la main. Comment tu t'appelles toi? demanda-t-elle au plus grand.

— Louis Duval, récita le gosse sans baisser les yeux, et mon frère s'appelle Jean, on est des réfugiés lorrains et...

— Et vous avez perdu vos parents pendant l'exode? soupira Pierre-Edouard, c'est ça?

— Oui, monsieur.

— Je m'appelle Pierre-Edouard, dit-il en s'accroupissant pour être à leur hauteur, et elle, c'est ma femme, Mathilde. Elle est très gentille et va vous conduire jusqu'à la maison. Vous serez bien là-bas, allez, faites-moi la bise.

— Ils connaissent bien leur leçon, dit peu après le docteur en les regardant s'éloigner. En fait, ils se nomment David et Benjamin Salomon.

— Qu'est-ce que vous voulez que ça me foute! Ce sont des gosses, ça suffit, dit violemment Pierre-Edouard car il avait besoin de masquer la tristesse qui l'avait envahi à la vue des deux enfants. Excusez-moi, se reprit-il en prenant la fourche pour aller rejoindre Nicolas et l'attelage.

Le silence des cris

— De rien mon vieux, je te comprends, assura le docteur en grimpant dans sa carriole. A propos, tu as entendu parler de ce maquis qui s'est formé vers Terrasson?

— Vaguement, éluda Pierre-Edouard, mais moi, vous savez, j'y crois pas beaucoup à ces galopins qui jouent à la guerre, c'est pas sérieux.

— Ça dépend, assura le docteur, quand ils sont bien encadrés...

— C'est bien ce que je dis! Ecoutez docteur, j'ai fait comme vous quatre ans de guerre, j'ai vu ce que c'était qu'une armée, une vraie. Moi, j'ai fini comme adjudant-chef, croyez-moi, c'est pas rien de commander une cinquantaine de gamins de vingt ans! Alors, quand on me dit qu'ils sont juste avec des fusils de chasse et sans vrai chef! Si c'était pas si grave, ça me ferait rigoler!

— Je partage ton point de vue, mais il paraît que dans certains secteurs ils s'organisent comme une véritable armée.

— Alors si c'est une armée, une vraie, c'est différent.

— Et il y a aussi des maquis communistes, m'a-t-on dit.

— Pour eux, je ne me bile pas, ils connaissent la musique! Mais les autres, ça ne fera jamais de miracles, non, je vous dis, je n'y crois pas beaucoup.

— Entre nous, demanda le docteur en souriant, Paul n'est pas à Paris, n'est-ce pas? Il est dans un maquis quelconque et c'est bien pour ça que tu es sévère, parce qu'il est parti avec eux, c'est ça?

— C'est tout à fait ça, ironisa Pierre-Edouard, Paul est parti au maquis, comme le gamin qu'a ramené Berthe est alsacien!

— Comme on se trompe... murmura le docteur, tel que je le connais, j'aurais juré qu'il était parti parmi les premiers!

— C'était pas mal vu...

— Ouais, dit le docteur en l'observant, tu n'en diras pas plus hein? Mais tu as raison, par les temps qui courent on n'est jamais trop prudent.

— Ne vous vexez pas. De toute façon, maintenant, avec ces gosses que vous avez amenés, on roule dans le

289

Les palombes ne passeront plus

même tombereau. Paul est parti à Londres, ça fera trois ans en septembre, avoua Pierre-Edouard non sans fierté.

— Salaud! dit le docteur en sautant à terre et en l'étreignant, salaud! Et vous n'avez rien dit à personne depuis? Ah ça, par exemple! Alors comme ça, il y a un gars de Saint-Libéral chez de Gaulle! Ah dis donc, ça c'est une sacrée nouvelle! Je comprends maintenant pourquoi tu ne voulais pas parler de Paul, ah, l'animal!

— Eh oui, dit Pierre-Edouard en bourrant sa pipe, on est comme ça, nous les Vialhe. On sait que de trop parler en travaillant ça coupe les forces, alors quand on travaille, on se tait.

En trois ans de captivité, Jacques avait abandonné toute idée d'évasion. D'ailleurs, comment s'échapper à travers ces landes cernées d'immenses étangs et de dangereuses tourbières, comment ne pas se perdre dans toutes ces profondes forêts. Persuadé que les tentatives de fuite étaient vouées à l'échec, Jacques avait fini par s'habituer à sa captivité.

Parfois même, et il se le reprochait, il trouvait presque un certain bonheur, non à son état de prisonnier, mais au travail qu'il effectuait. Un travail qui lui plaisait car la ferme du vieux Karl était belle, riche de ses quatre-vingts hectares de bonne terre à pommes de terre et à seigle, de ses quarante-cinq vaches laitières, de son gros tracteur Lanz semi-diesel qu'il avait très vite appris à conduire. Tout comme il avait appris à traire les vaches grâce aux trayeuses mécaniques dont était pourvue la spacieuse et moderne étable.

Et de cette ferme, splendide, il était sinon le patron, du moins le contremaître car depuis que le dernier des quatre fils de la famille avait rejoint le front — où un de ses frères était déjà mort — c'était sur lui que s'appuyait le vieux Karl. Il faisait toute confiance à Jacques car il avait tout de suite vu qu'il était de sa race, celle des paysans pour qui la terre, où qu'elle soit, reste digne des meilleurs soins.

Et Jacques, en travaillant chaque jour avec André — qui avait fini par savoir tenir une faux — et en travaillant bien, n'avait pas l'impression de trahir et d'œu-

Le silence des cris

vrer indirectement pour le Reich. Ce n'était pas pour nourrir les troupes allemandes qu'il sarclait et buttait les longues rangées de pommes de terre, qu'il veillait au rationnement de chaque vache, c'était par honnêteté, envers Karl, envers la terre surtout.

Au début, il s'était jeté dans le travail pour étouffer la nostalgie de sa liberté perdue, de ses études abandonnées, de ses parents, de Marie-Louise. Et le remède avait du bon, car s'il lui arrivait encore bien souvent d'être assailli par des idées noires, du moins ressentait-il chaque jour la satisfaction d'effectuer un labeur qui lui plaisait.

Pourtant, depuis trois mois, il avait de plus en plus de mal à surmonter l'angoisse que lui avaient donnée les deux dernières lettres de sa fiancée. Elles étaient troubles, pleine d'équivoques et de sous-entendus, presque vides d'amour. A croire que, là-bas, à Saint-Libéral, la fraîche Marie-Louise ne s'ennuyait plus de lui.

Ce ne fut pas sans mal que Mauricette entra à l'Institut de formation professionnelle installé à Brive depuis la fermeture, par ordre de Vichy, de toutes les Ecoles normales, dont celle de Tulle. Pour parvenir à ses fins, elle dut faire preuve de pugnacité et de cette volonté propre aux Vialhe, de l'entêtement et de la persuasion hérités de sa mère.

Comme Pierre-Edouard, elle allait droit au but, mais comme Mathilde, se servait de son charme et de son sourire pour abattre les ultimes résistances. Un peu plus grande que sa mère, elle était, à dix-huit ans, aussi mignonne et gracieuse que l'avait été Mathilde au même âge et savait, comme elle, enjôler ceux qu'elle voulait convaincre.

Néanmoins, elle dut batailler pour extorquer à Pierre-Edouard l'autorisation de s'inscrire à l' I.F.P. Il se méfiait instinctivement de ce genre d'établissement et redoutait que sa fille ne devienne aussi sectaire, laïque, voire suffisante, que l'était par exemple la femme de l'instituteur qui assurait toutes les charges de l'école depuis la captivité de son époux.

Enfin, il gardait un mauvais souvenir des querelles qui avaient opposé l'Eglise et l'Etat au début du siècle

Les palombes ne passeront plus

et craignait que l'esprit de cet institut soit toujours aussi bêtement antireligieux que jadis. Sans être un pilier d'église — pour l'abbé Delclos il était même intégralement mécréant — il pensait qu'elle avait un rôle et une place à tenir dans la société et n'aimait pas ceux qui voulaient la détruire.

Il accorda malgré tout à sa fille l'autorisation qu'elle lui demandait, car il comprit que sa vocation d'institutrice était solide, raisonnée et définitive. Il constata très vite que ses inquiétudes au sujet de l'esprit partisan cultivé par certains n'étaient pas vaines, que l'ostracisme était toujours de mise dans les milieux enseignants et que les portes étaient difficiles à ouvrir pour ceux et celles qui, comme Mauricette, avaient fait toutes leurs études en école libre; c'était une tare.

Cette découverte le rendit furieux mais, loin de l'abattre, elle le fustigea, excita sa combativité naturelle et le poussa à l'action.

— Alors ils veulent jouer aux cons? Bien, à ce jeu-là, je connais quelques tours, dit-il lorsque Mauricette, en larmes, lui eut fait part des rebuffades narquoises qu'elle avait essuyées lorsqu'elle avait présenté sa demande d'inscription et surtout de bourse.

— Je vais voir Léon, dit-il en sortant.

Il le trouva à la mairie, lui expliqua l'affaire.

— Avec ces gens-là, faut toujours agir par la bande, décida Léon dès qu'il fut au courant.

— C'est mon avis.

— Mais je ne connais personne là-dedans.

— Et alors! lui reprocha Pierre-Edouard, tu oublies notre beau-frère commun, cette andouille si fière d'être devenu un des piliers de la préfecture et si fière aussi d'être un des responsables de la Légion pour la Corrèze. Pourtant, lui, il ne nous oublie pas, le salaud!

En effet, comme par hasard, dès le début des restrictions, la sœur de Léon s'était souvenue que son frère habitait Saint-Libéral et qu'il était marchand de bestiaux, que sa sœur Mathilde existait et que Pierre-Edouard possédait une belle ferme...

Avec discrétion d'abord, son mari et elle avaient renoué contact; puis, la faim aidant, établi de solides sinon sincères relations. Désormais, ils venaient tous les

292

Le silence des cris

quinze jours. A leur arrivée, le samedi, la remorque qu'ils accrochaient à leur tandem sautillait, vide, derrière l'engin. Mais lorsqu'ils repartaient, le dimanche après-midi, la carriole alourdie par les provisions diverses avait nettement tendance à s'écraser.

Ni Léon ni Pierre-Edouard n'aimaient ces deux parasites et, sans Yvette et Mathilde qui mettaient leur point d'honneur à les nourrir, c'est bien volontiers qu'ils les auraient laissés tirer la langue; car non contents de se faire donner les deux tiers des denrées qu'ils venaient chercher, ils payaient le dernier tiers au cours officiel! Léon haussait les épaules, Pierre-Edouard grognait, mais l'un et l'autre laissaient faire.

Il n'était qu'un point sur lequel Pierre-Edouard n'avait pas cédé, fournir son beau-frère en tabac. Il le savait gros fumeur et prenait un malin plaisir à bourrer sa pipe devant lui après avoir posé sur la table sa blague débordante de ce tabac noir, raide et puant qu'il fabriquait lui-même.

Le rat de préfecture en salivait et les ailes de son nez frémissaient dès qu'il voyait Pierre-Edouard tirer sur sa bouffarde.

— Ah, disait alors Pierre-Edouard, j'oublie toujours que tu fumes toi aussi, tiens, roules-en une, invitait-il en poussant sa blague vers son beau-frère.

L'autre se roulait alors une énorme cigarette et sa main tremblait lorsqu'il l'allumait. Il toussait ensuite pendant cinq minutes car la mixture était plus râpeuse qu'une lime à fer et aussi corrosive et suffocante qu'une mèche à soufrer les barriques!

— Aah! exhalait-il enfin, les yeux pleins de larmes, il est fameux ton tabac! Tu ne pourrais pas m'en procurer un peu?

— Impossible, disait alors Pierre-Edouard en empochant sa blague, tu vois bien que j'en ai à peine pour moi!

— Je suis prêt à le payer très cher! suppliait l'intoxiqué.

— Impossible, mon fournisseur ne veut pas. Tu comprends, il le cultive lui-même, et ce n'est pas à toi que j'apprendrai que c'est interdit, le marché noir aussi d'ailleurs... Alors tu penses s'il se méfie!

293

Les palombes ne passeront plus

C'était sur ce vice qu'il fallait jouer. Léon réfléchit un instant, se gratta le crâne.

— Oui, reconnut-il enfin, peut-être qu'il pourrait intervenir, mais faudra le décider. Et puis, est-ce qu'il a le bras assez long?

— N'oublie pas qu'il a réussi à faire rapatrier son fils, lui. Et pour ce qui est de le décider, c'est bien simple, s'il refuse, moi je le fous dehors, il ira faire ses provisions ailleurs!

— Ça serait pas une mauvaise chose, s'amusa Léon, moi il commence par m'énerver sérieusement et comme en plus il faut se méfier de ce qu'on dit devant lui!

— On l'attaque samedi? proposa Pierre-Edouard.

— Samedi, ça va, mais viens à la maison, j'enverrai Yvette et ma sœur tenir compagnie à Mathilde, comme ça on pourra discuter entre hommes.

Jacques se retourna sur son siège et vérifia le bon fonctionnement de la moissonneuse-lieuse qu'il traînait derrière le Lanz. Le bel alignement des bottes pansues le rassura quant à l'efficacité de son réglage. En début de travail, il avait eu quelques difficultés avec le bec noueur, il est vrai qu'il avait été conçu pour travailler avec de la ficelle végétale et non avec cette espèce de fil en papier que le père Karl avait rapporté de Reichensee.

— Ça va? demanda-t-il à André lorsqu'il passa près de lui.

Son camarade, qui empilait les gerbes, haussa les épaules. S'il ne se plaignait pas de son travail — bien préférable à un emploi en usine ou dans les tourbières — du moins, à l'inverse de Jacques ne lui trouvait-il rien d'exaltant; il le subissait en attendant des jours meilleurs.

Jacques arriva en bout de champ, tourna et aperçut la patronne qui venait vers lui. Comme chaque jour, à 10 heures, elle leur portait le casse-croûte et il n'était pas chiche. Depuis la mort, quinze jours plus tôt, d'un autre de ses fils, tué sur le front russe, la petite vieille faisait pitié, toute ratatinée sur sa douleur, muette. Elle contemplait les choses et les hommes sans les voir et son regard, maintenant sec d'avoir trop pleuré, gonflait le cœur de tous ceux qui la croisaient.

Le silence des cris

Jacques mit le Lanz au ralenti, sauta à terre et remercia la vieille femme qui lui tendait le panier. Entre la miche — de seigle et de pommes de terre — et le fromage était glissée la lettre de Marie-Louise. Il l'ouvrit, déchiffra les quelques lignes et pâlit.

— T'as le coup de pompe? plaisanta André en s'approchant. Puis il vit la lettre au bout des doigts de son camarade. Ah, murmura-t-il, je comprends...

En trois ans de vie avec Jacques il avait tout appris sur lui et réciproquement. Depuis plusieurs mois, il se doutait que tout allait mal avec Marie-Louise.

— Bon, essaya-t-il, il faut réagir, mon vieux.

— Elle se fiance...

— Ben pardi... souffla André.

— Gros malheur? interrogea doucement la vieille.

Jacques la dévisagea, comprit que sa pâleur ne lui avait pas échappé et fut ému de sa sollicitude.

— Mère? Père? Mort? insista-t-elle.

Il la devina toute prête à le consoler, comme l'eût fait sa grand-mère.

— Non, personne n'est mort, merci, dit-il en ébauchant un semblant de sourire. Puis il se détourna et marcha vers son tracteur. Ce sont juste des illusions qui sont mortes, jeta-t-il en froissant la lettre.

Il grimpa sur le Lanz et le poussa dans le seigle.

Dès qu'il fut au courant de la machination, le beau-frère se récria en assurant que lui, simple fonctionnaire, n'avait aucun pouvoir pour agir dans un domaine aussi fermé que celui de l'éducation.

— Raconte pas de salades, intervint Pierre-Edouard, fonctionnaire d'accord, mais aussi ça... dit-il en posant son doigt sur l'insigne de la Légion que son beau-frère arborait à la boutonnière.

— Tu ne voudrais quand même pas que j'abuse de cette... cette fonction pour obtenir un passe-droit! La légion du Maréchal est faite d'honnêtes gens et...

— Ouais, on le sait, coupa Léon, mais moi, je suis carré en affaires, alors je pose le marché : ou tu fais rentrer la petite à l'I.F.P. et surtout tu lui obtiens une bourse, ou ceinture!

Les palombes ne passeront plus

— Quoi ceinture?

— Plus de patates, plus de beurre, plus de poulets, rien. Tu pourras venir sans ta remorque, enfin, si tu as toujours envie de venir...

— Mais vous êtes dégueulasses! C'est du chantage!

— Mais non, le calma Pierre-Edouard, on parle, c'est tout. Allez, si tu t'occupes de Mauricette, parole, je te donne un jambon.

— Vous y allez fort tous les deux, protesta faiblement leur beau-frère.

— Et puis tiens, le jour de la rentrée, si elle est parmi les élèves bien sûr, je te mettrai de côté un paquet de tabac...

— Un gros? interrogea l'autre en salivant.

— Bah... deux kilos, ça t'irait? demanda négligemment Pierre-Edouard, non? Bon, j'irai jusqu'à quatre, après tout si on ne s'entraide pas en famille... Alors un jambon, quatre kilos de tabac et tes autres provisions, comme d'habitude quoi, ça marche?

— Ça marche. Mais dis, si j'ai une réponse favorable et rapide, tu me donneras bien un peu de tabac en avance?

— Naturellement, dit Pierre-Edouard, magnanime. Il sortit sa blague, y puisa de quoi rouler trois ou quatre petites cigarettes. Tiens, dit-il, ça t'aidera à réfléchir sur le moyen de faire inscrire Mauricette et de lui obtenir une bourse.

La jeune fille commença sa première année à l'Institut de formation professionnelle à la rentrée 1943.

Les Allemands entrèrent pour la première fois à Saint-Libéral dans la matinée du 14 novembre. Jusqu'à ce jour, le bourg n'avait jamais reçu d'occupants et il se trouvait même quelques vieillards — de ceux qui ne quittaient plus leur maison et leur jardin depuis des années — qui, de leur vie, n'avaient jamais vu le moindre Allemand, sauf en photo après la grande guerre, et qui exigèrent qu'on les accompagne jusqu'à la place de l'église pour juger de la réalité de leur présence.

Un des premiers prévenus de leur arrivée fut Pierre-Edouard qui, en ce dimanche matin, profitait de l'absence

Le silence des cris

de Guy — il était à la messe avec sa mère — pour vérifier que ses fusils de chasse étaient toujours en bon état. Il se méfiait de l'atmosphère de l'étable où il les dissimulait depuis le début de la guerre et surveillait périodiquement que nulle piqûre de rouille n'attaquait les canons ou les platines.

Quand l'ordre d'avoir à déposer toutes les armes de chasse à la mairie était arrivé, il n'avait pas une seconde envisagé de se soumettre à cette injonction. Il avait méticuleusement graissé son Hamerless, ainsi que le Darne de Jacques et le Robust de Paul, entouré les fusils de chiffons huilés et les avait glissés sous une grosse poutre de l'étable.

Puis, sans sourciller, il avait porté à la mairie le vieux Lefaucheux de son père, un flingue inutilisable, mangé de rouille et dont les chiens apparents brinquebalaient depuis que leur lame ressort s'était brisée, quelque quinze ans plus tôt.

— Tu es sûr qu'il ne va pas te manquer? avait demandé Léon sans rire.

— Eh, que veux-tu, j'obéis aux ordres, moi!

Mais, depuis, il aimait trois ou quatre fois l'an, sortir ses fusils, les astiquer, les soupeser et même les épauler, pour le plaisir.

Il était en train de viser un lièvre imaginaire qui venait de débouler entre les pattes des vaches, juste à côté de la chambre de Nicolas, lorsqu'il entendit le roulement sourd de l'automitrailleuse qui précédait les quatre camions chargés d'hommes.

— Manquait plus qu'eux! murmura-t-il en comprenant aussitôt.

Il s'empressa de glisser les armes dans leur cachette, sortit dans la cour et attendit, inquiet, l'arrivée des Allemands.

Les cinq véhicules défilèrent peu après devant la maison, remontèrent la grand-rue et stoppèrent sur la place; les hommes sautèrent des camions.

« Faut que j'aille chercher Mathilde, songea-t-il, elle va prendre un coup de sang en tombant sur eux à la sortie de la messe. » Il s'efforça au calme, essaya d'oublier les souvenirs qui l'assaillaient, chassa de son esprit la folle vision qui lui projetait l'image d'une batterie de 75,

297

Les palombes ne passeront plus

là, dans la cour, bien alignée entre la bergerie et la maison, et lui, comme jadis, commandant le feu!

« D'ici, débouchoir à zéro, aux shrapnels, j'en laisse pas un s'en sortir, pas un! » pensa-t-il en marchant vers l'église.

En arrivant sur la place, il vit Léon qui parlementait avec un officier, s'approcha d'eux, mains dans les poches; il attendit que l'Obersturmführer s'éloigne.

— Qu'est-ce qu'ils veulent, ces affreux? demanda-t-il.

— Rien, ils passent, c'est tout. Je crois qu'ils ont rendez-vous avec un autre convoi...

— Tu es sûr que c'est tout? insista Pierre-Edouard en observant l'air soucieux de son beau-frère.

— Non, avoua Léon, on leur a dit qu'il y avait des maquis dans le coin, alors, à mon avis, ils font un peu d'esbroufe, histoire de se faire voir. Mais l'autre jeune con, là-bas, ajouta-t-il avec un coup de tête, m'a aussi prévenu qu'ils fusillaient ceux qui aidaient les terroristes. Miladiou, vivement qu'ils se tirent, tu vois un peu le travail si les gamins qui sont passés l'autre jour débarquaient en ce moment!

Une semaine plus tôt, en effet, une douzaine de jeunes gens étaient venus au bourg. Histoire de parader un peu, de chahuter chez Suzanne, de prouver qu'ils n'avaient peur de rien ni de personne. Ils n'avaient pas d'armes, mais nul ne s'y était trompé, c'étaient bien des maquisards; d'ailleurs, ils étaient repartis une heure plus tard en braillant *la Marseillaise*.

— Je sais bien qu'ils sont tout-fou, le rassura Pierre-Edouard, mais s'ils sont dans le coin, ils ont dû les voir arriver, les doryphores!

— Espérons...

— Et puis tiens, regarde-les ces jolis guerriers, les voilà tous chez Suzanne!

— Tu as raison, mais vrai, j'ai hâte qu'ils se tirent de chez nous.

Ils ne repartirent que le soir, vers 4 heures. Après s'être installés à l'auberge pour déguster leurs boîtes de ration, ils passèrent ensuite l'après-midi à fouiner un peu dans le bourg; mais sans conviction, sans même entrer dans les maisons, sauf chez Deplat et Froidefond

Le silence des cris

chez qui ils achetèrent des œufs, des poulets et du vrai pain de campagne.

Puis, sur ordre du jeune Obersturmführer et aux braillements des sous-officiers, ils regrimpèrent dans les camions et quittèrent le bourg.

20

Berthe Vialhe fut arrêtée le jeudi 2 mars 1944, à 7 heures du matin, en son domicile du faubourg Saint-Honoré.

Avant de l'emmener, mais après lui avoir passé les menottes, les hommes de la Gestapo pillèrent son appartement, vidant les tiroirs, renversant le secrétaire et les armoires, cherchant en vain des papiers qui leur permettraient de lancer d'autres coups de filet, ou des documents compromettants qui confirmeraient la culpabilité de leur prisonnière.

Ils n'avaient pas besoin de preuves pour la condamner, les préventions qui pesaient sur elle suffisaient largement, mais ils aimaient le travail bien fait et les dossiers irréfutables.

Après l'appartement, ils descendirent au magasin où, là encore, avec une rage méthodique mais un grand savoir-faire — fruit d'une longue expérience — ils passèrent au crible tout ce qui était susceptible de cacher un indice.

Appuyée contre le mur, yeux clos, Berthe se reposait enfin. Cette fois, elle arrivait au bout de cette exténuante marche clandestine qui avait débuté dès septembre 1940 et qui s'achevait en ce matin de printemps. Presque quatre ans de double-jeu, de contacts, de successions entre ses rendez-vous clandestins et ses soirées mondaines, entre des hommes traqués et les seigneurs qui régnaient sur la France.

Vie épuisante, usante, meublée d'espoirs et de décou-

299

Les palombes ne passeront plus

ragements, de bonheur parfois, de crainte toujours. Vie de gibier traqué, qui ruse, se forlonge, se tapit, repart, s'essouffle, trébuche et tombe.

Elle ouvrit les yeux et sourit discrètement en notant la mine soucieuse des sbires qui étaient en train de feuilleter ses dossiers. Des dossiers dans lesquels s'étalaient des noms de généraux, de colonels, de hauts dignitaires allemands, sans compter les broutilles comme les commandants!

Elle avait toujours su que sa seule défense serait là, dans ces cahiers, ces commandes, ces factures, et que si elle était capable de nier, jamais les autres n'apporteraient la moindre preuve contre elle. Des soupçons, oui, tant qu'ils voudraient, mais des certitudes, non. Elle nota avec satisfaction que les hommes de la Gestapo entassaient tous ses papiers dans une valise et souhaita qu'ils se hâtent de les dépouiller pour y trouver, à chaque page, les grands noms de sa clientèle nazie, une clientèle dont elle allait encore se servir.

Deux hommes l'empoignèrent vivement, la poussèrent dehors et la propulsèrent dans une 11 CV Citroën noire qui démarra dans la rue déserte.

Deux heures plus tard, la concierge de l'immeuble qui faisait face au magasin à l'enseigne de Claire Diamond, partit, son cabas sous le bras, en direction de la rue de Monceau où un commerçant lui avait promis, la veille, qu'il pourrait peut-être lui fournir une demi-livre de navets, pas des rutabagas, des vrais navets.

C'est en revenant, après une heure de queue, qu'elle s'arrêta chez une de ses consœurs, rue de La Boétie. Elle lui annonça qu'il n'y avait plus de navets, mais qu'elle avait néanmoins trouvé quelques très beaux topinambours et lui glissa, en partant, une lettre confiée par Berthe dix-huit mois plus tôt et qu'elle avait mission de porter rue de La Boétie en cas de malheur.

Après force méandres, étapes et changement de porteur, la lettre arriva à Saint-Libéral quinze jours plus tard. Elle avait été postée deux jours avant à Saint-Yrieix.

Pierre-Edouard, aidé par Nicolas, était en train de tondre ses brebis lorsque Mathilde l'appela.

300

Le silence des cris

— Oui! dit-il sans arrêter de manœuvrer la tondeuse, je suis là, tu le sais, non?

Il était agacé car l'instrument coupait mal, tirait la laine et taillait des escaliers dans la toison, du sale travail.

— Viens! reprit Mathilde depuis la maison.

— Merde! maugréa-t-il en lançant la tondeuse à Nicolas, finis-la si tu peux!

Il essuya ses mains, grasses de suint, avec un vieux sac et partit vers la maison, certain une fois de plus que son père devait le réclamer à grands cris pour lui interdire, comme jadis, d'adresser la parole à ce petit trou du cul de géomètre qui tournait autour de Louise! C'était pénible, gênant, surtout quand Louise était là; son petit géomètre et premier époux était mort depuis trente-cinq ans! Mais il n'y avait rien à faire, sauf attendre avec patience que les crises passent.

— Alors, il remet ça? demanda-t-il dès qu'il vit Mathilde sur le perron.

Elle secoua la tête et lui tendit la lettre; elle l'avait ouverte car elle était adressée à Monsieur et Madame P.-E. Vialhe.

— Qu'est-ce qui se passe? murmura-t-il.

— Lis.

— J'ai pas mes lunettes.

— Tiens, fit-elle ,en les lui tendant.

— Ah, c'est Berthe! dit-il tout de suite. Il lut et blêmit.

« Cher frère, chère Mathilde.

« Si vous recevez un jour ce message, c'est que j'aurai été arrêtée par les Allemands. Je ne sais pas pourquoi, mais j'ai l'impression qu'ils me surveillent depuis quelque temps. Pourtant, vous le savez, je ne me suis jamais intéressée qu'à la couture. Malgré cela, depuis que je suis revenue à Paris, il me semble qu'ils se méfient de moi. Il est vrai que j'ai été obligée d'acheter du tissu au marché noir, c'est peut-être à cause de ça. De toute façon, ne vous inquiétez pas, ils me relâcheront vite je pense. Ils savent bien, comme toi mon cher frère, que j'ai choisi mon camp, une fois pour toutes.

« Surtout, occupez-vous bien des enfants. Guy doit être grand maintenant; quant à Gérard, il doit pouvoir s'occuper de son petit frère Pierre. A bientôt. Embrassez

301

Les palombes ne passeront plus

Louise, père, Léon, Yvette et Louis, sans oublier Mauricette. Bonjour aussi à Nicolas et aux voisins. Je vous embrasse.

Berthe. »

— Qu'est-ce que ça veut dire? bégaya Pierre-Edouard atterré, et puis, de quand elle est cette lettre?

— Elle n'est pas datée...

— Alors ils l'ont arrêtée, dit-il en se fouillant pour trouver sa pipe, pauvre petite, elle qui s'inquiétait pour savoir si j'avais choisi le bon camp.

— Elle faisait de la Résistance, n'est-ce pas? demanda Mathilde qui avait besoin de s'entendre confirmer ce qu'elle devinait.

— Pardi, et elle avait tout prévu, même que cette lettre pouvait tomber entre les mains des autres salopards! Vrai, elle est forte, Berthe, c'est quelqu'un!

Il était triste à pleurer, mais fier de sa sœur. Fier qu'elle ait su mener son combat à son idée, à sa guise et surtout en se taisant, en ne touchant mot de ses activités à personne et en rompant même ses relations avec la famille, pour éviter que les autres ne la suivent jusqu'à Saint-Libéral.

— Tu crois qu'ils vont la relâcher? questionna Mathilde.

— Non, ils la tiennent, ils la gardent, c'est la règle.

— Et qu'est-ce qu'on peut faire? implora Mathilde qui, depuis le début de la guerre, se lamentait de ne pouvoir rien faire. Rien faire pour Jacques, ou si peu, et surtout rien faire pour Paul, silencieux depuis Noël 1940.

— Rien, dit-il, sauf veiller sur son gamin et aussi sur les deux autres. Ça devait être écrit quelque part que notre travail à nous serait de nous occuper de gosses qui ne sont pas les nôtres.

— Mais pour elle, on ne peut rien tenter? Par la préfecture peut-être.

— Tu plaisantes! Ton beau-frère, on ne le voit plus, il a bien trop la trouille de se faire cueillir par les maquis en venant ici! Crois-moi, vu les événements, il doit plutôt penser à cacher ses fesses, et il n'est pas le seul!

Il l'attira contre lui, caressa ses cheveux.

302

Le silence des cris

— Va, dit-il, bientôt ce sera fini. Ils reviendront, tous, Jacques, Paul, Berthe, Félix, la guerre ne va pas durer. Ou alors elle nous tuera tous.

Hurler oui, parler non. Hurler comme une folle, sans retenue, parce que ça soulage un peu et surtout parce qu'on ne peut pas faire autrement.

Parce que l'eau infâme de la baignoire vous étouffe, vous noie, fait exploser dans votre crâne des milliers d'étoiles qui vous lacèrent le cerveau, pendant que l'eau, pleine de vomissures et de sang, s'insinue dans vos poumons, les corrode, les écrase.

Hurler enfin, hurler toujours, mais ne pas parler, jamais, ne rien dire. Faire de chaque minute gagnée un siècle de victoire, de chaque seconde à se mordre les lèvres un combat remporté.

Ne rien dire, sauf : « Je suis Claire Diamond, la couturière, vous savez bien, vos chefs me connaissent! » Et répéter cela à l'infini, jusqu'à ce que tombe enfin le brouillard apaisant, dans lequel on flotte, qui régénère et vous redonne des forces pour hurler à nouveau.

Mais se taire, se taire absolument, toujours, jusqu'au bout, jusqu'à la fin. Et se prouver ainsi, et leur prouver à eux, qu'on est la plus forte, la plus solide, la meilleure. Et que jamais ils ne parviendront à briser ce mur, cette muette citadelle dont les cris ne sont que silence.

Malgré le choc que leur causa l'arrestation de Berthe, Pierre-Edouard et Mathilde surmontèrent cette nouvelle épreuve en réagissant avec ce regain d'énergie et de courage qui les fouettait et les poussait à se défendre chaque fois que le malheur s'abattait sur eux.

Ils rejetèrent la morbide tentation qui les appelait à la passivité et à l'accablement et firent front, non seulement en s'étourdissant dans le travail, mais aussi en ne cherchant pas à dissimuler ce coup du sort qui frappait une fois de plus la famille Vialhe.

Au lieu de taire la nouvelle, Pierre-Edouard la répandit, non par provocation et vantardise mal placée, mais parce qu'il estima qu'avec un fils prisonnier, un autre

Les palombes ne passeront plus

Dieu savait où, une sœur entre les mains de la Gestapo et un neveu disparu, il était de son devoir d'indiquer à tous qu'il était solidaire de ces quatre membres de la famille.

Un an plus tôt, certains, au bourg, auraient ricané en apprenant que Berthe était sous les verrous car, même pour fait de Résistance, la prison était infamante. Mais tout avait changé en quelques mois. On parlait de plus en plus de l'imminence du débarquement et aux quelques rares résistants de la première heure s'ajoutait maintenant le flot sans cesse croissant de patriotes, d'autant plus hâbleurs et bruyants qu'ils étaient néophytes.

Déjà, les plus fervents partisans du Maréchal se faisaient discrets, humbles, prudents. Pour eux, le vent avait tourné et ils redoutaient la bourrasque qu'ils entendaient gronder alentour. Même l'abbé Delclos louvoyait entre deux eaux. Il ne parlait plus jamais de politique et ne fulminait plus contre les maquisards qui, souvent maintenant, descendaient s'approvisionner au bourg.

Eux aussi réquisitionnaient sans vergogne et si, à Saint-Libéral, ceux qui venaient se contentaient de faire rendre gorge aux quelques spécialistes du marché noir et aux collaborateurs — Delpeyroux et ses amis étaient leurs meilleurs fournisseurs, et c'était justice — les bruits couraient que d'authentiques voyous écumaient toute la campagne. Profitant de l'impunité que leur conférait leur prétendue appartenance aux Forces Françaises de l'Intérieur, ils rançonnaient, torturaient même, et pillaient sans pitié les malheureux qui étaient censés posséder quelques menues richesses.

Par chance, ces rapaces n'avaient pas encore fondu sur le bourg. Il est vrai que leur lâcheté leur tenait lieu de prudence car Léon, dès qu'il avait eu vent de leurs exactions, n'avait pas craint de proclamer bien fort, un soir chez Suzanne, qu'il recevrait à coups de fusil de chasse tous ceux qui confondaient la Résistance et le brigandage. Quant à Pierre-Edouard, il avait rappelé que ses fusils étaient en excellent état, qu'il savait s'en servir et Nicolas aussi, et que même Mathilde et Guy, en cas de besoin, sauraient glisser dans un douze une paire de cartouches de triple zéro.

Le silence des cris

Mais tous ces bruits, toutes ces rumeurs, et aussi la difficulté de reconnaître au premier coup d'œil entre les authentiques combattants et les crapules, créaient un climat plein de suspicion et d'inquiétude.

Il se transforma en épouvante lorsque se propagea la nouvelle, le 31 mars, que des éléments de l'armée Vlassov — redoutable horde d'Allemands et de Géorgiens qui venait d'écumer la Dordogne — progressaient maintenant vers la basse Corrèze. Son déferlement fut terrible.

Pillant, violant, tuant, saccageant tout, l'immonde cohorte ensanglanta d'abord les bourgs tout proches de Saint-Libéral : Villac, Ayen, Juillac, puis s'en alla porter la mort, le feu, l'horreur à Brive, Noailles, Vigeois, Tulle.

Encore accablés par toutes ces atrocités, les habitants de Saint-Libéral reçurent un autre et terrible choc lorsqu'ils apprirent, le 7 avril, que l'abbé Verlhac, résistant de la première heure, avait été fusillé deux jours plus tôt, dans un fossé, non loin d'Uzerche.

En ce matin du 6 juin, pendant le cours de mathématiques, Mauricette s'assura que le professeur ne la regardait pas, ouvrit discrètement son livre d'Histoire, calé sur ses genoux, et relut pour la dixième fois la lettre qu'elle avait reçue une heure plus tôt. Une grande et belle lettre d'amour qui l'avait remplie de joie et d'attendrissement.

Jean-Pierre allait bien, il l'aimait de plus en plus, et lorsque cette sale guerre serait finie — un peu grâce à lui d'ailleurs — rien ne pourrait s'opposer à leur mariage.

C'est au cours d'une réunion de la J.E.C. que Mauricette et lui s'étaient rencontrés au début de l'année scolaire. Les deux jeunes gens, qui se voyaient pourtant pour la première fois, s'étaient tout de suite reconnus et très vite aimés. Tout les liait, tout les rapprochait; une même idée de la vie, de la famille, de l'idéal en général et de cette vocation d'enseignant qu'ils partageaient tous les deux.

A la fin du premier trimestre, les deux jeunes gens se considéraient déjà comme fiancés et l'un comme l'autre, sans toutefois dévoiler toute l'étendue des senti-

305

Les palombes ne passeront plus

ments qu'ils se portaient et des promesses qu'ils s'étaient faites, avaient prévenu leurs parents.

Pierre-Edouard avait d'abord froncé les sourcils. Il n'avait qu'une fille et entendait bien ne pas la laisser partir au bras du premier béjaune venu. Puis il avait cherché à en savoir plus; il n'était pas dupe et Mathilde non plus, car la façon dont Mauricette leur parlait du garçon prouvait bien qu'elle ne le considérait pas du tout comme un simple camarade.

— Et d'où est-il, ce type extraordinaire? avait-il demandé en riant sous cape.

— D'Uzerche, ses parents tiennent un petit commerce, tu verras, il est très bien...

— Ah bon, parce qu'il va venir ici?

— Eh bien, j'ai pensé que, peut-être, pendant les vacances de Carnaval... il pourrait venir, enfin, si vous voulez bien...

— Bien sûr, avait dit Mathilde, il faut qu'il vienne nous voir. J'espère seulement que notre maison ne nous fera pas trop honte, parce que tu sais, les gens des villes, ils sont habitués à de beaux logements!

Mais il n'était jamais venu. Entre Noël et Carnaval, le bruit avait couru que les étudiants de dix-neuf ans allaient devoir, eux aussi, partir pour le S.T.O. Ce n'était peut-être qu'une farce de potaches, un mauvais canular, mais il avait fait mouche. Trois jours plus tard, Jean-Pierre prenait le maquis et s'enfonçait dans les bois, du côté d'Argentat.

Pour Mauricette, l'épreuve avait été rude et les jours d'une tristesse accablante avant que n'arrive enfin la première lettre. Aussi, en ce 6 juin et pour la dixième fois, elle relisait la quatorzième lettre que Jean-Pierre lui avait adressée depuis son départ.

La joie qui déferla sur Saint-Libéral à l'annonce du débarquement fut éphémère. Elle dura quatre jours, puis se brisa d'un coup lorsqu'au matin du 10 explosa l'effroyable nouvelle.

Ce fut le chauffeur du car à gazogène qui révéla la tragédie; elle avait eu lieu la veille, à Tulle. Il ne possé-

Le silence des cris

dait pas beaucoup de détails, mais affirma que les Allemands de la division « Das Reich » avaient pendu cent vingt otages et qu'ils en avaient emprisonné plus de trois cents; ce ne fut qu'après la libération que fut connu le chiffre exact des victimes tullistes : quatre-vingt-dix-neuf.

Pierre-Edouard aidait le charron à ferrer ses bœufs lorsqu'il apprit le drame. Atterré, il abandonna son attelage, courut chez lui et trouva Mathilde qui étendait sa lessive.

— Dis donc, lui lança-t-il, le jeune galant de Mauricette, il est parti dans quel maquis?

— Vers Argentat.

— Tu es certaine?

— Oui, c'est ce qu'elle m'a dit, mais pourquoi? s'inquiéta-t-elle en voyant sa mine défaite.

— Vers Argentat, c'est l'armée secrète, je crois, alors il n'a pas pu être à Tulle, enfin j'espère...

— Qu'est-ce qui se passe? redemanda-t-elle.

— Une horreur, souffla-t-il, une véritable horreur. Tu vois, j'ai toujours dit que ces jeunes cons feraient des catastrophes, ils se croient forts parce qu'ils ont des mitraillettes, et puis voilà le résultat. Non, dit-il en secouant la tête, c'est pas comme ça qu'on fait la guerre!

— Mais qu'y a-t-il? Explique!

— Ils voulaient libérer Tulle, tout seuls comme des grands, ça a raté bien sûr et les autres sont venus. Avec leurs tanks contre ces gosses, c'était foutu d'avance! Alors les autres, les nazis, pour se venger d'avoir perdu quelques hommes et surtout d'avoir eu peur, ils ont pendu cent vingt otages, après les balcons et les lampadaires...

Il regarda Mathilde atterrée, secoua la tête avec accablement puis serra les poings et partit chercher ses bœufs.

Dès le soir, on sut que la division « Das Reich » semait derrière elle des traces de feu et de sang; des morts et des incendies tout au long des nationales 20 et 89.

Mais ce n'était pas tout, et les habitants de Saint-Libéral, qui pensaient pourtant que le comble de l'horreur était atteint, n'en crurent pas leurs oreilles

307

Les palombes de passeront plus

lorsqu'ils apprirent le martyre d'Oradour-sur-Glane. La nuit même, vers 2 heures du matin, une grenade explosa dans le jardin du presbytère, une rafale de Sten moucheta la façade de la maison des Delpeyroux et deux coups de fusil de chasse furent tirés sur la ferme de son beau-frère. Personne ne fut blessé et nul ne sut jamais quels étaient les auteurs de ces représailles. Mais avec elles, et pour plusieurs mois, la peur persista à Saint-Libéral.

Berthe ne parlerait pas, jamais. Ils pouvaient revenir la chercher dans sa cellule, la conduire au 84 de l'avenue Foch, reprendre l'interrogatoire, la battre, la torturer encore, elle ne parlerait pas.

Ils la croyaient physiquement brisée et moralement anéantie, ils se leurraient. Son corps était rompu mais sa volonté demeurait intacte. Cette volonté d'acier, elle en connaissait l'immense puissance et la solidité. Elle l'avait patiemment forgée et trempée jadis, pendant sa jeunesse à Saint-Libéral, lorsqu'elle avait dû subir, sans broncher, l'implacable autorité de son père. Alors, ils pouvaient encore la rouer de coups, ils ne lui extorqueraient rien.

D'ailleurs, quoi qu'ils fassent, et même s'ils la fusillaient, ils étaient vaincus, les Alliés étaient là, en France, depuis bientôt trois semaines et personne ne les rejetterait à l'eau. Et personne non plus ne l'obligerait à dire ce qu'elle voulait taire.

Elle se retourna sur son grabat et ne put s'empêcher de gémir tant son corps était endolori; il n'était que plaies, hématomes, contusions. Du bout des doigts, elle tâta prudemment les profondes entailles ouvertes par les mâchoires des menottes; entre deux interrogatoires, les blessures n'avaient pas le temps de se refermer et la douleur lui sciait les poignets.

Mais parce qu'elle savait qu'à l'inaction succède vite la prostration, elle s'obligea à remuer les mains, à bouger bras et jambes, à réagir contre la souffrance qui l'incitait à une reposante mais dangereuse immobilité, à une torpeur comateuse. Elle se leva puis, comme chaque matin depuis son incarcération, elle se lava soigneuse-

Le silence des cris

ment. Ensuite elle commença à arpenter sa cellule, tout en comptant ses pas.

Elle en ferait mille huit cent cinquante pour couvrir un kilomètre; arriverait alors l'heure du jus. Plus tard, si on lui en laissait le temps, c'est-à-dire si nul interrogatoire ne venait bouleverser sa journée, elle reprendrait sa marche. Au soir, elle totaliserait neuf mille deux cent cinquante pas, s'astreindrait alors à atteindre le chiffre de dix mille puis se coucherait enfin, fière d'avoir parcouru au moins cinq kilomètres, d'avoir surmonté ses faiblesses et les terribles élancements qui fusaient à chacun de ses gestes.

La serrure claqua et la porte s'ouvrit bien avant l'heure habituelle. Berthe songea qu'elle aurait du mal à faire ses cinq kilomètres quotidiens et se laissa entraîner pour un long, très long périple : Compiègne, Strasbourg, Magdebourg, Ravensbrück.

Après la joie provoquée par le débarquement, puis le choc brutal dû à la réplique de l'ennemi, en Corrèze et ailleurs, Saint-Libéral s'enferma dans une inquiète, morne et pénible attente. Il était de plus en plus difficile de savoir si la guerre touchait vraiment à sa fin, comme l'affirmaient les maquisards maintenant nombreux aux alentours du bourg, ou si elle allait persister encore longtemps, comme le prouvaient les occupants.

L'ambiance était trouble et malsaine comme une mare au mois d'août; exténuante aussi, usante pour les nerfs, faite d'une perpétuelle et déprimante instabilité, un désagréable mélange de chaud et de froid, d'optimisme et d'abattement.

Ainsi n'était-il plus possible de se rendre à Terrasson, Objat ou Brive, pour y vendre ses produits, sans tomber coup sur coup sur des barrages. Aux premiers, tenus par les maquisards, il fallait faire preuve de son patriotisme et, parfois, en fonction des hommes qui vous interpellaient, céder, bon gré mal gré, un cageot de prunes, deux poulets ou un panier de petits pois.

Aux autres barrages, ceux tenus par les Allemands à l'entrée des villes, il fallait encore prouver que rien ne vous liait à ces terroristes qui tenaient les campagnes;

Les palombes ne passeront plus

ce n'était pas toujours facile car les Allemands se défiaient de tout ce qui ressemblait à un paysan. Ces derniers avaient la réputation d'être tous des assassins.

Pour éviter ces incessants interrogatoires, qui l'agaçaient, Pierre-Edouard ne sortait plus de la commune. Malgré cela, et simplement en grimpant sur le plateau pour aller travailler, il fut plusieurs fois arrêté par des gamins en armes. Certains étaient polis, aimables et quelques-uns l'aidèrent même à rentrer la luzerne de la pièce des Lettres de Léon. Mais d'autres avaient l'air sournois et le regard faux des amateurs de pillage et de viols.

Ce fut leur présence qui lui fit prendre la décision de faire redescendre Louise et les enfants au bourg. Coste-Roche était vraiment trop isolé. C'était une proie facile pour les malandrins et que pourrait faire Louise en face d'eux? Ce n'était pas Gérard, qui allait maintenant sur ses quatorze ans, ni les autres enfants, plus jeunes encore, qui pourraient s'opposer à la mise à sac de la maison.

Louise protesta. A Coste-Roche, elle était bien, au calme, et les quatre enfants dont elle s'occupait l'aimaient comme une mère.

— Oui, avoua-t-elle à son frère, tu le sais, ici je suis heureuse et s'il n'y avait pas Félix qui m'inquiète tant... Et puis quoi, toi, Nicolas ou Mathilde vous venez presque tous les jours, alors!

— Ceux qui font les mauvais coups ne viennent pas le jour, mais la nuit!

— Mais je me barricade le soir!

— Et alors? Tu es à trois kilomètres du bourg, ils auront toute la nuit pour défoncer ta porte.

— Tu exagères, dit-elle en haussant les épaules.

— Ah tu crois? Eh bien ces salauds ont pourtant fait parler d'eux récemment, du côté de Perpezac et ailleurs aussi. Allez, ne discute pas, charge tes affaires sur la charrette et en route!

— Et les petits? Enfin, ceux-là, dit-elle en désignant de la tête les deux frères que leur avait confiés le docteur.

— Bah, maintenant, tu sais, je ne crois pas que personne à Saint-Libéral ira moucharder.

310

Le silence des cris

Il vit qu'elle n'était pas convaincue et lui posa la main sur l'épaule.

— Crois-moi, dit-il, il ne faut pas rester là, c'est trop dangereux.

— C'est dommage, murmura-t-elle, ici, avec ces quatre petits autour de moi, j'arrivais presque à oublier qu'on est en guerre, et puis, dit-elle soudain, si je redescends, comment va-t-on se loger?

— T'inquiète pas pour ça, c'est prévu, on mettra les quatre gosses, non cinq avec Guy, dans la salle d'entrée, Mauricette avec le père et toi dans notre chambre. Oui, on sera un peu serré, mais quoi, on a commencé la guerre comme ça, on ne va pas en mourir maintenant! Et puis, ça ne durera pas aussi longtemps que ça a duré!

Juillet passa et avec lui les moissons. Au bourg, régnait toujours cette sombre et déprimante atmosphère, ce mélange d'espoir et de joie qu'étouffait aussitôt la peur du lendemain.

Déjà, personne n'ignorait que certains — dont la coloration politique était bien connue — arguant de leur rôle dans la Résistance, prenaient leurs dispositions pour balayer des municipalités tous ceux qui, jadis, s'étaient opposés à eux; c'était net et sans équivoque. Tavet, Brousse et Bernical ne se privaient d'ailleurs pas d'assurer que Léon et les réactionnaires de son espèce avaient fait leur temps et qu'ils devraient bientôt partir, de gré ou de force.

Au début, Léon laissa dire, puis comme les persiflages et même les menaces allaient croissant, il passa à l'action, le 13 août dans la soirée. Encadré par Pierre-Edouard, Maurice, Edouard Lapeyre et aussi le docteur Delpy, il entra chez Suzanne où, il le savait, Tavet et les siens, plus quelques maquisards en armes, tenaient conférence.

— Bon, dit Léon après avoir commandé une bouteille de vin, alors il paraît qu'on veut régler les comptes? Il emplit les verres de ses amis, se retourna et contempla longuement la dizaine de jeunes qui ricanaient en tripotant leurs mitraillettes et leurs grenades. Dis donc, Tavet, demanda-t-il doucement et en souriant, je ne

Les palombes ne passeront plus

savais pas que tu avais des amis chez les collabos!

— Quoi? gronda l'autre en se dressant.

— Eh! fit Léon en haussant les épaules, lui, là, le petit rouquin, c'est bien le fils Feix de Meyssac? Et l'autre, là-bas, avec son béret sur les yeux, c'est bien Jeannot, le frère de la Louisette de La Roche Canillac? Oui? Ah, je savais bien qu'à courir les foires on finissait par connaître son monde...

— Et alors? lança Louis Brousse.

— Oh rien, assura Léon. Il but une gorgée, reposa son verre. Rien, sauf que le père du petit rouquin a trafiqué toute la guerre avec les fridolins, tu savais pas ça? Demande-lui alors à ce petit pourquoi il a pris le maquis il n'y a pas plus de trois mois et à plus de cinquante kilomètres de chez lui... Pourtant, à ce qu'on m'a dit, vers Meyssac et Chauffour, ça ne manque pas les vrais maquis! Et toi, Jeannot! Faut pas baisser le nez comme ça! Tu leur as dit à ces beaux justiciers que ta sœur fait la pute à Brive, tantôt avec les Boches, tantôt avec les miliciens, c'est pratique d'ailleurs, une nuit à l'hôtel Terminus, l'autre à l'hôtel du Parc, elle a juste l'avenue de la Gare à traverser...

— Nom de Dieu! hurla l'autre en se levant, je te tuerai pour ça!

— Ouais, dit Léon sans s'émouvoir, mais alors tire-moi dans le dos, parce que, de face, moi je te louperai pas.

— De toute façon, ils ne sont pas responsables de leurs familles! protesta Martin Tavet.

— C'est vrai, reconnut Léon, mais c'était juste histoire de causer, hein?

— Et puis toi, qu'est-ce que tu as fait pendant la guerre? jeta Louis Brousse.

— Comme toi mon vieux, rien, alors on est quitte! Il leur tourna le dos, emplit à nouveau son verre, puis refit face brusquement. Bon, jeta-t-il, maintenant qu'on a fait connaissance, assez rigolé. Vous choisissez vos amis où vous voulez, ça vous regarde. Mais ne venez pas nous emmerder parce qu'alors, nous aussi on va devenir méchants. Des leçons, c'est pas vous qui nous en donnerez, ça serait plutôt le contraire!

— Calme-toi, Léon, intervint le docteur en souriant,

312

Le silence des cris

tu ne vas quand même pas apprendre à ces messieurs ce qu'aucun des honnêtes gens du bourg n'ignore! Tu ne vas pas leur dire par exemple que ton neveu Paul a rejoint Londres parmi les tout premiers, ni que Félix, le filleul de Pierre-Edouard, a fait la même chose, et encore moins que Berthe est aux mains de la Gestapo...

— C'est vrai, renchérit Pierre-Edouard en rentrant dans le jeu, tu ne vas pas leur dire non plus que le docteur passe plus de temps à soigner les maquisards que sa propre clientèle, tu penses bien que Tavet sait tout ça!

— Dame, acquiesça Léon, il sait bien aussi que le fils de Maurice est au maquis depuis un an à côté de Terrasson, pas vrai que vous le savez?

— Et alors? lança un jeune en brandissant son arme, qu'est-ce que tu veux que ça nous foute?

— Rien, concéda le docteur, mais tu es jeune, alors si on a dit ça, c'est pour que tu saches qu'il n'y a pas que tes amis qui se sont battus et qui se battent encore!

— Et pour que tu saches aussi, et tes copains avec toi, qu'on n'a pas l'habitude, à Saint-Libéral, de se laisser commander par n'importe qui, même s'il a un beau brassard, même s'il a une mitraillette! Ici, nos élus on les choisit, t'as compris, Tavet? lança sèchement Léon.

— On en reparlera, promit l'interpellé.

— Mais oui, assura le docteur. Dès que la guerre sera finie il faudra bien revoter, alors on verra. Mais en attendant, ce qui urge, c'est de foutre les Boches dehors, n'est-ce pas? A ce sujet, mes petits, dit-il en s'adressant aux jeunes, je me demande ce que vous faites encore ici. D'après ce que je sais, tous vos camarades du secteur sont en train d'encercler Brive, il y a peut-être du bon travail à faire là-bas, non?

— On n'a pas reçu d'ordres, lança un des jeunes, et c'est pas à vous à nous en donner!

— Mais je ne t'en donne pas, rassure-toi. Simplement, à ta place, ça me gênerait un peu d'être ici à boire un coup pendant que mes copains font le coup de feu à trente kilomètres d'ici...

— Ces pauvres petits, soupira soudain Suzanne, ils sont si mignons!

Elle brisa, sans le savoir, la dangereuse tension qui

313

Les palombes ne passeront plus

régnait dans la salle, car les hommes, toutes opinions mêlées, éclatèrent de rire.

— Sacrée Suzanne! hoqueta le docteur, vous êtes vraiment une mère pour eux, une vraie mère poule!

Et les rires redoublèrent car tous savaient que Suzanne, malgré ses quarante-huit ans, comblait ses penchants — au-delà de toute espérance — depuis que les maquisards rôdaient dans le secteur.

— Ben quoi? dit-elle en rougissant, ça vaut mieux que de faire la guerre ou de la politique!

— Oui, Oui! hurlèrent les jeunes.

— Suzanne au pouvoir! brailla l'un d'eux.

— A poil! proposa un autre.

Le docteur se pencha vers Léon et Pierre-Edouard.

— Ça va mieux, chuchota-t-il, mais tout à l'heure, j'ai eu peur qu'un de ces jeunes fous ne nous fusille à bout portant!

— Mais non, le rassura Léon sans cesser de rire, on ne risquait rien, nous étions juste devant Suzanne, ils avaient bien trop peur de l'atteindre! Vous ne pensez quand même pas que c'est pour les beaux yeux de Tavet qu'ils sont là à cette heure!

Trois jours plus tard, au matin, ce fut dans l'allégresse que le village apprit la libération de Brive. Mais les cloches ne sonnèrent pas à Saint-Libéral car lorsque Léon et les membres du conseil municipal se rendirent au presbytère, bien décidés à inciter — fermement si besoin — le curé à se pendre à ses cloches pour annoncer dignement l'événement, ils ne trouvèrent qu'un pauvre homme, à la mine terreuse et aux yeux rouges, qui leur annonça entre deux sanglots, que sa vieille mère avait rendu l'âme la veille au soir, en ce jour de l'Assomption de la Vierge Marie.

Et le pauvre homme était si pitoyable, si désarmé, que personne n'eut le courage de triompher devant lui, il était l'image de la défaite.

Le silence des cris

21

Après Brive, première ville de France à se libérer par ses propres moyens, Tulle et Ussel se débarrassèrent à leur tour des occupants. Cette fois, la Corrèze était libre et ni les bombardements de Brive, ni les quelques discrets essais que tenta l'ennemi pour reprendre la place, ne parvinrent à briser la joie des Corréziens.

Joie accrue, la semaine suivante, par l'annonce de la libération de Paris; beaucoup pensèrent alors que la guerre était finie. Chez les Vialhe, comme partout, on fêta dignement les événements. Pourtant, ni Pierre-Edouard, ni Mathilde, ni Louise ne furent dupes de l'entrain un peu forcé qu'ils tentaient d'afficher; en ces jours de liesse, l'absence de Berthe, de Félix, de Jacques et de Paul pesait lourdement.

Et brutalement, le 30 août, à l'heure de la sieste, alors que Mathilde, Louise et Mauricette faisaient la vaisselle, que Pierre-Edouard et son père dormaient et que les enfants étaient partis pêcher les écrevisses dans le Diamond, l'appel de Léon retentit dans la cour. Un cri de joie, suivi d'un bruit de course et d'une porte qui claque à la volée.

— Le petit est à Paris! Il est à Paris!

— Paul? Félix? dirent en même temps Mathilde et Louise.

— Paul! lança Léon en étreignant sa sœur, il vient de me téléphoner! Le petit est à Paris! répéta-t-il à Pierre-Edouard qui venait de sortir de la chambre.

— J'ai entendu, murmura Pierre-Edouard en glissant les pans de sa chemise dans son pantalon. Explique, dit-il.

Il était si ému qu'il ficha sa pipe entre ses dents et tenta de l'allumer alors qu'il avait omis de la bourrer. Il s'aperçut de sa distraction, sourit pour s'en excuser.

— Explique, dit-il encore.

— Il est à Paris depuis hier, il a téléphoné dès qu'il a

315

Les palombes ne passeront plus

pu, ça n'a pas été facile. Mais il rappellera ce soir à
7 heures à la maison, pour que vous soyez là, et puis
on a été coupé...

— Et... Et il va bien? interrogea Mathilde.

— Pardi! Tu te rends compte, lança Léon à son beau-
frère, il est sous-lieutenant!

— Miladiou, jura Pierre-Edouard, il est devenu officier
ce bougre!

Pour lui qui avait terminé la guerre de 1914 avec le
grade d'adjudant-chef, le galon de son fils prenait valeur
de symbole. Paul l'avait dépassé, avait fait mieux que lui,
c'était fantastique. Il se sentit débordant de fierté, attira
Mathilde et l'embrassa.

— Tu entends, lui dit-il, ton fils est officier!

— Et c'est pas tout, assura Léon, tu sais dans quelle
arme il est? Dans les parachutistes!

— Mon Dieu, dit Mathilde, il est fou!

Elle était soudain morte d'inquiétude et tremblait
rétrospectivement à l'idée qu'il s'était jeté d'un avion et
qu'il allait peut-être recommencer.

— Il est fou, redit-elle faiblement.

— Mais non, la rassura Pierre-Edouard, de plus en
plus fier. Puis il regarda Louise qui, un peu à l'écart,
écoutait sans rien dire. Il la vit triste, lui sourit : Félix
donnera bientôt de ses nouvelles lui aussi, tu verras, j'en
suis certain, un bonheur n'arrive jamais seul!

Elle hocha la tête, mais se détourna pour que ni son
frère, ni Mathilde, ni Léon n'aient leur bonheur gâché
en la voyant si déconfite, si angoissée encore. Contente
que Paul soit sauf, certes, mais Paul, c'était son neveu,
pas son fils.

Le soir, pourtant, elle se rendit elle aussi chez Léon
pour attendre le coup de téléphone promis. Mais ils
patientèrent tous en vain, l'appareil resta muet.

— Ben voilà, dit Pierre-Edouard vers 11 heures, il n'a
pas dû pouvoir appeler...

Il était déçu et avait pitié de Mathilde; elle s'était fait
une telle joie de pouvoir entendre la voix de son fils après
quatre ans de silence.

— Tu sais, expliqua Léon, le téléphone, en ce moment,
il marche quand il y pense. Il appellera peut-être demain
et alors, cette fois, je viendrai vous chercher.

316

Le silence des cris

Paul ne rappela pas, mais écrivit une longue lettre qui arriva deux jours plus tard. Une lettre que Pierre-Edouard lut d'abord à haute voix, pour que toute la famille en profite, et que Mathilde lut et relut pour elle seule. Elle était maintenant débordante de bonheur et, n'eut été le post-scriptum, prête à croire elle aussi que la guerre était vraiment finie et que ses fils seraient bientôt de retour; mais les dernières lignes de Paul étaient sans équivoque :

« Nous repartons ce soir même, je ne sais où, mais sûrement pas au repos... »

Félix n'écrivit pas, ne téléphona pas, il vint. Il arriva par le car du matin. Mort de fatigue, car il avait voyagé toute la nuit, il fut un peu dépité de ne trouver à la ferme que deux gamins inconnus et son grand-père qui, manifestement, ne l'identifia pas. Le vieillard était assis devant la maison et marmonnait sans fin en jouant avec un vieux manche qu'il tournait et retournait entre ses mains.

— Qui es-tu? demanda Félix au plus grand des garçons.

— Moi, je m'appelle David, lui, c'est mon frère Benjamin, expliqua le gamin sans cacher l'admiration que lui inspirait l'uniforme du visiteur. Dites, c'est pas vous Paul? demanda-t-il soudain.

— Ah non, moi je suis Félix.

— C'est tonton Félix! s'exclama le plus jeune.

— Mais... Moi je ne vous connais pas! dit Félix en fronçant les sourcils.

— C'est mamie Louise qui nous a parlé de vous! expliqua le bambin, ravi.

Complètement éberlué, Félix décida de remettre à plus tard toute demande d'explication.

— Où est toute la famille?

— Sur le plateau, indiqua David, ils moissonnent le blé noir. Nous, on reste ici pour tenir compagnie à pépé Jean-Edouard, et puis pour le garder aussi, ajouta-t-il d'un ton sérieux.

— Si j'y comprends quelque chose! murmura Félix. Et ils vont bien au moins?

317

Les palombes ne passeront plus

— Oui, oui !

— Tous ? insista-t-il.

— Ben oui !

— J'y monte.

C'est un peu avant d'arriver sur le plateau, alors qu'il était encore sous les châtaigniers qui bordaient le chemin, qu'il aperçut l'enfant qui, à vingt pas de lui, lance-pierres à la main, traquait les mésanges dans les buissons.

Le gosse, haut comme trois pommes et bronzé comme un abricot, le regarda venir avec circonspection. Une grande mèche de cheveux châtains lui tombant sur les yeux, il la rejeta d'un geste vif, observa l'étranger qui venait vers lui.

Félix s'arrêta, le dévisagea, puis s'accroupit pour être à sa hauteur. Souffle court, il se mordit les lèvres et s'étonna presque que le gosse n'entende pas les lourds battements de son cœur, des coups sourds qui grondaient de bonheur.

— C'est bien toi, Pierre ? chuchota-t-il enfin. Oui, c'est toi, tu ressembles tellement à ta mère !

Le gosse fronça les sourcils et, prudent, recula d'un pas. Félix lui sourit, tendit la main.

— N'aie pas peur, surtout n'aie pas peur. Il ne faut jamais avoir peur de son papa.

— Papa ? interrogea faiblement le petit homme. Il hésita encore, parut faire un immense effort, peut-être pour essayer de se souvenir de la grande silhouette qui s'était penchée vers lui, un matin de février 1940. Puis il remodula : pa-pa, comme pour s'habituer au mot, le faire sien. Et soudain il bondit. Félix faillit tomber à la renverse lorsque son fils se jeta à son cou.

Félix dut repartir dès le lendemain ; mais son passage, pour bref qu'il fût, apporta une énorme brassée de bonheur dans la maison Vialhe, rendit courage et optimisme à tous ; quant à Louise, elle rajeunit de dix ans.

A la veillée, tous écoutèrent l'extraordinaire épopée de Félix qui, parti sergent-chef de Dunkerque, était de retour lieutenant, après avoir reconquis une partie de l'Afrique, de l'Italie et de la Corse.

Le silence des cris

— Et maintenant? demanda Louise.

— Direction l'Allemagne, bien sûr.

— Et tâchez de ne pas faire comme en 18, recommanda Léon, cette fois, mettez-leur la trempe, une bonne fois pour toutes. Ça évitera peut-être de les revoir ici dans vingt ans!

— On y veillera.

Trois jours après son départ, Mauricette revint de Tulle, en larmes. Elle était partie à la préfecture, soi-disant pour s'occuper de sa réinscription à l'Ecole normale, mais en fait pour y rencontrer Jean-Pierre.

Triste rencontre, car son fiancé, sans chercher à atténuer une révélation qu'il savait douloureuse, et avant même de lui redire qu'elle était et resterait son seul amour, lui avait annoncé son engagement dans l'armée régulière, pour la durée de la guerre. Il en était fier; elle aussi bien sûr, mais si triste également, si déchirée. Pour elle, l'angoisse commençait.

— J'ai connu ça, moi aussi, lui dit Mathilde. Je sais, ça ne te console pas. Mais si tu veux que le temps passe plus vite, sois forte, solide. Pleure si tu en as besoin, mais ne t'y habitue pas, ou alors tu ne pourras plus faire que ça et les jours compteront double.

— Et puis, essaya Pierre-Edouard, ça prouve au moins que c'est un homme, un vrai, qui fait ce qu'il a à faire, même si ça lui coûte, c'est bien. Je suis content que ce ne soit pas une mauviette et un planqué, je suis sûr que ce sera un bon gendre.

— Mais vous ne le connaissez même pas! sanglota la jeune fille.

— Que si, dit Pierre-Edouard, tu nous parles de lui depuis des mois! Oh, ça n'est pas suffisant, bien sûr, et c'est vrai qu'on ne l'a jamais vu. Mais si je dis que ce sera un bon gendre, c'est parce qu'un homme qui est capable de laisser une belle petite comme toi et de prendre un fusil, alors que maintenant rien ne l'y oblige, est sûrement quelqu'un de bien, pour ça, je suis tranquille.

La libération progressive de la France n'apporta pas les grands changements économiques que tout le monde

319

Les palombes ne passeront plus

espérait. La pénurie était complète en tout, les tickets obligatoires pour le moindre produit, l'inflation délirante.

Tout était rare, voire introuvable, et Pierre-Edouard, qui s'occupait toujours du syndicat agricole d'achat, voyait arriver le moment où il allait devoir cesser toute activité.

En ce matin de septembre 1944, alors qu'il relisait en maugréant la réponse du Ravitaillement à sa demande de deux tonnes de nitrate de chaux — on lui en accordait deux cent vingt kilos, ce qui allait lui permettre d'en céder à peu près quatorze kilos aux clients qui lui en avaient commandé — lorsque son neveu Louis, le fils de Léon, interrompit son travail.

— Eh tonton! lança le gamin, y a papa qui te réclame tout de suite, il est chez Delpeyroux.

— Chez Delpeyroux? Qu'est-ce qu'il fout chez cet âne?

Mais le gosse avait déjà tourné les talons. Pierre-Edouard se hâta vers la ruelle où se tenait la ferme de son voisin et fronça les sourcils en voyant l'attroupement dans la cour et en entendant les protestations de Léon. Une Citroën noire était en stationnement devant la maison.

— Qu'est-ce qui se passe? demanda-t-il.

— Ces types veulent l'arrêter, lui expliqua Léon en désignant trois jeunes gens qui, déjà, encadraient Delpeyroux, blanc de peur.

— L'arrêter? Et pourquoi diable?

— Allons bon! ricana l'un des jeunes, encore un qui veut protéger un collabo! Ma parole, mais c'est toute la commune qu'il va falloir foutre au trou, on nous a bien renseignés!

— Tu veux une calotte? lui jeta Pierre-Edouard en l'écartant d'un geste et en se glissant à côté de Léon.

— Ce sont les gars du Comité départemental de Libération, lui expliqua son beau-frère, ils m'ont fait voir leurs cartes.

— Et ça leur donne le droit d'arrêter les gens?

— Ben oui, il paraît. J'ai téléphoné à la gendarmerie d'Ayen, ils m'ont dit que c'était légal.

— Eh bien, ponctua Pierre-Edouard, si vous devez arrêter tous les jobards qui ont gueulé vive le Maréchal, il ne restera pas grand monde en France!

Le silence des cris

L'autre haussa les épaules et poussa Delpeyroux dans le véhicule.

— On va aussi aller dire un mot à votre curé, prévint-il en s'installant au volant, lui aussi on nous l'a signalé comme collabo. Heureusement qu'il y a de vrais patriotes dans ce bled.

La colère fustigea Léon. Dieu sait pourtant s'il tenait Delpeyroux en piètre estime et l'abbé Delclos pour une vieille bourrique, mais de savoir qu'un ou plusieurs de ses administrés avaient mouchardé le rendit furieux, il en avait honte pour eux. Il s'approcha vivement du conducteur et l'empoigna au col par la redoutable pince de sa prothèse.

— Ecoute bien, petit merdeux, lança-t-il, ici, c'est moi le maire, et ceux-là, ce sont les conseillers municipaux, et les autres là, tous ceux qui sont autour de la voiture, ce sont les habitants de Saint-Libéral. Nous, on n'aime pas les cafards et on a toujours réglé nos affaires entre nous. Alors, tu embarques Delpeyroux, d'accord. C'est un vrai con, mais on viendra quand même témoigner pour lui, parce qu'il est de chez nous. Mais si par malheur tu vas au presbytère, tu vois, on est une vingtaine ici, eh bien dans cinq minutes tu prendras vingt coups de fusil de chasse dans la gueule. Notre curé, on le garde, et personne en Corrèze n'a besoin d'apprendre qu'il a fait le zouave; nous on le sait et ça suffit.

— Laissez-moi! Ou alors, ça vous coûtera cher! protesta l'autre.

— Un mot encore, gronda Léon sans lâcher prise, tu vois, je n'ai plus qu'une main, mais fais bien gaffe, petit, mon autre bras est sacrément long, et le sien aussi! dit-il en désignant Pierre-Edouard. Rappelle-toi, dans la commune, on règle nos affaires en famille. Fous le camp maintenant, et ne t'avise pas de faire halte au presbytère, ni de jamais remettre les pieds ici!

Il libéra enfin son interlocuteur qui en profita pour démarrer comme un fou. La voiture prit la direction de Brive et disparut.

Delpeyroux passa quelques mois en prison, puis fut libéré. Comme il l'avait annoncé, Léon alla témoigner, Pierre-Edouard, Maurice et Edouard Lapeyre l'accompagnèrent. Et même Tavet et Bernical allèrent eux aussi

321

Les palombes ne passeront plus

expliquer que leur voisin, dont tout le monde condamnait les choix politiques, n'avait néanmoins jamais dénoncé, ni fait grand tort à personne.

La déposition de Tavet et Bernical, dictée par presque soixante ans de bon voisinage et d'amitié avec l'accusé, les brouilla avec les responsables de leur parti qui, outre cette faiblesse pour un homme qui, aux yeux des révolutionnaires, méritait douze balles dans la peau, ne leur pardonnaient pas d'avoir été incapables d'éliminer Léon et ses amis de la mairie.

Cette éviction peina beaucoup les deux hommes, mais ne les empêcha pas de se faire réélire, sous l'étiquette socialiste, quand vinrent les élections municipales, quelques mois plus tard. Ces élections qui placèrent Léon et Pierre-Edouard à égalité de suffrages. Beau joueur, Léon proposa son écharpe à son beau-frère qui la déclina. Plus il vieillissait et moins l'attirait la politique. Et les luttes qui, déjà, redivisaient la France, le renforçaient dans son scepticisme et sa sévérité envers tous ceux qui, sous prétexte de servir la chose publique, défendaient avant tout leurs propres intérêts.

Lorsque, huit jours après l'arrestation de Delpeyroux, une Peugeot grise s'arrêta devant la maison Vialhe, Pierre-Edouard pensa aussitôt que les jeunes du C.D.L. ne désarmaient pas et se prépara à les recevoir fraîchement. Mais ce fut une femme qui descendit du véhicule.

— Je cherche monsieur Vialhe, dit-elle en l'apercevant sur le seuil de sa porte, monsieur Pierre-Edouard Vialhe.

— C'est moi, dit-il.

— Ah bon, fit-elle en s'approchant. Elle fouilla dans sa serviette, compulsa une liste : Ah, voilà... C'est bien vous qui abritez les petits David et Benjamin Salomon ? C'est bien vous ?

— C'est possible, admit-il.

— Eh bien, j'ai une bonne nouvelle, on va vous en débarrasser.

— Qui vous a dit qu'ils nous embarrassent ? grogna-t-il. Et d'abord, qui êtes-vous ?

Elle lui tendit une carte frappée de la Croix-Rouge.

322

Le silence des cris

— Les deux petits ont des cousins qui habitent le Maroc et qui nous ont demandé de faire des recherches. Ça a été long! Ils sont prêts à accueillir les gamins. Où sont-ils, ces gosses?

— Je ne suis pas au courant de tout ça, dit-il sèchement. Moi, je ne sais qu'une chose, quelqu'un nous a confié les enfants, je ne les laisserai pas partir tant que cette personne ne m'aura pas confirmé votre histoire!

— Mais monsieur! Je suis de la Croix-Rouge!

— Qu'est-ce que vous voulez que ça me foute! Moi, ces enfants, je les protège depuis quatorze mois, vous ne croyez tout de même pas que je vais les laisser partir avec n'importe qui!

Il était furieux contre cette femme qui, aussi froidement qu'un boucher venant prendre livraison d'un lot d'agneaux, avait osé dire qu'elle allait le débarrasser des enfants! Ces petits, Mathilde et lui s'y étaient attachés, ils étaient gentils, ne faisaient pas de façons et s'entendaient au mieux avec Gérard et Pierre; ils étaient de la famille. Naturellement, ils ne pouvaient pas rester éternellement à Saint-Libéral, mais de là à les embarquer comme du bétail!

— Où sont-ils? insista la femme, j'ai quand même le droit de les voir!

— Non, tant qu'on ne me confirmera pas votre histoire, vous n'avez aucun droit.

— Ah je vois, dit-elle, vous voulez sans doute monnayer le prix de leur pension. J'aurais dû me douter qu'avec des paysans...

— Foutez le camp! jeta-t-il en avançant d'un pas, je n'ai jamais cogné sur une femme, mais ça ne va pas tarder.

Elle prit peur et courut jusqu'à sa voiture. Il la regarda partir et haussa les épaules. Puis il sourit et bénit le ciel que Mathilde n'ait pas assisté à l'entretien. Elle ramassait les noix avec Mauricette, Louise et les enfants.

— Elle lui aurait crevé les yeux! murmura-t-il en riant, oui ma garce, t'as eu de la chance qu'elle soit absente, ma petite Mathilde! Pour sûr qu'elle t'aurait fait payer la pension, avec des baffes oui!

Mais, soucieux, il partit aussitôt rendre compte au docteur Delpy.

323

Les palombes ne passeront plus

Ce ne fut que trois mois plus tard, peu avant Noël, que David et Benjamin quittèrent la famille Vialhe. Auparavant, pour être sûr que les enfants seraient heureux dans leur nouvelle famille, Pierre-Edouard et Mathilde avaient tenu à ce que le docteur Delpy se mette en relation avec les cousins des petits; eux-mêmes avaient ensuite écrit pour arrêter les modalités du voyage. Les deux frères devaient prendre le train jusqu'à Marseille où un organisme les accueillerait et les conduirait ensuite jusqu'à Rabat où habitaient leurs cousins.

— Alors voilà, dit Pierre-Edouard lorsqu'il discuta de tout cela avec le docteur, je vais les accompagner jusqu'à Marseille, on part après-demain.

— Tu sais, essaya le docteur, je crois que Mathilde et toi avez fait tout ce qu'il était possible de faire. C'est loin, Marseille, c'est vrai, mais je pense que les gosses sont assez grands pour prendre le train tout seuls.

— Possible, mais si c'était mes petits, j'aimerais bien que quelqu'un soit là pour leur donner la main jusqu'au bateau.

Trois jours plus tard, ce fut le cœur serré qu'il laissa les deux enfants au milieu d'un troupeau de gamins qui, eux aussi, rejoignaient, au-delà des mers, un vague cousin, un vieil oncle ou une tante.

— C'était pas beau, avoua-t-il à Mathilde dès son retour, on aurait dit une portée de chiots abandonnée au bord d'une mare. Enfin, là-bas au moins, ils seront en famille, c'est ce qui console.

— Dis, tonton, demanda le petit Pierre au cours du repas du soir, Gérard aussi tu vas l'amener prendre le bateau?

— Et pourquoi je l'emmènerais?

Le gosse haussa les épaules.

— C'est lui qui me l'a dit, expliqua-t-il.

Pierre-Edouard regarda l'adolescent qui baissait le nez en rougissant.

— Gérard t'a fait une blague, assura-t-il.

— Alors pourquoi il pleurait en me la faisant? insista le petit.

— Bah, tu t'es trompé! D'ailleurs Gérard a maintenant quatorze ans, est-ce qu'on pleure à cet âge?

— Ben non, reconnut l'enfant.

324

Le silence des cris

Mais il était perplexe, regardant tour à tour sa grand-mère, son oncle et sa tante, puis Guy, et enfin Gérard qui maintenant ne mangeait plus.

— Ne t'inquiète pas, le rassura Mathilde, Gérard restera ici jusqu'à ce que tante Berthe revienne, bientôt sûrement. Il restera parce que, lui, il est de la famille, comme un cousin quoi!

— Ah, tu vois! triompha le gamin en regardant Gérard, je savais bien qu'on était cousins!

— Mais oui! coupa Louise, mange maintenant, il faut manger si tu veux devenir aussi grand que Gérard, que ton cousin, ajouta-t-elle en souriant.

Jacques et André s'évadèrent le 20 janvier 1945. Ils avaient appris, la veille, que l'évacuation du Stalag 1 B auquel ils étaient toujours administrativement rattachés était commencée et que les prisonniers partaient à pied pour une direction inconnue.

Alors, au lieu d'attendre passivement qu'on vienne les cueillir à la ferme, ils regroupèrent leurs modestes effets, se vêtirent le plus chaudement possible et, à la nuit, quittèrent la petite chambrette contiguë à l'étable où ils avaient dormi depuis presque cinq ans.

Ils traversèrent la longue étable, dont ils connaissaient chaque vache, et sortirent dans la nuit. Ce fut quand même avec remords que Jacques fit sauter la serrure de la cave où le vieux Karl affinait ses fromages. Karl et sa femme avaient toujours été bons pour eux. De plus, avec maintenant quatre fils sur quatre tués sur le front de Russie, eux aussi avaient terriblement pâti de cette guerre atroce. Mais c'était la guerre justement. Aussi, Jacques et André emplirent leurs musettes de fromages, raflèrent plusieurs kilos d'oignons et deux bouteilles de schnaps, rebloquèrent la porte derrière eux et partirent.

Ils marchèrent en direction du bruit sourd de la canonnade qui, depuis des semaines, indiquait la position et l'avance du front russe. Il faisait moins trente et la neige leur montait jusqu'aux genoux; aussi, le chien de la ferme, qui avait assisté à leur larcin en frétillant de la queue, renonça à les suivre dès qu'ils entrèrent dans la forêt.

Les palombes ne passeront plus

Trois jours plus tard, alors qu'à bout de forces ils s'abritaient, morts de froid, dans le recoin d'une étable éventrée par un obus, surgit le premier char russe. Cinq minutes plus tard, osant encore à peine croire qu'ils étaient enfin libres, ils tombèrent dans les bras de grands gaillards en bonnet de fourrure qui, non contents de leur envoyer de fortes et amicales claques dans le dos, les embrassaient aussi sur la bouche.

La pénurie alimentaire qui sévissait toujours en France incita Pierre-Edouard à développer toutes ses cultures légumières. Il orienta ses efforts vers la production des denrées à croissance rapide et mit en place, dès le printemps 1945, de grandes planches de pommes de terre, choux, navets, carottes et haricots blancs. Parallèlement, il soigna particulièrement son cheptel bovin car la viande, elle aussi, atteignait des prix invraisemblables.

Tous les cours étaient fous d'ailleurs, et Pierre-Edouard avait du mal à oublier l'époque, pas si lointaine, où il avait embauché Nicolas pour la somme de 8 francs par jour, soit 240 francs par mois; il lui donnait désormais 1 100 francs et ne les plaignait pas.

Confronté à une flambée des prix dont rien ne laissait prévoir l'extinction, il était parfois pris de vertige lorsqu'il songeait à l'arrangement de famille dont il voyait chaque jour approcher la date.

Il devait être réaliste. Son père, pour solide qu'il fût encore, déclinait vite maintenant et bien rares étaient les instants où il semblait retrouver un éclair de lucidité. Il était une lourde charge pour Mathilde et Louise qui le soignaient comme un enfant, le levaient, le faisaient manger, le lavaient. Elles s'en occupaient sans se plaindre et Mathilde avait même rabroué le docteur Delpy lorsqu'il leur avait proposé de trouver, pour le vieillard, une chambre à l'hôpital de Brive. Pierre-Edouard avait été fier de la réponse de sa femme; c'était exactement ce que lui-même aurait dit.

— Non docteur, chez nous, on ne met pas les vieux dehors, ça ne s'est jamais fait et, moi vivante, ça ne se fera jamais. Si c'était un bébé on s'en occuperait bien?

Le silence des cris

Alors! Le père, c'est pareil, il a le droit de rester sous son toit et les plus jeunes doivent s'en occuper, c'est comme ça et pas autrement!

Malgré cela et en dépit de tous les soins que sa bru et sa fille lui prodiguaient, Jean-Edouard sombrait. Et à la tristesse que lui causait l'état de son père se mêlait, chez Pierre-Edouard, une sourde inquiétude à la pensée de tous les problèmes que sa disparition allait soulever.

Mais il y avait bien pire que ces soucis matériels, avril s'achevait et Jacques n'avait pas donné de nouvelles depuis décembre. Quant à Berthe, son silence était angoissant.

Comme chaque jour depuis son arrivée au camp, Berthe se leva avant ses camarades, chaussa ses sabots et se glissa entre les châlits dans lesquels, sur trois étages, s'entassaient des centaines de corps. Et, comme tous les matins, c'est avec appréhension qu'elle toucha doucement l'épaule de celle qu'elle venait de réveiller; une épaule sèche, maigre comme une branche de genévrier et qu'elle redoutait toujours de sentir glaciale et figée. Elle avança la main, soupira en recevant la tiédeur du corps.

— C'est l'heure, chuchota-t-elle.

Alors, dans la nuit, le squelette se leva; petite silhouette chétive et frêle de cette gosse de dix-huit ans à qui Berthe, chaque jour, chaque heure depuis sept mois, insufflait inlassablement la vie. Une vie qui voulait fuir, s'évader, quitter enfin ces trente-deux malheureux kilos d'os et accorder à la petite Marie le repos qu'elle attendait.

Berthe et elle avaient voyagé dans le même convoi, subi les mêmes coups et, dans leur wagon maudit, la même torture de la soif. Puis elles avaient ressenti une identique horreur en découvrant l'univers du camp de Ravensbrück : onze grands blocs et seize petits, peuplés par 20 000 spectres de femmes que d'autres femmes, bien en chair celles-là, poussaient sans cesse à douze heures de travail par jour.

Très vite, Berthe avait senti que Marie voulait mourir, qu'elle se laissait couler et que, faute de soutien, elle

327

Les palombes ne passeront plus

s'évanouirait sous peu, petite cendre dans la fumée noire et puante qui fusait des crématoires.

Alors, tout de suite, parce qu'elle était animée d'une farouche volonté de vivre et de vaincre, une volonté si puissante qu'elle devait la partager, elle avait pris Marie sous son aile. Elle ne quittait plus la jeune fille, l'encourageait sans cesse, la rudoyait parfois pour la contraindre à vivre et aussi, contre toute logique, pour l'obliger à croire qu'un jour, bientôt, cesserait le cauchemar.

Et, jusque-là, Marie avait survécu. D'une façon folle, invraisemblable, qui commençait par cette obligation que lui imposait Berthe de se lever chaque jour avant leurs compagnes pour pouvoir aller se laver en paix, avant que ne déferle autour des minuscules robinets d'eau, la cohorte des détenues poussées et bousculées par les Kapos, ces autres femmes dont les haillons s'ornaient du triangle vert.

— Ici, lui avait dit Berthe, tout est obligatoire, on nous ordonne tout, on nous dicte tout, alors il faut qu'on s'invente des obligations à nous. Ce sont elles qui nous sauveront, parce que nous les remplirons de notre propre volonté et quand il nous plaira !

Se laver chaque jour et à l'heure décidée par Berthe était une de ces obligations sciemment choisies et ce, malgré la fatigue, le froid, les risques mortels. Il en était d'autres de ces principes : par exemple de ne pas se jeter comme une bête sur sa gamelle, mais s'astreindre à la patience pour manger, en dépit de l'effroyable faim qui tordait l'estomac et brouillait l'esprit. Enfin, le plus dément peut-être, mais le plus subtil aussi, celui qui consistait chaque jour à se réciter mutuellement d'immenses passages de la vie passée. Pas des souvenirs attendrissants — ils poussaient trop à la nostalgie — mais des souvenirs plus rigoureux, plus matériels.

— Moi, avait dit Berthe, je te donnerai le nom de tous mes fournisseurs et leur adresse, de mes clientes aussi. Je te parlerai du prix du tissu, de son choix, de sa qualité, du coût de la façon. Je te citerai toutes les mensurations de mes fidèles clientes et je t'expliquerai comment on crée un modèle. Tu verras, j'ai une excellente mémoire. Et toi, puisque tu devais passer ton bac l'an dernier,

Le silence des cris

tu me réciteras tous tes cours, tous tu entends, je suis certaine que tu t'en souviens!

Et la petite Marie, enfant perdue dans cet enfer, avait acquiescé. Depuis, portée à bout de bras par l'inébranlable caractère de Berthe Vialhe, elle survivait; se levait chaque jour un quart d'heure avant les autres pour faire sa toilette, s'obligeait à manger et non à laper et récitait des cours de physique, de mathématiques, de chimie, de latin et de grec auxquels Berthe ne comprenait rien, mais là n'était pas la question.

— Allez viens, chuchota Berthe en lui tendant la main et en la guidant, on va encore gagner un jour et eux, ils vont le perdre. Ce n'est pas encore aujourd'hui qu'ils nous transformeront en bêtes. Viens, petite Marie, tu verras, ce sera bientôt le printemps.

Si les cloches de Saint-Libéral étaient restées muettes lors de la libération de Brive, elles sonnèrent à la volée le 8 mai 1945. Cette fois, c'était vraiment la Victoire, l'événement dont l'Histoire et les hommes retiendraient qu'il marquait l'écrasement d'un régime haïssable et d'un Reich qui devait durer mille ans.

On dansa le soir à Saint-Libéral, chez Suzanne et sur la grand-place; les prisonniers allaient rentrer et avec leur proche retour la vie recommencerait. Même Louise valsa avec Léon qui, lui enserrant la taille d'un bras, brandissait de l'autre, bloquée dans sa prothèse, une bouteille de champagne dont la mousse jaillissait comme un serpentin.

Pierre-Edouard et Malthilde aussi dansèrent. Maintenant, ils en étaient sûrs, Jacques et Paul allaient rentrer, et même Berthe; elle reviendrait, il n'était pas pensable qu'elle ne revienne point.

« Oui, elle reviendra, pensa Pierre-Edouard en souriant à Mathilde, elle reviendra, comme Jacques. »

Jacques se demandait parfois s'il avait eu raison de s'évader. Depuis que son camarade et lui avaient été recueillis par les Russes et conduits dans un camp où se morfondaient d'autres prisonniers, non seulement ils ne

329

Les palombes ne passeront plus

se rapprochaient pas de la France, mais s'en éloignaient.

De plus, leur encadrement par les soldats soviétiques et les trois appels journaliers auxquels ils devaient s'astreindre, avaient un air de déjà connu qui n'avait rien d'agréable. Ils n'étaient pas prisonniers, certes, enfin, pas tout à fait.

Après un long périple à travers la Prusse, coupé de haltes à Osterode et au camp de Zoldau, ils avaient fini par rejoindre la Pologne et le village de Hurle, non loin de Varsovie. Depuis, ils attendaient. Ils fêtèrent dignement la Victoire, s'aperçurent dès le lendemain et avec amertume qu'il n'était toujours pas question de les rapatrier et reprirent leur attente.

C'est à peine si Marie pouvait marcher. Elle parvint pourtant à sortir du baraquement, s'appuya le dos contre les planches et tendit ses mains décharnées vers le soleil.

Libre, elle était libre et vivante, mais ne parvenait pas encore à y croire tant son esprit bouillonnait d'atroces souvenirs, d'épouvantables visions. Quoi qu'elle fasse et malgré les drapeaux alliés et français qui flottaient sur le camp, le cauchemar persistait, s'incrustait, la minait. Elle ferma les yeux, songea à ce que Berthe lui avait dit.

— Maintenant, il faut renaître. Toi, petite Marie, tu renaîtras lorsque tu pourras enfin repleurer; alors je serai certaine que tu vis!

Mais elle ne pouvait plus pleurer et dans ses orbites creuses nulle larme ne se formait; elle se sentait sèche et figée comme un cadavre.

Un corps s'installa à côté d'elle et la main de Berthe emprisonna la sienne.

— Bonne nouvelle, petite Marie, nous partons après-demain, on va enfin revoir la France, tu es contente j'espère?

La jeune fille acquiesça, mais aucun sourire n'égaya son visage éteint. Alors, parce qu'elle savait que Marie pouvait encore s'éteindre, comme un lumignon au moindre souffle d'air, Berthe poursuivit son inlassable combat. Elle était pourtant épuisée elle aussi, presque à bout.

330

Le silence des cris

— Allons, dit-elle, il faut reprendre nos vieilles habitudes, nous avons eu tort de les abandonner depuis que le camp est libéré. Récite-moi cette poésie que j'aime tant. Grâce à toi, je la connais par cœur, mais j'aime l'entendre. Va, petite Marie! Va! Bon, tu veux que je commence? Et d'une voix cassée par la fatigue elle murmura :

> *Ma petite espérance est celle*
> *qui s'endort tous les soirs*
> *dans son lit d'enfant...*

Elle se tut, serra la main de la jeune fille.
— Continue, j'ai oublié la suite, mentit-elle.
Alors, d'abord d'un souffle court, lent, puis de plus en plus fort et enfin d'un ton clair, la petite Marie poursuivit :

> *après avoir bien fait sa prière*
> *et qui tous les matins se réveille et se lève*
> *et fait sa prière avec un regard nouveau.*

Elle s'arrêta, porta ses doigts diaphanes à ses joues et s'étonna de sentir rouler des larmes. Alors, dans un sourire enfin retrouvé, elle se jeta au cou de Berthe et sanglota de bonheur.

SIXIÈME PARTIE

LE PRINTEMPS TARDIF

22

Guy et Gérard jaillirent de la mairie comme deux obus et filèrent vers chez eux en hurlant la nouvelle que Léon venait d'apprendre par téléphone.

— Tante Berthe arrive! Tante Berthe arrive!

Le cri roula dans la grand-rue, se glissa dans les sept ruelles du village, annonça à tous que Berthe Vialhe revenait enfin.

Depuis trois semaines, tout le monde savait qu'elle était vivante, mais, par les journaux, on savait aussi ce qu'elle avait enduré dans son camp. Alors, sans que personne ne se donne le mot, mais peut-être à cause de Léon que l'on vit partir en direction de la maison Vialhe, tous ceux qui étaient au bourg en cette fin d'après-midi du 25 mai, se regroupèrent et, sans même se concerter, marchèrent à leur tour vers chez les Vialhe.

Ils vinrent tous, toutes; même l'abbé Delclos pourtant bien discret et pitoyable depuis la mort de sa mère, et même la vieille Léonie Lacroix, une des doyennes de la commune. Assemblés devant le perron, ils offrirent à Pierre-Edouard, Mathilde et Louise, le cadeau de leur présence. D'abord personne ne parla car il n'y avait rien à dire, mais la joie brillait dans tous les regards.

— Merci, leur dit enfin Pierre-Edouard, merci d'être venus. Puis il se tourna vers son beau-frère : Quand arrive-t-elle exactement?

Les palombes ne passeront plus

— Demain à Brive, par le train de 14 heures.

— Merci, redit Pierre-Edouard.

— On ira tous la chercher, décida soudain Léon. Enfin, si tu veux bien qu'on t'accompagne.

— Naturellement!

— Et on va organiser un vin d'honneur à la mairie, il faut que toute la commune se souvienne de ce retour!

— Oui, tu as raison, dit Pierre-Edouard, et puis... Il hésita, posa la main sur l'épaule de Gérard : et puis, reprit-il ému, croyez-moi, Berthe mérite qu'on la reçoive bien... Berthe, vous savez, c'est une grande dame.

Les gens de Saint-Libéral avaient tous entendu parler des camps de concentration et tous avaient été horrifiés par les photos que les journaux leur avaient révélées, mais aucun n'avait imaginé le spectacle qu'offrit Berthe quand elle descendit du train.

Et les vivats et les bravos qu'ils s'étaient tous promis de pousser dès son apparition moururent sur les lèvres quand une petite vieille décharnée, qui ressemblait à Jean-Edouard, descendit péniblement du wagon. Trente-quatre kilos d'os, qui flottaient dans une robe trop ample, et que surmontait un petit visage creusé, auréolé de cheveux blancs et si courts qu'on apercevait la peau du crâne.

Elle les regarda, haussa imperceptiblement les épaules, comme pour dire : « Eh oui, c'est comme ça! » Puis parla enfin.

— En voilà du monde! dit-elle d'un ton clair.

Et le son de sa voix, qu'ils reconnurent, les soulagea. Alors, tandis que Pierre-Edouard courait vers elle, les applaudissements éclatèrent. Et c'est portée en triomphe sur les épaules de son frère et de Léon que Berthe sortit de la gare de Brive.

Beaucoup plus tard, alors que la nuit tombait sur le village, que dans chaque maison on parlait de Berthe et que, chez les Vialhe, se renouaient tous les liens tranchés, ce fut avec un peu de reproche dans la voix que Pierre-Edouard dit à sa sœur :

— Tu aurais quand même pu nous prévenir depuis le début, tu le savais bien qu'on était de ton côté!

Le printemps tardif

— Oui, sourit-elle, je le savais, mais je ne voulais pas que tu en fasses trop, à cause de tes petits, et de lui aussi, dit-elle en posant la main sur l'épaule de Gérard, alors si en plus vous avez caché des juifs! Toi, je te connais, la résistance tu l'aurais faite comme ton travail, à fond, sans te cacher. Ils t'auraient pris tout de suite. Regarde, ils m'ont bien eue, moi et pourtant j'étais prudente! Alors n'aie pas de regrets, on a fait ce qu'on avait à faire, chacun à notre place, et je crois qu'on l'a bien fait, il n'y a que ça qui compte.

Après un invraisemblable trajet qui, via Bialystock, Brest-Litovsk, Kovel, Rovno, l'avait conduit jusqu'à Berditchev, en Ukraine, où il avait passé plus d'un mois dans un camp où se pressaient 50 000 réfugiés, Jacques arriva à Paris le 1er août 1945. Son voyage de retour avait duré trois semaines, un long cheminement à travers une Pologne exsangue et une Allemagne ravagée. Et puis, la France enfin.

Parti depuis presque six ans, il redoutait les retrouvailles car il savait que son père et sa mère ne pourraient reconnaître en l'homme durci et amer qu'il était devenu, le jeune homme de jadis. Il allait pourtant devoir reprendre une existence normale, mais se sentait moralement brisé, sans goût, sans désir, sans espoir. La guerre et la captivité avaient anéanti tout ce qui, à la veille du conflit, donnait un sens à sa vie, ses études, sa vocation, Marie-Louise.

Il arriva à Saint-Libéral le lendemain soir et se surprit à noter aussitôt la vétusté des bâtiments du village, leur évident manque de confort, le désordre qui régnait dans les cours, les tas de fumier, mal entretenus, dont le purin s'écoulait en flaques brunes et puantes où grouillaient les mouches.

Il comprit alors que les cinq années passées dans la ferme du vieux Karl l'avaient marqué. Là-bas, tout était net, propre, confortable. Il marcha lentement vers la maison Vialhe et devina, au regard des gens, que personne ne le reconnaissait.

Avec son vieux costume fripé, sa musette en bandou-

337

Les palombes ne passeront plus

lière, ses joues creuses et ses yeux farouches, il avait l'air d'un vagabond.

Jean-Edouard Vialhe mourut le 10 décembre 1945, à l'âge de quatre-vingt-cinq ans. Végétant dans son univers nébuleux depuis des années, il ne s'était aperçu ni de la fin de la guerre, ni des retours de Berthe et de Jacques. Il n'avait même pas reconnu Paul lors de son passage en permission et ignorait que Louise et le petit Pierre avaient rejoint Félix, enfin libéré, pour se réinstaller avec lui dans la maison forestière du château de la Cannepetière, Il ignorait tout autant que le mariage de sa petite-fille Mauricette était prévu pour le samedi 13 juillet 1946,

La veille de sa mort, comme chaque soir, Berthe aida Mathilde à redresser dans son lit, qu'il ne quittait plus, le corps inerte de son père. Les deux femmes arrangèrent les couvertures, tirèrent les draps, tapotèrent l'oreiller, firent gonfler l'édredon, puis elles embrassèrent le front tiède de l'aïeul, lui souhaitèrent bonne nuit et quittèrent la pièce.

Aux dires du docteur Delpy, Jean-Edouard s'éteignit sans agonie, sans souffrance et sans bruit, vers 2 heures du matin. Ce fut Berthe, qui couchait dans la même chambre que lui, qui comprit, au petit jour, que le vieillard avait cessé de vivre.

Pendant les deux jours qui précédèrent son enterrement, presque tous les habitants de la commune défilèrent chez les Vialhe pour rendre une dernière visite à celui qui, jadis, avait tant fait pour le village. Et des cousins très éloignés, qui ne fréquentaient plus la famille depuis des années, vinrent aussi car Jean-Edouard Vialhe était connu et respecté à trente kilomètres à la ronde.

Enfin, pour la première fois en même temps, toute sa descendance se regroupa autour de lui : Pierre-Edouard et Mathilde, Jacques, Paul, Mauricette et son fiancé, Guy. Mais aussi Louise, Félix et Pierre et enfin Berthe qui, à l'église et dans le cortège qui accompagnait le corbillard au cimetière, plaça Gérard à côté d'elle et lui donna le bras.

Le printemps tardif

Quant à Nicolas, ce fut Pierre-Edouard qui l'invita à marcher juste derrière eux, avant Léon, sa femme et son fils, avant les parents éloignés, avant les voisins. Et personne ne s'en offusqua. D'ailleurs, comme le voulait la coutume, lorsqu'ils se réunirent le soir chez Suzanne pour prendre le repas en commun, tout le monde trouva normal que Nicolas y participe.

Il y avait droit, comme les proches voisins et amis — ceux qui avaient porté le drap, le cercueil et la croix — comme tous ceux qui, au fil du dîner, allaient, d'abord tristement, évoquer le souvenir du vieillard puis, peu à peu, se dérider et chercher dans leur mémoire l'anecdote réconfortante, voire drôle, dont Jean-Edouard serait le centre. Et nul ne serait choqué si les sourires s'allumaient. Grâce à ce repas et pour sa durée, Jean-Edouard Vialhe revivrait, paré de ses seules qualités.

— Voilà, il faut maintenant qu'on s'arrange, dit Pierre-Edouard à ses sœurs dès le lendemain soir. Il regarda Louise et Berthe puis s'aperçut que Jacques se dirigeait vers la porte. Reste là! lui dit-il, un arrangement ce n'est pas un secret. Assieds-toi et crois-moi, j'aurais dit la même chose à Paul et à Félix s'ils avaient eu le temps de rester, et à Mauricette et à Guy s'ils n'avaient dû repartir à l'école, la terre Vialhe concerne tous les Vialhe.

Jacques prit place dans le cantou où il fut bientôt rejoint par sa mère et par Gérard. Quoi qu'en ait dit Pierre-Edouard, il n'y avait plus autour de la table que les héritiers directs.

— Tu crois qu'on n'aurait pas pu attendre un peu? dit Louise.

— Non, il faut que les choses soient nettes et que personne ne soit lésé, assura Pierre-Edouard.

— Bah, dit Berthe, tout ça n'a vraiment aucune importance, c'est toi qui exploites, la ferme te revient, c'est normal.

— Oui, reconnut-il, mais il vous faut une compensation, ça aussi c'est normal.

— La compensation, tu me l'as donnée en gardant

339

Les palombes ne passeront plus

Gérard et en m'hébergeant depuis mon retour, on est quittes. D'ailleurs, tu sais, mes affaires marchent toujours bien, j'avais de bons gérants, alors ton argent...

— Non, trancha-t-il, si je t'écoutais j'aurais l'impression de ne pas être chez moi!

— C'est idiot, assura Berthe en allumant une cigarette, et toi, qu'est-ce que tu en dis? demanda-t-elle à sa sœur.

Louise hésita, regarda Pierre-Edouard.

— Ecoute, dit-elle d'un trait, je sais que ça te coûtera mais voilà, si tu veux, tu gardes tes sous et je prends le pacage des Combes-Nègres. C'est tout ce que je demande, ça représente bien ce que tu m'aurais donné en argent, non?

Il faillit protester, expliquer que ce terrain de plus de deux hectares lui était aussi indispensable que les autres, que la terre ne devait jamais se morceler et que cette pâture était excellente pour les bêtes. De plus, elle abritait quelques superbes châtaigniers et aussi, en bordure, de magnifiques chênes.

Puis il comprit soudain pourquoi Louise voulait cette pièce. C'était là-bas, au pied des châtaigniers justement, que, presque quarante ans auparavant, elle et Octave avaient échafaudé leurs projets d'avenir; pauvre avenir!

— Ne t'inquiète pas, insista Louise, tu pourras toujours y amener tes vaches, alors qu'est-ce que ça peut leur faire aux bêtes que l'herbe soit à toi ou à moi? Tu comprends, les Combes-Nègres, c'est...

— Oui, coupa-t-il, je comprends. Il regarda Mathilde, quêta son aide, mais elle était absorbée dans la contemplation du feu et ne releva pas la tête. Bon, céda-t-il enfin, tu auras Combes-Nègres.

— Merci, dit-elle en posant sa main sur la sienne, je sais que ça te coûte beaucoup plus que de donner de l'argent.

Il haussa les épaules, regarda Berthe.

— Bon, il ne reste plus que toi, tu veux de la terre aussi? jeta-t-il avec une agressivité qu'il se reprocha aussitôt.

— Qu'est-ce que tu veux faire des Combes-Nègres? demanda Berthe à Louise.

— Eh bien j'ai pensé, un jour peut-être, pour ma

Le printemps tardif

retraite, j'aimerais faire bâtir là-bas une petite maison, si je peux quoi, c'est tout.

— C'est pas sot, concéda Berthe. Elle réfléchit, fouilla sa mémoire : Dis donc, demanda-t-elle à son frère, l'enclos des Teissonnières est toujours dans le même état?

— Oui, avoua-t-il.

C'était le seul lopin, soixante ares à peine, que plusieurs générations de Vialhe n'avaient jamais pu cultiver. Il jouxtait le chemin qui grimpait aux Puys et était donc facile d'accès, mais sa pente et les roches qui s'accrochaient à son flanc rendaient son travail impossible, même à la main. Seule consolation, la terre ne valait rien, crayeuse, lourde, rebelle à l'outil et aux cultures. De plus, et comme son nom l'indiquait, elle était minée par des galeries que les blaireaux fréquentaient.

— Alors, donne-moi les Teissonnières et on sera quittes, proposa Berthe.

— Les Teissonnières? Mais ça ne vaut rien! C'est toujours pas dans cette pente que tu bâtiras une maison!

— Allons donc, dit-elle en haussant les épaules, j'ai vu beaucoup mieux en Amérique, une maison, ça se bâtit où on veut! Alors c'est d'accord?

— C'est pas sérieux, décida-t-il, Louise, oui, ça vaut la peine, mais les Teissonnières! Pour peu que le notaire sache où c'est, il croira qu'on se moque de lui, ou alors que je te vole!

— T'occupe pas du notaire, trancha-t-elle, d'ailleurs, si tu me laisses établir le projet, tu verras, il n'aura plus qu'à le recopier et tout sera dans l'ordre. Bon, c'est dit, affirma-t-elle, tu gardes la ferme, Louise prend les Combes-Nègres et moi les Teissonnières. Voilà, l'arrangement est fait, n'en parlons plus!

— Mais... essaya-t-il, gêné de la disproportion du partage.

— N'en parlons plus, redit-elle, Louise est contente, toi aussi et moi également. Elle se tut, médita un instant : Et puis quoi, reprit-elle, il faut voir les choses en face, si père avait fait l'arrangement de son vivant, Louise et moi n'aurions rien eu, pas même un mouchoir de terre! Tu le sais bien, quoi!

— Oui, reconnut-il, mais s'il avait deviné que je vous

341

Les palombes ne passeront plus

laisserais des terres, sûr qu'il l'aurait fait avant de partir, son arrangement!

Mais il riait doucement en disant cela et tous comprirent que la succession était réglée.

Malgré la satisfaction que lui donnait la certitude d'être enfin seul propriétaire des terres, Pierre-Edouard n'était pas pleinement heureux. D'abord, en dépit de toutes les oppositions et les brouilles qui l'avaient jadis dressé contre son père, sa mort l'avait touché. Elle marquait la fin d'une très longue époque et lui rappelait aussi qu'il marchait lui-même vers la vieillesse, la fatigue, le manque d'entrain. Il allait avoir cinquante-sept ans et devait songer à céder bientôt la place à un plus jeune.

L'écueil était là car, à l'inverse de son père qui s'était farouchement accroché aux prérogatives que lui donnait sa position de chef de famille, Pierre-Edouard était prêt à partager sa place et ses responsabilités. Il devinait que l'impulsion qui ferait progresser toute la ferme ne viendrait plus de lui; les idées ne lui manquaient pas pour aller de l'avant, mais l'enthousiasme, la fougue et l'audace, si. Déjà, il se sentait trop las pour se jeter à fond dans la lutte, comme il l'avait fait trente ans plus tôt. Or, force lui était de reconnaître qu'aucun de ses fils ne répondait à son attente.

Paul était bien trop heureux à l'armée pour envisager un instant de la quitter; elle était sa vraie vocation, sa raison de vivre. Il était prêt à pourfendre le monde entier et espérait bien qu'on lui en donnerait l'occasion.

Quant à Guy, il aimait les études et brillait comme jadis son frère aîné. Il était pensionnaire au lycée de Brive et si le choix de Pierre-Edouard pour un établissement laïc avait un peu choqué Mathilde, elle avait néanmoins vite admis que l'opinion de son époux était fondée sur des bases solides.

— L'école libre? Merci bien, avait-il dit, rappelle-toi les difficultés qu'a rencontrées Mauricette en sortant de là!

Mais Mathilde savait bien que ce n'était pas la seule

342

Le printemps tardif

raison et que l'autre était plus sérieuse, plus solide. Elle s'appuyait sur l'attitude de l'abbé Delclos pendant la guerre. Désormais, Pierre-Edouard se défiait du clergé, le suspectait et n'était plus du tout certain qu'on pouvait lui faire toute confiance.

— Pourtant, avait insisté Mathilde, pense au pauvre abbé Verlhac, il s'est battu lui et c'est bien pour ça que...

— Justement, j'ai trop peur que tous les bons curés n'aient été fusillés! Alors s'il ne reste que des Delclos, ce n'est pas à eux que je confierai mon fils!

Guy était donc au lycée avec son cousin Louis, le fils de Léon, et l'un comme l'autre travaillaient bien.

Restait Jacques et avec lui tout se compliquait. Pierre-Edouard et Mathilde avaient tout de suite vu à quel point la guerre, la captivité et la rupture avec Marie-Louise l'avaient brisé; mais ils avaient espéré que le temps arrangerait les choses; en vain. Son amertume faisait si peine à voir que personne n'osait plus l'interroger sur ses projets d'avenir. En avait-il seulement?

Depuis plus de six mois qu'il était de retour, les seules allusions qu'il laissait parfois échapper étaient empreintes d'un pessimisme agressif qui faisait mal. A Mathilde, qui lui avait demandé s'il comptait reprendre ses études, il avait ri au nez.

— Après six ans d'arrêt, à mon âge et avec ce que j'ai vécu! Tu me vois me mettre à réapprendre, au milieu de gamins, comment on soigne la bronchite vermineuse ou la fièvre aphteuse?

Et à sa tante Berthe qui lui rétorquait que l'âge importait peu puisqu'elle-même, à cinquante et un ans et après ce qu'elle avait subi, se préparait à reprendre son travail, il avait dit le fond de sa pensée, sèchement.

— Mais oui! Toi, tu peux faire ce que tu veux, tu as fait de la Résistance, tu as de belles médailles maintenant et toutes les portes te sont ouvertes, comme elles le sont pour tous ceux qui ont choisi cette voie! La preuve, il a suffi que n'importe quel jeune con se colle un brassard bleu blanc rouge pour que toutes les filles se mettent sur le dos! Mais nous, nous les cocus de 40, on n'est pas glorieux avec nos cinq ans de captivité, on n'a rien foutu, quoi! Et tout le monde nous le fait bien sentir!

343

Les palombes ne passeront plus

— Dis pas de bêtises, avait coupé Pierre-Edouard, personne ne te reproche rien!

— Ça vaudrait peut-être mieux, je pourrais au moins me défendre. Et il avait rompu le dialogue en quittant la pièce.

Depuis, il vivait à la ferme et travaillait dur, mais un peu comme quelqu'un que ne concernait pas le résultat de ses efforts, presque comme un salarié qui se serait contenté de remplir sa tâche en se désintéressant de la marche de l'entreprise.

Pourtant, Pierre-Edouard avait vite remarqué sa compétence et son savoir-faire, mais la seule fois où il avait fait allusion à l'avenir de la ferme, Jacques avait haussé les épaules.

— La ferme? avait-il dit, tu la trouves belle, toi? C'est une misère, oui! On y travaille comme au début du siècle, tout serait à faire ici, tout!

— Eh bien, fais-le, miladiou! Fais voir un peu ce que tu sais faire, toi! lui avait lancé Pierre-Edouard, vexé par tout ce qu'il y avait d'injuste dans un tel jugement.

Mais Jacques avait tourné le dos en marmonnant. Depuis, ni Pierre-Edouard ni Mathilde ne savaient comment le prendre, mais de le voir ainsi écorché vif assombrissait l'humeur de tous.

Ce fut Mathilde qui trouva l'impulsion originale qui, pensa-t-elle, aiderait toute la famille à sortir de l'ornière et lui permettrait aussi d'échapper à l'engourdissement dans lequel s'enlisait le village. Car malgré la fin de la guerre et le retour des prisonniers, la vie reprenait mal à Saint-Libéral.

Jacques n'était pas le seul dont la réadaptation était douloureuse, car les autres jeunes gens, soit qu'ils aient subi cinq ans de captivité ou deux ans de S.T.O., soit qu'ils aient connu l'exaltation engendrée par la vie au maquis et l'enthousiasme un peu fou de la libération, n'acceptaient plus de reprendre l'existence qui était la leur avant guerre. Le rythme était cassé et, pour beaucoup, la terre n'avait plus d'attrait; son travail leur semblait trop pénible, affreusement monotone et banal

344

Le printemps tardif

et surtout mal payé. Aussi succombaient-ils à l'attrait des villes.

Là-bas, tout était à refaire, le travail ne manquait pas et même si les salaires n'étaient pas aussi fantastiques que certains le disaient, ils étaient assurés et les congés aussi. Les jeunes partaient donc et la commune pâtissait de cet exode.

Ainsi, tout le monde savait par exemple que les foires, qui avaient fait la renommée de Saint-Libéral, allaient disparaître, malgré l'entêtement de Léon. Déjà, elles ne regroupaient plus que quelques dizaines de participants et les marchands forains les boudaient. A l'image de la famille Vialhe, la commune s'adaptait mal à la paix retrouvée.

Mathilde sentit qu'il était vital de réagir et dévoila son plan. Elle le mûrissait depuis plus de vingt ans, mais avant de se lancer, elle calcula, se renseigna, se forgea de solides atouts. Enfin, sûre d'elle, c'est avec fougue qu'elle dévoila ses projets.

— Voilà, dit-elle un soir de février, après avoir déposé la soupière sur la table, maintenant, plus rien ne nous oblige à continuer à vivre comme des bestiaux!

— Qu'est-ce que tu racontes? dit Pierre-Edouard surpris par son ton.

— Je dis que l'arrangement que tu as fait avec tes sœurs t'a évité de sortir de l'argent. Cet argent, si on le conserve, il va perdre d'année en année, ça j'en suis certaine.

Elle se versa deux louches de soupe, attendit que ses paroles fassent leur effet.

— Et alors? insista Pierre-Edouard.

— Alors on va rendre cette maison confortable, on va l'agrandir. J'en ai assez de vivre dans un taudis où, dès que les enfants sont là, on est entassés les uns sur les autres et où j'ai honte de recevoir tes sœurs, et même mon frère!

Pierre-Edouard l'observa et s'attendrit de la voir si décidée, si déterminée. Elle était toujours ainsi lorsqu'il s'agissait de prendre une grande décision et il reconnaissait honnêtement qu'il ne s'était jamais repenti de l'avoir écoutée et suivie dans les voies qu'elle avait choisies. Là, pourtant, elle voyait grand, un peu trop grand.

345

Les palombes ne passeront plus

— Faudrait quand même pas exagérer, dit-il enfin, d'accord, on peut faire quelques travaux, mais de là à bâtir un château!

— Il ne s'agit pas de ça, coupa-t-elle, je ne veux pas d'un château, je veux vivre enfin dans une vraie maison et pour ça il faut l'agrandir, on a toute la place nécessaire du côté jardin.

— Maman a raison, décréta soudain Jacques.

Son père s'était tellement habitué à son mutisme qu'il le regarda avec étonnement; quant à Mathilde, elle sut qu'elle avait visé juste, aussi poussa-t-elle son avantage.

— Il faut qu'on agrandisse d'au moins trois chambres et d'une salle à manger.

— Sans oublier une salle de bains, reprit Jacques.

— Vous vous êtes donné le mot ou quoi? demanda Pierre-Edouard, je ne suis pas millionnaire moi!

— Maman a raison, redit Jacques en regardant son père. Tu sais, dit-il d'un coup, dans la ferme, là-haut, en Prusse, eh bien la maison des patrons était aussi confortable qu'un logement en ville. Oui, ils avaient même une salle de bains avec une douche! Et toute la ferme était aussi moderne, alors quand je compare avec ici...

Pierre-Edouard faillit s'emporter, jeter: « Tu n'avais qu'à y rester si c'était mieux qu'ici! » mais il se retint, se remémora les quelques allusions faites par Jacques au sujet de l'état de la ferme en général. Il se souvint aussi que, lui-même, trente-cinq ans plus tôt, s'était brouillé avec son père parce que celui-ci ne voulait pas admettre que quelqu'un pût faire mieux que lui dans une branche où il se considérait comme d'avant-garde.

— D'accord, dit-il enfin, les fermes d'Allemagne étaient paraît-il plus modernes que les nôtres, on me l'a déjà dit, et pas seulement toi, mais l'argent? soupira-t-il en faisant glisser son index contre son pouce.

— Pas de problème, assura Mathilde, on va y mettre ce que tu avais économisé pour tes sœurs et emprunter le reste, comme ça on pourra encore conserver une petite réserve.

— Tu viens de me dire que l'argent allait perdre!

— Celui qui dormira oui, mais on ne va pas le laisser dormir...

346

Le printemps tardif

— Ah je vois! Encore des placements en combine avec ton frère!

— Et pourquoi pas?

— Bon, on va réfléchir à cette histoire, mais pourquoi voir si grand?

— Parce que j'espère bien qu'un jour, dit Mathilde sans regarder Jacques, j'espère bien que tu en auras besoin pour loger tes petits-enfants, et si tu ne veux pas te brouiller avec ta belle-fille, crois-moi, il faut prévoir de la place!

Les travaux commencèrent dès le printemps 1946 et allèrent bon train car, chaque fois que cela leur fut possible, Pierre-Edouard, Jacques et Nicolas aidèrent les artisans.

Bientôt, accolée au vieux corps de maison, s'érigea l'aile neuve, une bâtisse solide, en belles pierres de taille et au toit d'ardoises, un ensemble qui communiquait par une seule porte avec la vieille maison; Mathilde avait tenu à cette porte et s'était opposée à ce que l'on abatte une cloison qui aurait agrandi la salle à manger et rendu le nouveau logement définitivement solidaire de l'ancien.

— Une porte, avait-elle dit, on la ferme et on est chez soi. Grâce à elle, quand on voudra, on aura deux maisons indépendantes, c'est mieux.

Pendant un temps, l'agrandissement de la maison Vialhe donna aux gens du village un bon sujet de conversation. Certains trouvaient de tels frais complètement insensés, d'autres — des jaloux — assurèrent discrètement que les Vialhe plaçaient dans les pierres le fruit de quatre ans de marché noir, mais personne ne crut ces mauvaises langues.

Quant à Pierre-Edouard, il laissa dire car il n'avait rien à répondre à un autre argument, le seul valable, celui qui étayait toutes les critiques : « A quoi bon faire tous ces frais puisque Jacques, toujours aussi taciturne, semblait s'enfermer de plus en plus dans un farouche célibat? » Et ce n'était pas non plus Paul, maintenant en Indochine, qui en profiterait, ni Mauricette qui, dès son mariage, rejoindrait avec son époux leur petite école rurale des environs d'Egletons. Guy alors? Rien n'était moins sûr, il n'avait pas grand goût pour la terre et ne s'en cachait pas. Alors, à quoi bon cette vaste maison?

347

Les palombes ne passeront plus

Lorsqu'il y pensait, Pierre-Edouard en venait à se demander si, pour la première fois depuis leur mariage, Mathilde ne s'était pas trompée.

Comme prévu et malgré le récent deuil qui avait frappé la famille Vialhe, Mauricette et Jean-Pierre Fleyssac se marièrent le 13 juillet 1946. La fête fut joyeuse mais discrète car personne n'aurait compris que Pierre-Edouard et Mathilde donnent trop de faste à une noce qui se déroulait moins de huit mois après le décès de Jean-Edouard.

Néanmoins, parce que les jeunes pensaient qu'il fallait supprimer tout ce qu'il y avait de gênant dans les traditions et ne conserver que les coutumes agréables — même Mathilde avait donné le ton puisqu'elle n'avait porté le deuil que trois mois — ils chahutèrent avec les mariés et dansèrent fort avant dans la nuit sur la grand-place.

Mais les plus de quarante ans, par décence et respect envers l'ancêtre, s'abstinrent d'aller valser. Aussi Pierre-Edouard et Mathilde, assis avec les beaux-parents et les amis dans la salle de l'auberge, ne virent point que Jacques profita lui aussi de la fête.

Pendant toute la soirée il ne quitta pas une ravissante petite brunette, native de Perpezac-le-Blanc et amie de sa sœur. Michèle avait vingt et un ans, était fraîche et gracieuse comme une fleur d'églantier, et riait aux éclats des plaisanteries qu'il lui chuchotait à l'oreille.

Vers 11 heures, profitant d'une pause des deux accordéonistes, un des invités qui avait amené son phonographe et quelques disques modernes, fit retentir en place de Saint-Libéral une musique inhabituelle en ces lieux. Tous les jeunes hurlèrent de joie et Michèle, qui dansait à la perfection, voulut coûte que coûte apprendre à Jacques les pas endiablés de ces danses américaines récemment importées et qui faisaient fureur à Paris.

Amusé, il écouta de bonne grâce les explications de sa jolie partenaire, regarda comment manœuvraient ses voisins et se lança à son tour dans un swing effréné; pour la première fois depuis des années il était heureux.

— Vous voyez que ce n'est pas difficile! triompha la

Le printemps tardif

jeune fille lorsque le disque s'arrêta dans un sinistre grincement d'aiguille.

— Non, mais c'est fatigant et ça fait du bruit. Dites, vous n'avez pas envie de marcher au calme! demanda-t-il en allumant une cigarette.

— Attendez encore un peu, je connais le disque, sur l'autre face c'est un slow, vous allez voir, c'est facile. Slow, ça veut dire lent en anglais, crut-elle bon d'expliquer.

— Je sais, dit-il un peu sèchement.

— Excusez-moi, murmura-t-elle en rougissant, j'oublie que c'est la guerre qui vous a obligé à arrêter vos études.

Là-bas, dûment remonté à la manivelle, le phonographe nasilla une mélopée au rythme lent, un air reposant, un peu nostalgique.

— Venez danser, invita Michèle, vous verrez, c'est tout simple.

Il l'enlaça, se laissa porter par la musique, goûta contre sa poitrine la douce pression du corsage de la jeune fille et sur sa nuque la légèreté de ses doigts.

— Vous vouliez être vétérinaire, n'est-ce pas?

— C'est ça.

Elle comprit qu'il ne voulait point parler de ça, tenta très maladroitement de changer de sujet.

— Moi, expliqua-t-elle, j'aurais aimé être institutrice, mais c'était trop difficile, je me suis arrêtée en troisième, c'est mieux que rien quand même?

— Bien sûr.

— Avec ce niveau, peut-être que je pourrai trouver une place en ville, il faut que je m'en occupe d'ailleurs, parce que maintenant, je suis libre. Oui, expliqua-t-elle, ma mère est malade depuis deux ans, alors à la maison c'est moi qui la remplace. Mais maintenant, mon père n'a plus besoin de moi, mon dernier frère va rentrer en apprentissage à Brive.

— Le disque est fini, constata Jacques sans pour autant lâcher la jeune fille, on va faire un tour? Tout ce bruit finit par m'abrutir.

Nul ne s'aperçut de leur disparition. Jacques l'entraîna dans le chemin qui montait vers les puys. Il fut d'abord silencieux puis, mis en confiance par la nuit et la jeune fille qui lui donnait la main, il commença à parler, un

349

Les palombes ne passeront plus

peu comme s'il était seul, à dire tout ce qu'il avait sur
le cœur et qui s'accumulait depuis que la guerre avait
brisé ses rêves. Il raconta tous ses déchirements, ses
déceptions, son désespoir; parla surtout du vide qui
s'ouvrait devant lui et qu'il ne savait comment combler.

— Je croyais que vous deviez reprendre la ferme,
dit-elle lorsqu'il se tut. Enfin, c'est ce que tout le monde
croit dans le pays.

— La ferme? dit-il avec amertume, je suis autant fait
pour ça que pour être évêque!

— Ça vous déplaît?

— Non, ce n'est pas ça, mais vous savez, travailler
avec mon père... Oh, ce n'est pas qu'il soit désagréable,
le pauvre vieux! Mais justement, il est vieux, il a ses
idées et moi les miennes. Pour la ferme, il faudrait
pouvoir tout reprendre de zéro, alors sans doute que ça
me plairait, mais avec mon père c'est impossible.

— Qu'est-ce que vous allez faire alors?

Il s'arrêta de marcher, soupira puis se tourna vers elle
et sourit au visage tout rayonnant de clair de lune qui
se tendait vers le sien.

— Ce que je vais faire? dit-il enfin, je n'en sais rien,
peut-être partir en ville, moi aussi. A moins que... Il
avança la main, releva la mèche brune qui barrait le
front de la jeune fille. C'est étonnant, reprit-il, jusqu'à
ce soir, je croyais que c'était la présence de mon père
qui m'empêchait de reprendre la ferme, je me suis
trompé. Ce n'est pas sa présence qui me gêne, c'est une
absence. Une absence autrement importante, vous comprenez?

— Peut-être.

— Alors si vous comprenez, on se reverra?

— Perpezac n'est pas loin, surtout en passant par les
puys...

— C'est ça, on passera par les puys. Demain alors?
C'est dimanche. Demain à 2 heures je serai au pied du
puy Blanc, vous aussi? Promis?

Elle acquiesça et lui tendit la main.

350

Le printemps tardif

23

— Alors, tu ne veux toujours pas un Boche ou deux ? proposa Léon lorsqu'il arriva ce soir-là chez les Vialhe.

— Je t'ai déjà dit ce que j'en pensais ; moi, les verts de gris je les ai assez vus ! dit Pierre-Edouard en inspectant la propreté des canons de son fusil.

On était à la veille de l'ouverture et sur la table gisaient, en pièces détachées son Hamerless et le Darne de Jacques.

— C'est pas une blague, assura Léon, suite à notre demande, j'ai reçu la réponse de la Direction départementale du Travail et de la Main-d'Œuvre, la commune va obtenir sept prisonniers de guerre supplémentaires, alors si tu en veux !

— Non, s'entêta Pierre-Edouard en manœuvrant énergiquement l'écouvillon, les prisonniers, j'en veux pas ; je ne suis pas garde-chiourme, moi !

— Pourtant, depuis que Mouly et les autres en emploient ils n'en sont pas mécontents ! Et puis, c'est une affaire, logés, nourris, ils ne reviennent même pas à 10 francs par jour ! insista Léon qui depuis l'arrivée au bourg des premiers prisonniers de guerre, six mois plus tôt, se plaisait à agacer son beau-frère avec cette histoire.

— Miladiou, je sais ! grogna Pierre-Edouard, même pas 10 francs par jour, d'accord, et celui qui s'est échappé de chez Maurice lui a coûté 1 500 francs d'amende, sans compter la paire de pantalons, les deux chemises et la veste qu'il lui a barbotées en partant ! D'ailleurs, pourquoi tu n'en prends pas, toi ?

— Allez, on rigole, dit Léon, tu sais bien que je suis de ton avis. Moi, les prisonniers, je leur dirais plutôt comment et par où foutre le camp ! N'empêche, tu ne sais pas qui m'en réclame un ?

Pierre-Edouard haussa les épaules et commença à remonter son fusil.

351

Les palombes ne passeront plus

— Ce voyou de Delpeyroux! s'exclama Léon en riant. Tu parles d'un culot! Enfin, j'espère qu'il tombera sur un lascar qui foutra le camp vite fait! J'aimerais assez que Delpeyroux paye ses 1 500 francs d'amende pour mauvaise surveillance! Mais c'est pas ça qui m'amène, dit-il soudain sérieux, Jacques n'est pas là?

— Non et je ne sais pas où il est. Depuis deux mois, dès que le travail est fini, on ne le voit plus!

— Moi j'ai mon idée là-dessus, assura Léon en allumant une cigarette.

— Moi aussi, et Mathilde aussi...

— Une fille, hein?

— Pardi, et je sais même qui!

— Elle est du bourg?

— Non, c'est la petite Mas, de Perpezac.

— Mas? fit Léon en fronçant les sourcils. Ah oui, je vois, c'est la petite Michèle! Ah le bougre, il a l'œil!

— Oui, c'est elle. C'est la mère Pouch, du Temple, qui l'a dit à Mathilde; elle les a vus ensemble, vers le puy Blanc.

— Ça n'a pas l'air de te plaire, elle est pourtant mignonne cette gamine, il a du goût, le Jacques!

— C'est pas ça, dit Pierre-Edouard, agacé, mais cet âne ne dit jamais rien, pas un mot! Ça fait un an qu'il est de retour et j'ai toujours l'impression qu'il n'est que de passage!

— C'est bien pour ça que j'aurais aimé qu'il soit là, ce que je viens d'apprendre l'aurait peut-être intéressé. Enfin, c'est d'abord toi que ça concerne. La fille du châtelain vend tout, même le château...

— Tout? murmura Pierre-Edouard qui pensa aussitôt aux terres qui s'étendaient sur le plateau, non loin des siennes.

— Tout, redit Léon, elle est venue me voir cet après-midi. Oui, presque soixante-dix hectares, dont trente de bois, enfin tu connais quoi!

— Oui, oui. Combien?

— Cher. Elle veut trois millions de l'ensemble.

— Vingtdiou!

— Eh oui, fit Léon, mais j'ai pensé que les terres du plateau t'arrangeraient bien. Il y a dix hectares là-haut, avec eux ça te ferait un sacré bel ensemble.

352

Le printemps tardif

— Pour ça... reconnut Pierre-Edouard. Il médita un instant, reprit : Mais toi, qu'est-ce qui t'intéresse? Tu ne vas pas me dire que tu veux acheter le château?

— Ben, fit Léon un peu gêné quand même, je crois bien que si...

— Bon Dieu! s'exclama Pierre-Edouard, mais tu es fou! Qu'est-ce que tu veux faire de cette caserne?

Il était estomaqué. Passe encore que son beau-frère prenne les prairies et les bois, il en avait l'usage, mais le château! Ou alors, était-ce uniquement pour effacer le souvenir d'une enfance misérable, de ce père pendu à la faîtière de la grange et dans les jambes duquel il avait buté un jour de janvier 1900, de cette sordide masure où il avait vécu et de toutes les humiliations qu'il avait dû subir avant de devenir l'homme riche et respecté qu'il était aujourd'hui?

« Oui, pensa-t-il, ça doit être ça. Il a passé sa vie à prouver qu'il était plus fort que nous tous; ce château, c'est sa revanche, son triomphe! Bon sang, si le père avait vu ça, il en serait devenu fou! C'est pas croyable, Léon, ce fils du plus pauvre métayer de la commune, Léon va acheter le château! »

— C'est pas croyable, redit-il à mi-voix.

— Ça t'étonne tant que ça?

— Tout compte fait, non. Mais enfin, c'est quand même une sacrée somme trois millions!

— Oh ça... dit Léon en haussant les épaules.

— C'est vrai, reconnut Pierre-Edouard en se souvenant que le père d'Yvette, qui était décédé quinze mois plus tôt, lui avait laissé une fortune assez considérable.

— Tu comprends, expliqua Léon comme s'il avait besoin de se justifier, si on achète, c'est uniquement pour le petit. Tu as vu, il travaille bien; un jour, il sera peut-être médecin, ou notaire ou même député. Alors le château ça ira très bien pour lui, ça fera plus sérieux qu'une simple maison.

— Quand même, si on m'avait dit un jour que tu coucherais dans le lit du châtelain!

— La roue tourne... Bon, alors ces terres du plateau, j'ai calculé, en gros, ça va les faire à 30 000 l'hectare, tu les prends?

— T'es fou! protesta Pierre-Edouard, à ce prix! Et

353

Les palombes ne passeront plus

puis regarde ajouta-t-il avec un peu d'amertume, on a
sorti notre argent pour faire agrandir la maison, alors...
Léon haussa les épaules.

— Mathilde n'est pas là?

— Si, elle raccommode dans la chambre.

— Dis-lui de venir, pour ce qui est des sous j'ai plus
confiance en elle qu'en toi!
Pierre-Edouard hocha la tête et appela sa femme.

— Si au moins on n'avait pas fait tous ces travaux!
regretta Mathilde dès qu'elle fut au courant. Si j'avais
su... dit-elle en regardant Pierre-Edouard d'un air malheureux.

— Ce qui est fait est fait, dit-il.

— Ne me faites pas rigoler, ironisa Léon, ce n'est pas
à moi que vous ferez croire que vous avez tout dépensé
pour l'agrandissement!

— Bien sûr que non, reconnut Mathilde.

— Ça m'aurait bien étonné, parce que depuis le temps
que tu me fais acheter des napoléons, tu dois en avoir
un sacré chaudron!

— Mais non! protesta-t-elle, et tu le sais bien! Enfin,
nous en avons quand même quelques-uns. Mais je ne
veux pas y toucher, c'est notre réserve si on tombait
malade.

— Foutaise, dit Léon, crois-moi, le meilleur placement
c'est la terre. 30 000 francs l'hectare aujourd'hui et peut-
être 300 000 dans dix ans! Mais si! insista-t-il devant
l'air sceptique de sa sœur. Tiens, rappelle-toi ce que j'ai
payé les terres du plateau en 18.

— 2 200 francs, reconnut-elle.

— Et un an après, celles qu'on a achetées ensemble
étaient déjà à 3 500, se souvint Pierre-Edouard.

— Quand même, s'entêta-t-elle, 30 000 francs, c'est
pas possible. Avec les frais, pour dix hectares, ça nous
fera au moins 320 000 francs, et là, c'est trop...

— Empruntez, assura Léon, pour ça encore c'est le
bon moment.

— On a déjà l'emprunt pour la maison, rappela
Pierre-Edouard.

— Débrouille-toi, insista Léon, une affaire pareille il
ne faut pas la laisser passer. J'ai demandé quinze jours
pour réfléchir. Pour l'instant, nous sommes les seuls

354

Le printemps tardif

sur cette affaire, mais dans quinze jours, la fille du châtelain avertira tout le monde...

— Si encore on savait ce que veut faire Jacques, dit Pierre-Edouard, si on était sûr qu'il reste, on pourrait acheter la moitié pour son propre compte, ça serait bien pour démarrer.

— Miladiou! Parle-lui! lança Léon, tu ne vas pas me dire qu'il t'intimide, ce gosse!

— Mais non, grogna Pierre-Edouard, c'est pas ça du tout! Mais tu as déjà essayé de parler élevage avec un garagiste? Il s'en fout, ça ne veut rien dire pour lui! Avec Jacques, c'est pareil. Ici, il n'est pas à sa place, tu comprends. Enfin, c'est sûrement ce qu'il pense et je vais finir par croire qu'il pense juste! Bon, pour ces terres, on va réfléchir.

— Tardez pas trop, recommanda Léon en se dirigeant vers la porte. Et puis quoi, essayez de voir avec Jacques, c'est vrai à la fin, il commence à devenir emmerdant, ce gamin!

Ce soir-là, Pierre-Edouard attendit que Nicolas ait rejoint sa chambre — toujours installée à l'étable — pour quitter à son tour la table. Il alla ensuite diminuer la tonalité du poste radio et s'assit dans le cantou.

Etonné par ce manège, Jacques leva le nez de son journal et regarda son père. D'habitude, c'était presque un rite, il restait à table et lisait ou relisait quelques numéros du *Chasseur Français* ou de *Rustica* tout en fumant une pipe ou deux, ensuite il allait au lit.

— Il faut que je te parle, lui dit Pierre-Edouard.

— Oui, renchérit Mathilde en plongeant les assiettes dans la bassine à vaisselle.

— Ça tombe bien, moi aussi il faut que je vous parle.

— Ah bon, dit Pierre-Edouard un peu surpris. Eh bien, commence.

Jacques replia lentement le journal, alluma une cigarette.

— Je vais me marier, annonça-t-il.

— Ça, dit Mathilde en souriant, on le savait, enfin on s'en doutait. C'est avec la petite Michèle Mas, de Per-

355

Les palombes ne passeront plus

pezac, n'est-ce pas? insista-t-elle en commençant à essuyer une assiette.

— C'est ça, reconnut-il. Il regarda ses parents et son cœur se serra en les voyant si heureux, rajeunis par cette nouvelle. Oui, redit-il, on va se marier, le mois prochain.

— Quoi? Pourquoi si vite? interrogea Pierre-Edouard soudain inquiet.

— Parce que ça presse, avoua Jacques et il sursauta lorsque l'assiette que sa mère essuyait s'écrasa sur le dallage.

— Nom de Dieu! jeta Pierre-Edouard avec colère, alors comme ça tu n'as pas été foutu de patienter un peu!

Il était déçu, vexé, furieux aussi car, pour lui, ce que venait de lui annoncer son fils était une trahison. Jamais les Vialhe de Saint-Libéral n'avaient eu à rougir de leur conduite sur ce sujet. Même lorsque Louise avait fugué pour épouser son Octave, elle avait pu se marier en blanc, fièrement et sans mentir. Quant à Berthe, sa conduite passée n'avait pas eu le village pour cadre.

— Regarde, mon salaud, insista-t-il, regarde ce que ta mère en pense de ton mariage qui presse!

Mathilde pleurait, sans bruit, comme toujours. Mais elle semblait si effondrée par la révélation que Jacques se sentit confus.

— Ecoutez, essaya-t-il, ce n'est quand même pas un drame! Oh, je sais, dans le temps c'était la honte, mais quoi, ce n'est plus pareil, on est en 46, pas en 1920! Tâchez de comprendre!

— Tais-toi, dit sa mère en s'essuyant les yeux avec son tablier, pour ce qui est de comprendre, on n'a pas de leçon à recevoir de toi! Parce que, dans l'histoire, c'est toi qui n'as rien compris!

— Bon, d'accord, on a été trop vite. Mais quoi, on n'est pas les seuls! Et puis après tout, c'est comme ça et pas autrement! D'ailleurs on est majeurs tous les deux, on se mariera le 26 octobre, c'est un samedi.

Pierre-Edouard soupira, tapota sa pipe éteinte contre la coupelle du landier.

— Bien, dit-il, faites comme vous voulez. Tu as dit que vous étiez majeurs? Bon, alors tu iras tout seul chez

356

Le printemps tardif

les Mas pour leur expliquer que tu as fait une connerie, c'est régulier, non?

— Je l'entendais bien comme ça, dit sèchement Jacques, je n'ai pas l'habitude de me défiler!

Il ne lui était jamais venu à l'idée d'expédier son père en parlementaire car, dès que Michèle lui avait annoncé qu'elle était enceinte de plus d'un mois, il l'avait apaisée en lui assurant qu'il en prenait toute la responsabilité et qu'il agirait en conséquence.

— On voulait se marier pour la Saint-Jean, lui avait-il dit, eh bien on fera le baptême!

Mais elle avait bien compris qu'il crânait un peu et que, dans le fond, il était penaud et vexé.

— On a fait les idiots, hein? avait-elle insisté.

— C'est moi tout seul qui ai fait l'idiot, toi, tu es simplement belle, ça a suffi, c'était fatal!

— Les parents vont mal le prendre...

— Sûrement, mais ça n'a pas d'importance, c'est notre affaire, pas la leur. Et puis, qu'est-ce que tu veux qu'ils comprennent!

— Oui, avait-elle dit en l'embrassant, je suis sûre que de leur temps ils ne savaient pas s'aimer comme nous!

— Et il est pour quand votre... accident? demanda Pierre-Edouard.

— Fin mai.

— Bon, dit Mathilde en commençant à ramasser les morceaux de l'assiette, et à part faire un petit et vous marier, de quoi êtes-vous capables? Parce que ça, n'importe quel imbécile peut le faire.

Jacques fut surpris par la sécheresse de son ton. Il avait bien pensé qu'elle prendrait mal cette histoire, mais qu'elle se contenterait sinon de geindre — ce n'était pas son genre — mais simplement de le gourmander.

— Oui, à part faire l'amour, qu'est-ce que vous comptez faire? renchérit crûment Pierre-Edouard. Ça t'étonne que je parle comme ça? Qu'est-ce que tu crois, petit couillon, qu'on t'a trouvé dans un chou? Bon Dieu, si on s'était écouté avec ta mère, ce n'est pas en 20 que tu serais né, mais en juin 18, neuf mois après ma permission! Seulement, nous, à l'époque, si on pensait à regarder les feuilles à l'envers, on pensait aussi à la suite! Alors, pauvre andouille, qu'est-ce que vous allez

357

Les palombes ne passeront plus

faire maintenant que vous avez fait le vin avant la ven-
dange?

Jacques fut décontenancé. Il allait avoir vingt-sept ans
et n'avait pourtant jamais entendu son père parler ainsi,
sa mère non plus d'ailleurs. Il les voyait comme un
couple uni par une immense tendresse et une permanente
complicité, mais s'était toujours refusé à se les représenter vraiment amoureux, amoureux fous, comme
Michèle et lui par exemple.

— Eh bien, dit-il enfin, sauf si vous ne voulez pas de
nous, on a pensé qu'on pourrait s'installer sur la ferme,
mais...

— Oui? insista Pierre-Edouard.

— C'est-à-dire... Pour éviter les histoires, peut-être
qu'il vaudrait mieux qu'on soient indépendants.

— C'est tout à fait notre avis, dit Pierre-Edouard — et,
là encore sa réponse étonna son fils — tu veux revenir
à la ferme? D'accord, mais je n'ai pas l'âge ni les moyens
de rester à rien faire, alors, qu'est-ce que tu proposes?

Jacques avait bien réfléchi au problème. Il avait même
envisagé d'aller travailler en ville. Avec ses deux bacs,
son année d'école vétérinaire et ses cinq ans de captivité,
il se faisait fort de trouver une situation, un poste de
fonctionnaire par exemple, dans une quelconque administration.

Mais l'idée d'avoir à passer huit heures par jour dans
un bureau pour y effectuer une tâche sans intérêt et
sous la coupe d'un chef de service l'avait rebuté. Il n'était
pas fait pour recevoir des ordres, ni se plier à des horaires
de travail, et encore moins pour attendre passivement
l'arrivée des congés payés et l'heure de la retraite.

Si, jadis, il avait voulu être vétérinaire, c'était d'abord
parce que ce métier lui plaisait, mais parce qu'il pensait
aussi qu'il serait son maître. Alors, puisque cette voie
lui était définitivement fermée, autant en trouver une
où il pourrait au moins préserver sa liberté, user d'initiatives, prendre ses responsabilités et n'avoir de compte à
rendre qu'à lui seul. La terre lui offrait cela, à condition
que son père comprenne ses exigences.

— Tu me laisses travailler la moitié des terres comme
je l'entends, on s'entraide pour tous les travaux, mais

358

Le printemps tardif

chacun fait ce qu'il veut sur son terrain, ça va? demanda-t-il.

Pierre-Edouard daigna sourire.

— Tu es gourmand, mon salaud! La moitié? Si j'avais dit ça à mon père il m'aurait flanqué une calotte!

— Dis-lui ce que vient de nous apprendre Léon, lança Mathilde.

Pierre-Edouard hésita, se demanda un instant si Jacques était motivé par l'amour de la terre ou par l'obligation de trouver une situation; il chassa le doute qui l'agaçait, misa sur l'avenir.

— Si tu veux, tu auras dix hectares sur le plateau, ceux du château, ils sont en vente. Mais si tu veux ces terres, tu vas te débrouiller pour en acheter la moitié à ton nom. T'as pas assez de sous? On en avait moins que toi quand on s'est marié, ta mère m'a fait faire un emprunt, elle a eu raison. Pour le reste des terres, nous on s'en charge et on te les laisse.

— C'est vrai? demanda Jacques ravi, c'est pas une blague?

— C'est vrai. On ne peut pas encore te laisser toute la propriété parce que nous aussi on doit vivre, mais tu peux compter sur ces dix hectares du château.

— Bon sang! Ça c'est une bonne nouvelle!

— Oui, insista Mathilde, celle-là c'est une bonne nouvelle...

— Oh, l'autre aussi, quoi! lança Jacques, tu verras, Michèle est parfaite, vous vous entendrez à merveille. Et puis quoi, tu ne vas pas nous en vouloir toute notre vie pour une bêtise!

— Moi? dit-elle en haussant les épaules. Votre bêtise je l'ai déjà oubliée, enfin presque. Et j'oublierai aussi que les gens vont bien rire de nous, parce que, crois-moi, ils ne vont pas s'en priver, pour une fois qu'un Vialhe leur en donne l'occasion! Oui, j'oublierai, mais ça m'étonnerait bien que toi tu oublies un jour! Enfin, murmura-t-elle un peu tristement, chacun fabrique sa vie comme il veut, mais il ne faut pas s'étonner ni se plaindre si, par la suite, elle pèse sur l'estomac.

359

Les palombes ne passeront plus

Prévenu dès le lendemain, Léon éclata de rire.

— Je me doutais bien que ça te ferait rigoler, constata Pierre-Edouard.

— Ah! le goujat, dit Léon, qui aurait cru ça de lui, hein? N'empêche, c'est mon filleul, je l'engueulerai un peu, pour le principe, quoi!

— Il s'en moque, dit Pierre-Edouard.

— Mais pas toi, ni Mathilde, je parie?

— Ça la fout mal, et puis c'est pas sérieux. Bon sang, tout le monde sait dans le pays que les filles de Perpezac sont chaudes comme des fours, mais si on m'avait dit que mon fils irait y brûler sa pelle avant l'heure de la fournée!

— Passe encore de la brûler, plaisanta Léon, mais de là à y laisser une miche! Sûr que Mathilde doit faire beau!

— Oui, et puis elle redoute que les gens rigolent de nous.

— Si c'est que ça! Tu sais, avec les jeunes, ça arrive souvent des affaires pareilles, et un peu partout. Alors les gens se lassent d'en rire et puis surtout, ils se méfient, parce que pour peu qu'ils aient un gars ou une fille, ils se disent que ça pourrait bien arriver chez eux aussi!

— Peut-être, reconnut Pierre-Edouard, n'empêche, c'est pas sérieux, répéta-t-il. Bon, pour cette histoire de terres, c'est d'accord, on les prend. Jacques a décidé de s'installer à la ferme.

— Eh bien tu vois! triompha Léon, ça s'arrange, maintenant tu es tranquille. Vrai, je suis content pour vous tous! Alors c'est d'accord pour les dix hectares du plateau?

— Oui, pour les sous, on tâchera de s'arranger. Mais tu vas acheter tout le reste, toi? Oh, je dis ça parce que je sais que Maurice et aussi Edmond, et même Edouard en auraient sans doute pris un peu, alors si on fait ça dans leur dos, sans rien leur dire, ils vont nous en vouloir, et pour longtemps!

— Je sais, dit Léon, j'y ai pensé. Mais s'ils l'apprennent avant que la vente soit faite, d'autres l'apprendront aussi et on sera tous bourrus! Non, laisse-moi faire, j'ai mon idée. La fille de la châtelaine veut un gros paquet d'argent d'un coup, elle l'aura. Peut-être pas autant

360

Le printemps tardif

qu'elle croit parce que j'ai pas encore discuté le prix et qu'il faudra bien qu'elle baisse! Mais une fois que j'aurai acheté, ne t'inquiète pas, je ne garderai pas tout. Moi, c'est le château, la pinède et les pacages qui m'intéressent, le reste je le cède à qui en voudra. J'ai déjà cent vingt hectares en location ou à moi à droite et à gauche, je n'ai pas besoin de terres dont je ne ferai rien.

— Sûr? insista Pierre-Edouard.

— Parole, dit Léon, tu sais que je n'en ai qu'une. Les amis profiteront de la vente du château. Mais pour le moment, laisse-moi faire et ne dis rien à personne. Un jour, ça fait presque quarante ans, j'ai trop parlé devant ton père au sujet du pré du moulin, il m'a coiffé. Depuis, je n'ai pas oublié la leçon.

Mathilde avait trop souffert de la cohabitation pour être de ces belles-mères qui croient de leur devoir de transformer un couple en triade. Elle n'avait donc aucune envie de se mêler des affaires du jeune ménage. Aussi s'efforça-t-elle d'accueillir sa belle-fille du mieux qu'elle put. Mais elle dut prendre sur elle pour taire la mauvaise impression que lui avait donnée ce mariage trop vite organisé.

Malgré la discrétion de la cérémonie, son peu de faste et le nombre restreint des invités, Mathilde avait fort peu goûté que sa belle-fille pousse l'audace jusqu'à se marier en blanc et dans sa propre paroisse.

— On n'aurait jamais osé faire ça de notre temps! avait-elle confié à Pierre-Edouard.

— Oui, et dans le temps, ils auraient même dû aller se marier à Rocamadour, avec juste deux témoins. Que veux-tu, il faut comprendre que tout a changé, alors autant s'y faire et prendre le temps comme il vient!

Tout alla bien pendant les premiers mois, mais sans doute parce que l'achat des terres du château et le dynamisme retrouvé de Jacques masquèrent les petits différends, les opinions divergentes, les manies de chacun.

Michèle était gentille, douce, polie avec ses beaux-parents, mais elle avait du caractère, savait ce qu'elle voulait et prit insensiblement l'habitude de gérer la maison à sa guise. Elle avait des horaires de travail qui

361

Les palombes ne passeront plus

n'étaient pas ceux de Mathilde, laissait volontiers la vaisselle du soir pour le lendemain matin, décalant ainsi l'heure des soins aux bêtes donc, par répercussion, celle du repas de midi.

Tout cela n'était que broutilles, aussi Pierre-Edouard et Mathilde tentèrent de s'adapter. Ils ne voulaient surtout pas troubler l'évident bonheur dans lequel nageait le jeune ménage.

Stimulé par son épouse qui, malgré sa grossesse, était toujours câline comme une agnelle, Jacques était ravi. Désormais maître de ses terres et libre de les travailler selon ses idées, il avait acquis une assurance sans faille et bouillonnait de projets.

En dépit de la fierté qu'ils ressentaient à avoir un fils aussi compétent, Pierre-Edouard et Mathilde, pourtant pleins de bonne volonté, ne purent jamais se mettre au diapason des jeunes. Et ce qui n'était au début que détails sans importance s'éleva, au fil des mois, en un mur d'incompréhension.

Rares étaient les sujets sur lesquels Mathilde et sa belle-fille étaient du même avis. A propos de la religion, par exemple, que Michèle boudait ostensiblement car, assurait-elle avec candeur « L'abbé Delclos n'intéresse que les bigotes! » C'était en partie vrai, il vieillissait mal, s'aigrissait et, par son sectarisme, dégoûtait tous les jeunes. Mais Mathilde, qui pourtant ne l'aimait guère, jugeait de son devoir d'aller assister aux offices. Alors, d'entendre sa belle-fille parler de bigotes!

Les deux femmes se heurtaient aussi au sujet de l'argent car, même si elles ne faisaient pas caisse commune, l'insouciance de Jacques et de Michèle était inquiétante. Alors que Pierre-Edouard et Mathilde n'avaient jamais fait d'emprunts sans en avoir calculé toutes les charges et les conséquences, Jacques s'appuyait à fond sur le Crédit agricole et envisageait déjà d'investir au maximum dans l'achat de matériel. Sur ce point, il se heurtait à sa mère, mais aussi à son père qui lui recommandait la prudence et lui rappelait qu'avec la terre, semer et travailler sont une chose, et récolter une autre.

— D'accord, lui dit Pierre-Edouard un soir où il lui avait parlé de son projet d'acheter une camionnette d'occasion, ton blé est superbe. J'avais entendu dire que

362

Le printemps tardif

ce Vilmorin était bon, tu me le prouves. Mais il n'est pas encore battu, ni vendu, alors ne le dépense pas avant de l'avoir récolté, surtout pour acheter une voiture qui ne te rapportera que des frais!

— Avec ton système on ne fera jamais rien!

— Peut-être, mais c'est grâce à ce système que cinq générations de Vialhe t'ont permis d'être là! Enfin, tu feras bien ce que tu voudras, c'est ton problème.

Puis arriva la complète divergence, celle que Mathilde sentait venir depuis des mois. Elle s'était fait une telle joie d'accueillir son petit-fils ou sa petite-fille, que sa déception fut immense lorsque Jacques lui annonça que Michèle irait accoucher à Brive.

— Mais pourquoi? demanda Mathilde, pourquoi pas ici? Je serai là, moi! Je l'aiderai!

— Je préfère Brive, c'est plus sûr!

— Bon sang! lança Pierre-Edouard qui lui aussi se sentait frustré, plus sûr que quoi? Ta mère était seule à Coste-Roche pour te mettre au monde, elle n'en est pas morte, et toi non plus!

— Michèle préfère aller à Brive, le docteur Delpy ne lui plaît pas beaucoup.

— Et pourquoi? insista Mathilde.

— Il est trop vieux, dit alors Michèle.

— Ah ça, miladiou! jeta Pierre-Edouard, c'est la plus belle bêtise que j'entends depuis longtemps! Trop vieux? Il n'a que soixante-neuf ans!

— Et tu trouves que c'est jeune, toi? plaisanta Jacques.

— Mais petit couillon! s'emporta son père, ça prouve au moins qu'il a de l'expérience!

— Admettons, éluda Jacques, de toute façon on ira à Brive, un point c'est tout.

— Bon, soupira Mathilde. Eh bien, j'irai m'excuser auprès du docteur Delpy, je ne voudrais pas qu'il pense qu'on est brouillés avec lui.

Et, ce soir-là, malgré la porte qui séparait la vieille bâtisse de la nouvelle, Pierre-Edouard et Mathilde comprirent qu'il y avait quelqu'un de trop dans la maison Vialhe.

363

Les palombes ne passeront plus

Dominique Vialhe, premier petit-fils de Pierre-Edouard et de Mathilde, vit donc le jour à Brive et non dans la commune de Saint-Libéral, comme tous ses ancêtres paternels.

Beau bébé de presque six livres, il vint au monde sans complications et conforta Mathilde dans son idée que sa belle-fille avait fait beaucoup d'histoires pour un événement on ne peut plus naturel.

Malgré tout et parce qu'elle était folle de joie, elle pensa que ce bébé allait remettre la sérénité dans la maison et attendit le retour de sa belle-fille et de son petit-fils avec impatience. Mais il était dit que les deux femmes n'étaient pas faites pour se comprendre, car Mathilde s'enflamma de colère lorsqu'elle s'aperçut que Michèle, en dépit de son opulente poitrine, ne nourrissait pas son fils.

— Pourquoi tu lui refuses ton lait, il n'est pas bon?

— Si, mais le docteur a dit que c'était mieux au biberon, expliqua la jeune femme.

— Ton docteur est un imbécile et toi une dinde de l'avoir cru! Un bébé ça doit boire le lait de sa mère et non je ne sais trop quelle saleté en poudre!

Pierre-Edouard fit chorus, Jacques s'en mêla et finit par dire sèchement qu'il ne tolérerait pas que ses parents s'occupent de ce qui ne les regardait pas.

Pierre-Edouard le regarda longuement, observa ensuite son petit-fils et sa belle-fille.

— D'accord, soupira-t-il enfin, on ne dira plus rien. Viens, dit-il à Mathilde.

— Mais où veux-tu aller? lui demanda-t-elle lorsqu'elle vit qu'il l'entraînait hors de la maison.

— Viens, insista-t-il, il faut qu'on marche un peu et qu'on discute... Voilà, il faut encore choisir, dit-il lorsqu'ils eurent atteint le chemin qui grimpait vers les puys.

Elle hocha la tête, sourit un peu tristement.

— Oui.

— Tu as vu, ils sont gentils, ces petits, ils s'aiment, il ne faudrait pas que ça se brouille à cause de nous.

— Bien sûr.

— Jacques est bien, solide, la petite Michèle est

364

Le printemps tardif

mignonne et le bébé magnifique, ils n'ont pas besoin de nous pour être heureux.

Il se tut, cassa une tige de sureau et s'en fouetta les jambes.

— Et alors? insista-t-elle.

— Alors tu as eu raison de me faire réparer Coste-Roche. Quand je l'ai fait, on croyait que ça servirait à un des petits, mais c'est à nous que ça va peut-être servir.

— Tu veux qu'on s'installe là-haut?

— Pourquoi pas. Moi, j'ai passé presque trente ans de ma vie à me battre contre mon père, je ne veux pas que Jacques fasse la même chose.

— Et ça ne te ferait pas de peine de quitter encore une fois la maison et le village, et tout quoi?

— Si, avoua-t-il, mais si on reste ensemble ça finira mal. Tu le sais bien, la petite Michèle et toi, je le sens, bientôt vous allez vous battre pour tout de bon. Alors mieux vaut faire la paix avant d'avoir déclaré la guerre.

— Mais pour la ferme et les bêtes, pour tout quoi? C'est loin Coste-Roche!

— On organisera tout ça, assura-t-il, tu verras, ce sera mieux pour tout le monde.

— N'empêche, tout le village va penser qu'on est brouillés!

— Les gens verront bien vite que non. Alors on fait comme ça?

— Si tu crois que c'est le mieux...

— Alors c'est d'accord, on le leur dira ce soir après souper.

— Non! dit fermement Jacques lorsque son père eut fini de lui exposer son plan.

— Ecoute, lui dit Mathilde, c'est pourtant le mieux, on sera chacun chez soi, on ne se gênera pas.

— Non, intervint alors Michèle, ce n'est pas à vous de partir, c'est à nous et c'est ce que nous allons faire.

— Exactement, dit alors Jacques, c'est nous qui nous installerons à Coste-Roche, c'est d'ailleurs ce que nous aurions dû faire dès notre mariage, j'aurais dû écouter mon parrain.

365

Les palombes ne passeront plus

Pierre-Edouard haussa les sourcils.

— Qu'est-ce que le nouveau châtelain de Saint-Libéral vient faire dans cette histoire? Ça lui va bien de s'occuper de la maison des autres, lui qui habite maintenant un château!

Jacques sourit.

— Il m'a dit : « Dans un troupeau, si tu mets des jeunes bêtes avec de très vieilles, ça va, elles se supportent, mais si tu mélanges des premières vêlées avec des vaches encore solides, elles se battent, c'est normal, elles veulent toutes paître le même carreau d'herbe! »

Pierre-Edouard sourit à son tour.

— Si c'est un marchand de bestiaux qui le dit... Puis il redevint grave. Alors c'est sûr, vous ne voulez pas que nous partions?

— Non, répéta Jacques, c'est nous qui nous installerons là-haut. Il n'y a pas grand-chose à faire pour rendre cette maison confortable, avec une moto-pompe on aura même l'eau courante.

— Tu oublies qu'il n'y a pas l'électricité, lui rappela sa mère. Tu sais, ton père et moi, ça ne nous dérangerait pas, mais vous...

— Ce n'est qu'un détail, trancha Jacques, l'électricité y sera lorsque nous nous installerons. Je ferai la demande dès demain et parrain l'appuiera. Oui, expliqua-t-il, on va aller là-haut, mais pas tout de suite, à cause des travaux qu'il faut y faire et aussi du petit. On va quand même pouvoir passer l'été ici, ensemble et sans nous battre, oui?

— Bien sûr, dit Mathilde, mais alors, tant qu'à faire des travaux, autant aménager ici, on fait une cuisine de notre côté, on ferme la porte à clef et on est chacun chez soi.

— Non, décida Jacques, Michèle et toi, vous vous rencontrerez trop souvent dans la cour...

— Il a raison, dit Pierre-Edouard, de s'éloigner ça donne toujours envie de se revoir, mais de trop se voir, ça pousse à s'éloigner.

Plus tard, alors que Pierre-Edouard se déshabillait pour rejoindre Mathilde, déjà couchée, ce fut elle qui relança le débat.

— Tu le savais, n'est-ce pas? demanda-t-elle.

366

Le printemps tardif

— Quoi? dit-il en feignant l'étonnement.

— Que Jacques refuserait de nous voir partir.

— Je l'espérais, reconnut-il.

— Non, insista-t-elle, tu en étais sûr!

— Tu me reproches d'avoir joué la comédie? Alors tu l'as jouée avec moi, parce que toi aussi tu espérais bien que Jacques réagirait comme ça!

— Bien sûr, avoua-t-elle. Enfin, je suis bien contente que la petite Michèle ait dit ce qu'elle a dit, avant Jacques même, tu as entendu?

— Oui, dit-il en se couchant, c'est une bonne belle-fille.

Elle s'approcha, se blottit contre lui.

— C'est quand même dommage qu'on en soit venu là, soupira-t-elle. Et puis je t'en veux un peu, tu sais; pendant un moment j'ai cru que tu allais baisser les bras et que tu voulais partir pour de bon à Coste-Roche. Maintenant, je sais que tu as fait semblant et de ça aussi je t'en veux un peu.

— Tu te trompes, dit-il en passant son bras sous sa taille, j'ai bel et bien failli baisser les bras, vraiment Je n'ai pas fait semblant. Crois-moi, je ne savais pas quoi faire. Pourtant, il fallait trouver une solution qui ne blesserait personne, enfin pas trop. Alors si j'avais dit à Jacques : « Va t'installer à Coste-Roche! » il aurait cru qu'on le mettait dehors. Je lui ai dit : « On va partir », et c'est lui qui n'a pas voulu nous chasser. C'est bien de sa part et je suis sûr qu'il est tout content de lui, ce soir! C'est ce que je souhaitais, mais tu sais, les vœux, on les fait, mais ils ne se réalisent pas toujours!

Il se redressa sur un coude, la regarda, lui sourit puis passa l'index sur la petite marque brune qui ornait son sein.

— Elle me nargue encore celle-là! plaisanta-t-il en caressant la peau satinée et tiède.

— Eh oui...

— C'est pas croyable, ça fait presque trente ans que je la connais et je n'arrive pas à m'en lasser! Et toi, tu n'es pas fatiguée de coucher avec un grand-père?

— Non, et je le prouve, sourit-elle en l'attirant.

SEPTIÈME PARTIE

LE VIN NOUVEAU

24

La décision que prirent Jacques et Michèle d'aller habiter à Coste-Roche eut pour effet immédiat de désamorcer toutes les sources de conflit entre eux et leurs parents. Puisqu'elles n'avaient plus que trois mois à vivre sous le même toit, la belle-mère et sa bru s'employèrent à éviter tout motif de querelle. Quant à Pierre-Edouard et Jacques, ils travaillèrent ensemble tout l'été et même Nicolas redevint loquace.

Il avait assisté sans mot dire à toutes les escarmouches familiales et fut très heureux de les voir prendre fin. Il initia même Jacques aux secrets de l'apiculture et l'aida à installer cinq ruches à la lisière du petit bois de chêne qui s'étalait derrière Coste-Roche.

Quand vint septembre et le déménagement du jeune ménage Vialhe, personne à Saint-Libéral ne s'offusqua de cette séparation. Beaucoup trouvèrent même que Jacques avait bien raison de se rapprocher ainsi de ses terres. D'ailleurs, au bourg, l'heure n'était pas aux clabaudages. Outre une situation générale très malsaine — les grèves reprenaient comme avant-guerre et les gouvernements se succédaient toujours — une inflation délirante et la dernière imbécillité des politiciens qui n'avaient rien trouvé de mieux pour recenser les fortunes que de bloquer tous les billets de 5 000 francs, c'était la vie même de la commune qui était atteinte.

371

Les palombes ne passeront plus

En août 1947, mois de ses soixante-dix ans, le docteur Delpy avait annoncé qu'il prenait sa retraite. Il se sentait fatigué, assurait-il, et on le croyait car, depuis quelques mois, tous avaient noté son teint pâle, son dos voûté, son peu de goût pour la conversation. Alors, pour ne pas succomber à la tentation de poursuivre sa tâche et certain que ce serait le cas s'il restait à Saint-Libéral, il préférait partir et aller s'installer dans la maison de famille de sa femme, non loin de Saint-Yrieix.

L'annonce de son départ, fixé pour le 15 octobre, chagrina toute la commune car le docteur était aimé de tous. Mais au-delà de la tristesse, se forgea une inquiétude ; désormais Saint-Libéral n'aurait plus de médecin. Qui donc aurait été assez fou pour venir s'installer dans un village en déclin, que les jeunes fuyaient faute d'y trouver du travail, dans un bourg qui, d'année en année, voyait fondre le nombre de ses citoyens : 1 092 habitants en 1900, 979 en 1914, 701 en 1920, 594 en 1930 et maintenant 452, dont beaucoup de plus de cinquante ans.

— A ce rythme, disait parfois Léon, dans vingt ans on ne sera plus que deux cents, heureusement que je ne serai pas là pour voir ça !

Alors, puisque rien ne semblait pouvoir freiner cette agonie, que déjà, les foires n'étaient plus qu'un souvenir, que Suzanne parlait de fermer son auberge, que tous savaient que l'épicière, déjà âgée, ne serait pas remplacée, qu'importait aux gens que le fils Vialhe émigre à Coste-Roche. Lui au moins ne quittait pas la commune, c'était déjà beaucoup !

Pour la première fois depuis leur mariage, Pierre-Edouard et Mathilde se retrouvèrent seuls. Ils en avaient perdu l'habitude et durent réagir pour échapper à l'ennui qui les menaçait. Sans se concerter, ils se jetèrent à fond dans le travail et, libérée des soucis de cuisine et de maison, Mathilde, comme jadis, retrouva les travaux des champs à plein temps.

Elle avait souvent besoin de s'étourdir de fatigue pour oublier son inquiétude car, quoi qu'en dise Paul dans ses lettres, les nouvelles d'Indochine n'étaient pas bonnes. Pas fameuses non plus celles que Mauricette donnait.

Le vin nouveau

Elle était enceinte de cinq mois et avait dû abandonner son travail car elle devait rester couchée presque tout le temps. Si aucun accident ne survenait, elle accoucherait pour Noël et Mathilde s'était bien promis d'être à ses côtés.

Enfin, Léon aussi l'inquiétait un peu. En aidant au chargement d'une vache dans un camion, son frère avait reçu un coup de pied en pleine poitrine; il était resté presque dix minutes inconscient et si l'affaire n'avait eu aucune suite sur son physique, son moral s'en ressentait encore.

— Quand on n'est pas foutu d'éviter le coup de pied d'une carne, c'est soit qu'on doit apprendre le métier, soit qu'il est grand temps de le quitter! disait-il amèrement.

Alors, pour l'aider à retrouver des pensées plus optimistes, Pierre-Edouard et Mathilde se rendaient souvent au château. Au début, ils avaient été presque intimidés en franchissant les portes de la grande bâtisse et en marchant sur les parquets de noyer des vastes pièces. Léon aussi semblait un peu perdu en ces lieux, comme s'il n'était pas tout à fait à sa place. Puis ils s'étaient peu à peu habitués aux dimensions des salles, aux glaces murales, aux lustres scintillants du grand escalier.

D'ailleurs, parce que la château était beaucoup trop grand pour deux personnes, Léon et Yvette n'usaient que de quatre pièces, cinq lorsque Louis était en vacances : la cuisine où ils prenaient leurs repas, une chambre, un bureau et la salle de billard où Pierre-Edouard et Léon aimaient se retrouver autour du tapis vert. Quant aux autres pièces, inoccupées et vides de tout meuble et aux volets clos, la poussière s'y accumulait.

— Si j'avais su que c'était si grand... murmurait parfois Léon, enfin, le petit en profitera un jour! C'était à peu près la seule satisfaction que lui donnait son achat.

Il usa cependant des salons de son château pour y organiser, le 14 octobre, un amical vin d'adieu pour le docteur Delpy et sa femme. Tout le conseil municipal et les amis s'y pressèrent.

Mais la cérémonie fut triste, personne n'avait le cœur à blaguer. Avec le docteur, disparaissait l'avant-dernière personnalité du bourg. Lui parti, il ne resterait plus que

Les palombes ne passeront plus

le curé et le pauvre homme avait bien piètre allure. Pourtant, il serait maintenant le seul qui, pour tous, représenterait une charge et un état dignes d'un certain respect.

Jadis, l'instituteur eût partagé cet honneur, mais c'était fini. Car s'il était toujours moralement un peu au-dessus du commun, sa situation avait perdu son aura étincelante; beaucoup de jeunes, partis du bourg, gagnaient bien mieux leur vie que lui et en savaient davantage, sinon plus.

Jacques et Michèle se plurent tout de suite à Coste-Roche. Là au moins ils pouvaient vivre et agir à leur guise, sans avoir à se soucier des éventuelles critiques ou des opinions de Pierre-Edouard et de Mathilde.

Pourtant, avec du recul et puisqu'ils n'avaient plus à les subir, les réflexions des parents leur semblaient maintenant bien anodines et Jacques s'étonnait parfois qu'elles aient suffi à empoisonner l'atmosphère. Mais il ne regretta pas d'avoir quitté le village. Là-bas et bien que son père l'ait toujours laissé entièrement libre de gérer ses terres comme bon lui semblait, sa position était équivoque car, même sans le vouloir, Pierre-Edouard l'écrasait un peu par sa force de caractère, ses compétences professionnelles, sa notoriété. Et si Jacques avait pensé en un temps que son père était dépassé par les événements, peu au fait des techniques modernes et engourdi dans ses habitudes, son honnêteté l'obligeait à reconnaître qu'il s'était trompé.

Loin d'être sclérosé, voire rétrograde, Pierre-Edouard faisait encore preuve d'audace et ses initiatives étaient toujours bonnes. Mais son âge, sa prudence et son expérience lui donnaient une allure que Jacques avait d'abord prise pour de l'immobilisme. Il comprenait maintenant qu'elle était simplement le reflet du bon sens, de la solidité et du savoir-faire, fruits de tant d'années passées à observer la terre, à l'écouter, à la modeler aussi, non avec la fougue brutale et quelque peu brouillonne d'un néophyte, mais avec l'amour patient et attentif d'un homme à qui la vie a révélé le langage des saisons et la valeur du temps.

Le vin nouveau

Aussi, maintenant qu'il avait atteint sa propre autonomie, Jacques devinait qu'il avait encore beaucoup à apprendre. Et il n'était pas humiliant de le savoir car, dans le même temps, il pressentait qu'il pouvait lui aussi apporter à son père cet enthousiasme tout neuf qui ne demandait qu'à s'épanouir. Et c'est parce qu'il sentait grandir en lui le besoin d'agir sur tous les fronts, qu'il accepta de se présenter aux côtés de Léon, de son père et de leurs amis, aux nouvelles élections municipales du 20 octobre 1947.

Il fut élu avec une bonne majorité et accepta sans hésiter la place de second adjoint que lui offrit Léon.

Pierre-Edouard reposa sur la table les feuillets qu'il venait de lire; c'était le plan détaillé des productions dans lesquelles Jacques voulait se lancer.

— Alors? demanda Jacques.

— Tiens, dit Pierre-Edouard en poussant les feuilles vers Mathilde, lis, toi aussi, tu t'y connais autant que moi. Oui, ça a l'air sérieux, reconnut-il.

— Tu comprends, insista Jacques, ici, la polyculture c'est fini, enfin la polyculture de jadis. Moi, avec mes dix petits hectares, si je continue comme ça, je pourrai bientôt mettre la clé sous la porte, et pourtant tu le sais, ce n'est pas faute de travailler!

— Je sais.

Depuis trois ans que Jacques et Michèle s'étaient installés à Coste-Roche, jamais Pierre-Edouard n'avait eu à critiquer son fils. Il avait vraiment fait le maximum, appliqué au mieux les techniques apprises pendant sa captivité, essayé bien des productions et s'était usé à la tâche. Michèle aussi, à qui un travail trop pénible avait valu une fausse-couche en septembre 1949; mais malgré tout leur labeur, leur revenu n'avait cessé de diminuer. Alors maintenant, Jacques avait raison, il fallait trouver une solution.

— Oui, dit Pierre-Edouard, tes idées ont l'air bonnes, mais il faut quand même te méfier de la spécialisation à outrance; il est prudent d'avoir plusieurs fers au feu. Cela dit, tu as sûrement raison de ne plus vouloir faire

375

Les palombes ne passeront plus

de blé, je vais l'arrêter moi aussi, ça ne paie vraiment plus et, quoi qu'on fasse, nos rendements sont trop faibles. Tu as raison aussi de délaisser les primeurs, ça demande trop de temps et de main-d'œuvre. Reste le tabac et là, tu as tort de vouloir l'abandonner. Le tabac, c'est une poire pour la soif.

— Peut-être, mais je n'aurai jamais la possibilité de tout faire!

— On t'aidera, promit Pierre-Edouard, Nicolas et moi ne sommes pas encore impotents, crois-moi, conserve le tabac.

— Et pour les autres orientations?

— Ah là, il ne faut pas que tu te loupes..., dit Pierre-Edouard en hochant la tête. Dans le temps, ton grand-père a gagné beaucoup d'argent avec les cochons et pourtant il avait vu moins grand que toi! Toi, tu veux démarrer avec au moins quarante mères, ça fait beaucoup tu sais, et ça bouffe!

— Je sais, mais si je ne cultive que pour elles je limiterai les achats de nourriture.

— Sur le papier, oui... Et puis ça va te faire de gros frais de bâtiments!

— Moi, dit Mathilde qui avait fini de lire le projet, je crois que ça peut marcher, à condition que tu gardes le tabac, bien sûr, et aussi que ta deuxième carte soit bien conduite.

— Vous pensez aux oies, demanda Michèle.

— Oui. C'est toi qui t'en occuperas, n'est-ce pas? Eh bien, tu verras, si tu as le don, elles vous rapporteront peut-être plus que les cochons.

— Bon, dit Jacques après avoir allumé une cigarette, maintenant il y a un autre problème, le plus important, et il n'est pas marqué dans mon plan.

— Ah? fit Pierre-Edouard en fronçant les sourcils, et c'est quoi?

— Le temps et le travail. Oui, je me doutais que ça vous échapperait. Vous, depuis que vous travaillez, vous n'avez jamais compté ni votre temps ni votre peine. Le boulot était là et vous le faisiez, quitte à y passer quinze heures par jour, dimanche compris. Nous, avec Michèle, on a fait exactement pareil jusque-là, mais c'est fini, je ne veux plus de cette vie et Michèle non plus. Gagner un

376

Le vin nouveau

peu d'argent, c'est bien, il en faut pour vivre, mais justement, il faut vivre aussi.

— Explique-toi mieux que ça, dit Pierre-Edouard.

— Nos quarante mères truies, nos oies, nos cultures diverses, notre tabac, puisque tu y tiens, on ne pourra faire tout cela qu'en travaillant comme des brutes! Et alors, ça ne vaut pas la peine.

— Et tu connais un autre système que de travailler, toi? ironisa Pierre-Edouard.

— Non, le travail est toujours le travail, mais ça dépend comment on l'entend et surtout avec quoi on le fait! Voilà, si on veut réussir comme nous l'entendons, il faut tout changer et pour ça, j'ai besoin que vous m'aidiez. Il faut qu'on achète un tracteur et son outillage.

— Bon sang! s'exclama Pierre-Edouard, tu te crois dans une ferme du Nord? Un tracteur? Mais ça coûte les yeux de la tête et ça n'est sûrement pas rentable pour nos petites surfaces!

— Il sera rentable, assura Jacques, parce qu'il nous fera gagner du temps et à toi aussi. Oui, si tu es d'accord, tu en paies la moitié, comme ça tu pourras t'en servir quand tu voudras. Et au lieu de mettre quatre à cinq jours pour labourer une de tes terres tu mettras à peine un jour, avec beaucoup moins de fatigue.

— Je ne sais même pas conduire une auto, alors un tracteur!

— Tu apprendras vite et tu en seras tellement satisfait que tu ne pourras plus t'en passer. Et en plus, tes labours seront bien meilleurs!

— Pourquoi ça?

— Ils seront plus profonds.

Pierre-Edouard sourit, il avait donné le même argument à son père lorsqu'il avait acheté sa première paire de bœufs.

— N'empêche, dit-il, c'est hors de prix.

— Tout est cher maintenant, mais l'argent ne vaut plus rien, alors!

Pierre-Edouard médita un long moment. Le jugement de son fils était vrai, car même Mathilde, qui s'occupait toujours des finances et qui avait pourtant connu l'érosion monétaire des années 20 et 30, avait maintenant du mal à ne pas perdre pied devant l'astronomique ascension

377

Les palombes ne passeront plus

des chiffres. De 1 100 francs que Pierre-Edouard donnait à Nicolas cinq ans plus tôt, il avait fallu, au fil des ans, ajouter les billets de 1 000. Désormais, en avril 1950, Nicolas gagnait 10 000 francs! Et une vache, très bien payée 3 000 francs dix ans auparavant, coûtait maintenant douze fois plus cher! Quant à Léon, il ne s'était pas trompé lorsqu'il les avait incités à acheter des terres. Comme il l'avait dit, elles n'étaient plus à 30 000 francs l'hectare, loin de là! Leur voisin Maurice venait de régler 120 000 francs pour un lopin d'à peine un hectare! Alors, vu sous cet angle, Jacques avait raison.

— Oui, dit enfin Pierre-Edouard, je sais que l'argent ne vaut plus rien, mais moi, je ne suis pas comme ces jeanfoutres du gouvernement, je ne peux pas faire marcher la planche à billets! Et tu sais ce que va nous coûter ton frère, l'année prochaine!

Si Guy réussissait son deuxième bac, et tout laissait à penser qu'il n'échouerait pas, il voulait, dès la rentrée d'octobre, s'inscrire à l'école de Droit de Paris. Si ses parents avaient choisi Paris plutôt que Poitiers, c'était parce que Berthe avait gentiment proposé d'héberger son neveu pendant la durée de ses études. Au prix où était une petite chambre de bonne ce n'était pas une offre qui se refusait : « Et aussi, avait dit Berthe, à Paris, je lui ferai connaître du monde, ça lui servira toujours. »

— Oui, dit Jacques un peu amer, je n'ai pas oublié que les études coûtent cher...

— Et ton tracteur, combien il coûte, lui? demanda Pierre-Edouard.

— Il nous faudrait un 25 CV. Avec l'outillage, ça va chercher dans les 900 000 francs, mais j'en paierai la moitié!

— Et où veux-tu que j'aille chercher les 450 000 qui manquent?

— On les trouvera, dit doucement Mathilde. Oui, réfléchis, si on achète ce tracteur, tu n'auras plus besoin de tes bœufs, alors si tu les mets en bon état, tu peux en tirer 180 000 francs à la boucherie, moi je trouverai les 270 000 restant...

— A force de puiser dans ton chaudron, ironisa-t-il, tu finiras bien par trouver le fond!

— Oui, reconnut-elle, ça ne va pas tarder... Mais pense

378

Le vin nouveau

qu'à la place de tes bœufs, tu pourras nourrir quatre vaches de plus. Tiens, compte simplement trois, ça fait trois veaux par an, à 40 000 pièce, en un peu plus de deux ans tu couvres ta mise de fonds!

— Toi, depuis que je te connais, tu as toujours joué les Perette! marmonna-t-il.

— Ça n'a pas trop mal réussi!

— Oui, jusqu'au jour où on fera un faux pas... Et puis ton tracteur, dit-il à Jacques, moi je n'y connais pas grand-chose, mais d'après ce que j'ai lu à droite ou à gauche, ça consomme, et à presque 50 francs le litre d'essence!

— Bien sûr, mais c'est ça ou abandonner la partie. Sans ce tracteur je n'aurai pas le temps de m'occuper des truies ni des oies et ce n'est pas Michèle qui m'aidera. Oui, on voulait patienter un peu pour le dire, mais c'est pour que tu comprennes. Michèle attend un bébé pour début novembre, alors si on ne veut pas que ça fasse comme la dernière fois...

— C'est très bien, dit alors Mathilde en souriant, très bien, tu as raison de nous le dire et on est bien contents. Et puis comme ça tu vas rattraper ta sœur, enfin presque, plaisanta-t-elle.

Mauricette avait déjà deux filles et attendait son troisième enfant pour juillet.

— Bon, dit alors Pierre-Edouard, là, ça change tout. Il ne faut pas prendre de risques et si tu crois que ce tracteur t'aidera à mieux travailler, avec moins de peine et plus de rapport, il faut le prendre, même s'il coûte cher.

— Oui, dit Jacques, il changera tout pour nous. Il hésita un peu, puis sourit pour atténuer la franchise de son propos : Et pour toi aussi il changera tout, tu... enfin, tu n'as plus l'âge de te tuer au travail comme tu le fais.

— Vas-y, dit tout de suite que je suis un vieux débris! protesta Pierre-Edouard.

— Mais non, l'apaisa Mathilde d'une voix douce, mais que tu le veuilles ou non, tu as soixante et un ans et Nicolas n'en est pas loin, ça commence à faire beaucoup à vous deux! Jacques a raison, ce tracteur te rendra service.

379

Les palombes ne passeront plus

— D'accord, dit-il. Il soupira d'un air amusé. Après tout, je suis passé de la faux à la faucheuse, de la faucille à la moissonneuse, de l'araire au brabant, des vaches aux bœufs, je peux bien passer des bœufs au tracteur. Et encore, j'ai oublié : du pétrole à l'électricité ! Alors, quand on a commencé, un changement de plus !

Jacques commanda un Massey-Harris à essence, outillé d'une petite charrue portée alternative de dix pouces et d'une barre de coupe également portée. Mais il dut s'armer de patience en attendant la livraison assurée pour le début du mois de septembre.

Cette année-là, par chance, les sévères coups de gel qui sévirent alentour, épargnèrent Saint-Libéral et Pierre-Edouard récolta neuf tonnes de prunes qu'il parvint à vendre 12 francs le kilo.

En juillet, Mauricette accoucha d'une troisième fille, ce qui fit dire à Pierre-Edouard, ravi d'être une nouvelle fois grand-père, que la race des Mathilde et des Mauricette était un vrai chiendent car la petite, comme ses deux sœurs aînées, était le portrait de ses mère et grand-mère. « Mais, ajouta-t-il, du chiendent comme elles j'en souhaite à tous les hommes ! »

A cette bonne nouvelle s'ajouta la permission tant attendue de Paul; il n'était pas revenu depuis son départ en Indochine. Son arrivée à Saint-Libéral ne passa pas inaperçue. D'abord parce qu'il débarqua au volant d'une splendide Ford Vedette, indiscutable signe de richesse, ensuite parce que tout le monde sut très vite qu'il venait d'être nommé capitaine.

Même Pierre-Edouard et Mathilde furent impressionnés. Paul, déjà mûri et durci par la précédente guerre, était désormais buriné, marqué, sec et nerveux comme un haret, toujours prêt à bondir, avec, au fond du regard, cette inquiétante petite flamme qui scintille dans les yeux de ceux qui ont choisi la guerre par amour. Pour lui, elle était sa raison d'être, de vivre et de s'épanouir et son père — qui lui aussi s'était battu comme un chien — nota avec une certaine inquiétude tout ce qui différenciait les hommes qui s'étaient défendus par obligation et non

Le vin nouveau

par goût, de ceux qui, comme son fils, épousaient corps et âme leur vocation de guerrier.

Paul ne se battait plus pour rétablir la paix, mais pour l'exaltation que lui procuraient les combats. Et Pierre-Edouard comprit qu'il irait toujours plus loin dans la recherche des batailles : elles étaient sa drogue.

— Mais tu n'en as pas assez de toutes ces tueries? lui demanda-t-il un soir où Paul l'avait accompagné au puy Caput pour charger une charrette de bruyère qui servirait à faire la litière des bêtes.

— Non, dit Paul en s'appuyant sur sa fourche. Et parce qu'ils étaient seuls, entre hommes, il expliqua avec passion : ces tueries, comme tu dis, c'est comme l'amour. Il y a d'abord tout le prélude et c'est déjà très excitant, et puis l'apothéose, quand tout se déchaîne. Avec une femme, on a le sentiment qu'on frôle la petite mort, au combat, c'est une certitude! Alors crois-moi, c'est merveilleux de savoir qu'on baise avec la mort et que cette garce est toujours à l'affût de la seconde d'inattention ou de l'erreur qui lui permettra de gagner la partie! Ce que j'aime dans le combat, c'est qu'il n'autorise pas la moindre faiblesse, avec lui il faut toujours faire mieux que la fois précédente, toujours prouver qu'on est le plus fort! C'est bon, bon comme l'amour!

Pierre-Edouard haussa les épaules.

— C'est pas croyable ce que tu peux raconter comme idioties! dit-il, et encore, si tu te contentais de les raconter! Tiens, de t'entendre dire que tu fais l'amour comme tu fais la guerre, ça fait pitié, parce que l'amour, c'est d'abord la paix. Oui, tu auras du mal à te sortir de ce guêpier, mais c'est vrai que tu n'en as pas envie, ça te plaît. Dans le fond, c'est ce que tu cherchais il y a quinze ans, quand tu voulais partir à Paris, l'aventure, simplement l'aventure.

— Oui, reconnut Paul en souriant, ça devait être ça, j'ai toujours cherché à aller au bout de mes curiosités.

— Je sais, mais qu'est-ce que tu veux prouver?

— Rien, je vis comme je l'entends, c'est tout.

— Ah bon, chacun ses goûts. Si c'est comme ça que tu entends la vie, continue à t'étourdir, parce que si un jour tu te réveilles, tu t'apercevras que tu t'es

381

Les palombes ne passeront plus

simplement battu contre ton ombre et tu comprendras que personne n'a jamais gagné à ce jeu-là!

— Trêve de morale, dit Paul en riant, tu sais bien que je ne vivrai pas assez vieux pour avoir le temps de me réveiller! Alors, pour le moment, je profite de mes rêves et crois-moi, ils sont superbes, encore plus beaux que je ne l'espérais!

Paul resta trois semaines à Saint-Libéral, aida son père aux travaux des champs et aussi à bâtir la grande porcherie que Jacques construisait à Coste-Roche.

Il suivit même Léon à la foire de Brive, pour le plaisir de se replonger dans l'atmosphère de sa jeunesse, d'entendre batailler les maquignons et d'aller s'asseoir avec eux, vers 10 heures du matin, pour casser la croûte dans un de ces bistrots de la place Thiers qui sentaient bon la soupe au vermicelle, la viande grillée, le fromage et le vin et où les commandes se passaient en patois.

— Je ne comprends pas pourquoi tu repars là-bas, lui dit Mathilde à la veille de son départ, tu as fait ton temps, tu pourrais demander à rester en France!

— En France? Pour quoi faire? Travailler dans un bureau? Apprendre à des gamins à démonter une mitrailleuse et à jouer à la guerre avec des balles à blanc et des grenades à plâtre! Merci! Tu vois, maman, si après guerre j'ai demandé ma mutation dans la Coloniale, ce n'est pas pour m'endormir maintenant dans une garnison de la métropole.

— Mais ta maudite guerre d'Indochine s'arrêtera bien un jour quand même!

— Peut-être, mais le monde est vaste et la Coloniale est partout!

Et comme elle allait insister, Pierre-Edouard lui posa la main sur le bras.

— Laisse, dit-il, il a besoin de ça pour continuer ses rêves.

L'arrivée du tracteur des Vialhe mobilisa presque autant de monde qu'en avait rassemblé la première démonstration de la faucheuse achetée en mai 1905 par Jean-Edouard. Mais si, jadis, un certain nombre de vieux avaient d'abord regardé l'engin avec un scepticisme

382

Le vin nouveau

goguenard, personne, en septembre 1950, ne douta un instant de la formidable utilité du tracteur. Beaucoup même envièrent secrètement les Vialhe qui avaient eu l'audace, et les moyens, d'acquérir une telle merveille.

Il était superbe ce Massey-Harris, d'une beauté solide et impressionnante qui donnait envie de toucher le capot rouge, de caresser les sculptures imposantes qui boursouflaient les pneumatiques, de s'asseoir sur le siège et de manœuvrer délicatement le volant.

Quant à ses ronflements, qu'ils soient murmures doux et soyeux de pistons au ralenti, ou grondements hargneux de chambres gorgées d'énergie, ils incitaient au respect, annonçaient une puissance sans commune mesure avec celle que pouvait fournir la meilleure paire de bœufs de la commune.

Pour le tester, mais aussi pour prouver qu'il était capable de le piloter et de le dompter à sa guise, Jacques décida de l'essayer en ouvrant quelques sillons dans la pièce dite de la Rencontre. Il n'avait pas conduit de tracteur depuis sa captivité et apprécia tout de suite la différence entre l'engin moderne et maniable qu'il venait d'acquérir et le lourd et bruyant Lanz du père Karl.

Néanmoins, parce qu'il était observé par tous les voisins, ce ne fut pas sans une certaine appréhension qu'il manœuvra pour ouvrir son premier sillon.

— Ça ira? lui demanda son père qui marchait à côté de lui.

— Oui, je pense. Enfin, il faut voir si les charrues sont bien réglées...

— Ah, pour celles-là, prévint Pierre-Edouard en contemplant les alternatives, ne compte pas sur moi, je n'y connais rien!

Jacques abaissa la charrue droite, nota d'un coup d'œil la bonne ouverture de son angle, s'assura de la distance entre le disque-coutre et le soc et de la correcte inclinaison du versoir.

— Bon, dit-il, j'y vais.

— C'est ça, l'encouragea Pierre-Edouard, fais-leur voir à tous ce que tu sais faire et n'oublie pas que certains vont bien rigoler si tu cafouilles!

Jacques enclencha la première, poussa les gaz et

Les palombes ne passeront plus

embraya lentement. Il décela à l'oreille l'ancrage de la charrue, visa alors à l'autre bout du champ un piquet de clôture qui lui donnait l'alignement et poussa le moteur.

Un seul coup d'œil par-dessus l'épaule lui suffit pour comprendre que le sillon s'ouvrait parfaitement, que la terre se lovait bien, que la profondeur était régulière. Déjà, dans son dos, accélérant le pas pour pouvoir le suivre, tous les voisins se pressaient en se regardant d'un air entendu et admiratif. Ce labour n'appelait que des louanges, c'était un chef-d'œuvre de travail et de rapidité qui laissait pantois.

— Vingtdiou, dit Maurice, s'il tourne comme ça tout l'après-midi il aura fini sa pièce ce soir! Et puis il s'y entend comme un chef pour piloter!

— Oui, dit Pierre-Edouard avec une légitime fierté, il conduit comme un champion!

Arrivé au bout du champ, Jacques releva sa charrue, effectua une belle boucle dans la fourrière, guida la roue avant gauche du tracteur dans la raie, abaissa la charrue et ouvrit son deuxième sillon.

Il ressentait une telle exaltation, un tel bonheur, qu'il traça quatre autres sillons avant de s'arrêter. Enfin il sauta au sol, admira son travail, se tourna vers son père.

— Allez, dit-il, maintenant, fais-nous voir ce que tu sais faire.

— Tu es fou, protesta Pierre-Edouard, je n'ai jamais conduit de ma vie!

— Sans doute, mais tu en meurs d'envie!

— Allez, Pierre-Edouard, lancèrent les voisins, à toi! Grimpe, et n'oublie pas ton aiguillon, des fois qu'il irait de travers ce tracteur!

— Non, non, dit-il mollement, partagé entre son envie d'essayer la machine et la crainte de se donner en spectacle.

— Mais si, insista Jacques en le poussant doucement vers le tracteur, grimpe, moi je reste à côté de toi, sur l'aile.

— Va pas faire prendre du mal à ton père! lança Mathilde un peu inquiète.

— Tiens, tu vois, dit Pierre-Edouard ravi de l'inter-

384

Le vin nouveau

vention, ça fait peur à ta mère. Non, non, je ne monte pas là-dessus!

— Si, ils espèrent tous que tu auras la trouille, lui chuchota Jacques sans croire un mot de ce qu'il venait de dire.

— Tu crois? demanda Pierre-Edouard, heureux de pouvoir invoquer cet alibi purement imaginaire. Alors si c'est comme ça, allons-y!

Il s'installa sur le siège, rejeta son béret sur sa nuque et se fit tout expliquer. Il comprit très vite l'usage des deux pédales de droite, les freins, qui pouvaient être indépendants et bloquer chacun une seule roue, et de la pédale de gauche, l'embrayage. Le levier de vitesse lui livra tous ses secrets et la manette des gaz répondit à son index.

Alors il démarra et, heureux comme un gosse au matin de Noël, s'offrit un petit périple d'essai dans le champ, histoire de bien connaître les réactions du volant et le jeu des pédales. Puis il vira lentement et s'engagea à son tour dans la raie.

— Ça y est, dit Jacques qui, pour lui faciliter la conduite, venait d'abaisser la charrue.

— Ça y est? Sûr? Bon Dieu, c'est formidable, dit-il en riant de plaisir, formidable! Il regarda derrière lui : Bon sang, quel travail! Non mais tu as vu ce que je fais! Regarde ça : on descend au moins à vingt centimètres! Parole, si je connaissais le gars qui a inventé cet engin, je l'embrasserais!

Il atteignit le bout du sillon, tourna, reprit le labour, revint, repartit, de plus en plus enthousiaste, de plus en plus sûr de lui. Ce ne fut qu'après son huitième sillon qu'il stoppa enfin.

— C'est pas croyable, dit-il en descendant.

Il admira la planche brune et luisante que son fils et lui venaient de créer, s'avança dans la terre molle, en ramassa une poignée qu'il tritura.

— J'ai jamais vu un labour pareil, dit-il, jamais! Et si on m'avait dit qu'on pouvait en faire un d'aussi beau, d'aussi régulier, je ne l'aurais pas cru. Tu veux que je te dise, on a été des ânes d'attendre aussi longtemps pour acheter cet engin! Vrai, maintenant, avec lui, ça va barder!

385

Les palombes ne passeront plus

25

Une fois de plus, parce que le bambin avait le don d'obtenir d'elle ce qu'il voulait, Mathilde recommença à chanter tout en mimant avec les mains les paroles qu'elle fredonnait, et une fois encore l'enfant rit aux éclats lorsque, arrivée à « Ton moulin va trop vite » elle accéléra le tourniquet de ses bras. Elle sourit à Dominique, puis quitta son fauteuil de rotin.

— Bon, expliqua-t-elle, maintenant il faut que je m'occupe de ta petite sœur.

— Elle mange toujours! zézaya le gamin en haussant les épaules.

— Eh oui, c'est parce qu'elle est toute petite, expliqua-t-elle en posant une casserole de lait sur la cuisinière à gaz.

C'était leur dernier achat et elle en était ravie. Grâce à elle il n'était plus nécessaire d'allumer la cheminée ou la cuisinière à bois tous les jours, les flancs des casseroles étaient enfin propres et la cuisine plus vite faite.

Dans son couffin, la petite Françoise abandonna à regret les orteils de son pied droit qu'elle suçait voluptueusement depuis plusieurs minutes et commença à protester sans retenue contre la lenteur avec laquelle sa grand-mère préparait son biberon. Elle allait avoir huit mois, était dodue et potelée comme une brioche et plus bruyante qu'une demi-douzaine de pies à la poursuite d'une chevêche. Toute la famille Vialhe en était folle, et Mathilde ravie quand sa belle-fille la lui confiait lorsqu'elle allait faire ses courses en ville.

Cet après-midi de juin était magnifique, propice à la fenaison, pas trop chaud pourtant car le vent du nord apportait sa fraîcheur. Une fois de plus, Mathilde se réjouit d'avoir pu, sans remords, rester à la maison pour garder ses petits-enfants. Grâce au tracteur et au râteau faneur, elle n'avait plus besoin, comme naguère, d'aller rassembler le fourrage en de lents et épuisants balan-

Le vin nouveau

cements d'un râteau en bois. Maintenant, deux hommes suffisaient à la tâche, Pierre-Edouard sur le tracteur, Nicolas sur la faneuse et le travail était fait en un tournemain.

Puis elle songea que les vacances approchaient et en fut heureuse car Mauricette, Jean-Pierre et leurs trois filles devaient passer l'été à Saint-Libéral, dans cette maison dont l'agrandissement, tout compte fait, servait à quelque chose. Guy aussi allait revenir de Paris, sans doute avec Gérard et Berthe qui, aux dernières nouvelles, était décidée à passer au moins quinze jours au village. Enfin, en août, c'était promis, Louise viendrait aussi, avec Pierre et peut-être même Félix. Et Mathilde était contente car elle savait que Pierre-Edouard aimait retrouver tous les siens.

Elle testa la température du biberon en versant quelques gouttes de lait sur son avant-bras, se pencha vers Françoise, rouge de colère et ruisselante de transpiration et la prit dans ses bras. L'enfant se calma aussitôt dans un gros soupir de contentement.

— Coléreuse! lui dit-elle en agitant le biberon pour hâter la fonte du sucre, grosse coléreuse de Vialhe, tu fais pitié, tiens! On croirait que tu n'as pas mangé depuis huit jours! Allez, vorace chérie, nourris-toi! dit-elle en enfournant la tétine entre les lèvres qui, déjà, tétaient en vain.

Tenant fermement le bébé au creux de son bras gauche, elle alla jusqu'à la porte pour s'assurer que Dominique était sage et sourit en le voyant jouer avec le chien. Le vieux corniaud était d'une patience attendrissante avec les enfants. Pour l'instant, Dominique lui avait passé une corde dans la gueule, suspendu au cou un seau rouillé et s'était installé sur son dos. Le chien lança vers Mathilde un regard implorant, remua la queue, puis, avec une lourde expiration, tourna la tête et lécha les genoux du gamin.

— Ne lui fais pas mal, recommanda Mathilde.

— On s'amuse! dit Dominique. Voilà tonton Léon! prévint-il soudain, car de sa place il voyait la grand-rue en enfilade.

— Léon? dit-elle en sortant, qu'est-ce qui t'amène à cette heure?

Les palombes ne passeront plus

— Où est Pierre-Edouard? lui demanda son frère après l'avoir embrassée.

— Aux foins, sur le plateau, pourquoi?

— Ah! dit-il avec agacement, il faut que je le prévienne...

— De quoi?

— Je reviens de la foire à Corrèze, c'est plein de fièvre aphteuse là-haut et il paraît que ça gagne partout!

— Mon Dieu, murmura-t-elle, et tu crois qu'on risque ici?

— Ici comme ailleurs! Il est dans quelle pièce?

— La luzernière.

— J'y monte.

— Tu parles d'une catastrophe si ça arrive dans la région! commenta Pierre-Edouard dès que Léon lui eut conté la nouvelle.

— Ça tu peux le dire, la Cocotte, ça ne pardonne pas, faut abattre!

— Et qu'est-ce qu'on peut faire?

— Pour moi, je sais, dit Léon d'un air entendu, mais toi, tu vas d'abord épandre du désinfectant devant ton étable, ensuite tu ne mettras pas les pieds aux foires, crois-moi, c'est là que ça s'attrape, cette saloperie. Ensuite, si tes vaches viennent au taureau, laisse tomber Larenaudie, et ça, je vais le dire à tous ceux de la commune.

— Mais, protesta Pierre-Edouard, comment on fera remplir les bêtes?

Depuis que Léon s'était débarrassé à la hâte de son dernier taureau, deux ans plus tôt — la bête avait failli éventrer un de ses commis — seul Larenaudie, qui habitait au lieu-dit les Fonts-Marcel, possédait un reproducteur; un énorme limousin, à l'œil sournois et aux épaules nouées, qui, pour 350 francs qu'empochait son propriétaire, acceptait de très bon cœur et vaillamment d'honorer toutes les vaches du secteur.

— Pour les faire remplir t'as qu'à t'adresser à l'insémination artificielle.

— Tu crois? dit Pierre-Edouard, c'est ce que Jacques me conseille de faire depuis quelque temps, mais ça ne

Le vin nouveau

me tente guère. Ça me paraît être un drôle de truc, cette insémination! Et puis Larenaudie va faire beau s'il perd tous ses clients!

— On s'en fout! Moi je te dis ce qu'il faut faire pour limiter la casse, mais si tu veux absolument que tes bêtes attrapent cette saloperie...

— Mais non, je ferai ce que tu dis. Mais toi, qu'est-ce que tu veux faire?

— Oh moi, dit Léon avec lassitude, moi je vais arrêter, tout.

— Tu veux dire que tu laisses tomber les foires et le reste?

— Oui, j'en ai plein les bottes... Léon soupira, cracha entre ses dents. Plein les bottes, tu comprends? Je vais avoir soixante-cinq ans et je me lasse de courir les foires. Cette histoire de fièvre aphteuse, pour moi, dans le fond c'est une bonne chose. Enfin, je veux dire, c'est elle qui me décide, quoi!

— Bon sang, dit Pierre-Edouard, tu ne vas pas tout laisser tomber comme ça, d'un coup?

— Si, je suis fatigué, je te dis.

— Mais tu vas crever d'ennui!

— Oh non, pour m'occuper, je bricolerai ici, sur mes terres, quant aux autres, je laisse tomber le bail. Mais pour ce qui est de remuer les bêtes, c'est fini. Tiens, dit-il en relevant le bas de son pantalon, j'ai encore pris un méchant coup de pied l'autre jour; depuis six mois j'en récolte plus qu'il ne m'en faut! Je te dis, j'ai plus l'âge de m'amuser à ça.

Pierre-Edouard observa l'hématome violacé qui marbrait la chair blanche du mollet.

— Oui, c'est pas beau, reconnut-il. Mais, tu as des commis, ils peuvent charger les bêtes, eux, tu n'as pas besoin de t'en occuper!

— Je sais, mais mon plaisir c'est de toucher les bêtes, j'aime ça, tu comprends. Mais si c'est pour prendre un coup de latte chaque fois que j'en palpe une, merci! Et puis, j'ai des bêtes un peu partout, suppose qu'elles attrapent la fièvre. Non, non, je vais vendre tout ça et on n'en parlera plus!

— C'est ton affaire, dit Pierre-Edouard, si tu crois que c'est mieux comme ça...

389

Les palombes ne passeront plus

Il était peiné de voir son beau-frère sombrer dans le découragement, glisser vers la vieillesse. Depuis long-temps déjà il sentait venir cette crise; sans doute était-elle en partie due à la fatigue et à l'âge, mais il n'y avait pas que cela. En fait, Léon était déçu par son fils. Louis, qui avait pourtant honorablement passé son bac, n'avait aucune envie de se lancer dans une des voies qu'espérait son père. Aussi, au lieu de bénéficier d'un sursis pour poursuivre des études qui ne l'intéressaient pas, il était parti effectuer son service militaire.

A son retour, il voulait s'installer comme agent d'affai-res, à Brive, Tulle ou Limoges. C'était une profession que Léon jugeait trop proche de la sienne. Acheter, vendre, en gagnant sur l'opération, il n'avait fait que ça depuis qu'il avait quatorze ans, et s'il aimait son métier, il ne le tenait pas pour le plus honorable. Alors, de voir son fils se lancer à son tour dans les affaires n'était pas pour le réconforter.

Comme il venait de le dire, la fièvre aphteuse n'était qu'un alibi. Il avait plus d'argent qu'il ne pourrait en dépenser, n'avait plus à payer les études de son fils qui, bientôt, et s'il était son digne descendant, gagnerait autant que lui! Alors, à quoi bon continuer à travailler, et surtout pour qui?

L'inquiétude plana sur le bourg pendant tout l'été 1951, car tous les agriculteurs sentirent peser sur leurs trou-peaux la menace de la fièvre aphteuse.

Par chance, ils acceptèrent plutôt bien les consignes données par Léon, arrosèrent leurs étables et les tas de fumier de crésyl, s'abstinrent pour un temps de traîner sur les champs de foire et cessèrent d'amener leurs bêtes au taureau de Larenaudie.

Comme l'avait prévu Pierre-Edouard, le propriétaire du mâle fut ulcéré par cette mise en quarantaine qui le privait d'un substantiel revenu. Furieux, il décréta tout net que Léon disait n'importe quoi et que, de toute façon, les précautions ne serviraient à rien puisque toutes les bêtes, ou presque, buvaient dans le même abreuvoir communal. C'était l'évidence, sauf pour les Vialhe qui

390

Le vin nouveau

avaient la chance de posséder leur propre mare dans la cour de la ferme.

Mais cette perfide vérité eut pour effet de rendre tout le monde soupçonneux, et des hommes, qui s'étaient jusqu'à ce jour parfaitement entendus, se surprirent mutuellement en train de jeter des coups d'œil critiques sur le troupeau de leur voisin. De même jugèrent-ils sévèrement les quelques provocateurs qui, par principe, continuèrent à hanter les champs de foire. Ceux-là furent prévenus sans détour que si par malheur la fièvre arrivait au bourg, les coupables seraient vite trouvés et traités en conséquence.

Enfin, avec les premiers froids d'octobre, le danger s'éloigna. Mais tous avaient eu tellement peur et s'étaient tellement épiés, qu'il fallut plusieurs mois pour que les gens cessent de se demander si leur plus proche voisin, leur ami, n'était pas celui par qui viendrait la contamination.

Fidèle à la décision qu'il avait prise de ne pas intervenir dans les affaires de son fils, Pierre-Edouard hésita longtemps avant de se décider à agir. Il y fut cependant contraint lorsque, en janvier 1952, pressée de questions par Mathilde, qui se doutait de quelque chose, Michèle lui avoua que leur souci d'argent touchait le point critique.

Malgré le travail qu'ils fournissaient, ils ne parvenaient pas à atteindre le palier qui leur aurait permis, non seulement de vivre et de rembourser leurs emprunts, mais aussi, et surtout, d'investir.

Ainsi, par manque de liquidités, Jacques n'avait pu atteindre un nombre suffisant de truies mères. Il lui en aurait fallu quarante et il en élevait une quinzaine! Quant aux oies, elles n'avaient pas tenu leurs promesses et leurs foies, vendus à la foire des Rois de Brive, n'avaient pas rapporté la moitié de la somme escomptée.

— Ils ont vu trop grand et trop vite, dit Pierre-Edouard lorsque Mathilde lui eut confirmé ce dont il se doutait.

— Non, assura-t-elle, leur terre est trop petite, elle ne rend pas assez.

Les palombes ne passeront plus

— Trop petite! Dix hectares? Miladiou, mon père nous a élevés mes sœurs et moi sur la même surface! Avec les grands-parents, on était sept! Oui, reconnut-il en haussant les épaules, c'est idiot ce que je dis, c'était il y a cinquante ans!

— Exactement. A l'époque, l'argent qui rentrait ne sortait plus ou si peu. Tandis que maintenant, il en sort plus qu'il n'en rentre... Et ce n'est pas leur faute, tu le sais bien, on ne vit plus comme jadis, nous non plus d'ailleurs, et puis tous ces emprunts!

— On le voyait venir, non?

— Bien sûr, dit-elle, mais quoi, tu ne vas pas leur reprocher d'avoir aménagé Coste-Roche, ni leur camionette, ni leurs quelques meubles, ni leur poste radio, ni le tracteur et ses outils!

— Mais non, je ne reproche rien à personne, sauf aux pantins qui là-haut, à Paris, se foutent pas mal que tout augmente, sauf nos prix de vente!

— Qu'est-ce qu'on peut faire pour eux? demanda-t-elle.

— Va savoir! Leur donner des sous? On en a plus des masses et puis ce n'est pas la bonne solution.

— Peut-être que..., murmura-t-elle. J'ai pensé... Nous on aura toujours de quoi vivre, parce que dès que Guy aura fini ses études, c'est pas avec ce qu'on dépense...

— Oui, je vois ce que tu veux dire. On fera ça, c'est le mieux.

Et comme de vieux complices qui n'ont plus besoin de mots pour se comprendre, ils se sourirent.

Pierre-Edouard grimpa à Coste-Roche dès le lendemain et fut accueilli par les cris de joie de ses petits-enfants. Comme le froid était vif, il accepta avec plaisir le bol de café que lui offrit sa bru et le dégusta au coin du feu.

— Vous voulez une goutte dans votre café? proposa Michèle en sortant la bouteille de prune.

Il hésita.

— Non, ou plutôt si, mais alors appelle ton mari, il en prendra bien une lichette avec moi, et puis c'est lui que je viens voir.

392

Le vin nouveau

— Il s'occupe des truies, mais Dominique va aller le chercher, dit-elle en nouant une grosse écharpe de laine autour du cou de l'enfant. Et, pendant que le gamin courait vers la porcherie, elle enfila son manteau. Je vais remplacer Jacques, dit-elle, comme ça vous pourrez discuter tranquillement.

— Non, reste, ça te concerne aussi. Allez, pose ton manteau et assieds-toi.

— Bon sang, il fait un froid de loup, dit Jacques en entrant peu après. Il s'ébroua, se versa un grand bol de café et s'installa dans le cantou, en face de son père. Le feu dansait entre leurs jambes. Qu'est-ce qui t'amène? demandat-il.

— Vous deux, non, vous quatre, dit Pierre-Edouard en désignant les enfants.

— Ah, dit Jacques un peu amer, je parie que maman a réussi à faire parler Michèle!

— N'engueule pas ta femme pour si peu, les mères, c'est fait pour écouter.

— Et alors?

Si Pierre-Edouard n'était pas venu plus tôt, c'est qu'il pressentait que son fils refuserait d'être financièrement aidé, sa fierté le lui interdisait. S'il avait accepté, au début, que son père règle à sa place quelques annuités d'emprunts, c'est parce qu'il tâtonnait encore un peu dans la gestion de sa terre, qu'il débutait dans le métier et qu'il n'avait pas trouvé humiliant qu'on l'aidât à démarrer.

Mais cette époque était révolue, désormais il mettait son point d'honneur à nourrir sa femme et ses enfants sans avoir à demander la charité à qui que ce soit.

Pierre-Edouard sortit sa pipe et la bourra lentement, méticuleusement, comme chaque fois qu'il avait à résoudre un problème ardu. Il puisa un gros tison au bord du foyer, alluma sa pipe.

— Alors c'est vrai, ta femme a parlé à ta mère et elle a eu raison. Votre histoire, ça ne peut plus durer. Et ne me dis pas que tu vas encore faire un emprunt! dit-il en levant la main. Tais-toi, laisse-moi causer. Si, si, c'est ce que tu voulais faire, courir au Crédit agricole et leur dire : « Remettez-moi les annuités de cette année sur celles de l'année prochaine, je vous paie juste les inté-

Les palombes ne passeront plus

rêts et comme ça je respire pour quelques mois. » Ça, c'est un système à la con!

— Peut-être, dit Jacques sèchement, mais cette année je vais avoir huit truies de plus et je compte bien que...

— Tu parles! Tout ça pour vendre péniblement 4 500 francs pièce tes gagnioux; avec ça, tu iras loin! Trêve de rigolade, mon petit. Voilà ce qu'on va faire, ta mère est d'accord. A partir de maintenant, tu vas prendre les terres des Vialhe, celles qui me viennent de mon père, les anciennes, quoi. Je suis obligé de garder la Pièce Longue et la Grande Terre et aussi les terres de ta mère et celles qu'on a achetées ensemble, mais ça te laisse quand même quatorze hectares, et ils sont fameux! Nous, avec ta mère, on se contentera du reste, ça nous fait neuf hectares en comptant les Combes-Nègres de Louise. Pour toi, c'est trop petit, pour nous, à notre âge, c'est bien suffisant. Toi, il faut que tu progresses. Nous, maintenant, on peut rester sur place. J'irai dès demain chez le notaire d'Ayen pour qu'il arrange ça.

— Mais c'est impossible! protesta Jacques, jamais je n'aurai de quoi dédommager les autres! Où veux-tu que je trouve l'argent?

— Tes frères et sœurs attendront, d'ailleurs ils n'ont pas besoin de sous! Et puis, ce que je te cède, ce n'est qu'une part, il reste des terres, la maison, les bâtiments de ferme. Allez, ne t'occupe pas de ça, prends ce que je te donne et fais-le rendre. Tu verras, ce sont de bonnes terres, les terres des Vialhe; d'ailleurs tu les connais! Simplement, pour cette année, tu me laisseras la moitié des récoltes qui sont dessus, j'en ai besoin pour payer les études de ton frère.

— Ah non! dit Jacques, pas la moitié, les deux tiers. Ce qui restera nous suffira pour joindre les deux bouts. Et puis... quand même, on est... enfin merci quoi, ça nous sauve.

— Mais ça ne vous fait pas trop de peine au moins? demanda Michèle.

— Tu veux dire de laisser mes terres? Non, elles ne sortent pas de la famille et c'est le principal. Et ensuite, moi, j'ai trop souffert d'attendre un arrangement que mon père ne voulait pas faire! Et puis quoi, ton mari

394

Le vin nouveau

ne me foutra pas dehors si je continue à les travailler avec lui?

— Non, assura Jacques, au contraire. Il médita un instant, sourit : Tu vas voir, on va les rendre encore plus belles qu'elles ne le sont!

— J'y compte bien. Ah, au fait, pour le cheptel, je garde six vaches, les quatre veaux qui sont prêts à vendre et les brebis. Le reste est à toi maintenant.

— Ça fait beaucoup trop, dit Michèle, on ne peut pas accepter tout ça!

— Mais si, plaisanta Pierre-Edouard, il vaut mieux ramasser ça qu'un coup de trique, pas vrai? Et puis, maintenant, je n'ai plus assez de surface pour tenir toutes mes bêtes, alors, tu vois! Ah, autre chose, dit-il en regardant Jacques, avec ta mère on a pensé aussi que si vous vouliez revenir en bas, on s'arrangerait pour ne pas se gêner...

— Non, dirent Jacques et Michèle en chœur. Tu comprends, expliqua Jacques, ici, on est très bien, tranquilles, alors on préfère y rester.

— Je comprends, murmura Pierre-Edouard avec un peu de nostalgie au fond du regard, et si ta mère était là, elle comprendrait aussi. C'est ici, à Coste-Roche, qu'on a été le plus heureux. Alors, puisque rien ne vous oblige à partir, restez là et profitez-en bien.

Sans l'apport que lui procurèrent ses nouvelles terres et surtout les dix vaches que lui donna son père, Jacques n'aurait pu franchir le cap de l'année 1952. Elle fut catastrophique, car la sécheresse, qui s'installa dès avril, persista tout l'été et ne prit fin qu'à la mi-septembre. Mais il était alors trop tard, le mal était fait.

La récolte de foin fut pitoyable, celle de maïs lamentable; les betteraves séchèrent en terre et même le tabac s'étiola. Quant à l'orge, son rendement ne dépassa pas douze quintaux à l'hectare, une misère. Seules les prunes permirent aux Vialhe de supporter le choc et à Jacques en particulier, de ne pas sombrer dans une complète faillite.

Car en juillet, au plus fort de la canicule, un foyer de pneumo-entérite infectieuse se développa dans sa

395

Les palombes ne passeront plus

porcherie où, malgré la rapidité du traitement qu'il appliqua, elle lui emporta vingt-trois porcelets de 15 à 40 kilos. A cela, parce que les ennuis attirent les ennuis, comme le lui rappela son père avec fatalisme, trois de ses truies, en l'espace d'un mois, peut-être incommodées par la trop forte chaleur — ou par vice pur — dévorèrent leurs petits à la naissance. La première en goba onze, la seconde en avala neuf; quant à la dernière, elle écrasa en se couchant le seul rescapé d'une portée de douze.

— Ça me prive de presque 250 000 francs! dit Jacques à son père. Bon Dieu, je vois venir le moment où je vais t'expédier toutes ces saloperies de truies au diable! C'est vrai quoi, ça gueule, ça bouffe, ça pue et ça crève!

Il était plus furieux qu'abattu, car l'échec lui donnait envie de lutter, de vaincre le sort.

— Souviens-toi de ce que je t'ai dit, lui rappela son père. A la terre, on ne peut pas faire de projets. Le seul argent qui compte, c'est celui qu'on met dans sa poche. L'autre, celui qu'on attend ou qu'on espère, il faut s'en méfier, il est comme une goutte d'eau sur une toile cirée; des fois on l'attrape, souvent il s'échappe! Mais n'abandonne pas tes cochons pour autant, qui sait, ça ira peut-être mieux l'an prochain...

— C'était histoire de parler, je n'ai pas envie de les abandonner, ni eux ni le reste!

Le reste, c'étaient toutes les terres qu'il s'employait à faire fructifier en leur apportant les méthodes modernes d'agriculture. Par la presse professionnelle, il se tenait au courant de tout et, déjà, ses interventions étaient très écoutées lors des assemblées de la Fédération départementale des Syndicats d'Exploitants agricoles.

Au village même, si certains le jalousaient d'instinct — il avait les plus belles terres de la commune, un important cheptel, un tracteur, deux beaux enfants et une femme adorable — d'autres voyaient en lui le digne successeur de son oncle et parrain à la tête de la mairie. Car Léon, qui désormais vivait de ses rentes, ne se privait pas de dire qu'il refuserait l'écharpe.

Pourtant, depuis qu'il avait cessé toute activité professionnelle, il s'ennuyait. Aussi, pour meubler son temps, s'offrait-il avec sa femme des séjours à Paris,

Le vin nouveau

à Nice et surtout au Mont-Dore où Yvette suivait des cures. Pendant son absence, Jacques s'occupait de la mairie, car son père, pourtant premier adjoint, lui laissait volontiers régler les affaires courantes.

Jacques aimait ce travail, le faisait consciencieusement et avec goût et se préparait à ramasser l'écharpe vacante de maire. S'il y parvenait, son rêve était de rendre à la commune son dynamisme disparu. Mais il ne se faisait pas beaucoup d'illusions et avait même abandonné l'idée de monter un Centre d'Etudes techniques agricoles à Saint-Libéral, grâce auquel il aurait pu faire bénéficier tous les adhérents des dernières découvertes agronomiques.

Mais c'était impossible, trop révolutionnaire; cela bousculait trop les habitudes, l'individualisme et l'idée que chacun se faisait du métier. Beaucoup trop rares étaient les jeunes qui exploitaient encore les terres de famille. A part Jean, le fils de Maurice, Louis Delpy, le gendre de Delpeyroux et lui-même, le moins âgé des exploitants de la commune était Roger Vergne, et il avait quarante-six ans. Tous les autres avaient la cinquantaine, ou la dépassaient.

Ce n'était pas avec eux qu'il était possible de s'entendre. Non qu'ils fussent opposés à toute forme de modernisme, mais parce qu'ils étaient engoncés dans leur routine et leurs certitudes. Ils voulaient bien se mettre au goût du jour, mais à condition qu'on leur laisse prendre leur temps; et lorsque, après une prudente observation, ils se décidaient enfin à agir, c'était toujours avec un retard qu'ils ne pouvaient rattraper.

Seuls Pierre-Edouard, Léon et même Maurice étaient assez ouverts pour pressentir que Jacques avait raison et pour l'encourager. Mais eux, ils n'étaient plus concernés; ils avaient plus de soixante ans et aspiraient davantage au repos qu'à l'aventure.

Dans le courant de mars 1953, l'abbé Delclos, alors âgé de soixante-quatorze ans, attrapa une mauvaise congestion pulmonaire en bêchant une plate-bande dans laquelle il comptait planter des oignons.

Au soir, la vieille femme qui s'occupait de son ménage

Les palombes ne passeront plus

le trouva tout grelottant, tapi au coin du feu. Il avait le teint cuivré par la fièvre et, déjà, le regard vague. Aussitôt prévenu, le docteur de Perpezac-le-Blanc le fit transporter dans sa voiture et fila vers Brive où il le fit admettre à l'hôpital.

Contrairement à ce que pronostiquaient les gens du village, l'abbé ne mourut pas et se remit assez rapidement; mais il resta faible, fragile, abattu. Par prudence, l'évêché le dirigea vers une maison de retraite et fit savoir aux paroissiens de Saint-Libéral qu'ils n'auraient plus de pasteur; seul un prêtre itinérant assurerait les offices.

L'annonce que la commune n'aurait plus son curé en titre choqua tout le monde. Pourtant, Dieu sait si l'abbé Delclos, par ses diverses prises de position, attitudes ou jugements maladroits, avait réussi à vider son église; depuis quelques années, l'assemblée des fidèles n'avait cessé de diminuer et même les gosses du catéchisme s'arrangeaient bien souvent pour couper aux leçons!

Malgré cela, tout le monde ressentit le vide ouvert par le départ du curé car, au delà de l'homme, la charge qu'il représentait prouvait à tous qu'ils n'étaient pas abandonnés et que, malgré l'exode, le vieillissement de la population et l'atonie qui engourdissait peu à peu le village, rien n'était perdu tant que subsistaient les structures et l'encadrement qui, depuis des siècles, avaient régi la communauté de Saint-Libéral.

Privé de notaire, de médecin, de curé, le bourg se sentit oublié, rejeté. Alors, peut-être inconsciemment animé par un instinct presque suicidaire, un repli sur soi et la nostalgie des temps anciens, quand vinrent les élections municipales du printemps 1953, au lieu de mettre à la tête de la mairie celui qui aurait pu freiner leur agonie, les électeurs se tournèrent vers un homme âgé. Et parce que Pierre-Edouard s'était retiré de la compétition, entre Jacques qui représentait l'avenir et Maurice qui incarnait le passé, ils choisirent le vieil homme. Il était honnête et sans doute compétent et ils pensèrent que ses soixante-quatre ans étaient un gage de sagesse, de bon sens et d'expérience.

Jacques fut blessé et faillit même laisser le siège de

Le vin nouveau

conseiller que les électeurs lui donnèrent malgré tout. Mais, persuadé que plus rien ne sauverait maintenant Saint-Libéral, il se retira à Coste-Roche où, pour surmonter sa déception, il se consacra plus que jamais au travail de ses terres.

Cette année-là, alors que le monde voyait avec satisfaction la paix revenir en Corée et, qu'en France, les indécrottables politiciens érigeaient l'incompétence en institution et les crises ministérielles en méthode de gouvernement tout en réclamant la paix en Indochine, le retour au calme au Maroc, la stabilité du franc, le règlement des problèmes viticoles et l'organisation d'une Communauté européenne de Défense; alors qu'il leur fallait treize tours de scrutin pour élire René Coty à la présidence de la République, sans bruit, sans plainte, Saint-Libéral s'enfonça dans le coma.

En douze mois, huit jeunes de seize à vingt ans quittèrent le pays, attirés par les emplois et les salaires que leur offrait la ville.

Cette année, toujours, et pour la troisième fois, le nombre des morts de la commune dépassa celui des naissances.

Le sursitaire Guy Vialhe, jeune avocat stagiaire au Barreau de Paris, fut appelé sous les drapeaux en juillet 1954. Ce fut sans aucun enthousiasme qu'il abandonna un travail qui lui plaisait et une existence dont il appréciait tous les charmes. Grâce à sa tante Berthe qui, malgré son âge — elle allait avoir soixante et un ans au mois d'août — gérait toujours d'une main sûre, mais désormais avec l'aide de Gérard, les destinées de sa maison de couture, Guy avait découvert tous les charmes de la vie parisienne.

Pour lui maintenant, Saint-Libéral et la maison Vialhe n'étaient plus que des souvenirs attendrissants, lointains, et ses parents de charmants et touchants représentants du passé. Quant à son frère Jacques, il restait une énigme. Il n'arrivait pas à comprendre qu'avec le bagage intellectuel dont il disposait il ait pu, un jour, préférer la terre, ses obligations et même ses corvées à n'importe quel emploi en ville.

399

Les palombes ne passeront plus

Pourtant, Guy aimait bien retrouver son village, ses parents. Il avait à leur égard une très sincère reconnaissance qui les payait de tous leurs sacrifices. Mais son besoin de retour aux sources n'excédait pas quinze jours par an. Passé ce délai, l'ennui venait et avec lui le désir de reprendre son travail et une existence plus excitante, plus bruyante, peuplée d'amis et de relations.

Il rejoignit sa garnison de Stuttgart quinze jours avant que Paul, en congé de maladie — il était bourré d'amibes et sortait de deux jaunisses consécutives — ne quitte définitivement l'Indochine qui, depuis le 20 juillet et la conférence de Genève, n'était plus française.

Fatigué, vieilli, un peu amer aussi, mais néanmoins encore fougueux, Paul arriva à Saint-Libéral à la fin du mois d'août. Il se reposa vraiment pendant quinze jours, goûtant avec délice tous les soins que lui prodiguait sa mère, les succulents petits plats qu'elle lui mitonnait, les tisanes de simples, sucrées au miel.

Puis, un matin, parce qu'il était de la trempe des Vialhe, que l'inaction lui pesait, il suivit son père et Nicolas et alla épandre avec eux le fumier dans la pièce dite aux Lettres de Léon. Et, le soir, après avoir bu le tilleul que lui tendit sa mère, il alla chercher une bouteille de cognac dans sa cantine, servit son père, se versa une généreuse rasade dans son bol encore tiède et parla.

Il n'avait pas encore évoqué son long séjour indochinois depuis son retour. Il le fit avec une nostalgie attendrissante qui stupéfia son père, lui ouvrit les yeux sur un monde inconnu, aux inimaginables paysages, aux odeurs incomparables. Et lui qui conservait de la guerre de 1914 d'atroces visions de boucherie, s'aperçut avec stupeur que son fils entretenait un souvenir passionné, amoureux presque. Et ce, malgré les embuscades, les tueries, les marais, les moustiques, les sangsues, le climat et tous les camarades perdus. A entendre Paul, et pour terrible qu'elle eût été, cette guerre qu'il avait menée figurait parmi la plus attachante période de sa vie, la plus exaltante, la plus riche.

Alors s'animèrent pour Pierre-Edouard, Mathilde et Nicolas, des mots qui jusque-là leur étaient, sinon étrangers, du moins vides de cette âme que leur donnait Paul. Avec lui, ils découvrirent les nha-qués rigolards, les

400

Le vin nouveau

congaïs accueillantes, sentirent les effluves de la cuisine chinoise, entendirent le tohu-bohu de la rue Catina de Saigon, entrèrent dans les tavernes de Cholon et de Hanoï, vécurent l'agonie de Lang-Son et toutes les batailles.

Ils comprirent surtout que Paul avait laissé là-bas, et pour toujours, une grande partie de lui-même. Quoi qu'il fasse, l'Indochine serait maintenant pour lui une sorte de paradis perdu, mais aussi, sans doute, une inguérissable blessure.

26

Dès que son petit-fils Pierre entra en pension, en octobre 1954, Louise sentit le poids de l'isolement, de l'inaction, de l'âge aussi.

Jusque-là, elle avait meublé son temps en essayant de remplacer un peu cette mère que son petit-fils n'avait jamais connue. Pierre parti, elle sut que Félix n'avait pas besoin de sa présence et peut-être même qu'elle le gênait un peu en l'empêchant de jouir pleinement de cette solitude qu'il aimait tant, qu'il recherchait, qu'il vivait.

D'année en année passée au plus profond des futaies, des halliers ou des gaulis, Félix avait acquis une complète sérénité; elle lui permettait de vivre seul et de ne chercher, pour toute compagnie, que celle des chênes, des hêtres ou des charmes. D'avoir, pour uniques interlocuteurs, tous ces oiseaux qu'il aimait tant, qu'il observait et protégeait, et toutes ces bêtes, les puantes et les nobles, dont regorgeait la forêt. Il partait au petit jour et, bien souvent, ne rentrait qu'au soir, préférant se nourrir à midi d'un casse-croûte qu'il dégustait assis au pied d'un arbre ou au bord d'un étang.

D'abord inquiète de le voir ainsi se retrancher du monde, Louise avait tenté de l'extraire d'un état qu'elle prenait pour de l'accablement. Puis elle avait compris

401

Les palombes ne passeront plus

que, loin de sombrer dans une mélancolie morbide, Félix recherchait et trouvait dans la solitude la force de vivre, d'être heureux et d'offrir à son fils le visage d'un homme en paix avec lui-même.

— Voilà, dit-elle un soir d'octobre où toute la forêt alentour chantait comme un orgue, sous le vent d'ouest qui la courbait, maintenant que le petit est parti, je crois que je n'ai plus rien à faire ici.

Il repoussa le cahier sur lequel il venait d'inscrire le fruit de ses observations du jour, la regarda et sourit.

— Ce n'est pas très gentil ce que tu dis là, et moi alors?

— Oh, toi, il y a plus de vingt-cinq ans que tu n'as plus besoin de moi!

— Tu veux revenir à Saint-Libéral, n'est-ce pas?

Elle acquiesça d'un sourire et il nota que le seul fait d'évoquer son pays natal la rajeunissait.

— Tu t'es toujours languie de ton pays, poursuivit-il, pourtant tu vis ici depuis plus de quarante ans, tu aurais eu le temps de t'habituer!

— C'est vrai, mais ici ce n'est pas mon pays, dit-elle. Ici, c'est trop plat, la vue ne porte pas assez loin.

— Je sais, plaisanta-t-il, vous, les Vialhe, j'ai fini par vous comprendre en discutant un jour avec parrain, là-bas, chez toi, sur le puy Blanc. Vous n'êtes heureux que si vous avez les yeux à la même hauteur que le ciel! Tu sais, on dit que, dans le temps, certains chevaliers avaient le droit d'entrer dans les églises sans descendre de leur cheval; vous, les Vialhe, vous ne voulez pas avoir à lever les yeux pour parler à Dieu. Je suis sûr que vous discutez avec lui en vous mettant à sa hauteur!

— Peut-être, reconnut-elle, mais il n'y a pas que ça qui me manque.

— Ton frère?

— Lui et les autres. Tous ceux du bourg. Et aussi l'odeur de chez nous, la bruyère, les fougères, les châtaigniers en fleur et les cèpes noirs qu'on trouve au pied des chênes. Et le soleil, l'air, le vent. Celui d'est qui vient de l'Auvergne et qui a un goût de montagne, celui du sud qui sent le chaud, celui d'ouest qui a l'odeur de l'eau et celui du nord qui nous apporte le parfum

402

Le vin nouveau

du beau temps. Ici, ton vent ne sent rien, sauf la vase!

— Pour moi, il sent bon, il me parle autant qu'à toi celui de là-bas. Pour le comprendre, il suffit de l'aimer, mais tu n'as jamais voulu l'aimer.

— C'est possible, je n'étais là que de passage, et par accident.

— Un passage de quarante ans, c'est long!

— Oh, oui! Mais maintenant, je veux rentrer chez nous, je suis vieille, fatiguée. Si je reste ici, dans ce pays plein de forêts et d'eau, bientôt je n'aurai plus envie de vivre. Mais là-bas, sur nos terres, tu verras comme les vieux deviennent vieux! Je vais écrire à Pierre-Edouard, je sais qu'il m'attend et je crois même qu'il doit déjà se dire que je tarde beaucoup.

— Sûrement, dit Félix, mais tu ne crains pas de les embarrasser?

— Non, le rassura-t-elle d'un sourire, je sais qu'il y aura toujours une place pour moi dans la maison Vialhe tant que Pierre-Edouard sera là, et même après. Elle hocha la tête et poursuivit à mi-voix : Chez les Vialhe, on n'a jamais chassé que les jeunes, et pour un temps. Mais les anciens ont toujours eu droit d'asile, aucun n'est mort ailleurs que sous son toit.

Malgré le dépit qu'il avait ressenti lorsque les électeurs lui avait refusé la mairie, Jacques ne se tint pas pour définitivement battu. Et si, pour un temps, il se consacra uniquement à sa ferme, le besoin d'œuvrer sur une plus vaste échelle que la limite de ses champs ne le quitta pas.

Il avait intellectuellement besoin de se pencher sur d'autres problèmes que ceux de sa terre, de ses bêtes. Aussi, plus que jamais, fréquenta-t-il les réunions syndicales, se fit connaître et remarquer au sein de la Chambre d'Agriculture, du Crédit agricole et de la Mutualité.

Mais, lucide, il comprit vite que son âge — il n'avait que trente-quatre ans — était un handicap pour agir efficacement au cœur de ce monde paysan, alors géré par une majorité d'hommes qui avaient plus de cinquante ans et qui n'avaient aucune envie de lui céder

403

Les palombes ne passeront plus

des postes et des responsabilités qu'ils voulaient être les seuls à détenir.

Son premier réflexe fut de se révolter contre un état de fait qui allait à contre-courant des bouleversements qui secouaient le monde rural. Tout craquait. Déjà, un peu partout, la mécanisation entrait en force dans les fermes, bousculant dans un premier temps les méthodes de travail et donnant même l'illusion de la prospérité. Puis, souvent, dans une seconde période, accélérant la chute de tous ceux qui avaient cru qu'il suffisait d'acquérir un tracteur pour accroître les rendements et qui s'aperçurent, beaucoup trop tard, que les frais engagés ne seraient jamais couverts par les modestes rapports de leur ferme trop petite.

Mais quand il comprit qu'il lui faudrait des années avant de pouvoir imposer ses points de vue, Jacques changea son fusil d'épaule, décida d'agir par la bande et de viser une fonction qui lui permettrait enfin de défendre ses idées. Elles étaient nettes et s'appuyaient sur l'analyse de la situation présente.

Il devinait, car tout le prouvait, qu'une certaine forme d'agriculture était définitivement révolue et qu'il fallait donc travailler à l'instauration d'une agriculture compétitive et moderne, regroupant moins d'hommes et produisant néanmoins davantage. Mais il voulait, dans le même temps, que soit contrôlée l'ampleur d'un exode rural trop brutal. Sans quoi, pensait-il, et à l'image de Saint-Libéral, des régions entières dépériraient, faute d'habitants.

C'est pour essayer de défendre concrètement ses opinions qu'il prit la décision, dès la fin octobre, de se présenter aux élections cantonales des 17 et 24 avril 1955.

— Tu vas ramasser une veste, pronostiqua Pierre-Edouard dès que Jacques lui eut fait part de son projet, et puis, quelle idée de vouloir aller te fourvoyer avec tous ces voyous !

Plus il vieillissait et moins Pierre-Edouard était tendre pour ceux qui s'adonnaient à la politique. Et il ne se privait pas de dire qu'il fallait même en pendre un sur

404

Le vin nouveau

deux si on voulait que les rescapés prennent enfin leur travail à cœur!

— Laisse ton fils, il a raison! dit Léon qui était venu veiller ce soir-là chez les Vialhe.

— Et puis, renchérit Jacques, le Conseil général, ce n'est pas vraiment de la politique!

— Tiens donc! ricana Pierre-Edouard, il y a autant de crapules là-dedans qu'ailleurs! Enfin, si ça t'amuse!

— N'écoute pas ton père, c'est un anarchiste! dit Léon.

Pierre-Edouard haussa les épaules et se retourna vers Mathilde pour la prendre à témoin. Mais, assise au coin du feu, elle papotait avec Yvette et Michèle et n'avait même pas entendu le début de la conversation.

— Bon, dit Pierre-Edouard soudain sérieux, après tout, pourquoi pas, tu en vaux bien d'autres! Mais de là à être élu!

— Je vais l'aider, décida Léon, ravi à la pensée de toutes les journées qu'il allait pouvoir remplir en épaulant son filleul. Oui, dit-il, si tu veux avoir une chance, il faut te faire connaître, partout. Moi je connais tout le monde, je te présenterai. On fera ensemble la tournée de toutes les fermes et des foires aussi, et il ne faudra pas avoir peur de boire un coup avec tout le monde, et de parler, et de serrer les mains!

— C'est ça, plaisanta Pierre-Edouard, de te montrer comme cet ours que promenait un romanichel qui était venu au bourg avant guerre, celle de 14, bien sûr!

— N'écoute pas ton père, reprit Léon. Tu verras, quand tu seras élu, il sera le premier à dire que c'est grâce à lui!

— Possible, admit Pierre-Edouard, mais en attendant, qui s'occupera des bêtes pendant qu'il courra la campagne?

— Toi et Nicolas pardi, décida Léon, tu peux bien faire ça, non?

— Ben, voyons, sourit Pierre-Edouard, pendant que vous deux vous remuerez du vent, Nicolas et moi on remuera du fumier et des seaux de baccade! Mais tiens, je préfère encore ma place à la vôtre! Mon travail au moins servira à quelque chose!

— Qu'est-ce que tu dis? demanda Mathilde qui les écoutait depuis un instant.

405

Les palombes ne passeront plus

— Ton fils veut se présenter au Conseil général et il s'y voit déjà.

— Il a raison, dit-elle, et il faut qu'il soit élu, ce sera une bonne leçon pour ceux du bourg qui n'ont pas voulu de lui comme maire! Oui, ce sera une bonne leçon!

— Et allez donc! s'exclama Pierre-Edouard, après Léon, voilà ta mère qui s'en mêle! Eh bien, mon petit, je vais finir par croire que tu peux être élu, parce qu'avec deux Dupeuch pour te soutenir, tu vas voir, tout le monde va voter pour toi, juste pour se débarrasser de ton oncle et de ta mère!

— Ne fais pas attention à ton père, dit Mathilde, il ne croit pas un mot de ce qu'il raconte! Bon, poursuivit-elle d'un ton sérieux en regardant son frère, tu connais les maires de toutes les communes concernées?

— Les maires et tout le monde, assura Léon.

— Bon. Alors avant d'annoncer la candidature de Jacques, il faut que tu saches ce qu'ils pensent tous, ce qu'ils veulent, ce qu'ils attendent, tout quoi!

— Miladiou, dit Léon en souriant à Pierre-Edouard, voilà que ma sœur est en train de m'apprendre mon métier! Qu'est-ce que tu crois, dit-il à Mathilde, ton fils, pour le faire élire, c'est comme pour vendre une vache! Il lui faut toutes les qualités et pas de défauts! Avec lui, j'ai de la chance, je n'aurai même pas besoin de mentir, enfin pas trop, juste pour le plaisir, quoi!

Louise revint définitivement à Saint-Libéral le 29 octobre. Elle fut accueillie par un temps superbe qui lui fit chaud au cœur et la jeta, tout émue, dans les bras de son frère.

Comme elle l'avait dit à son fils, Pierre-Edouard et Mathilde n'avaient pas hésité une minute pour lui répondre qu'elle serait la bienvenue, que sa chambre était prête et qu'ils se réjouissaient tous les deux de la voir enfin de retour.

Le soir même, parce qu'elle voulait que tout soit clair, elle proposa à son frère de lui laisser une partie de sa pension pour payer sa nourriture. Il lui rit au nez.

— Garde tes sous, c'est pas demain la veille que

Le vin nouveau

j'accepterai que mes sœurs me payent pour occuper une place dans la maison où elles sont nées!

— Si, insista-t-elle, parce que si tu ne veux rien, je serai vite gênée d'être là à manger votre soupe!

— Bêtise, coupa-t-il, économise plutôt tes sous, tu en auras besoin si tu veux faire bâtir un jour cette maison aux Combes-Nègres.

— Oui, mais en attendant, je ne veux pas que ma présence vous coûte quoi que ce soit. Et si tu ne veux pas d'argent, je préfère encore aller m'installer chez Suzanne!

— Tu auras du mal, dit-il en riant, elle ne fait plus l'auberge depuis trois ans! Maintenant, elle tient juste le bistrot.

— Alors, décida Louise, je travaillerai avec Mathilde, sur la ferme, aux étables, au jardin, partout!

— Pour ça, d'accord, je ne peux pas m'y opposer.

— Et j'irai aussi garder les vaches aux Combes-Nègres, comme dans le temps, ajouta-t-elle avec un brin de nostalgie.

— Tu les garderas si tu veux, dit-il, mais ça ne servira à rien, il y a longtemps maintenant qu'on a fermé tous nos pacages avec du barbelé ou la clôture électrique de Jacques.

— C'est bien dommage, murmura-t-elle, déçue.

— Peut-être, mais c'est plus pratique. D'ailleurs, qui garderait les vaches aujourd'hui? Tu sais, ma pauvre, les bergers, ça n'existe plus.

Trois jours plus tard, 1er novembre, les informations radio signalèrent que des événements graves avaient endeuillé l'Algérie en cette fête de la Toussaint. Mais à Saint-Libéral, pas plus qu'ailleurs, on ne prêta grande attention à ces massacres. L'Algérie était loin, comme le Maroc ou la Tunisie, et il y avait toujours des histoires avec les Arabes, des heurts dont personne ne comprenait les motifs.

Et parce que la situation politique n'était pas plus mauvaise que d'habitude, que Paul était reparti en poste à Djibouti, que Guy était toujours en Allemagne, ni Pierre-Edouard ni Mathilde, ne pensèrent un instant qu'une nouvelle guerre venait d'éclater.

Les palombes ne passeront plus

Rajeuni par le but qu'il s'était fixé, faire élire son filleul, Léon passa une partie de l'hiver à courir les hameaux et les bourgs. Après avoir réfléchi au problème, il avait calculé, en accord avec Jacques, qu'il était imprudent pour un candidat de dévoiler trop tôt ses intentions et ses plans et d'offrir ainsi aux concurrents le temps et les moyens de l'attaquer.

Il avait vu juste et jubila lorsqu'il se rendit compte que la majorité des électeurs, à force de le voir battre la campagne, croyait dur comme fer qu'il se préparait à être personnellement candidat. Secrètement ravi, il laissa dire, amusé de voir les futurs adversaires de son filleul s'épuiser en dirigeant leurs coups contre lui.

Enfin, lorsqu'il eut bien étudié et prospecté tout le canton et appris les désirs de chacun — tel village n'avait pas l'eau courante, telle ferme isolée attendait l'électricité, d'autres réclamaient des routes goudronnées — il s'effaça et poussa Jacques dans l'arène.

Même les gens de Saint-Libéral furent surpris par ce coup de théâtre. Quant aux autres candidats, ils durent, en toute hâte, changer de cible et chercher des arguments susceptibles de déprécier le fils Vialhe. Mais autant il leur avait été simple d'échafauder mille accusations sur Léon — son ancienne profession et sa fortune indécente étaient pain béni pour les détracteurs — autant il leur fut difficile d'attaquer Jacques. Il avait pour lui l'honnêteté et la bonne réputation des Vialhe, le sérieux professionnel, le soutien d'une partie du monde paysan et des jeunes de la J.A.C.

A tous ces atouts s'ajoutaient une grande facilité d'expression et surtout, grâce aux renseignements fournis par Léon, une excellente connaissance des dossiers.

Malgré cela et alors que tout semblait le désigner pour arriver largement en tête à l'issue du premier tour, il ne fut que second et loin derrière un vieux cheval de retour qui, comme le disait Pierre-Edouard, s'engraissait de la politique depuis plus de trente ans.

Triste et amer, Jacques fut à deux doigts d'abandonner la lutte.

— Pas question! dit alors Pierre-Edouard fustigé par

408

Le vin nouveau

le semi-échec de son fils, tu as huit jours pour remonter la pente !

— Une pente de presque trois cents voix ! soupira Jacques, et je n'ai même pas d'argent pour payer les affiches et les tracts !

— T'occupe pas de l'argent, ça c'est mon affaire, coupa Léon. Dès demain on va refaire la tournée des fermes, et au pas de charge encore ! Tu vas voir, l'autre kroumir est tellement sûr de gagner maintenant qu'il va se reposer. Nous, on va agir, et tant pis si, à force de trinquer avec tous, tu es saoul tous les soirs, je te ramènerai !

— C'est ça, encouragea Pierre-Edouard. Tiens, on va étudier les résultats, commune par commune, il faut travailler au corps celles qui ont mal voté.

— Et puis, lui rappela Mathilde, cajole un peu les femmes, enfin je me comprends, dit-elle en souriant à sa belle-fille, fais-les voter, quoi ! Ça fait dix ans qu'elles en ont le droit, dis-leur que le moment est venu d'en profiter !

Jacques reprit sa tournée électorale dès le lundi matin. Il la mena tambour battant, s'attachant à visiter les fermes et les hameaux les plus reculés, n'hésitant pas à entrer dans les champs pour aller discuter avec quelque électeur occupé à semer ses betteraves ou à planter ses pommes de terre.

Le mercredi, jour de foire à Ayen, il passa la matinée sur le foirail, flâna devant les veaux, donna son avis sur les lots de génisses, son opinion sur les derniers modèles de tracteurs, fit chorus avec tout le monde pour déplorer la mauvaise tenue des cours de vente et la croissante augmentation des prix d'achat.

Mais d'être ainsi contraint de faire de la surenchère assombrit son moral et le renforça dans l'idée que le combat était perdu d'avance.

— Tout ça c'est bien joli, mais j'ai vraiment l'impression de jouer la putain, et je n'aime pas ça du tout, confia-t-il à Léon lorsque, vers 10 heures, ils reprirent quelques forces en allant faire chabrol dans le plus proche bistrot.

409

Les palombes ne passeront plus

Léon haussa les épaules.

— Oui, reconnut-il en se versant une bonne rasade de vin dans le fond de son assiette à potage, mais ton concurrent fait la même chose lui aussi, et en pire! Alors tu as tes chances parce qu'entre deux putes, c'est bien rare qu'on choisisse la plus vérolée! Maintenant, on retourne au travail. Et n'aie pas peur de leur faire des promesses!

— Même si j'étais élu, je ne pourrais jamais tenir la moitié de celles que j'ai déjà faites! protesta Jacques.

— Aucune importance, assura Léon, ils le savent bien, va, mais ça fait partie du jeu! Viens mon petit, allons gagner les voix qui te manquent.

C'est en rejoignant Saint-Libéral, au soir du jeudi, que Léon fut pris d'un malaise; un mélange de faiblesse qui lui engourdissait le bras gauche et une pesante lourdeur dans la nuque. Par chance, il sentit venir l'évanouissement et eut le temps d'arrêter sa voiture avant de s'écrouler sur le volant.

— Bon Dieu! Qu'est-ce que tu as? s'inquiéta Jacques en le soutenant.

— Fatigué, souffla Léon, ramène-moi chez nous, vite...

— On ferait mieux de passer par Ayen et d'aller chez le médecin!

— Chez nous, répéta Léon, tu l'appelleras de là-bas, roule, petit, murmura-t-il en se glissant à la place de Jacques, roule, ça va déjà mieux.

Mais, sous la lueur du plafonnier, son teint et son regard démentaient ses propos.

— Va chez nous, reprit-il.

— D'accord, dit Jacques de plus en plus inquiet, mais au prochain village je préviendrai le toubib. Et il lança la Citroën en direction de Saint-Libéral.

— Un beau début d'attaque, diagnostiqua le médecin, ça ne m'étonne pas, avec une pareille tension! Quel âge a-t-il?

— Soixante-huit ans, grogna Léon.

Il ouvrit un œil, regarda Yvette, Jacques, Pierre-Edouard et Mathilde qui se tenaient à son chevet. Puis il observa le jeune docteur.

Le vin nouveau

— Qui c'est celui-là? demanda-t-il d'une voix faible.

— Le remplaçant du docteur de Perpezac, l'autre est en vacances, expliqua Yvette.

— Bien, dit le médecin en refermant sa serviette, pour l'instant j'ai fait le nécessaire, mais il faut l'hospitaliser au plus tôt, vous avez le téléphone, n'est-ce pas?

— Je resterai ici! dit Léon en tentant de se redresser.

Il constata que son bras gauche était cotonneux et se hissa sur son coude droit.

— Il n'en est pas question! trancha le médecin.

Léon ferma les yeux, sembla se concentrer, comme pour regrouper son restant de force.

— Je resterai ici! insista-t-il.

— Allons, allons, ne discutez pas comme un enfant! Ce n'est plus de votre âge! On va vous descendre à Brive, vous y serez très bien. On vous soignera et on vous remettra vite sur pied, décréta le docteur de ce ton badin et légèrement suffisant qu'il réservait à ses clients.

— Pierre-Edouard, appela Léon sans ouvrir les yeux, fous-le dehors, ce jeune con! Dehors! répéta-t-il d'une voix étrangement ferme, en souvenir des docteurs Fraysse et Delpy...

— Excusez-le, balbutia Yvette.

— Ce n'est rien, assura le docteur en rougissant pourtant, je suis habitué aux lubies des malades. Préparez quelques affaires pour votre mari pendant que je téléphone.

Pierre-Edouard regarda Léon, puis Yvette et enfin le docteur. Et soudain il comprit ce qui avait fait la force et la réputation des vieux médecins de campagne. Eux, et sauf en cas d'opérations chirurgicales, ils s'astreignaient à soigner les malades sans les arracher à leur cadre de vie, à leur maison, à leur famille. Sans les priver de tout cet entourage rassurant et apaisant, ponctué par les bruits et les événements qui jalonnent la vie d'une ferme et d'un village; murmure du vent dans les ardoises et dans les branches du tilleul, meuglements des bêtes à l'étable, cris de joie des gosses à l'heure de la récréation, papotage des voisins sous la fenêtre. Et, la nuit, entre les graves tintements de l'horloge du clocher,

411

Les palombes ne passeront plus

l'appel des chiens qui se répondent, le miaulement plaintif des hulottes, le cri des chevêches et, dans le grenier, le trottinement rapide des souris soudain interrompu par le saut de quelque chat embusqué derrière les sacs de blé.

C'est à toute cette vie que les malades s'accrochaient, et même si les soins donnés par le médecin étaient parfois insuffisants, du moins étaient-ils reçus avec une confiance absolue et une foi totale pour cet homme qui accourait à n'importe quelle heure du jour et de la nuit. Sa seule présence était déjà un apaisement, un immense réconfort.

Mais tout cela était définitivement révolu. Saint-Libéral n'avait plus de médecin et l'inconnu — peut-être compétent, peut-être incapable — qui se trouvait au chevet de Léon, se contentait maintenant de régler une affaire banale. Pour simplifier, et aussi pour décharger sa responsabilité, il préférait expédier ce malade anonyme dans un ensemble hospitalier tout aussi anonyme. Et peu lui importaient les désirs de Léon; pour lui, il n'était qu'un cas parmi tant d'autres, un vieil homme dont il oublierait vite le regard et le nom.

— Pierre-Edouard, reprit faiblement Léon, souviens-toi des docteurs Fraysse et Delpy, ils m'auraient laissé ici eux; ne me laisse pas partir... Là-bas, ils me tueront.

Et il tenta une fois de plus de se redresser.

— Je vais lui donner un léger sédatif, dit le docteur en ouvrant sa trousse, il sera plus calme pendant le voyage jusqu'à Brive.

— Laissez-le, dit soudain Pierre-Edouard, et partez. Moi ausi, je vous ai assez vu!

— Mais..., protesta Yvette.

— Il a raison, laisse-le faire! souffla Léon.

— Vous êtes de la famille? demanda sèchement le docteur en sciant délicatement le collet d'une ampoule.

— Oui, dit Pierre-Edouard.

Il était conscient de l'énorme responsabilité qu'il était en train de prendre. Si Léon restait à Saint-Libéral et mourait dans la nuit, tout le monde dirait que c'était par manque de soins énergiques que, d'après le médecin, il ne pouvait recevoir qu'à l'hôpital. Mais s'il décédait

Le vin nouveau

là-bas, jamais Pierre-Edouard ne se pardonnerait de l'avoir laissé mourir seul et loin de chez lui.

Léon voulait rester sous son toit, c'était son droit, son ultime droit peut-être. On ne devait pas le trahir en passant outre, c'était impossible.

— Oui, reprit Pierre-Edouard, puisque mon beau-frère ne veut pas aller à l'hôpital, personne ne peut l'y obliger. Il restera ici.

— C'est bien la première fois que je vois ça! protesta le docteur. Il observa Léon, haussa les épaules. Cet homme doit être soigné à l'hôpital, il a déjà un bras à moitié paralysé, tout le corps médical vous dira la même chose!

— On s'en fout du corps médical, d'ailleurs on n'en demande pas tant! dit Pierre-Edouard. Nous, tout ce qu'on veut, c'est simplement un docteur, un vrai, un qui sait encore soigner les gens sans les expédier au diable vauvert!

— Et qu'en pense madame? questionna le médecin en se tournant vers Yvette.

Elle regarda Léon, vit ses yeux implorants et s'efforça d'ébaucher un sourire rassurant.

— Il restera, j'en prends la responsabilité. Je trouverai un de vos confrères qui acceptera de le soigner ici, et s'il faut, je prendrai aussi une infirmière à domicile.

— Si ça vous amuse de compliquer les choses et de prendre des risques! dit le docteur en jetant sa seringue dans sa trousse qu'il referma sèchement. Moi, j'ai fait ce que j'avais à faire, maintenant, ne venez pas vous plaindre si la paralysie gagne tout le bras gauche.

— Bah! éructa Léon en posant la main droite sur son moignon, depuis quarante ans l'est déjà à moitié foutu, alors...

Veillé à tour de rôle par Yvette, Mathilde et Pierre-Edouard — Jacques avait rejoint Coste-Roche car il craignait que Michèle ne s'inquiétât de son absence prolongée — Léon passa une bonne nuit. Il s'éveilla au petit jour, à l'heure où le camion de la coopérative laitière traversait Saint-Libéral en faisant chanter ses

Les palombes ne passeront plus

bidons, vit Pierre-Edouard assis à son chevet et sourit.

— Je reviens de loin, non ? lui demanda-t-il.

— C'est bien possible... Ça va maintenant ?

— Ouais, mais je crois bien que l'autre petit couillon a eu raison, mon bras est en plomb !

— Ça s'arrangera, mais qui va te soigner maintenant ?

— Le docteur qui s'est occupé de mon beau-père, ça ne l'a pas empêché de partir le pauvre vieux, mais au moins, il est mort chez lui, tranquille ! Dis, j'ai faim...

— Tu as faim ? s'exclama Pierre-Edouard ravi de cet indiscutable signe d'amélioration.

— Dame, avec cette histoire, j'ai rien mangé hier soir ! Va dans la cuisine et ramène-moi un quignon avec une grosse tête d'ail, il paraît que c'est bon pour la tension. Je te dirais bien de graisser la croûte au lard et de m'amener une fillette de blanc, mais ça, tu ne voudras pas !

— Non, je ne voudrais pas !

— Alors va pour l'ail et la tartine, et à la guerre comme à la guerre !

— Oui, dit Pierre-Edouard en souriant, et on les aura, comme en 14 !

— Alors ? demanda Léon avec anxiété lorsque Mathilde vint lui rendre compte des résultats.

— Ils se tiennent toujours..., dit-elle en lui tendant la feuille sur laquelle Pierre-Edouard, en faction à la mairie devant le téléphone, avait inscrit les chiffres du dernier dépouillement connu.

Léon parcourut le papier, fit la grimace et posa la feuille sur la table de nuit, au milieu des fioles de médicaments.

Il avait accepté sans broncher le traitement draconien que le docteur de famille lui avait ordonné. Il se savait malade et devait donc se soigner. C'était logique. Aussi, à condition toutefois qu'on le laisse en paix chez lui, était-il tout disposé à suivre l'ordonnance édictée par son médecin, donc, entre autres, à rester au lit.

Dieu sait pourtant s'il avait eu envie de se lever pour aller voter, mais Yvette s'y était fermement opposée et

414

Le vin nouveau

même Pierre-Edouard lui avait vertement rappelé la menace qui planait sur sa tête : à la prochaine alarme, c'était l'hôpital!

— Plutôt crever! avait bougonné Léon.

— Tu n'en es pas là, l'avait rassuré Pierre-Edouard. Quant à cette élection, elle ne se fera pas à une voix près.

— Miladiou non! Mais si tout le monde fait comme moi?

— Reste au lit et prends patience. Tu veux lire? J'ai des journaux à la maison.

— Va au diable avec ta lecture! Tu ferais mieux d'aller surveiller le bureau de vote!

— Ce n'est pas encore ouvert!

Léon s'était rongé d'inquiétude toute la journée et maintenant que les résultats arrivaient sa crainte ne diminuait pas. Il reprit les chiffres, les étudia.

— Ces salauds, dit-il, ils préfèrent un type de la ville à un gars de chez nous!

— C'est normal, dit Mathilde avec fatalisme, les campagnes se vident, les gens nous oublient. Bon, je redescends à la mairie, peut-être qu'il y a du nouveau.

— Attends, tu vas appeler Jacques au téléphone, peut-être qu'à Tulle il en sait davantage.

— Non, dit-elle en souriant tristement. Laisse-le, il a préféré être là-bas, à la préfecture, pour être plus tranquille qu'ici, on ne va pas le déranger. Et puis quoi, si c'est pour lui annoncer que même dans la commune il n'a pas fait tout ce qu'il aurait dû faire...

— Tu as raison, reconnut-il, va à la mairie, mais reviens dès que tu as des nouvelles!

Quand elle arriva dans la salle du conseil, Mathilde sentit que quelque chose avait changé, le brouhaha n'était plus le même et les regards qui se posaient sur elle étaient différents. Elle en vit de triomphants, d'autres déçus et comprit que l'un des candidats était en train de prendre la tête.

— Il grimpe! lui lança Pierre-Edouard dès qu'il la vit.

Alors, elle soupira d'aise, se précipita vers lui, regarda les chiffres.

— Il a pris cent vingt-huit voix d'avance, lui expliqua Maurice, c'est magnifique! L'autre ne peut plus remon-

415

Les palombes ne passeront plus

ter ça maintenant, il ne manque que deux communes et elles sont bonnes pour Jacques!

Elle le regarda et ne put résister à l'envie de taquiner leur vieux voisin, ce brave homme que les gens de Saint-Libéral avaient choisi pour maire à la place de son fils.

— Eh bien, lui dit-elle, je crois, monsieur le maire, que vous allez avoir un conseiller général parmi votre conseil municipal...

— Oui, dit-il en posant la main sur l'épaule de Pierre-Edouard et j'en suis fier. Pas autant que vous deux, mais presque. Et Léon aussi va être fier, et même toute la commune. Vous verrez, tout le monde sera là pour planter le mai devant chez les Vialhe!

— Il faut que j'aille prévenir Léon, dit-elle.

Mais elle s'arrêta car le téléphone sonnait. Pierre-Edouard décrocha, hocha la tête.

— Tu peux y aller, dit-il en raccrochant, c'était la préfecture, ton fils est élu avec cent quatre-vingt-sept voix d'avance!

— Jacques est élu! lança Maurice. Et tous ceux qui étaient là hurlèrent de joie.

Mais, déjà, folle de fierté et de bonheur, Mathilde trottinait dans la nuit en direction du château.

— Il est élu! Il est élu! lança-t-elle en entrant dans le hall.

Elle arriva dans la chambre de son frère, s'arrêta stupéfaite. Assis dans son lit, bien calé au milieu d'un tas d'oreillers, Léon, hilare, buvait une coupe de champagne.

— Et ton régime? balbutia-t-elle.

— Jacques nous a téléphoné, lui expliqua Yvette, alors Léon a absolument voulu arroser la nouvelle, et comme il menaçait de se lever si je n'apportais pas le champagne... J'ai préféré le servir...

— Viens trinquer! dit-il, et fais-moi la bise, on peut être fiers, on en a le droit. Depuis une demi-heure, le petit-fils de Jean-Edouard Vialhe et d'Emile Dupeuch est devenu conseiller général de la Corrèze!

— Attends, dit Mathilde, je trinquerai lorsque Pierre sera là, parce que sans lui, il n'y aurait pas eu de petit-fils Vialhe-Dupeuch.

27

Jacques et Germaine Sourzac, instituteurs au bourg depuis 1932, quittèrent définitivement Saint-Libéral en juillet 1955. Mais parce qu'ils ne s'étaient jamais beaucoup mêlés à la vie du bourg, sauf en période électorale, et qu'ils n'avaient pas de véritables et vieux amis, les gens de la commune les virent partir sans grands regrets.

Et ce, d'autant plus que leurs remplaçants étaient connus depuis deux mois et que tout le monde se réjouissait de les voir arriver.

A l'annonce que Jean-Pierre Fleyssac, le gendre de Pierre-Edouard, serait le prochain maître, beaucoup avaient pensé que Jacques savait admirablement user de son mandat de conseiller général pour favoriser les membres de sa famille. Il avait eu beau démentir et assurer que son beau-frère avait posé sa candidature depuis deux ans, la majorité demeurait persuadée que c'était grâce à son intervention que Mauricette, son époux et leurs trois filles allaient pouvoir s'installer dans l'école de Saint-Libéral. Jacques avait fini par laisser dire car il s'était vite aperçu que, loin de lui faire reproche de ce qu'ils pensaient être un signe de puissance et d'efficacité, ses électeurs l'en respectaient davantage. Ils ignoraient naturellement que Jean-Pierre n'avait eu ce poste désormais prévu pour un seul maître — il n'y avait plus que 21 élèves — que parce que Mauricette avait renoncé à l'enseignement.

Si le départ des Sourzac souleva peu d'intérêt, il n'en fut pas de même pour celui du boucher et si tous comprirent que sa clientèle, de plus en plus restreinte, ne lui permettait plus de vivre, les gens déplorèrent néanmoins sa disparition. Elle était inquiétante, car si un homme comme lui était contraint d'aller gagner sa vie ailleurs — il entrait comme salarié dans une entreprise de salaison d'Allassac — il devenait évident que les autres

417

Les palombes ne passeront plus

commerçants suivraient sous peu son exemple. Que deviendrait alors Saint-Libéral?

Déjà privés de curé, de docteur, de notaire, de plus en plus isolés, oubliés, les gens du bourg voyaient venir le temps où ils allaient devoir courir jusqu'à Perpezac, ou plus loin encore, pour acheter ne serait-ce qu'une tourte de pain, un litre d'huile ou trois livres de pot-au-feu.

En cet été 1955, deux autres agriculteurs de la commune acquirent à leur tour un tracteur; les temps n'étaient plus aux vaches de travail ou aux bœufs. Mais, parallèlement, dans cette même saison, cinq jeunes qui aidaient jusque-là leur père sur la ferme quittèrent le village. Deux partirent pour Paris, ravis d'avoir réussi à se faire embaucher comme manœuvres chez Renault; un autre s'engagea dans l'armée et les deux derniers allèrent travailler à la paumellerie de La Rivière-de-Mansac; eux au moins revenaient chaque soir à Saint-Libéral, pour y dormir.

Pour Pierre-Edouard et Mathilde, le retour de Mauricette fut un réel bonheur. Une joie qui atténua un peu les soucis que leur donnait Paul — en Algérie depuis le mois d'août — et Jacques qui, malgré tous ses efforts et son travail, ne voyait pas croître le rapport de ses terres comme il l'avait espéré.

Les cours des porcs étaient sujets à d'incohérentes et dangereuses variations, les veaux se vendaient mal, les céréales, vu leur rendement, n'étaient plus rentables. Quant aux fruits et légumes ils ne résistaient pas devant la concurrence des agrumes et des primeurs d'Afrique du Nord et du Midi.

Jacques récoltait malgré tout de quoi faire vivre sa famille, mais la comptabilité que tenait Michèle était là pour prouver la stagnation de leur situation et l'impossibilité dans laquelle ils étaient d'investir sans avoir à faire appel à d'autres emprunts.

— C'est là-haut que ça se passe, à Paris, disait parfois Jacques, ils ne veulent plus de nous, on est trop petits. Je crois que tout ce qu'ils souhaitent c'est qu'on

418

Le vin nouveau

disparaisse; d'ailleurs, certains ne se privent pas de le dire...

Et même Pierre-Edouard, qui avait longtemps cru que les terres des Vialhe formaient une grande et invulnérable propriété, finissait lui aussi par mesurer à quel point elle était petite, modeste, fragile. Et, déjà, le hantait parfois l'idée qu'un temps viendrait où, peut-être, malgré la présence de son fils pour la servir, cette propriété, fruit du labeur de cinq générations, sombrerait comme jadis avaient sombré les toutes petites métairies, ces métairies que ses pères et grands-pères, forts de leurs dix hectares, jugeaient alors misérables et sans avenir.

— Ce n'est pas possible, se répétait-il, car si nous disparaissons, nous qui avons les plus belles terres de la commune, qui donc pourra survivre?

Le retour de Mauricette fut donc une grande joie pour lui. Il lui changea les idées, l'obligea à rire des facéties de ses petites-filles, à les faire sauter sur ses genoux et, à la veillée, à leur confectionner des paniers d'osier ou de châtaignier. Babioles dont elles le remerciaient avec des cris de joie et des baisers mouillés et tièdes comme des feuilles de frêne après une averse de juin.

L'hiver 1955-1956 fut sournois et vicieux comme un aspic, qui feint de sommeiller dans un pied de calune, et se love soudain en sifflant à l'approche d'une silhouette; on le croyait engourdi et repu, il se révèle vif et prêt à l'attaque.

Ainsi fut janvier 1956, doux, pluvieux, parfois presque chaud; avec même certains après-midi une odeur de printemps qui trompa tout le monde. Même les abeilles furent dupes lorsque, le 20, un pâle mais doux soleil incita quelques ouvrières à quitter l'abri des ruches et à voleter devant la planche d'envol.

— Je n'aime pas ce temps, dit Pierre-Edouard à Nicolas un jour qu'ils travaillaient à la confection des fagots. Regarde ça, dit-il en désignant les bourgeons gonflés des prunelliers, ils sont prêts à démarrer, ces andouilles; mais eux, on s'en fout s'ils gèlent, mais comme je te

Les palombes ne passeront plus

parie que les pruniers font pareil... Je te dis, ce temps est devenu fou!

— C'est la bombe atomique qui le détraque! plaisanta Nicolas.

— Ça doit être ça, dit Pierre-Edouard en souriant, l'ennui, c'est que des hivers aussi fous, j'en ai connu bien avant la bombe! A l'époque, avant 14, les gens disaient que c'était la faute des aéroplanes!

La fin du mois fut pluvieuse et douce. Mais si, au soir du 31 janvier, tout le monde se coucha au chant des gouttes d'eau pleurant dans les dalles, le silence étonna au matin du 1er. Un silence figé, glacial. Dans la nuit, sans prévenir, l'hiver était tombé comme un couperet; il faisait moins douze à 8 heures du matin et moins quatorze à 11 heures.

Paralysés par le froid et stupéfaits par la rapidité de l'attaque, les gens de Saint-Libéral tirèrent leurs volets, calfeutrèrent les portes des caves et des étables à grand renfort de bottes de paille et se tapirent dans les cantous au centre desquels ronflait un feu d'enfer.

Le froid s'installa et, poussé par un vent coupant comme du verre, accrut son emprise. Même la neige qui, dès le 10, chuta en abondance, ne parvint pas à radoucir une température qui se cantonnait vers moins quinze. Le 11, la Vézère gela. Mais il fallut attendre le mercredi 18, jour des Cendres, pour subir une morsure du froid que bien peu au village avaient déjà connue. Même Pierre-Edouard admit que les hivers 99, 17 et 39 n'avaient pas atteint de telles températures. Seuls quelques anciens prisonniers, comme Jacques, et aussi Nicolas, assurèrent qu'ils avaient connu encore pire; au thermomètre de la mairie, le mercure chuta à moins vingt-quatre. Et le vent soufflait toujours.

Ce fut à cause de lui que Nicolas décida de sortir dans le courant de l'après-midi. Il était inquiet pour ses abeilles car il redoutait que le souffle qui déferlait de l'est arrache les gros paillons de seigle et les sacs de jute qui protégeaient les ruches.

— Tu sors? s'étonna Pierre-Edouard en le voyant revêtir sa canadienne, c'est pourtant pas l'heure de soigner les vaches!

Le vin nouveau

— Oui, mais je reviens vite, assura Nicolas en enfilant les grosses moufles de laine que Mathilde lui avait tricotées l'hiver précédent. Je vais aux ruches, expliqua-t-il, j'ai peur que ce foutu vent emporte la paille.

— Couvrez-vous bien, lui recommanda Mathilde, j'ai l'impression qu'il fait encore plus mauvais que ce matin!

Il sortit et par la porte un instant ouverte une bise glaciale s'engouffra dans la pièce. Pierre-Edouard frissonna et activa le feu.

— Bon sang, murmura-t-il, il est courageux d'aller là-bas par ce temps!

Puis il reprit la lecture du journal.

Nicolas fut tout de suite rassuré. Avant même d'atteindre le rucher, il constata, de loin, que la paille tenait bien. Elle était couverte de neige gelée et ne bougeait pas sous l'assaut du vent. Malgré tout, pour le plaisir de contempler le bel alignement des ruches, il grimpa jusqu'à elles.

Il se penchait vers la première lorsqu'un trait fulgurant lui fouailla la poitrine. Fouetté par la douleur, il se redressa d'un bond, oscilla un bref instant et s'écroula comme un grand peuplier abattu par le vent. Et ses cheveux, pourtant si blancs, firent une petite tache grise dans la neige.

Lorsque Pierre-Edouard le trouva, une demi-heure plus tard, il ne parvint même pas à rabattre contre le corps les bras en croix déjà figés par le gel.

Au village, on apprit très vite que la mort venait de frapper chez les Vialhe. Et parce que tout le monde savait que Nicolas était presque de la famille, beaucoup vinrent, dès le soir, malgré le froid intense, rendre une dernière visite à cet homme étrange qui avait débarqué à Saint-Libéral un quart de siècle plus tôt et qui en avait fait sa patrie comme il avait fait des Vialhe sa seule famille.

Même Jacques, prévenu par un gamin, descendit à pied de Coste-Roche, car la neige gelée rendait le chemin impraticable en voiture. Il vint et, pas plus que les voisins, ne fut étonné de trouver son père abattu et sa mère en larmes. Leur tristesse était poignante et leur geste aussi car Nicolas qui, de son vivant, n'avait jamais

421

Les palombes ne passeront plus

voulu quitter son alcôve de l'étable, reposait maintenant dans une des chambres de la maison Vialhe.

Pendant les deux nuits qui précédèrent l'inhumation, Jacques, Pierre-Edouard, Mathilde et Louise, mais aussi les voisins et amis se relayèrent pour veiller la dépouille. Seul Léon ne put venir, à lui aussi le froid pouvait être fatal.

Le temps cassa le jour de l'enterrement et une vilaine pluie accompagna le cortège, rendant la neige glissante et sale et la terre rouge du cimetière poisseuse comme de la graisse.

Malgré cela les voisins vinrent, nombreux, car, en presque vingt-cinq ans de présence au bourg, Nicolas avait fini par leur faire oublier qu'il était un étranger. Beaucoup même s'étonnèrent de découvrir son nom sur la plaque que Pierre-Edouard avait fait graver :

Nicolas Krajhalovic
30 juin 1893. 17 février 1956.

Pour eux tous, il était simplement Nicolas de chez les Vialhe.

Personne n'eut besoin d'attendre le complet dégel pour savoir que la catastrophe était totale. Outre nombre de canalisations fracturées par le gel — mais les tuyaux se changent ou se réparent — pas une seule des terres de la commune emblavées en céréales n'échappa à la destruction. Mais cette perte, pour lourde qu'elle fût, n'eut pas l'ampleur et les répercussions de celle qui toucha les noyeraies.

Ce n'était partout que troncs éclatés, plaies béantes, par lesquelles, dès la montée de la sève, fuirait la vie. Et les noyers blessés qui résisteraient peut-être, auraient leurs blessures ouvertes à tous les parasites, les maladies, les cryptogames; agressions qui pousseraient l'arbre au dépérissement dans les années à venir.

Cœur serré, car il pressentait l'ampleur du mal, Pierre-Edouard recensa les victimes. Le gel de 1939 lui avait coûté quatre arbres, celui de 1956 en emporta treize de plus. Des trente et un noyers qu'il avait jadis plantés avec son père, il ne restait plus que onze sujets. Onze arbres superbes, en pleine force de l'âge, dont la beauté

422

Le vin nouveau

et la valeur rendaient plus évidente la perte occasionnée par le gel. Car, outre la récolte de fruits que fournissaient les victimes, leur bois lui-même était perdu. Ce merveilleux bois d'ouvrage qui est pour le possesseur d'une noyeraie, comme un capital vivant dans lequel, en dernière extrémité, il est possible de puiser.

— Combien? demanda Mathilde lorsqu'il redescendit du plateau.

Elle se doutait que les dégâts devaient être importants, mais elle voulait en connaître le volume.

— Treize, soupira-t-il.

Elle le vit malheureux, atteint par ce nouveau coup; la mort de Nicolas l'avait beaucoup affecté, les arbres perdus accroissaient sa tristesse.

— Il faudra qu'on replante, décida-t-elle, dès cette année. Promets-moi que tu replanteras!

— Bien entendu! dit-il. Qu'est-ce que tu crois, que je suis maintenant trop vieux pour me battre?

Elle sourit, lui tendit la main, et ses doigts, petits et fins, se perdirent dans son poing dur et noueux.

— Non, reprocha-t-elle, je n'ai pas dit ça, mais... A la longue tu n'es pas fatigué de devoir toujours recommencer?

— Si, un peu, avoua-t-il, c'est normal, je n'ai plus vingt ans, mais ça ne m'empêchera pas de replanter nos noyers! Il se tourna vers Louise qui tricotait au coin du feu : Tu te souviens quand on les a plantés, les trente et un, là-haut?

— Bien sûr! C'était pour la Sainte-Catherine, en 1901!

— Quel âge avait grand-père?

— Oh, il était vieux, et ses rhumatismes le faisaient bien souffrir!

— Oui, dit-il en regardant Mathilde, il avait alors soixante et onze ans. Pourtant il a voulu venir sur le plateau, le dernier jour de la plantation. Alors moi, avec mes soixante-sept ans le mois prochain, tu penses bien que je ne vais pas rester à rien faire! Et en plus, je n'ai pas de rhumatismes moi, enfin, pas trop...

Le rappel de la classe 52/2, en mai 1956, et le départ en Algérie de Guy, alors sous-lieutenant de réserve, sur-

423

Les palombes ne passeront plus

prirent et secouèrent les Vialhe comme un coup de tonnerre dans un ciel bleu.

Ils comprirent soudain, et avec eux les parents de la commune dont les fils étaient en âge de partir sous les drapeaux, que les prétendues opérations de maintien de l'ordre — comme les baptisaient hypocritement les politiciens — étaient une guerre, d'un genre nouveau peutêtre, mais une vraie guerre.

Jusqu'à ce jour, les habitants de Saint-Libéral s'étaient peu intéressés aux événements d'Algérie. Ils les trouvaient gênants, car ils compliquaient et aggravaient une situation politique et un malaise général qui n'en avaient nul besoin, mais ils ne se sentaient pas directement touchés. Et même Pierre-Edouard, pourtant tenu au courant par les quelques lettres de Paul, était loin de penser, jusqu'à ce printemps 1956, que son dernier fils devrait un jour aller affronter une guerre.

Il est vrai que Paul écrivait peu, que ses informations étaient vagues; jamais il n'avait laissé entrevoir qu'un jour viendrait où il serait nécessaire de rappeler le contingent pour mater la rébellion de quelques gardiens de chèvres!

Aussi la surprise fut-elle cruelle pour Pierre-Edouard et surtout pour Mathilde; cruelle et presque solitaire car, au village, passé un moment de stupeur, tous ceux qui n'étaient pas directement concernés — et ils étaient les plus nombreux — reprirent leur existence comme si de rien n'était. Mais pour les Vialhe, et quelques autres, commença l'attente des lettres, l'inquiétude à la lecture d'un article de journal relatant une opération, l'écoute attentive des informations et, entre les mères, l'échange des nouvelles.

Quant à Mathilde, qui avait fini par s'habituer à la vie choisie par Paul — il était militaire de carrière, donc, pensait-elle, plus apte à se défendre — elle s'inquiéta soudain pour Guy. Et si lui-même, en poste à Biskra, oublia parfois de rayer les jours qui le séparaient de sa libération, sa mère, elle, en tint le compte. Elle calcula que son fils avait fait presque deux ans en Allemagne, que la durée du service était de trente mois et qu'il serait donc là pour fêter la Noël avec eux.

424

Le vin nouveau

En septembre, Paul passa ses huit derniers jours de permission à Saint-Libéral. Si Mathilde fut secrètement peinée lorsqu'elle apprit qu'il avait déjà pris trois semaines de congé à Paris, sans même le leur dire, elle ne lui fit néanmoins aucun reproche.

— Il faut bien comprendre qu'on ne compte plus beaucoup pour lui maintenant, lui expliqua Pierre-Edouard pour la consoler. Ici, il n'a rien pour s'étourdir, pas d'amis, pas de cinémas, pas de bistrots, pas de femme, murmura-t-il en aparté, et nous on est vieux...

— Il a son frère quand même !

— Jacques ? Oui, mais ils n'ont plus rien de commun tu sais, rends-toi compte ! Regarde comment vit Paul et ce qu'il gagne ! Alors, ce pauvre Jacques, à côté... Et puis, pour Paul, l'existence de Jacques, c'est la routine, le calme, la famille, tout ce qu'il a fui, alors !

Les premiers jours, Paul parla très peu de sa vie en Algérie et s'il s'attacha à rassurer ses parents quant aux risques que pouvait courir Guy, Pierre-Edouard eut la certitude qu'il ne disait pas le fond de sa pensée, qu'il était mal à l'aise lorsqu'on essayait de le faire parler de la guerre. Aussi, un soir, alors que Mathilde et Louise étaient parties dormir, chercha-t-il à savoir.

— Maintenant que les femmes ne peuvent plus nous entendre, dis-moi ce qui se passe vraiment là-bas ? questionna-t-il en regardant son fils en train de se verser une nouvelle rasade de vieille prune.

Paul huma son verre, avala une gorgée.

— Là-bas ? dit-il avec une moue amère, c'est pourri, complètement pourri. On ratisse les djebels, on crapahute, on enferme. Tout ça pour ramasser quelques pouilleux dont on ne sait même pas s'ils sont fellouzes par choix ou par obligation ! Mais on les flingue quand même, histoire de nettoyer le terrain...

Il vida son verre cul-sec, le remplit à nouveau.

— Tu bois trop, constata Pierre-Edouard.

— Oui, je sais, là-bas, on boit tous trop, qu'est-ce que tu veux qu'on fasse d'autre ? On s'emmerde tellement et on fait un boulot tellement dégueulasse ! C'est pas une guerre franche, tu comprends, reprit-il avec violence. Comment t'expliquer ! Les Viêts étaient vicieux, faux jetons mais au moins, c'étaient des soldats et en opé,

425

Les palombes ne passeront plus

quand on pouvait les accrocher, c'était pour de vraies batailles! En plus, là-bas, moi je savais contre qui je me battais : contre les marxistes, ça c'était net. Mais les Fels, c'est complètement pourri. On ne sait pas ce qu'ils sont ni où ils sont, partout et nulle part, des fantômes, quoi! Des saloperies de fantômes qui montent des embuscades et disparaissent. Ou encore qui foutent des bombes ou des grenades dans les bistrots et les cinémas, la vérole, je te dis! Alors il faut fouiller toutes les mechta, vérifier les papiers, traîner partout, interroger, questionner. C'est un travail de flic ça, et moi je ne suis pas un flic, pourtant je fais ce travail!

— Tu as choisi, lui rappela son père.

— Oui, de faire la guerre, mais pas la police! Et en plus, maintenant, on nous a collé des gamins sur les bras, des gosses comme Guy! Ce n'est pas leur métier à eux non plus de traquer les crouillats! Ces gosses, tout ce qu'ils veulent, c'est la quille. On ne peut pas leur en vouloir, l'Algérie, ils s'en foutent! C'est normal, en France aussi vous vous en foutez, je l'ai bien vu à Paris pendant ma perm!

— Moi, je ne m'en fous pas!

— Bien sûr, tu as deux fils là-bas! Mais suppose que ni Guy ni moi n'y soyons, allez, sois franc, tu ferais comme tout le monde, tu attendrais que ça passe!

— Peut-être, avoua Pierre-Edouard. Il ralluma sa pipe éteinte, soupira : Et tu crois que ça va durer encore longtemps, cette guerre.

— Comment savoir... S'ils se battaient comme les Viêts, on les mettrait vite à genoux! Mais avec le système qu'ils emploient, c'est moins simple. Paul médita un instant, contempla son verre vide. De toute façon, reprit-il, on en viendra quand même à bout sur le terrain; ce n'est pas là-bas qu'on se laissera baiser par un autre Diên Biên Phu, et puis ils n'ont pas de Giap, eux! Oui, on va les tordre, mais je ne suis pas sûr que ça serve à grand-chose! Il sourit un peu tristement, ajouta : Tu comprends, moi je suis bien placé pour savoir qu'on ne retient jamais ceux qui veulent vraiment partir. Toi, un jour, tu es parti de la maison, et tante Louise et tante Berthe, et moi aussi je suis parti! Et rien ni personne n'a pu nous retenir. Les Arabes feront pareil, dans

426

Le vin nouveau

quinze ou vingt ans peut-être, mais ils partiront. Je veux dire qu'ils nous foutront dehors, ça revient au même! Alors nous, déjà, on est des cocus et plus on va attendre et plus nos cornes seront longues!

— Alors tu crois qu'il vaudrait mieux qu'on arrête tout de suite les frais? demanda Pierre-Edouard étonné par son pessimisme.

— Oh non, dit Paul en se reversant un demi-verre d'alcool, au point où nous en sommes, autant essayer de sauver les meubles; d'ailleurs on me paye pour ça!

— Je croyais que tu ne voulais pas faire un métier de... de policier!

— Je sais, mais avec mes deux jaunisses d'Indo et mes amibes, je ne devrais pas non plus boire d'alcool, et pourtant...

Depuis le décès de Nicolas, Jacques perdait plusieurs heures par jour à descendre au village pour aider ses parents à soigner les vaches.

Aussi, dès le printemps, calcula-t-il que le plus rationnel, le plus rentable, serait d'amener ses propres bêtes à Coste-Roche. Et sans doute les eût-il installées là-haut sans plus attendre si la petite étable accolée à la maison avait pu accueillir ses quinze limousines; mais elle n'était prévue que pour trois vaches. Cela le contraignit donc à envisager la construction d'une étable.

Il en parla à son père et fut surpris de sa réaction. Sans chercher à le dissuader catégoriquement, Pierre-Edouard accumula les arguments qui tendaient à démontrer que son idée n'était peut-être pas la plus simple ni la meilleure. Il parla des dépenses qu'occasionnerait la construction, assura que Louise, Mathilde et lui étaient encore tout à fait capables de s'occuper des vaches et qu'il n'avait pas besoin de venir deux fois par jour si ça lui faisait perdre trop de temps.

— Et puis, dit-il, tu descends bien de toute façon pour conduire tes petits à l'école et pour les reprendre le soir!

— Bien sûr, mais dès qu'ils seront plus grands, ils viendront à pied ou à vélo. Non, je t'assure, ça me fait perdre trop de temps. Et puis ce n'est pas pratique, ni

427

Les palombes ne passeront plus

sain pour les bêtes. Nos terres sont là-haut, les vaches se fatiguent pour grimper y pâturer et elles se fatiguent encore pour redescendre ici, ce n'est pas rentable. D'ailleurs, bientôt ce sera trop petit ici, il faut que j'arrive à tenir plus de vingt vaches, et j'y arriverai.

— Si tu installes tes bêtes à Coste-Roche, ça veut dire que tu ne reviendras jamais ici, dit enfin Pierre-Edouard.

Et Jacques comprit que c'était surtout cela qui motivait ses réticences.

— Ici ou là-haut, c'est toujours une maison !

— Oui, mais c'est ici la vraie maison Vialhe. Coste-Roche, c'est autre chose, et puis c'est trop petit !

— Ce n'est pas un problème, dès que je pourrai j'aménagerai le grenier, je peux y faire trois chambres.

— Et qui s'occupera de ta mère quand je ne serai plus là ?

— Tu as Mauricette, et puis, bon Dieu, on a encore le temps d'y penser quand même !

— Sait-on jamais... Enfin, si tu préfères rester définitivement là-haut, fais-le, céda Pierre-Edouard. Il suçota sa pipe éteinte puis sourit malicieusement : Ouais, dit-il, je comprends que tu te plaises là-haut, c'est là que tu as été conçu et c'est aussi là que tu es né. Dans le fond, c'est la nouvelle maison Vialhe, celle des jeunes. Ici, avec ta mère, ta tante et moi, c'est presque un asile de vieux, comme tout le village d'ailleurs !

Si Pierre-Edouard laissa son fils tracer les plans de sa future étable, calculer le coût de l'opération et discuter avec le Crédit agricole, il fut en revanche intransigeant lorsque, début novembre, vint le moment de planter les noyers et que Jacques lui proposa d'installer un verger moderne, vite rentabilisé et facile à travailler, planté en arbres basse-tige à croissance rapide.

— Non non, s'entêta Pierre-Edouard, je te vois venir, je sais ce que tu voudrais que je fasse, j'ai lu ça quelque part, mais je n'en veux pas chez moi ! Fais ça sur tes terres, si tu veux, tu auras sûrement raison, mais laisse-moi me faire plaisir en mettant de vrais arbres, de ceux qui demandent cinquante ans pour être beaux, mais qui

428

Le vin nouveau

rappelleront au moins à mes petits-enfants que je les ai plantés pour eux! Tes arbres basse-tige, qui ont des troncs comme des trognons de choux, je n'en veux pas, ne compte pas sur moi pour en mettre sur mes terres!

— C'est pourtant le plus rentable, essaya Jacques, tu auras des noix au bout de dix ans à peine, tandis qu'avec les autres il faudra attendre vingt-cinq ans! S'ils ne gèlent pas d'ici là...

— Je sais. Si j'avais ton âge, je penserais sans doute la même chose que toi. Vous, les jeunes, vous êtes obligés de travailler pour vous, vous devez faire des cultures qui rendent vite, bien et beaucoup. Et vos fils devront suivre le même système parce que vous ne leur laisserez pas grand-chose de durable, pas de grands et beaux arbres, pas de beaux bâtiments en pierre de taille et en ardoise, rien de solide quoi, du vent... Alors moi, pour le plaisir, je veux laisser de vrais noyers. Je ne récolterai jamais leurs noix, mais je m'en fous, parce que lorsque je partirai, les arbres que tu vas m'aider à planter, eux, ils seront jeunes encore. Et si tout va bien, dans quatre-vingts ans, ils parleront pour moi, et même pour toi.

Parce qu'il était beaucoup plus jeune que son frère et pas du tout préparé à affronter la haine, le racisme et la violence, Guy fut profondément marqué par les mois qu'il passa en Algérie. Et lui dont la vocation et le métier étaient de défendre les coupables — ou présumés tels — découvrit avec horreur la loi du talion, appliquée sans discernement ni mesure. Loi perverse qui, d'escalade en escalade, atteignait vite une implacable et sanglante irréversibilité.

Il en vit tous les ravages dans les corps déchiquetés par la grenade lancée à l'heure de l'apéritif entre les jambes de paisibles buveurs d'anisette. Il en mesura l'abjection en regardant s'éloigner en direction d'un talweg, des fellahs dépenaillés — peut-être innocents ou véritables égorgeurs — aux yeux fatalistes et au pas traînant qui partaient, bien encadrés par quelques bidasses à l'air faussement serein, vers une fallacieuse corvée de bois qu'interrompaient soudain de rageuses et longues rafales de pistolets-mitrailleurs.

Les palombes ne passeront plus

Tout de suite écœuré, il chercha d'abord à comprendre, à analyser, à plaider même pour les uns comme pour les autres, sans distinction de clans ni de race. Il refusa de choisir entre le petit berger qui, par simple panique, fuit devant les troupes — au lieu de venir vers elles — et qu'une rafale de F.M. coupe en deux, et entre le premier classe Durand, de La Ferté-Saint-Aubin ou de Calais, criblé de balles à vingt jours de sa libération attendue depuis vingt-neuf mois.

Mais il comprit très vite l'impossibilité de se cantonner dans une telle attitude de témoin passif. Elle ne pouvait être tenue que par ceux qui n'étaient pas au cœur du drame, qui ne le vivaient pas chaque jour; qui, de loin, de France par exemple, avaient la possibilité de s'indigner, de discuter, de trancher même et sans nuance — mais au calme, sans risque et entre amis — sur les données d'un problème dont ils ne voyaient qu'une face, qu'une fraction.

Mais parce que ses arguments et ses idées de la veille étaient détruits par les actes du lendemain, parce qu'à l'exécution clandestine d'un suspect succédaient la mutilation et le massacre d'un camarade surpris dans une embuscade, parce qu'il était l'involontaire participant de cette affreuse guérilla mais qu'il ne voulait pas, à son tour, sombrer dans la haine aveugle, voire le sadisme des bourreaux de tout bord, il se forgea un douloureux cynisme. Il se força à l'insensibilité et, comme beaucoup de ses compagnons, essaya de poser sur les événements, et les cadavres, le regard blasé de tous ceux qui se savent les jouets d'une action qu'ils n'ont ni choisie ni voulue, dont ils subissent les exigences et même les incohérences et à qui on demande uniquement d'obéir, d'agir et de se taire.

Pourtant, là encore, malgré son désir de n'être qu'un simple exécutant — position qui lui interdisait de voir la guerre avec les yeux d'un vrai guerrier, c'est-à-dire de l'aimer et d'en vivre — il eut conscience des contradictions qu'il était contraint de· subir dès l'instant où il s'aperçut que, civil déguisé en soldat, il pensait et réagissait comme l'avocat qu'il allait être, tout en manœuvrant comme le sous-lieutenant qu'il était.

Lutte permanente entre l'homme qui s'insurgeait

Le vin nouveau

contre une guerre stupide, et le coureur de djebel qui sent monter en lui l'exaltation enivrante du chasseur, l'instinct du combat. Et s'il ne fut jamais de ceux qui se réjouissaient à la vue des adversaires définitivement couchés dans les cailloux — car dès cet instant le jeu devenait cauchemar — du moins dut-il s'avouer qu'il ressentait une espèce de joie barbare à être parmi ceux qui participaient à cette atroce partie de cache-cache dont tout le monde connaissait la règle, et surtout l'enjeu.

C'est dire s'il lui fut impossible, de retour à Saint-Libéral, pour Noël, comme l'avait prévu sa mère, de parler de la guerre. Désormais, elle était un secret, un épisode de sa vie, un souvenir que seuls pouvaient partager ceux qui, comme lui, en avaient découvert toutes les faces, les joies parfois, le dégoût souvent, les paradoxes toujours.

Les civils ne pouvaient rien comprendre à tout cela car, sur ce sujet, ils n'avaient pas les mêmes yeux que ceux qui revenaient d'Algérie; ils ne parlaient pas le même langage.

Entre eux s'ouvrait l'espace qui isole les acteurs du public. Fosse d'orchestre infranchissable, dans laquelle, pour Guy et tant d'autres, se pressaient des colons qui n'étaient pas tous des exploiteurs, des Arabes qui n'étaient pas tous des tueurs, de belles Pieds noirs aguichantes mais intouchables, le sourire et le bagou des petits cireurs de chaussures, l'odeur de l'anisette, du thé à la menthe, des épices brûlantes, du méchoui et du couscous; avec, en toile de fond, rendu encore plus poignant sous un soleil à l'incomparable éclat, le drame dans toute sa violence, son horreur, sa complexité.

Les gens de Saint-Libéral ne pouvaient rien percevoir de tout cela. Ils voulaient, eux, que tout soit noir ou blanc, bon ou mauvais, qu'on leur décortique, par la logique, une situation issue de la confusion et de l'incompréhension et envenimée par mille nuances.

Ainsi n'auraient-ils rien saisi si Guy leur avait dit que, malgré la répulsion qui le rongeait encore au souvenir de certains jours, planait en lui, déjà, une sorte de nostalgie pour un pays dont il avait détesté la colère meurtrière et tant aimé la douceur, la beauté et le charme.

Les palombes ne passeront plus

Il ne resta que huit jours à Saint-Libéral, fut taciturne avec ses parents et bougon avec les voisins, qui tous voulaient comprendre l'inexplicable. Ils le prenaient pour un ancien combattant, fier de ses faits et gestes et heureux d'en parler; il n'était plus qu'un homme égaré parmi eux, un étranger presque.

Pierre-Edouard s'inquiéta pour lui, mais se tut. Jadis, lui aussi, pendant une autre guerre, avait mesuré l'épaisseur du mur qui sépare à jamais ceux qui assistent et commentent, de ceux qui agissent et se taisent.

— Mais qu'est-ce qu'il a fait là-bas pour être devenu ainsi? lui demanda Mathilde, attristée de le voir aussi lointain et froid.

— Rien, dit Pierre-Edouard; enfin si, il a vieilli, et ça, c'est beaucoup.

HUITIÈME PARTIE

L'ANNEAU D'OR

28

Jacques installa toutes ses bêtes dans la nouvelle étable de Coste-Roche, en août 1957. D'un coup, la vieille ferme de la maison Vialhe parut bien vide, presque morte. Et c'est avec un nostalgique désappointement que Pierre-Edouard s'occupa désormais des trois vaches que Mathilde et lui avaient conservées. Grâce à elles, aux deux truies, à la dizaine de brebis, aux ruches, aux volailles, aux quelques fruits et légumes, mais aussi à la modeste retraite de Pierre-Edouard, ils purent vivre sans faire appel ni à Jacques ni à Louise. Et parce qu'ils ne dépensaient que le strict minimum, qu'ils appliquaient une autarcie presque complète, que toutes leurs dettes étaient définitivement réglées, ils parvinrent même à faire quelques économies. Enfin, le travail que leur donnaient les bêtes, la culture des derniers hectares qu'ils s'étaient réservés et l'aide qu'ils apportaient à Jacques, leur permirent d'échapper à l'ennui qui guette les inactifs.

D'ailleurs, Pierre-Edouard ne se sentait pas vieux et s'il n'avait plus la force et l'abattage de jadis, du moins conservait-il un esprit lucide, ouvert, et un sens remarquable de l'adaptation qui lui permettait de comprendre et même d'approuver, après un temps de réflexion et d'observation, la façon parfois déconcertante avec laquelle Jacques menait sa ferme.

Les palombes ne passeront plus

Ainsi reconnut-il vite que l'installation des bêtes à Coste-Roche était la meilleure solution possible et il en apprécia tous les avantages. Avec ses stalles courtes, faciles à nettoyer, ses cornadis métalliques, son couloir d'alimentation, ses abreuvoirs automatiques, sa fosse à fumier et à purin et sa réserve de fourrage d'accès facile, l'étable était belle et l'alignement des dix-huit bêtes impressionnant.

Depuis deux ans maintenant que Jacques misait sur l'élevage, Pierre-Edouard avait eu le temps d'assimiler et d'approuver les techniques dont il usait avec brio. Même le tonnage d'engrais qu'il répandait chaque année ne l'impressionnait plus, et force lui était de reconnaître que les résultats étaient spectaculaires.

Désormais, Jacques cultivait l'herbe avec autant de soin que ses pères et grands-pères cultivaient jadis le blé. Et si Pierre-Edouard avait eu quelque dépit de voir ses terres à froment transformées en prairies artificielles, il avait vite admis, devant les étendues de Ray-grass, de dactyle et de luzerne, que son fils œuvrait dans la bonne direction.

Une seule ombre l'empêchait d'être pleinement tranquille; il connaissait le montant des dettes de son fils et il s'en affolait, car il n'ignorait pas à quel point son revenu annuel stagnait. Et les manifestations, parfois violentes, qui, souvent maintenant, secouaient le monde rural, n'étaient pas pour le rassurer.

Elles lui prouvaient que Jacques, comme des centaines de milliers d'autres agriculteurs, en était réduit à mener une sorte de combat d'arrière-garde, une lutte presque désespérée.

Parce qu'il s'ennuyait, qu'il n'avait plus de goût pour les voyages — les rares fois où il partait avec Yvette, c'était maintenant elle qui conduisait — qu'il hésitait à chasser en solitaire, Léon s'acheta un poste de télévision en septembre 1957. C'était le premier récepteur qui fonctionnait dans la commune.

Pour Léon et sa femme, mais aussi pour Pierre-Edouard, Mathilde et Louise, qui ne se firent pas prier pour aller passer plusieurs soirées par semaine au

L'anneau d'Or

château, cette acquisition fut une véritable révolution.

Habitués jusqu'à ce jour à ne connaître les nouvelles que par la lecture du journal et l'écoute de la radio, à considérer le cinéma, le théâtre et le cirque comme un luxe réservé aux gens des villes, ils entrèrent de plain-pied dans l'univers que leur offrait l'écran et furent fascinés.

Et eux qui avaient tous connu l'époque de la lampe à pétrole — voire pour Léon et Mathilde celle de la mèche à huile émergeant du caleil — qui avaient assisté à l'arrivée des premières automobiles et au vol maladroit d'aéroplanes de bois et de toile, ils s'émerveillèrent de cette sorte de prodige qui leur permettait, grâce à une simple pression du doigt sur un bouton, d'être les témoins de la vie du monde.

La télévision changea toute leur existence. Elle devint leur récréation de tous les soirs et, surtout pour Pierre-Edouard, Mathilde et Louise qui n'étaient pour ainsi dire jamais sortis, l'occasion inespérée d'aller au cinéma, au théâtre, au cirque, et même à la Chambre des députés, sans pour autant quitter Saint-Libéral.

Pendant plusieurs mois, ils furent des téléspectateurs assidus et modèles; à tel point que les femmes osaient à peine tricoter pendant les émissions. Puis, peu à peu, l'intérêt qu'ils portaient aux images baissa, Pierre-Edouard et Léon en vinrent à commenter les nouvelles à haute voix, à choisir les programmes et même à les critiquer.

Enfin, un soir, alors que débutait « la Piste aux Etoiles » et que les femmes, ravies, se calaient confortablement dans leurs fauteuils, Léon toucha l'épaule de son beau-frère, lui désigna le poste d'un coup de menton et cligna de l'œil.

— Ils nous font suer avec leur cirque! C'est toujours pareil! dit-il péremptoirement.

— Chut! firent Yvette, Mathilde et Louise.

— Léon a raison, dit Pierre-Edouard en se levant, ce truc, c'est bon pour les gosses, nous on a mieux à faire!

Et ils partirent jusqu'à la salle de billard où ils n'avaient pas mis les pieds depuis six mois.

— La télévision, c'est comme les femmes, décréta Léon, faut pas en abuser, ça finirait par rendre cinglé!

437

Les palombes ne passeront plus

A propos, qu'est-ce que tu dirais d'une petite prune?

— Ben que ça t'est interdit, je crois..., dit Pierre-Edouard en sortant sa pipe.

— C'est juste, faute de guérir, les toubibs interdisent, c'est tout ce qu'ils savent faire ces charlatans, dit Léon en saisissant une bouteille et deux verres, mais une petite prune une fois en passant... C'est comme le tabac, hein? Tiens, roule-moi une cigarette, Yvette m'a encore caché mes gauloises.

— Je vais me faire engueuler par ta femme, et par Mathilde aussi! dit Pierre-Edouard en sortant son cahier de Job.

— Les femmes? Tu rigoles! Elles sont bien trop occupées à regarder leur cirque, sûr qu'elles ne vont pas bouger! Il huma son verre, sourit : Dans le fond, la télévision, on dira ce qu'on voudra, c'est une sacrée belle invention!

Parce qu'il n'aimait ni la pagaille ni les politiciens, qu'il était excédé par les crises gouvernementales et l'incapacité des éphémères personnages qui se succédaient sur la scène politique, Pierre-Edouard fut de ceux qui se réjouirent du retour du général de Gaulle à la suite des événements de mai 1958. Mais son bonheur fut quelque peu troublé par la réserve avec laquelle son fils accueillit l'arrivée du Général.

Prudent, Jacques se défiait des militaires; depuis 1939, il en gardait un bien trop sinistre souvenir. A cela, s'ajoutait le fait qu'il n'avait pas vécu la période de la Résistance, qu'il n'était pas loin de penser que le Général avait l'étoffe et l'ambition d'un dictateur et qu'il n'avait pas hésité, par surcroît, avec l'appui de son R.P.F. de malheur, à faire quasiment alliance avec les communistes. Aussi, contrairement à son père, à Léon et à tant d'autres, il n'était ni séduit ni rassuré par le personnage.

— Mais qui t'a foutu ces idées en tête? grommela Pierre-Edouard, lorsque Jacques lui eut fait part de son scepticisme à l'égard du nouveau président du Conseil.

— Je n'ai besoin de personne pour avoir des idées! Ton général, je m'en méfie, c'est tout!

L'anneau d'Or

— Mais, bon Dieu, tu ne voulais pas que ça continue comme c'était! Tu l'as dit toi-même qu'il fallait que ça casse! Tu n'en as pas marre de tous ces toquards qui nous ruinent depuis la fin de la guerre?

— Il y avait peut-être moyen de rétablir la situation sans ce coup de force!

— Quel coup de force? Bon sang, Coty l'a appelé, oui ou non? Et tous ces pingouins de députés ont été d'accord, oui ou non?

— Pas tous, pas tous. Enfin, qui vivra verra, on en reparlera tiens, de ton de Gaulle!

— Mais miladiou! Qui diable voulais-tu mettre à sa place, hein? Tu ne vois pas dans quelle panade on est? Et avec, en plus, cette guerre d'Algérie! Tiens, va demander à ta tante Louise ce qu'elle en pense! Tu verras ce qu'elle attend, elle : que de Gaulle arrête cette histoire et que Pierre et tous les gamins de son âge rentrent enfin chez eux!

— Je sais, mais je ne suis pas sûr qu'il règle tout ça comme vous l'espérez. Votre de Gaulle, ce n'est quand même pas le bon Dieu!

— C'est sûr, dit Pierre-Edouard, mais, blague à part, qui voulais-tu mettre à sa place? Trouve-m'en un seul de valable parmi toutes les raclures qu'on a vues défiler depuis douze ans, vas-y, je t'écoute!

Jacques haussa les épaules.

— Ce ne sont pas tous des raclures. Il me semble qu'un Mendès France, par exemple, ou un Gaillard, ou même un Bidault.

— Dis, ils ont essayé, non? Et qu'est-ce qu'ils ont fait? Rien, sauf réglementer la distillation et distribuer du lait dans les écoles! Et sans parler des coups de pied au cul qu'ils nous ont fait prendre à Suez ou en Indochine! Allez, crois-moi, avec de Gaulle, ça va changer et il est temps!

Mais Jacques ne fut pas convaincu et pendant plusieurs mois son père et lui évitèrent de parler politique.

Le mariage de Guy blessa profondément Pierre-Edouard et Mathilde, car s'ils admirent que leur fils avait tout à fait le droit et l'âge de se marier sans leur

Les palombes ne passeront plus

consentement et hors de leur présence, ils virent dans son attitude comme la négation et le refus de sa propre origine.

— Il a honte de nous, dit tristement Mathilde lorsque Jacques, très gêné, leur eut appris qu'il venait de voir à la mairie la demande d'inscription aux bans.

— Bah, grogna Pierre-Edouard pour masquer sa déception, de toute façon on n'y aurait pas été, mais miladiou, ce petit salaud aurait pu nous prévenir autrement !

— Oui, répéta Mathilde, il a honte de nous, c'est sûrement ça.

— Va savoir ce qui lui est passé par la tête ! Si ça se trouve, il n'a même pas prévenu Berthe, pourtant, elle, elle ne lui ferait pas honte, elle sait comment on vit là-haut ! Et puis, qu'est-ce que c'est que cette fille ? Cette Colette, d'où elle sort ?

Ils durent attendre trois semaines et le passage de Berthe venant passer quelques jours de vacances à Saint-Libéral pour connaître le fin mot de l'histoire.

— Je lui avais pourtant dit de vous écrire, dit Berthe en haussant les épaules.

— Oh, on a compris, coupa Pierre-Edouard, il a eu honte de nous, c'est tout ! Pourtant, il ne faudrait pas qu'il oublie d'où il sort et qui lui a payé ses études !

— Ce n'est pas ça du tout ! protesta-t-elle. Est-ce que vous croyez que je l'aurais laissé faire si ça avait été ça ? C'est bien plus simple ! Les parents de Colette ne voulaient pas de ce mariage, alors Guy et elle se sont mariés entre deux témoins, c'est tout ; je n'ai même pas pu y assister, j'étais à Rome.

— Miladiou ! Tu aurais quand même pu nous le dire ! s'emporta Pierre-Edouard, on y serait monté, nous, à ce mariage ! Et d'abord, pourquoi les parents n'ont pas voulu ? Parce que Guy n'était pas assez bien pour eux ? Parce qu'il est fils de paysans ? C'est ça ?

— Oui, reconnut Berthe en souriant, mais ça ne vaut pas la peine de te vexer, ces imbéciles n'en méritent pas tant !

— N'empêche, dit Mathilde tristement, lui aussi a eu honte de nous, la preuve, il ne nous a pas invités.

— Mais ce n'est pas ça du tout, reprit Berthe en riant.

440

L'anneau d'Or

Ah, vous savez, vous êtes merveilleux tous les deux! Bon, écoutez, soyons francs. On est en août 58, pas en 1920, Guy et Colette vivaient ensemble depuis plus d'un an; c'est tout, quoi. Alors, comme les parents de la petite étaient contre, ils n'ont pas jugé utile de faire une cérémonie. Vous n'allez pas en faire une histoire, non? Ça arrive tous les jours des mariages comme ça!

— Ah, souffla Mathilde en se mordant les lèvres, alors elle aussi attend un petit, c'est ça?

— Mais pas du tout! Qu'est-ce que tu crois! Ils ont voulu régulariser leur situation, tu ne vas quand même même pas t'en plaindre!

— Non, soupira Pierre-Edouard en posant la main sur celle de Mathilde, dans le fond, il a eu raison de ne pas nous prévenir, il nous connaît bien, il devait se douter qu'on ne se dérangerait pas. Un mariage, c'est une fête, enfin, pour nous ça doit être une grande fête. Régulariser une situation, comme tu dis, c'est juste une formalité, il n'avait pas besoin de nous pour ça.

— De toute façon, soyez contents et rassurez-vous, dit Berthe pour essayer d'atténuer leur déception, vous verrez, Colette est bien, très bien, solide et tout, et c'est une très jolie fille aussi. Elle vous plaira sûrement. Et puis maintenant, c'est une Vialhe, elle est de la famille.

— Bien sûr, sourit tristement Mathilde, elle est de la famille, surtout si la sienne l'a rejetée. Mais à part Guy, est-ce qu'elle en voudra de la famille Vialhe? Pour l'instant, à voir la façon dont elle y est rentrée, on pourrait croire qu'elle la fuit.

Depuis qu'il rongeait son frein dans un poste perdu à plus de cent kilomètres à l'est de Beni-Ounif, Paul multipliait les occasions de s'évader du camp de B2 Namous. Un de ces camps isolés, oublié en pleine hamada, établi à l'extrémité du garet El Medjbed, sur la piste défoncée qui filait vers Benoud, El Abiod et Brézina.

Ecrasé par un soleil qui fin août, entretenait encore vers les 5 heures de l'après-midi une température de quarante-cinq à l'ombre, il était souvent battu par un redoutable et brûlant vent de sable qui accourait du Sud avec une force et une violence inouïes.

Les palombes ne passeront plus

Paul s'ennuyait et regrettait presque son ancienne affectation. En Kabylie, où il avait passé plus d'un an, ça bougeait au moins, ça remuait, ça tiraillait et les opérations, même si elles étaient dangereuses et éprouvantes, mettaient un peu d'animation et rompaient la monotonie des jours. Mais ici, rien. Le vide, le silence absolu. Le désert à perte de vue.

Enfer naturel dans lequel même les fellagahs n'étaient pas assez fous pour s'engager, surtout en plein été. Malgré cela, il fallait quand même surveiller le secteur, par principe, par discipline et pour le cas, bien improbable, où des rebelles venant des djebels Grouz et Antar, et après avoir forcé la frontière vers Ben Zireg — au lieu de la franchir vers Figuig — tenteraient de rejoindre les djebels Bou Amoud, Bou Lerhfad et les monts Ksour en empruntant la route de l'Est.

Alors, parce que c'était dans les consignes, mais surtout pour occuper ses hommes, déjà rongés par la chaleur et menacés par l'inaction, Paul organisait des raids ; théoriquement pour détecter les éventuels rebelles qui se seraient aventurés dans cette zone interdite, en fait pour chasser les gazelles dont la chair, succulente, améliorait heureusement un ordinaire infâme. Outre ces sorties, il devait aussi, tous les dix ou douze jours, expédier jusqu'à Beni Ounif trois camions, dont un G.B.O. citerne, qui revenaient au soir, chargés de ravitaillement, de caisses de bière et d'eau.

Le lundi 25 août, pour se distraire, échapper un peu au train-train journalier et se donner l'illusion de faire quelque chose d'un peu moins inutile que de jouer au poker ou au 421, Paul décida d'accompagner le convoi.

Il confia la responsabilité du camp au lieutenant Verriet, promit de ramener une bonne provision de cognac, d'anisette et de cigares et s'installa dans la cabine du premier G.M.C.

— Allez, roule, dit-il au chauffeur, fais bouffer un peu de poussière aux gars qui sont derrière ! Et si tu veux que je te paie une Pils à l'arrivée, tâche de ne pas trop me secouer les tripes.

L'anneau d'Or

Pierre-Edouard reposa la masse, se recula pour juger de son travail, sourit à Mathilde et à Louise.

— Elle ne sera pas mal, dit-il pas très grande, mais pas mal, et puis bien exposée !

Pour faire plaisir à sa sœur qui, depuis trois mois, avait arrêté la décision de faire bâtir la maison de ses rêves dans sa pâture de Combes-Nègres et parce que les plans étaient arrivés le matin même, il venait de tracer, avec quatre piquets et une pelote de ficelle, l'emprise qu'aurait la bâtisse.

— Oui, dit Mathilde, elle sera très bien, plein est.

— C'est quand même bien petit, constata Louise en enjambant la ficelle et en pénétrant dans ce qui serait la cuisine.

— Ne t'y fie pas, dit Pierre-Edouard, comme ça, c'est petit, mais attends que les murs s'élèvent et tu verras !

— De toute façon, pour moi toute seule..., murmura-t-elle.

Pierre-Edouard haussa les épaules, soupira, mais garda le silence. Lorsque sa sœur lui avait parlé de son projet, il avait tenté de lui en démontrer toute l'inutilité; dès l'instant où Jacques avait décidé de s'installer à Coste-Roche, Louise pouvait rester, à vie, dans la vieille maison Vialhe. Non seulement elle ne gênait personne, mais sa compagnie était agréable. De plus, bâtir une maison, même si on possédait le terrain, était cher, très cher.

Peine perdue, Louise n'avait pas faibli, avait elle-même contacté un petit entrepreneur de Perpezac et fait toutes les démarches nécessaires. Elle voulait sa maison, avait maintenant de quoi la faire bâtir et personne ne la priverait de ce plaisir. Devant cet entêtement et cet acharnement, Pierre-Edouard avait fini par comprendre et n'avait plus rien fait pour la dissuader.

Ce n'était pas pour elle que Louise désirait cette maison, et peut-être même qu'elle ne l'habiterait jamais, préférant continuer à vivre sous son toit natal au lieu de s'isoler ici, à presque un kilomètre du bourg. Mais cette maison, elle la voulait pour Félix et pour Pierre, pour leur laisser un jour la preuve tangible, solide et durable de toute l'affection qu'elle leur portait.

Elle leur avait déjà consacré une grande partie de son existence et désirait maintenant leur offrir ce qui, bien

443

Les palombes ne passeront plus

après son départ, perpétuerait son souvenir et son amour. Et à cela, Pierre-Edouard n'avait rien à redire; n'avait-il pas, lui, planté des noyers pour ses arrière-petits-enfants?

Après deux heures de piste défoncée, ensablée mais praticable, le petit convoi de trois véhicules atteignit le col de Tamednaïa. Ici, la hamada plate comme une table qui s'étendait jusqu'au poste et même au-delà, se cassait en une gigantesque et profonde faille qui surplombait la vallée où, tel un gros serpent gris, s'étalait le lit desséché de l'oued Zousfana.

La piste dégringolait vers lui en une multitude de lacets vertigineux, d'à-pics mortels. Elle s'insinuait dans les éboulis de roches noires, s'agrippait, se tordait, se lovait contre la paroi pour déboucher enfin, treize kilomètres plus bas, dans le reg qui bordait l'oued.

Paul sauta à terre. Il n'avait même pas eu besoin de dire au chauffeur de s'arrêter, le deuxième classe Lavaud connaissait bien sa piste. Ici, l'arrêt était obligatoire. Pour souffler un peu d'abord et boire un coup, mais surtout pour bien calculer la descente.

Elle était folle, tellement terrifiante que même le soir, au retour donc, après treize kilomètres d'escalade, le convoi stopperait au même endroit et les hommes s'approcheraient du précipice pour contempler avec soulagement ce à quoi ils venaient d'échapper.

Car non seulement la piste était dangereuse comme un sentier de montagne, mais propice à toutes les embuscades, les traquenards. Là, cinquante rebelles pouvaient se tapir à mille endroits et tirer sur les camions comme à la cible. Là, un seul fel, juste pour le plaisir d'étrenner son moukhala tout neuf — made in Tchécoslovaquie — pouvait expédier les trois camions dans le ravin; trois chauffeurs, trois cartouches et bonsoir, ou plutôt *msa el khir*!

Alors, parce qu'il était impossible d'ouvrir ce col comme il l'eût mérité, c'est-à-dire avec quatre sections d'hommes bien entraînés qui eussent mis des heures pour en fouiller les moindres recoins, les chefs de convois se jetaient là en misant sur la vitesse, espérant qu'en cas de coup dur, les véhicules, lancés comme des

L'anneau d'Or

bolides, auraient peut-être une chance de s'échapper ; sauf si le chauffeur négociait mal un virage.

— C'est vraiment un foutu sale coin, dit Paul en allumant une cigarette.

— Vous voulez boire, mon capitaine ? lui proposa le chauffeur en lui offrant une guerba humide et fraîche.

— Cette blague ! dit Paul en saisissant l'outre. Il but longuement, puis observa la piste. Tu vois, dit-il en tendant le bras vers un lacet, si j'étais les Viêts, enfin les fels, c'est là-bas que je me collerais, mais ils n'y seront pas, sont trop cons ! T'es prêt, petit ? Alors en route, et ne va pas nous foutre en l'air !

Les trois camions s'ébranlèrent et foncèrent vers la descente.

L'obus de 105, non éclaté, récupéré à quatre kilomètres du poste Duveyrier, piégé et enfoui dans un des tournants de la piste, explosa au passage de la roue droite et pulvérisa toute la cabine du G.M.C.

C'est grâce aux trois galons, encore accrochés au treillis lacéré et sanglant, que les hommes des camions suivants purent, atterrés, reconnaître le corps du capitaine Paul Vialhe. Il avait trente-six ans.

Dès qu'il les aperçut, tout maladroits et gênés, sortir avec lenteur, et comme à regret, de leur Aronde bleue, Pierre-Edouard comprit. Avant même qu'ils ne parlent, il sut. Et lorsque l'adjudant de gendarmerie et son collègue brigadier, sans avoir encore prononcé un seul mot, enlevèrent gauchement leur képi, il faillit leur dire de se taire.

Il devinait ce qu'ils allaient lui annoncer, car, bien qu'il s'en soit maintes et maintes fois défendu, qu'il ait tout fait pour chasser la prémonition insidieusement tapie au fond de lui, il attendait leur visite depuis des années, la redoutait, mais pressentait qu'elle était inéluctable.

Son instinct ne l'avait pas trompé et les deux pandores qui tournaient leur képi entre leurs doigts, en le regardant avec de pauvres yeux coupables, lui prouvaient que l'heure était venue d'entendre l'atroce nouvelle. Et il était tellement résigné, tellement bouleversé, que les

445

Les palombes ne passeront plus

gendarmes, pourtant toujours muets et qui tentaient en vain d'exprimer leur compassion, comprirent qu'ils incarnaient la mort et que ce vieillard savait tout.

— Bonjour, monsieur Vialhe, essaya humblement l'adjudant, on est là pour...

— Je sais, dit Pierre-Edouard, mais parlez plus bas, Mathilde pourrait vous entendre et ce n'est pas à vous à le lui apprendre.

— Bien sûr, murmura l'adjudant en se dandinant... Je... enfin, vous vous doutez, enfin, n'est-ce pas?

— Non, je sais. Quand? Comment?

— Hier matin, balbutia le gendarme, une mine, il n'a pas du tout souffert, voilà. Heu... il faudra bien huit jours pour rapatrier le corps...

— Oui, souffla Pierre-Edouard, partez maintenant, moi, j'ai à faire. Il faut que je prévienne Mathilde, ma petite Mathilde, vous comprenez?

Il tourna les talons et marcha lentement vers la maison. Et lorsqu'il poussa la porte et qu'un flot de soleil et de lumière s'engouffra dans la pièce, il sut pourtant qu'il entrait dans la nuit.

29

L'un soutenant l'autre, attentifs aux moindres soupirs, regards ou résurgence de chagrin, avec un acharnement plein de délicatesse et des trésors de tendresse, Pierre-Edouard et Mathilde s'entraidèrent mutuellement à sortir du gouffre. Et parce qu'il se crut plus solide et plus apte à réagir que Mathilde qui, elle-même, pensa être la plus résistante, chacun s'acharna à vouloir porter seul le fardeau.

Pierre-Edouard s'obligea à ne jamais se plaindre, à taire la douloureuse colère qui le faisait gronder contre cette intolérable injustice qui avait voulu que lui, vieil homme dont la vie était déjà si remplie et l'avenir si

446

L'anneau d'Or

restreint, survive à son fils. C'était illogique, contre nature, révoltant. Mais il n'en dit rien à cause de Mathilde.

Et elle, dont les flancs et la chair gardaient encore le souvenir de ce fils, elle dont la mémoire résonnait toujours de ses pleurs de bébé, de son rire d'enfant, elle qui avait été si inquiète, mais également si fière de le voir devenir homme, elle aussi se tut, étouffa ses plaintes et cacha ses larmes; à cause de Pierre-Edouard.

Ainsi, pour ne pas accroître leur détresse commune, l'un et l'autre surmontèrent leur peine, tentèrent de la juguler, dans le seul but de prendre en charge celle du conjoint.

Alors, peu à peu, parce qu'ils s'étaient contraints à la maîtrise, ils émergèrent ensemble du tunnel et la nuit s'éclaircit pour eux.

Mais pendant cette longue période semée d'embûches, de pièges, de phrases et de soupirs qu'il fallait taire ou étouffer, d'inquiétude aussi à la pensée de voir l'autre trébucher et sombrer, ils furent soutenus et encadrés, entourés. Outre l'aide de Jacques, de Mauricette et de Louise, et même celle de Léon qui, pourtant, faisait lui aussi peine à voir, ils reçurent celle de Berthe.

Elle arriva à Saint-Libéral au lendemain de la visite des gendarmes et, avec elle, gênés de se présenter en de telles circonstances, mais conscients d'être à leur place, vinrent Guy et sa jeune femme Colette à qui, tout naturellement et sans contrainte, Mathilde ouvrit les bras.

Félix aussi débarqua deux jours plus tard et parce que les femmes encadraient Mathilde, que Jacques et Guy ne savaient que faire pour leur père, il s'attacha à ses pas, ne le quitta point. Il écouta le vieil homme lorsqu'il avait besoin de parler et sut se taire quand il recherchait le silence.

Mais ni lui, ni Guy et Colette ne purent demeurer longtemps après l'inhumation de Paul. En revanche, parce qu'elle était déjà en semi-retraite, Berthe s'installa à Saint-Libéral. Ce fut elle qui veilla à ce que la maison Vialhe soit désormais toujours animée par la présence des petits-enfants de Pierre-Edouard et de Mathilde. Elle qui poussa son frère à ne pas négliger davantage ses occupations, ses ruches, son jardin, sa

447

Les palombes ne passeront plus

vigne. Elle encore qui déposa entre les mains de Mathilde une grosse pelote de laine et des aiguilles à tricoter pour commencer la layette dont Colette, enceinte depuis un mois, allait avoir besoin pour son bébé. Elle toujours qui, pour Noël, parce que Pierre-Edouard et Mathilde, à cause de leur deuil, ne voulaient plus aller veiller chez Léon — les voisins n'auraient pas compris une telle attitude — fit installer la télévision dans la maison Vialhe.

Elle enfin qui, après l'accouchement de Colette, parvint à décider son frère et sa belle-sœur de l'accompagner à Paris — où elle avait conservé son appartement — pour faire connaissance avec leur petit-fils Jean et prouver ainsi à Guy et à sa femme que leur désinvolture de l'année précédente était pardonnée.

Pierre-Edouard et Mathilde se firent un peu prier, arguèrent des travaux, des soins aux bêtes et aux ruches et finirent par accepter.

C'est ainsi qu'en mai 1959, Pierre-Edouard, qui n'avait pas remis les pieds à Paris depuis 1918, fit découvrir à Mathilde cette capitale qu'elle ne connaissait toujours pas. Mathilde qui, à cinquante-neuf ans, n'était encore jamais sortie du Limousin.

Placé à la tête de la mairie de Saint-Libéral à la suite des élections de mars 1959, Jacques avait ceint l'écharpe avec fierté et satisfaction, mais sans se faire aucune illusion quant à ses chances de faire revivre la commune.

Tout démontrait qu'elle était sans avenir, sans ressort, agonisante, engourdie par la vieillesse de sa population, privée de force par l'hémorragie des jeunes qui, dès le certificat d'études, fuyaient vers les villes pour y apprendre un métier, et ce n'était jamais celui de la terre.

Saint-Libéral végétait comme les très vieux châtaigniers qui reverdissent encore un peu à chaque printemps, mais dont le nombre de branches mortes augmente d'une année à l'autre et sclérose toute la charpente. A Saint-Libéral maintenant, le total des agriculteurs à plein temps ne dépassait pas la quinzaine.

L'anneau d'Or

Quant aux autres terriens, mi-ouvriers, mi-paysans, ils exploitaient leurs lopins les samedis et dimanches, ou le soir, au retour de ce travail en ville qui était pour eux la seule possibilité de survivre.

Pourtant, dans les années 60, Jacques reprit espoir car, coup sur coup et comme si Louise avait fait école, plusieurs maisons s'érigèrent à la périphérie de Saint-Libéral, sur des terrains vendus par Louis, le fils de Léon, agent d'affaires à Brive.

Un temps, Jacques crut à la résurrection du village, à sa renaissance, mais il déchanta vite. Les nouveaux habitants, modestes retraités ou travailleurs en ville, ne vivaient pas avec la communauté de Saint-Libéral, ne participaient pas à la vie du bourg. Les uns étaient là pour couler une paisible vieillesse, les autres venaient pour dormir ou alors, pendant les week-ends, entretenir jalousement leur petit jardin. Et si certains se révélèrent comme d'agréables voisins, leur mode d'existence et leur rythme de vie créaient entre eux et les natifs de la commune un fossé d'incompréhension difficile à combler.

Au fil des ans, Saint-Libéral changea d'aspect et de mentalité. Et alors que, naguère, tout le monde se connaissait et se saluait chaque jour, sauf les voisins brouillés, beaucoup de gens du village en arrivèrent à ne plus dire bonjour à des individus qui, par timidité ou par morgue, ne répondaient même pas à leur salut.

De même disparut l'esprit d'entraide qui avait fait la force et la solidité de toute la communauté. Pris par leur double activité, les paysans-ouvriers n'eurent plus le temps ni le courage d'aller aider les voisins. Quant aux derniers agriculteurs, ils durent, pour remplacer une main-d'œuvre désormais introuvable, s'endetter encore davantage pour s'outiller au maximum sans pour autant accroître leur chiffre d'affaires.

Réélu conseiller général en 1961, mais déçu de ne pouvoir rien faire pour sortir sa commune du marasme, inquiet aussi quant à l'avenir de sa ferme, ce fut d'un œil sceptique que Jacques assista à la naissance des lois d'orientation agricoles de 1960 et 1962. Car si certains

449

Les palombes ne passeront plus

de leurs aspects le réconcilièrent un peu avec le pouvoir en place, d'autres le renforcèrent dans la certitude qu'il figurait lui aussi dans le dernier carré d'une agriculture en voie de disparition, une agriculture condamnée puisque insuffisamment productive.

Elle n'intéressait plus personne, car elle était gérée par des simples cultivateurs qui, quoi qu'on dise ou décide, étaient incapables de se transformer en ces chefs d'entreprises dont on assurait qu'ils représentaient l'avenir de la terre. Et même Jacques, malgré ses compétences, son désir d'aller toujours de l'avant, savait que sa modeste exploitation, perdue dans un conglomérat de petites fermes dont beaucoup agonisaient déjà, était elle aussi sur la dangereuse pente de la stagnation économique, donc de la mort.

Mais parce qu'il avait une femme et deux enfants à nourrir, qu'il était d'une race qui exècre la passivité et l'abandon et qu'il misa sur le fait que, peut-être, celui qui pourrait rester le dernier serait le vainqueur, il s'accrocha à sa terre, la soigna, lui consacra toutes ses forces. Grâce à son travail, envers et contre tout, la ferme des Vialhe demeura la plus belle de la commune.

Et c'est parce qu'il ne voulait ni ne pouvait reculer, qu'il se savait contraint à cette espèce de fuite en avant qu'il n'hésita pas, en avril 1964, lorsque cédèrent, à bout de souffle, le pont et la boîte de son premier tracteur, à acquérir un nouvel engin, un 35 CV, cette fois. Il le paya 25 000 nouveaux francs et, pour faire bonne mesure et tant qu'à faire d'être endetté, acheta aussi, pour 9 500 francs, une presse à fourrage.

Elle lui était devenue aussi indispensable que le tracteur et tout son outillage, car il était maintenant seul avec Michèle pour rentrer son foin. Son père avait beau être encore solide, il avait soixante-quinze ans, son aide était insuffisante.

Ce fut Léon qui eut vent de l'affaire. Pourtant, il ne sortait guère de chez lui, bricolait un peu dans son jardin et guettait surtout avec impatience la venue de Pierre-Edouard qui, chaque après-midi maintenant, juste après la sieste, montait au château.

450

L'anneau d'Or

C'était devenu un rite. Jadis, sans doute eussent-ils été discuter à l'auberge, mais elle était fermée depuis quatre ans et le bistrot anciennement tenu par Noémie Lamothe — le seul du village maintenant, et géré par sa fille Nicole — avait toujours aussi mauvaise réputation qu'au début du siècle, au temps de la mère Eugène.

Pierre-Edouard grimpait donc au château, embrassait sa belle-sœur, puis rejoignait Léon dans la salle de billard. Les deux hommes jouaient encore parfois, mais, plus souvent, préféraient s'installer dans les vastes fauteuils. Là, avec des mines de conspirateurs, et bien qu'ils sachent depuis longtemps que Yvette n'était pas dupe, Pierre-Edouard roulait une cigarette pour son beau-frère — une seule, mais grosse comme le doigt! — pendant que Léon versait un dé à coudre de vieille prune dans les verres. Cela fait, ils reprenaient leurs conversations de la veille, commentaient les nouvelles de la région ou du monde, épluchaient le journal, discutaient politique, évoquaient leurs souvenirs et leurs compagnons disparus. Ils étaient au courant de tout et s'intéressaient à tout.

Ce jour-là, 17 octobre 1965, malgré la hâte qu'il avait à mettre Pierre-Edouard au courant de ce qu'il venait d'apprendre, Léon sacrifia à leur cérémonial habituel et ce ne fut qu'après avoir allumé sa cigarette et posé le petit verre de prune devant son beau-frère qu'il lança.

— Louis est passé ce matin...

— Je sais, il est venu nous saluer.

— C'est bien, commenta Léon heureux de constater que son fils ne négligeait pas ses oncles et tantes. Et il ne t'a rien dit?

— Non.

— C'est bien, répéta Léon, je comprends pourquoi il réussit en affaires, le bougre : il sait se taire... Et tu' sais pourquoi il est venu?

— Ah ça, oui! Pour vérifier le piquetage des trois lots qu'il a vendus en bordure du chemin qui monte au plateau! bougonna Pierre-Edouard.

Il n'aimait pas du tout ces implantations de maisons en pleine nature. Jusqu'à ces dernières années, le plateau et les puys étaient restés tels qu'il les avait connus dans son enfance, sauvages, perdus, calmes, uniquement

451

Les palombes ne passeront plus

réservés aux cultures, aux troupeaux, aux châtaigniers, à la cueillette des cèpes et des girolles, à la chasse.

Puis la route qui allait là-haut avait été goudronnée — ainsi d'ailleurs que celle qui grimpait à Coste-Roche; alors les maisons étaient apparues, verrues incongrues qui enlaidissaient le paysage par l'agression de leur toit de tuiles et de leur crépi blanc, chassaient le gibier, brisaient le silence et donnaient aux habitants du village l'impression de ne plus être tout à fait chez eux lorsqu'ils allaient dans leurs champs.

— Je sais, dit Léon, tu n'aimes pas ces baraques, moi non plus d'ailleurs, mais tu n'as qu'à te plaindre à ton fils, c'est lui le maire!

— Il croit que ça fera revivre la commune; enfin, il le croyait...

— Peu importe, j'ai autre chose à t'apprendre, coupa Léon, soucieux de ne pas s'étendre davantage sur ce sujet, car il voyait d'un assez mauvais œil la façon dont son fils employait les bons terrains qu'il lui avait légués.

— Et quoi donc? Que ton fils fera comme Jacques et qu'il ne votera pas pour de Gaulle? Je le sais, il me l'a dit ce matin, cet imbécile! ironisa Pierre-Edouard dont l'humeur s'était assombrie à la seule pensée des maisons neuves qui allaient abîmer son horizon.

— Ce n'est pas ça du tout! Laisse les jeunes voter comme ça leur chante, ça n'empêchera pas le Grand de mettre la pâtée aux autres rigolos! Non, ce qu'il m'a dit, c'est beaucoup plus sérieux : le fils Bouyssoux vend sa ferme.

— André Bouyssoux? De la Brande?

— Ben oui, le fils de Léonard, cette andouille à qui ton père voulait marier Louise!

— Ah, bon sang! Et pourquoi vend-il?

— Qu'est-ce que tu veux qu'il fasse d'autre? Tant que Léonard était là, ça allait, lui mort, c'est une ferme foutue.

— Et sa mère?

— Elle est à l'hôpital et pour un bout de temps, si toutefois elle en sort un jour. Alors mets-toi à la place d'André, tout seul là-bas! D'ailleurs, c'est un incapable et un feignant, alors la terre...

— Miladiou, c'est pourtant une sacrée belle ferme,

L'anneau d'Or

elle fait au moins quinze hectares et presque d'un seul tenant!

— Quatorze hectares cinquante-cinq ares, dit Léon. Il en veut neuf cents... non, quatre-vingts, enfin neuf millions anciens! Maintenant, c'est à toi de jouer.

— T'es fou, non?

— Je voulais dire à Jacques.

— J'avais compris, murmura Pierre-Edouard songeur. La Brande, dit-il, oui, ça l'arrangerait bougrement. Mais c'est cher, et loin!

— Trois kilomètres d'ici, quatre de Coste-Roche, en passant par le plateau avec un tracteur et ces belles routes goudronnées, ça ne compte pas!

— C'est Louis qui t'a prévenu?

— Oui, André a été le voir à son agence à Brive. Alors Louis a pensé que ça pourrait intéresser Jacques, il n'a encore rien dit à personne.

— Il faut prévenir Jacques, et tout de suite, décida Pierre-Edouard en se levant.

— Oui, sourit Léon, on va y aller; Yvette nous y conduira, mais avant, laisse-moi finir ma cigarette.

— Et où voulez-vous que je trouve neuf millions, dix avec les frais même! Si je vous disais ce que j'ai déjà comme remboursements d'emprunts par an, à vos âges, ça pourrait vous tuer! ironisa Jacques.

Il était amer, car sitôt mis au courant, il avait compris que ces quinze hectares pouvaient le sauver, qu'ils représentaient cette chance, peut-être unique, à laquelle il devait coûte que coûte s'accrocher. Mais son enthousiasme était tout de suite tombé à l'idée de la somme indispensable à cet achat.

— Il faut te débrouiller, dit Léon. D'abord tu peux discuter, à mon avis il faut baisser à sept millions; ça fera dans les 500 000 l'hectare, c'est correct. Si tu veux, moi j'irai discuter et c'est bien le diable si...

— Miladiou! Me débrouiller! Tu en as de bonnes, toi! J'ai pas ça de disponible! lança Jacques en faisant claquer l'ongle de son pouce contre ses dents. Oh, et puis j'en ai marre de toujours courir après l'argent! Et au diable votre ferme de la Brande!

453

Les palombes ne passeront plus

— Calme-toi, dit Pierre-Edouard. Cette terre, il te la faut absolument. Pour toi d'abord, pour Dominique plus tard, s'il veut revenir un jour.

— Ah ça, il ferait beau voir! Merde alors, pourquoi penses-tu qu'on lui a payé toutes ses études et qu'elles nous coûtent encore les yeux de la tête? Pour qu'il revienne faire comme moi, se crever pour des clous et tirer la langue! Ah non, alors!

— Tais-toi, dit sèchement Pierre-Edouard, tu ne sais pas encore ce qu'il décidera de faire!

C'était entre son fils et lui un sujet douloureux dont ils évitaient généralement de parler. Dominique avait marché sur les traces de son père, obtenu ses deux bacs et suivait pour l'heure, à l'école de Grignon, des études qui feraient de lui cet ingénieur agronome qu'il voulait être.

Pierre-Edouard avait d'abord été très fier de son petit-fils et c'est à lui qu'il avait remis, le jour de son premier bac, ce napoléon de 20 francs que son propre grand-père lui avait donné pour son certificat d'études, le 11 juillet 1902.

Mais, par la suite, les propos de Jacques et l'orientation prise par son petit-fils avaient lentement sapé son bonheur. Il avait réalisé qu'un ingénieur agronome ne reviendrait sans doute pas nettoyer la porcherie, soigner les vaches, charrier le fumier. Et s'il était malgré tout très heureux des résultats de Dominique, l'idée que la terre des Vialhe serait peut-être un jour sans successeur le remplissait de tristesse. Alors, pour la vaincre, il s'accrochait à l'idée que, contre toute logique, malgré ses diplômes, ses mains trop blanches et sa tête bien remplie par les études, son petit-fils, à son heure mais un jour, reprendrait la terre.

— Parfaitement, répéta-t-il, tu ne sais pas ce qu'il décidera de faire plus tard!

Jacques haussa les épaules.

— Ça ne sera toujours pas de venir s'enterrer ici! Ou alors c'est qu'il sera devenu fou! maugréa-t-il.

— Vous me fatiguez avec vos histoires, coupa Léon. Le problème n'est pas là, il est dans ces terres de la Brande qu'il ne faut pas laisser filer!

— C'est vrai, dit Pierre-Edouard, j'espère que le

L'anneau d'Or

temps se chargera d'arranger le reste. Pour le moment, il faut absolument que tu achètes, insista-t-il d'un ton radouci.

— Je ne demanderais pas mieux, mais j'ai pas d'argent, alors n'en parlons plus !

— On essaiera de t'aider, plaida Pierre-Edouard, on peut te prêter, ah, pas beaucoup, mais un million peut-être... Il faudra voir avec ta mère, tu sais l'argent et moi... Il te faut ces terres. Tu m'as toujours dit qu'il te fallait au moins quarante hectares; avec la Brande, tu les auras. Fonce, mon petit, fonce ! La terre, il ne faut jamais la laisser partir, jamais !

— Mais comprends que je ne veux pas passer ma vie à la payer ! C'est pas une existence, à la fin ! Et tout ça pour vivre pauvre et mourir riche !

— Ne dis pas de sottises, coupa Léon. Ton père a raison, la terre, il n'y a que ça de solide. Alors, ton problème, on va te le résoudre. Moi, je dis que les vieux qui le peuvent doivent aider les jeunes, c'est d'ailleurs à peu près tout ce que peuvent faire d'utile des vieilles bêtes de réforme comme ton père et moi ! Alors voilà, tes parents peuvent te prêter un million, moi j'en rajoute cinq. Tu les rendras quand tu pourras, à moi ou à Louis, plus tard, quoi... On marquera ça sur le papier, que ça ne presse pas; parce que les sous, à mon âge... Et crois bien que, si j'avais pu, j'aurais fait mieux, mais Louis m'a coûté rudement chaud avec cette nouvelle agence qu'il vient de monter à Limoges ! Alors, cinq millions, ça ira ?

— Tu ferais ça ? Vrai ? demanda Jacques.

— Parole, tout de suite, si tu veux !

— Oh, alors ça change tout, dit Jacques. Il me reste à peine la moitié à trouver !

— Ouais, mais où ? hasarda Pierre-Edouard, au Crédit agricole ?

— Eh oui. Mais ça devrait aller. L'année prochaine j'aurai fini de payer mes premiers emprunts, ceux des terres du château, alors je vais remettre ça pour les terres de la Brande. Tu vois, plaisanta-t-il, quand je te dis que j'aurai passé ma vie à payer ma terre ! Mais là, ça me gêne moins, quatre millions, ce n'est pas le Pérou !

— Sans doute, dit Pierre-Edouard, mais si j'étais toi,

455

Les palombes ne passeront plus

avant d'aller voir ces messieurs du Crédit, j'en parlerais
à Berthe; elle est de bon conseil et peut-être qu'elle aussi
te prêterait quelques sous.

Mise au courant, Berthe n'hésita pas une seconde,
sortit son carnet de chèques et sourit à son neveu.

— Toi au moins, dit-elle, tu fais moins de simagrées
que tes parents! Depuis que je suis revenue vivre ici, ils
n'ont jamais voulu un sou de moi. Je suis même obligée
de me battre pour aller faire les courses. Ah, cette fierté
des Vialhe! Combien te faut-il?

— C'est-à-dire..., balbutia Jacques pris de court.

— Tiens, dit-elle en lui tendant un chèque, tu m'as
bien dit qu'il te manquait quatre millions, les voilà et
n'en parlons plus.

— Si, justement, dit-il, pour le remboursement, si tu
peux attendre un peu...

— Mais oui, dit-elle en riant, j'ai soixante-douze ans;
si tu peux me rendre ça dans une trentaine d'années, je
pense que ça m'arrangera bien!

— Mais je ne plaisante pas! protesta Jacques, soit je
te rembourse, soit tu gardes ton argent!

— Ne sois pas idiot, petit Vialhe, tu me rappelles ton
grand-père! Ah, je vois que tu as encore beaucoup à
apprendre et j'espère que tu vivras assez vieux pour
comprendre que l'argent n'a que la valeur qu'on lui
donne. Moi, ça me fait plaisir de te faire ce chèque,
c'est un petit bonheur que je m'offre et il n'est pas cher
payé, quoi que tu en penses! Toi, ça t'arrange, alors ne
me fatigue pas avec le reste. Dans ma vie, j'ai gagné
beaucoup d'argent, mais je n'ai jamais aimé les histoires
de gros sous. Alors ne fais pas de manières. Prends cet
argent, mais si ça te gêne vraiment, sache que lorsque
Guy et Colette se sont mariés, je les ai aidés eux aussi.
Et, comme maintenant, ça m'a fait plaisir de pouvoir
le faire!

Jacques devint propriétaire de la ferme de la Brande
un mois plus tard. Parce qu'il était le seul acquéreur de
la commune, la S.A.F.E.R. n'intervint pas. Ce fut donc
surtout Léon qui, par goût, discuta avec le vendeur.

Après un mois de siège éprouvant, André Bouyssoux,

456

L'anneau d'Or

vaincu, rendit les armes en laissant deux millions cinq cent mille anciens francs dans la bataille, mais certain malgré tout d'avoir été le plus malin; Léon l'avait persuadé que les prochaines présidentielles amèneraient un marxiste au pouvoir et que toutes les terres en friche — ce qui était le cas des siennes — allaient être nationalisées!

Ce fut donc moyennant six millions cinq cent mille anciens francs que les terres de la Brande, sur lesquelles Jean-Edouard Vialhe voulait installer sa fille dans les années 1910, entrèrent dans la famille Vialhe en novembre 1965.

30

Malgré les explications et les justifications que tentèrent de leur donner Mauricette et Jean-Pierre et les arguments de Jacques qui, sans toutefois approuver la forme adoptée par le mouvement, était de cœur avec lui, Pierre-Edouard et Mathilde jugèrent sévèrement les événements de mai 1968.

Ils n'aimaient ni le gaspillage, ni le désordre, ni les grèves et ne comprenaient pas que des gens qui, par comparaison à ce qu'ils avaient eux-mêmes vécu, bénéficiaient d'une confortable existence, pussent avoir l'outrecuidance de se plaindre.

Et eux qui avaient passé toute leur vie à travailler, qui, en bientôt cinquante ans de mariage, n'avaient pris que dix jours de vacances, écoutèrent avec stupéfaction les revendications qui fusaient de toutes parts.

Ce ne fut pas l'action de la classe ouvrière qui choqua le plus Pierre-Edouard. Depuis 1936, il se défiait un peu d'elle, la savait prompte à s'enflammer et rarement satisfaite et, comme il n'attendait rien de bon des syndicats, il ne fut pas étonné de les voir entrer en action. En revanche, le scandalisa profondément l'attitude des enseignants qui se rangèrent aux côtés des étudiants contestataires.

457

Les palombes ne passeront plus

Lui qui, toute sa vie, avait respecté ceux qui détenaient le savoir, qui avait tout fait et tant travaillé pour donner à ses propres enfants la possibilité de poursuivre le maximum d'études, il fut outré d'apprendre que des gamins, nantis et gâtés puisque étudiants, aient non seulement l'audace de cracher dans la soupe, mais encore créent le désordre dans la rue et ce avec la bénédiction de leurs professeurs.

— Et c'est ça que tu trouves si bien? lança-t-il un soir à sa fille après avoir regardé les manifestations retransmises par la télévision.

Comme une fois par semaine, Mauricette et Jean-Pierre étaient venus dîner chez leurs parents, mais, connaissant le point de vue de leur père à propos des événements, ils s'étaient bien gardés d'aborder ce brûlant sujet.

— Il faut les comprendre, essaya Mauricette, si tu crois que la vie est drôle !

— Miladiou ! C'est à moi que tu oses dire ça ! La vie n'a jamais été aussi facile que maintenant ! Parce que moi, à l'âge de ces jeunes cons, je travaillais douze heures par jour, été comme hiver, et mon père ne me payait même pas ! Pourquoi tu rigoles, toi ? Qu'est-ce que ça a de si drôle ? demanda-t-il à Berthe.

— Rien, dit-elle en glissant une gauloise dans son fume-cigarette. Mais tu as beau dire : toi aussi, au même âge, tu as voulu casser le système ! Et c'est bien ce que tu as fait en partant d'ici, et moi de même, et Louise tout pareil ! Quand on y pense, on était de fameux contestataires chez les Vialhe, c'est ça qui me fait rire.

— Ça n'a rien à voir ! protesta-t-il. D'ailleurs nous, on n'a jamais prêché la révolution !

— C'est vrai, mais on l'a faite, à notre façon.

— C'était tout différent, s'entêta-t-il, d'abord nous, on travaillait; eux, ils ne foutent rien et ils réclament tout. Bon Dieu, qu'est-ce qu'il se perd comme coups de pied au cul ! Et quand je pense que les professeurs se sont rangés avec ces petits braillards !

— Ce n'est pas toujours facile d'être professeur ! plaida Jean-Pierre.

— De quoi? Tu te plains, toi aussi? ricana Pierre-Edouard. Avec tes quatre mois de vacances, ton salaire,

L'anneau d'Or

ton logement, ta retraite assurée et tout ça pour t'occuper de quinze gosses! Tu ne manques pas de culot, mon salaud!

— Ce n'est pas pour moi que je parle, bien que je sois en droit de déplorer de n'avoir plus que quinze gosses à instruire, d'être dans un village qu'on laisse mourir et que l'Etat abandonne! Cela mis à part, je vous assure que nombre de mes collègues ont bien raison de réclamer des changements!

— Rien du tout! trancha Pierre-Edouard. Un étudiant qui refuse de travailler est un parasite et un professeur qui se met en grève un jeanfoutre! Tu ne m'enlèveras pas ça de l'idée!

— Dites, intervint doucement Mathilde, on n'est pas au quartier Latin ici, ni à la Sorbonne! Moi je trouve déjà assez triste de voir tous ces gens se battre pour des bêtises; alors, ne faites pas pareil!

— Tu as raison, dit Pierre-Edouard.

Mais parce qu'il se sentait bouillonnant de colère, que cette soirée de mai était encore lumineuse et claire, il se leva et marcha vers la porte.

— Je vais voir mes abeilles, jeta-t-il en sortant; elles, au moins, elles ne se foutent pas en grève et elles n'emmerdent personne!

S'il évita désormais de parler des événements en présence de Jacques, de Mauricette ou de son mari, Pierre-Edouard se rattrapa chaque après-midi avec Léon. Ils suivirent ensemble l'évolution de la situation et se révoltèrent de l'ampleur qu'elle prit au fil des jours.

Mais si Léon ne décolérait pas — allant même jusqu'à préconiser, pour vider les rues de tout manifestant, un bon nettoyage à la mitrailleuse lourde et au lance-flammes — Pierre-Edouard évolua différemment.

A ses premières fureurs, succéda un sentiment mitigé, fait de tristesse, de doute et d'impossibilité à comprendre les mobiles qui poussaient des jeunes, en âge d'être ses petits-enfants, à agir comme ils le faisaient.

— Je ne comprends plus, dit-il un jour à Léon, ou alors je suis vraiment devenu un vieux con, ou bien ces jeunes sont fous. Tu as vu la télé, hier soir?

459

Les palombes ne passeront plus

— Oui, ça mérite des coups de fusil!

— Mais pourquoi ont-ils fait ça? Pourquoi?

— Pour faire des barricades, pardi!

— Peut-être, murmura Pierre-Edouard songeur, mais peut-être aussi pour détruire tout ce qui a existé avant eux...

Jusqu'à ce jour, et pour scandaleux qu'il ait jugé le vandalisme aveugle qui incendiait les voitures, brisait les vitrines et dépavait les rues, pour grotesque qu'il ait trouvé les prises de position des politiciens, du moins n'avait-il rien vu de sacrilège dans toutes ces folies.

Et s'il avait même ressenti une sorte de peur lorsque quelques excités — il s'en trouvait au village — avaient annoncé que la vraie révolution prolétarienne et le temps des règlements de compte étaient proches, l'attitude de ces nostalgiques de l'épuration ne l'avait pas surpris. Il connaissait bien ces vieux adversaires. Ils étaient de l'espèce de ceux qui avaient manqué leur coup en 1944 et qui misaient sur 1968 pour rattraper le temps perdu. Et si leurs menaces appelaient quelques précautions élémentaires — pendant huit jours, il dormit avec son fusil de chasse à portée de la main — du moins étaient-elles logiques, explicables, pour ne pas dire évidentes.

Mais, depuis la veille au soir, pour lui, l'irréparable était commis; et même Jacques, présent à la maison, avait grondé de colère lorsque sur l'écran de télévision, ils avaient vu et entendu tomber les platanes du boulevard Saint-Germain prestement tronçonnés par des manifestants.

Ça, c'était la goutte d'eau en trop, le point de non retour, la faute impardonnable; et pour Pierre-Edouard, qui avait passé sa vie à planter des arbres dont profiteraient ses petits-enfants, la rupture avec une génération assez folle pour détruire, par plaisir et pour rien, des arbres en pleine force de l'âge.

Aussi, malgré le soulagement qu'il éprouva lorsque se dénoua la crise, après le 30 mai et les élections de juin, il resta blessé par cette période. Elle l'avait contraint à prendre vraiment conscience d'une évidence qu'il connaissait depuis des années, sans toutefois vouloir y attacher trop d'importance, qu'il était un homme du

L'anneau d'Or

XIXe siècle et qu'un abîme le séparait de ces jeunes qui se préparaient à affronter le XXIe.

Et ce n'était pas les ans qui s'interposaient entre eux, mais la triste image des platanes inutilement immolés du boulevard Saint-Germain.

Pour ne pas réveiller Mathilde, Pierre-Edouard se leva le plus discrètement possible, ouvrit la grande armoire en soulevant légèrement la porte pour que ses gonds ne grincent pas, prit ses habits du dimanche, une chemise blanche et une cravate noire, et s'enferma dans la salle de bains.

Là, après s'être rasé et lavé, il s'habilla avec soin, coiffa ses cheveux blancs, s'humecta les tempes de trois gouttes d'eau de lavande puis traversa la chambre à coucher, la salle de séjour et sortit enfin dans la cour.

La nuit pâlissait à peine vers l'est et, malgré la saison, était douce, sans vent. Il scruta le ciel, fut heureux de le voir étoilé, sans l'ombre d'un nuage; la journée serait belle.

Aujourd'hui, en ce samedi 21 décembre 1968, Mathilde et Pierre-Edouard fêtaient leurs noces d'or et il était ému comme un jeune marié.

Malgré ses souliers qui lui faisaient un peu mal et pour patienter en attendant le réveil de Mathilde — elle allait dormir encore une heure — il s'avança sur la route, puis bifurqua dans le chemin qui grimpait vers le plateau; et les graviers du goudron crissaient sous ses semelles de cuir. Il marcha pendant cinq minutes, puis s'arrêta et se retourna.

A ses pieds Saint-Libéral s'éveillait à peine et seules les maisons de ceux qui allaient partir travailler à Objat, Ayen, Terrasson, la Rivière-de-Mansac ou Brive s'éclairaient une à une. Il nota aussi que les étables de chez Maurice, Delpeyroux et Duverger étaient allumées, calcula que celle de Brousse ne tarderait pas à papilloter et soupira en pensant qu'aucune autre ne s'illuminerait plus jamais. Au village, il n'y avait plus que quatre étables et, dans toute la commune, onze fermes encore vivantes.

« Ce pays est comme moi, pensa-t-il, il est vieux, usé, fatigué, il tient debout par habitude... »

461

Les palombes ne passeront plus

Il tenta de chasser ces pensées amères, mais n'y parvint pas. La veille encore, Jacques lui avait confié qu'il n'allait enregistrer que trois naissances pour cette année 1968, une misère. Car, pour ce qui était des décès, mieux valait n'en rien dire; il y en avait trop, et trop souvent.

Ainsi, à ce jour, Saint-Libéral qui, soixante-dix ans plus tôt, regroupait presque 1 100 habitants, n'en totalisait plus que 322. Déjà, malgré les protestations et les interventions de Jacques — toujours conseiller général — l'administration avait prévenu que le bureau de poste serait fermé dès janvier 1969.

Déjà aussi, courait le bruit que l'école serait supprimée si le nombre d'élèves restait aussi bas. A la rentrée d'octobre, Jean-Pierre n'avait accueilli que onze gosses; et s'il gardait malgré tout quelque espoir de conserver son poste, c'était grâce à l'arrivée de quatre ménages de Portugais; ils avaient une ribambelle de jeunes enfants que Jean-Pierre comptait bien récupérer dès qu'ils auraient l'âge d'être scolarisés. Et peut-être qu'avec un peu de chance, d'autres étrangers viendraient s'installer au village.

Les maisons vides ne manquaient pas, ni les jardins à remettre en état.

Mathilde s'éveilla lorsqu'il entra dans la chambre, fronça d'abord les sourcils en le voyant si bien vêtu, puis se souvint et lui sourit.

— Bon anniversaire, petite femme, dit-il en se penchant vers elle.

— Bon anniversaire, murmura-t-elle en lui offrant sa joue encore toute tiède de la chaleur du lit.

Il l'embrassa au bord des lèvres, s'assit à côté d'elle. Et, de sa grande main toute calleuse et déformée, il lui caressa lentement le visage.

— Fais voir ta main, dit-il, la gauche.

Elle la lui tendit et il s'émut en voyant la petite alliance de maillechort qu'il avait glissée à son annulaire cinquante ans auparavant. La bague était toute usée, fine comme un fil.

Alors, presque aussi gauchement qu'un demi-siècle

L'anneau d'Or

plus tôt, il sortit un écrin de sa poche, l'ouvrit, prit une alliance en or, une solide, bien épaisse, lourde, et l'engagea au doigt de sa femme.

— Il y a cinquante ans que je voulais t'offrir une alliance en or, expliqua-t-il; voilà, c'était l'occasion ou jamais.

— Tu es fou, chuchota-t-elle ravie en regardant la grosse bague à côté de laquelle disparaissait presque le petit anneau de maillechort.

— Oui, peut-être, dit-il en l'attirant contre son épaule et en lui caressant les cheveux, mais ça fait cinquante ans que ça dure, j'y suis habitué maintenant, et ça me plaît bien.

Les joues toutes rosies par le champagne et les yeux pétillants de joie, Mathilde se pencha vers Pierre-Edouard.

— J'aimerais bien qu'on aille se promener, tout à l'heure, quand le repas sera fini, lui souffla-t-elle à l'oreille.

— Comme des amoureux alors?

— Bien sûr, rien que nous deux.

Il lui sourit.

— Tu es contente?

— Oh oui !

— Alors, moi aussi.

Tout avait été merveilleusement bien organisé par Jacques. Grâce à lui, Pierre-Edouard et Mathilde avaient été de surprise en surprise, de bonheur en bonheur.

D'abord, à 10 heures sonnantes, Pierre-Edouard et Mathilde — qui, pour la première fois depuis dix ans avait quitté son deuil et arborait un somptueux ensemble crème offert par Berthe — avaient été appelés à l'extérieur par un concert de klaxons. Alors, parce qu'il faisait très beau, ils s'étaient avancés jusqu'au perron ensoleillé et avaient vu, d'un seul regard, que tous les enfants étaient là, chargés de fleurs et de cadeaux.

Derrière eux, se tenaient Louise, Félix, ainsi que Pierre, sa femme et leur bébé, et Gérard aussi qui donnait le bras à Berthe, enfin, derniers du cortège, Léon, Yvette et Louis. Et une à une, par rang d'âge, les familles

463

Les palombes ne passeront plus

s'étaient avancées vers le vieux couple enlacé et au sourire tremblant d'émotion qui les attendait en haut des trois marches.

D'abord Jacques et Michèle, qu'encadraient Dominique et Françoise, des Vialhe ceux-là; puis Mauricette et Jean-Pierre, et leurs trois filles, Marie, Chantal, Josyane; et enfin, Guy et Colette et leurs quatre enfants, Jean, Marc, Evelyne et le petit Renaud, d'un an à peine, des Vialhe eux aussi.

Et c'est en bruyant et joyeux cortège qu'ils étaient tous partis vers l'église où le vicaire d'Ayen qui, généralement, ne venait célébrer une messe que tous les quinze jours, avait bien accepté d'officier en l'honneur de ce vieux ménage qui, cinquante ans plus tôt, dans cette même église, par une froide journée de neige, s'était juré amour, fidélité et assistance.

Après la messe, pendant que les cloches sonnaient à la volée, Pierre-Edouard et Mathilde, comme de tout jeunes mariés, avaient serré les mains des vieux amis, des voisins, et même posé pour les deux journalistes que Jacques avait prévenus.

Ensuite, dans le recueillement et le silence, toute la famille s'était assemblée autour du monument aux morts où, parmi tant d'autres noms, était gravé celui de Paul Vialhe. Et c'est en s'efforçant de sourire, parce que ce jour n'était pas aux larmes, que Mathilde avait déposé un gros bouquet de roses au pied du coq de pierre qui écrasait un casque à pointe tout moucheté de lichen par les ans.

Puis, ils s'étaient tous regroupés au cimetière où, là encore, Mathilde avait fleuri les tombes des Vialhe, toute cette lignée des Edouard qui avait forgé la famille. Enfin, avant de partir, elle n'avait pas non plus oublié d'aller déposer quelques œillets blancs sur la tombe de Nicolas.

Profitant du bruit qui résonnait dans la salle des fêtes où avait été dressée la grande table, Pierre-Edouard et Mathilde se dirigèrent discrètement vers la sortie.

— Vous allez aux fraises? A votre âge? Vous n'avez pas honte? leur glissa Léon en clignant de l'œil.

— Jaloux! lui lança Pierre-Edouard en passant le bras

L'anneau d'Or

autour de la taille de Mathilde, si tu ne les avais pas tant cherchées dans ta jeunesse, tu pourrais encore les cueillir !

— Vantard !

— Qu'est-ce que vous dites? demanda Mathilde.

— Oh, rien, assura Pierre-Edouard, c'est juste ton vieillard de frère qui se plaint encore de son âge !

Dehors, le calme et le silence les accueillirent; même la place de l'église était déserte et ils ne croisèrent qu'un chien lorsqu'ils remontèrent la grand-rue. Confinés chez eux, les habitants de Saint-Libéral regardaient la télévision.

Toujours enlacés, ils passèrent devant la vieille maison Vialhe puis, tout naturellement, s'engagèrent dans le chemin qui montait vers les puys. Ils n'avaient nul besoin de parler pour savoir où allaient les conduire leurs pas.

Pierre-Edouard détourna la tête lorsqu'ils passèrent devant les maisons neuves qui se dressaient au bord du chemin. Il y en avait maintenant six; elles mordaient sur la bordure du plateau et leur alignement laissait présager que d'autres bâtisses allaient, sous peu, s'enfoncer davantage dans les terres.

Ils débouchèrent enfin sur le plateau. Il était toujours somptueux, car les terres des Vialhe s'y étalaient, grasses, riches, vivantes. D'autant plus belles maintenant qu'elles étaient peu à peu cernées par les friches, les landes, les taillis même, qui, depuis la fuite des hommes ou leur dégoût de la terre, s'installaient en force et menaient pourtant un combat perdu d'avance contre l'inexorable emprise des maisons; une grosse partie de ces terrains appartenait à Louis qui, un jour ou l'autre, lotirait.

— Viens, dit Pierre-Edouard en entraînant Mathilde.

Ils entrèrent sur leurs terres, traversèrent la Pièce Longue et ses noyers, les très vieux et les jeunes, tous beaux, puis celle des Malides — belle et généreuse luzernière — celles des Lettres de Léon et de Chez Mathilde — bien peuplées de ray-grass, de fétuque et de dactyle — et enfin celle de la Rencontre, couverte de seigle-vesce et qui allait mourir au pied du puy Blanc.

Il n'avait pas changé, lui, et les genévriers, les buis, les ajoncs et les genêts d'Espagne couvraient toujours

465

Les palombes ne passeront plus

ses flancs, comme jadis, en ce jour de septembre 1917 où Pierre-Edouard, permissionnaire, avait rencontré la petite Mathilde, toute belle, spontanée, et fraîche de ses dix-sept ans.

— On grimpe? proposa-t-il.

— Bien sûr.

Lentement, parce qu'il n'avait plus ses jambes de jeune homme, ils escaladèrent le puy.

— Tiens, dit-il en s'arrêtant à mi-pente pour souffler un peu, c'est juste ici qu'avec ton frère et Louise on était venu relever les collets à grives, il faisait un froid! C'était le 24 décembre 1899, tu n'étais même pas née!

— Je sais, sourit-elle, tu me l'as raconté mille fois! Et c'est en repartant que vous avez entendu les loups et jeté vos grives!

— Tu as raison, je radote, dit-il en s'asseyant sur une grosse pierre plate.

— Ne va pas me prendre froid! s'inquiéta-t-elle en se penchant vers lui pour mieux nouer son cache-col.

— Mais non, il fait bon. Assieds-toi, là.

Elle s'installa à ses côtés et ils se pelotonnèrent l'un contre l'autre.

— Tu te souviens? demanda-t-elle en désignant un bouquet de genévriers d'un coup de menton, c'est juste là que tu as arrêté mes vaches, c'est loin tout ça...

— Eh oui, soupira-t-il, c'est très loin. Et pourtant c'était hier.

— Ne sois pas triste, dit-elle car elle savait interpréter le moindre de ses regards et le son de sa voix.

— Je ne suis pas triste.

Elle vit qu'il contemplait les terres des Vialhe, sut à quoi il pensait.

— Ne t'inquiète pas, insista-t-elle, maintenant, grâce à la Brande, Jacques est sauvé, les terres resteront Vialhe.

Il haussa doucement les épaules.

— Mais si! poursuivit-elle. D'abord Jacques est encore jeune, il peut les tenir pendant vingt-cinq ans.

— Et après?

— Dominique aura quarante-six ans, calcula-t-elle, peut-être qu'il sera bien content de les trouver.

— Peut-être... Mais tu sais, un agronome, ça n'aime pas beaucoup se baisser.

L'anneau d'Or

— Lui, si! décida-t-elle. Et si ce n'est pas lui, il y a d'autres petits Vialhe, les petits de Guy, Jean, Marc, Renaud, ou même peut-être un fils de Dominique!

— Peut-être, répéta-t-il. Mais il soupira de nouveau : Il n'y aura plus de terres dans dix ans, murmura-t-il, elles seront toutes bouffées par les maisons!

— Pas les nôtres, Jacques les gardera!

— Ça ne sera peut-être plus possible. Si ça se trouve, il se lassera lui aussi de travailler pour presque rien des terrains qui, pour bâtir, vaudront de l'or. Regarde, dit-il en tendant la main, d'ici on voit déjà pointer les toits; les ramiers ne s'y trompent pas, depuis que ces maisons s'approchent, les palombes s'éloignent, c'est un signe. Un jour, elles ne passeront plus; alors tout sera fini, je veux dire la terre des Vialhe. Heureusement que je ne serai plus là pour voir çà...

— Ne dis pas ça! protesta-t-elle en lui passant les bras autour du cou, ne dis pas ça! Il faut faire confiance à tous nos petits, ils veilleront, eux, comme nous avons veillé nous-mêmes. Déjà ils ont pris la relève!

Il la regarda et s'en voulut soudain à cause des larmes qu'il devinait au bord de ses paupières; c'est lui qui les avait poussées là en quelques mots amers.

— Je ne suis qu'un vieil âne, dit-il, c'est toi qui as raison, comme toujours. Les petits sont là, ils veilleront, et d'autres viendront encore, j'espère bien te voir arrière-grand-mère. Pardonne-moi d'avoir été si bête en une si belle journée. Je n'ai pas le droit de me plaindre. C'est vrai, la vie est magnifique et, dans le fond, nous avons eu beaucoup de chance tous les deux et beaucoup d'amour. Des peines et des épreuves aussi, mais qui n'en a pas? Souris-moi maintenant. C'est ça, l'encouragea-t-il, comme ça oui. Tu es très belle.

— Non, vieille et pleine de rides.

— Jeune pour moi, et belle, insista-t-il en posant ses larges mains autour de son visage.

Il la contempla puis, de l'index, suivit la résille des rides.

— Tu es belle, j'aime tes rides et je les connais toutes, elles sont tes décorations à toi. Celle-là, dit-il en caressant un petit sillon à la commissure des lèvres, c'est la première, elle date de 17, quand je suis reparti au front,

Les palombes ne passeront plus

et ma blessure de 18 l'a creusée un peu plus. Celles-là, ce sont celles des enfants, de leur naissance et des soucis qu'ils t'ont donnés. Là, murmura-t-il en posant son doigt au milieu du front, c'est celle de Paul, notre petit Paul, la plus profonde... Et toutes les autres, c'est la vie, c'est moi, c'est nous.

— C'est bien ce que je disais, ça fait beaucoup de rides tout ça !

— Qu'importe ! Les pommes Saint-Germain aussi sont pleines de rides quand elles ont passé l'hiver sur la paille. Et tu sais bien que ce sont les meilleures, les plus saines, les plus savoureuses, celles que je préfère entre toutes.

— Tu dis ça pour me faire plaisir, on dirait que tu veux me séduire, ou me croquer !

— Naturellement que je le veux ! Et ça n'est pas nouveau, tu sais bien !

Elle se pencha vers lui, l'embrassa.

— On est un peu ridicules, non ? dit-elle. Si les gens nous voyaient !

— Ils diraient qu'on s'aime et à nos âges, c'est bon signe.

— Viens, dit-elle en se levant, tu vas finir par prendre froid. Et puis, en bas, les petits vont s'inquiéter de ne plus nous voir. Ils ne savent même pas où on est, peut-être qu'ils nous cherchent déjà...

— Tu as dit qu'ils avaient pris la relève. Eh bien, qu'ils s'inquiètent, c'est leur tour maintenant. Nous, je crois que nous avons fait tout ce que nous avions à faire et qu'on ne l'a pas trop mal fait. Alors, on a bien le droit de se reposer ou de flâner un peu. Viens, grimpons jusqu'au sommet du puy ; de là-haut, on voit mieux, et plus loin.

Main dans la main, comme deux amoureux qui ont l'éternité devant eux, qui se moquent de l'heure, des années et du temps, ils montèrent vers la cime du puy Blanc.

Marcillac, avril 1979
mars 1980

ARBRES GÉNÉALOGIQUES
des familles Vialhe et Dupeuch

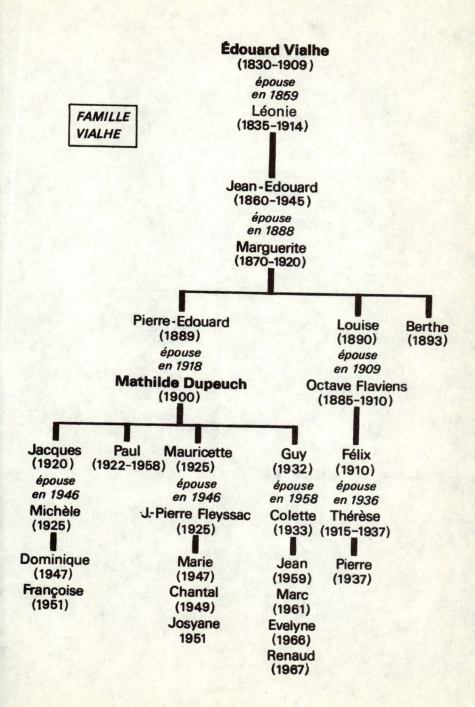

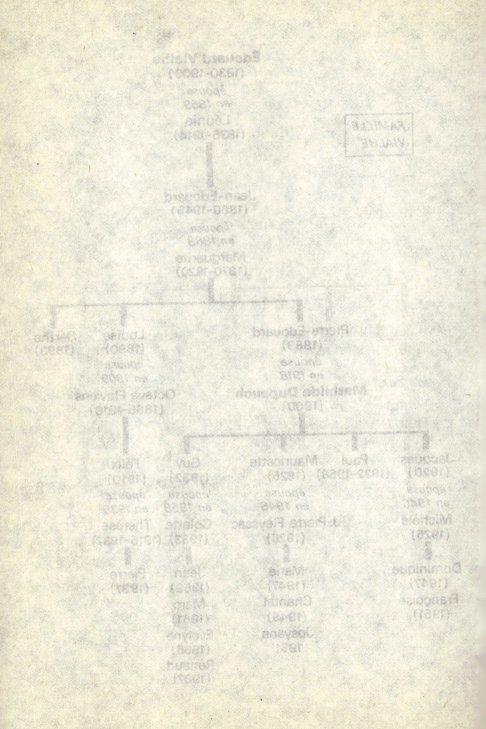

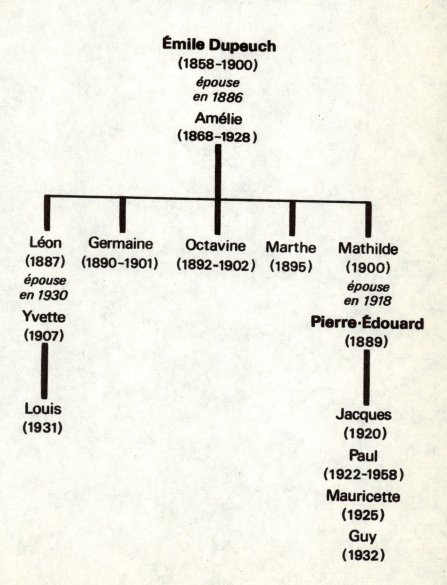

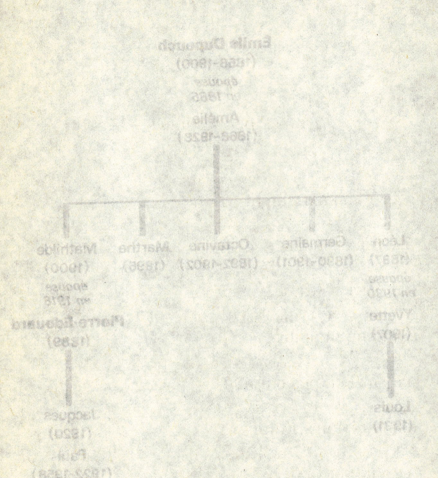

TABLE DES MATIÈRES

PREMIÈRE PARTIE

SAINT-LIBÉRAL-SUR-DIAMOND   11

DEUXIÈME PARTIE

LA TERRE INGRATE   79

TROISIÈME PARTIE

LE VENT D'AUTAN   145

QUATRIÈME PARTIE

L'HEURE DU CHOIX   221

CINQUIÈME PARTIE

LE SILENCE DES CRIS   271

SIXIÈME PARTIE

LE PRINTEMPS TARDIF   333

SEPTIÈME PARTIE

LE VIN NOUVEAU   369

HUITIÈME PARTIE

L'ANNEAU D'OR   433

Arbres généalogiques   469

ACHEVÉ D'IMPRIMER LE 26 DÉCEMBRE 1984
SUR LES PRESSES DE L'IMPRIMERIE HÉRISSEY
POUR LE COMPTE DE FRANCE LOISIRS
123, BOULEVARD DE GRENELLE, PARIS